阿古兰特

之

弦音心诉

陆婉玉 著

山西出版传媒集团

山西人民出版社

图书在版编目（CIP）数据

阿古兰特之弦音心诉/陆婉玉著. -- 太原：山西
人民出版社, 2025. 1. -- ISBN 978-7-203-13660-6

Ⅰ. I247.5

中国国家版本馆CIP数据核字第2024UG0352号

阿古兰特之弦音心诉

著　　者：陆婉玉
责任编辑：魏　红
复　　审：刘小玲
终　　审：李　颖
装帧设计：陆婉玉

出 版 者：山西出版传媒集团·山西人民出版社
地　　址：太原市建设南路21号
邮　　编：030012
发行营销：0351—4922220　4955996　4956039　4922127（传真）
天猫官网：https：//sxrmcbs.tmall.com　电话：0351—4922159
E - m a i l：sxskcb@163.com　发行部
　　　　　　sxskcb@126.com　总编室
网　　址：www.sxskcb.com

经 销 者：山西出版传媒集团·山西人民出版社
承 印 厂：山西省教育学院印刷厂

开　　本：720mm×1020mm　1/16
印　　张：20.25
字　　数：400千字
版　　次：2025年1月　第1版
印　　次：2025年1月　第1次印刷
书　　号：ISBN 978-7-203-13660-6
定　　价：88.00元

2020.2.12

Swey
2019.9.8

目 录
CONTENTS

第一章

故地重游

第八空间。

丘狼族世代居住在第八空间，沙漠戈壁占了第八空间的大半，这种极其恶劣的环境，也并非人间地狱。除了沙漠戈壁，这里还拥有着大片的绿洲，绿洲养育了所有丘狼族的族人。

在绿洲聚集的地区，自然条件不比木族的森林差，无数的山峰叠在一起，造就了这里湿润的气候，大量的松柏林聚集在河谷中，环境极其怡人。这两种极端不同的气候居然能够一同在第八空间共存，也是一种奇迹了。

所有绿洲之首为丘狼族的首府——梦泽洲，梦泽洲是整个第八空间面积最大的绿洲，更是风景最为秀丽的绿洲，梦泽洲背靠着第八空间最大的远古冰川，有着最纯净甘甜的水源，流经梦泽洲的冰川融水是天蓝色的，因为从冰川流下来的水温度极低，水中的生物也就少得可怜，所以才造就这般清澈无瑕如蓝宝石的水。

邻近高山的梦泽洲多雨，今日也不例外。往往在这瓢泼大雨之下，夜晚所有的动静都会被掩盖。

这种从天而降的大雨正是繁今所需要的，每次他想溜去图书馆，就只能在下雨的天气才能从大祭司派来看管他的人眼皮下逃出来。

今晚的计划也在繁今的预料之中，他戴好面具，披上雨披就消失在了夜色之中。他太清楚那些守卫会因为下大雨而增加换班次数，他随时都能趁着空隙离开大祭司给他安排的住处。繁今也不想与将他养大的大祭司做对，但是图书馆中有他极其向往的一本手写日记本，里面记载的东西是那样的神秘，在他第一次见到那本日记本后，就夜夜魂牵梦绕。

大祭司明令禁止他去阅读那些奇奇怪怪的手抄本，繁今一开始十分听话，直到有一天，无意中在还书区中翻到这个手写日记本。他仿佛中了邪一般翻着日记本，日记本记录的内容不全面，支离破碎，只要从中稍微推敲一下，就会发现这本日记所记录的东西越来越神奇。

雨夜中除了脚踏在湿地上的声音，再无其他声响，他跑过几个街区转到图书馆的大门前，门关得严严实实，上面挂着闭馆的牌子。繁今摇响大门前的门铃线，立马得到了回复，将他从门外放了进来。

"果然是你，我就料到你会冒着瓢泼大雨来偷偷看书，大祭司如果知道我天天放你进来，会不会让族长剥了我的皮。"穿着睡衣的老爷爷手提着油灯微微不满地望着繁今，繁今冒夜雨来图书馆已经成为习惯，更是知道怎么能让老爷爷不抱怨。

"不用担心啦，拉斯特，我给你带了墨房新出的墨水，这个色应该好看。"繁今笑着接过油灯，从口袋中取出崭新包装的墨水瓶，在拉斯特面前晃晃。

"真是拿你这个小子没办法，我的风湿腿早就感觉到今天要下雨，把那个日记本给你准备在读书桌上了，别把油灯点得太亮了，不然就会有人看到图书馆还亮着灯。"拉斯特一边摇晃着墨水瓶一边叮嘱道。

"都是些老规矩，我清楚。"繁今卸下雨披，将戴在脸上的面具擦干。拉斯特从未见过他将面具取下来过，见多了也便懒得好奇面具后少年的面孔是什么样的。

"那个破破烂烂的日记本到底有什么意思，里面的话都是支离破碎的，也不知道你每天看得这样起劲是为了什么，刚开始很多人对它感兴趣，但翻了两三页就不会再看下去了。"接过繁今递来的雨披，拉斯特问道。

"这本日记中的每一句话用的都是第三人称她，它完全不像是在记录作者本人的事情，更像是记录作者仰慕的人。"繁今听到拉斯特对这本日记感到好奇，极其兴奋地向他解释着。

"什么人啊？"拉斯特见到繁今如此兴奋，也不好意思将话题彻底打断，就此问了下去。

"我从他的描写语气中大概能推断出来，作者不仅仅是仰慕，而是深深地爱慕着日记中的她。"

"这个女人究竟是谁，需要作者用支离破碎的语言来记录，直接光明正大地把他的爱意描写进去就好了啊！"拉斯特听后有点不耐烦地说道。

"正因为如此，我才推断这个女性绝对不一般，日记中没有一处提到她的名字，说明她连姓名都罪恶到不能轻易提起，更何况是对她的爱。在这种背景下，作者才恐惧别人猜出日记中的人是谁，选择了旁人无法理解的支离破碎的语言。这本日记的日期在三十年前，唯一能与丘狼族对上号的只有三十年前的那位名为川羲羽明的罪女。但这本日记中，却明明白白地写着错的不是她，而是丘狼族。"繁今拿来日记本一点点地翻给拉斯特看。

拉斯特听后大骇，他终于知道为什么大祭司不让繁今随意翻图书馆的手写本了，他根本没有想到他给这位未来要成为大祭司的人埋下了一颗怎样蓄势待发的种子。更不会知道繁今所翻开的日记本，会将逃避罪过的丘狼族彻底拉进被报复的深渊中。

第七空间，木族所在地。

银橄外，一小团篝火在夜色中的草地上灿灿生辉，映着冥雪忧愁的面孔和默略带苍白的脸。刚刚从忠心剂的折磨中恢复的默，醒来后看到羽林的状态和留宿在银橄的冥雪，也便明白了什么。

冥雪在篝火前与他细细讲来，那种发自内心的惊骇溢于言表，他一直很惊叹于羽林擅自冒险到木族周期跳转门去找他，更惊叹于她为了解除自己身上的忠心剂，毫无顾忌地将自己置身险地。

见到冥雪，默脑海中蹦出的第一件事只有冥雪的妹妹樱雪。被泉溟真哲彻底变成手中随意玩弄的傀儡，默亲眼见到都甚是不忍。他又怎么将这个消息告诉冥雪呢？他试图组织语言让这件事变得好接受一些，却发现自己根本做不到。

"我在暗部见到了您的妹妹樱雪，我真的不知道该如何陈述这个消息……"默踌躇着，低着头想方设法地组织语言。甚至都怀疑自己没有勇气将这件事告诉他。

"说吧，哪怕不是什么好消息，我也会接受的。"冥雪见默如此犹豫，铁定不是什么好消息。

"她……被魔教零目泉溟真哲做成了傀儡。"讲到这里，默突然停住了，他都有点不敢抬头去看冥雪的表情，他真的不想再看到绝望的神情了。恐怕接下来要说的才是让冥雪彻底崩溃的消息吧。

"不仅是这样，她已经没有任何过去的记忆，恐怕连您都已经忘记了，彻底变成了泉溟真哲的傀儡。"默觉得即使婉转表达也丝毫不会减少冥雪的悲痛，索性直白地将所有事实说了出来。

果然，默感觉周围彻底寂静了，即使他和冥雪距离不远，甚至连冥雪的呼吸声都听不到。他说出这件事的时候，从始至终都没有勇气去看冥雪的脸，他心知肚明冥雪承受的是何种痛苦。

樱雪在世界另一端被残忍地制成傀儡，甚至连过去温暖的回忆都要彻底抹去。她彻底忘记了亲人，忘记了那个曾经奋不顾身去暗部救她的哥哥，彻彻底底地成为泉溟真哲手中的一个玩偶。这对樱雪来说是个悲剧，但对冥雪来说却比身在悲剧中还要痛苦，他永远只是知道悲剧的那个人，无法去改变樱雪的命运。结果已然落定，只能给他带来无限悔恨。

"谢谢你能转达给我。"

默听到冥雪干巴巴的话猛然抬起头，只见冥雪摇晃着站起身，面如死尸般僵硬无血色，两行泪从呆滞的眼眸一点点流下。好像冥雪只是出于在王族的礼仪习惯，才下意识地道谢。

默根本安慰不出口，他根本不知道该怎样去安慰，甚至觉得世上所有安慰的话语都没有办法抚慰这样神情的人。

"泉溟真哲很宠爱樱雪，会时时刻刻带在身边，他应该不会为了任务而去牺牲樱雪，她的生命至少有保障。"默尽量从见到泉溟真哲的细节中，挖出一点点能让冥雪安心的地方。

"我宁愿她死了，也不想让她成为魔教的傀儡痛苦地活下去……"冥雪声音嘶哑地说道，他连哭的力气都没有，悲痛欲绝到嗓子根本喊不出声。

至此，默再也想不出任何可以安慰的话语了，只能在一边静静地看着冥雪发泄。直到冥雪的右手紧紧捏着左臂，因为过度用力，指甲挖入皮肤，疼痛才让他缓缓从疯狂发泄中恢复理智。

过了许久，在冥雪的不断克制下，才用正常的语气说出口：

"我现在什么都做不了，妖尾翼狐根本没有能够撼动魔教的力量，他们不会正面与我们做斗争，只会暗中利用每个种族的弱点一点点摧垮他们。我甚至为了保护好自己的种族，退而求其次地与显影之镰处好关系。况且我的身体也不如从前，即使被你们救后捡回来一条命，身体状况根本达不到领兵讨伐魔教的要求。"

"身体还是有恢复的可能，在这段相对安逸的时间就赶快恢复吧，我真的不清楚魔教什么时候会以正当的理由向明处发起进攻，这个期限只会越来越近。"默说道。

冥雪绕过篝火走向默，将腰间的佩剑解下递给默，默有些意外地抽剑出鞘，剑上混合着金属灿烂的光泽和凄冷的寒光，让他立马将这把剑认出来——审判剑。妖尾翼狐的镇国之宝，传言这把由大地之子斯白克斯锻造出的剑有与圣器一拼的实力，后期因不敌圣器碎裂了。后来由妖尾翼狐的精工巧匠将它重新铸造。剑身是审判剑，但当初在妖尾翼狐见到的华丽剑柄换成了朴素的银色剑柄。

"这是审判剑，我的身体使用它还是有点困难，算是一个约定吧，我将它交与你，待到我身体恢复到能与魔教一战的水准，再从你这里取回它。而且你的能力在明处也不能经常使用，这把好剑应该能成为不错的替代品。"

"我会遵守承诺的。"默郑重地行礼。

冥雪交代完，与默稍作道别，从木族连夜赶回妖尾翼狐族。如果樱雪真的死了，那么他完全可以拖着这副身子夜夜饮酒麻痹自己。但樱雪还活着，即使是活得生不如死，他也决不允许自己有任何放弃她的理由。

几日后。

银樾油亮的树叶在午夜耀眼的月光下泛着星星点点的光，用来透气的树洞将清风送进内部，带着雨后青草的芳香钻进羽林的肺腑，这种安逸舒适的空气本应该是优质睡眠的最好佐料，但对于羽林来说，无论夜晚的空气多么清新，气氛多么安宁，对于她来说都是一样的结局——跌进噩梦的深渊中无法自拔。

已经不知道是第几次来到那间温馨的小木屋前，看到那些令她熟悉的面孔，和镜子中难以置信的绝美容颜。一切的一切都像影片一遍一遍播放在脑海中一样，如果这些只是影片，那么观众肯定会看到厌烦，从而对影片的任何刺激内容无感。而这些一遍遍播放的梦境对于羽林来说，不管是经历几遍，都会有身临其境的触感和感同身受的心情。

羽林知道每一处场景接下来要发生的内容，知道川羲要说的每一句话，即便如此，她还是无法逃离层层极端痛苦的感情困扰。与川羲感同身受的梦境日日袭来，就好似让羽林天天经历高台自杀。正常人的精神又怎么能一直承受这种折磨？

有一段时间，羽林试图通宵不睡，以逃避噩梦的折磨。但身体总会生理性地让她睡眠，然后打开噩梦的开关。

本以为今日的噩梦又会像以往一样，今天却出乎意料地出现了新的场景，这个场景比起之前的场景要模糊得多。眼前仿佛只有一片被温暖的午后阳光染成的金色的田野。川羲的小手被辰月拉着，一直穿梭在田野中，鼻子中充满阳光晒后青草的气息。

在田野中穿行片刻后，来到了一面低矮的石墙前，黄绿色的田野也在石墙这里终结了，从石墙的缺口向外望去，是茫茫的荒草和沙漠。令羽林倍感熟悉的一个身影端坐在石墙上眺望着远方——斯白克斯。

这时的斯白克斯，皮肤不像是羽林初见到他的时候，是可以看到血管的苍白色，而比小麦色更棕黑的皮肤，充满健康的感觉，甚至远远望到他魁梧的身影，羽林都没有将他认出来。在羽林的印象中，斯白克斯绝不是这种身形魁梧的人，而是那种偏消瘦的普通身材。除了他白色的毛发，剩下的一切都与羽林见他的时候不符。

如果这是三十年前的话，究竟发生了什么能让一个人有如此大的改变？变化巨大到甚至都换了模样？

"你们两个怎么来了？"斯白克斯回过头来看着这两个身高刚到腰的小鬼头。

"老白！你怎么还不回来啊！都怪我喊饿，我姐动刀切水果的时候划到手了，怎么办呀？"辰月试图把川羲紧紧攥着的手掰开，川羲却一直捂着伤口摇着头说着：

"我没事，就是一个小口子，过几天就好了，没有必要麻烦斯白克斯的。"川羲似乎不想让斯白克斯担心，硬是咬着牙忍着眼泪说道。

"明明自己内心中一直在喊疼啊，不是说瞒着我没用吗？把手摊开，我身上还有一点创伤药，涂上伤口会好得快一点。"斯白克斯看着这两个拉拉扯扯的小鬼无奈地叹道，从石墙上跳下，打开背包掏出创伤药，川羲只好老老实实地摊开手掌，将伤口露出来。

伤口处传来的疼痛羽林能够感受到，创伤药倒到手心的刺痛也非常真实。川羲因为疼不想再看伤口，将头转向一边，正好看到了辰月安心的笑颜。

"姐姐，忍一下就没事啦！以后就不会疼了！"辰月轻轻拍着川羲的后背不停地安慰着，川羲将快溢出眼眶的眼泪忍了回去，对辰月挤出笑颜。

辰月的脸在满是泪水的眼睛中模糊了，场景在此时瞬间切换。梦回那座高台，刀刃刺进胸腔的疼痛已经变得微弱，仿佛是随着精神慢慢丧失一样渐渐无感。模糊的视野中唯独辰月的脸仿佛刻在脑海中一样挥之不去。

从床榻上惊起，羽林眼泪一直在往下淌着，被子早已被她的泪珠打湿。不知道为何这次的梦境让她出奇地难受，以往的梦只要醒来，就不会再受到川羲情绪的影响。可这次不一样，羽林都有点分不清是自己的情绪还是川羲的情绪让她眼泪不断。

当辰月见到川羲的死，他的痛苦羽林无法想象，但是她真的感觉到川羲在见到辰月的脸庞时，内心只有彻彻底底的后悔。有什么比丧失任何生的希望决意死去，在做出死亡的决定后又重新看到生的希望更痛苦的呢？好比自杀跳崖的人在跃出的那一刻脑子里突然有了活下去的想法。

烛光映入被泪水浸湿的眼帘，羽林才注意到默捧着蜡烛站在房间中。

"又是噩梦吗？"默皱着眉担忧地问道。这几天来，他同样也没有睡好觉，除了羽林刚从第二空间拿到忠心剂解药归来的几天，他和羽林还能安稳地休息。一旦羽林的能量回满，这些梦魔又会缠上身来。对此，默夜夜一直都是浅睡，有点动静便会醒来。

"没错。"羽林扶着额头干涩地回答道。

"真的没有什么可以阻止它的办法吗？再这样一直忍受下去也不是长久之计。消耗能量也不是上策，或者我们可以去求助幻之子……"未等默说完，羽林打断了他。

"真正的答案绝对不是靠消耗能量逃避噩梦所能解决的，噩梦不是根源，根源是噩梦向我呈现的一切，即使拜托幻解决噩梦只会是治标不治本……这些梦境全部都是断断续续的事件碎片……每一个碎片都像是一块拼图，它们一点点在为我拼凑出三十年前所有事件的原貌。"羽林翻身下床，狠狠地抹干眼泪，将手搭在默的肩膀上，面对面郑重说道：

"与其让我不断与噩梦作斗争，不如让我去直面三十年前的真相。我需要去将梦境的碎片拼起来，这才是最彻底的解决办法。"

"这也是最疯狂的办法，你也知道丘狼族在总空盟会议上大放厥词，暗部又怎么可能放过这样一个没有过多防备的种族？"默感叹这不愧是羽林想出来的办法，非常刚硬直接，而且又是企图不靠任何人帮助，自己去解决的办法。

"在这么多天里我已经用尽各种办法逃避噩梦了，毫无作用。或许这些片段噩梦只是想引我去丘狼族一探真相，只有这个办法没有试过了，只有它最有可能彻底解决噩梦！"羽林一边求着一边晃着默的肩膀。

"……我会和你一起去的。"默叹着气妥协了，虽然会冒着很大风险，他也不想一直见到羽林不停地被噩梦所困扰。

次日早晨，琉雨诗见二人开始收拾行囊准备出发，没有感到意外，因为伊皇第一学院马上就要开始新学年了。

"我记得好像前两日有一对龙族兄弟给你们来信，说要在学院周边好好玩玩，不过现在走有点太早了吧，羽林噩梦的原因还没有弄清楚，这就急着走吗？"琉雨诗一边给他们递东西一边不解地问道，羽林听后笑着说道：

"当然不是回学校了，我要去丘狼族实地考察清楚梦境里的事情。我给雷霆和皮奥利安回信了，如果他们愿意的话，可以到丘狼族找我们。"

"唉……你们学校可是收了两个麻烦，去了丘狼族又怎么可能顾上回学校呢？只希望你们再回去的时候，不要因为旷课过长受什么惩罚就好。"

"别说什么回去上课了，我们在期末考试中捅的娄子已经够大了，况且我们已经旷了一年多的课了。虽说开学是新学年，学校要不要我们还是一回事。"羽林当然清楚他们在期末考试中干了什么，不仅在事件发生后她被指控，而且最严重的莫过于被迫暴露能量属性的默。

"即使不能回去，我也觉得没有关系。"默无所谓地说道，毕竟先前想回到明处都是一种奢望，如果还能在安逸的地方学习生活，那简直就是过分地奢求了。

"你们两个难道就这么打算在外面混日子吗？"琉雨诗抱着手臂挑着眉质问道。

"我们还有银樾的翻译人，还有哪个种族的书院比木族的藏书更多呢？"羽林笑着回道，琉雨诗当然知道她会这么讲，即使羽林不说，她也早有心理准备了。

"如果有机会回到学校的话，还是尽力争取一下吧。"琉雨诗也不敢打包票说以后他们在木族的书院学习就没有问题，毕竟她只是银樾的翻译人，只能保证他们在银樾的学习。

再帮他们检查了一遍行囊，琉雨诗还是不放心地叮嘱他们一定要经常与植物对话，报一下平安，这样不论哪个空间的植物都能将话转达给银樾。琉雨诗就能第一时间知道他们的动向，也方便随时给他们援助。

目送二人的背影消失在密林之中，琉雨诗一个人站在银樾外。这种作为翻译人的孤独寂寞终于还是来了，一瞬间琉雨诗觉得身边空荡荡的有点不习惯。本以为把这两个麻烦送走自己就轻松了，没想到心却随着他们的离开也跟着提起来。

三日后。

第八空间，丘狼族所在之地。

丘狼族的领地中绿洲遍布，即使这样也不能彻底调节丘狼族的炎热气候。干燥炎热的空气像团团躁动的火焰一样，扭曲着地表的景象。

小空灵第一次来到这种地方，它根本不想动弹，只要动一动汗就会沾湿它的小衣服。但对付炎热它又毫无办法，只能不停地找皮奥利安要水喝。皮奥利安身为神龙族的水龙，对于这种燥热的天气自然是不适应，但也不能拒绝小空灵的要求，只能不停地给它喝水。

"你这个小东西会不会把地址搞错了啊！怎么等了这么久还是没见人影？你是不是想把我哥晒成龙干啊？"雷霆将躲在皮奥利安阴影里的小空灵拎到烈日下，逼问道。

第八空间的阳光并不是其他空间的金黄色，而是带着毒辣高温的炽白色。小空灵一被拽进阳光下，立马开始挣扎起来，指着雷霆的鼻子用他听不懂的语言骂着他。从它背着的小包中，拿出一张羽林亲笔写的字条甩在雷霆脸上，气鼓鼓地向着雷霆的手咬了下去。

听着雷霆和小空灵胡闹的声音，皮奥利安懒得去阻止。像这种缺水的地方，他恢复能量的速度极慢，整个人就像蔫掉的枯菜。雷霆可就不一样了，火属性的他丝毫不会惧怕这里的炎热，反而整个人会变得更兴奋，更有活力。

前几日，他和雷霆忙碌于缘枫之盟的赏金任务，还好雷霆没有惹出太多麻烦，没有闯祸赔钱的支出，也就因此挣了不少钱，皮奥利安甚至有点向往带着弟弟做着赏金任务过一辈子，就这么平平淡淡地活着，安安逸逸地享受生活。

羽林那边一直没什么消息，皮奥利安甚至有了一种生活又剩下他和弟弟的错觉，想必羽林定是不想牵扯他们，所以才一个人去了木族。从此就没有什么音信了，雷霆倒是天天惦记着要给羽林写信，几次给木族寄信，因为不清楚羽林的具体地址，信都被退回来了。

直到皮奥利安想起王茗胭在木族，打听到王家的统一邮箱后，果然有了消息。信件寄到后，没过多久，他们收到了羽林派小空灵捎来的信，请求他们帮她在丘狼族了结一件事。雷霆这个好事鬼自然以为又是什么打打杀杀的事情，想都没想就同意了。

打发小空灵捎回信后，他们收到了见面时间和具体地址。雷霆不知道为什么超级迫不及待，拽着皮奥利安提前一天就到了见面地点，好像早来就能早点见到羽林一样。皮奥利安对于第八空间的气候无力反抗，就任雷霆摆布了。结果就是在这里晒了将近一天，比雷霆口中的"龙干"没强多少。

听着雷霆在那里埋怨小空灵记错地方，皮奥利安都懒得管他。骄阳直接把他的活力蒸了个干净，他内心只能祈祷羽林赶快来。

和雷霆吵得正凶的小空灵，突然感觉到有空间跳转门开启的波动，立马将注意力转向一边，雷霆见小空灵转移了注意力，立马停止争吵，目不转睛地盯着小空灵看着的方向。

空气绕着一个中心点开始旋转，这扇跳转门每日开启的时间点到了。雷霆根本没有看清跳转门中走出了什么人，只见小空灵完全没有顾忌烈日炙烤，飞速冲向跳转门中逐渐清晰的两个身影。

两人？雷霆脑海中蹦出了令他万分震惊的想法，他没有继续向下猜测，因为这根本就是他想都不敢想的。

直到彻底看清他们二人的相貌，雷霆怔住了，他难以相信这是真的。等到羽林开始向他招手才回过神来，像一匹脱缰的野马一般朝他们奔过去，冲劲大到几乎要将他们扑倒在地。紧紧抱住二人后，雷霆仿佛一条见到主人的小狗，热情地用脑袋疯狂蹭着二人的脸颊。

"我们这个小队伍又凑齐啦！我就知道你肯定能回来！……"雷霆在他们耳边兴奋地叫着。羽林近日不知为什么泪点低得可怕，再见到活力四射的雷霆，竟然激动地涌出泪水来。

"皮奥利安呢？"默觉得只有异常激动的雷霆围上来有点不对劲。

"我哥？"雷霆被默这一问有点蒙，松开二人，环顾四周，愣是没有发现皮奥利安的影子。只见到小空灵停在一丛蒿草上慌张地指着地面，喊他们过来。

走近一看，皮奥利安两眼发昏地晕倒在地上了，雷霆刚想扑上前去查看情况，默一把扯住情绪激动的雷霆的衣领。

"只是晒太阳时间过长了，中暑了。不愧是第八空间的太阳，这种炙烤的感觉在其他空间很难见到。对于神龙族可谓是噩梦啊！"默松开雷霆，用能力变出一把漆黑的巨伞，撑在众人头上。没有太阳的炙烤，瞬间凉快了许多。默不担心在此暴露能力，因为他和羽林特意挑了一处荒山野岭，平日几乎没有人来往的空间跳转门。

给皮奥利安灌了一些水之后，他晕晕乎乎地坐起来。

"我的天啊！雷霆。中暑还能看到幻觉吗？我怎么看到默了？"皮奥利安不停地眨眼睛，默无奈地叹气，心说这对兄弟果然一模一样。

"这是真人！真人！哥！不信你捏捏看！"还未等默作答，雷霆就抢先回道，然后将默推到皮奥利安面前，不断向皮奥利安示意这是真人。皮奥利安知道后愣了好一会，将信将疑地扯扯默的脸。再看默嫌弃的眼神才彻底反应过来。

羽林在一旁早就笑到捂肚子，她在信里没有向他们提到默会来，就是想看看他们二人的反应，果然彻底将他们惊到了。

与龙族兄弟相聚有一种回到学校互相嬉闹的感觉，跟他们待在一起总会带来种种快乐，甚至平日里几乎不怎么笑的默，见到这两个活宝笑容也多了起来。

雷霆和皮奥利安当然好奇羽林和他们在云之城分别后发生了什么，羽林也没有卖关子，彻彻底底地将木族经历的事情与他们讲清楚。听闻琉雨诗的父亲是他们当初在云之城战死的同伴，二人颇为惊讶。再听到纳魔司想投奔身在木族的老师依咖斗时，更是倒吸一口凉气。两人神情专注地准备听接下来的发展，却见羽林停了下来。默清清嗓子开始讲他那边的事情。两人才逐渐发觉羽林和默虽然所处的空间不同，却因为一件事而慢慢靠近。

换到默那边讲述的时候，两个人表情就像是被故事彻底吸进去一样，眼睛眨都不眨。他们先前从未接触过暗部，只是从他人口中略有耳闻。此刻听来，更是让人觉得毛骨悚然，会有一种喘不过气来的压迫感。

一直讲到他和羽林相见在第七空间，雷霆和皮奥利安才长长呼出一口气，放松下来。雷霆一直撑着下巴，似乎是在想着什么。

"你在第二空间被推进空间跳转门后，你有没有猜过良鹤后来会怎样？"雷霆开口问道，皮奥利安知道这个问题提起肯定会戳到默的痛点上，能从默的描述中感觉到他对良鹤的态度真的很纠结。

"她不会死的，如果任务没有完成，她也会想方设法逃走的。"这是默最真实的想法，他清楚良鹤绝对不会被困死，在她回到魔教后又会如何，他真的不敢再往下猜了。雷霆见默的神情越发的阴郁起来，心知不能再继续问下去了。

羽林接着默讲到的位置，开始讲之后发生的种种困境，又是怎么样一一解除的。在提到忠心剂的时候，皮奥利安和雷霆两人就像身上爬满虫子一样战栗，单是形容就让他们不寒而栗。紧接着就是日日夜夜困扰羽林的噩梦，那种一波未平一波又起的紧张感在他们二人的心中炸开了。

彻底将他们遇到的事情讲完后，皮奥利安和雷霆才长出一口气。他们从未想过在他们不在的这段时间里，二人过得居然是这般艰辛。

四人所处的空间跳转门位置距离第八空间首都梦泽洲还是有一定距离的，要是赶路差不多一天左右才能到。二人向雷霆和皮奥利安表明他们来丘狼族是为探寻三十年前的真相时，雷霆就像打了鸡血一样发誓要用原形几个小时内把他们送到梦泽洲。

羽林觉得没有必要那样卖力，梦境源自大脑，如果神经过于紧张，反而会将梦境激化，不如就像旅行一样慢慢走下去，尝试放松神经。

选择步行到梦泽洲，皮奥利安鼓起十分勇气才同意他们的决定，第八空间的气候真的让他感觉十分不舒服。虽然默没有反对，但第八空间的烈日对他来说依然不好受，黑暗能量让他的身体自然而然地抵触烈日。

从这里步行到梦泽洲需要三天，为了照顾不喜欢这种气候的默和皮奥利安，他们大多在早晚赶路，中午和下午躲在大道旁边的商店中躲避阳光。

从偏僻的空间跳转门一点点向梦泽洲前进，几人真的将这段行程当做了旅游，雷霆更是会向商店店家打听附近哪有好玩的地方，然后拉上唯一不怕阳光的羽林去参观。

丘狼族的人皮肤都偏黑，像是被太阳烤焦了一样，每次商人向他们拉拢生意的时候，都会十分意外地夸赞羽林的皮肤白皙，保持肤色的原因羽林心知肚明，本来就是光明属性的她怎么可能会怕阳光的灼伤？于是乎那些防晒产品的推销，到羽林这里纷纷不管用了。

距离梦泽洲还有一天的路程，前一天雷霆打听到了一处早起看日出的好地方，皮奥利安和默是坚持不想去的，虽说是清晨的日出，放在第八空间依然耀眼得可怕。羽林每次都会因为噩梦起得很早，雷霆立马将她叫去了。小空灵还是相当爱玩，一听有日出看，立马睡意全无，跟着就去。

凌晨的天色雾蒙蒙的，天也有渐亮的趋势，依然还很昏黑。因为第八空间主要面积是戈壁和沙漠，早晚的温差很大，从旅馆中出来，口鼻处还能看到白气。小空灵早早就躲进羽林的领子里了。

到看日出的地方要走一段山路，这边的山因为海拔相对较高，上面的植被要比绿洲上要茂盛很多，这段山路是地图上标明的一条从梦泽洲出来的偏僻小路，正常人很少有机会到这里来。

雷霆打听的倒是没错，因为是条偏道，这条山路年久失修，路面坑坑洼洼的，积满枯枝败叶。刚从土路踏上这条密林中的山路时，雷霆突然停住了，龙对外界的变化很敏感。羽林也注意到一件事——

这条路只是一条偏僻的小道，平日应该不会有很多人从这里经过。而此时道路上的落叶层坑洼不平，新鲜的脚印层层叠叠地宣告着一队人的行踪，他们应该尚未走远，但羽林二人刚从山脚下走上来，一路上连一个人影都没见到。环顾林中，除了山林鸟雀，听不到一点人声，只能感受到一丝丝若隐若现的气息。

感受到异样的二人立马找到掩体藏身，这种行为已经变成了条件反射。

"这种安静的氛围很奇怪啊！总有一种我们身边都有人，却看不到任何人的感觉。"雷霆轻声开口说道。

"我觉得这里的情况没有那么简单，这些新的脚印方向来自梦泽洲，我们从反方向的山脚上来，按理说应该能碰到下山的他们，但一路上一个人都没有碰到，说明什么，这些人还在林子里。他们似乎埋伏在林子里等着什么。"羽林分析道。

"劫匪强盗吗？如果让我遇到，一定要好好痛揍他们！"雷霆摩拳擦掌满怀期待地说道。

"我觉得不像，劫匪应该会埋伏在有人流量的小道上，这条年久失修的偏道应该不会成为他们选择的对象。总觉得之后肯定会有什么事会发生……"羽林猜测道。小空灵听后一直拽着羽林的领子往回扯，试图阻止羽林多管闲事。羽林倒是不担心自己惹上麻烦，单是按住雷霆想干涉的躁动心就已经很困难了。羽林觉得制止雷霆应该是不可能了，只能命小空灵去将默和皮奥利安叫来。

繁今坐在颠簸的车上，低着头双目无神地盯着指尖，听着在一旁每日负责看护他的老婆婆絮絮叨叨。确实，他离开梦泽洲的过错全在他身上，若不是雨夜偷偷溜出去跑到图书馆，最后被大祭司发现，他也不用来这里闭关受罚。更不用在这颠簸的路上听着管家婆一刻不停地数落。

靠驯服的山猪拉动的硬轮车，连坐几个小时简直让繁今身心乏困，他真后悔没有将日记本偷偷从图书馆里带出来。拉开车窗呼吸一下外面的空气，繁今从窗外的景色中发现他们在一条山道上，四周都是茂密的丛林。顿时心情变得好起来。

甚至连那个管家婆看到外面茂密的丛林，都没有再继续数落繁今。林子甚是安静，仿佛这一次出行不是为了闭关，而是旅游。放松下来的繁今靠在后座位上，正打算小休片刻，却突然迎来了车子的急刹车，繁今的头狠狠撞在前面的扶手上。

刚想骂些什么，一阵风声穿过寂静的森林，吹向前方驾车的车夫，仿佛是西瓜破裂的声音传进繁今耳朵，惊慌失措的他猛地拉开前车窗，看到的只有脑袋被洞穿的车夫，铁箭头穿过脑袋死死地扎在前车窗上。

繁今没有见过如此惨烈的场面，更接受不了刚才还是一位活生生的人，此刻就已经命归西天的惨痛事实。不止车夫，他们近十五人的护卫车队，此时已经陷入一片慌乱中。刚刚还安静的林子，像是炸沸的油锅一样开始哄闹起来，十多人将道路前后方围住。几位掩盖面容的劫匪像游龙钻云一样轻轻松松地钻进护卫的守卫范围，直逼繁今所在的车。

吓愣的繁今不知所措，他根本不清楚发生了什么，映在前车窗上的血光更是将他吓得不轻。平日里根本接触不到血的他，此时看到一大片血，内心更是在颤抖。他只敢将车窗关严以逃避危险。

四周响起了火焰的轰鸣声，躁乱的声音被火焰彻底掩盖住了。好像是有什么东西落在了车顶，繁今本能地护住头，当他再抬头的时候，看到两个人用透明的刀破开了车顶，跳进车中。繁今立马摆出防御姿势对着二人，结果这两人根本没有要下手的意思。

"为什么要惹上这种事啊？"其中捂着严实的男生抱怨道。

"我按不住雷霆，反正都已经来了，就做点好事吧。"棕黄色头发的女生扶额叹道。

"这群劫匪应该不是为了钱，在这里蹲点应该只是为了抓这个戴金面具的小少爷。皮奥利安和雷霆在外面压制不了多久，直接把这个小少爷带走吧。"男生斜眼看着繁今脸上扣着的金色面具，上半张除了眼睛全部掩盖在面具下。

"他这个金色面具太显眼了，如果把他从这里带走，目标真的很明显啊！"

男生听后长叹一口气，开始将裹在脸上的面巾和外套脱下。

"我戴他的面具装成他，吸引劫匪注意，羽林，你趁机带着他和老婆婆离开这里。"羽林听后觉得这个计划很可行，只是这位他们眼中的小少爷说什么都不肯将面具摘下。老婆婆也只能在旁边使劲劝，而这位小少爷像是没有意识到事态严重一样，讲什么道理都不肯摘。

默可没有心情陪这个贵族小少爷耍他的小脾气，有些暴力地按住繁今，把面具直接从脸上扯了下来。默虽然粗暴，但这已经是现在最好的解决办法了，露出真面目的繁今开始疯狂捂住脸，他捂得很及时，甚至羽林都没有看清他的相貌，但是他额头上的一个古怪烙印却在这片刻中印入羽林的脑海，这恐怕就是他戴面具的原因。

默换上繁今的衣服，大摇大摆地从车窗跳出，顿时外面的声音就更加的火爆起来，待嘈杂的声音渐渐走远，羽林拉着捂着脸的繁今，搀扶着老婆婆从车上下来，赶忙钻入密林。

她没有心情去管那三位战斗力满满的男孩收拾土匪，单是搀着老婆婆拽着捂着脸的繁今就让她的行动很缓慢了，她有些担心，如果土匪识破了默的假身份，掉头回来。她还能不能护住他们的安全。而且最重要的一点就是，她总感觉忽略了什么。

即使劫持的人对自己的能力很自信，也不应该就这样直接冲上来劫持，况且劫持的对方是一位贵族小少爷。他们根本没有去衡量对方的能力强弱，就这样横行无阻地冲了上来。守卫溃散之快让羽林也是吃了一惊，莫非他们清楚这十几人的战斗力如同摆设，所以才敢这样放心大胆地偷袭？

羽林越想越奇怪，不过现在还是关心怎么将他们安全送到镇中吧。这个贵族少爷死活都不肯露出脸来，甚至有一次险些绊倒在地都没有将捂着脸的手松开。不知道他有什么难言之隐，这种影响逃离速度的固执让羽林非常不解。

她心知绝对不能按着上山的路径回去，羽林尽量绕能通过的小道下山。

树林中传来了异样的动静，羽林没有想当然地认为他们可以这样平安无事地穿过下山的林子，只见前方的树丛突然有一个人探出头看了他们两眼，被羽林发现后，立马缩回去，疯狂逃窜起来，羽林觉得这肯定事出有因。再看此人打扮与之前的劫匪一致，她

没有必要对这些劫匪太仁慈，左手一翻，弓就出现了，右手搭箭。这娴熟的凭空变出武器的能力让在场老婆婆感到深深一惊——这种只在丘狼族三十年前传说中出现的能力居然亲眼见到了。

紧接着，老婆婆看到救他们的女孩毫不犹豫地直接将那人的大腿射穿。她从心中对羽林有了畏惧之心，三十年前的事件她虽然没有亲眼见过，传闻还是相当了解的，就是具有这样能力的一对姐弟，将丘狼族闹得翻天覆地，族长的儿子与妻子就是被这样的诡异能力所杀。

再看繁今，原本掩面的他在这个时候竟然顾不上遮脸，目光呆滞地看着羽林灵活运用能力的背影，因为眼前的一切，都和那本日记中所记述的一样。

在这一箭射出后，四周的树林出现了更多的动静，他们没有一人敢上前，仅仅是看到羽林将弓变成双刀后，立马背上之前中箭的伙伴抱头鼠窜。羽林很是不解地望着他们疯狂逃离的背影，明明近十多人，只是看到她的能力就跑了，这是什么情况？她甚至都没想好怎么护着他们二人从十几人中杀出去，结果却来了如此大的翻转。

羽林也懒得多想，想去搀老婆婆的手臂时，却被她婉拒了，一直在说不用劳烦羽林帮她。羽林只得拉上捂脸的繁今，防止他走在林子里摔了。几人没走多远，就在一条荒废的山道上见到了两辆被抛弃的车，拉车的农家牲畜还在悠闲地啃着周围的草，车身很简陋，像一只大箱子，羽林小心翼翼地勘察过后确认两辆车上没有人，只有一个大小能放下一个人的布袋和一些捆绑用具。

种种物品表明了这伙劫匪的目的很单纯，就是为了绑架这位掩面小少爷。把拴着家畜的绳子解开放生后。路上也没有再出岔子，顺着小道将二人成功带下山，将他们藏在先前住的旅馆之中。

精神受到刺激的老婆婆和繁今坐在床边一言不发，繁今更是从始至终都没有将手从脸上挪开。过了许久，默三人从山上回来了，他们几乎没有受什么伤，唯一让他们显得狼狈的就是身上的衣服被雷霆的火燎到，有星星点点的黑焦。皮奥利安是三人中显得最疲倦的一个，羽林不用猜也知道雷霆引燃的大火肯定是皮奥利安费劲灭掉的。

默把繁今的黄金面具还给他，他才好像是重新获得语言能力一样开口说话。

"你们是谁？"繁今小心翼翼地打量着他们，第一次见到这位沉闷的黑发男孩就会给人一种很难靠近的感觉，另外体力透支的长发神龙族和过分欢脱的魔龙族男孩形成了鲜明对比。听着羽林将他们一一介绍，才对三人有了一个初步认识。

"我比较好奇你是什么身份，为什么这群劫匪的目标一开始就是你？甚至为了劫持你，他们仔细策划，分成劫持和押运两个队伍。"羽林不解地问道。

"我名为繁今，是大祭司的学徒，也就是未来会成为大祭司的准司。"繁今老老实实地答道。

丘狼族的精神支柱不是族长而是大祭司，每一届族长都是由大祭司选出。可以说大祭司在丘狼族有至高无上的地位，除了没有族长的权力以外，地位在丘狼族还是相当的高。每一届准大祭司都是由大祭司自己培养出来的。

这种制度有显而易见的弊端，一旦族长的世家与大祭司串通好，每一届的族长都能是族长之子，选拔的制度直接就变成了世袭制。现今的丘狼族就已经陷入了这个腐败的循环中，只是现在的大族长的儿子和妻子在三十年前被害，继承大族长的人因此缺失，下一任族长究竟会是谁，这个悬念一直像乌云一样压在丘狼族的头顶。

几人当然清楚准司在丘狼族意味着什么，尤其是现在，下一任族长还未定下的时候。准司的重要地位可以比得上天鸟族的云皇继任了。被这位尊贵的小少爷的身份惊到说不出话的四人，就这样呆呆地愣在原地。

繁今看他们的反应，本能认为他们是在等地位尊贵的他有什么道谢的表示。

"请四位与我一同前往丘狼族首府梦泽洲，我定会拜托大祭司设宴感谢四位，如果有什么需要，我也会尽力帮忙满足。"繁今很正经地践行道谢基本礼仪。

"看来你还是没有意识到事态的严重啊！先前你自己也看到了，他们分为两拨人，第一部分人负责劫持，第二部分人负责运送。说明什么，他们的目标从一开始就是你。情报来源精准得诡异，简直就是密谋绑架。"默对他的盛情邀请不以为然，冷淡地将他击回事实。

"我从未有过仇人，我根本不知道是什么人想害我。"繁今意识到这个问题后，脊背发凉，担惊受怕地开始疯狂思索自己是不是得罪过什么人。

"这次的路线是大祭司安排好的，我们丘狼族的大祭司怎么可能让土匪去劫持他最疼爱的准司？"老婆婆在一旁突然发话了。

"所有的线索只能通到根本不可能是始作俑者的大祭司身上吗？确实荒唐，只是从这一件事上根本没有办法推理出结果。罪魁祸首或者怀疑对象都不清楚，现在能得出准司依旧处在危险之中，不知道接下来还会发生什么。"默摆出事实，看向二人，等着他们做出选择。

"现在还是赶快回梦泽洲吧，必须和大祭司通报发生了这样的情况。"老婆婆不安地拽拽繁今的衣袖说道。

"我们一行正好要去梦泽洲，顺路能护你们到梦泽。梦泽分别后，还请你们自己多保重了。"默当然不想继续卷进这件事之中，若不是雷霆执意要多管闲事，可能丘狼族就要因为准司被劫持而出大乱子。既然准司已经平安无事，他们就没有必要将这件事情负责到底。

雷霆沉浸在因为自己的多管闲事，所以成功保住准司的扬扬得意中，他一直在等别人的夸奖，结果却见话题逐渐偏移到今后多保重上，整个人就像是蔫掉的气球一样。皮奥利安发现后拍拍雷霆的肩，说道：

"这次主要是雷霆的功劳，如果没有他，我们就不会发现树林里的异样。"

"原来是这位魔龙族的少年，真心感谢！有什么想要的尽管提吧，分内的绝对能满足。"繁今得知后，礼貌地起身向雷霆行感谢礼，却被雷霆扶住了，只见雷霆两颗琥珀色的瞳仁放光地问道：

"之前说的宴会算数吗？"

见雷霆如此期待，繁今理所应当答应下来。

默扶额，本来说将他们送到梦泽洲就彻底脱离关系，不要继续惹麻烦，可是谁知道雷霆这个馋鬼居然盯上了宴会。准司已经将宴会答应下来，没有办法再取消了。再看雷霆兴奋的模样，默不想把事情和他说明白，索性就由他去吧，只是参加宴会而已，宴会参加完再各奔东西吧。

一日的路程上没有出现任何危险，仿佛之前的山中劫道就像夜中噩梦一样不真实。从暗部走过一遭的默一路上都会说出一些不好的预测，惹得众人心生惶恐。几人都不敢抄近道走小路，一直在人流密集的大路上走。

很久没有步行的繁今，整整走一天的路对于他来说还是太累了，几次都要求停下来休息。雷霆甚至都考虑过直接变原形把他们驮过去，被默劝阻了，没有必要向外人彻底把自己的能力展示清楚，免得惹上其他麻烦。

拜繁今经常需要歇脚所赐，众人倒是有机会尽情欣赏这大漠风光。两个绿洲之间几乎全部都是沙漠戈壁，除了大路上有些供水的驿站，其他的地方简直就是热浪中的地狱，一眼望去，除了能看到几卷干枯的风卷草从戈壁上滚过，几乎见不到其他生命存在。满地都是被高温炙烤过的细碎石子，走在上面仿佛都要被地面蒸干。

众人贴心地为皮奥利安买了一把伞，防止他再中暑。走到下午后，终于进入了梦泽洲所在的山区，上下山虽然比走大漠还要疲累，山上海拔高，植物也不少，皮奥利安也就舒服许多了。

翻过一座名为达达拉的山头，众人被眼前这绝世景象震撼了。

梦泽洲背靠一座巨大的冰川山脉，皑皑雪山之下是绿树成荫的梦泽洲，只见城中楼宇耸立，人流的密集在山顶都能清晰看到，从雪山上流下来的融水汇聚成网状的水系在城中穿梭着，仿佛这梦泽洲不是大漠上的绿洲，而是水源丰富的海边河岸。不愧名为"梦泽"，真是梦境中才会有的大漠绿洲。见多了先前的大漠风光，再看梦泽洲的一片生机勃勃的繁荣景象，有种跨越到另一个空间的错觉。

繁今看到四人被美景摄走魂魄的呆愣模样，自豪地笑了：

"这就是我们丘狼族的首府，也是第八空间最大的绿洲——梦泽洲。"

丘狼族中有句俗语：梦泽胜天国。梦泽洲的壮丽是丘狼族的每一位族人对外族炫耀的资本，梦泽洲在六十八个空间的美景中位列前十，几乎所有不相信梦泽美景的外族人都会在亲眼见到的那一刹那刷新观念。

穿过富有种族风情的街道，灰白色砂石砌成的石墙上，棕榈树的倒影在微风中摇曳着，即便是燥热的空气，在这里也变得平静起来。一切在梦泽洲都是那般的清新舒适。繁今带着众人一入城，街边的民众立马将街道让出来。看着街上的所有人向他们致敬行礼，这一巨大的改变让四人有些不知所措。

羽林第一次知道准大祭司竟然在丘狼族有如此大的威望，从城市边缘向城市内部走去，四人甚至收到了路人送给他们的各色礼物，小到蔬菜水果，大到竹篮编织铺送来的竹篮。几人进城前的双手还是空的，经过这么一遭，收到的东西抱起来甚至都能挡住视线。

直到与繁今进入丘狼族祭奠堂，人群才逐渐散去。

祭奠堂除了一些特定的祭奠日会对平民开放，其余时间都是大祭司工作和其他学者研究学术的场地。

街上因为准司繁今引起的骚动早就传到大祭司的耳朵里，众人迈上祭奠堂的台阶后立马就看到了拄着拐杖阴着脸的大祭司。

本以为大祭司是一位老先生，却没有想到大祭司竟然是一位即将步入老年的女性。她面容苍老，体态臃肿，赘肉横生，脖子上挂着沉重的金珠子，佝偻着身子从更高一层的台阶上俯视着众人，四人清楚见面礼仪，一齐向大祭司行礼。

"师父，他们将我从劫匪手中救下，我恳求设宴邀请他们表达感谢。"繁今也同样向大祭司行礼。大祭司听后没有回答，只见一直跟在繁今身边的管家婆跑到大祭司身边，与大祭司耳语片刻后，大祭司的脸色更阴沉了。

过了许久，大祭司才用沉闷的语气发话了：

"请客人们先进来休息，繁今和我到书房，我需要和你谈谈。"

繁今很纳闷，为什么平时和蔼的大祭司今天好像换了一个人似的。这种冷冰冰的态度他从未见过。

四人没多想，他们来这里的目的就是吃顿饭，便老老实实地在会客厅里坐着。繁今觉得不对劲，立马跟着大祭司去到书房。

大祭司进入书房后，反手将门锁上，拿起拐杖狠狠打在繁今的腿上。繁今捂着腿跪在地，不解地望着忍着怒气的大祭司。

"不要再和他们接触了！原因你自己肯定清楚，负责照料你的管家已经将她看到的所有告诉我了。想必你自己也看到了，那个女孩的能力与川羲一模一样！以后不许与他们多接触，赶快找个理由打发走他们！"大祭司控制着情绪，厉声呵斥道。

"但是……师父。您一再强调要我有恩必报，我已经许诺设宴款待他们，不能就这样失信啊！"繁今恳求道。

"不行！我绝对不能将这种潜在祸患留在眼前，编一个合理的理由让他们彻底离开丘狼族吧！"大祭司用拐杖狠狠敲了几下地板拒绝道。

繁今心知大祭司对于一切有关川羲的事情都非常忌讳，繁今大概知道当初丘狼族内因为川羲发生了什么，但事情已经过去了三十年，彻底尘埃落定，不会再起波澜。更何况世上的能力那么多，谁又能保证世上没有两个人能力是相近的呢？

"好吧，我自己处理。"繁今觉得劝下去没有什么用，大祭司的思维死板，她一旦认定不行的事情，再怎样说下去都不会有起色。

"不用你亲自去，我会派人处理的，你难道忘了你为什么被我送出城去？回到你自己的住处闭门思过吧。"大祭司对于川羲这两个字的敏感远远高于繁今的想象，甚至在他接触过羽林一行后直接被关禁闭。在此之前，他被送出城的原因就是因为半夜跑出

17

去，调查有关川羲的日记本。

大祭司一直刻意让繁今远离有关川羲的一切东西，这点让繁今越想越怪。眼前这种情况反而让繁今的好奇心更强了。

四人在会客厅内最后等来的只是一名个子矮小的侍女，雷霆一看繁今没有来，立马嚷嚷起来，皮奥利安按住雷霆脑顶让他闭嘴，才得以听清小侍女说了什么。

"请客人稍安毋躁，我们为您准备了住所，时间也不早了，请诸位先休息吧。住所在这边，请随我来。"一口官腔的小侍女像个没有表情的机器人，带着四人离开了祭奠堂。来到祭奠堂外的一处旅馆，很随意地将四人安顿在这里，旅馆内处处都是丘狼族的特色装饰，这种特色旅馆的房间内没有床，地板上覆盖着质感特别舒适的地毯，丘狼族的传统家庭都是盖着毛皮睡在地毯上。

被丘狼族特色吸引的雷霆没有忘记宴会的事情，本想从小侍女的口中问出之后的宴会何时举行，却被小侍女用各种礼貌的官腔推掉了。

旅馆小侍女离开，雷霆气鼓鼓地坐在地毯上。

"繁今这样算耍赖吧！亏他还是丘狼族的准大祭司！"雷霆骂骂咧咧地说道。

"看来丘狼族内部还是有很多情况我们不清楚，就这样吧，也不用和丘狼族高层扯上关系，挺好的。"默反倒是安心了。

"咱们可是卖给繁今一个人情，就这么被打发了啊！"雷霆一副不死心的样子。

"雷霆既然这么想去吃的话，那明天在梦泽洲找个好一点的特色馆子吃一顿吧。"羽林说道，随后开始翻刚入梦泽洲时随手拿到的旅游地图，看看有什么特色餐馆。

"你也不用想办法安慰他，也怪他非要提出什么宴会，如果提起酬谢是钱的话，也不会就这么不了了之。"皮奥利安没好气地瞪着雷霆说道，雷霆向皮奥利安吐吐舌头，凑到羽林那边找餐馆去了。

皮奥利安靠在毛皮毯子上听到窗外的雨声渐渐变大，感叹道：

"没有想到在第八空间还能见到这么大的雨，不愧是雨水充沛的梦泽洲啊！"

"明天的空气应该比较湿润，你在第八空间应该就不会觉得很难受了，沙漠之中能下这么大的雨也是很罕见的事情啊。"默擦拭着审判剑上的污渍，慢悠悠地说道。

众人就这样你一言我一语地在房间中闲聊着，他们已经好久没有体验过这种安心的感觉了，那种什么都不用担心，安闲地讨论着生活琐事，这种幸福已经很久都没有过了。

轻声敲门的声音响起，雷霆第一个冲去开门，因为他刚刚在旅游指南里看到，有些特色旅馆会赠送晚餐。

一位身披雨衣双手拎着两大袋子东西摇摇晃晃地进到房间，众人都以为这个人走错房间了，只见将两大袋子东西放到地上后，那人脱下雨披，露出戴着素色面具的脸——繁今。除了雷霆见到繁今满脸欣喜，剩下三人都是一脸无奈。

他们知道和丘狼族高层扯上任何关系之后会很麻烦，除了一直想参加丘狼族宴会的雷霆，其余人看到繁今就像是看到大麻烦进屋一样。

"那个……我带了一些慰问品过来。"繁今看四位神态各异，赶忙解释自己来这里的目的。打开袋子，里面都是丘狼族特色的各种干果和风干肉，还有配有辣椒馅的饼，雷霆毫不客气地开始吃。

"时间这么晚了，你是一个人出来的？"默问道。相对于其他，他还是更关注繁今的人身安全，如果有什么差错他们可承担不起。

"对，就我一个人。我这次来就是给大家道歉的，因为我食言了，大祭司不但没有同意宴会的请求，还因为这位女孩的能力禁止我与你们接触，被关了禁闭。"繁今一边无所谓地解释着，一边给四人分发风干肉。

"你被关禁闭，怎么出来的？"皮奥利安惊奇地问道。

"梦泽洲晚上多大雨，我住所的守卫在下雨天会加快换班次数，再加上看管我的管家婆好像因为这次劫持受惊请假了，贴身照料我的小侍卫与我比较亲近，就这样溜出来了。我在路上买了一些街边的小吃，也只能补偿你们这一点点了，真是对不起！"

"你先前说因为我的能力，才会被大祭司禁止与我们接触？"羽林的注意力显然不在繁今带来的小吃上。

"羽林小姐应该不知道吧，三十年前有一对姐弟给丘狼族带来了巨大灾祸，大族长的儿子和妻子都因弟弟辰月去世了。姐姐被处刑后自杀，那名罪女名为川羲，能力与您极其相似。可能就是因为这点，大祭司就敏感到不让我与你们接触了。"繁今对他们的态度很尊敬，处处都在用敬语。这让大家有点不知所措，这样身份尊贵的人对他们居然还在用敬语。

"不是相似，我与她的能力一样。"羽林说道，繁今听后愣在原地，递出的风干肉也一同停滞在半空。

"那您莫非是川羲的亲人？女儿？可是我从未听说川羲嫁过人，更不知道她还有孩子。"繁今赶忙说道。

"我不知道我是否与川羲有亲缘关系，我来丘狼族的目的就是为了寻找三十年前的真相。"听到羽林的回答，繁今已经难以掩饰他的激动之情。

"按理来说应该很少会有人知道川羲这个名字，她在我们丘狼族被视为耻辱，就算史书也不会记载她的名字，只会以罪女替代。您又是从哪知道她的呢？"繁今匆忙从口袋翻出一个小笔记本，像一位记者一样看着羽林准备记录。见繁今这种恭恭敬敬的模样，羽林真的很不适应，只好劝他称呼自己名字就好。

"你问这些干什么？"默突然打断问道。这个身份尊贵的小少爷还是知道越少越好，既然他能随随便便从住处溜出来。如果他知道得更多，很有可能就会一直跟着他们。而这位准司大人丝毫不知道自己还身处危险中，如果有了差池，肯定是他们的责任。

"我这次被大祭司送出梦泽洲，是因为我晚上趁着下雨去图书馆查找一本手写本，它是本有关川羲的日记。我从里面断断续续的言论中分析出来，他是丘狼族上下唯一认为川羲没有罪的人，并指责丘狼族恩将仇报逼川羲自杀。我也同样想调查清楚三十年前的事情，现在我的调查遇到了困难，既然羽林知道一些关于川羲的事情，我很想听听能不能找到突破口。"繁今说道。

众人听后大骇，他们来丘狼族的目的就是为了寻找真相，万万没有想到能从繁今身上得到线索。

"那好，就做个交易，你带我去看那本日记，我将我知道的全部告诉你。"羽林怎么可能轻易放过这到手的线索。

"交易我接受，就是时间上有点限制，如果明天晚上还能下雨的话，我应该能溜出来。"繁今同样也不想就这么丢掉线索，毫不犹豫地同意了

"下雨好说，包在我身上，你想让雨下多大都可以。"皮奥利安捶捶胸脯说道。身为可以呼风唤雨的神龙族，局部地区下点雨还是在能力范围内的。

"那我明天晚上与大家会面，带你们去图书馆看日记本，在此之前我可以先听听羽林是怎么知道川羲的事？是亲人之间的转述？"

羽林也不想隐藏什么，繁今现在就是她所能找到的最大线索，哪怕他知道的只有一本小小的日记本，她都必须牢牢抓住。

"我没有亲人，只有一位朋友和我提起过她。从他那里我只能和你一样知道有关川羲大概的事情，但我现在知道远远不止是大概，包括她的感情和生活经历、身上一些事的细节我都清清楚楚。

造成这些的原因你可能都无法想象，因为一些复杂的原因，我所有的噩梦都会与川羲有关，在梦里我慢慢从旁观者变成了川羲本人，感觉也越来越真实。简直就是设身处地体验川羲的经历一样。她的各种情感，甚至包括肢体上的疼痛都能影响到我。最痛苦的是与川羲感同身受的梦境会在每天晚上折磨我。"

"不可思议……我从来没有听过这种带着他人感觉的梦境，按理来说在梦境中应当只有自己的感觉，怎么会强制去体验别人的感觉？这么说起来，川羲是自杀而死，莫非……"

"没错，我已经不止一次体验过自杀的感觉了，甚至连生命一点点从身体中散去慢慢变冷都能感觉到。"羽林很平淡地说道，默看向羽林那种无所谓的态度，他清楚羽林是面对了多少次死亡，最后慢慢被迫磨砺成这样。

"好可怕啊，我真的很难去想象，如果这种噩梦天天光顾我，我恐怕早就要疯掉了。"繁今捂着嘴惊叹道。

羽林开始一点点给繁今讲述，川羲和辰月是如何穿过阳光普照的田野去求助负责照料他们的斯白克斯。又是如何与弟弟一同度过在小木屋的快乐时光。直到沉寂的日常被打破，川羲得知辰月杀人的消息后，惊慌失措之下用能力自保时误杀人，在族长眼中犯下滔天大罪，试图认罪的川羲却被丘狼族族长折磨，被迫在高台上自杀。

一切一切的细节用第一人称的视角去看，光是听听繁今已经感觉到恐怖了，更别说梦中会设身处地体验这一切的羽林了。羽林能给他的只有梦境的碎片，这些碎片不能完

全拼出三十年前的所有事情。

繁今听后沉默了，他脑子中疯狂解析着羽林之前的话。

辰月为何杀人，为何杀的是丘狼族族长的儿子？那种恐怖的能力到底从何而来，川羲为什么不能像辰月一样如意掌控？为什么大地之子斯白克斯要亲自去照顾这两个孩子？

从这些梦境碎片去看，几乎可以从客观的角度去肯定川羲和辰月杀人在先，受到丘狼族审判几乎是罪有应得，不计较族长寻仇报复的心理，川羲也应当受罚。

为何那本日记本却明明白白指出错的不是杀人在先的姐弟，而是丘狼族自身？莫非那本日记中还有什么他没有解析清楚的吗？

思考许久，繁今才反应过来时候不早了，他必须赶快回去。看着向他挥手道别的羽林，繁今有点疑惑。为什么她明明是个女孩子，却能和这群男生在一起玩？大祭司从小就告诫他一定要尊重女生，要和她们适当保持距离，才显得有礼数。

"你们四个就睡这一间屋子，真的好吗？"繁今不解地问道。

"没事啊！睡地毯上又不挤！"雷霆立马答道，他肯定没有理解繁今的意思，但这句却顶得繁今无话可说。羽林听后赶忙解释：

"我晚上会做噩梦，一开始我们是分开住的，但我在做噩梦的时候真的很恐怖，惊醒的时候很容易情绪失控，他们很担心我，就会一起搬凳子到我房间和我说话，时间长了索性就住到一起了。"

繁今听到羽林发话后才得以安心离开。

实际上羽林自己清楚，自从和他们三个住到一起，为了不影响他们休息，她甚至选择通宵装睡，隔天再去真正睡觉，这样至少能让他们安心睡一晚上。连不能睡觉的苦都要拉上他们一起受，羽林于心不忍。

第二章

风雨前奏

羽林悄悄地用能量照着笔记本，在这种不眠之夜，她用来消磨时间的习惯就是将之前的梦一点点地用笔记下来。她发现这些梦境不像一个故事有顺序，而是打乱时间顺序出现在她的脑海里。每一次的梦境中都会出现高台上自杀的场景，甚至随着出现次数的增多，羽林在一次次的自杀中注意到的细节也越来越多。

若不是之前听天兰灯说过有关辰月和川羲的故事，羽林的梦分析起来可能会毫无头绪。她把梦分成三部分，第一部分就是川羲和辰月在小时候的快乐生活。第二部分是为自杀铺垫的事件，比如她失手杀死了族长的妻子。第三部分就是高台自杀。

这三部分几乎能概括川羲短暂的一生，从美好一点点走向悲剧。能从梦境中知道的也不过就是这些，羽林有点想不通，为什么繁今提到的日记本上会说川羲无罪，恩将仇报的是丘狼族。川羲究竟对丘狼族做了什么？

梦境能提供给羽林的东西实在是太少，她必须从头到尾知道三十年前到底发生了什么，才有可能摆脱每天困扰她的噩梦，才有可能知道川羲是不是她的亲人，这种通过自己认识脑海中另外一个人的感觉有点怪怪的。

她真的好希望川羲是她的亲人，这样的话，还在世的辰月就会是她的亲人了。她也不再是无所依靠孤身一人。

想着想着，赶路的困乏袭来，上下眼皮不由自主地就合住了。这一晚的梦境很善待羽林，她随着午后阳光下奔跑在田野上的川羲感受着风和露水，看着斯白克斯坐在围墙上打着瞌睡。

早早就醒来的雷霆看到羽林安稳熟睡的模样，也没像前几天那样拉她去外面逛。她能安心睡觉的概率实在太小了，甚至在皮奥利安和默醒来后都没有刻意去叫她，彻彻底底让她睡到了自然醒。

"终于醒了吗？醒得可真是时候，我把昨天繁今带来的特产冷水鱼烤了，应该快到时间了吧？"皮奥利安借旅店的厨房准备着中午的饭菜，雷霆在一旁早就迫不及待了。

"你要是想再睡一会也没关系。"默说道。

"哈！你要是真的睡过去，醒来可就没有吃的了。别听默的！他肯定想少一个吃饭竞争对手。我哥在我小时候经常干这种事，把我哄睡之后自己偷吃东西。"雷霆抓住羽林的肩膀狠狠地摇她，生怕她还会再犯困睡过去。默看到后扶额，皮奥利安听到雷霆说的抱怨起来：

"我还偷偷吃你东西？你吃的哪个不是我做的？还有，你又不是不清楚你小时候的胃口，若不是把你哄睡，我哪能吃得到东西？"皮奥利安不满地抱着手臂瞪着雷霆说道。

"我……还不是因为你做饭好吃我才会多吃？问题出在你身上，根本不怪我！"雷霆强词夺理，皮奥利安似乎已经不想和雷霆口头上计较，准备动武。

"烤鱼的时间到了。"默打断道。皮奥利安这才作罢，留下一脸胜利模样的雷霆。

香气四溢的烤鱼端上来，彻彻底底将众人的注意力转移了，雷霆很是克制地就吃了几块，生怕羽林和默见识到他的食量。毕竟他可是小吃街挨家挨户地从头吃到尾都没有问题。

皮奥利安的厨艺两人是第一次见到，可以说是入口瞬间就被惊艳到了，这种对火候和时间的熟练把控绝对不是一朝一夕就能掌握的，也难怪他能一个人就把雷霆带大，真是既当爹又当妈。

饭后四个人围着桌子有说有笑地等着天黑实行计划。

"说起来我好像还没有问过你们之前做了什么任务？"羽林好奇地问道，那时她孤身一人在木族闯荡，根本没有与他们有信件来往。

"一些挺简单的任务，就是护送一些货物什么的，可以挣一些小钱。"皮奥利安简单地概括道。

"但是运送货物要往返于魔龙族之间，这就很刺激了。"雷霆说道。

"魔龙族？你们难道不怕……"羽林惊奇道。

"在魔龙族的边界上活动的胆量我们还是有的，虽说这些任务只是护送商品，我们却在其中发现了一些不寻常的东西。"皮奥利安说道。

"什么东西？"羽林问道。

"一支居住在边境雪山上的龙族，他们与我们交流货物时都会遮掩面容，建在山上的要塞极其雄伟，还有一个奇怪的特点，即使在冰天雪地里他们穿着也不会很厚。"皮奥利安说道。

"魔龙族多带有火属性，这使得他们会讨厌冰雪和寒冷。既然能在这环境艰苦的雪山上生活，恐怕能力属性中也会有水一类的属性。"默听后立马总结出了重点。

"冰龙一族应当已经被魔龙王塔格拉罗门除掉了，高山上的可能是当年的幸存者。"皮奥利安说道。

"当初冰龙一族应该是彻彻底底地被灭了，不可能有幸存者。换句话说，如果冰龙族的雪山要塞真的这么明目张胆地建在魔龙族边界上，还进行着各种交易往来，塔格拉罗门得知后不可能不去根除他们。"默说道。

"可疑点真的好多啊！有两种可能，一是你们这一次去只是看到了表面，不能直接断定里面居住的都是冰龙。二是塔格拉罗门明知道有这座冰雪要塞在，他却出于某种原因不去攻击。"羽林总结道。

"第二种也太玄乎了，塔格拉罗门怎么可能手下留情？"雷霆说道。

"是啊，他明明是这种人，却让你们兄弟俩从他手里活下来了。"羽林说道。

"我不想去猜那个浑蛋老爹脑子里想着什么，咱们聊点别的吧。"雷霆很少见地摆出这样严肃的表情，众人也就没有继续分析龙族的事情，开始聊起生活琐事。

时间过得很快，天色渐渐暗了下来，他们要掩护繁今离开他住处的计划马上就要开始了。

深夜降临。

皮奥利安很谨慎地在云层中隐藏化作原形的庞大身躯，在梦泽洲上空动用能力降下了瓢泼大雨。梦泽洲本身空中就有相对厚实的云层，利用自然水汽对于皮奥利安来说就省事多了。如果丘狼族有人在空中观察的话，就会发现梦泽洲的祭奠堂附近的雨是最大的。

繁今望着窗外越下越大的雨，心中不知为何有了一丝丝紧张。

"准司大人，您真的决定这么做吗？如果被大祭司发现，你和我肯定都要完啊！"繁今的贴身小侍卫苍日站在窗口听着外面的暴雨，战战兢兢地看着收拾东西的繁今。

"大祭司这几个月来一直埋头在书房，更何况我在关禁闭，不会有其他人来见我，出去几日她应该不会发现。况且救我的那些人也会和我一起，我在外的安危不用操心啦！"繁今清楚这几日大祭司一直将自己关在书房中，几乎不怎么走动，如果她还是如此，应当不会注意到繁今离开一段时间。

"可是这真的很悬啊！您小时候惹恼了大祭司，被罚关禁闭，大祭司还是会天天来看你。"苍日试图劝回已经将衣服换好的繁今。

"我知道大祭司她只是个刀子嘴豆腐心的老婆婆，看她近几日的忙碌程度，应该顾及不到我。我会尽快回来的，在这期间就拜托你了。"繁今摘下附着着金箔的面具，换上另一个特别普通的木质面具，然后将金色面具扣在小侍卫苍日的脸上，微笑着说道："你和我体格身高都相近，这几日难为你了。"苍日只得满脸苦涩地接过面具。

繁今心里早就有溜出去的打算，让苍日暂时伪装成自己，那些送饭的人员应当发觉不了，毕竟谁都不清楚繁今面具下的面容究竟是什么样的，他们只认得面具。

"如果出了一些事情，立马用鹰通知我，它肯定能找到我。"繁今走到门口处的鹰架旁，抚摸一下爱鹰的背羽，转身披上黑色的雨披，走进瓢泼大雨中。

在约定的时间，繁今果然敲开了旅馆的门。默见繁今背着一个大行李包，感觉有些奇怪。

"就出来这一次，没必要拿这么多东西吧？"默问道。

"我借着大祭司关我禁闭的机会就能多逃出来几天，对于你们来说应该很有利吧？"繁今笑道。默听后打量了一番繁今的这身装束，丘狼族最习惯用的武器就是锤子和宽刀，这位小少爷身上一点武器都没有携带，摆明了他根本没有意识到自己还身处危险之中，以为在梦泽洲就是绝对的安全，全然忘记之前山中差点被劫持的遭遇。若不是解决羽林的噩梦需要繁今，默早就不想继续和丘狼族的权贵扯上任何关系。

"你这次出来有保障吗？至少保证大祭司不会发现你失踪。"默用质问的口气说道，羽林听默如此口吻，也明白了他到底在担心什么。本来默就是黑暗属性，如果发生不测，他可能身份暴露并被丘狼族通缉，对于暗部来说简直就是指明了他在丘狼族。

"我让我的小侍卫装扮成我，这样应该能撑几天。在这几天内争取找到我们共同追求的真相！"繁今攥紧拳头兴致勃勃地说道。

"尽力吧。"默也不指望这么一个不靠谱的小少爷帮他们解决问题。默觉得准大祭司这个名号挂在繁今脑袋上，纯粹只是一个炫富标签。他完全没有从繁今身上感觉到一点点大祭司应该有的风范。繁今现在给默的印象更像是一个顽皮小子，遇到点事就慌乱，事一旦过去就当做没发生一样。

"不过繁今的面具依然有点明显啊，走在街上很容易被发现的吧？"皮奥利安注意到繁今即使换了一身普通人的装束，脸上的面具依然还是很显眼，谁会没事干戴着面具走在街上呢？

"这个绝对不行！绝对不能摘！"繁今坚决反对，雷霆一听来了兴致，更是好奇面具后的脸是什么样子了，根本没说二话直接扑了上来，繁今的力气怎么可能有龙大，羽林和皮奥利安一同去拦雷霆，结果还是没有拦下来，繁今的面具还是被雷霆扯掉了。

室内灯光充足，即使繁今捂脸的速度很快，但是众人还是彻彻底底看清楚了他的脸。繁今的长相绝对不丑，他也绝对不是因为相貌才选择戴面具，他的额头上有大面积的金色太阳纹，这个太阳纹似乎是用极其残暴的方式刻在他额头上的，能感觉到繁今被刻上这个纹路的时候一定在疯狂挣扎，整个太阳纹的线条都是扭曲的。

"这是什么……"羽林看到后下意识问出口。

"把面具还给我！"繁今歇斯底里地喊道。

雷霆见繁今这么大的反应，老老实实地交出了面具。

"这个纹样我好像在哪见过……奴隶吗……"默看到后喃喃道，繁今听到猛然回头，警惕地看着默。默没有说下去，生怕这位还会有什么出格的举动。

过了许久，繁今才意识到自己的失态，赶忙和众人道歉，但是关于那个太阳纹却闭口不提。

"你所说的那个图书馆在哪？"羽林赶快岔开话题。

"呃……随我，随我来吧。"繁今还没缓过神来，像是受了刺激一样摇摇晃晃地带着众人往外走。皮奥利安见繁今的反应这么强烈，没好气地给了雷霆一拳。雷霆也知道自己太乱来了，耷拉着脑袋。

夜深人静的街道上。

行走在皮奥利安用能力凝聚的雨水中，众人感觉到的只有惬意，因为不会有任何一滴水能沾湿他们。梦泽洲的地形被错综复杂的水系分割开来，整个城市的分布很是复杂。繁今轻车熟路地带领他们到了图书馆附近，刚想带着众人从图书馆正门进入，被默拦住了。

"即使是这个时间，从正门走太惹人耳目了，翻窗吧。"繁今听后觉得默说得有道理，带着他们找到一处较低的窗子，他反复拉了几次都没有拉开，很明显是里面上锁。繁今刚想换一扇窗户试试，就见羽林轻而易举地用能力变成细片塞进窗户的缝隙中，将里面的横锁挑开了。

繁今对羽林的能力有了新的认识，能随意变换的能力实在是太便捷，若是用作犯罪，还真的是想都不敢想啊！

图书馆管理员拉斯特被窗户的动静惊醒，以为是强盗小偷，穿着睡衣拿着火炉钳子从卧室跑了出来，繁今刚想和拉斯特打招呼，就感觉身边一阵风呼啸而过，一个人影直接闪到年迈的拉斯特面前，一点多余的动作都没有，就将拿着火钳的拉斯特按翻在地。

"等一下！"繁今见此赶忙制止，默夺过火钳想要击昏拉斯特的手停滞在空中。

"让外人发现你可不好，弄昏了事。要是不嫌收拾起来麻烦，杀了也可以。"默另一只手掐着拉斯特的脖子，拉斯特一点声音都喊不出来，像一只割掉喉咙的年迈山羊，发出奋力呼吸的声音。

"不，不是！拉斯特认识我，他不会向大祭司告发我的。"繁今赶快解释，他已经被默的脑回路吓到了，什么人会直接往杀人那方面去想啊！默将信将疑地松开拉斯特，退到最好继续攻击的地方待着没动，拉斯特在地上趴着咳嗽了许久，才扶着图书馆的桌子翻身坐在地上。

羽林赶快凑上来看年迈的拉斯特有没有受伤，毕竟在暗部待惯的默一旦出手就绝对不会因为他年迈就手下留情，这也不能怪默，这种高警惕的表现没有因为他回到明处有一点点的改变，这种警惕对于他已经成为条件反射。

"繁今……你小子要干什么？这些是什么人？"拉斯特缓了半晌才说出一句话。

"对不起！我没想到会这样，可能是我们进来的方式不对，惊到你了。"繁今有点语无伦次地解释道。

"我这把风湿骨病的老骨头被你们这一折腾半条命都要没了！咳咳咳……"拉斯特咳嗽完狠狠瞪了默一眼。

"默会这样有很多个人原因，我来帮您把擦伤治疗一下吧。"羽林挡在默身前有些尴尬地解释道。

羽林很仔细地将拉斯特身上的小擦伤用能量治愈，她没有去责怪默，毕竟他刚从暗部回来的，要是想改掉这些毛病，像明处的人一样思考，对他来说肯定不是一朝一夕就能完成的。

"你小子不是被关禁闭了？怎么还能跑出来？我还说这下雨天我终于能早睡了，没想到啊！"拉斯特瞪向繁今。

"这件事还请您为我保密！"繁今行礼拜托道。

"烦死了小子！我拉斯特从来没有把你半夜跑图书馆的事告诉过大祭司，告了我也得完蛋！上次是你不小心回去的时候被发现了。"拉斯特还在气头上，繁今好生安慰了许久才慢慢平静下来。

"你这次来不是为了那本日记吧？快算了，算了，那本日记昨天借出去了。"

"昨天？时间这么巧合？"繁今万分惊讶，昨天就是他带着羽林一行来到梦泽洲的日子，莫非是大祭司收走了这本日记？再也不给他机会接触？

"你也不用担心，不是大祭司命人借走的，是这本日记的作者亲戚借走的。如果这本日记真的像你们说得那么玄乎，他借走恐怕是防止惹事上身。借阅记录在柜台上，自己翻吧。"拉斯特扫了一眼众人，继续说道："所以说你带这么多人来就是为了那本日记？居然还有疯子像你一样想知道三十年前的事？"

"丘狼族很多事都很奇怪，三十年也不是非常久的时间，丘狼族的所有人就像忘记了这件事一样，全部都闭口不提。"繁今一边点燃油灯一边说道。

"那是迫于族长的压力，这件事成为忌讳之后谁敢提呢，我年过半百，三十年前的事我也记着些，当时川羲被抓来游行的模样太过残忍，我没有多看……顶多就是记得……"拉斯特眼光瞟到羽林身上，突然有一种说不出来的熟悉感。"和这位小姑娘模样差不多的女孩被捆在柱子上，说来也怪，这小姑娘怎么和川羲这么相像呢？"

羽林听后没有回答，拉斯特所说的情节在她的梦里也有。亲身体验的感觉可是用"太过残忍"无法形容的。

片刻后，繁今果然在图书馆柜台上找到昨天借书的人，从读者资料中调查下去，很快这位读者的住址就清晰明了。

可是在他们走街串巷来到这个住址面前时，从外观上看，根本看不出来这里有人居住的痕迹。几人依然有点不死心地开锁进去，深夜摸进这种看不出来有人居住的房子，还是蛮阴森恐怖的。

尘土积满地板，家具上满是灰尘，在羽林的能力变出的光中，可以看到各种各样的游尘顺着众人的呼吸在空中摇曳。残破的钟表斜在墙上，里面的指针停了。所有的陈设几乎都是破烂得不成样子。

繁今一直缩在众人背后，房间里的任何一点点小动静都惊得他浑身发抖，皮奥利安不小心踩到地板上的一块翘起的木板，翘起的另一端正好在繁今脚底，这一下让繁今惊叫出声。众人赶忙回头还以为发生了什么，明白后的众人鄙夷地看着繁今。

"这里很明显没人住了。难道我们地址看错了？"繁今说道，他是真的很想从这间房子里出去，这种阴暗的环境总能唤起他一些不好的回忆。

"空置这么久的房子，而且这里靠近梦泽洲的中心，这么好的地理位置，理应空房立马会满。"默听了繁今的话根本没有理会，只是继续在屋子中走动着。

"按你这么说，一直这么闲置的原因可能是之前主人去世，幽怨积存成为闹鬼凶宅？"羽林四处看着，推算道。繁今听后立马往人堆里缩了缩。

"还有另外一种可能，这里还住着人。"默蹲下吹开地板上的积尘，敲敲地板。地板上的积灰很厚，下面露出来的地板已经掉了漆皮，能看到里面原木的本色，又起身看了看墙上的钟表，同样是积了很厚的灰，铜面生锈，一些地方已经崩裂开。

"还有人？这比闹鬼还可怕唉！"雷霆赶紧望向漆黑的四周，攥着拳头，生怕有什么东西突然蹦出来。

"有些地方很奇怪，木质地板的损坏程度和铜表一样，木地板损坏成这样可能需要十多年，而铜钟损坏成这样起码得过近百年。这种闲置很久的感觉不是自然形成的，是有人刻意为之。但做得太平均反倒有疑点。"默分析道。

"这就和那本日记一样！不能光看表象！翻开那本日记很容易迷惑读者的眼睛，让他们以为读不懂，自行退出。和这座宅子一样，一进来就会让你以为没有人，自己离开。"繁今恍然大悟。

"即使知道有人在这里住着，但这里一点生活气息都没有，连个人影都见不到。怎么把他找出来？"羽林问道，这里不像是当初在布偶公爵那里还有一个召唤阵，可以让真实房子的门显现出来。

"知道这里有人就够了，谁也不想亲眼看见自己的家被毁吧！雷霆，烧！"皮奥利安说完，雷霆二话没说立马照做。

雷霆含在嘴里的火还没有吐出来，整个宅子内部的模样就像是幻境碎裂一样，刹那间室内焕然一新，一尘不染。灯光明亮地照着家里干净整洁的家具。一位胡子拉碴的瘦干大叔穿着外套突然出现在客厅内，手里拿着一个装满尘土的小瓶子。

大叔看五人的眼神满是怒气，颤抖的嘴都不知道该吐些什么词出来。

"一群不知好歹的东西，赶得真是时候啊！赶在我连夜搬家的晚上，说，是不是大祭司让你们来的？大祭司那宝贝徒弟看了我捐给图书馆的书就被送出梦泽洲了，嚯！今天大祭司的人就找上门来了？是想把日记毁掉吧？"大叔一边说一边不知道从哪里又掏出了什么稀奇古怪玩意。默对这些小瓶瓶罐罐总有一些不好的联想，正准备先解除隐患，繁今却从后面冲了出来。

"我们对您毫无冒犯之意！只是想请教您几个问题！"繁今赶忙行礼道。这冠冕堂皇的话，这么标准的礼貌用语，在大叔眼里却是那么不可信，毕竟之前这些人还说要烧掉他的房子。

"请教问题？烧我房子请教问题？真有你们这帮小屁孩耍的！居然还说什么没有冒犯之意？这倒是稀奇！大祭司南漪挲就准司一个弟子，你不是刚被送出去吗？怎么又回梦泽洲了？现在跑我面前来了，你是想向我报仇？还是大祭司派你亲手除掉我们这些祸患？让你引以为戒？"大叔的脾气根本没有一点收敛的意思，像是见到繁今火更大了。

大叔对繁今毫无礼貌，羽林觉得八成就是认准了是大祭司命繁今来除掉他。索性破罐子破摔彻底把好脸撕烂了，繁今见大叔如此反应一脸蒙，没有明白到底是自己哪里惹恼了他。

众人看这位大叔根本没有和他们好好说话的意思，羽林觉得雷霆他们脑子里面蹦出来的想法是——怎么把面前这位火冒三丈的人擒住，逼他说出结果。

再这么发展下去，场面迟早会越来越难收拾，羽林根本想不出来有什么其他的处理办法，羽林眼里的繁今就是一位在贵族家里被宠惯的小少爷，没有面对突发事件的经验。这种情况最好就是彻底坦白说目的，才能赢得对方的信任，而不是用冰冷的礼貌用语招待别人。

不知道该说些什么的繁今愣在原地，看起来就像是谎言被戳穿的人。果然那位大叔更火大了。羽林看默他们三个已经做好了战斗准备，心说再怎么解释下去也解释不清楚了。

"佛伦？这是怎么回事？"从楼上匆匆忙忙跑下来一位提着行李的妇女，看到这场面愣了几秒，然后立马认出站在最前面的繁今。

"他们是大祭司的人！竟然赶在这节骨眼上来除掉我们，阿萨娜，你先躲着，等我把他们料理了。"大叔依然气势汹汹地叫喊着，伸手就举起手中不知道装了什么的瓶子。

"先等等！佛伦！准司？他不是刚刚又被大祭司关了禁闭吗？为什么现在会在这里？"阿萨娜像是没有听到佛伦说话一样，就这样从楼梯上走下来。佛伦一听也才发现道理说不通，准司关禁闭中，大祭司怎么可能派他出来？

"别老是搞这么大笑话好不好？佛伦？一天到晚神经兮兮的！"阿萨娜瞪着他呵斥道，佛伦像是蔫掉的气球一样，卸了怒火。

"让孩子们进来坐坐，好好说话，别堆在门口跟强盗一样。"这位女士应该就是佛伦的妻子，她的眼睛瞟到羽林身上时有了些许恍惚。她就像老妈妈一样，让她眼中的这五个孩子坐在沙发上，给他们端来了热水。

"好了，说说晚上突然来我们家干什么吧？"阿萨娜柔声说道，佛伦见阿萨娜这么好脾气地接待这群小屁孩，心里很是不爽。

"我想找被佛伦先生从图书馆借走的那本日记。"繁今吸取教训，赶紧开口直奔主题。

"哪有什么日记！我们家没有这种东西！"佛伦突然翻脸不认。

"那本日记吗……你们找它干什么？"阿萨娜无视佛伦的否定，继续问道。

"我真的很想知道三十年前的真相！拜托了！"繁今恳求道。

"居然还真有人有能耐能看懂，不可思议。"阿萨娜听后连连感叹。

"我们真的很需要那本日记里面所记述的全部真相，看来你们这么执意将有关日记的所有内容保密，恐怕在丘狼族大祭司眼里，那本日记现在被列为什么禁忌之物。你们还如此惊恐地准备隐藏住所并搬走，恐怕就是怕大祭司因为这本日记找到你们的头上吧。要不要做个交易……"默说道，阿萨娜听到一半打断了他。

"虽然不知道你们来自哪里，对于三十年前的事情，我和佛伦可以毫无保留地将我们知道的告诉你们。没必要做什么交易，你们想听什么都可以，至少在我看来，三十年前的真相如果再没有人问津，可能真的就这样埋没了。"阿萨娜温和地说道。

"你真的要告诉他们？而且其中一人还是准大祭司？"佛伦惊道。

"不知道我这样算不算冒风险呢，但至少我觉得这位准司和之前几任的大祭司不一样，如果他知道真相，说不定是改变丘狼族现状的契机。"阿萨娜的话让繁今感觉云里雾里，有些听不明白。

"现在想来，那段日子之前的好几年对于丘狼族的北边境来说真的是安逸。那个时候还有各种中心区居住的富豪搬到那里居住的吧？对吧，佛伦？"阿萨娜一边翻找着行李箱一边叹惋着。

"现在没有人往那鬼地方去，鬃狮族在北部边境闹得凶，谁没事愿意往那跑啊？还传说十几年前在那地方闹出点大事，搞什么非法人奴的勾当，当年可是死了不少小孩。据说那时的奴隶都被折磨死了，就几个人存活下来，而且还有人说，造成奴隶事件的罪魁祸首当年没有抓到，现在这个人一直丧心病狂地找活下来的奴隶复仇。这些都是些传闻，我也不清楚具体事实。"佛伦骂骂咧咧地吞了口热水说道。羽林注意到繁今听到"人奴"两个字时，不由自主地向后缩，眼睛再没有直视佛伦。

"你们所说的就是这本日记吧？"阿萨娜从行李箱中把日记本翻出来拿给众人看。众人传阅了一遍这本老旧的黄页纸订起来的小册子，里面的话果然都是乱七八糟，前言不搭后语。

"你居然能从这种被删减过的日记本中读出东西来，也真是难为你了。佛伦，拿你从妖尾翼狐淘来的稀奇古怪玩意把附在日记上的幻境解了。"阿萨娜递给佛伦日记，他满脸不情愿。

"你知道这个幻境在无人不伸手店里卖多少钱吗？现在居然让我解？"佛伦埋怨道。无人不伸手是幻之子在妖尾翼狐族的店名，是用来卖幻境和一些稀奇古怪小玩意的地方。羽林几人听后也便明白之前"人去楼空"的幻境，估计也是佛伦去幻之子的店里买的。

"我认识无人不伸手的老板，现在解开让我们看一下，日后我们再找老板免费送给你。"羽林说道。佛伦瞥了一眼羽林，恶狠狠地说道："不用你个小屁孩给我情面！解就解了吧！"

随着佛伦敲开书皮上的一块污渍，幻境消失得一干二净，整本日记变新了一丁点，再翻开日记，里面的话变得通顺流利，甚至连字都印得清晰了。

"这本日记是佛伦的弟弟佛伦特写的，他本人受不了三十年前发生的事件，自杀了。我和佛伦一看到这本日记就会想起那时候的事情，睹物思亲的感觉太过难受，佛伦只好将它的内容隐去，放到图书馆中保存。三四十年前我们一家居住在北境，那个时候我们比川羲大不了几岁，现在还有那个时候和他们兄妹玩耍的记忆。没想到物是人非啊……"

阿萨娜摩挲着日记，小心地翻看着里面的每一页。过了许久，她似乎才从怀念之情中缓过来。看向众人，用沉稳的声音与他们娓娓道来。

"四十多年前，我们都还小。现在我都能想起来川羲的模样，她穿的裙子永远是那种很明快鲜亮的颜色，本人的长相也是极美的，她就像一只生满丽羽的孔雀，和我们这些凡夫俗子是不能比的。我小时候也痴迷过她的一言一行，在打扮上去模仿她，结果被佛伦嘲笑我像一只沾满彩色颜料的乌鸦。

"据我母亲说，照顾川羲和辰月的是位中年人，能力极强，我们叫他白叔。他有一天抱着还是小婴儿的川羲突然来到丘狼族的边界，那时我顶多两三岁，对那些事情记忆不清。他向北境的城主许诺让北境不再受鬃狮族的侵扰，希望能换一处可以休养生息的住处。

"到这里就得说说丘狼族的边境了，可能你们都不太清楚。鬃狮族与丘狼族算是世仇，时常因为资源问题发生各种争斗。

"丘狼族的边境绿洲是时令绿洲，入秋降水会变得极少，这就是为什么这部分绿洲经常发生冲突的原因——为了抢水资源。鬃狮族是第八空间地地道道的游牧民族，会在有水的草场之间迁徙。因为农作物的问题，丘狼族会在秋天引鬃狮族草场的水源灌溉，引起鬃狮族不满，在此期间与丘狼族矛盾连连。入冬后丘狼族有足够的食物，在大雪满天的日子，鬃狮族十有八九就会来抢夺食物。

"想要解决这两个种族的问题，对于白叔可不是什么容易的事情，北境的城主一开始对他半信半疑，就随便分给他一处破地方——只要是鬃狮族攻打丘狼族北境，第一个遭到摧毁的地方。直到他孤身一人到鬃狮族后，两年内鬃狮族与丘狼族再无任何纠纷，城主信服他的能力，给了他一个好住处。

"这个住处附近有一大片高地田野，站在高地上差不多能看到边境的所有情况。北境城主很佩服白叔的能力，定期送些好吃好喝的给白叔这位北境'大救星'，这任城主在的时候，北境很太平，即使与鬃狮族有一些小纠纷，也不会演变成流血事件，白叔就像一位默默无闻的边境守护者一样，小心翼翼地庇护这一片小天地。

"白叔之后抱来了辰月，放心地让这两个孩子在他守护下快乐成长，我和佛伦兄弟因为年龄和他们相差不多，跟他们玩耍得很开心。

川羲和辰月就在这样没有纠纷的安逸世界中成长着，直到八年后，原先的城主因为年迈回家养老了，新上任的城主发现白叔是一枚可以利用的棋子，他发现白叔十年如一日地守护着边境，断定白叔绝对不会对丘狼族做任何一点不利事情。

"这位城主不满足于只是当偏僻北境的小官，他想讨好大族长的妻子，鬃狮族有一部分能干的工匠开采白玉，那种白玉在丘狼族很稀有。现任族长很需要以这种玉石讨好族长夫人，能降服鬃狮族的只有白叔。白叔一听要干这种勾当很不乐意，立刻否决了。

"城主知道白叔甚是疼爱那两个孩子，便削减定期慰问品的量，硬是逼着白叔去鬃狮族夺白玉。那几天川羲和辰月独自在家，我母亲不放心，时不时去看看，川羲没有让我母亲很担心，才几天就学会了做饭。那一次白叔离开的时间比较久，最终还是将白玉带回来了。

"城主一看果然白叔可以利用，才恢复了几次慰问品的量，变本加厉地要求白叔去鬃狮族换珠宝。我很不理解为什么白叔从来不与丘狼族动怒，即使被逼成这样，还是要保证慰问品的供应量。其实慰问品就是一些小孩爱玩的玩具和平时的零食。他似乎没有将这些事告诉川羲和辰月。

"白叔就像一把伞，把所有的风雨遮挡在外，只为了给川羲和辰月最完美的成长空间，他不惜付出各种代价。但伞也是有遮挡极限的，城主对高官的欲望是无极限的。城主要求白叔带回只有鬃狮族才有的朱白玉，朱白玉我没有见过，说是白玉中有血丝一样的朱红花纹，极为珍贵。

"不知道白叔之前几次是怎么取得白玉的，肯定是付出了点代价。朱白玉在鬃狮族很稀有，这一次城主甚至还限制了取来的时间，因为城主邀请了丘狼族大族长维兰德和夫人来到北境一同鉴赏朱白玉。白叔不想继续接手这样的活了，表示拒绝。城主便因此阻断了他们的饮用水渠，白叔没有因此妥协。

"族长来北境的时间近在咫尺，城主火烧眉毛，要求整个北境的商人决不能卖给白叔一棵菜一粒米，彻底将白叔他们逼向绝境。白叔这一次再也没有妥协，我母亲看不下去，偷偷资助白叔些日常用品。

"结果到族长来北境的前一天，城主知道自己自掘坟墓，肯定是有人暗中帮助白叔，他才能活这么多天，然后找上我们家门，派人把我们家一年辛辛苦苦储备的粮仓烧掉了。我母亲那一次被吓惨了，此后一说到要帮谁，我母亲肯定会拒绝。

"第二天，城主交不出朱白玉，族长认为他有欺瞒之罪，当机立断撤销了他城主的职位，让他回老家当个小村长。

"没有城主的这段时间中，族长暂时接管了北境。他的妻儿在北境可以说是为所欲为，比那位城主没好多少，族长维兰德得知白叔没有听命于城主去找朱白玉，根本没有撤回决不能卖给白叔任何资源的指令，白叔迫不得已只好去其他空间定期买食物。

"之后的事就是三十年前惨剧的开始，维兰德的两个儿子在北境也很猖狂，对于地位比他们低的孩子像他父亲一样去欺压，川羲本来长得就好看，那两个畜生时常到他们家去骚扰川羲。我不知道那个时候川羲和辰月是否拥有能力，因为那个时候我从未见过他们当着别人的面使用能力。可能在维兰德儿子们的眼中，川羲就是一个可以随意去命令的花瓶。

"辰月的性子像镜子，只要有人伤害到他，他就会毫不犹豫地反击回去。哪怕是在小时候，如果有人不小心打了他一下，他立马就会回击。这种性格也不能说不好，也不能说好，只要你待他好，那么他也同样待你好。只要你伤到他一点，他马上就会原封不动地反击你。

"川羲就不一样了，不论你之前怎么和她闹别扭，只要和她道歉和好，她就会不计前嫌，用最真挚的心好好待你。我小时候曾经和她发生过争执，之后我仔细想了想是我的错，结果第二天川羲带着她自己做的小蛋糕找我道歉。她是一个特别害怕失去的人，她害怕失去我这个朋友，即使她明知道这件事是我的错，她觉得这事没有我们之间的感情重要，所以她宁可把错揽到自己身上，也不愿意因为这点小事破坏了友谊。

"川羲的这种性格就成了维兰德儿子欺负她的原因，当时白叔忙于去其他空间采购生活必需品，没有太多时间陪川羲和辰月。川羲很识大体，她不会顾及自己，她清楚只要不惹到维兰德的儿子，他们的生活保障就不会再一次减少，白叔的麻烦也就少一些。川羲的唯唯诺诺助长了维兰德儿子的嚣张气焰，辰月怎么可能忍心看着姐姐就这样忍气吞声下去。

"之后的事我也是从佛伦父亲他们那里听来的，当时因为北境的形势很乱，我母亲怕再次遭殃，就搬走了。佛伦和她的母亲跟着我们一起搬走了，就剩下说什么也不肯走的佛伦弟弟——佛伦特，他父亲只好和他一起留下来。

"过了几个月，我们见到佛伦特的时候，他已瘦得不成人形，整个人仿佛精神受了很大打击一样神智涣散。我们从他父亲那里得知，维兰德的两个儿子死在辰月手中。在辰月与白叔再次出去采集的时候，川羲无法控制自身的古怪能力，误杀了上门讨要说法的族长夫人。

"川羲没有逃避，她觉得自己认罪才能挽回一切，据说佛伦特亲自劝过她，可惜啊……如果川羲逃出丘狼族，恐怕那些悲剧也不会发生在她身上了，维兰德怎么可能放过送上门来的罪人，将儿子和妻子的死一同算在了川羲头上。

"他对川羲做了很多现在想来都残忍的事情，我们真正看到的只有她被捆在架子上在丘狼族各地游街。但真正过分的我们也无从知晓，北境相对靠近内地的地方有座较大的城市，现在我们管它叫废城。

"不久之后，从废城传来的消息令人震撼，川羲被逼自杀，辰月没来得及赶上见姐姐最后一面，用能力将废城彻底毁尽。当时不知道死了多少人，但不知道为什么那个造孽的族长从中逃了出来。真正的罪人还活着，最纯白的花被无情揉碎。佛伦特受不了这种结果，在川羲自杀后不久，留下这本日记后也自杀了。

"后来我母亲身体又不好，和佛伦一家搬到梦泽洲养老，前两年刚送走了老母亲。再后来的事情我就不太清楚了，从此我们就再也没有见过白叔和辰月。"阿萨娜讲完，止不住地连连地叹惋，叙事途中她的注意力一直集中在羽林身上。

"不知道是不是我眼花，总觉得你和当年的川羲神似，是我太老了吗？看年轻女孩都觉得是川羲，她从未在我脑海中消逝啊！"阿萨娜叹息完，整个房间好像都陷入了沉寂一般。

从头听到尾，羽林将梦境中的那些细节慢慢串联起来，梦到川羲和辰月在田野中奔跑的画面应当就是生活还安宁的时候，斯白克斯日复一日守在田野小山丘的围墙上望着边境。之后的部分也能和梦境串联起来，即便如此依然还是有谜题。

最本质的问题——为什么梦境中的视角是川羲的第一人称视角？所有的人都证实川羲已经死了，甚至连她自己的梦里通过感觉也能知道川羲死亡是绝对的。

为什么这些梦境要一直困扰自己呢？难道梦里面还有细节她不知道？阿萨娜讲述的后半部分，由于本人已经离开北境，对当时的真相不是亲眼见到，有些地方说得很模糊。前面造成这一切的原因很清楚，但这终究不是羽林想得到的，她只想知道自己到底和川羲有什么关联，为什么关于川羲的梦境会困扰根本从未认识过川羲的自己？

在场的所有人听后都感觉震惊，他们没有想过一位大种族的族长竟然腐败到如此地步，亲手酿成了悲剧。繁今一言不发，整个人像个假娃娃一样定在原地，默看他如此反应，也猜到了大概。

在大祭司的庇护下，准司繁今一直觉得自己活在一个繁荣的种族，从来没有接触过那些社会的黑暗面。

当繁今知道川羲自杀竟然是官僚一手造成的，他对那些每日对他嬉皮笑脸的老先生们的观点瞬间改变了，他们恐怕见自己时都是用的另外一张皮，谁又知道那张和颜悦色的皮下会藏着什么东西呢？

更让他感觉到忍无可忍的就是如今的大族长，竟然用那样侮辱的方式让一个女孩子游街，这比千刀万剐的痛要更过分。官僚们用尽方法利用他们可以利用的一切，如果不能利用了就用各种方法去逼迫他们，甚至将他们不能为自己效力变成一种罪，如果反抗就数罪并罚。

繁今甚至都不知道以后该如何是好，大祭司这个职位在丘狼族就是用来任命族长的，大祭司可以任命任何有能力的人作为族长，现在的大祭司和族长都已经年迈，下一任族长的任命权已经握在自己手中了。之前的好几任大祭司都是世袭下来的，这么看来丘狼族的最高领导体系早就串通一气，腐败至极。

现在的维兰德无子无孙，企图世袭已经不可能了。掌握这个种族的未来的权力就握在繁今自己手中，他有点不愿意接受这些可怕的事实，慌乱成一团，缩在沙发的角落里。

阿萨娜见繁今的神色不对，大概知道他在困扰什么。

"我以前在祭奠堂工作过，认得小时候的你，没有想到现在都长这么大了。你是个聪明的孩子，听了这些肯定知道现在丘狼族是个怎样的状况，对于腐败的丘狼族来说，你是改变现状的唯一希望。这么说可能会让你觉得压力很大，但这就是事实。"阿萨娜语罢，繁今一言不发。

默看向神色慌张的繁今，这个家伙一向做事老实，很难想象这样纯真实诚的孩子是由最腐败的上层教出来的。看他现在慌乱的模样，恐怕他对丘狼族的腐败在此之前一无所知，造成这种原因只可能有两种，他长期处在娇生惯养的状态，不理世事。另一种就是，大祭司刻意将准司教导成这样，以后好让下一任族长操控。

"为何……为何在此之前我从未觉得丘狼族上层有你们讲述的那样恐怖？那些善意难道是我的错觉吗？"繁今半晌才说出一句话。他的内心还是处在现实和过去假象的挣扎中。

"我不清楚他们之前对你有多好，现在川羲已死，结局已定。他们害死了川羲，边境人民还生活在水深火热之中。这就是最真实的结局。"默冷冰冰地说道。

繁今突然狠狠地甩甩脑袋，眼神坚定地站起身来，向众人鞠躬行礼。

"按丘狼族的礼数，如果有人被政府冤死，就要大祭司派人在他离世的地方祭拜。我会亲自去北境，为川羲祭拜。"

听到此，默真想提醒他——他现在还在被不知名的组织企图绑架中，即便这样还要继续冒险去北境？但这终究是丘狼族的传统，他没有理由干涉。

"川羲自杀的那座城市已经成了废城，就算这样也要去？"佛伦难以置信地盯着繁今问道。

"不光他，我也会去的。我有些必须弄明白的地方，我必须去实地看看。说不定有些东西就能明白了。"羽林起身说道。默清楚羽林肯定会这么做，没有反对。雷霆当然不会提什么反对意见，他巴不得繁今这个钱袋子多跟着他们几天，皮奥利安很无所谓，他担忧的只有路上毒辣的太阳。

翌日，与佛伦和阿萨娜道别后，众人踏上去往北境废城的旅途。所有人都担心过如果繁今一直不回祭奠堂，大祭司发现后又会怎么样。对此繁今倒是一脸无所谓，他心知这一次祭拜对于丘狼族的礼仪来说合情合理，除了禁闭时出逃，大祭司完全没有训斥他的理由。

繁今的思想很理想化，羽林和默对他们一路上的安全很是担忧，先不说丘狼族中存在的一些暗部眼线会不会发现默，光是繁今这一颗定时炸弹就够他们担心的了，谁想路走得好好的突然蹦出一群人过来要劫持繁今？他们连那群人来头都不知道，更别谈防范了，只能时时刻刻保持警惕。

北境在丘狼族的领地中算是偏远地方，经济不发达加上还有鬃狮族骚扰，自然没有人想从水土丰润的中原地带搬到北境。去往北境的路也算曲折，路边的小旅馆少得可怜。

整个行程可以说是十分艰辛，本来说让雷霆和皮奥利安夜里驮上他们飞到废城，可谁知道繁今那伙恐高。他自己还不知道，刚坐上雷霆化作原形的脊背，离地还没有超过二十米，他就忍不住胃里翻腾，直接吐在雷霆的背上。

这可是苦了雷霆，他们连夜赶到河边给雷霆换洗衣服。果然丘狼族这类地面种族就很有可能恐高，再加上繁今娇生惯养惯了，从祭奠堂出来这几天都是有一顿没一顿，吃的时好时坏，自然肠胃就出了些毛病。众人陪着吐到虚脱的繁今在荒郊野岭待了一晚上，羽林像个专业医护人员一样，又用能量给繁今暖肚子，又给他喝热水。

皮奥利安还逗当时吐到虚脱晕晕乎乎的繁今，吓唬他身子这么弱就早点回去，只要睡着就把他送回梦泽洲，省了他们这一路的麻烦。羽林根本没有把皮奥利安日常开的玩笑当回事，结果繁今这小子居然真的没有睡。羽林发现的时候，他昏昏沉沉的，嘴里还念叨着："我一定要去废城，不回梦泽……"

这是羽林第一次见还有人把皮奥利安的玩笑当真。现在雷霆和皮奥利安都老老实实的，再也不敢和繁今开玩笑了，他们真的是第一次见这么实诚的人。

好在这一带不是特别荒凉，水系还是挺多的，估计是连接附近几座绿洲的水网，皮奥利安变成原形的神龙状态后，像一条船一样载着众人在河上游动。羽林有一种坐龙舟的错觉。繁今抓着皮奥利安的龙角，河上的风拂过面颊，让他的精神好了很多。

皮奥利安见繁今心情挺不错的，决定补偿一下因为自己一个玩笑一夜未睡的繁今。直接扎了一个猛子带着众人潜下水去。默一看皮奥利安又玩过分了，赶忙张开双翼带着行李离开了皮奥利安的背，不然他们的行李也会遭殃。羽林也机灵，赶紧飞了起来。雷霆坐在比较靠前的位置，根本来不及反应就被皮奥利安一同带下水去。

在空中的羽林和默对视一眼，二人都是无奈地摇摇头。这对兄弟总能把一些事情搞得"有趣"起来。但往往这些有趣是要付出代价的，二人在天上看着皮奥利安像一个脱轨的滚筒洗衣机一样在水里翻腾，顿时就感觉之后要料理的事情一定很多。

果不其然，雷霆被灌了太多水，晚上根本吐不出火来，生活取暖没戏。羽林只能退而求其次地用自己的光明能量，很是费劲地制造高温生起火来。让雷霆和繁今在火边裹着毯子取暖。雷霆看起来被呛了很多水，在他试图吐火的时候只有黑烟从嗓子那里冒出来。繁今像是被洗了很多遍的袜子，皮肤都泡起皱来，整个人都萎靡不振。相比他们，皮奥利安一副游畅快的模样，整个人都比之前精神了很多。

这一折腾，默都不敢选荒郊野岭的近路去走了，还是老老实实地带着众人按照丘狼族修的道路一点点曲折前进，好在走大路就不用风餐露宿，不用有人去守夜了。繁今也因此过得舒坦起来，不用担心早上起来的食物是烤虫子，更不用担心如果晚上下雨几个人还得挤在羽林用能力做的伞下避雨。

比起根本不适应长途跋涉的繁今，几人里最累的就是羽林，她还是老被噩梦所困扰，在野外经常去守夜，因为本来就睡不着，还不如干一些有意义的事情。做的梦还是老样子，依然是那几个让她最熟悉同时也是最痛心的情节，没有其他更新的情节出现。

经过一个小镇，顺着有些荒凉的大路一直走就是废城，去往废城的路牌都已经生锈，上面的标识勉强能看清楚，小镇的酒家一听他们要去废城，开口就劝他们不要去，那里戾气太重，三十多年前死了不少人，这些人随着城市一起被埋葬，原本繁华的城市现在变成了坟地，现在没什么人有胆量去那。

一些闹鬼的传闻在酒家嘴中层出不穷，他还提到当年那里死了相当多的人后，只有一些胆子大的青年跑到废城那座死人堆上，翻找死人身上带着的金饰换钱。酒家说着那里的传闻，只有一条让羽林提起兴趣——

当年的事情结束后，持续几周，哪怕是黑夜天空都是明亮的，有带状的金色光晕在空中像游蛇一般摇曳。这种奇景羽林从未见过，金色的光晕多多少少都会与光明属性的川羲有所联系。

繁今还询问是否有大祭司派来的人祭祀死去的魂魄，酒家直截了当地回答没有。谁愿意来死人堆上呢？当年那些事情闹得满城风雨，最后落得这一个结果，族长都不让民间议论这件事，更别提让大祭司派人过来祭奠了。繁今听后属实痛心，上层的官僚为了隐瞒一件事竟然对边境的人民不管不顾。

边境的人民又会怎么看待族长和大祭司呢？几乎就是威信全无啊！

酒家看自己劝了这么多，依然不管用，也就没了办法，给众人指了一条可以进去的路，就没有多问什么了。繁今在酒家买了一小罐酒，又要了一块白布和几根香木。酒家看繁今要这些用来祭祀的东西，心说恐怕这孩子是有什么亲人死在那里，才亲自去祭祀吧。

次日，众人顺着酒家指的路去往废城，这条路当年是条要道，很宽敞，几辆车并行都没有问题。现在年久失修，上面被太阳高温烤裂的痕迹无人修复，不少杂草坚强地伫立在路中央。

几人走在路上，心情都很沉重，哪怕是平日里最爱开玩笑的皮奥利安和雷霆都没了声响。再看远方掩在风沙中的废城，那横七竖八的残垣断壁在风沙中无奈地存在着。

烈日当空，众人走进废城破损的城墙下，城墙的残破出乎想象，那些破损的地方不像是风化老损，而是被剑斩开的裂缝。这种奇景众人还是第一次见。

通过裂缝穿行到城中，那种只有风声穿梭的凄凉感涌上心来，让人感觉寂寥无比。皮奥利安和雷霆打量着四周，走在繁今后面，繁今第一次来这种废墟上面，走路都是哆哆嗦嗦的，甚至在路面上踢到一根骨头都会惊叫出声。默见他踢到一块骨头，一脸平淡地告诉他这是人的盆骨，看这附近没有上半身的骨骸，应该是整个人断成两截死掉了。繁今听后脸都绿了。

"为什么这里会死这么多人？"繁今战战兢兢地问道。

"既不像病毒传播致死，也不是什么天灾人祸。诡异的是这些人都是同时死亡，几乎都是被刀从头到尾斩断的。"默拿起一根地上的碎骨，看着切口说道。

"看来有些丘狼族人还试图变成原形逃走，依然逃不掉啊！"皮奥利安从墙角翻出一块狼形头骨说道。

"不分老少，都是这样的死状。仿佛是从天上降下了刀雨。"羽林悲怆地叹道。她继续向前走着，骨头的种类也越来越多。羽林只从天兰灯那里听说过川羲死后辰月悲伤过度，毁掉丘狼族土地的事情。她根本想象不到实情居然是这般惨烈，这些曾经鲜活的生命瞬间逝去真的是辰月一手造成的？他的能力强悍到一人就是足以毁城？羽林只听说过辰月和川羲的能力是自己的三四倍，三四倍就已经能达到这么大威力吗？

如果自己的能力有一天也变成了这样……光这个假设从心里冒出来，羽林已经不敢继续往下想了。

羽林继续往前走，突然感觉眼前的残垣断壁和梦境中的场景重叠，她选择重新踏上这片土地，用自己的眼睛真正看清这一切的时候，仿佛体会到了川羲当时悲凉的心情。

再往深处走，骨骸在地面上堆积得越来越厚，街道的构造与当年别无二致，从这里还能看到废城中央的高台。她每走一步仿佛就像时空穿越了一般回到了三十年前，羽林感觉自己的脑袋有些昏昏沉沉的，尽管不是在睡眠中，那些梦境的碎片就已经闪现在眼前。

她有点分辨不清哪里是现实，哪是梦境带来的幻觉。默看到走在最前面的羽林摇摇晃晃地靠到路边的墙上，捂着脑袋，倍感不妙，心揪了起来。

"怎么回事？"默赶上前来急切地问道。

"出了一些幻觉，问题不大。就是稍微有一点点头疼。"羽林挣扎着站起来，指着废城中央的高台说道："你能不能扶我去高台上面，现在这个幻觉影响得我有些腿软，使不上力。"

"你现在这种状态还是别去了……"将羽林的手臂搭到自己肩上，默已经想带她回去了。他总有一种预感，如果带她上了那座高台，可能会更不妙。

"不！现在出现的幻觉我从没有在梦境里见到过！我想继续看下去！"在这种状态下，羽林还是挣扎着把胳膊抽回来。

"你的身体明明已经吃不消了！为什么还要坚持？"默厉声说道，羽林没有回应他，像一头倔牛一样扶着墙向前挪着。默清楚羽林的性格，即使他不管，她绝对也要这样挪到高台上。

默埋怨着羽林的倔脾气，可他有什么办法呢？就算现在带她回去，她肯定还会再来，就算阻止她来，她肯定会趁自己不注意再溜出来。与其加大风险，不如在自己看护下让她彻底了结这一切。

想到这里，默只好无奈地搀起她向高台走去。扶着羽林软绵绵的身子向高台走着，默根本没有感觉这是在帮她，反倒感觉这是将羽林向悬崖边上推。

越靠近高台，羽林眼前的幻觉越来越清楚。川羲穿着深红色的破布烂衣赤足走在覆着一层冰碴的地面上，头发凌乱地飘在寒风之中，嘴唇在寒风中颤抖着。原本明亮的橘褐色瞳眸已如死灰。身躯僵硬地向前走着。道路四周的人像是咒骂着她，可惜听不清他们的话，看那些人的口型和愤慨的模样，肯定不是什么好词。

透过幻觉，那座高台的模样是那般的威严，高台四周的墙壁上涂满了赤红色的文字，唯一上去的旋转楼梯两旁插着火把，火焰在寒风中歪歪斜斜的，好像就要熄灭一般。在这炎热的夏日，羽林感觉到的竟然只有幻觉中的寒冷。即使踏在热辣的地面上，羽林的脚心传来的只有透骨的冰冷。

越靠近高台，羽林仿佛越靠近三十年前的时空，一切慢慢都作为幻觉清晰无比地在她眼前展现。

临近高台之下，羽林停住了，默以为她终于肯放弃了，一路搀着她，能明显感觉到她的皮肤变得越来越凉，靠近高台时，更是能感觉到她的身子在颤抖，仿佛行走在寒风中一样。

"我自己上高台，不用担心我。"羽林挣脱开挽着默的手臂，默刚想劝住她，却见她头都没回扶着高台残旧的墙壁一点点往上走着。背影仿佛变了一个人，好像真的身为罪人一样步履蹒跚踏上去往刑场的路。

每走一步，羽林眼前的幻觉就更清晰一分，耳边的声音从朦朦胧胧中一点点透进耳膜。

羽林仿佛已经彻底步入了三十年前的时空，听着高台下的咒骂，身后的处刑人用矛尖顶着后背逼着她向高台的顶端走去。一切的感觉都是那么真，羽林试图保持头脑清晰，将眼前的这一切都记住。或许这些感受就是梦境引她到这里来的目的，可是这又是为了什么呢？

再往上走，她感觉到的可不仅仅只有周身的触感和声音。川羲当年的感受和想法竟然漫上心头，好像不知不觉自己已经变成了川羲。到达高台顶部，震耳欲聋的钟声响彻四周，那些罪名听得更真切了。

还想多看一些事物的羽林想扭头环顾四周，却惊奇地发现身体已经不受她本人的控制了，连扭头都做不到，她想要挣扎脱离幻觉，然而根本无法动弹。好像后方有什么人踢了自己，双膝重重地砸在高台冰冷的地面上。羽林心知后面什么人都没有，自己的身体好像彻底和幻觉中的川羲融合，在做着当年川羲所做的动作。

那接下来又会发生什么呢？

自杀？

……

罪恶感如同锁链般绞着心，听着高台下众人口中自己的一条条罪名，身后的处刑人用最恶毒的语言咒骂着她赶快去死。

羽林仿佛真实感觉到了这一切，大感不妙。之前的高台自杀再怎么说都是梦境，梦境是不可能害死本人的。幻觉中的幻境可就完全不一样了，她的身体已经根本不受自己控制，甚至连呼救都做不到。这一幕在梦境中反反复复地上演，她甚至知道川羲会在什么时候彻底放下活下去的想法。

离自杀的那一刻已经不远了，羽林甚至能感觉到川羲已经厌恶那颗跳动在胸口内的心脏。就在羽林想方设法脱离幻觉的时候，幻觉的强度反而更强，川羲的意念几乎已经快把羽林的意识吞没了。好像彻底把羽林推进深潭一样，羽林根本无力挣扎，就这么被川羲的意志淹没。

默在高台下仰望着跪在台上的羽林，虽然不能体验羽林的幻觉，但是他观察到羽林的模样越来越怪，她的行为已经不是羽林会做出来的。

皮奥利安三人也来到了高台下，看到羽林一人动作僵硬地跪在高台上，摇摇晃晃的，仿佛寒风中的破布。

见羽林这种状况，默开始犹豫要不要上去扶她下来。却生怕打断羽林唯一能真切看到幻觉的机会，可能这一次就是彻底摆脱梦魇的唯一机会。他迟迟不敢下决定，心急如焚地在高台下等待着。

忽然，高台上发出灿金色的光，下一秒默就展开双翅腾空而起——他分明看到了羽林变出短匕直指胸口！

能量根本不受羽林控制向短匕涌去，羽林从来没有用过如此高浓度光明能量的武器。匕首直指心脏，双臂一直在蓄着一股劲，似乎只要能量彻底凝到短匕上，双臂就会带着它刺入心脏彻底了结生命。

川羲的意念让羽林根本没有想法去反抗，她竟然被川羲影响到觉得自杀就是一种解脱，所有的求生欲彻底地被川羲求死的执念所吞噬。

能量在匕首中汇聚完成，那是她用全部能量汇聚的，定能在瞬间夺去性命。双臂以刺入一头猛兽的凶狠力气向胸口刺去……

没有穿心的痛楚，没有变成尸体的凉感。有的只有液体滴落在双膝上的温热感，和身后急促的呼吸声。

幻觉在眼前慢慢散去，金灿灿的刀尖停离胸口不到一公分的距离。上面流淌着鲜红的血。一只裹着墨黑色鳞状护甲的手死死地攥住刀刃，即使有那层护甲的防护，匕首还是割进那人的血肉之中，血一滴一滴地顺着刀锋向下淌，滴在羽林的腿上。她也仅是看清了这一幕，就因为能量被匕首抽去过多，四肢无力地向后仰去。

她还想再看清些什么，也只能识得眼前有个模模糊糊的人影搂着她一直在喊她的名字。再想去听得清楚些，叫喊的什么她也因意识越来越朦胧无从去辨别。脱力感渐渐涌上全身，连那留着的一点点朦胧意识也随着一同散去……

第八空间，丘狼族，梦泽洲。羽林一行到达废城的当天晚上。

大祭司南漪掌接过她已经很久都没有穿过的华丽祭奠服，这件衣服放在当年她穿上也是颇有几分姿色的，现在只发愁肚子和腰上那层层赘肉塞不进去。硬生生将肉挤进去后，却显得体态臃肿，毫无雍容华贵可言。尽管一旁侍奉自己的小侍女咬尽文字抠出几个词夸赞，她对这身着装心里还是有自知之明。

岁月早就把她年轻貌美的那些日子磨平了，在她的身体上加上种种重担。南漪掌有点怀念那些还未当上大祭司的日子，可以听着祭奠堂的颂歌静下心来读书。可是她终究是要当上丘狼族大祭司的，这是终身都逃不过的命运。

被流传下来任命大族长的种种潜规则限制，她不得不选择了族长家那个金玉其外败絮其中的小少爷。她心知肚明这小少爷是丝毫不可能给丘狼族带来一点好处的，可她的家人被族长要挟，一介多愁善感的年轻女子，怎么可能真的舍家为国？

看着那小子继任大族长的风光模样，南漪掌都想吞金自尽。

思绪回到镜子面前臃肿的自己，南漪掌真想脱去这身华丽烦琐的衣物，但今晚她要会见的人让她不敢在着装上有一点怠慢。她脑子里现在全都是年轻时候的美好和那时选择大族长的无奈。丘狼族随着维兰德上任日渐衰落，人生失败，家国难兴，她将这一切都体验尽了，说是苦尽甘来总有个盼头，可这样的结果她从心底里不想选择。

谁能挽回丘狼族现状呢？总空盟？总空盟选择处理诸多琐事，根本无暇顾及将自己企图置身局外的丘狼族，更何况维兰德在总空盟全种族会议上大放厥词，各种不参与讨伐暗部的活动，甚至他自己本身对暗部的存在依然心怀疑问。

丘狼族现在经济不景气，人民生活不富裕，边境更是处在水深火热中。现在这种状态很难防范外族，更难防范暗部的侵害。

能让丘狼族免于暗部侵害的选择只有一个——投靠暗部。这是她唯一能做出的选择，从各种角度来看，这可能是他们现在最好的选择了。

将身上的烦琐服饰收拢收拢，让小侍女留在更衣室后，南漪挲独自拄着拐杖步履蹒跚地来到祭奠堂的大厅。大厅四周都是黑漆漆的，明明点了几盏幽幽的灯火却像根本不存在一样。祭奠堂的大厅屋顶有近二十米高，中间的房梁上挂着巨大无比的黑影，借着一点点的灯火，南漪挲勉强辨认出那黑影头朝下。

她从未见过如此瘆人的怪物，顿时僵在原地，扶着拐杖的手不由自主地开始颤抖。她听到了那怪物的呼吸声，渐渐看到它朝下的头向自己扭了过来。反光的巨大双瞳更是让南漪挲的汗毛直竖，甚至在她根本没有意识到的情况下，狼形态条件反射似的在她人形上显现出来，两只狼耳已经背到脑后颤颤发抖。

从倒挂着的怪物身后走出三人，他们走路无声无息，南漪挲更是感觉到心脏快跳出来。

"初次见面，丘狼族的大祭司，南漪挲大人。"幽幽的声音回响在昏暗的祭奠堂大厅中，瞬间漆黑的大厅四周的墙壁就像褪去一层黑影一样亮堂起来，恢复了原来的模样。灯火也没有之前那般暗淡了。南漪挲才看清倒挂在屋顶上的怪物是一只巨大的蝙蝠，蝙蝠一见四周的亮光炫目，把那铜盘大的眼睛闭上了。

南漪挲赶忙收回之前慌张的模样，拂去额头的冷汗，这才用昏黄的眼睛看清面前的三人。走在最前面的，是一位面色阴郁、眼睛周围都是黑影的消瘦青年，他随意地将肆意生长的长头发拢了个形状搭在身前，披着藏蓝色的绒布袍子，袍子上面用金丝线绣了一些星星。

这位青年身后是一男一女，男的一头灰浅头发，红色的眸子根本没有看南漪挲一眼，他的全部注意力都集中在他身旁的动作僵硬的女孩身上，再看那女孩，南漪挲又起了一身鸡皮疙瘩，这个女孩南漪挲都不知道是否该称她为人，身体上布满各种缝补的痕迹，她所有的动作都像傀偶一般僵硬。

"鄙人宁水岳郡，魔教零目之一，这位是泉溟真哲，与鄙人同为魔教零目。奉教主大人之命来此会见您。"最前面的青年走上前来向南漪挲行礼。他身后那两位仿佛没有南漪挲这个人一样，直接将她无视了。南漪挲愣了好久，赶忙颤颤巍巍地回礼。

"想必不用鄙人提醒，南漪挲大人也清楚自己该做些什么吧？"宁水岳郡的声音像是一尊古钟，幽深顿挫。南漪挲从未听过这样好听的嗓音，她以前听说宁水岳郡在魔教零目中可谓是能力最弱，光靠一张嘴就成为零目之一，可想而知这诱惑力极大的声音也能算是他的武器之一。

"所需要的一切，我全部都准备好了。"大祭司打开事先准备在大厅中的箱子，展示给宁水岳郡看。宁水岳郡俯身用他细长干瘦的手指仔细挑拣了一遍箱子中的东西。

"明天所需要的东西确实准备得周全了，但鄙人不知您对魔教的忠心是否像这箱子一样齐全？"宁水岳郡抬眼望向南漪挲。

"难不成还要对我忠心考验？我既然能诚邀你们的到来，并且能做出如此周全的准备，只要明天的结果一出，你们自然就知道我对魔教的忠心。"南漪挲郑重地说道。但她如此严肃的口吻却没有引起宁水岳郡多大反应。

宁水岳郡没有将大祭司的话当做什么郑重宣言，轻佻地笑道：

"不不，您想错了。接受经济萧条边境混乱、甚至政局还有些不稳定的丘狼族，对于我们魔教来说也是一种重担。鄙人关心的不是您的忠心，而是整个丘狼族的人民能否对魔教效力，忠诚于我们。所以好多事情还得从长计议。"

"族长的权力在丘狼族是至高无上的存在，我们是狼族，只服从狼王。只要我篡位成功，我服从你们，整个丘狼族就是魔教的了，不会有人敢有任何异议的。"南漪挲赶忙说道。

"控制一个人简单，控制所有族人的心，鄙人都不敢承诺能做到。丘狼族身处明处多年，接受暗部的教条一定是困难。其次，丘狼族的人民不懂我们教义的优点，想要全部服从何止困难？"宁水岳郡语气平和地说道。

"只要你们帮我复兴丘狼族，丘狼族人民定会对你们感恩戴德！"

"别说这些虚无缥缈的话，我等都注重实际，我们希望丘狼族尽快归顺魔教的急迫之心与您一样。本来说是让你做出日后顺从的担保，但现在的种种情况来看，鄙人也就不谈那些篡位后与魔教扩大交易份额的事，这些可日后再谈。"宁水岳郡语气毫无变化，慢悠悠地说道。

"日后教主大人想商议什么尽管来谈，我定会尽力满足。"南漪挲连连承诺。

"不过教主大人这次托鄙人来还有一事，教主大人希望您的爱徒准司过几日到魔教亲自学习。"宁水岳郡说完，注意到了南漪挲慌张的神色，先前谈的事情南漪挲几乎都是连连答应，唯独这一条，南漪挲犹豫了。

"这……这可否明日事成后再谈？"南漪挲恳求道。宁水岳郡也不逼迫，继续往下说。

"鄙人是魔教的军师，给教主大人献计献策多年，先前提过全族顺从很是困难，鄙人倒是有一计可以解决这个困难。鄙人可否用这一计换准司来魔教？您也得了治理种族的招，教主大人也见到了人，这交换可好？"宁水岳郡向大祭司摆出交换条件，南漪挲清楚宁水岳郡是看到她的犹豫才摆出条件来换，像买东西有了打折优惠一样，用最温柔的方式逼着她妥协。用献计来换人，大祭司从未听过，可宁水岳郡言外之意就是必须交出准司。

"……好。"

"感谢您能让鄙人向教主大人交差，该谈的也谈完了。我等恭候南漪挲大人明天事成之喜。"宁水岳郡向南漪挲行礼后，转身走向蝙蝠，顺手从地上捞起一只傀儡老鼠。

那挂在屋顶上的蝙蝠卷着风带着人，穿门而过，消失在夜色之中。

南漪挚才发现她和宁水岳郡交谈的过程中，另外一位魔教零目早就消失了。

清冷的月亮挂在空中，给深夜的梦泽洲蒙上一层浅浅的白纱。宁水岳郡很自然地乘着蝙蝠降落在城中一座相对显眼的屋顶。泉溟真哲和傀儡樱雪就在屋顶之上悠闲地坐着，抬手将祭奠堂大厅捡的傀儡老鼠扔给泉溟真哲，之后同样放松地靠立在蝙蝠身上。

"看你这么悠游自在，心不在焉，仿佛明白了教主大人叫我亲临的目的。"宁水岳郡抚摸着蝙蝠的下巴责怪道。这次丘狼族应当所有的事情都是泉溟真哲一人承包，但无明之月却叫他也一同来。

"虽说教主是让我一手解决丘狼族，不过魔教的影子军师与我亲临，我哪敢插话。岳郡兄嘴上的功夫和诱人的嗓音，哪是我能匹敌的？"泉溟真哲玩弄着傀儡老鼠笑道。

"你也别隐藏玩乐的心思吹捧我的谈判功夫，我看你八成是在祭奠堂闷得厉害，耐不住逃出来了。"宁水岳郡听到他假惺惺地夸赞笑道。

"谁让丘狼族的梦泽洲这么美呢？害得我早就想出来逛逛了。更何况我没什么心情跟那老妖婆打交道，先走了，但该听的我倒是一字不落。"泉溟真哲向他展示了一下手中傀儡老鼠的传音功能。"这些谈论不过是走个过场，就算大祭司做了什么意料之外的事情，也丝毫不会影响最终的结局。这场谈论我出现与否，都不会影响计划实行。"

"那真哲兄在这段时间玩了些什么呢？"宁水岳郡问道，他清楚泉溟真哲在这么显眼的屋顶上分明是有事在等他，不然宁水岳郡还不知道得到哪条花街柳巷把他捞出来呢。

"我在城中放了些气息追捕型的老鼠，发现了些有意思的东西。以你的能力来探，应当更明显吧？"泉溟真哲说完，就神情激动地领着宁水岳郡去了。

宁水岳郡在魔教号称影子军师，他本身没有任何攻击能力，但对所有东西的影子和气息在很大一片范围内都有感知，也能够远程操控影子的形状。这一点就足以辅助他成为魔教的军师了，只要在他感知影子的领域内，不论一兵一卒，甚至一草一木的移动造成的影子变化他都能知晓。根本不需要情报兵汇报战况，光靠影子他就能知道整个战局的走向。他还能远程操控他人的影子改变形状，几乎可以实时操控战局，随时都能做出最好的应对措施。

相对于影子来说，他对气息的感知比一般能力者要强上很多，但不足以达到整个领域内所有人的气息全部知道的地步，有时得拜托影子实体化取回一些带着对方气息的物件来做判断。

泉溟真哲一路走得飞快，宁水岳郡勉强跟得上他的步伐，直至一处废弃多年的宅子前。随着他进去，这积满灰尘黑漆漆的宅子早已人去楼空，说来也怪，看样子废弃多年的宅子里竟然还残留着前几天刚留下来的活人气息。

从地上抹起灰尘，泉溟真哲揉着一小撮尘土放到宁水岳郡手中，挑挑眉毛等着宁水岳郡的回答。宁水岳郡根本不需要碰这些灰尘，他一进屋就能感觉到有个他知道的人曾经来过这里，仔细辨别下他更确定了——皇澜青鹤。

"你知道是谁还来问我，不过这气息残留还很新，应该刚来这里不久。"宁水岳郡话音刚落，泉溟真哲就像变了一个人一样突然兴奋站起来。

"不知道良鹤听了这个消息会不会高兴？她的心肝弟弟熬过忠心剂考验现在正在丘狼族活蹦乱跳呢。快！快用你的能力探查整个梦泽洲！你说我将那小子制成傀儡送给良鹤瞧瞧，她会是什么表情呢？"泉溟真哲的兴奋丝毫没有打动宁水岳郡，宁水岳郡拍拍手将掌心的灰拍干净。

"青鹤不在我的能力范围内，应当已经离开梦泽洲了。不要再管这些无关大局的事情，恐怕这才是教主让我亲自盯你的目的，好好把之后的事做完吧，别把注意力一直放在良鹤身上了。"泉溟真哲听后还想狡辩，却被宁水岳郡的眼神制止了。

"教主是想看到那个能给他带来巨大贡献的零目泉溟真哲，而不是现在玩物丧志的你。"宁水岳郡没有心情陪他玩下去，冷声说道。

泉溟真哲噤声，零目中话语权最大的就是宁水岳郡，他也是极少数能改变无明之月想法的人。虽然他能力不能自保，对于其余四位零目来讲类同无能人，但是四人在大局上对他甚是尊重，甚至在危急时刻必须义无反顾保护他。

"青鹤经过忠心剂考验的时候，你在一旁跟良鹤跟得紧，那时还是良鹤负责丘狼族的计划，那丘狼族的计划，青鹤可否知道？"宁水岳郡丝毫没有收回冰冷的态度，像是审问一样问泉溟真哲。

良鹤因为默忠心剂考验的失败，本该由她执掌的丘狼族计划，无明之月为了惩罚她，剥夺了她的权力，转交给泉溟真哲实行。但无明之月也放心不下事态任由泉溟真哲控制，便叫宁水岳郡跟着。

"良鹤没有向青鹤透露过有关丘狼族的计划，这一点我还是信得过良鹤的。不过，从艺媛巷的情报中得知水汶族弱点的时候，青鹤在场。"泉溟真哲之前的劲收敛了，老老实实地答道。

"哦，那这么看来，他还是稍稍有些麻烦的。不过既然不影响大局，就不用太过小心了。"宁水岳郡若有所思地说道。这宅子中还有两位长久住户的气息甚是明显，而且残留时间上也与青鹤他们来这里的时间相吻合，他们肯定和青鹤见过面，在他的影子领域中甚至能追踪到这两位住户。只要抓到这二人，撬开嘴定能知道青鹤的下落。

但宁水岳郡没有选择这么做，泉溟真哲自然就无法继续向下追踪了。

因为能力的缘故，他在这宅子中探知到熟悉的气息不止皇澜青鹤一人，还有另一个人，这股气息有点像无明之月，但仔细探知又不是教主。一时间他都有点怀疑自己的探知是不是出了一些问题。

所有的异样宁水岳郡都暗自藏在心里，这也是第一次他对气息的感应如此模糊，就这样一言不发，带着有些丧气的泉溟真哲乘着蝙蝠消失在夜空之中。

第三章

梦圆风起

第八空间，废城。

苍蓝的夜空中满是繁星，第八空间的沙漠气候造就了如此优良的赏星要地，除了沙尘暴天气，剩下的时间几乎可以彻夜欣赏这绚丽的星空。明月当空，太阳彻底消失在地平线下，整个废城的气温就明显下降了。

废城处在沙漠戈壁之上，平时生活应该只靠地下水。地表的水系应该是已经被破坏了。在这慢慢寒冷起来的戈壁废城中，除了月光，没有任何照明。整个废城在月光的照耀下，横七竖八的残垣断壁就像死尸晾干后的枯骨。

默抱着昏睡过去的羽林跟着皮奥利安来到一处有水的井旁，繁今注意到他的手即使包着一层布，但血还是止不住地往外渗。这些根本没有在默的脸上有任何体现，仿佛这点伤根本算不了什么。

他们今夜是赶不到附近的城市了，只好在这个地方凑合一晚。用行囊里露营的东西先安顿好昏睡的羽林，羽林就像搅拌得稀烂的土豆泥软成一团，仿佛是被抽了灵魂的人，只剩下了肉体。

默知道这是羽林能量耗尽的一种体现，她的全部能量都用在自杀上了，默即使用能力挡下她的刀，竟没想到这一击居然切透他用能力做的护甲，直接切进肤肉之中了。幸好有护甲保护，不然恐怕整只手都要断了。

当时情况紧急，他在羽林胸口用能力变出一面盾，见羽林用上全部能量后，生怕这面盾根本承受不起，情急之下只好用手去阻止。果然他做出的护甲根本没有办法承受，真的是险些就酿成大祸。

皮奥利安用能力净化提取出来的井水给默清洗伤口。还好有护甲承受了大部分伤害，手的情况没有那么严重，切口处还伴随着高温烧伤的痕迹，这怕是要留疤了。

"我出来的时候带的一些药，不知道能不能派上用场。"繁今看到默手上的伤口，赶忙翻背包。皮奥利安接过一瞅，也就是一些擦伤的药。不过聊胜于无，赶忙给他撒上包扎。

"羽林到底怎么了？我以前从未见过她这样。"雷霆担忧地蹲在临时床榻前，戳戳羽林的脸担忧地问道。默听后叹了一口气，看着被皮奥利安精湛包扎技术处理过的手，难受地叹道：

"她的能力变强了，但不知为何随之而来的是噩梦的困扰。对此我也摸不着头脑，本说劝她去幻那里问问，可她执意要来丘狼族一探究竟。在这里触发了梦境的幻觉，最后甚至无法控制自己，像梦中的川羲一样企图自杀。还好我赶到的及时，不然恐怕她就会像川羲一样自杀身亡了。"

"再这样下去也不是办法，我觉得还是趁早去幻那里问问吧。"皮奥利安担忧道。

"幻是什么人？"繁今听他们说得一头雾水。众人看了一眼繁今，丝毫没有要给他解释的意思。本来幻之子在妖尾翼狐开个小店就是为了清清静静过日子，暗中观察暗部的一举一动。他们当然不会向外人说。

繁今看他们不解释，觉得应该是有什么内情，或许这个幻就是稀世名医，喜欢田园生活不愿意让别人打扰的世外高人。

"现在还好，羽林至少将能量用尽了，身体强制休眠期间不会再有噩梦困扰。这样下去也不是长久之计，我觉得还是带她去幻那里问问吧。"默说完，皮奥利安就拿出地图和小空灵一起寻找最近的空间跳转门。

"那我明天一早祭祀完这里死去的人，就搭车回梦泽洲。也就不给你们添麻烦了。"繁今觉得自己已经变成局外人，这里已经没有他能参与的事。默听后心说这家伙根本不带脑子出来，明知道自己被不明身份的人企图绑架，还想这么大摇大摆地搭便车回梦泽洲？

"你不用一个人回，我们与你一同回梦泽洲之后再离开。别忘了你可是被人企图绑架过，万一这路上出点差池，你没有自保能力，后果可想而知。"默冷淡地回绝了。

"那这样可是麻烦你们了……"繁今叹道。他觉得默纯粹把他当做了累赘，如果伺候不当还有可能引来丘狼族高层的责怪。

第八空间，丘狼族，梦泽洲。

丘狼族的族长的王宫所在地不像其他种族在城市中心，而是在梦泽洲依靠的高山上，南漪挚很久没有来过这里了，她已经不像以前经常来这里劝大族长不要妄自下决定，那时她还觉得自己不劝是对丘狼族的不忠，对不起人民。现在再看，她早就没了年轻时的魄力，早就屈服在大族长执拗之下了。

大族长所居住的山洞已经不是南漪挚以前来时的模样，那时这里还只是石砌的，构造简朴，现在四处雕梁画栋的内饰让南漪挚倍感不适。现在的时间已近凌晨，这王宫之下依然灯火辉煌。外殿上摆着各种吃剩下的酒肉，酒水和公文混在一团，打湿了不少，也难怪这几个月来见到处理完成的公文如此之少，怕是和这酒肉一混，不知道弄到哪去了。

今天是几位上层军官为族长送生辰礼的大日子，南漪挈故意挑了这天动手，计划相当缜密。军官们都知道大族长无后，在丘狼族，只要有兵有武力，逼迫大祭司选他们成为族长也不是不可行。

今夜几位军官在山上王宫一聚，对城中的一些异常不会有闲情去操心，南漪挈暗中会见魔教零目自然不会被发现。南漪挈送走零目后，便以大族长生辰要子夜祭祀为由，顺理成章地进入王宫宴会。

南漪挈来到宴会的时候已经将近子夜，军官和大族长根本没有把她这个老婆婆当回事，客套几句之后继续吃着酒肉。南漪挈随便找了个位置坐下，四下打量了一下，发现大族长身旁又依偎着一个不知名的女人。

军官用来讨好大族长送的东西南漪挈想都不用想就知道，对于近两年求子心切的大族长来说，还有什么比女人更重要的呢？

待这大宴过去，军官喝多了离去，南漪挈迟迟没有走，大族长也像是忽略了还有这么一个人一样，自己去寻欢作乐去了。

南漪挈可没有忘记她来这里的初衷。

她轻声进入大族长的寝堂，闷热的空气扑面而来，南漪挈让跟着自己的两个小随从在外面等着，她只身一人走进去。飘荡的脂粉味道有些呛鼻，果然，眼前这一幕根本不出所料。大族长即使年迈，依然还想着留种，让族长之位不落外人。

南漪挈也没有打算要打断族长的兴致，她动作很轻，从兜中摸出一颗小药丸服下后，在一边点了一根红白蜡烛。拉来一把倒在地上的凳子坐下，静静地看着几层纱帘后那若隐若现上下起伏的人影。红白蜡烛是暗部用来杀人的东西，红色的部分能燃烧出令人迷醉的香气，让人毫无防备地睡着。只要一燃到白色的部分，白色的部分所散发出来的香气一旦与红色部分的香气混合，闻者会立马暴毙。

本来南漪挈是想和大族长谈最后一次，如果族长愿意屈服，他的命也不是不能留。可是坐在房内的小凳子上，闻着香甜的脂粉气，看着族长那副模样。南漪挈到嘴边的话硬是咽了回去。

当年她被迫选了维兰德成为大族长，维兰德心知南漪挈身为大祭司极其厌恶他，生怕大祭司日后不会选他的孩子，而选她自己的孩子成为族长。竟然给南漪挈暗中下药让她这辈子都不能有孩子。

那件事之前南漪挈根本没有想过害维兰德，自从这件事之后，南漪挈彻底对维兰德产生浓厚的恨意。想到这些陈年的龌龊事，南漪挈更是咬牙切齿，恨不得这红白蜡烛赶快燃到白色的地方。她事先服用了红白蜡烛的解药，静静地等待着纱帘后的人影昏睡倒地。

就在蜡烛马上就要燃到白色部分的时候，南漪挈突然起身吹灭蜡烛。她穿过纱帘走到维兰德混乱的床榻前，从兜里摸出一粒红白蜡烛的解药，塞到已经昏睡过去的女人口中。

可以说南漪挈是身为女性的一生并不成功，反而还很是惨淡，她有些不忍看着其他女人就这样被维兰德毁了一生，甚至还得给他陪葬。

临走前，南漪挈重新点燃红白蜡烛，白色的部分开始燃烧。她掩上门而去，向门外跟着她一起来的两个小侍从说道：

"大族长维兰德纵欲过度，不治身亡，丘狼族的政权先由大祭司接管，去鸣丧号九响。在场献礼军官为罪魁祸首，暂时没收军权，连夜逮捕质问。房里那个女人不用治罪，让她换上侍从的衣服赶快离开这里吧。"

"我们这就回去办，您还有什么吩咐？"

"去让准司准备行李吧，天亮之后带他离开梦泽洲。"南漪挈有些忧伤地说道。两位侍从看到大祭司难以割舍的表情有些不解。

"请问带准司去哪？"侍从问道。

"具体再说，如果我没有来得及说明，只要带着他离开梦泽洲就好。"南漪挈说完，招呼另一位侍从变成原形，载着他们从山上回到梦泽洲城中。

夜深了，可是准司住处外的祭奠堂闹翻了天，假扮成准司繁今的苍日，丧号的声音将他从睡梦中惊醒。他赶忙换上准司的衣服，戴上他的面具。虽说不知道是什么情况，外面这样的吵闹还是让他提心吊胆。猫着腰凑到窗前看着混乱的外面，卫兵在街道上忙碌着。

巡查的卫兵和祭奠堂同样被惊醒的工作人员在外面议论着，具体内容他有些听不清，只好化出原形的狼耳，两只耳朵耸立脑顶，才勉强听清楚外面人所议论的事情。

"唉！这丘狼族腐败这么久的政权终于崩盘了。大族长死了！就在刚刚的庆生宴会上！"

"真是弄得风生水起，本来那些军官还说靠着武力强迫大祭司选他们，现在可倒好，族长的死和庆生的当事人肯定脱不了关系，大祭司真是一抓一大把。这下大祭司可真是把族长的位置坐稳了。"

"谁知道丘狼族以后又会怎样呢，这也算某种意义上的政变吧？"

"嘘——可不敢瞎说，现在祭奠堂可是大祭司的地盘，别说错话弄出事情。"

苍日缩着脖子听着祭奠堂外的议论声，事情的大概心中已然清楚。军官给族长庆生，却不料族长突然死亡，大祭司临时接管族长的位置，将当事的所有军官都抓了。心中和外面乱成一锅粥，苍日不担心政局变化，他担心的只有所有的事会不会牵扯到准司，如果他自己暴露了，后果又会怎么样呢？

他在准司的卧室中屏声静气，生怕外面人以为准司醒了。心中只好祈求准司繁今赶快回来。

可再怎么祈求也无济于事，根本不可能改变准司现在还在废城的现状。

苍日现在能做的或许只有用鹰给繁今报信，让他赶快回来。刚点了一盏小蜡烛准备写信。一阵急促的敲门声打断了他，苍日心里大感不妙。如果不去开门，外面的人肯定会怀疑，如果开门，自己靠面具应该还能蒙混一下。

苍日稳住微微发抖的双手，将门打开。

外面的两人立马冲进屋来，向他说道："准司大人，请您尽快收拾行李，天一亮我们就离开梦泽洲！"苍日一听就更慌了，真正的准司是不是还留在梦泽洲他都不清楚，现在要带他走肯定是有什么重要的原因。如果真是什么危及性命的原因，真正的准司根本不会知道，他们现在带走的只是假扮成准司的他。

在苍日愣神的工夫，两个侍从已经翻箱倒柜将准司的行李收拾好了，其中一人拉着行李，另一人架起苍日，看了看尚黑的天色说道："还有机会去见大祭司！赶快！"

一听还要去见大祭司，苍日彻底放弃了，假扮准司的想法是大祭司手把手地将准司养大，准司什么样，说话什么音，身上什么气味，大祭司一眼就能辨认出来。况且将他当作准司带走也根本毫无用处，真正的准司还不知道在哪呢。

硬是被拖到大祭司面前，此时的大祭司已经换了着装，身着族长装束，头顶戴着族长的长冠，冠上挂着兽齿，手杖同样也换成了象征着族权的骨杖，上面挂着各种闪耀的小石头和猛兽的獠牙。

苍日还没来得及说话，只见大祭司南漪挲眉头一皱，挂着拐杖走上前来骂道：

"你们自己带了个什么玩意来心里都没数吗！"说完手杖就向苍日伪装成准司所戴的面具戳来，挑开后侍从发出了惊呼。

"繁今啊繁今！都多大了还玩这些幼稚的手段！还非得是这种关键时刻！苍日，你快说！繁今人呢？"大祭司在大厅中紧张地来回踱步。

"对……对不起，大祭司……他现在在哪我不知道，我只知道准司和前几日救他的那伙人一起出去了，让我假扮成他瞒过几天，具体去哪他也没有告我……"苍日战战兢兢地跪在地上赶忙坦白，大祭司的手杖冲着他的脑袋就狠狠地敲了下去，这下打得着实狠，苍日的脑袋嗡嗡作响。

"你们这些伺候的人也不说平时拦着点！"大祭司才骂出这一句就没了声响，这突然的停顿让苍日汗毛直立，以大祭司平时的性子，不数落他几个小时是不会罢休的。大祭司揉着眉心，抬头的时候苍日下意识向后缩去。而大祭司再也没有看他：

"通缉！立马通缉！把那群不明来历的外族人立马定为绑架罪！必须尽快捉拿归案！把繁今平安无事地带回来！"所有人是第一次见大祭司南漪挲慌张成这副模样，之前闲庭信步刺杀大族长的稳重全然不在。甚至南漪挲无法克制情绪，将狼尾和狼爪半兽化出来，狼爪抠着骨质手杖发出令人牙酸的声响。狼眼怒瞪着在场的所有人，仿佛马上就要上来撕咬一样。

大祭司狰狞的模样让苍日感到恐怖，南漪挲的模样简直就是一匹丢了狼崽的母狼。其余人更是不敢怠慢，立马去传指令了。

苍日见大祭司也没有死咬着他不放的意思，灰溜溜地离开了。他也不知道自己可以去哪里，只好又回到准司的住处。

见到他先前点燃的蜡烛和摆好的书信纸。想起之前准司说过，他的鹰可以找到他。苍日抱着试一试的态度，将他知道的一切都写进信里，牢牢地系在鹰的脚踝。将鹰放飞在晨曦之中。

丘狼族所有的一切都在这一晚大变，望着鱼肚白的天边，南漪挚呼出长长一口气。接下来的路又该如何走呢？

第八空间，丘狼族，废城。

清亮的天色漫过昏暗的天际，颇有大漠色彩的天空一个云朵都没有，太阳就慢吞吞地从地平线上抬起头来，开始用自己炽热的温度炙烤大地。

温度逐渐升高，雷霆守夜犯困也被热醒了，抬眼一看四周，数了数人数。好的，除了他三个人一个都不少，又合眼打算睡过去。突然感觉少了什么，他老是潜意识以为他们只有四个人。再一想，繁今不见了！雷霆噌地一下站起身来，四下张望也不见繁今的人影。

半夜睡觉被狼叼走了？不对啊，他们本来就是狼。半夜被绑架走了？繁今丢了可怎么办？雷霆越想越慌神。控制住不知道在胡思乱想些什么的脑子，他觉得必须赶快找到繁今，不然他就会被默问责，被皮奥利安暴打。

登上附近的废墟的高处，雷霆的龙瞳才看到了远远的地方飘着一缕烟。正好雷霆处在下风处，从烟味中依稀分辨出繁今的味道。他赶忙化作原形腾空而起飞到烟附近，看到繁今正在地上烧着些什么。

"你怎么到这里来了？"雷霆一落地二话没说地抓住繁今左右检查，生怕他出了什么事。之前繁今来废城害怕得仿佛腿都不是他自己的，现在居然能一个人跑这么远。

"我没事啦！我就是怕做祭祀的时候吵到你们，就一个人出来了。"繁今很明显是被雷霆的突然出现吓了一跳。

"你是笨蛋吗？"雷霆的眼睛瞪着繁今说道。

"唉？为什么突然……"繁今愣了一下。

"你不知道我们把你弄丢的危险更大吗？万一你出点差池，我们怎么向大祭司交代啊！然后我就再也不能来你们丘狼族享用大餐了！"雷霆埋怨道。繁今也理解了，只好向雷霆承诺在这里做完祭祀立马回去，回到梦泽洲也会带他们去吃好的。雷霆这才松开繁今。

雷霆之前从未见过丘狼族的祭祀，东问西问之下繁今也只好给他解释丘狼族祭祀的流程。

"我们祭祀分为好多种，有些国家层面的祭祀仪式就需要在梦泽洲举行，全梦泽的丘狼族都必须去参加。一般国家性质的祭祀只会在年末举行，祈求来年风调雨顺之类的，另外就是设立族长或者战争伤亡惨重的时候，也会进行国家层面的祭祀。另一种就是地方祭司举办的小型祭祀，主要是婚丧之类的事。

不过废城这里竟然没有人来祭祀过……像这种搁置很久的重大伤亡事件我还从未经历过，这种事件理应是国家级别的祭祀，可是师父她却从未来过这里……现在只能由我代劳了。"繁今用先前从旅店要来的香木在地上摆成"米"字，然后仔仔细细地用白布条将木条串起来，最后的效果有点像蜘蛛网。

　　"所以说丘狼族的祭祀仪式就是走个形式？"雷霆有些不解，为什么只是简简单单的祭祀却要这么认真。

　　"如果真是走形式那就好了，可是并非这样的啊！所有生灵非自然死亡后，本身会留下残余的能量，这种能量会按照着死时那一刻残余的意念继续活动一段时间。有些残余意念特别强的会有一定自主性，他们会随着空中浮游的能量一同游荡，有些用自己本体死后余下的能量变成形体作怪，一般俗称为'鬼'或者'怨灵'一类的。

　　不过，留下的意念再怎样像生前的人，它也不过是一个单一意念和余留能量的结合体，早已不是生者了。只要遗存能量或者残留意念任意一方散尽就会彻底消失。

　　丘狼族所处的这片地域是古代的战场，不知道是因为什么原因，凡是在这片土地去世的人，甚至包括正常去世的人，在未来的几年之间意志都会靠着死前留下能量残留在这里。残留的时间因去世的人的意念强烈程度而定，少则几个月，长则数十年。残留的这些意念会影响后来的人，恐怕羽林就是受害者吧。

　　为了保证这些残留的意念不会作恶，丘狼族必须祭祀。我们所有的祭司必须通过祭祀手段去聆听那些残留意念，并用唱文舒缓他们的情绪。保证他们在消散彻底之前不会再影响活人。如果经常举行祭祀活动，这些意念会消散得特别快，只可惜废城从来没有祭司来过。

　　没有相应的祭祀记录，我对之后听到的是什么声音根本没有心理准备。只希望我能成功撑下来吧。"

　　繁今说完，跪在阵旁，用剩下的白布在胳膊上死死缠了一圈，抽出随身小刀在掌心割下。血挥洒在米字阵的中心，随后双手合十望向雷霆。

　　"帮我把这个阵点燃。"

　　雷霆立马照做。点燃后，繁今缓缓地将眼睛闭上。他不知道废城当年去世的人有多少，他更不知道耳朵会听到怎样的声音。

　　耳朵还未闻声，身体先是感到一阵恶寒。像是全身上下都被冰凉的小手抓挠着。过了好一会，他依然没有听到任何声音，就像是独自在黑暗中行走一样，寂静得可怕。

　　突然，声音像是放大了十几倍，在耳边爆炸开来，小孩子的呼救，猛烈燃烧的声音，肢体被砍断的声音，咒骂声和恐惧的呼喊声，成百上千的声音在繁今耳边响起。

　　旁观的雷霆愣是被繁今的模样吓到了，繁今全身都在因为害怕而发抖，脸上的汗顺着面具的轮廓向下滴着。过了不知多长时间，繁今鼓起勇气，终于用嘴唱出了第一句。这一句唱文的声音难听得很，但这已经是繁今控制了很久才发出的声音。

　　雷霆在一旁为繁今捏着一把汗，繁今心知自己独自面对这么多意念还是很困难的。之前每次祭祀，如果害怕，大祭司就会和他一起唱文，那个时候好像他也是漂浮在虚无中不安分的意念，随着大祭司的唱文一同安心下来。

可是他现在没有任何依靠，他在咬牙坚持着，听着令他毛骨悚然的声音，他的嘴因为害怕根本发不出一点声音。第一句唱文难听得可怕，他开始对自己能否唱下去产生了怀疑。

又过了好久，繁今又说又唱地将第二句唱文吐了出来，似乎是有种破罐子破摔的心理，他鼓起勇气用捋不直的舌头继续唱了下去。耳边那些声音似乎因为他颤抖的声调小了一些。

雷霆一开始还对繁今的唱功感到质疑，那种如同风刮过破玻璃的唱功也好意思成为准司？直到繁今的呼吸慢慢稳定，唱文的声音也逐渐悠扬起来。

唱文的内容雷霆听不懂，大概是丘狼族古时候流传下来的语言。但音调确实能让人舒心并彻底放松，然后睡去。空灵悠扬的声音在废城的残垣断壁之间穿梭，碰到墙壁又弹回来，回声阵阵入耳。感觉整个城市的废墟突然变得平坦起来，仿佛整个空中只剩下了唱文在回荡。

雷霆平日里听的歌也不多，一般像这种拖泥带水的长调他是不愿意去听的，这次他第一次听丘狼族的长调，或许是因为繁今的种族是狼的原因，对于这种长调驾驭得特别好，听起来才让心觉得空寂。

唱到结尾，耳边那些嘈杂的声音随之平静了，好像是嘈杂的那些人都端坐下来倾听一样。繁今睁开眼睛，正午的阳光明晃晃的，有些刺眼，手心的伤口也已经结了血痂。他一回头，雷霆已经躺在地上睡着了，不知不觉皮奥利安和默背着羽林来到了他身后，盘坐在地，闭着眼睛静静地听着。

"我以前一直听说丘狼族祭司的歌能让人心安，这次真的是见识到了。"皮奥利安第一个睁开眼睛夸赞道。准司笑得有些难为情，他心知一开始没有控制好，光这一点他还是需要磨炼。

"你这声音哄人睡觉的功夫倒是一流，我第一次见我们组长睡得这么熟。"皮奥利安指指靠在他身上睡得正安稳的默，羽林今天的意识依旧很模糊，她靠着默，默靠着皮奥利安。像是多米诺骨牌挤在一起。

"我看他应该是累了，在分道扬镳之前，先这样好好地休息一下吧。"繁今笑道。

"祭祀成功吗？"皮奥利安问道。繁今扭头看地面上的米字阵。

"烧干净了，应该很成功。本来三十年前距今久远，那些意念最强的也不过就能留个几十年，祭祀成功后应该都能去除了。"繁今擦擦汗放松地叹道。

几个人就这样在残垣断壁间休息到了午后，直到默推醒皮奥利安、指指繁今，皮奥利安才发现一只半人高的鹰落在繁今身边。繁今握着一封打开的信，整个人就像是丢了魂一样。

皮奥利安赶忙凑上前询问怎么回事，雷霆一听动静不对也醒了过来。繁今好像是失去语言能力一样将信递给皮奥利安。皮奥利安接过赶忙拿来和他们一起看。

"族长维兰德在生日宴去世，大祭司当场接管族长职位，抓捕生日宴在场嫌疑军官。大祭司命人把您赶快带出梦泽洲的时候，我无法再隐藏身份，大祭司发现后，将与您一同出逃的伙伴定成绑架罪，下了通缉令。我听到一些风言风语，有人说大祭司很有可能是夺权，不管是否真实，请您一切安好！"皮奥利安读完脸色也变了，默的表情一如既往的平静。

"果然和丘狼族上层牵扯后，事就变得麻烦了啊。"默起身叹道。他对这一切多少有心理准备，毕竟偷偷带着准司出来，被发现后，肯定他们都要成罪人。

"对不起……我不应该要求你们带着我出来……"繁今慌慌张张走上前来道歉。

"没事！反正你名义上也是我们的人质了，拿你要挟丘狼族几桶钱，然后再跑路怎么样！我们就不亏了！"雷霆拍拍繁今肩膀安慰道，皮奥利安听后白了雷霆一眼。

"这样的事发生得有些太突然了，总感觉很奇怪。"默又看了一遍信后，说道。

"师父她怎么可能夺权！明明她最痛恨族长那个位置！"繁今愤慨地说道。

"为什么大祭司接管族长的位置后，她要把准司带出梦泽洲呢？难道是怕有人像之前那样绑架你？按理来说只要将你在梦泽洲看护好就没有问题了，不会有任何人能伤害到你。更让我无法理解的就是，为什么要认定我们绑架了你？如果大祭司想见到你的话，只要嘉奖我们让把你带回去就好了啊？"默分析道。繁今也不是傻子，一听默分析完，他也慢慢觉得有点不对劲。

"你这么一说确实有点问题。族长维兰德确实老了，但还没到老死的时候，平时也没听说他有什么疾病，怎么会突然一下子就死了呢？果然我还是回一下梦泽洲吧，这几件事情串联起来太奇怪了。"繁今说道。

"回梦泽洲？别想了，现在可不是人质说了算，和我们去第五空间见幻。"默按住繁今肩膀说道。

"啊？"繁今还没接受现在有些微妙的关系，默就已经入戏当绑匪了？

皮奥利安瞬间明白默的意思，像是擒人质一样把繁今反手按住，在他耳边说道："人质跑了，我们挂着绑匪的名号也不可能免了啊！人质在，我们好歹也有牌威胁一下丘狼族，是不是？"

繁今没有反抗，他明白默和皮奥利安的意思。他现在名义上是他们的人质，就算是放他一个人回梦泽洲，也不可能就此洗清他们"绑架"过他的罪。他们不能像之前说好的一样，送他回梦泽洲，不然就是自投罗网。就算是放他一个人回去，还有不知名的组织想要真正绑架他。

左右的路都堵死了，他只能跟着"绑匪们"混了。

第五空间，妖尾翼狐族，斓斧钺。

多亏小空灵在废城周围发现一个废弃的空间跳转门，不然他们几个就得冒着被通缉的危险去其他城镇找空间跳转门了。准司虽说不是第一次来妖尾翼狐族，但被"绑架"过来还是第一次。

到无人不伸手店里，老婆婆看到他们几个就跟看到几个大麻烦一样，眼神瞟到默背上意识不清的羽林，又瞥到另一个戴着面具的小孩。

几个人都是那种大难临头逃跑至此的模样。

老婆婆也懒得在店门口听他们哭诉，暂停营业，把他们几个带到楼上，拿出她很久不抽的烟斗，边抽边听。起初默将繁今介绍给幻的时候，直接说这是我们绑架来的丘狼族准大祭司。幻听后，吸的烟把自己呛住了，心说这几个小孩不知道哪里借的胆，敢去丘狼族绑架准大祭司？

默将他们如何成为绑匪的过程都讲给幻，幻听完有一种孩子在外面惹了大祸，求她这个监护人过来擦屁股的感觉。

"所以说，你们找我，就是希望我带着钱找大祭司赔礼道歉？"幻皱着眉呼出一口烟问道。

"这并不是我来找您的主要事情，我只是想请求您解决羽林的梦境。"默说完，幻脸上的表情没有一点变化，好像对此早有心理准备一样。听默讲述了一遍后，幻除了对羽林来到废城竟然和川羲一样高台自刎有些惊讶，其余的仿佛早就知道一样。默看幻如此镇定的模样，知道其中定有隐情。

"我有办法让她的梦境再也不发作，不过得付出一些代价。"幻搕尽烟斗中的烟灰说道，随即起身："默小朋友带着羽林随我来，剩下的人就先留在这里，好好想想你们绑架的烂摊子怎么收拾吧！"

默抱着羽林跟在幻后面走下楼去，幻的形态也从老婆婆慢慢变成年轻女子。幻的模样很多变，因为在幻的身上你根本不知道哪些是幻境，哪些是真实的模样。

来到一楼，幻踩踩楼梯下面的地板砖，那一块的地面立马消失了，露出的是一处幽深的通道。顺着冰冷潮湿的楼梯走下去，下面的通道有浅浅的积水，通道两边的石台上面摆着的一些不知名的小玩意，发着幽邃的光。

"本来说我自己带着羽林下来就够了，看你那担心的模样，后来想想让你见识一下也好。"

"见识？"

"你应该记得一开始见到羽林的时候，她的能力谈不上很强，甚至比你还未接受旻鹤的能量那会还要弱些。"

"是，这倒没错。所以很多我能做到的事情她做不到，只好一直护着她。但我这次回来，发现她的能力上升了不止一点点，差不多和现在的我是持平的。按理来说我们的能力不会因为成长而变强，只有从别人那里剥夺过来才会变强。"默说道。

"她本来的能力就很强，只不过是被我们八元素强行压制成这样了。"幻说道。

"为什么要压制？她最原本的能力有那么可怕吗？必须压制才不会失控？"默难以置信地猜测道。

"有很多原因让我们不得不这么做。你应该知道玄罗式吧？"幻没有正面解答默的问题。

"类似密码锁一样的封印系统，式子不同，产生的效果也不同。式子要解开的话，被施术人会承受相当的痛苦。难道她身上的能力就是被玄罗式封住了？"默继续问道。

"你所想的没错。"幻说完，打开通道尽头处的石门，石门里的水刚到默的膝盖，水很清，可以很清楚地看到石头上星星点点的小光点在水下闪动。因为这些小光点的作用，这里的光线并不暗。整个房间不大，横纵二十米。

依着幻的要求，将羽林放在门对面的墙下，半个人浸在水里。

"当初斯白克斯将她带到这个世界的时候，她就和无能人一样没有任何能力。斯白克斯解开了一部分的玄罗式，她因此拥有了一部分的能力。在天鸟族的时候，天兰灯解开了更多的玄罗式。她的能量因此翻倍增长。"幻看着像根面条一样瘫软地靠在墙上的羽林，说道。

"解了这么多玄罗式为什么她毫发无损？为什么她的样子也会随着封印的逐渐解开而有变化？又为什么会被噩梦困扰？"默将质疑一股脑全都问了出来。

"注意到的细节挺多嘛，小鬼。比起羽林这个小东西来说，我们八元素的身体比她好得多，设一个将玄罗式副作用反弹到我们身上的式子，不是很困难。不过，斯白克斯因此才受了更严重的伤，才不得不撒手不管羽林，让她一个人留在学校。不然那个当保姆当惯的人，以他的性子八成是要陪读吧？天兰灯就不一样了，毕竟他身体底子就好，刚从沉睡中醒过来，受了玄罗式的副作用，恢复几天又能活蹦乱跳了。至于为什么她的样子会变……"幻谈到这点的时候，犹豫了一下，最后还是决定和他说清：

"你应该清楚，与你们能力相同的人，只要用能力洞穿对方的心脏，只要对方一死，就能得到对方的力量。但你有没有想过如果自杀会怎么样？"

"自己夺走自己的能量吗？这种结果我从未设想过，但羽林明确在梦里感觉到川羲死了。"

"唉……我讨厌八元素让你们自己去探索的宗旨，但我也不得不去遵守。我不能彻底向你们说明白，只能告诉你们大概。正是因为川羲羽明自杀，才有了羽林，羽林代替川羲继续活在这个世上。她所继承的一切，都是川羲曾经拥有的。她的噩梦，不过就是继承了川羲的记忆。"

默清楚羽林一直都想将川羲羽明当做自己亲人，有血缘关系的挚亲。可到头来，竟然只是代替川羲活下去的替代品。默有些想不通，为什么不能干脆让川羲了结一生，偏偏得找另外一个生命替她活下去？如果羽林替代了川羲，那么当初川羲的弟弟辰月，也能算是羽林的亲人了。

羽林羡慕默曾经拥有的一切，有家庭，有姐姐和妹妹。这些默都能感受得到，羽林不惜噩梦作怪也要来丘狼族一探究竟的执拗，或许她只是想知道自己是不是也属于那个家庭，有没有血缘挚亲还留在丘狼族。

可她纯粹就是别人活下去的替代品，这无论如何默都无法开口告诉她。他难以想象羽林知道后会是怎样的失落。

幻说完，没有理会默难以置信的神情，命令他退到门那里，并用能力保护好自己，如果发生了什么就从门那里逃走。幻也一同退后，将手指向房间对面的羽林，再指向天，之后把手放在额头，然后放到胸口。

默认得这是圣器之战被灭族的封兰罗的最高礼节，他不知道这番礼节用在此处是有何用意。感觉房间的气氛在礼毕后凝重起来。幻深深呼吸几次，闭上眼睛，待心静下来，再缓缓睁开眼睛。默感觉到幻平日里收敛的八元素的气息全都暴露出来。

幻在空中画出一个八元素的符号，遥指羽林的胸口。

水面随着这一指现出波纹，细密的波纹在水面晕开。空中开始凝聚星星点点的光芒，积水被空气中旋转凝聚的光芒带到空中，水里的能量好像也是被疯狂抽离的模样，一点点化作光点。光点慢慢形成光柱，光柱中细小的光点在疯狂旋转着。

直到旋转的速度缓慢起来，每一粒小光点都找到了自己的位置，整个光柱形成的图案也因此清晰起来。

这道巨大的光柱，每个能量粒归位后在羽林胸口形成了上百个玄罗式光环。每个光环上面都写满了细小密集的术式。默在一旁彻底被这壮观的景象所震惊，他从未见过如此复杂又庞大的玄罗式集。他根本无法想象其中一个复杂的式子解开会带来何种难忍的痛苦。

幻从其中挑出十几个粉紫色的式子，在前面又加了一个可以将玄罗式解开的痛苦转移到自己身上的式子。这十几个式子一同解开，带来的痛苦是难以估计的，幻在写完转移式子后，准备了片刻就开始转动式子的光环。

解式子期间，默注意到幻的手颤抖得有些厉害，她身上的皮肤不由自主地漫上一层细密的鳞片。但幻的表情从未变过，她的眼神极其坚定，丝毫没有向玄罗式屈服。每解一个，幻的动作都会慢一些，汗珠在她的脸上连成串，一滴滴地落在水中。默在一旁听到的不止有能量式碎裂的声音，还有幻身体中骨头连串的响声。

终于，十几个玄罗式一解完，幻就扑通一声跪进水中，连着吐出不少血。身上那一层细碎鳞片都脱落在水中，皮肤变得干皱起来。默刚想去扶，却见幻摇摇晃晃地站了起来，一摸嘴边的血渍，就和没事人一样。默清楚幻可以设立各种幻境，她将自己伪装进幻境中，装作没有事的样子。

可她这次伪装的幻境就像是劣质的投影，能让人一眼就看出来这是幻象。

"真是自作孽啊，咳咳咳咳……"幻也觉得这层虚假的幻境无济于事，很干脆地撤销掉了。她就靠在墙边，半截无法维持人形的身子浸在水里，破烂的鳞片狰狞地在水里支棱着。幻的原形像一头变色龙，现在她鳞片的颜色也不再绚丽夺目，暗淡得可怕。

"你先带羽林上去，找个暖炉生好火让她先暖干身子。咳咳……我一层的商店柜子里有一瓶紫色的药丸，给羽林吃下，然后拿着药品旁边的棱镜放在她的额头，就可以看到她的梦。解决噩梦的最好办法就是让梦彻底做完，我已经解开了封印着川羲剩余记忆的式子，这下……咳咳咳，她的梦应该能圆了。"幻大喘着气缓了一会继续说道："别管我，我现在这样也怪瘆人的，我在这里休息休息，好些了我就上去。可别再闹出什么乱子，我这段时间没有办法给你们收拾残局了……"

说完，幻放弃了维持人形，彻彻底底地变回原形，蜷着身子浸在水里睡着了。

默小心翼翼地将羽林从水中抱起，发觉她的气色已经比之前好了很多，双眼轻松地微合，仿佛安心熟睡的婴孩。皮奥利安几人挤在地板砖入口处，如同等待一颗即将破壳的蛋一样焦急。

雷霆一瞅地板砖打开，几人刚想围上来问些什么，却瞧到默怀中羽林的睡颜，识趣地噤了声。

默轻声向伙伴们指示了药和棱镜的位置，几人赶快将东西翻出来，随默回了二楼。

默轻轻将羽林放在沙发上，拿着皮奥利安给的温水将药丸给她送下去。在众人屏息静气地注视之下，默将棱镜放在羽林额头上——

顿时棱镜光芒绚丽，刹那之间恍若斗换星移，他们已经身处羽林的梦境之中，繁今震惊到久久回不过神来。

那是一间木质小屋，像是将废弃的小屋翻新装修了一样，不少地方还留着残破的痕迹。屋外风雪声大，风声从破旧小屋的缝隙中钻进来，发出凄厉的呼啸声，整个寒酸的小木屋全都靠一小盆炭火维持着点点热度。一个小女孩蜷缩在炉火边裹着毛毯瑟瑟发抖。

默环顾房间四周，没有见到其他人的身影，说明这间屋子中只剩下川羲一人。川羲这么小，独自一人待在这走风漏气的小木屋中竟不哭闹，可以说是个奇迹了。众人看到那么幼小的川羲倍感可怜，但又不能去安抚她，这已经成为彻彻底底的过去。

过了很久，木屋的门被撞开，川羲被吓得惊叫出声，把毛毯又裹了一圈，最后捂到只剩下眼睛，试探着看向外面。

来人是斯白克斯，银白色的头发上挂着冰碴，壮硕有力的身躯搂着一个小包裹。默也是第一次见几十年前的斯白克斯，他和现今的体型差距实在有点大，健康的黝黑皮肤现在已经不复存在。默难以想象斯白克斯变成现在这么瘦弱的原因是什么。

川羲从毛毯的缝隙中认出是斯白克斯后，忍着泪跑向斯白克斯，死死地抱住他的腿。见川羲的眼睛就像积满泪水的水袋，斯白克斯笑着安抚道：

"抱歉，让你久等啦！你看，我带了什么回来？"斯白克斯将川羲拉到身旁，将他臂弯里的小包裹拉开给她看。川羲看到那个小包裹后，眼泪立马不见了。

小婴儿稚嫩的脸颊从包裹中露出，水嫩得像一朵花苞，金黄色的小卷毛在头顶上像一团团蒲公英。小婴儿的双眼似乎受到了光线的刺激，慢慢睁开了。黄褐色的眼睛纯真无邪地看向川羲。

"好美啊……"川羲用她知道的最好词汇奶声奶气地感叹道。

"他以后就是你的小弟弟啦，名字我还没有起。川羲羽明，你想想他叫什么好呢？"斯白克斯问道。川羲就像没有听到一样，看着小婴儿一直嘟囔着什么。

"你的头发好像火焰唉……如果今天不是雪天就好啦，我们就能带他去看刚刚露出一点点的新月了，蓝黑蓝黑的天空上的月亮可美呢，和你一样超好看！"川羲望着小婴儿纯真的双眼不停地畅想着。

　　斯白克斯心说干脆从川羲所说的话中取几个字当名字，简单了事。

　　"火，蓝黑和新月吗？那就……赤藏……辰月？不过应该和羽明你一起姓川羲才对，这样的话，我再想想……"斯白克斯绞尽脑汁开始想名字，川羲突然拉扯斯白克斯的衣襟抗议道：

　　"我不要他的名字和我一样，他是他！我是我！辰月的名字最好听！"川羲嘟着小嘴奶声奶气地抗议道。斯白克斯从川羲简单的用词中也明白了她的意思，索性也没多计较。得到斯白克斯肯定之后，川羲一直在小婴儿耳边唤着"辰月"。

　　之后的记忆像是快进了一样，场景和人物模糊不堪。来源自记忆的梦当然不可能彻彻底底将过去的每个日子记忆清楚，那些川羲不太记得的美好日常就在这期间一闪而逝。

　　那间朴素的小木屋再次清晰地出现在众人眼里，此时的季节正好，春意盎然。木屋前的院子里种着一些球状花朵，此时开得正好。

　　五六岁模样的川羲捧着一叠纸，拿着几根妖尾翼狐幼兽玩具阁生产的彩色石头笔，兴高采烈地照着花画着。画完后似乎对画面感到不满，在花瓣上添上辰月和斯白克斯的形象。

　　正当川羲准备在花瓣上画上自己的时候，辰月突然从外面拿着什么东西，背着手假装神神秘秘的样子进来了。川羲也没顾上把自己添到画面上去，就赶忙围到辰月身旁。

　　"又拿什么好东西回来啦？"川羲笑着问道。

　　"我看姐姐你超喜欢花，我出去找到了咱们园子里没有的花！"辰月从背后嗖的一下掏出那朵花后，川羲被吓到捂眼惊叫。

　　——那朵花的模样像是腐烂的猩红肉体一样向外滋着浆，辰月把它拿到面前的时候也着实一惊，吓得赶忙把它甩到了地上。

　　"姐姐……我，我刚刚拿到它不是这个样子的。"辰月惊魂未定地说道。川羲盯着那朵烂花在地上冒出奇怪的烟雾，久久吐不出话。回过神来后，连忙拉过辰月抓花的手，用自己的裙角帮他擦干净。

　　"你从哪里拿的这种东西？这种花一离开植物就会立马腐烂，然后它的液体会损伤皮肤！你怎么一点都不小心？"川羲责怪道。

　　"我不知道它会这样……是一群女生让我把它送给你……"辰月委屈地嘟囔着。川羲也没想多去怪罪他，看到辰月手及时擦干净后无大碍就安心下来了。

　　川羲没想多去追究，看辰月恼火的模样，像是为这件事暗暗记下了仇。众人看辰月的神色，他在川羲面前装得像是没事人，背地里悄悄地将腐烂的花拾起，把它的浆液滴在石头上看有多大的威力。

　　默看到浆液滴到石头上后冒出浓重的烟，并腐蚀出了一个浅坑。说道："这种花应该就是花秧酸的原材料，这种酸只要浓度高就能置人死地。单棵花的酸还不足以伤到人，皮肤被溅到少量应该只有被灼伤的痛感。"

"你居然认识这种东西？"繁今被那一坨肉质腐烂的花恶心到了。

"魔教经常用这种东西逼供。"默简洁地说道，繁今听后激起一身鸡皮疙瘩。

面前的景象再次一换，川羲不知道在向哪疯狂奔跑着。所有人的视角都在随着川羲的跑动向前移着。前方山丘的尽头，斯白克斯魁梧的身形映入眼帘。他一只手拎着疯狂大吵大闹的辰月。还有几个女孩蹲在地上号啕大哭。

川羲气喘吁吁地赶来，辰月一下子就不闹了。斯白克斯将辰月丢到地上，指着那群捂着脸和手的女孩怒斥道：

"你看看你干了什么好事？！你为什么要将秧子花的花朵丢到她们身上？"

"明明是她们嫉妒姐姐好看，让我送给姐姐这种花……我不过就是原封不动还给她们而已！"辰月从地上爬起，抹着眼泪委屈地说道。

"她们一开始是有错，为什么你明明知道她们做错了。还要犯下和她们一样的错？你不觉得这是贬低你自己吗？"斯白克斯训斥道。随后走上前，从包中掏出药物，仔细查看女孩们的伤情。

"还好你拿到的秧子花腐烂得还不够彻底，只是稍微有点灼伤，等表面被灼伤的皮褪掉，也不会毁容。"斯白克斯细心地给女孩们受伤的皮肤上涂上缓解药物。

"白叔……为什么你要帮她们？她们不是做错了吗，这些明明就是她们自找的啊！"辰月愤懑地喊道。

"你同样也犯了错，你难道希望她们再拿这种东西以同样的方式去惩罚你？冤冤相报何时了！你什么时候才能学会宽容和原谅？"斯白克斯瞪着辰月说道。辰月再也说不过斯白克斯，扭头扑到川羲怀里委屈地说道：

"为什么只能咱们被别人欺负啊……姐姐……"

雷霆看着幼小的辰月，叹道："这小鬼可真狠，他居然真能下得去手。如果我小时候闯这种祸，恐怕我的腿早就被我哥打残了。"

"他还这么小就这样，真难想象以后会是什么模样。"皮奥利安感叹道，他以前亲自带过小孩，自然知道矫正小孩的思想有多么困难。

视野随着话音消失又开始了快速转动，期间又跳过了很多日常，川羲和辰月以肉眼可见的速度成长着。上学的那一天停留了片刻，众人也仅仅是看清楚了学校矮矮的平房，日常就继续快进了。从以前斯白克斯负责烹饪，慢慢变成了川羲做饭，辰月帮忙打下手。

有些时候，斯白克斯外出好几天都没有回来，电闪雷鸣的夜晚，两个小孩因为害怕钻在一个被窝睡觉。两个人长到十几岁的时候，斯白克斯就让他们分开住了，川羲逐渐出落成美人，辰月也从小毛孩成长为英姿飒爽的少年。斯白克斯因为些事务偶尔会出去许久，才会将二人也带上一同出行，关于这部分记忆虽然也一闪而逝，但能看清其中有木族的古树和妖尾翼狐族的建筑。

当快进的视角停下来的时候，默慢慢看清了辰月的长相，长相的熟悉感让默感觉到了异样，几十年前的人他又不曾见过，为什么会感觉这么熟悉？

田野之上，川羲和辰月与学校结交甚好的伙伴庆祝毕业，众人注意到其中有几人面熟——是那本日记的拥有者佛伦和阿萨娜，二人年轻的模样和现在没有任何差别，只是老了一些，唯一不认识的可能就是佛伦的弟弟佛伦特。

草地中央清理出了一小点空地，五人生着火烤着刚刚从田里挖出来的番薯。畅谈着学校里面的一些趣事。

"……当初辰月把那个人打趴下的时候我还真的是吃了一惊呢，本来这件事就因为我闹起来的，结果你也掺和进来，结果一起被老师骂了，哈哈哈哈！"佛伦笑道。

"那人被打得以后再也不敢招惹你了，即使被骂了也值得。"辰月一同笑道。

"真是的，辰月在学校惹的事情难道还不够多吗？如果到了年纪突破临界线拥有能力，真不知道辰月要怎么折腾呢！"川羲咬着番薯感叹道。

"对哦，川羲和辰月不是丘狼族的，不知道到了年龄后会拥有什么样的能力。"阿萨娜好奇道。

"等我有了强悍能力，肯定再也不会有人敢欺负你们了！"辰月期盼道。

"白叔说，有多强的能力就应该承担多大的责任，我不想拥有太强的能力，只要能和你们一起安逸地过日子就满足了。"川羲说道。

"真的？"佛伦特突然插嘴问道，川羲毫不犹豫地点点头："如果辰月很厉害的话，我就不用很厉害啦。而且有些东西也不是强就能争取来的，比如说现在的我有你们，还有烤土豆填肚子，已经很幸福了。"

时间慢悠悠地过去，天色暗沉了下来。番薯也都进了肚。正当五人打算收拾东西回家的时候，佛伦特突然叫住川羲。有些羞涩地问川羲能不能和他单独谈一谈。川羲让弟弟先走，辰月看起来有点不解，但还是很听姐姐的话，先往回走了。

旁观的众人心知后来那本日记就是佛伦特写的，他在日记里表明了那么多爱意，肯定早就对川羲产生了爱慕之情，只是一直没有捅破。

川羲跟着佛伦特来到一处小河湾，傍晚的暖风吹得人酥酥软软，走在前面的佛伦特时不时回头看一眼川羲，每看一次脸都会更红一点，直到涨得耳朵通红，才慢慢停下脚步。

雷霆在一旁都为佛伦特捏了一把汗，佛伦特迟迟没有转过身来直面川羲，雷霆恨不得走上前直接把佛伦特扭过来。

过了许久，佛伦特有点颤抖地转过身，眼睛四处乱瞟，根本不敢看川羲的眼睛。艰难地吐出一句话，向川羲行礼。众人猛然发现他们根本听不懂这句话，直到繁今翻译：

"想让你成为我的永恒，我最爱的人。丘狼族的古语，可能我翻译得有点太官方了，但这句话在丘狼族里几乎可以间接等于约定终身的意思。川羲从小在丘狼族长大，应该能听得懂。"

川羲有点愣神，她当然听懂了。这突如其来的告白让她感觉脑子停止运转了。众人看着川羲发呆的样子有点想笑，毕竟她的脸像被佛伦特传染了一样涨得通红。佛伦特勇敢地上前走了几步，等待着川羲的回答。

"有点不妙啊。"默突然说道。

"不妙？你的意思是川羲不会答应了？"繁今听后感觉很奇怪。

"不是，你看川羲的手链。如果我没有记错，这种东西好像没有能力的孩子都会戴，直到临界线突破拥有能力后，那个手链就会破裂，破裂得越严重，之后能力越强。"默说完，繁今赶紧看向川羲的手链，手链在一点点地化成粉末消失，这种情况他是第一次见。

川羲感觉头有点晕，身体火辣辣地烫。她以为自己是被告白冲昏头脑，没有想其他原因。

"我，我我……"川羲刚结结巴巴吐出来前几个字，眼前一黑就往前撞，佛伦特看川羲有点不对劲，赶忙伸手去抱她。众人只感觉到眼前强光一闪，发出了惊天的爆炸声。待烟雾散去，川羲的衣袖被炸没了，她冲到佛伦特身前，他已经被冲击波击晕了。她想用手去触碰佛伦特，但伸出后却颤颤巍巍地缩回了。

此时川羲才注意到手腕上的手链消失了，她难以相信这是她干的，她完全不知道该怎么办，甚至害怕自己的手再碰到佛伦特。

爆炸后散开的尘埃洋洋洒洒地从空中飘落，和川羲的眼泪一起落在佛伦特身上。这一幕实在凄美。众人也不得不叹惋，如果没有能力的阻挠，或许川羲能真正意义上收获爱情。可这种强到变态的能力，像诅咒一样一点点摧毁了川羲向往的所有美好。似乎从这个时候开始，川羲能体验的人间百态只剩下了痛苦。

斯白克斯是第一个赶来的，令众人感到震惊的是斯白克斯做的第一件事，竟然是将川羲从佛伦特身边拉开，根本没有顾及川羲的感受，赶忙检查佛伦特的伤势。

"你先留在这里，你现在的身体还没有办法完全接受强大的能量，溢出的能量会突然爆炸。对你本身不会有伤害，但为了别人，你还是先留在这里吧。我会让辰月过来找你。"斯白克斯匆匆安排完后，抱起昏厥的佛伦特去找医师。

川羲独自一人待在小河湾的沙丘旁，看着满天尘埃默默地流着眼泪。这眼泪她怎么抹都抹不干净，明知道辰月要来，可她就是忍不住眼泪。她亲手伤害了爱自己的人，这种强大的能量根本不受她的控制，如果以后还会伤害他们怎么办？是不是和他们保持距离比较好……要是没有这种能力就好了……

川羲抱着头蜷缩在沙丘上胡思乱想着，突然一只手拍她的肩，川羲惊起，疯狂后退，和来者保持距离。

辰月看姐姐这样的反应，茫然地站在原地。

"怎么回事？姐姐，是佛伦特欺负你了？"辰月只知道佛伦特叫走了川羲，剩下的斯白克斯也没告诉他。他从未见过姐姐的表情是这样的无助，眼眶周围已经哭得发红了。辰月刚想走近些安慰她，川羲立马冲他大喊：

"别过来！……别过来，我的能力会伤到你！佛伦特就是这样被我伤到了……"川羲一边不断地向后退，一边慌张地抹眼泪，她不想让辰月看到她哭。

辰月注意到川羲手腕上的手链消失了，这说明姐姐已经拥有了能力。可能是一开始有了能力不适应，误伤了佛伦特。

"那这样，姐姐你转过身去，我不靠近你，你哭我也看不到了。"辰月温和地说道。待川羲转过去坐好，辰月悄无声息地在川羲的背后坐下了。

"其实我觉得有什么样的能力都无所谓啦，姐姐。掌握肯定是会花一定时间的，等彻底受控制了，就再也不会发生这样的事了。"辰月安慰道。

"我宁愿不要这样的能力，它随随便便就能伤到人……"川羲抽泣道。

"之前姐姐还听白叔说拥有多强的能力就应该承担怎样的重担，我之前一直不同意白叔这个观点。明明人想怎么活就怎么活，即使拥有很强的能力也能过得很普通，这就看姐姐怎么选了。"

"我所向往的不过就是和你们一起过安逸的生活。我真的担心这种强悍的能力会把我们的生活彻底撕碎。白叔因为能力强，被城主要求去鬃狮族拿白玉，然后他能回来的次数越来越少。儿时的很多生活已经过去了，我真的害怕再失去眼前的这一切，有了这种能力，谁还会靠近我？"川羲声泪俱下。

"姐姐你向后靠。"川羲身后传来辰月的声音，或许又是辰月弄了什么，她也没有多想，向后靠去。辰月不知道什么时候偷偷挪过来的，她这一靠，正好靠在辰月的后背。两个人就这样背靠背地坐在一起。

"你看，姐姐。我靠近了也没有事。安心吧，姐姐，一切都不会有事的。就算有人破坏了我们的生活，我也会原封不动地将他们向往的生活撕碎。"辰月郑重地说道。

"辰月说的话永远都很可怕呢，不过这一次我听之后心情好一些了。"川羲背靠着辰月笑道，听到川羲的笑声，辰月也安心了。

众人看着那两个在夕阳下背靠背的身影，明知道川羲已经不在了，看着他们过去幸福的模样，心中有种说不上来的感觉。

视角在河湾山丘上停滞了很久，好像是不愿意离开这里一样。许久之后，视角慢慢开始快进。又是那些日常，但在这些日常里，斯白克斯的身影出现得越来越少了，几乎得很久才能再见到他。

众人逐渐将阿萨娜之前所讲的过去与现在的回忆对接，此时斯白克斯频繁出门是被城主强迫去获得鬃狮族的白玉。现在的时间线已经临近川羲自杀发生的时候了。

在这快进的回忆之中，川羲在生活中几乎不用能力，不像羽林和默有些时候还用能力变出生活用具方便自己。倒是辰月自从有了能力，四处张扬，随便一个地方都要用能力，甚至开门关门都不会去用手。

快进终于停在木屋的厨房中，时间恢复正常速度。川羲一如既往地抱着一筐蔬菜回到木屋，张罗着晚上的饭菜。辰月突然从门口冲进来，川羲一脸诧异，看着大喘气的辰月。

"我偷偷跟着白叔去了城主的庭院，然后听到白叔又被城主安排去鬃狮族拿白玉！这次好像不仅仅是白玉，还说是什么更稀有的朱白玉！"听到辰月所说，川羲惊诧道：

"城主不是说上一次是最后一次了？明明上一次白叔是受了伤才弄到白玉，城主根本不把白叔的安危放在眼里吗？又派他要去鬃狮族讨朱白玉？"川羲难以置信地说道。

众人在梦境中听到川羲和辰月的对话，也将时间线对上了。丘狼族北境已经更换了城主，新城主想要讨好族长维兰德的妻子，不停地利用斯白克斯去鬃狮族取白玉，进献给她。

"为什么白叔要对城主服服帖帖的？难道就不能推脱掉吗！"辰月怨道。

"这次还是劝他不要去了，以前白叔在鬃狮族来去自如，现在每去一次多少都会受点伤。"川羲担忧道。

在姐弟二人探讨的时候，斯白克斯推门而入，他满脸疲倦，身形也没有之前那样魁梧了，像是一点点缩水一样消瘦下去。他把身后的巨大背包卸在姐弟面前，从里面掏出一瓶酒，一边拧瓶盖一边说道：

"这次给你们带了好书回来，之前川羲想要的木族史书我也拿到了一套，还有其他的一些新东西，新水壶、新辫绳……赶紧翻开看看，把以前没用的扔掉。哦对，还有一把折叠刀，小心点，别玩着划了手。"斯白克斯拿着酒瓶直接灌。

"别说那些没用的了！白叔，你是不是为了换这些破烂玩意，被城主逼迫去鬃狮族拿白玉？"辰月一脚踢向背包，包里面的东西撒了一地。斯白克斯瞥了一眼辰月的过激行为，也没有多大反应。

"你说得没错，只有白玉能换来你口中的破烂玩意。即便辰月你的能力很强，但是你踢到的东西你也不会做，我也不会做，所以只能靠买。城主控制了整个北境的商贸，不靠他是根本不可能买到这些东西的。如果不给他白玉，那些你平时用的、玩的、穿的，都会给我们断货。"斯白克斯疲倦地解释道。

"但是他这次要求的是朱白玉，他已经变本加厉了！为什么白叔你还要听他的？明明你能力也很强，为什么不反抗？"辰月质问道。

"我知道你跟踪我了，再强的能力也不是用来报复的，辰月，我又不是没有教过你。"斯白克斯说道。

"朱白玉比白玉稀有得多，你弄到白玉就已经很费力了，为什么还要去拿朱白玉？这些东西长途跋涉到别的地方去买也行啊，大不了就离开这里。"川羲一边收拾散落一地的东西，一边说道。

"有我在北境，北境已经和鬃狮族没有战争十余年。倘若我离开……"斯白克斯仰天感慨。

"你已经很累了，不是吗？以前你从来不喝酒的，这次拒绝吧！我和辰月省吃俭用也是可以的，如果丘狼族压榨我们，那我们到其他空间买也不是不行。"川羲劝道。斯白克斯犹豫了很久，最终也拗不过川羲和自己疲惫的身体，同意了。

辰月见斯白克斯同意后，满意地收拾东西向厨房走去，准备和姐姐张罗晚饭。身临其境体验梦境的众人，清楚梦境中的一切事物都能穿过他们身体。一直站在厨房门口观看梦境的默，看到辰月向他走来，这是他第一次面对面彻底看清楚辰月的长相，这张脸带来的熟悉感让他心惊，他甚至为自己心中的恐怖猜测感到汗毛直立、冷汗如雨。

甚至默见到辰月向厨房走来，下意识地向后退了好几步，直到与辰月拉开距离才大喘气放松下来。众人看默惊恐的反应很是奇怪。还没来得及多问，视角就开始快进。

那是一个阴雨连绵的下午，川羲拎着从田野里采摘回来的野果子，远远地望到阿萨娜和她的父亲冒着雨向他们家赶来。一见到川羲，阿萨娜哭着跑过来抱住了她，川羲立马闻到了阿萨娜身上烧焦的味道。赶忙查看阿萨娜，发现她身上的衣服还有头发都有火烧到的痕迹。

"到底发生了什么！阿萨娜，到底怎么了！"

面对川羲焦急的模样，阿萨娜哽咽着根本一句话都说不出口，阿萨娜的父亲扛着几包东西卸在木屋门口。

"城主那个浑蛋！他自己想取悦族长，让白叔去找朱白玉，结果白叔没动静之后就断水断粮逼你们。本说我们还能资助你们，结果今天我们的粮仓也被烧了……"阿萨娜父亲摸摸川羲的脑袋，指着那一大袋粮食说道：

"这是我们最后抢救出来的一点东西，索性就给你们吧。我们一家和佛伦母子明天就要离开北境，搬到梦泽洲。我带阿萨娜和你们做个道别……唉，劝你们还是尽快离开北境，或者离开丘狼族。这种地方还是尽快离开较好……白叔呢？"

"白叔他去第五空间买生活用品了。"川羲如实答道

"唉……白叔守护这边境已经十几二十年，一旦没了白叔，再加上丘狼族内部的腐败，鬃狮族必定会趁虚而入，很快这里就会燃起战争，必定民不聊生。白叔一直挂念这里的民众，才没有离开北境，结果却是这个下场……唉，尽早离开吧，对你们来说也是好事。阿萨娜，好好道别之后，就回来吧。"川羲能感觉到阿萨娜的父亲一直在克制自己的情绪，才会如此镇定地说话。

看着泣不成声的阿萨娜，川羲安慰了好一会，阿萨娜才止住眼泪。

"和我们一起走吧，川羲羽明。我真的不想看到你们受气，明明白叔做了那么多……"

"不用担心我们啦，该做这种决定的时候我们肯定不会犹豫的，刚刚你爸爸说佛伦母子和你们一起走，那佛伦的弟弟佛伦特和他爸爸怎么办？"川羲很细致，听出来了异样。

"佛伦特很执拗，他说如果你们不走，他也不走，迫不得已他爸爸留下来陪他了。所以说就算是为了佛伦特，和我们一起走吧！"

"放心吧，阿萨娜，我们肯定会离开这里的，而且没准会在梦泽洲再见面哦。"川羲尽力安慰阿萨娜，她现在说的话她根本不敢保证能实现。

默看到川羲向阿萨娜承诺梦泽洲再见时百感交集，心说："你们确实再见面了，是三十年后羽林代替川羲见到了阿萨娜。"

时间快进到了当日日落之后，川羲一直坐在小木屋外的院子里，翘首望着通往木屋的小路尽头，天色彻底暗下来的时候，斯白克斯和辰月终于出现在了小路尽头。他们两个的身影从远处望去透露着一种疲惫的感觉。

"阿萨娜他们一家还有佛伦母子离开了北境，阿萨娜家的粮仓被城主命人烧了，这些是最后抢救出来的一小部分粮食，他们最后送给我们了。哎……白叔，咱们也尽快离开北境吧。"川羲失落地说道，眼睛像是蒙上了一层灰。

斯白克斯沉默许久终于开口说道："这几天丘狼族的族长要来，这次城主没有进献成功朱白玉，怕是要受点惩罚。这几天不要闹事情，安分在这里待着。等我在妖尾翼狐族找到好去处，就搬家好吗？"

辰月看到姐姐的心情很不好，从包裹中拿出来一本地图册，和川羲讲了一下妖尾翼狐族的地理位置，和他们未来可能居住的地方。然后向姐姐承诺离开之前肯定会去梦泽洲看阿萨娜。

众人看到现在安逸地在小木屋谈话的三人，他们清楚这之后就是三十年前的惨案，都有点不忍心看下去了。

原本记忆的画面是那种清亮的彩色，仿佛从这一刻起，整个记忆就像是褪色了一样，整体的颜色渐渐变灰。

记忆的画面疯狂转动，像是被快进了一样。快进突然停下，弄得众人有点晕头转向，场景转到了一家裁缝铺子。川羲平时会到这里，用自己平时做的一些手工制品换一点钱。

但是这一次有两个男人把川羲堵在裁缝店里，裁缝店的老板根本不敢上前阻止，再看这两个人的穿着打扮，地位等级和大祭司差不多。大概猜出来这两人就是丘狼族族长的儿子。

众人都觉得这两个小兔崽子迟早要完，毕竟川羲的能力那么强。随便收拾两个丘狼族根本不在话下。直到川羲被推搡进裁缝店悬挂的布幔中，她都没有用能力做任何反击。布幔遮住了众人的视野，只能听到哭嚎和殴打之声从中传来。雷霆看着气得跳脚，恨不得自己进去把那两个畜生拎起来暴揍一顿。

"为什么川羲不还手！凭什么！明明还手就能解决他们了！"雷霆不甘地喊道。

"川羲根本控制不住自己的能力，如果她真的要用，恐怕这两个人根本见不到明天的太阳。比起这些畜生，川羲更害怕的是自己的能力。"默理智地分析道。

裁缝店的店主早已经跑了，扔下川羲不管。本想只有他在场能救川羲，如此举动众人对他大失所望。过了许久，众人发现店主带人过来了，来者正是已经青筋暴起的辰月。辰月的能力仅次于川羲，但他能够控制得很好。

"哦呀？这个黄毛是你弟弟吧？看模样就像你，怎么？过来讨要说法的吗？你应该庆幸你的美人姐姐能被我们看中……"其中一个还没说完话，辰月的拳头就已经到他脸上了。

　　众人能感觉出来即使辰月愤怒至极，也并非没有脑子，辰月没有用能力反击。同样是因为这两个人是族长维兰德的儿子，如果伤得重死掉，他和姐姐的麻烦就会更大。即使不用能力，辰月下手也非常狠。

　　两个畜生逃走后，辰月回过头来看到衣冠不整满身淤青的川羲，顿时觉得应该把那两个畜生杀掉。

　　"我应该听白叔的话好好在家待着，不应该出来……"川羲很少哭，辰月很少见她掉眼泪，心中的怒火燃得更凶了。

　　"姐！你为什么不用能力？明明用了能力就不会变成这样了！"辰月一拳打在墙上，墙皮震下来好几块。

　　"你也知道……我控制不住它，那两个人会死的。"川羲有气无力地说道。

　　"为什么你宁愿顾及那群畜生的安危，也不愿意保护你自己？"辰月问道，川羲没有回答他。

　　"也不能全怪在川羲身上，因为白叔没有交上朱白玉，所以族长罢免了城主，并暂时接管了北境，城主被罢免后想要报复你们，就告诉维兰德的两个游手好闲的儿子有关川羲的事情。再加上川羲本来就美得过分，那两个畜生就沿路跟过来了……还好有你这个弟弟，不然结果可就难以预料了。"裁缝店店主从箱子中翻出一套合身的衣服，给川羲裹上。

　　"哼，也好。那两个畜生大概会向他们父亲告状，之后他们的目标应该就是我了。"辰月冷笑道，众人看他的表情是恨不得那两个畜生赶快找来，他们只能连连感叹，辰月这种性格最后还是害了他。

　　等到回了家，斯白克斯正在收拾行李，辰月刚想把刚才的事情告诉斯白克斯，却被川羲的眼神制止了。

　　"这是又要去哪？你就不能多在家待几天吗？"辰月的心情还没有平和下来，话中带刺。

　　"移民去其他种族需要办一些手续，我去妖尾翼狐族的首都斓斧钺办理永久居住证，像咱们这种不是本种族的人，办理这种证件需要花点功夫。应该要走几天，这几天你们两个就好好待着，不要闹出什么事情。"斯白克斯当然知道辰月脑子里想的是什么，他也懒得理会辰月的脾气，拖着疲倦的调子说道。

　　川羲心知这几天大概会不太好过，她也没将这些事情说出口，想着至少有辰月陪着，那群人应该不会捣乱。

　　梦境的视角又灰暗了一层，很快转过平安无事的几天，又在一阵急促的敲门声中戛然而止。众人的心都被这敲门声给提了起来。

　　川羲赶忙去开门，一开门看到的就是气喘吁吁的裁缝店店主，店主上气不接下气地拉扯着川羲的衣袖说道：

"那天我去送布料的时候听到……族长的儿子带了人要收拾辰月！辰月不知道从哪听来的这个消息，直接正面去找他们了！这一下铁定凶多吉少！白叔还刚走没多久，可别把事情弄大了！"

川羲得知后一下子就慌了神，刹那间她的脑子中冒出来的想法只有赶快去找辰月。众人看川羲慌忙地冲出小木屋，只感觉事情会更加不妙。第一，川羲不会使用能力，去了也是累赘。第二，她很有可能沦为人质。

越过几座小山丘，川羲已经跑得上气不接下气，粗布的长裙上挂满了杂草和苍耳。最后一座小山丘的顶部是他们儿时最喜欢玩耍的地方，不知为何，川羲第一个想到的地方只有这里。

果然，辰月把人引到了这里，这里视野开阔，他肆意使用能力也不会扰到平民。这大概是众人第一次见到辰月真正使用能力，那任意变换的武器，耀眼的金光绽放在田野之上，他每挥动一次武器，磅礴的能量带来的冲击不可估量，那一群普通的丘狼族士兵被能量击败直至四散奔逃。

默见过羽林用能力的时候根本没有这么强的压迫感，羽林顶多就是变换灿金的武器罢了，根本不能和辰月做比较。辰月对那群四散奔逃的人毫无怜悯，残忍的手段虽然不足以致死，至少可以让他们半身不遂。

辰月没有注意到川羲赶来，就在他肆意挥舞能力的时候，突然被川羲拦住去路，辰月慌忙将能力收回，脸上就挨了川羲一掌。

一直躲在士兵后方的维兰德儿子们维斯特和维拉莫一看形势突然变了，心中按捺不住的痞子劲立马冲上头，推揉开一直帮他们挡刀的士兵，走到川羲身前。

"这么可爱的弟弟真的是好不识趣。看到没？你的姐姐可是护着我们哦！再说我们平时也没有亏待你姐姐，是不是呀？川羲？"维拉莫一把搂住川羲的肩膀，把她拽了过来。

"姐姐，为什么！"辰月不甘心地喊道，他怎么能忍？在他看到川羲的神情中满是无奈的顺从，更是感到心如火炙。

"辰月做的事情确实不对……我不知道怎么才能赔偿你们，我们现在身无分文……"川羲已经不知道该说什么好了，但她心里很清楚这已经惹到了族长的儿子，就相当于惹到了丘狼族族长。

雷霆看到川羲委曲求全的做法已经骂出来了，她明明有那么强的能力，为什么偏偏要低声下气？

"钱对于我们来说只是个虚数，想不到怎么赔我们，那就用你自己来赔吧。"维拉莫抬起川羲的下巴，用鉴赏玩物的眼神扫着川羲。维拉莫的行为引起辰月强烈的反胃感。辰月甚至下意识地用出了能力，维兰德另一个儿子维斯特看到辰月用出了能力，从口袋掏出一包树叶。

那种树叶辰月见过，微毒。这种树叶揉碎的味道普通人闻了只会头晕几天，而他和川羲不同，只要一闻那个味道就会立马昏过去。也不知道这两个畜生从哪里打听到的这个消息。

"如果你轻举妄动的话，你姐姐可就进入甜美的梦乡了哦。我可不想这么快让她睡着，毕竟这种橘褐色的眼睛很难见到。"维拉莫挑逗着川羲，川羲一直在忍耐。辰月咬牙切齿地瞪着他们。

"哟，今天这小野猫怎么这么乖？怎么弄都不反抗啊！看来这野猫是认我们当主人喽。"维斯特像玩弄一具玩偶一样搂过川羲，手四处乱摸。川羲难以忍受地闭上眼睛，强忍住反抗的欲望。

其他士兵看到川羲被羞辱，大声讥讽乱叫着，像一群野狗围成一个圈吠叫着。

"姐姐！用能力！"辰月不停地喊道。

"你知道真正的顺从是什么吗？"维斯特说完，朝着川羲肚子上就是狠狠的一拳，肚中的五脏六腑像是被绞住一样疼痛难忍，川羲不由自主地跪了下去。视线已经模糊不清，眼泪顺着脸颊淌下。

"用能力啊！姐姐！凭什么我们这么强却要对他们低声下气！用能力啊！"辰月怒喊。

维斯特丝毫没有理会辰月，转向川羲，一手拎起川羲的头发，用甜腻腻的声音说道："真正的顺从就是这样的，我就算让你舔我的鞋！你也不能说半个'不'字。"

眼泪在眼睛中旋转着，川羲的耳朵嗡嗡作响，维斯特的声音在耳边就是充满杂音的嗡嗡声。众人在梦境中也听不太清，雷霆已经火冒三丈去攻击维斯特的幻影。最后大概只能听清维兰德的两个儿子商量直接把川羲弄昏了带回去。

捂住口鼻的碎叶和耀眼的金光成为川羲最后感知到的。众人想都不用想就知道那最后光一定是辰月，雷霆还想一睹辰月报仇的身姿，但梦境的角度一直都在川羲这里。川羲昏过去，他们的视野只有一片漆黑。

"这也太气人了吧！为什么川羲不肯动手！明明有那么强的能力却要活得这么窝囊！"雷霆四处挥舞着拳头，像是一头找不到发泄方向的公牛。

"川羲唯唯诺诺的性格是改变不了的，她只会把错往自己身上揽。川羲这么做也不是没有道理，她害怕事情闹大才去道歉，最终成为彻底激怒辰月的导火索。这一次，辰月应该没有手下留情。"默冷静地说道，如果辰月真的是他所认识的那个人，下手绝不留情。

隔天醒来的川羲连忙询问辰月当时到底发生了什么，辰月的行为和往常一样，只是轻描淡写地说他们屁滚尿流地逃走了。辰月这种太过正常的表现让众人感到不适，辰月绝对杀了人，却能表现得这么镇定。说明他肯定没有将杀人当做多么严重的事看待，或许只是觉得踩死几只蛆虫罢了。

辰月的表现足以瞒天过海，以川羲的性格是不会质疑辰月的。川羲还像往常一样用自己手工做的东西去换食物，在街上无意听到了几个人在谈论：

"前天不知道那里死了多少人，更不知道是谁干的。难道是鬃狮族半夜偷偷进来？"

"得了吧，那么残忍的手段根本不可能是鬃狮族下的手，鬃狮族杀人很粗犷，一般斩首就没有事了，这个人手段太残忍了，被发现的尸体都没有脸，有的甚至被剥开胸膛取了心脏，有些尸体的肠肚中全是被灌进去的土。据说，维兰德族长的两个儿子也下落不明了。"

"居然有人能这么肆意屠杀我们丘狼族？我们种族的战斗力也不低啊！怎么可能说杀就杀掉呢？而且如果族长的两个儿子都在其中……谁会这么大胆呢？"

"谁知道呢……"

川羲听到了他们的讨论，这段记忆这么清楚，说明川羲肯定对此有所质疑，但相对于这些街头议论，她更信任辰月。回家后还想多问辰月几句，立马被辰月岔开话题了。众人本以为辰月只是简单的杀人而已，但这种做法简直就像暗部玩弄人质一样，让人求生不能求死不得，直至折磨致死。

听到这一点，默的鸡皮疙瘩都被激起来了。先玩弄折磨致死后再剥脸，防止立马认出死者。没有焚烧尸体应该是怕夜里的火光和味道四处飘散引来人围观，每一种考虑，都是最基本的暗部思维。而这些都是辰月少年时候的所作所为，并且能在之后毫无罪恶感，这就更让人不寒而栗了。

记忆的画面再次飞速快进，停留在小木屋的门口，川羲正送别斯白克斯和辰月。

"要不是妖尾翼狐需要两名具体居住人的认证，也不用我和辰月出去了。这次两个人还能再采购点东西，正好可以用到居住证下来。马上就能搬家了，还是老规矩，不要弄出什么麻烦。不过川羲你应该也弄不出什么麻烦。"斯白克斯拍拍川羲的肩膀，带着辰月消失在小路尽头。

川羲像往常一样收拾着木屋中的东西，把一些陈年的东西扔掉。突然的敲门声打断了川羲有条不紊的节奏，光听敲门声就知道是佛伦特。作为还留在北境的川羲发小，佛伦特会时不时来看看川羲，虽然不知道佛伦特心中是否还情愫未了，即使被川羲伤过一次，也没有因此记恨她。

也是像往常一样，佛伦特叫川羲去他们家吃饭，并让她拿了一筐胡萝卜回去，川羲知道辰月喜欢吃西红柿，于是跑到集市上将胡萝卜换成西红柿，应该能留到辰月回家。这么想着，川羲向小木屋的方向走去。

众人被眼前小木屋的景象彻底惊到了，小木屋的门被拆掉，窗户破碎不堪。整个小屋像是被大灾难洗礼过一样。川羲突然感觉整个心都揪了起来，小院中站着的中年妇女指责着她的罪过，一步一步和手握铁链的人逼近川羲。

杀害维兰德儿子的凶手已经暴露，维兰德的妻子亲自上门讨要说法，出人意料的是川羲没有像之前一样妥协，似乎因为无法接受辰月杀人的事实和眼前小屋被毁掉的现实。情绪已经无法控制，不由自主地用出了能力。

众人根本没有感觉到川羲这次动手有大快人心的感觉，维兰德的妻子就此葬送在川羲的刀下，之后等待她的又会是什么呢？

川羲在尸体前像一块呆滞的木头一样，她难以确信自己竟然杀了人。她当然不可能有像辰月一样变态的心理承受能力，现在她满脑子都是去赎罪。

维兰德怎么可能放过自己送上门来的川羲？他所有的刑罚都将川羲折磨得不成人形。所有的惨状让众人亲眼见证了，雷霆恨不得将维兰德千刀万剐。还将她挂在架子上像晾肉一样游街，这是让所有人最无法忍受的，繁今甚至捂住眼睛不去看川羲的一脸死相。

这样的折磨持续了三天三夜，最后来到了现今的废城，废城当年还是比较繁华的一个小镇，废城有一座高台，是平时大祭司在北境做祭奠的地方，维兰德要在这里对川羲公开处刑。

丘狼族有一个忌讳，就是本民族的人不能自杀，自杀对于丘狼族来说是大不敬的行为，因为只要自杀，就相当于侮辱自己的生命。

维兰德别说把川羲当族人看待，他甚至都没把川羲当做人看。逼迫川羲自杀在高台之上，当这里的记忆被播放出来的时候，众人惊奇地发现自己变成了川羲的第一视角。

手持灿金色的短剑，带着怨恨与不甘与世诀别。刀刃洞穿心脏的惨烈剧痛后，本以为就可以这样解脱，却在最后一刻看到了辰月的哭脸，那一刻突然迸发活下去的愿望，身体却已动弹不得，泪水混着眼前最后的刺眼光芒淌落，就此带着悲怨和不甘长眠，结束一生。

从幻境中退出来的四人，甚至都下意识地抹眼角，好像川羲淌下的眼泪还挂在自己脸上一样。四人相互对视，惟独繁今哭得像个泪人。确实最后自杀那一刻的幻境，真切到让人分辨不出是幻境，自杀所带来的刺痛还停留在胸口。羽林夜夜噩梦，如果每天都要经历刚刚那种真实死亡的感觉实在太过残忍。也难怪羽林不惜代价也要去丘狼族寻找事实，所有梦中的一切都是川羲的记忆，真真正正地发生在三十年前。

"我们必须立马回丘狼族。"先打破沉寂的人是默，让那些还沉浸在幻境的人猛然回过神来。默的这句话让其他人很费解。明明他们才刚从丘狼族中带着"人质"逃出来，现在就要回去了？

"为什么回去？你忘了咱们是绑匪了？"雷霆歪着头不解地看向默。

"暗部攻击的下一个目标绝对是丘狼族，上一次和天鸟族发生冲突，只是为了借天鸟族的手铲除自己内部的叛军。"默很肯定地说出让繁今感到耸人听闻的消息。

"等等，你从梦里看出来什么了？怎么突然就下如此定论？"皮奥利安知道默精明得很，总能注意到很多不寻常的细节。

"丘狼族自己养出来的恶魔要回来讨债了。"默说着看向刚刚抹干眼泪的繁今。

"你是说辰月吗，他不是已经毁掉废城？为什么还会回来讨债？况且他不是已经失踪多年下落不明了吗？"繁今不解地问道。

"是啊，下落不明三十年。这三十年魔教一步步从无到有走向繁荣，都归功于魔教教主无明之月。"默慢慢逼向繁今。

"你的意思是辰月就是现在的魔教教主无明之月？这怎么可能？我们现在对魔教一

无所知，怎么能突然确定下来。而且暗部和明处真正的战争只在天鸟族发生过，那时魔教教主根本没有出面，你又有什么证据证明你的说辞？单靠时间吻合是不可能说明任何问题的。"繁今看来，默只是提出了一个恐怖的设想。

"我见过无明之月，面对面。"默抱着臂说道。

"怎么可能，只有暗部的人才有可能见到地位甚高的魔教教主，而且当年辰月的能量是光明能量，怎么想都不可能去成为魔教教主吧，当年顶多算是个爱打架的孩子。而且他不是已经毁掉废城，何苦再复仇呢……"繁今刚想继续往下说，一把流动着墨色的漆黑匕首在刹那间指向他的鼻尖。繁今怎么可能不认识黑暗能量，顿时被吓得愣住了。

"这样可以证明吗？"默说完将能力收了回去，漆黑能量带来的压迫感让繁今根本不敢乱动。皮奥利安从未见过默如此不在意暴露能力。

"我曾为魔教效力，无明之月的脸在我脑海中从未模糊，他用魔教教义吞噬了我姐姐的精神，葬送了我的妹妹。一开始辰月确实只是一个问题小孩，可是你们的种族亲手把他变成了恶魔。追根溯源，丘狼族毁掉了辰月美好的生活，害死了他的姐姐，如果没有这些，又怎么会有现今的无明之月呢？"默的声音发着颤，仿佛是百般克制下的歇斯底里。

皮奥利安和雷霆能看出来默一直在抑制自己有些冲动的情感，默一直都痛恨无明之月，痛恨他所做的一切。现在却知道无明之月当初和他经历的痛苦极其相似，心里又怎么能好受呢？丘狼族的所作所为造就了无明之月，就好像轮回一样，无明之月也同样将他的一切吞噬了。

"呵，无明之月？原来是失去川羲羽明的赤藏辰月啊……"默苦笑道。他一直以为无明之月只是一个意义不明的代号，没有想到它真正的意义怀着这般的悲情与苦痛。

第四章

扼喉之境

空气沉寂了很久，像是时间静止了一样。沉闷到只能听到彼此的呼吸声，谁都不想在此开口。如果不知道辰月成为魔教教主，众人或许还会去同情辰月的悲惨经历，可是事实摆在眼前，他们心中是否还留有对辰月的同情已经说不清了。众人的目光都集中在默的身上，他闷声了许久，目光一直落在熟睡的羽林身上，她的眼角还挂着未干的泪痕。

只要贯穿相同能力者的心脏，成功杀死对方，就能掠夺对方的力量为己用。这个竞争只存在于与他们能力相同的能力者之间。而他们面前的最强对手就是羽林最渴望的"亲人"无明之月。羽林一直很渴望"家"这个词所囊括的东西，虽然她嘴上不说，但默知道她是真的很想拥有她从未体验过的温暖。

她很想找到川羲，证明川羲是她的亲人，可是事实与她开了一个天大的玩笑，她只是一个继承了川羲的躯壳、替代川羲活下去的生命。她唯一的亲人成为罪不可赦的魔教教主。难怪八元素要将事实隐藏起来，与其将这种残酷的事实告诉羽林，还不如能瞒多久瞒多久。

将事实原封不动地告诉她吗？默不知道自己能不能狠下心来，更不知道羽林会有怎样的反应。

寒气从二楼的门缝窜进来，突然降低的温度让众人打起寒战。

"还没想出来收拾局面的对策吗？"幻拖着身子摇摇晃晃地打开门，她的皮肤发青，浑身散发着瘆人的凉气，另一只手拎着一兜酒瓶进来了。她问完，却久久没有等到回答，仿佛这句话扔到沉闷的空气中一同凝固了，再看他们的神情，幻也大致明白了。

"不愧是默小朋友，这么快就从梦境中分析出来了？不过也没什么好稀奇的，毕竟你之前见过无明之月，看梦境中的脸就能对上了。"幻摇摇晃晃地走到默后面，像是开玩笑似的从后面捂住了他的眼睛："现在可不是想那些的时候，三十年前的事情尘埃落定，你们无论如何也改变不了，把那些忘掉。看看你们现在陷在怎样的泥潭中。"幻说完移开挡在默眼前的手，将他的头扭到繁今的方向。

"看，这是谁？是绑架来的大麻烦。"幻说完又将默的头扭到羽林的方向：

"看，这又是谁？是丧失的战斗力。"默能闻到幻身上透出的浓浓酒气，估计是因为这样才变得神神道道的。她应该喝了不少酒暖身，但手还是像冰块一样凉，被她这一碰，默感觉后背都快被冻上了。

给暖炉填了几块木炭，幻身形不稳地倒在暖炉旁的摇椅上："雷霆小弟，过来给个火，让我暖暖。"雷霆飞快奔过去发挥自己的特长。

"幻说得对，我们不能再纠结于过去如何，应该看看现在该怎么办。我们现在头上挂着绑匪的名号，大祭司现在篡位成功。三十年前的事情某种意义上也算是结了，现在暗部很有可能来找丘狼族报仇，我们该怎么办？"皮奥利安就事论事地说道。

"不是有可能报仇，是必然如此。"默笃定地说道。

"现在复仇对暗部有什么好处呢？明明前几日刚召开了全种族大会，明处逐渐增强了对暗部的监管。如果暗部这个时候动手，难道不会因此引得其他种族更针对暗部吗？"繁今说道。

"据说，你们丘狼族是唯一一个保持中立，然后退出暗部监管投票的种族。"默对明处的新闻也大概了解，当时知道丘狼族这无脑举动的时候只能无奈摇头，等着暗部盯上丘狼族的那天看他们悔恨的泪水，现在想来只剩嘲讽了。明明自己是制造出暗部的源头，还那么没有自知之明。

"那时没有意识到情况会有这么严重，而且当时还是维兰德当政。"繁今无奈地笑笑，也懒得为昏君辩解。

"如果暗部在明处加大监察的情况下还能对丘狼族动手，这对他们来说是一个树立威信证明实力的好机会。如果我是魔教教主，肯定不会错过树立威信的大好机会。对丘狼族动手更是表明绝对不会对任何一方手软，哪怕是中立的种族。"说到这里，默突然停顿住了，像是被什么发现突然震惊一样，立马转身到他们行李中找到给繁今的信，仔细看了许多遍。

"果然是这样……这样一来，所有的事情都连到一起了，一切都说得通了。"默赶忙把信拿给众人看：

"族长维兰德在生日宴去世，大祭司当场接管族长职位，抓捕生日宴在场的嫌疑军官。大祭司命人把您赶快带出梦泽洲的时候，我无法再装作您隐藏身份，大祭司发现后，将与您一同出逃的伙伴定为绑架罪，下了通缉令。我听到一些风言风语，有人说大祭司很有可能是夺权，不管是否真实，请您一切安好。"皮奥利安满头雾水地将信念了出来。

"丘狼族的政权腐败，大族长做出了保持中立的无脑决定，这让丘狼族暴露在明处的保护伞外。而且丘狼族边境动荡，内部经济谈不上繁荣；作为一个实力较弱的种族，随时都有可能沦为暗部的首要目标。这是现状，大祭司清楚现状，所以她做出了决定——"默顿了顿，指着信上的第一句说道：

"刺杀昏君维兰德，篡位，控制军官，并且投靠暗部。"

"等等！为什么！"繁今难以置信地喊道，默继续向下说：

"按理来说普通篡位跟准大祭司毫无关系，但这里写明了要将准大祭司，也就是将你送出梦泽洲。很有可能是因为暗部对大祭司提了要求，要准司为人质确保计划实施。如果你没有和我们从梦泽洲出来，很有可能现在已经成为暗部的人质了。"

"这种设想也太大胆了吧？"皮奥利安听后感到很惊诧，但仔细想想还是能说得通。

"不可能！绝对不可能！大祭司南漪挲身为我的老师，我清楚她的为人，她绝对不可能叛变投靠暗部！这种设想绝不存在！"繁今抗拒地喊道。

"这种设想并非不可能，只要具体去梦泽洲调查，说不定就会有线索。"默肯定地说道。

"南漪挲对我如家人。她为什么要将我献给暗部？明明当初在边境救下我的也是她，现在教导我这么多之后只是为了把我送给暗部？"繁今抱着头难以置信地说道。幻在壁炉旁听到这句话突然回过头来，上下仔细打量繁今。

"丘狼族边境？那个曾经闹人奴闹得很凶的地方？看来你这小朋友来头也不小啊！"幻说完从身边水缸中拎出一只三条腿的鱼头蛤蟆，突然扔向繁今。繁今被这一下吓得魂飞魄散嗷嗷大叫。

那只蛤蟆在地上乱扑腾，繁今已经像闪电一样躲到默和皮奥利安后面去了。皮奥利安和默识得这蛤蟆不过是幻弄出来的幻境。这蛤蟆长得并不可怕，反倒看多了有点乖巧，即使不是幻境，谁都不会有繁今这么强烈的反应。

"果然，你以前是人奴吧？据说那个人奴贩子的老大，最喜欢养这种鱼头蟾蜍，它皮肤分泌的毒液有致幻的作用，麻痹神经让人奴超负荷工作。"幻打了个响指，那只鱼头蛤蟆从地面上消失了。

繁今这才敢从皮奥利安身后探出头来，打量外面，缓了一会才开口说道：

"你们听了我的经历，就知道为什么我会肯定南漪挲大人绝不会叛变投靠暗部了。"繁今清清嗓子，稳定了一下情绪，开始讲述：

"八年前，我也就七八岁，我出生在一个普通的农民家庭。家里很穷，说是祖上遭了鬃狮族的洗劫，也死了不少人。可是他们不想让我受苦，一直用最好的条件供养我，给我外出学习的机会。母亲一直想给我找一个好一点的读书地方，最后在一个人的推荐下，进了一个学院，名为：夷东院校。

"那人和我母亲说夷东院校必须住校，并极力吹捧夷东院校的师资。母亲就安心给我收拾好行李把我送进去了。

"夷东院校这个地方表面是学校，背地里是人奴组织'斜阳'的扎根处，欺骗很多父母把孩子送进去，我就是其中之一。里面的人什么都干得出来，用各种残酷的方式逼我们彻底服从后，然后将我们……"

繁今停在这里，身体止不住地颤抖，双手捂住脸，抓住面具，紧闭双眼，将面具摘下。众人第一次清清楚楚地看到他额头上烙着半个灿灿生辉的太阳，那个太阳的纹路很诡异，像是刻上去后将金粉撒进去一样的质地。繁今仅仅是将面具取下的片刻，脸就已经涨得通红，仿佛让他露出这块奴隶的印记就像是让他裸身示人一样羞耻。繁今认为众人看清后，飞快将面具扣到脸上了。

"……烙上他们斜阳组织的奴隶印记，这个印记直到我死都不会消失。我像是牲畜一样被标价展示在销售台上，随着一位鬃狮族边境土地商的敲定，我就属于那位商人。鬃狮族当然不会将丘狼族的命看得太重，我被他呼来喝去。哪怕是疲惫到干不动任何活，他也会逼我去舔鱼头蟾蜍疙疙瘩瘩的皮，被精神毒素控制继续干活。

"每一天的日子都过得非常恍惚，我根本记不清我遭受了多少羞辱，多少折磨。幼童的身体每天干着数倍成人的活，很快就会吃不消，哪怕是有精神毒素控制。很快就出现了死亡者，本来买了六名幼童，很快就只剩两人了。土地商觉得我们也没有什么用了，向斜阳组织提出退货。

"在其他种族中是有'奴隶'这个职业存在的，但是一般称为'随从'，从雇佣到契约制不等，如果定了终身服从的契约，一般的富贵家庭都会很善待这种侍从，几乎待其为家人。我们不一样，我们就是被贩卖的劳动力，如果被买家退货。地位甚至比人奴还要下等。

"我的另一名同伴在回去的一个月后就被抽打致死，我活下去的心情很强烈，不甘就这么死掉，让我的人生就这么被耗尽。我开始巴结斜阳组织管理层的女性，我们经常打交道的就是鬃狮族的富有人家，小偷小摸这种触犯道德的事情在脑子里只有活下去的我眼中，根本只是能利用的事情。经常偷些能换钱的东西献给管理夫人。

"我尽可能地取悦她们，哪怕方法再肮脏，再无人性，也要用尽解数让自己活下去。相应的取悦，我换来了一些自由。我在为自己的自由而开心，开始不再拘泥于小偷小摸，也盯上了更贵重的东西。我想方设法夺得更多的自由，直到能够让我回家。

"丘狼族边境虽然混乱，但是仍有相应的人管辖，族长维兰德将希望寄托在边境检查者身上，钱投得倒是一大笔一大笔，但是边境的问题还是没有好转，不少边境检查者腰缠万贯，斜阳组织只要定期给他们钱，管辖的事也就不了了之。

"这些都是地头上的肥肉，我怎么可能把眼睛从他们身上移开。就在我做出这个决定的时候，我的人生就此转变了。

"可能是经验不足，前期观察不够，我盯上的那个检查者是为数不多的清廉人士，他家虽然有钱，但是不与其他的检查者为伍。一次斜阳组织定期和检查者串通的聚会，我摸准时间进了他的家，结果很显然。他没有参加那次的聚会，将我抓了个现形。

"我当时觉得我的人生可能就此完蛋，很有可能被他杀掉，就算他不杀我，将我扔回斜阳组织，我肯定也会生不如死。

"检查者安札克连夜把我运到靠近内地的一座城市，把我交到大祭司面前，那个情景我现在仍难以忘却，安札克拎着我的领子把我扔到南漓掌脚下，然后和她说我就是最好的斜阳组织证人。

"安札克一直说我在替斜阳组织偷盗，还说我一路都在企图逃跑，怕是已经被斜阳组织洗过脑了。然后一点点数着我的罪过，按照丘狼族的法律能获得怎样的刑罚。我当时被捆了手脚，蜷缩在地上，根本不敢抬眼去看大祭司。我当时害怕得发抖，总觉得他们会对我严刑拷打。

"本以为大祭司会毫不留情地逼我把斜阳组织的所有事情都说出来，但是我却听到了她的哭腔。突然抱着我哭道：'这么小的孩子都被逼成这样了……我们丘狼族真的连个孩子都保护不好吗？'

"没有严刑拷打，没有身体上的虐待，有的只是温暖的怀抱和难以控制的眼泪。我的那颗饱含风霜的心也在此融化了。

"师父她让安札克立马动用检查者的权利收集所有证据后，上报族长维兰德，维兰德也知道边境人奴闹得民不聊生，在大祭司的再三催促下，授于安札克一部分兵权，命令他铲除斜阳组织。

"安札克为人正直，并且说一不二，很守信用，本身也有聪明才智，在几天之内就攻进斜阳组织的老巢，甚至连与斜阳组织勾结的检查者也一并抓走。

"斜阳组织的头目看到难以东山再起就暗中逃走了，下落不明。就在攻打斜阳组织的时候，斜阳组织有一部分孩子沦为人质后被杀了，剩下的一部分被成功救出后，很多都有严重的心理疾病。

"师父她将这些孩子送回自己的家庭，并且给了他们上正规学校的学费，让他们回归正常人的轨道。我同样渴望回家，但是回家后，发现母亲已经改嫁，父亲因为这几年的过度劳累去世了，母亲在连连打击之下变得精神恍惚，差不多已经把我当做死人。每次我想要靠近她，她都会以为是我挥散不去的亡魂找她算账。

"我无家可归，大祭司收养我做学徒，教育我回归正道，最后看我吟唱和忍耐的资质很好，几轮艰难的考核选拔之下，让我做了准大祭司。从此名号在身，现在想来肯定是有点飘飘然了，可能在你们看来我就是一个富家子弟吧。

"师父对我的恩情是我这辈子都难以偿还的，她给了我家，给了我学习的机会，我根本不会相信她会不顾及民众将丘狼族出卖给暗部。如果她不顾民众，大可不必管斜阳组织，本来管辖民生就不在她的职责内。

"这样的人，你们怎么能肯定她会叛变将丘狼族出卖给暗部？我跟她相处这么多年，她是什么样的人我都十分了解，我担保她绝对不会出卖种族。"繁今义正词严地说完，长长地呼出一口气，扫视着众人。他很意外没有从众人的脸上看到同情，所有人都很正视他的过往，也没有歧视他身为奴隶的过去。他渐渐觉得这几个"绑架"他的人来头可能比他还要深。

"你这仅仅是从人格上否定了叛变的可能性，并没有确切的证据证明她没有叛变。

你们的师徒情分确实很深，你袒护她我也不是不能理解。如果丘狼族投靠暗部，最直接的好处并不是不会受到暗部的攻打，而是暗部旗下的种族虽然都谈不上繁盛，至少衣食无忧，有时间寻欢作乐。"默很客观地说道，丝毫没有被繁今的担保改变主意。

"那你要我如何证明？"繁今看默反应平淡，情绪上有些激动，他很迫切地想要证明大祭司的清白。

"还是我一开始说的那句话，和我们回梦泽洲，收集情报。如果真像你所说的那样，那我们至少可以喘口气，当然事实可能远比猜测的要糟糕得多。"默看繁今的模样知道他在想什么。觉得没有必要因为这个再争执下去，索性看事实说话吧。

"问题我们现在还是绑匪，这个身份在梦泽洲行动不太有利啊！"皮奥利安说道。

"管它什么绑匪！你觉得以我们的实力，还有可能被他们抓吗？"雷霆拍拍胸脯，说完就觉得有点不对，赶忙看向繁今，繁今确实是他们之中最没有战斗力，更没有战斗常识的富家子弟。

"也不用过分担心我，我好歹也是悄悄进出祭奠堂，以前当过盗贼，隐藏身形肯定没有太大问题。"繁今看他们望过来的担忧眼神赶忙说道。

他们从幻这里拿了不少能控制幻境的小玩意，顺便从幻的一堆道具中找到了一把能用的装饰刀，刀身不大，交给繁今防身还是绰绰有余，默硬生生塞给繁今一堆自保的小东西，这些装备至少能保证繁今性命无忧。全程不断叮嘱繁今，如果遇到麻烦一定要第一个逃跑，不用管他们，反正他留下也是累赘。

所有行李和装备都准备好后，四人刻不容缓就准备向丘狼族进发。临走前，他们突然被幻叫住了。幻指指通向里屋的门，命令他们先睡一觉再去丘狼族，养好精神比什么都重要，精神紧绷的四人怎么可能睡得着，硬是硬着头皮闭眼小息片刻。

默尝试休息，结果根本不想合眼，紧张的神经像是在胸口燃起了一团火，燎着心脏让他不可能安眠。索性就回到二楼的客厅，坐在幻摇椅旁，望着壁炉里跳跃的炉火。

"睡不着吗？小子？要不要我用点能力让你睡着？"幻抬起眼皮看向默。

"不用了，连轴转对我来说没有太大负担。"默说道。

"正好我想和你谈谈，天兰灯那边的消息灵通得很，我也大概了解你是怎么在机缘巧合之下回到明处的。回到这边你打算怎么做？明知道暗部肯定会对你穷追不舍，还像今天一样打算站在丘狼族一方与暗部做对？"幻说道。

"这么看来，我和无明之月没什么区别呢。他热衷于向伤害他的明处复仇，而我也是向他复仇罢了。"默苦笑道。

"我见到你的时候还对你很担忧，我生怕你是盯上羽林的能力才接近她的。后来见你对她没动其他心，也就慢慢信了你。"幻从身边的袋子里拎出一瓶酒，灌了几口说道。默听后笑道：

"实不相瞒，我一开始接近她确实是为了她的能量。我当初觉得只要我杀了她，我就能获得能力去找暗部复仇。但后来发现她对这个世界一无所知，就像是本不属于水潭的石子被无情地扔了进来。我又何苦将她卷进这悲惨的命运中呢？我那时感觉我是把她当做妹妹来看待，所以才好好对她。现在想来怕是早就动了心，找了一个合适理由骗自己吧。"

默起身从内兜中摸出那时在万象会上碎成两半的黄岩环，透亮的赤红色彰显着它的珍贵。将其中一半递给幻。

"请把这一半代我交给羽林，或许她醒来见我回丘狼族会不放心。无论发生什么，我都会遵守四言名誓回到她身边，在此之前就拜托您照顾一下羽林了。"

"四言名誓？！"幻惊讶万分，她很难想象这个誓言的重量。回过神来看着默的背影突然笑道：

"小子，别拿你自己和无明之月作比较，那个魔鬼已经不会去爱任何人，你和他可不一样！"

四人临行的时候天色昏暗，离日出还差不少时辰。无人不伸手的店门关闭的声音响起，幻站在二楼的窗边，推开窗户望向消失在阑珊灯火中的四人，叹了一口气，从地上拿起酒瓶又灌了几口。看向躺在沙发上的羽林，幽幽地说道：

"他们走了……其实你早就醒了吧，为什么不和他们打声招呼呢？"羽林听后，慢慢睁开眼睛，试图挣扎着从沙发上坐起来，但是几次挣扎都败给胸口拉扯的疼痛，又躺了回去。

"每次都这样，胸口疼得要命，我与其挣扎起来让他们看到我这痛苦的模样，徒增默的心理负担，还不如装作什么都没有发生。况且挣扎起来有什么用呢，他们又不会带我去丘狼族。"羽林望着天花板无奈地说道。

"他们的对话你听到了多少？"幻突然问道。

"我在梦境结束的时候就已经醒了。谁让雷霆嚷嚷的声音太大，我不想醒都不行啊！"羽林一反常态淡然地说道，语气平淡得像是嚼纸。

"没有想到你亲身经历了所有梦，而且还听到他们的分析，情绪还能这么稳定……"幻刚说完，再看羽林的神情，顿时想收回前言。她的表情装作很自然的模样，其实心里已经炸了锅。甚至幻能感觉到她在试图逃避事实，想方设法将注意力转移到现在发生的事上。

幻走到沙发前，看着羽林硬撑的模样，心里仿佛在翻苦水。她明知道这一天迟早要来，但真正面对这个无辜的小生命欲哭无泪的表情时，她甚至有点手足无措。不知道如何去安慰她。幻有摸进人内心的能力，她平时不会轻易动用，面对此刻的羽林，她甚至有点害怕用这个能力。

俯下身去，幻恢复正常体温的手搂过羽林，将她抱在怀里，像母亲一样摇晃着她说道：

"没必要总是一个人挺着，想哭就哭吧！"这是幻唯一能说出的话。幻本以为她的安慰会石沉大海，却没想到这一句话已经冲破了羽林试图硬挺着的心，扎开了兜着眼泪的气球。

积压在胸口的所有情绪都像冲破水闸一样宣泄而出，奋力地哭泣像是一头被衔住喉咙挣扎的小兽，双手抓着幻的肩膀，像是求生的溺水者抓住了最后的救生圈。一切都像是酝酿已久的雷阵雨，就这样混着雷声和豆大的雨点砸在幻的肩膀上。

所有的真相，羽林不知道曾带着多少的向往与期待去追寻。而这些期待最后都化作了根根倒刺，有多少期待就会换来多少失望，一点点洞穿羽林的承受力，直攻她心里最柔软的地方，将那里刺得不成形状。羽林试图将这些倒刺自己忍痛嚼碎，谁知太痛，痛得她无计可施，只好伏地呻吟。

最后只得选择了最无用的哭泣来宣泄积压已久的情感。

"我在地窖里……听到的是真的吗？我真的……只是川羲羽明的替代品吗？"羽林语无伦次口齿不清地问出这句话。

这句话像锤子一样重重地打到幻的身上，幻虽然对此有心理准备，却还是有点招架不住，幻知道默带着她到地窖的时候还是有一定意识的。那时幻觉得所有事情再也瞒不住，只好彻底坦白，本以为这些事情由默告诉她最好，却不知羽林已经从她口中听到了。

幻将羽林搂得更紧些，坦白道：

"对不起，羽林，我们给不了你家，也不能给你带来幸福，我们的存在只是维护世界平衡，但做不到绝对的公平。我们能给你的只有让你自己做选择的权利，让你自己选择幸福的权利。你比川羲羽明出色得多，你有了她没有体会过的爱。也比她强得多，你有为幸福拼搏的勇敢，而不是无限的妥协成全。"幻慢慢松开羽林，面对面地看着她双眼中蓄着的泪水，帮她拂去脸上的泪痕，苦口婆心地说道：

"或许你的样子慢慢会变得像川羲，但是你记住，你的外表会像她，但是内在的你绝不是替代品，而是活成了你自己。你的一切和那位胆怯不敢做决断的少女有何相干？这是属于你的人生，你所向往的幸福其实就在你自己手中。"幻拿出默之前给她的黄岩环，郑重地将它放在羽林手心。

看着羽林视若珍宝地将黄岩环捂在心口，泪水再次顺着面颊流淌而下，幻看着她，安心地笑了，看着羽林胸口摆动的项链，心中暗暗叹道："不愧是你选中的人啊！阿古兰特。"

第八空间，丘狼族所在之地。

谨慎起见，默并没有直接带着他们从丘狼族所管辖的空间跳转门进入。退而求其次地选择了鬃狮族的空间跳转门。从丘狼族边境溜进去还是相对容易的事情，毕竟有皮奥利安的雾和龙族的御空能力。

刚出空间跳转门，众人隐藏在一处农场的干草堆后，默找出地图看着方位，他们现在处于丘狼族和鬃狮族边境交接的赤泽附近，这个季节附近的水草丰美，农场众多。

"我的计划是直接从空中赶到梦泽洲，白天不行动，晚上前进。"默用手指在丘狼族领地中心的梦泽洲和边境赤泽画了一条直线。"顺利的话，一天半就足够了。"

"等一下，这小子恐高啊！"雷霆拽过繁今在默面前晃晃。

"这种事简单。"默突然起身。

"唉？"繁今被默这种无所谓吓到了。

"是你自己克服恐高，还是给你来一下？"默瞬间变出一根短棒，指着繁今的脑袋问道。繁今支支吾吾了半天，心说默这个人认真起来真的是不择手段，不会顾及他的地位，时时刻刻只为现在的境况着想。繁今无奈只能点头，尝试克服。

"那就皮奥利安和雷霆交替飞行，尽量快一点赶过去。"默指了一个方向，众人就这样出发了。皮奥利安很熟练地变出原形，腾云驾雾起航了。

默和雷霆休闲地盘腿坐在皮奥利安的龙背上，繁今紧张地趴在皮奥利安的龙头后面，揪着头后面的鬃毛一直闭着眼睛。被揪着的感觉让皮奥利安很难受，只好开口向繁今说道：

"你抓我的角吧，你这样揪着我痛。"

"神龙族的角好像有讲究的吧，一般人不能碰。而且我看你还是九角龙，应该是龙王脉。碰你的角应该是很不尊重的吧？"繁今眯起眼睛看向前面巨大的龙头。皮奥利安一听笑着说道：

"我已经失去作为神龙族的资格了，早就被龙王驱逐了。就算我有竞争龙王的资格，我这辈子都不会与那龙王的宝座有任何瓜葛。拜我父亲所赐，我过得很自由。不用在意那些讲究，你还是先抓着我的角吧！"

繁今听后老老实实地抓住皮奥利安的角，坐在龙头之后，这个位置的视野只能看到前面的天空，根本看不到下方，恐高因此缓解了许多。

"据说九角龙在龙王脉中也很罕见，每次争夺龙王宝座，九角的神龙获胜的可能性最大。没有想到你居然一点都不动心。"

"九角龙不过就是除去两边的角，眉心出多生了一根独角，本质没什么区别的。我在这里能驭着你们在潜伏危机的丘狼族上空飞行，这样刺激的经历恐怕那个王座根本给不了我。而且神龙族和魔龙族互不接纳，如果我真的成了龙王，恐怕一辈子都见不到雷霆了。"皮奥利安说完，繁今也颇为疑惑他们兄弟的血缘关系。

皮奥利安觉得途中无聊，索性就将那些陈年旧事翻了出来。默对他们的故事心知肚明，可再听一遍，也颇为感叹他们这个小团体真是身世惨烈的人扎堆了。

换做雷霆飞后半程的时候，繁今缩成一团，像夹心饼干一样夹在皮奥利安和默中间。距离梦泽洲还有一段距离，不长不短。此时天边已经鱼肚白，按照计划众人躲进一处荒山中，等待白天过去再赶行程。

但就怕丘狼族根本没有这么多时间，默其实内心本不想舍弃白天的时间，如果无明之月要向丘狼族报仇，随时都有可能发动突袭。

"我有一个提议，我独自一人白天赶到梦泽洲，你们三个随后在夜里到。"默在他们降落准备休息的时候讲道。

"真的要这么急？"繁今问道。

"我必须尽早收集线索和消息，才能有充分时间做准备。如果真的是我猜测的那样，我不清楚暗部什么时候动手。哪怕现在有一点点情报都好，可是现在我们手里只有猜测。"

"繁今绝对不能入城，他在梦泽洲颇受爱戴，民众很容易就将他认出来。我们晚些到，该在哪汇合？"皮奥利安一点都没有质疑默，他好歹也是在暗部摸爬滚打出来的人，潜行收集线索是他的强项。

"这次的猜测都是围绕大祭司的，难不成还要潜入祭奠堂会见大祭司？我们为什么总要偷鸡摸狗一样地面见这些种族至尊？"雷霆说道。

"难道你们在天鸟族也是这么干的？"默惊奇地问道，他只从羽林口中听过大概，完全不知道这群家伙在羽林的带领下还是这样横冲直撞。

"还好云皇没想把我们怎么样，不然……"雷霆回忆着。

"不提那些，就算我见到大祭司质问她是否与暗部勾结，恐怕也不可能要到真实消息。暗部在其他种族行动肯定会留下一些蛛丝马迹，我只需要找到这些便可。我们不用急着在梦泽洲汇合，如果我的猜测没错，大祭司想将繁今交给暗部作为人质的话，繁今绝对不能踏进梦泽洲一步。"

大祭司南漪挈篡位并投靠暗部，暗部需要人质作为大祭司的忠心保障，准司就是最好的选择。如果繁今不小心在梦泽洲失足，等待他的将是暗部的拥抱。

"那我们在城外等，找个僻静无人的地方。我们会保证繁今的安全，实在不行，我们可以将他带上天空。等你回来我们再想下一部分的计划。"皮奥利安说道。

"还是默对付暗部顺手啊，要出了什么问题，吹这个。"雷霆从包里拿出从幻那里拿来的无声笛，递给他一支。无声笛一支吹响后，成套的无声笛能同时震动，作为信号可以说是完美。

"都小心些吧，一般暗部进攻其他种族，零目都是领队，不知道这次负责丘狼族的是哪位零目……"

留下他们三人后，默振起双翼出发了。

另一边，梦泽洲，天色渐晚。一处不起眼的小旅馆中。宁水岳郡挑着丘狼族特色的巨大肉串，心不在焉地看着丘狼族梦泽洲的地图，那只一直跟随他的蝙蝠变成人形从窗外翻进来，向他说道：

"岳郡大人，泉溟真哲又出去逛了，看来恐怕是见不到人。"

"随他去吧，也难怪教主让我过来，真哲的性子顽劣，但好歹也清楚事情孰轻孰重，关键的时候会正经起来的。"宁水岳郡满不在意地说道。

突然，宁水岳郡像是从地图上发现了什么似的，猛地站起身来。眼中竟然很少有地闪烁着兴奋。随从注意到他眼睛下方的黑眼圈重了一些，这是他发动能力的表现，再看宁水岳郡之前翻弄的地图上，一条街道上赫然出现了一个移动的小黑点。

宁水岳郡的能力能探寻很大一片位置上的影子移动，并同时能感知到这个范围内的气息。就算长时间地释放能力对本身也没有很大的消耗。他似乎是一直等待着这个小黑点出现，才一直释放着能力。

"他居然回来了，终于有一些有意思的事情可做了。按我之前说的去做，不要让泉溟真哲发现，这只是我个人的行动。"宁水岳郡拿起地图，交给随从。

默刚到梦泽洲，他的飞行能力没有龙族强悍，花了一白天才赶到梦泽洲。刚好临近入夜，这让暗部的行动更加活跃。飞跃在丘狼族的屋顶上，默注意到一个很奇怪的现象，很多商队在这么晚的时间还在装货。只有装货，没有卸货，车上装载的都是长途跋涉的储备。

蹲在街道小巷处，默试图选择一位可以打听消息的对象。此时的街道乱作一团，似乎是商队和一个小商贩起了争执，小商贩根本不敌有护卫队的商队，他们家的车就这样被强行征用了。小商贩被打得鼻青脸肿，扔在商铺门口。商队就此扬长而去。

商贩就这么躺在店铺门口，也没有起来的意思。默走到他身前，他才勉强睁开眼睛看默，他的脸被打得不成人样，默把他扛起来，扶进店铺中，店铺中的陈列也东倒西歪。商贩指着底部货架的消毒药，示意默帮他一把。

"……谢谢你了，小兄弟。"商贩口齿不清地说道。默注意到商铺的地上有小孩的玩具，大概他的家里有妻小，可是却不见人影。

"刚刚是怎么回事？他们为什么要抢你的车？"默给他倒了一杯水问道。

"我就不应该和这些来路不明的商队打交道！"商贩被提到这件事，狠狠将拳头砸在柜台上，杯子中的水都晃出来了。

"来路不明？"

"他们贩卖的东西比起其他商队都便宜，就是质量稍微次了一点点。也不知道他们从哪进的货，也不知道这些商队从哪来。出现在丘狼族好一段日子了，也就是近十几年出现的。"

"十几年……"来路不明的商队大多是暗部的商队，无明之月的魔教旗下有一个小种族叫做传空族，传空族遍布六十八个空间之中。他们一直在为魔教做贸易。十几年前，无明之月将这个小种族收入麾下，时间对上了。修兰族擅长制造仿品，外观和真品相似，但是质量会略微差一些。

"他们不知道为什么突然要从丘狼族撤退，然后要求我们退还之前的货物。因为我退还不了，他们抓走了我的妻子和孩子，随后今天又把我的车抢走了！我现在身无分文……也没有办法请人把我的妻儿带回来……我有什么用啊……我好歹也是丘狼族，可是这么多年了，我身体也不行了。"商贩拿袖子擦拭着眼泪。

"没有将这件事上报政府吗？"默问道。

"上报有什么用！现在大祭司刚刚掌权，整个丘狼族的政府乱作一团，本来以前还有军官管辖，可是现在，那几个军官被抓，整个巡警系统都还六神无主。谁会管我这种小市民的诉求！"小商贩哭得更伤心了。

"没事，我知道了。那这些情报的报酬就是救你妻儿。"默说完，从店铺的柜台上抽了一张店铺名片。店主听完还没明白过来，抬眼再看，眼前的少年已经消失了。

暗部的商队为什么这么急于从丘狼族撤退，原因很明显，暗部马上就要攻打丘狼族，为了减少自身损失，所以要将这里安插的贸易链断掉。并且大祭司篡位和捉拿军官给了这些商队猖狂的机会。牺牲这样的小商贩恐怕无法避免。如果大祭司真的已经投靠暗部，那么这些小市民投诉暗部商队的行为更不会去管。

大概记住了商队的气息，默飞跃在丘狼族的屋顶之上，很快就将目标锁定了。他们正在搬空另一家商贩的店铺，那家商铺早就没有人了，大概是预料到会有今天，逃之夭夭了。

默注意到有一个在别处望风落单的商队成员，他现在主要是为了收集情报，不是为了引战。偷偷溜到望风的人身后，一棒子就敲晕了他。从他身上卸了外套，暂时乔装成他。默注意到他的耳朵上有一个传音石，不过在敲晕他的时候，他也没叫一声。应当不会有人发现问题。

他就这样混进商队的车中，也没什么人同他搭话。正好，可以直接到达他们的中转站。

默打量着这些人的装备，看起来像是别的种族的雇佣兵，这次暗部为了清空商队也是下了重金。这些雇佣兵互相也不认识，正好也不会互相搭话发现问题。

商队的中转站是一处巨大的仓库，这里聚集了将近五十多辆商队货车。

"嘿！小子。别愣着，去把这些资料交给关押部。告诉关押部可以把这家商铺的人放了，反正他们的商铺已经搬空了。"一叠运单资料扔在默手上。好巧不巧，正好可以靠这个问到关押部的所在位置。默拿着资料找一些人问路后，很顺利地到达了仓库地下室的关押部。关押部的把手不是很严，虽然这些人都是丘狼族，但是平时都是小市民，就武力来说没什么太大威胁。

进入关押部，默就没有必要再装下去了。估计是搬运货物人手稀缺，连这里的守卫都调走搬货了。默很顺利地将门口的管事敲晕后，走进仓库地下室，发现里面关押的人没有多少，除了那家被搬空的可怜店铺的人，剩下的就是之前店主的妻儿。仓库地下室尽头有一扇铁门。默靠着之前的店铺名片确认了被抓的店主妻儿。用随意变换的能力将锁打开，接下来就是护送她们离开。

可是二人说什么都不肯动，指着尽头的铁门说道：

"之前我们见有一个特别可怜的人被拖进去了，不知道现在还活着没有，既然你这么强，可以帮我们去看看他吗？他之前给过我们一些吃的……"

默心说被拖进去，以暗部的做事风格应该早就断气了。不过他还是有一些心疼这些被卷入进来的可怜百姓，去看一眼也好。

用能力打开那扇铁门，里面漆黑一片。他从腰间的小包中找出从幻那里拿的月石，轻轻搓了几下，月石开始发光。在微光下，默也看清了整个房间，这个房间只有一张桌

子和两张面对面的椅子，其余什么都没有。

突然，身后的门砰的一声关上了。从对面漆黑的墙壁中缓缓走出一人，他就像是从黑泥中慢慢浮出的人形一样。

"好久不见，终于等到你了。"

默几乎是下意识地用出能力，他没有冒险去攻击，缓慢地靠向门，转动把手的时候猛然发现门外面被堵住了。

"难怪这些情报来得这样顺，原来是圈套啊。"默苦笑道，他放弃了门，也收回了能力。因为他看清了来者的脸，他眼眶周围泛着黑，消瘦的脸颊上挂着一丝丝喜悦，他身披藏蓝色绣着金色星星的长袍。

魔教五零目之一——影子军师宁水岳郡。

宁水岳郡成为零目主要靠他的脑子和没有攻击能力的影子操控。本身没有任何攻击能力，这也是默见到他放松下来的原因。仔细感知这间屋子，除了宁水岳郡，默确认了这间屋子没有旁人。

默看着宁水岳郡就这么温文尔雅地坐到桌子对面，他点燃桌子上的蜡烛，整个房间的亮度稍微高了一点点，他摆出请的姿势示意默坐到对面。

"你不怕我杀了你吗？"默看宁水岳郡淡然自若的模样，忍不住问道。现在杀掉宁水岳郡对于默来说简直就是手起刀落的事情。

"你不会这么做的，比起我的命，你更在意的是丘狼族。而且这次见你，只是我的个人意愿，与魔教毫无关系。"宁水岳郡的声音浑厚，像钟磬击出的悠然声响回荡在空空的小屋中。默心想怪不得宁水岳郡谈判总是很得力，这种带有迷惑性的声音自然也是一种潜在威胁。

"不知道魔教零目冒着生命危险见我又为了什么？"默问道。

"我想与你下一盘棋，整个丘狼族就是棋盘。我知道你的心向着明处，不然你就不会回到梦泽洲。我会在这里将我知道的所有情报都告诉你，你之后如何选择就看你自己了。"宁水岳郡的手撑着脸看着默。

"你为什么要这么做，情报泄露对魔教难道有什么好处吗？"

"教主很器重你，当然你很不赏识这器重。我想证实教主对你的这份器重是否值得。就现在的情况而言，单方面扼住丘狼族的死穴，屠杀的事情我也不想做。所有的计谋对我来说不过是游戏，我也不过是想追求更多乐趣而已。"

默听后注意到一件事，宁水岳郡在唤"教主"的时候不会加"大人"两字，当时在暗部的时候，默每次叫错，都会被良鹤纠正。这一点点细节正好说明了，宁水岳郡在魔教零目的地位比其他人要高。

"我这么容易就中了你的圈套，即便如此你还想确认我是否够格？"默嘲讽道。

"如果你没有来到我面前，那你一步都不够格。我通过能力确认了你的位置，暴露你位置的就是影子。然后靠这两日商队撤离，在你周围设立一些引起你注意的事件，然后一步步地将你送到我面前。因为你做的每一步都很正确，所以我才能将你引来。为了款待你这位贵客，我可是很诚心地只身一人来见你。"宁水岳郡摊开手无所谓地说完，像是一位看孩子答题得满分的家长。

"既然我能在这个地方见到你，那就说明我之前的猜测没有错。大祭司篡位就是为了投奔魔教，而无明之月为了报世仇绝对不会放过丘狼族，哪怕丘狼族已经归顺。"默也不想和他继续谈别的，直奔主题说道。

宁水岳郡听到他的猜测神情稍微有一点点意外，但很快就回归平淡，紫红色的眼眸扫着默，微微叹道：

"看来你知道的东西比我想象的要多，也难怪你会一个人回到梦泽洲。你说得没错，大祭司清楚暗部的能力，我们能帮她轻轻松松除掉大族长篡位。在经济萧条和政局飘荡的时候投靠暗部，企图保下整个丘狼族不受战火影响。却不知道这些对于教主可以说是自投罗网。关于教主和丘狼族有什么深仇大恨我略有耳闻，他的姐姐自杀在丘狼族，以教主的性子，他迟早会报这个仇。"

"现在丘狼族就给了无明之月这个时机，不论是对外政治还是报自身仇。"默接着他的话说道。

"你说得不错。"宁水岳郡流露出些许赏识，微笑着说道："现在总空盟加强对暗部的制约，如果在这种情况下还能重创丘狼族，对于其余种族都是威慑。而且教主也能报私仇，一举两得。"

"你们打算怎么做？渗透鬃狮族进攻丘狼族引发战乱，间接削弱丘狼族？还是用情报把丘狼族投靠暗部的消息通报总空盟，借明处的手解决丘狼族？"

宁水岳郡听后，平静地看着默盛满敌意的红瞳，突然笑道：

"你想的这些方案对于暗部来说很实用呢，操作起来也很容易。不过，很遗憾，我不知道全部作战内容，我只知道大概进攻日期和进攻地点。毕竟这次的零目领队不是我，是泉溟真哲。"

"两位零目？丘狼族值得魔教这么器重？"默惊道。

"跟器重没有关系哦，真哲兄有自己的爱好和主见，但有时候会玩物丧志。教主有点不放心而已，就派我来了。但是整个作战过程你可想而知，几乎就是毫无挣扎的屠杀，是狼将羊骗到怀中再吞食。这种还没开始就已经确定的胜利对我来说没有任何意思，就是因为这个原因，我才会冒险来见你。"

"你来找我摊牌的目的是什么？应当不只是缓解无聊吧？"

"就算告诉你，你成功的概率几乎没有，如果你能成功，对真哲也是一种教训。不论哪种结果都对魔教有利，这就够了。"宁水岳郡拿起旁边的蜡烛，将蜡油滴在桌面上，用指尖将滴圆润的蜡油戳烂。

"我能告诉你的只有我知道的。梦泽洲风景在六十八个空间中都是数一数二的。但是，五日之后，梦泽洲的美将永远存在于丘狼族的梦里……接下来反抗的棋怎么走，我很期待你的选择。"

"为什么你一直觉得我不会杀了你，杀了你，就算没有办法成功，对魔教来说也是很大损失。"默起身说道，一只手背在身后，从宁水岳郡的角度看不出来他到底用没用能力。

"没用的哦，相信我，丘狼族游戏的参与者没有我，我不会动用任何能力帮助泉溟真哲。而且你迟早有一天会面对无明之月，现在杀了我对你没有任何好处。对你来说，现在还不能彻底与无明之月作对，对你还是对那个小女孩都没有好处。"宁水岳郡起身，欠身向默行礼。

"很愉快的谈话，祝你武运昌隆！"随后宁水岳郡吹灭了蜡烛，整个人隐入背后漆黑的墙面，融为一体后消失了。

预计的汇合地点处，皮奥利安从树冠处眺望着整个梦泽洲，满天星辰像晶莹的钻石屑洒满了黑色幕布，整个梦泽洲的灯火像是一盘倒映着星空的圆镜，让人不禁生出一种悬浮在星海上的错觉。

丘狼族现在能拿出手的就是梦泽洲的旅游业，客栈比起其他店家还不是很萧条。谁让这梦泽洲美得过分，此等景致大约只有梦里才有机会遇到。

到了后半夜，默轻手轻脚地出现在树林中，繁今刚一看到他就吓得跳脚，头发都倒立起来。看繁今那神经质模样，默也没见怪。

"繁今这小子，我让他稍微睡一会我守夜，还是根本不肯合眼。雷霆倒是睡得挺香，好像完全没他事一样。"皮奥利安从树冠上跳下，摇晃着雷霆说道。

"唉？默怎么这么早就回来了，我以为你要在城里多待一阵子呢。"迷迷糊糊的雷霆醒来说道。

"你勘察到了什么情报？"繁今焦急地围上来问道。

"五天之后，暗将进攻梦泽洲。"默说道，繁今听后惊恐地捂住嘴。

"消息可靠吗？难道这次也是你推测出来的？"繁今难以置信地问道。

"是从魔教零目宁水岳郡那里得知。"繁今听后向后退了几步，默不以为然地继续说道："他用自身能力和情报把我引到他面前，像局外人一样向我摊牌，我之前所说的一切都猜中了……"

繁今捂着嘴，两行眼泪从面具缝隙中滴下，抽泣片刻，突然奋起抓住默的肩膀摇晃道：

"为什么你相信那个宁水岳郡！为什么你不觉得他所有的话都是为了骗你？或者只是为了利用你？为什么我相信师父她是清白的，你就丝毫不听呢？还是说，你更愿意听暗部的话？"

皮奥利安知道繁今现在的挣扎只是不愿意接受现实，话有点过分了。虽然默不是冲动易怒型，皮奥利安为了保险还是把繁今拉开了。

"你说的也有可能，但是以现在的情况分析，丘狼族已经是瓮中之鳖，宁水岳郡没有骗我的必要。"默整理衣襟冷淡说道。皮奥利安看默对繁今的冒犯毫不动容，颇为意外。

"师父她平时对我是很严厉……但是我已经没有其他可以依靠的人了，为什么她要违背平时教导我的品格……就这样投靠暗部，然后又被暗部利用，我真的……真的想不明白啊……"

"喂，繁今，这世上想不通的事情多了去，你又何苦去猜大祭司想什么。现在已经发生的事情改变不了，你就在这儿哭，未来的事情你更改变不了。"雷霆跳到繁今身边，拎着他耳朵说道。

"传说丘狼族的先祖也是很彪悍的，现在身居稳定的绿洲，所以性情温和了不少，但你们终究也是狼。不是任人宰割的牲畜。"皮奥利安说道。繁今蹲在地上没什么反应的样子可是惹恼雷霆了。

雷霆一把抓起繁今的领子拖着他爬到树冠之上，拎着他后颈处的领子，把他双脚腾空向梦泽洲方向举着。繁今被雷霆这样拎空，他的挣扎慢慢收敛，双眼望着如坠星河一般的绚丽城景。整个梦泽洲像圆镜中倒映的星空一样，和天边连在一起仿佛置身宇宙。繁今在雷霆手中哪怕喉咙有点被勒痛，也彻底无法将双眼从万家闪烁的灯火中移开。

"你还记不记得你带我们来这里的时候，你有多自豪？那些每天簇拥着你的民众你记得吗？他们就在这里！在每一个你看到的小光点中。"

"五天之后，暗部将想方设法将这恬静之地毁灭。这与大祭司毫无关系，能做出决断的只有你，因为你是丘狼族的准司。"默借助翅膀飞上树冠，眺望着梦泽洲。

"我……我怎么可能把梦泽洲交出去！"繁今咬牙切齿带着哭腔说道，比起私心什么更重要，繁今还是分得清。随后因为雷霆勒着领子太紧，呼吸不畅，猛地咳嗽起来。雷霆赶忙把他拖回地面。

"想必你也清楚事态了，你之前所说的话我也不计较，现在和大祭司是否叛变投靠暗部已经没有关系。五天后能否让梦泽洲躲过劫难，才是现在的关键。"默蹲下来看着繁今，从一旁捡起一根小树枝敲敲繁今的脑袋说道。然后在地面上用树枝大概画出梦泽洲的形状。

"两面是山，还有一面是冰川，只有一个较大的出口。我不清楚丘狼族如何维护梦泽洲，排兵布阵你应当稍微清楚些。"默把树枝递给繁今，繁今一把夺过树枝，刚想说什么却开始猛烈咳嗽，皮奥利安见繁今还没有缓过劲来，就给了雷霆一拳。

"他们不可能靠跳转门直接来到梦泽洲，梦泽洲周围的所有空间跳转门都被总空盟限制了人流量。所有种族的大都城都这样设立了防护。只有边境地区的跳转门没有设防护。他们如果真的想要梦泽洲覆灭，应该会选择这条路。"繁今对暗部的愤恨已经超过了对大祭司事实的抗争，强打起精神开始分析。

"这不还是挺有脑子的嘛，准司大人？"雷霆笑道。

"如果从边境打入丘狼族，五天的时间真的够用？"皮奥利安拿来整个丘狼族领土的地图摊在他们面前，看向默。

"他们不像我们能飞行，从边境最短的路线来计算，中间山路崎岖，就算有车也起码得连夜走七八天多。再算上攻打周边城市的时间……怎么可能五天就到达梦泽洲。"

繁今分析到这里，突然感觉心被未知狠狠地刺痛了。

默同样也意识到了这个问题，五天后梦泽洲覆灭，如果从边境进军，根本不可能在这个时间范围内到达梦泽洲。他身在暗部的时间短暂，还没有通过忠心考验，暗部自然不可能将军情泄露给自己，默现在对于暗部军队实力可以说近乎一无所知，天鸟族那一战能提供的信息少之又少，而且在天鸟族葬送的军队也不是魔教本身的军队，是纳魔司的叛军。

"莫非他们能在梦泽洲动手脚？我在梦泽洲看到暗部运营的商队在撤离，不可能在梦泽洲潜伏进两三万的军队不被发现。"默凝着眉分析道。

"如果真的要发动战争，周边城市潜伏进两三万异乡人，大祭司肯定能发现异样，她不可能真的就这么纵容和平投靠变成武力征服。"

此时他们渐渐发现，梦泽洲不是说想救就能救的，他们甚至连宁水岳郡给的消息都不能分析对。仿佛整个事件在一开始就已经陷入困局，他们好似笼子里出生的老鼠，在毫不知情的状况下就已经身处牢笼中，在意识到笼子后，似乎已经不可能脱困了。

而宁水岳郡给他们的提示不过只是两个信息——五天和梦泽洲覆灭。

另一边。

黑色的巨型蝙蝠在房顶上收拾自己的膜翼，准备启程回第二空间。宁水岳郡站在房顶上眺望着夜色下如星海的梦泽洲。他已经在这里等了很久，蝙蝠都有些不耐烦了。

"岳郡大人，已经过了约好的时间了，要不我再去找他一下？"

"不用，他肯定会来的。"宁水岳郡脸上没有一丝焦躁，不急不忙地坐在屋檐上打算慢慢等。

"尤蝠，你多看看这梦泽洲吧，此景就只剩最后几天了。这里可是丘狼族的宝地，就算经济衰落，政府花在维护梦泽洲的钱可一分没少。"宁水岳郡望着美景叹道。

"是啊，然后梦泽洲就会毁在我手里，世人有多爱梦泽洲，我的名字他们就会记多深。"泉溟真哲不知不觉已经来到宁水岳郡的身边。宁水岳郡丝毫没有责怪泉溟真哲迟到的意思，瞥了一眼搂着樱雪的泉溟真哲，说道：

"我就要启程回魔教了，不知道你准备得怎么样了。"

"早就准备好了，还玩了很多新花样。可别担心我，你只带这么点人回去不怕半路出点情况，然后零目就此少一位？谁想杀你都很容易。去，樱雪跟着他回魔教。"泉溟真哲将怀里的樱雪推向宁水岳郡，樱雪像一只布娃娃一样顺势就倒在宁水岳郡的怀里，双手环住宁水岳郡的脖子，将面无表情的脸蹭着宁水岳郡的脸颊。

"别控制你的玩具干这种没有意义的事情。"宁水岳郡冷漠地推开樱雪，瞪了一眼泉溟真哲，樱雪立马乖乖地站在一旁了。

"行行行，岳郡兄。我以为您叫我过来只是为了讨个保镖呢。现在丘狼族大局已定，您没心情去玩玩？"

"等你把这盘棋下完再说吧。"宁水岳郡起身走向蝙蝠。

"下棋总得有个对手，这种已经将死的棋没有任何意义。留我一个零目在这里不过就是等待灭亡的那一刻彻底来临。剩下的也就不用您费心了。"泉溟真哲向宁水岳郡的背影行礼，目送着樱雪坐上蝙蝠，等待他们腾空彻底消失在夜色中，泉溟真哲的目光才慢慢收回。

梦泽洲，祭奠堂内。

大祭司已经连续很多天都没有睡好觉了，她本来沧桑的面颊更显疲倦，精神像是被折磨过多的模样，她开着夜灯，望着寝房对面挂着的狼头饰，那是大族长权利的代表。那用手织成的狼头仿佛是嘲讽一样，向南漪掌咧着嘴。

索性不睡了，南漪掌翻身起来，准备走到书房去翻公文。捧起一盏灯，南漪掌从卧房中出来，走了两步，突然发现她的侍女竟然在卧房门口站着！整个人就像一尊蜡像一样，这个侍女南漪掌有两天没有见到她，现在夜深人静竟然就在自己卧房门口。

南漪掌像是失了魂一样惊叫着，侍女的脖子慢慢旋转过来看向南漪掌，面无表情地说道：

"我本想去叫您，没想到您先出来了。请跟我走！"整个人就像咀嚼干纸片一样，话中不带一点点感情，像是一尊石像突然会说话了一样。

南漪掌疯狂退后，她被这一幕吓得不轻。身为大祭司的职业告诉她，这并非死人，却没有一点活人的味道。退到卧房门口，南漪掌慌张地去转动门把手，却感觉手上一凉，一双冰冷的手死死地抓住了她的胳膊。南漪掌回头发现不知什么时候这边也有一个蜡像状的侍女，瞪着眼睛看着南漪掌，南漪掌被这一次冲击得有点精神恍惚了，几近昏厥。

那两位侍女丝毫不关心南漪掌的情况，像拖一只挣扎至毫无力气的母猪一样，将南漪掌挟走。

南漪掌被扔到地上的时候，来自骨头的剧痛让她一下子清醒过来，她趴在祭奠堂的大厅中，面前椅子上是那位之前没有怎么说过话的魔教人士。发色很浅，皮肤苍白，像是好久没有见过太阳似的，深红的眼睛嘲讽似的从上而下盯着南漪掌。南漪掌注意到他一侧用头发遮住的耳朵是用机关制作的假耳。

"我给你准备的这两个礼物可还喜欢？祭司大人？"他从椅子上跳下，绕开南漪掌走向那两个侍女，从胸前的口袋掏出用来观摩的单片眼镜，架在右眼上仔仔细细观赏这面无表情的侍女。"给她们用的是上等材料，缝合处愈合得很好，皮肤也变得白皙了，身材我也帮她们整了一下，现在匀称多了。怎么样？南漪掌大人，这两个女孩不仅变好看了，甚至也变得听话了哦。"

"你要干什么！"南漪掌低吼道。她猛然才想起这位也是魔教零目之一，泉溟真哲。

泉溟真哲像是没有听到她说的话一样，还在观摩自己的杰作。

"南漪掌大人，虽说你们丘狼族是狼族的一种，现在看来你们也不过如此嘛，狼和狗没什么区别，你看！"泉溟真哲蹦蹦跳跳地回到南漪掌面前，举起一只手。"狗就应该要有狗的样子。"两个侍女面无表情迫不及待地冲到泉溟真哲身前，如饥似渴地舔着他的手。泉溟真哲反手抬起其中一人的下巴，将她的脸转向南漪掌。

"你看，这才应该是你们的样子。狗就是驯服的狼，要好好听话才是！"南漪掌看见面前这尊面无表情的傀儡眼角开始流泪，泉溟真哲注意到手被泪水打湿了，将她的头转过来，叹道："看来泪腺没切干净啊，真是可惜了这张脸，哭了可就不好看了。"之后毫无留恋地将侍女傀儡甩到一边。

"我知道你想说什么，准司我们正在全力找。现在这种境地也是迫不得已……"南漪掌低声下气地说道。

"如果狗没有达到主人预期目标，你知道会怎样？"泉溟真哲打了一个响指，另一个侍女拽起刚刚流泪的侍女开始暴打。"主人就会狠狠地教训自己的狗，不惜一切代价让狗记住伤痛和错误，然后再也不敢犯。"

泉溟真哲看着冒着冷汗的南漪掌，嬉笑道："哦，对，忘了告诉你，别看她们两个面无表情的，但是我可没有把她们情感体会抹除哦，只是将她们的身体做成傀儡而已。痛苦、委屈、不甘、通通都能感受得到，但她们根本没有办法为自己的感情做出回应，只能任我玩弄。当然啦，我把她们做成傀儡的时候没有上麻药，那个刚刚哭泣的女孩叫得可大声呢！"

他不急不慢地看着南漪掌的表情，伸手从她的面颊上接下一滴冷汗。又打了一个响指，两个傀儡同时停止行动，像是按了暂停键一样，保持着僵硬不动的姿势。

"谈正经的吧，您老这表情挂在这衰老的脸上可是一点都不美。我没什么看下去的兴致，我不会再单方面让丘狼族去寻找准司，我也会派人帮你们一起寻找。如果在五天时间内没有找到，我会让她们两个带着你，看你们种族最宝贵的东西毁灭。"泉溟真哲蹲下，摸着南漪掌的脑顶笑着说道：

"乖乖把准司叼回来就给你奖赏哦，小狗狗！"

繁今之前的小侍卫苍日蜷在被子里大气不敢出一声，他早就知道他们侍卫中有不少在前几天中突然消失了，传闻有两个侍女出去之后再也没有回来过。苍日这两天更是低调活动，之前给繁今送信的鹰在不久之前也飞回来了，它不会理会这些世事，头埋在翅膀里在架子上睡得正香。

苍日知道繁今肯定没有安全问题，这只鹰很护主，它能这么悠然自得地当做什么都没有发生地飞回来，肯定不会有大事。

苍日刚刚浅睡着，就听到了窗外的骚动，立马翻身起来，倚着窗口，望着外面。他看到几个黑影破门而入，苍日心中大叫不好。他又不知道该往哪里躲，慌乱之下翻身躲进床下，刚钻进去的苍日露出一点点脑袋，看到鹰摆出一副攻击的架势，苍日赶忙命令它不要轻举妄动。

房间的门在他刚藏好之后突然被暴力破开，涌进一堆人，苍日只能看到他们来回走动的脚。

"除了准司还有别人的气息，正新鲜着呢！"其中一个人说道，苍日已经感觉到自己裤裆有点湿了。他头顶冒着的冷汗不停地顺着脖子往下淌，大气不敢出一下。

"管那些干吗，我们是来取准司气息的，别混淆了。取完立马去散播给所有赏金佣兵，一旦发现立马活捉。我们魔教有的是钱，有零目泉溟真哲大人在，资金肯定不会缺，赶紧采完赶紧走。"

片刻间，他们就像是夏日的雷阵雨，风卷残云般将屋子翻了个遍，就像来时的速度，闪电一样地离开了。

等到外面彻底没了声音，苍日才敢从满是灰尘的床下爬出来，鹰从架子上跳下，用力啄向苍日发蒙的脑袋。苍日看到鹰，像是突然获得力气一样，扶着墙走到桌子前，提起笔赶忙写信。他已经不知道自己还能做什么，大祭司和暗部同流合污的事实像是一柄锤子砸进脑袋中，他知道准司是丘狼族的未来。现在能做的只有第一时间通知繁今。

还没缓过劲来的苍日用颤抖的手写出来的字歪歪扭扭，苍日看了一遍大概认得后，还没折好塞到鹰的绑腿里，就被鹰叼走。繁今身上带着一种只有鹰能感知到的气味的香囊，隔几公里都能闻到。

苍日看着消失在夜色中的鹰，他感觉到了不知所措，整个种族在他毫不知情的情况下就变成这样的千疮百孔，仿佛昨日他还和繁今还有大祭司一同坐在祭奠堂的院子里看着夕阳共进晚餐，现在所有的一切都支离破碎了。

天色蒙蒙亮，鹰在东区的山上找到了繁今，鹰也聪明，怕有人跟踪它的轨迹，在东区上空盘旋了好几圈，又在林子附近来回飞了许久，最后才到了繁今面前。繁今看到鹰来也大为惊讶，赶紧从它嘴里接过信件——

> 暗部的人来您的房间提取气息了，现在已经不是丘狼族的人在寻找您，暗部开始动手了，他们提到了他们的头叫零目什么的，还有赏金佣兵，我也没有完全记清。之前大祭司叛变的传闻大概是真的，祭奠堂也有人失踪了，我不知道该怎么办，请您千万注意安全，不要回梦泽洲。

"看来他写得很着急，应该是被吓坏了吧。"皮奥利安说道。

"果然暗部也开始动手了，比起其他的，暗部看重的还是控制你，管理整个丘狼族。泉溟真哲的手下能这么肆意闯进祭奠堂，大概他已经和大祭司撕破脸了。"默说道。

"师父她不可能就这么任由欺负，她肯定会反抗的。"繁今说道。

"哎哎，不提你师父会怎样啊，咱就这样守在梦泽洲周围的山上？想活捉你的人大有人在，指不定会顺着气息找到这里，你看你的鹰都能找到这里来，更别提那些人了。趁早换地方吧，在这荒山野岭也没吃没喝的。"雷霆扯过他们围着看的信，撇着嘴说道。

"先离开这里再做下一步打算，先确保你的安全再说。"默说完在梦泽洲地图周边的一个城镇画了一个圈。"我和雷霆步行过去，你和皮奥利安等夜深了从空中过来，还有你这样戴着面具走在街道上很明显。既然你这么舍不得面具，先拿我这个凑合一下吧。"

默从随身的背包中摸出一条遮阳的布，递给繁今，繁今也知道在这个时候不能太倔，赶忙摘下面具，把布围到脑袋上去了。

雷霆和默匆匆离开。

留下繁今和皮奥利安从树林中眺望着远方依稀的灯火，繁今看着手中的面具，微微叹气。

"我也不是舍不得面具，我额头留下的印记也不是不能示人……这个面具是师父给我的，让我不要害怕，勇敢起来，过去的一切什么都可以被时间掩盖，要让我活在当下。确实，有了面具我感觉我好像变了一个人，不再是那个在悲惨经历中挣扎的困兽，是能独当一面的人。可是每一次我摘下面具，看着镜子中的自己，额头上的印记会随着我的长大一点点变大，从未消逝也从未变淡，那一刻我好像又回到了当奴隶的日子。光鲜亮丽的我也不过是面具给的而已……"

"对你来说现实突然变得这么混乱，恐怕一下子接受不了吧？而且所有人都在给你施压，因为你是丘狼族的未来。被所有人期待着，最后变得连哭都是错了。"皮奥利安拍拍繁今蜷缩的身体说道。

"我连自己都没有做好，现在却要背负起整个种族，我什么时候才能像默一样清醒冷静有决断呢？"繁今低着头嘟囔着。

"我劝你还是不要像他一样哦，那个人所经历的你根本想象不到，默对任何事物都有提防心，因为他已经失去很多了。你没有变成他那样，说明你还没有失去很多，这是好事，现在挽回还来得及。"

"你们神龙比我想象的温柔多了，这种话我肯定不可能从别人嘴里听到。真难想象这些话是从一头身长几十米有尖牙利爪的龙嘴里说出来的，我小时候一直以为你们脾气都很暴躁。"繁今打起精神笑道。

"有时候被这世界嘲弄惯了，就知道温柔相待有多可贵了。"皮奥利安无所谓地说道，望了望远方的灯火少了很多，说道："该走了，到时候了。"

繁今发现这山中不知道什么时候腾起的雾气渐渐弥漫开来，跨上皮奥利安的龙颈，就这样悄无声息地消失了。

雷霆和默走在街道上，准备出城，雷霆像一条警惕的猎犬，来回张望，鼻子一个劲地嗅不停。

"啊！"雷霆突然惊叫。

"又怎么了。"默不耐烦地瞥向雷霆。

"他们家晚上吃了烧烤，还留着香味呢！我一开始以为这边着火了，没有想到是木炭燃烧殆尽的烟尘味，还有烧烤的调料味！好香啊，不愧是出了名的烧烤种族！"雷霆兴高采烈地说道，默听后回了他白眼，一把将他揪到面前。

"我们两个确实是出来侦查的，不是偷窥民众生活好吗！把你的注意力放到一些值得观察的地方，行不行？"默抓着雷霆来回摇晃着，雷霆琥珀一样的龙瞳很认真地盯着默。

"我会好好干的！那等这事结束之后我能吃烧烤吗？"

"得看战乱之后梦泽洲还有没有烧烤了。"默很认真地回答了，他已经快被雷霆磨得没脾气了。"你哥能把你养这么大真不容易……"默松开雷霆哀叹道，他没有怎么和雷霆单独行动过，平日基本上都是雷霆折腾皮奥利安，皮奥利安对雷霆采取视而不见的态度。

"嗯？有一股酒精的味道。"

"是吗？是哪个大汉醉倒路边了？"默观望着四周心不在焉地应付道。他们快走到梦泽洲城墙附近了。

"还有焦油的味道，很多很多。"雷霆皱着眉，像是被呛到了。默也从空气中闻到了油味，越靠近城墙越浓。

"路上车辆碾压过的痕迹还很清楚，应该是正在运送焦油和酒精。看来大祭司也不想坐以待毙啊！"默眺望城墙上人头攒动的影子说道。

"好老式的守城工具，现在不是能制作能量圈和触碰式燃爆物么？这种简单的燃烧玩意真能起作用吗？"雷霆捂着鼻子说道。

"丘狼族没有钱去做这些防御措施，但至少在准备了。大祭司现在手里有兵权，现在可能在做交不出准司，梦泽洲被攻打的准备吧。"

"暗部居然对大祭司做反抗准备毫无反应？按理来说这种行为已经算是反叛了吧？"雷霆难以置信地说道。

"暗部应该有足够的自信打赢装备不齐的丘狼族，不然大祭司早就被泉溟真哲做成傀儡。而且魔教肯定是对丘狼族实行武力复仇，和谈投奔已经没有期望了，想必大祭司应该是看到泉溟真哲的态度，从中猜到了结果，提高了警惕才加大防御吧。谁知道丘狼族如纸一样的防御能挡多久呢？"

默从那封信就能得知泉溟真哲已经彻底和大祭司翻脸，泉溟真哲现在还不能完全将大祭司抹去，他得利用大祭司找到准司，而且现在暗部还需要隐在暗处操使大祭司的权力，不能让其他人过早发觉丘狼族上层的异样。大祭司趁这最后的机会开始策划梦泽洲的防守。

"有所准备总比没有准备的好，哪怕是无谓的挣扎，谁让我们现在连魔教如何进攻都不知道，只知道他们的目标是梦泽洲。"雷霆说道。

"看来大祭司和我们知道的信息量差不多，现在整个局最重要的棋子就是繁今。走吧，不知道这位万众所托的准司大人，会怎么选之后的路呢？"

"等等，如果大祭司真的想要与魔教和谈，为什么不直接调动兵力去寻找准司，反而在做交不出准司被魔教攻打的准备？"雷霆脑子不知道飘到哪里，说出了让默都震惊的想法。

"你的意思是，大祭司根本没有想将繁今交出去？"

第五章

以退为进

　　繁今与皮奥利安步行在梦泽洲边缘的小城镇沢都，所有沢都的居民都在忙碌着，像是提前准备过冬物资一样，往家中搬运着食物和水。走入正街的时候，他们看到了沢都护卫队拦住了道路，像潮水一样涌动的部队向梦泽洲方向进发着。

　　"果然师父她……"繁今看到此景激动地刚吐出几个字，就被皮奥利安捂住了嘴。

　　"人多眼杂，不要说话。"皮奥利安将他的掩面捂得更严实些，赶忙拉着他离开了，皮奥利安感觉到有人在他们进城之后一直盯着他们，魔教为了抓准司真的是不遗余力，也不知道在每座城中安插了多少眼线。

　　越是往人少的地方走，皮奥利安越感觉不对劲，仿佛是被狼驱赶到包围圈似的。繁今同样也感觉到了压迫感，皮奥利安没和他说现在的情况，但皮奥利安紧张的神情就已经说明问题。

　　之前只有大祭司下了通缉令的时候，繁今还没有感觉到压迫，也没有真正遇到有人想要捉拿他们。现在的情况截然相反，在泉溟真哲下达了捉拿令后，魔教的人行动起来可谓是雷厉风行，哪怕他们只是从荒山野岭中出来，刚刚到城镇中冒头，繁今感觉到的气氛已经完全不一样了，仿佛时时刻刻都有人盯着他们。

　　皮奥利安突然拉着繁今停下了，繁今被这突然一停弄得不知所措，仔细一看才发现四周的矮房和街道连个人影都看不到。

　　"出来呗，藏着掖着干吗呢，把我们赶到这种地方也不出来见见面？"皮奥利安对着空无一人的街道嚷嚷道。

　　"嚯，我本以为被安排到这种小城镇就能偷闲，没想到大鱼还真让我撞上了。我做事有原则，把你旁边那位让给我，我留你一命怎么样？"说话的声音像是从街道周围的矮墙中传出来的，在层层叠叠的墙面中响着回音，让人分辨不清方位。繁今感觉自己汗毛直立，这种诡异的对手他从来没有遇到过，死死地拽着皮奥利安。

"你我皆是同道中人，你说让就让啊？这可是我好不容易绑架来的人质，不给点钱说不过去吧？"皮奥利安骂骂咧咧地说道，这让繁今一愣，他都快忘了这几位才是真正意义上"绑架"他的人了。

"废话少说，交不交？"

"我跟你们可不一样，我又没有上级的命令要抓活的。"皮奥利安反手凝出冰晶，挟住繁今，冰晶锋利的棱角直指他的喉咙。"没钱就别想要活的。"皮奥利安又不死心地补了一句。对方听后沉默了，死一样的沉寂让繁今此时此刻感觉心脏都要跳到嗓子眼了。

"成，也算辛苦你把人送我面前了。"对方不耐烦地妥协了，从墙里扔出一袋子黄金。

"南墙向东数三米！"皮奥利安突然大喊道，将繁今挡在身后。从他们身后街道尽头窜出一个黑影，银色的剑出鞘，像一阵风袭向刚刚丢出袋子的地方。

一剑斩下，墙面竟然在这把剑下直接被劈开，皮奥利安和繁今看到一个透明的影子从墙中脱出，繁今有点反应不过来，再仔细看提着银剑的黑影，正是默。

那透明的身影从腰间掏出短叉，不断被默砍来的刀刃逼得节节后退，默手持妖尾翼狐的审判剑，他从来没有想过这把剑的威力如此的强，几招下来，对方普通铁质武器就几近断裂。对方的胳膊被断刃的武器弹伤，受伤之下，褪下透明的隐藏层，露出了真面目。

默看到对方短短的鼻梁和带着毛的耳朵，将她的种族认了出来——玥猫族。玥猫族是魔教旗下擅长暗杀的种族，由于他们保留了猫的特性还有可以隐藏身形的变色皮毛，在魔教手中就变成了可以暗杀的利刃。统管玥猫族的零目是良鹤，想到这里，步步紧逼的攻击突然迟疑了。

玥猫族杀手抓准时机立马后撤，从腰间的一串布袋中掏出一只无声笛吹响。

"是在叫同伴吗？放心吧，他们来不了。他们被牵制住了，即使你这里求救也不可能立马来。"默追上前去，玥猫族杀手只能拿残破的武器抵御，在兵刃相交之中，玥猫族杀手看清了默的眼睛。

"你也是红色的眼睛！你为什么要迫害自己的同类。你留在这里根本不会有人接纳你，何苦呢？把人交出来与我去领赏不好吗？"玥猫族杀手咬牙切齿地质问道，被默逐渐逼得向后退着。

默没有应声，将相接的刀刃弹开，玥猫族翻腾后跳。听到了周围建筑有火焰爆炸的声音，心说他们还有一人在外围干涉？难怪她的同伴一直都没有援助。默提剑再去追击的时候，玥猫族向后一跳，旁边的墙突然被火炸开，雷霆从墙的另一端冲了进来，破墙的那一瞬间，爆炸的烟雾和墙散开的烟尘彻底笼罩了路。皮奥利安看到几条闪过的黑影带起之前的玥猫族杀手飞快逃离。

雷霆不依不饶，嘴里喊打喊杀地追着消失在烟尘中的玥猫族杀手。默没有继续追击，收了剑。

"可是紧张死我了，他们有三个人埋伏在周围，还好水字传书顶用，不然我真的和这群猫斗下去了。"皮奥利安大呼出一口气，可算是放松下来了。

"你们的配合得真好啊！我当时真的吓蒙了，完全不知道怎么办。你们到底怎么做到的？"繁今感觉这次经历对他的刺激不亚于之前车辆被劫持，这也是他第一次与暗部面对面，而他们三个却游刃有余。

皮奥利安指指地面，他完全没用手，小水流顺着砖缝淌到默面前，然后用小水流拟出文字：

"我把他们用这招叫到这里来，并向他们通报了情况。默蘸了水在地上写上字，告诉我拖延时间，并且确定对方位置。我照做就可以喽！"

繁今看着皮奥利安向他展示了一通这传书的小招数，不禁感叹他们彼此的信任真的很牢固，可以在片刻之间确定计划并实施，甚至皮奥利安说敌人的位置在墙上时，默完全没有怀疑就砍了上去。

"还好遇到的是玥猫族杀手，他们如果偷袭不成功基本上都会放弃行动，不会硬拼的。"默有些侥幸地说道，看着雷霆灰头土脸地从烟尘中走出来，明显是跟丢了，默也没指望他能跟得上。

三人现在看繁今的眼神就像是看定时炸弹一样，虽然默也想过进城会遭到突袭，没想到会这么迅速就遇到泉溟真哲的手下。几人寸步不离地跟着繁今，在街上购买了三天的食物后，只好隐匿到荒山野岭。

众人将行李卸在一口泉眼附近，繁今的状态与昨天判若两人，积极地帮三人准备食物，烧水做饭样样都要来帮忙。自从得知真相后，脸上的阴郁也少了很多。雷霆好奇地问起来，繁今爽快地答道：

"师父她没有放弃反抗，我当然也不能放弃了。"

"我大概算了一下，梦泽洲周围近八个城的兵力全部都调到梦泽洲附近了，梦泽洲也在做迎战准备。只是不知道泉溟真哲在想什么，按理来说遇到这种情况，魔教肯定会切断统治层控兵的权利。甚至大祭司命都有可能不保，但现在看来，兵力调动在有条不紊地进行着，泉溟真哲应当没动大祭司分毫。"

"现在这种情况咱们也做不了主，只能在保护好繁今的前提下静观事态发展了。"皮奥利安洗了一筐胡萝卜说道。

"还说今天能睡上床了呢！结果一进城就遇到了暗部，唉！"雷霆躺在树上嚷嚷道，结果就被皮奥利安一根胡萝卜打到脸上了。

"有吃有喝不错了还想睡床！"这两个不省心的家伙又开始闹腾，默看着他们这样折腾，觉得他们大概是稍微放心一些了，毕竟丘狼族目前不算是完全被动。可是默总有一种预感，泉溟真哲做的事情良鹤对付起来都棘手，现在的情况难道只是表象？宁水岳郡不辞辛苦地找到他又为了什么。

午后。

"真哲大人？真哲大人！"佛泽不停敲着房间门，他们为零目身份的泉溟真哲选定的旅馆不算奢华，条件也不错。他是负责与魔教干部沟通，上传下达指令的信使，但佛泽每次找这位零目大人都很费事。

佛泽听无人应声，只好去房顶找，这位零目最喜欢的就是在房顶吹风，果不其然，登上房顶后，泉溟真哲无所事事地躺卧在砖瓦上，望着天上逐渐加厚的云。

"真哲大人！"佛泽向泉溟真哲行礼，泉溟真哲没有看他一眼，佛泽继续说道："丘狼族调动了中部地区的兵力向梦泽洲进发，鬃狮族边境军官主动向您请缨，希望您能允许他们一同参战。"

"梦泽洲汇聚的人越多死的人越多，鬃狮族看来是想借此洗劫丘狼族吧？还有没有别的消息？"泉溟真哲慵懒地说道。

"梦泽洲边缘的沢都发现了准司的踪迹，但是有一行人称其绑架了准司，其中还有一个暗部人士公然与我们的人作对。他有红色的眼睛，玥猫族的纳可声称自己绝对没有看错。"泉溟真哲一听，立马翻起身问道：

"公然作对？红色的眼睛？那他长相是不是像良鹤？"

"这……在下不清楚了，那位玥猫族杀手虽然这次被安排进计划中，但她的职位应该不是很高，平时也没有直面良鹤大人的机会，所以……"

"喊，罢了罢了，让他们加大梦泽洲周围对准司的搜寻。既然这丘狼族的大祭司还有反抗的心，那我就陪她玩玩，反正也没几天了。让鬃狮族做准备吧，把裂眼旗分给他们，不用偷袭，就让他们大张旗鼓地进攻丘狼族。"

"遵命。"佛泽毕恭毕敬地下去传达了，他已经用本子记录完整，一个字都不敢错，错的代价很有可能就是死。他也不晓得泉溟真哲的计划究竟是怎样，明明感觉已经出了很大状况，他却毫不在意，整日休闲玩乐好像没有这事一样。

泉溟真哲躺在温热的房顶上，玩弄着他揣在兜里的单片放大镜。

"宁水岳郡让我下的棋就这样无聊吗？和一个年过半百的老婆婆有什么好玩的，以丘狼族现在的资金，想组织起维护梦泽洲的军队已经不容易，真不知道他们之后还会有什么反抗的举动。不过这些都无关大局，等待时间过去可真够无聊的。"泉溟真哲无所事事地自言自语着。

一天半后的午时。

丘狼族，北境。

丘狼族北段与鬃狮族相邻，北境地处两座山脉的隘口。

硝烟四起，城外燃着冲天的烈火，这是丘狼族无计可施的最后抵御，等到火熄灭，他们也清楚会遇到什么样的困局。

丘狼族的北境经常与鬃狮族发生冲突，鬃狮族刚开始的攻击着实凶猛，他们举着的旗子丘狼族守卫从未见过，按照平常的抵御措施根本招架不住。鬃狮族像是倾尽全族的财力来攻击北境，丘狼族像是被几头狮子围攻的肥肉，才一天时间外部围墙就被攻破，内墙比外墙要高得多，北境的官兵迫不得已用最后的手段爆炎圈来拖时间。

爆炎圈是用火属性的能量压缩成一定比例，用容器储存起来，在必要时可以释放十米的火焰近一天多，然而这是丘狼族抵御鬃狮族的最后手段，守军退缩在内墙后面，倒数着爆炎圈所剩不多的时间。

在第一天鬃狮族开始进攻北境的时候，当地军官本以为又是鬃狮族来骚扰，没承想鬃狮族动员了近两万的兵力攻打北境。

丘狼族中部的大部分强劲兵力都调到了梦泽洲附近，北境常驻的守军只有大概三千人，如果北境遭到强力攻击，一般中部守军动员一天就可以援助到北境。可这一次实力悬殊，导致他们只能在要塞死撑着等待中部派来援军，并开始向中部撤离民众。

民众哪会等官兵组织撤离，听闻有两万的鬃狮族来攻打北境，还未闻战鼓声，很多人就已经赶忙举家搬迁了。能拿走的，百姓说什么也要搬空，拿不走的只能就地毁掉。

鬃狮族的大举进犯一般都是为了抢夺珍宝洗劫财物，丘狼族哪肯给他们这种机会，多半宁可把家拆掉也不愿意让鬃狮族霸占分毫。更何况这次敌众我寡，丘狼族六十多岁的老大爷也能想清楚现在是什么局势，根本没有人愿意留在这即将沦为战场的北境。

混乱的北境街道上，建筑倒塌的声音和人群流动的吵闹声伴随着内墙外的熊熊烈焰，向烟尘密布的昏暗天空鸣奏着悲曲。十米高的烈焰散发出的烟尘将北境笼罩得如同黑夜一般。

离开丘狼族北境的路挤满了逃离的难民，所有人的脸都像是干瘪的苦瓜一样苦涩难看，他们清楚如果丘狼族不及时派中部的援军来，肯定北境所属的大片土地都会被鬃狮族所占领。

只有一个人逆着人流向北境前进着，逃难的民众都用异样的眼神看着他，这人身体单薄，穿着奇奇怪怪的衣服，这种服饰肯定不是本族的装扮，不是本族的人又往战乱中心去做什么？一路上都有好心的丘狼族劝这个怪人不要再向北境的内城走了，可是他像是一台只会走路的机器，理都没有理会擦肩而过的难民。

他登上内城的小山丘，这里的小山丘可以眺望到内城外的情况，他坐在残破不全的矮墙上，在内墙外燃烧的火焰衬托下像一尊饱经沧桑的雕塑，瞭望着火焰那头整装待发的鬃狮族士兵。

丘狼族北境守城军官还在内城坚守，军官知道他们没有退路，最后阻挡手段爆炎圈只能再拖半天，半天过后，能保证难民撤离的时间只能让他们用肉身抗出来。内墙下，一名矮矮的军官将丘狼族的旗帜插在道路中央。警告所有官兵绝对不能退缩到旗帜后面，一旦退过，就地处死。

怪人在山丘的矮墙上注视着下方的官兵进行最后的交接仪式，面露苦色，单薄的身形从远看像是一名不服命的倔强老头。

"果然我在这里能找到你，斯白克斯。"

怪人听闻此声，声音倍感熟悉，惊觉回头："川羲？"对方听后微笑道：

"是啊，这样的景象在川羲的记忆中一直都存在着，没想到我能亲眼见到。好久不见，斯白克斯。"

斯白克斯再三确认下，才将羽林认了出来。他根本想不到这么长时间以来，这个小姑娘的变化大到让他不敢认，甚至将她错认成了川羲。

"你……为什么会在这里？"斯白克斯揉揉有些恍惚的眼睛问道。羽林跳上矮墙头，稳稳地站在上面，望着前方浓烟翻滚的内墙。

"可能是为了看一看川羲生前所看到的景象吧，可是这一切变化都太大，如果真是川羲见到了，别说眼前的景象，可能连你都认不出来了。"

"你都已经出落成我认不出的模样了，时间过得真快。上一次见面你还在布偶公爵那哭得好似泪人，没想到现在已经自己闯荡了。我听了不少有关你的传闻，当然大部分都是天兰灯说的，唉……要是川羲也能像你这般自由地活着就好了。"斯白克斯仰着头悲伤地感叹道。

羽林能听出来斯白克斯觉得川羲的死他有责任，不然也不会独自在第一空间默默守护羽林十二年。

"她现在已经像我一样活着了。"羽林抬起手，看着透过指缝外流动的火光将手指的外形扭曲。斯白克斯听后更加叹惋，能说出这样的话，证明羽林已经什么都知道了。他觉得有些事情也不需要隐瞒，是时候坦白了。

"你知道了这一切难道不恨我吗？本来我应该把你像川羲和辰月一样亲自养大，但我实在害怕悲剧重演，让八元素将你的力量封印缩小成无能人，放到第一空间普通人父母手里养大，本想就这样让你生活下去，没想到在这十二年里你并不开心。我只好把你带到这个世界，但以我的身体状况坚持至此也难以担负照料的责任，只好将你丢到学校，一走了之，到头来我什么都没有弥补过你。"斯白克斯不敢去看羽林，佝偻着腰蜷在矮墙上。

羽林对斯白克斯的印象一直都是温柔中又不失严厉，从未见过他这副模样，可能是三十年前的经历让他背负太多的愧疚与自责，他非常害怕事情在羽林身上重演。可他又一直觉得三十年前整个事件他有最大的责任，以至于面对羽林的时候，不知是该靠近，弥补自己的过失。还是保持距离，少些干涉最好。

也难怪羽林觉得他一直神出鬼没，时而温柔，时而严厉，甚至消失不见。以往羽林从来不会想这么多，最后发现一切都串联在一起，所有的事情都情有可原。

"有些东西过去了确实难以偿还，遗憾终究还是遗憾，幸福圆满或许只是祝福语，但抓住现在至少不会让未来遗憾，这是我在天鸟族学到的。我得感谢你放手让我自己去闯，不然我也不会见到那样的景色，更不会学到这么多东西。"

"我很多次都告诫自己将这一切放下，可是我如果真的放下了，也就不会出现在这里，企图守护我曾经没有保护好的东西。这里曾经是他们两个最爱玩的地方，我最后能做的可能只有保护它不被战火破坏吧。"

"幻在昨天就得知了丘狼族边境遭到鬃狮族攻打的消息，我就觉得可能会在这里见到你，果然我顺着川羲的记忆过来，没有扑空。看着你紧抓着自己曾经的过错不放手，我不能劝你做出彻底的改变，我只能告诉你。我不会将川羲当做我的过去看待，我不是她。"

羽林右手一翻，灿金色的能量凝聚在手心，一柄长弓变了出来。

"你待在这里守望的只有过去的光景，而我知道我的伙伴还在梦泽洲，哪怕微薄之力我也会为他们付出，我希望能守住的是现在。"

羽林手持长弓伏低身体，身周有劲风吹起，毫无顾虑地向空中跃去，她左手向空中虚抓，像是抓到了空气一样被风带了起来。

斯白克斯仔细一看，天空的光芒被扭曲了，扭曲的形状像是一条飘在空中的轻盈变色龙，变色龙虽然是透明的，表面却像晕开的光彩。刚刚周围吹起的风就是这条变色龙带来的，羽林就这样抓着她的脚，挂在她的身上飞了起来，羽林像是蒲公英的种子，就这样轻盈地在空中飘游着。

八元素之一的幻可以将自己的外表模拟成各种形态，最本真的形态就是一条长相怪异的变色龙，说是变色龙，其实这是羽林主观想象的结果，因为幻的外形实在变化多端，羽林甚至没有见到过幻的全貌。

"斯白克斯那个家伙果然还在这里钻牛角尖。羽林，我这个形态坚持不了太久，以你我之力撑死能将爆炎圈的时限拖长两天。之后的事，我也左右不了。"幻的话在羽林脑中响起。

幻的话没有错，虽然她是八元素之一，但是没有像其他八元素一样厉害的能力，她只能控制虚无的幻境和人的精神。幻境再真也不能变成现实，更何况她刚给羽林解了封印，又没有天兰灯那样过硬的身体，很难坚持下去，甚至来丘狼族边境施个幻境都要变成原形才行。

"把我们能做好的做好就可以。"羽林说道。以一敌万的事情羽林自知不可能做到，但拖延时间还是有一定把握的。

巨型的变色龙载着羽林飞达内墙上空，羽林知道幻已经布下幻境，鬃狮族围城部队是不可能看到她的，她松开幻，自由下落，张开七翎翼滑翔，空出来的左手立马将能量汇聚变出三支长箭，搭在右手的长弓上，瞄准内墙外爆炎圈的储存能量核射去。突然得到光明能量补充的能量核，原本向上喷射的火焰突然变成了四散炸火星子的烟花，混合着四处炸裂的光明能量的火焰，顿时冲得有二十米之高。羽林的翅膀险些被燎着了。

幻的本体化作一摊庞大的黏液向鬃狮族涌去，鬃狮族第一次见这种东西，有些惊恐但是又不敢后退，前排的女兵被黏液吞噬后，后边排着的士兵开始四处挥舞武器却伤不了黏液分毫，浸在黏液里的鬃狮族女兵也没有感觉到不能呼吸，只是觉得身体变重，困意扰人，心里一些陈旧的恐惧回忆翻上心头，甚至连手中的武器都提不起来。

羽林和幻的目的就是尽可能地拖延守城的时间，羽林的纯净光明能量加到爆炎圈的能量核中，能增加燃烧时间，就是燃烧的模样比较奇怪，像是从地面喷射起来的闪亮烟花，远看像是丘狼族过节一样。

幻用自身能力让鬃狮族的前卫女兵们丧失战意，并开始犯困。从精神上压倒鬃狮族的战力，不过这都是缓兵之计，鬃狮族再怎样萎靡不振，他们也有两万兵力，羽林给爆炎圈补给的能量迟早也要耗完，她们再怎样从外围援助丘狼族，都不能改变丘狼族自身逐渐处于下风的事实。

幻化出的黏液倒是起了一定的奇妙效果，鬃狮族见这奇怪招数以为丘狼族在搞什么名堂，中后部分的军队都开始向后撤退，幻哪肯放过这群后退的兵，将黏液变成湿气散播在空气中，闻者都开始陷入疲倦状态。鬃狮族大军像是集体吃了安眠药一样，一些本来没有休息好的士兵甚至直接昏倒在地，被迫陷入梦乡。

在内墙上施展幻觉就已经让解玄罗式负伤的幻疲惫不堪了，她最后连飞的力气都没有，还好本体是若隐若现的透明质地，不容易被发现，像一条黏黏的鼻涕虫一样绕开鬃狮族的军队，奋力飞了两下挂在北境的内墙上，像一坨流动的液体一样从墙上滑下来，慢慢蠕动到小山坡上。在斯白克斯面前现了人形。

可她这次的人形着实不好看。像是从兽形变成人形失败了一样，满身上下还留着鳞片，飞行用的鱼似的透明翅膀还在腰后面拖着，她甚至忘记了人有两条胳膊，现在肩膀上长着四条胳膊。幻瞅瞅自己的样子，试图把自己变得好看些，可是无论怎么用能力，顶多就是把全身上下的鳞片变得有光泽一点。

斯白克斯将外衣脱下，罩在身上还挂着丝丝黏液的幻身上，将她扶到矮墙边坐下。

"解完玄罗式再这么做……身体果然吃不消，咳咳咳……"幻咳出一点点血，反倒是舒心地长呼一口气，放松无力地依靠着斯白克斯。

"你明知道解完玄罗式对我们这种可以战斗的八元素来说，都是很沉重的负担，唉……我没想过你也会来，羽林一人我还能拦得住，加上你我可就无心去拦了。"

"嘿嘿，我也想年轻一把，结果发现自己折腾不动了……你可用不担心我。"幻伸出黏黏的手抓住斯白克斯的小胡子，将他的脸转到羽林的方向。

羽林的轮廓在烟花一样的爆炎圈中慢慢清晰起来，她舞动的双翼和夺目的喷射火焰混合，顿时有一种春燕在阳光璀璨的花海中穿梭的错觉。

"你看她，只有外表与川羲相似，内在甚至连我之前见的那个小羽林都不是了。要不是她一直央求我来丘狼族，我也不可能陪她闯到这里来。天兰灯很欣赏她，现在我也明白欣赏的理由了。那股很直爽又带点蛮横的劲，估计只有这样才能不达目的不罢休吧！"斯白克斯听后，望着羽林的身影，越发有点难过，他知道如果平常女孩多加呵护，当然不会变成羽林现在这种性格，她吃了多少苦忍着多少痛，只有她自己心里知道。

羽林遥远地望见幻摊成一团，也知道自己勉强了幻，赶忙完成爆炎圈补给，头也不回地就振翅飞到幻面前，立马捧起光明能量给幻恢复。

"好了，这下你求我的事情也完成了，好好和我回妖尾翼狐族，你也该修养了，这儿还疼吗？"幻将羽林头顶被火燎着的头发按灭，又戳戳羽林心口，有点担忧地问道。

"我不回，我要去梦泽洲找他们。"羽林耿直地说道。

幻听后扶额指指斯白克斯，又把食指贴到嘴唇上做嘘声，羽林想了一下才明白幻的意思——斯白克斯八成不同意她去梦泽洲，幻的意思把她带回妖尾翼狐族，再悄悄计划下一步也不迟。

斯白克斯也不傻，知道这两个家伙脑子里在盘算什么，刚想戳破，眼神瞥到了羽林腰上挂着黄岩环，这块材质上好的黄岩环一看就是受外力裂成两段，其中一半在羽林身上。

"这黄岩环的另一半在哪？"羽林本以为斯白克斯一开口又是要训人，没想到却提起了这件事。

"在默那里。"羽林老老实实回答。斯白克斯突然笑了，将羽林唤到身前，拿起她腰间挂着的黄岩环说道：

"我能帮你找到他们，这黄岩环应该没有断很久，我可以用我的能力使这两瓣黄岩相互吸引，你就能靠它找到默了。"在斯白克斯的触碰下，黄岩环里流动着亮红色的能量，向一个方向汇聚着。"可别小看我，再怎么样我也是大地之子，对付这些石头还是很在行的，从此这两半的黄岩环都会互相吸引，能保证你时刻知道他的方向，他也能知道你的方向。"

斯白克斯握着那瓣黄岩环久久也没有松手，过了好一会才将它在羽林的腰上系得紧紧的，不知该说什么，半晌才又补了一句：

"注意安全！"

话音刚落，他有些酸楚的鼻腔突然被灌满了太阳的味道，羽林给他的拥抱让他有点猝不及防，没等他反应过来，羽林像巢中跃出的燕子，乘着新风挽着落日消失在爆炎圈的烟尘中……

第八空间，梦泽洲边缘山区。

落日后的森林本应该是幽暗静谧，可是在层层叠叠茂密的松树林中传来树木断裂的声音，一小片的松树在刀刃的呼啸声中缓缓倒地，鸟群从四周的树林中惊飞。一只没有头的庞大豹子身上骑着一个身形矮小的人，豹子的爪子都被换成了可以伸缩的长刀。

御兽族有很多分支，对其种族来说，与兽类为友再去利用兽类做一些事，最基础的就是耕田灌溉。御兽族在所有空间都有分布，没有固定的空间居住。只有其中一大支的御空族有特定空间居住。

御兽族中也有很多小分支，碾兽族就是利用精神控制让兽类百分百服从。

而这位骑着没有头的豹子的人，所属就是碾兽族，但他的行为已经是百分百的异类了。首先碾兽族不会将兽类像切割机器一样分段，很明显他所骑着的豹子原先不听从他的指挥，于是这个异类就将豹子头切掉，用自己的精神代替豹子的大脑，并且用一些能量手段改造了豹子的四肢。

虽然繁今听到默很淡然的解释，但再看到这个异类所操纵的豹子，依然感觉心惊肉跳。他们现在被碾兽族逼得在山林中逃亡，先前还有一小波人在跟丢之后放弃了，而这位碾兽族却是穷追不舍。现在，雷霆像是拎着一个布袋子一样拎着繁今。藏在松树茂密的枝丫间，松针扎得繁今浑身难受，但也不敢轻易出声。他知道比起他来说，默和皮奥利安更危险。

之前与碾兽族交手过一两次，默不用能力时根本不能和豹子相抗衡，之前受过伤的手都在几次交手中使得伤口开裂，在猛烈抵挡下震出血来。皮奥利安的能力在森林中受到一定限制，因为有草木遮挡，水流很难绕开这些障碍物还能保持原有的威力。最后只能掩护默撤退再从长计议。

"目前这片森林除了他还有别人吗？"默轻声问道，半夜这山林中弥漫着淡薄的雾气，皮奥利安只要稍微与雾气连接感受就能大致清楚，皮奥利安仔细探察一圈之后，确认五公里范围内没有其他人，野鹿山猪倒是挺多活动。

"我下去牵制他，你看好时机下手，攻击豹子身上的人，雷霆保护好繁今。"

默收起审判剑，扎紧左手的绷带，将碍事的掩面摘下，大呼了一口气。默为了不让暗部的人发现他的身份，一直不用能力，而是在用审判剑和遮面掩盖身份。皮奥利安看他的动作大概是想和碾兽族决一死战，紧张到心跳加速。

默右手变出长绳钩，甩出钩到旁边高耸的树干上，从原先的枝干上跃下。荡在空中的间隙，左手翻出一把短弩，瞄准在树林中肆意破坏的无头豹，从树枝的间隙射出。左手裂开的伤口影响到了他的瞄准，箭擦着枝叶飞出，扎进了无头豹一旁的树干中。

碾兽族看到那支外观透明中旋转着黑色能量的箭，扭过头讥笑着问道：

"咱们自己人就别遮遮掩掩的了，我就说一开始你们之中除了准司，还有一个让我熟悉的气息。看这能力……让我想起一个令我不愉快的女人。"

默根本不想理会他，接连射出十几箭，那无头豹在碾兽族的控制下灵敏得很，根本没有一箭能伤得到他。本想先在外围远程消耗，却没想到这豹子竟如此难缠。

"我看你是自己人，咱也就互相介绍一下，我是真哲大人第三骑团的头牌豹骑人，三目头衔。你不自己介绍一下不合适吧？"豹骑人面对默的层层攻击，毫不慌张地问道。

在魔教的等级中代表目的数量越少，受到无明之月看管程度越低，也就意味着权力越大。三目已经算是中上了，难怪他这样难缠。孤身一人来追准司，可能就是对自己能力有很强的自信心，另外就是想独吞抓到准司的赏金。

豹骑人这个怪名字在默脑中没有相应的资料，但以三目的地位应当参加了默在魔教时经历过的重生典礼。只要默一露面，肯定会被认出来。默懒得理会他，只知道绝对不能放豹骑人活着回去，不然他在明处的行踪必定尽人皆知。

默荡下树，落在灌木丛中。豹骑人摆出防御姿态，等待默的进攻，可是默迟迟没有从那一片半人高的草丛中出来。豹骑人知道这是在引诱他过去，豹骑人从装备中抽出尾刀装到豹子尾巴上，向草丛甩去。

刀刃像是碰到坚硬的东西发出一声脆响，紧接着发出了金属绞在一起的声音，豹骑人发现豹子的尾巴被缠住揪不回来后，立马转身挥舞着锋利嵌刀的豹爪，抓向那片草丛。豹身还在腾空过程中，默从草丛中下滑而出，飞速变出双刀绞向豹子腹部。

按道理所有生物在被刺伤时都会僵直片刻，可是这头豹子却没有任何痛感反应，前爪极其迅速地抓向默，默勉强用能力招架，还是被豹爪的刀刃划到了手臂。本以为能顺利从豹子身下滑出，没想到豹子根本没有僵直反应。

再起身的时候，豹子已经用蛮力把装在尾巴上的刀刃扯掉了，挣脱了默对它尾巴的缠绕，它尾巴尖淌着血。默看到豹骑人的战斗完全就是用暴力压制。他刚刚扎到豹子腹部的伤似乎完全对它构不成威胁。反倒是他被豹子挠伤的胳膊火辣辣的疼。

"终于露脸了，原来是你啊，皇澜青鹤。教主大人的小宠儿又出来叛逆了？"

"不亏是泉溟真哲那个变态的手下，居然把豹子的痛感神经切了。"默将顺着胳膊淌下的血珠舔掉，深红的眼睛死死盯着豹骑人。刚刚的一回合谁都没有尝到好处，豹子的血顺着腿淌下，默被挠到的地方似乎被顺带扎进很多小钢针，现在他胳膊一用力就会分外疼。

豹子也就缓了片刻，豹骑人就驾驭着它向默冲去，默没有想硬碰硬，但躲避也不是长久之计，豹子的反应速度和战斗能力堪比化作兽形的龙，更别提豹骑人不知从哪找来的凶兽一般的豹子，体形比马都要大。

如果让皮奥利安或者雷霆来应对力量上会更合适，可是默总有一种看不透豹骑人的感觉，他担心暗部的人会使用什么阴招战斗，比起龙族用力量抗衡还是他对付这种人比较稳妥——毕竟他不会死。

在躲避与战斗摩擦中，默只能从应接不暇的招架中抽出精力，用能力向地面扎进倒刺。这种倒刺对付毫无痛感的豹子来说没什么太大用处，纵然豹子的四足被扎到血肉模糊，它也不会停止攻击。

豹骑人见默在这种没用的地方下功夫，索性也就无视了地面的倒刺，继续攻击。豹子攻击的爪子扎满了倒刺，血溅在默格挡的刀刃上，原来在这豹骑人眼里，这豹身不过是战斗工具。默斜过刀刃，豹爪刮着刀刃向地面滑去，豹骑人万万没想到，豹子用力过猛踩向满是杂草的地面时，漆黑的捕兽夹直接刺进豹身的前肢。

默在用洒满地上的小倒刺干扰豹骑人的判别，让他丧失对地面的警惕性。从而用陷阱得手。默也不敢懈怠，在豹子挣扎想挽救捕兽夹中的前肢时，迅速用能力将豹子的后脚扎穿，钉在地面上。骑在豹子身上的豹骑人慌张地控制豹子挣扎。

"皮奥利安！"默喝道。

皮奥利安早就在茂密的树冠上准备好了冰凝，朝着豹骑人头颅扎去。豹骑人好歹也是魔教三目，想要攻破他的防御手段甚难，但是在默和皮奥利安两人的配合之下，这攻其不备的冰凝足以让豹骑人苦于应对。冰凝裂开，泄出的水汽遮住了视线。默没有听到动静，反手变出长弩，朝豹骑人的方向射了十几箭。长弩的杀伤威力大，都能听到穿透肢体扎进树干的声音。

水雾没有消散，但默敢肯定豹骑人纵使还有口气也无力回天了。皮奥利安也终于松了一口气从树上跳下，雷霆自己一人跳下树来，他们小心翼翼地避开默撒了一地的倒刺，默见他们这么小心，将能力收回了，地上的所有倒刺一扫而空。

"还好只是皮外伤，如果再拖下去，你的体力也吃不消。"皮奥利安从包中翻找着绷带，看着靠在树干上休息的默。雷霆围上来看着因为一直在闪避滚了一身土的默，猜想着如果是自己与豹骑人对抗会是怎样的结果。

水雾散去，隐隐约约地从水雾中透出一个四足站立的身影。

"小心！"

被遗忘在树上的繁今看到后大喊。三人完全没有反应过来，默知道是自己疏忽大意以为结束了，收了能力，解除了对豹子的限制。

无头豹不知怎么确认了三人的方位，拼死似的向他们冲来。在这转瞬之间，默只得用能力做出能保护三人的大盾。与此同时，一个身影从树上张牙舞爪地跃出，咬向豹子的脊背，这一下的冲撞使得豹子突然转了方向。爪子在默的盾上留下了刮痕，层层小碎针在盾面上弹开，难以想象如果这一击伤到了皮肤是怎样的惨状。

感觉到情况扭转，默将盾调成透明的，看清楚了死死咬在豹子脊背上的瘦狼，瘦弱的四肢让他根本没有办法平衡身体，两三下就被甩下来。

默第一次见繁今的原形，这家伙居然还有勇气保护他们。仔细看豹子，像是无头苍蝇一样四处乱撞。可能是安装在豹子身上的感官装置，在繁今胡乱地攻击下被误打误撞咬烂了。

零目泉溟真哲擅长制作用能量驱动的小机械，他本人的义耳就是自己制作，能够联通感官，这个手下看起来也是学了些东西。能让这头豹子没了主人控制也能反咬，只可怜了这头豹子，被折磨得生不如死。

默用黑暗能量模拟出黑色荆棘缠住到处乱撞的豹身，变出斧头砍破豹子的胸甲，再变出锥形剑彻底贯穿它的心脏，了结了它悲惨的一生。

皮奥利安把繁今从地上扶起来，其实这家伙从豹子身上甩下来后，就脱力了。恢复人形后浑身都在冒冷汗。

默身上溅的血被黑暗能量吞噬，扭过头瞪向繁今说道：

"再也不许这样做了，听到没有！"

繁今听后缩缩脖子，垂下脑袋，皮奥利安感觉这是默最生气的一次，但是他也不想去劝，把繁今推上前。繁今从树上扑下来这个举动，皮奥利安也觉得确实该骂。

"可是我看你们根本来不及反应……"繁今老老实实地说道。

"用不着你担心我们，我们这么努力带着你逃命，你难道就不想想到底为了谁？如果你没有碰巧咬烂感官装置，你从豹子背上甩下来的那一刻就是死期，我们之前所有努力都会白费！"

雷霆见繁今垂着头狼狈地挨骂，站出来说道：

"从来没有见过繁今这家伙这么勇敢，默你就别怪他了，这不都没事嘛！"雷霆摆出的笑脸在默冷漠的凝视下僵住了。

"这不叫勇气，这叫鲁莽。和暗部的任何人战斗都是对等的，都是以自己的命去下赌注，一旦输掉就是死。如果你没有做好死的准备，轻易介入任何战斗都是鲁莽。甚至见到豹子感官装置损坏都不敢下杀手，别说你死我活了，你连夺取敌人性命的勇气都没有。"

"我从来没有下过杀手，我不知道该不该由我剥夺它的生命……"繁今嘟嘟囔囔地说道。

"怜悯是好事，但是怜悯不是在正确的事上让步。你看那头豹子，已经活得那么痛苦，为什么不帮助它解脱？就算你放过它，它也只会流血过多慢慢死亡。真正的勇敢不是不顾一切鲁莽行事，而是敢于面对让自己害怕的抉择。"默义正词严地说道，繁今低着头瞥到默左手渗血的绷带，那是为了把羽林从自杀幻觉中救出来所受的伤，此番搏斗下伤情又严重了几分，他思索之下慢慢明白了默的意思。

"感谢，受教了！"繁今突然向默郑重鞠躬行礼，皮奥利安觉得繁今这家伙真的很明事理。"介入战斗确实是我鲁莽了，我还是应该将勇气用在我应该尽职的地方。那头豹子一定积怨已久，若它的残念留在丘狼族的土地上也算是对它的禁锢，我愿意用唱词彻底解放它。"

默没再多说什么，向他点点头。繁今走到豹子尸体边，从随身携带的印盒中掏出印章，将一个八边形复杂如蜘蛛网似的图案盖在手帕上，放在豹子身前。

"我从来没有听过暗部残念留下来的心声，这是第一次尝试，祝我好运吧！"繁今的动作明显有点迟疑，能从他的眼神中读出不安。

繁今盘腿坐在豹子身边，从身上揪了一根毫毛，用能量注入这一根小小的毛发上，向手帕上图案中央扎去。顿时，手帕上的图案也亮了起来。繁今感觉意识被重力压到地下，全身被捆住动弹不得。一种强大的威压盖在脑顶，脖子像是被豹子衔住，不能呼吸。黑暗中闭上眼，好像有豹子的头颅注视着自己。

勉勉强强将双手合十放在心口，颤抖的嘴唇吐出了第一个音，旁人听来更像是呻吟。可是繁今眉头紧皱，像是下了决心，完全没有在意第一句唱词有多难听，就这样狠着心唱了下去。唱完一小节后，脖子上的压迫感少了一些，豹子好像松开了繁今。似乎对繁今安抚它的行为感到不解，又像是积怨已久，再向安抚它的繁今撕咬而去。

不管意识被残念撕咬得有多痛，繁今知道它在泄愤，强挺着将唱词唱了有三遍，豹子才慢慢地放松下来，之前的撕咬像是试探繁今是否真的想要安抚它，当确认后。那头豹子就没有再去攻击繁今，像是一头瞌睡的大猫枕在繁今腿上，眼睛望着繁今慢慢地合上，残念随着它的睡去渐渐消失。

手帕上的图案也随着繁今唱完最后一小节慢慢消散了。

三人在一旁也是为繁今捏了一把汗，一开始繁今沙哑的声音可是把他们吓到了，可越到后来，繁今的歌声像是母亲哄孩子一样，温柔得像暖风拂过水面。

繁今拿衣角擦汗，拿起图案蒸发得一干二净的手帕，向三人自豪地笑道："它已经彻底走了，没有留下任何残念。"

"那，那边那个恶心玩意怎么办？"雷霆指指豹骑人难以辨识的冰冻遗体。豹骑人被皮奥利安的冰凝攻击到后，几乎就被冻住了，身上还有穿透的箭痕。繁今只是望过去就觉得反胃，虽说过去有过人奴的经历，但多少年都没有见过死尸，胃部根本不受控制。还没回答雷霆的话就已经吐了出来。

"把我们的准司都能恶心到可不容易啊！"皮奥利安看着繁今的狼狈模样笑道，一转头却看默在豹骑人身上翻弄着什么。"啊！那么恶心你还去动他？"

只见默在他身上翻翻找找，最后用能力变出镊子从他身上的装备中翻出一个小圆筒。

"我再找找有没有可利用的线索。"默随后又从内兜中翻出来一个小本子，用黑暗能量把上面的血污清理干净递给皮奥利安，默又开始翻豹骑人的储粮袋。没什么可找的之后，默起身拿过小本子。

"三目这种职位，一般都要写行动报告的，也会带情报筒，这些都要上交给零目。"默翻开本，皮奥利安围在旁边看着。

"我也要看看！"雷霆生怕自己错过什么，丢下吐得直不起身的繁今飞速围上来。

"你还是别看这种东西了。"皮奥利安一把将雷霆推开，弄得雷霆有些不知所措，满脸茫然地望着面带红晕的皮奥利安。默看皮奥利安这样的反应笑了。

"也真是符合泉溟真哲口味的行动报告啊！尽是些花街柳巷的活动报告。细节写得还挺多，难怪这种水准就能到三目，八成是泉溟真哲爱看他写的行动报告吧。"默满脸鄙夷地翻着小本子，直到翻到靠后几页。

"是近几天的活动报告……距离撤离还有四天，未找到准司消息。距撤离有三天，收到梦泽洲周边线人传输情报，上山查找。"皮奥利安简略地读道。

"为什么他们攻占梦泽洲自己人也要撤离？"雷霆最后还是死皮赖脸地围上来看着，问道。

"五天不仅对我们是个死期，对他们说也是？可是现在到死期就剩下两天时间了。"繁今抹干净嘴问道。

"除非魔教准备的是无差别攻击的武器，这样才需要他们自己人也全部撤离。我还没有听说过有这样的武器，曾经有个零目发狂也就才灭了一个村庄，当然还有可能是无明之月亲自来……"默仔细搜索脑子中的情报，也没有什么结果得出，各种猜测倒是层出不穷。

"如果任何你想的一个可能发生，也就意味着梦泽洲城外的防御是一点用都没有？"繁今不安地问道。

"也不能太着急下定论，还有这个没有看，看起来豹骑人也没拆开。"默用能力拆开一开始从豹骑人身上获得的情报筒，里面只有一句话，却让看到它的所有人感觉落入无法呼吸的泥沼——

鬃狮族两万兵力攻打丘狼族北境。

"两天前的消息……"默看到情报筒上的日期刻度，众人倒吸一口凉气。

"北境一般驻守的兵力没有那么多，都会等中部支援。他们的防卫手段能拖一到两天，中部大部分兵力被调到梦泽洲附近，没有办法支援。现在北境恐怕已经……"繁今说话的声音越来越低，眼神越来越暗淡。

两天后就是梦泽洲灭亡的期限，现在北境可能已经全线崩溃了。眼泪不知何时淌在脸颊上，繁今都没有心情去擦，就这样看着眼泪一滴一滴地滴在草叶上，感受着无力挽回的挫败感和胸口的阵痛。

繁今过的生活似乎在半夜偷偷进图书馆的时候就已经改变了，他从图书馆尘封的日记中探索到了三十年前的秘密。秘密破解本应该带给他的是喜悦，却从记忆中翻出他们丘狼族亲手造出的恶魔。紧接着就是生活中最仰慕的老师，在他偷偷溜出梦泽洲后，老师仿佛是变了一个人，投奔暗部，想要将他献给暗部。而如今，不仅他性命堪忧，甚至整个种族都处于危难之际。

所有人看待他都像是看待希望，可他真的能带来希望吗？繁今一遍遍质疑自己，他在种族一步步沉沦的时候，为了保护自己性命在外逃亡。当危难像海啸彻底卷过来时，自己只是因为职位所以变成了希望。如果他不是准司，就不会有这么多的人想追杀他，如果他不是准司，危难之际的狂风暴雨也不应该由他来抗。

"如果我顺从暗部，是不是丘狼族就不用遭这样的罪了。"繁今眼神灰暗地说道，这是他现在能想到自己职位能派上的用场。

默看他这样应该是受到的打击不小，已经开始说胡话了。

"你顺从也无用，无明之月想要丘狼族付出的代价，你顶替不了。他是来报仇的，不是来与你谈判的。鬃狮族的行为恐怕有暗部情报，乘人之危来扫荡丘狼族。"默说道。

"你没有必要逼自己背上种族的重担，先辈犯下的罪过不应该由你来弥补，你大可放下这一切，与我们离开这里，就不会有人来追杀你，你可以没有重担地活自己的人生。"皮奥利安看到眼前已经哭得直不起身的繁今，换了一种角度安慰道。

"我想用我的力量做一些事情啊……为什么我什么都做不了只能等着灾难降临……"

默望着哭到无力发泄的繁今，心里感觉空空的，他看着手上捏着的情报条。对于这种自身实力不强的种族，暗部可以随随便便地就这样将他们逼到绝境。泉溟真哲是那种随性的零目，不像良鹤或者宁水岳郡会有充分计划，现在面对这样的对手，默感觉到了自己的无力。

怎么可能有破坏暗部复仇计划的办法，又能保全梦泽洲，又能驱赶鬃狮族？宁水岳郡那样无所谓的见他，可能早就知道这是一盘死局，让默自己来体会被逼到死局的感觉，重新认识暗部的实力。这哪里是下棋，这分明就是实力不对等的屠杀，他手里有的棋子只能保证准司繁今活下去，根本不可能挽救丘狼族。

他没有能力与无明之月对抗，甚至连自己的身份都不被明处认可。这样的自己还想紧紧攥着倔强与暗部对抗，默逐渐开始觉得自己的想法单纯又可笑。

"和我们逃走吧！繁今，我们可以带你游走天南地北，远离这一切。你想做什么就做什么，让一个人担负这么多也太过分了。跟我们逃吧，逃走也是面对问题的办法！"雷霆觉得皮奥利安说得很有道理，拍着繁今的肩安抚道。

"逃走……"繁今像是突然意识到什么，抹干眼泪，目光呆滞地看着前方，冒出一句："对啊……为什么不逃走呢？"

突然一下子就想开的繁今让三人觉得匪夷所思，繁今虽说胆小，但是在原则问题上还是很固执的，怎么可能说逃就逃呢？皮奥利安和雷霆提这种办法也是为了他好，可这突然想通也太不正常了吧？难道真被现实打击到精神不正常了？

"逃走就什么都可以解决了。"繁今激动地站起身，看向一头雾水的默。看默的表情应该是在质疑他的精神问题。

"暗部既然想毁掉梦泽洲，那就让梦泽洲所有人民撤离，梦泽洲的空城任由他们去毁！这样一来所有兵力都能去援助北境，暗部的仇也报了，用一个梦泽洲换丘狼族人民的安全，不亏！"繁今说完又抹了一把没擦干净的眼泪，咬着牙把剩下的眼泪咽了回去。

"放弃梦泽洲？你真的决定这么做？"皮奥利安满脸写着震惊，他知道繁今有多爱梦泽洲，繁今当初向他们炫耀梦泽洲美景时自豪的样子，让所有人记忆犹新，放弃梦泽洲，不知道是繁今鼓起多大勇气做出的决定。

"喂喂！繁今，你真的一点都不想反抗，就这样把梦泽洲交出去？"雷霆的下巴都吃惊到快掉下来了，梦泽洲的美景对雷霆来说也算是毕生罕见了。

"默之前说得对，我必须敢去面对。哪怕我一生都会背上舍弃梦泽洲的骂名，但是没有什么比丘狼族的族人生命更珍贵的了，用这最后两天拿梦泽洲去换丘狼族人。如果丘狼族连族人都惨死战火，要这梦泽洲有何用！"繁今眼中燃起了斗志，他清楚丘狼族根本没有办法保护梦泽洲，既然保护不了，就没有必要拉上人民为之陪葬。

"几近疯狂的想法，但确实是能解这死局的唯一办法。"默说道。他之前一直在思考两全其美的办法，无奈丘狼族总体实力实在太弱，无法两边同时顾及，更无法与暗部针锋相对。以现在的形势，放弃梦泽洲代价虽大，但能换来的东西比维持现状等待死局要好太多。或许这才是宁水岳郡找他的真正意义，这并不是死局，只要能舍弃一些东西，翻盘也并非不可能。

同时默有点惊叹于繁今的学习能力，居然能短时间内将学到的东西学以致用，难怪被大祭司捡回来的小孩，能成为丘狼族准司了。

"梦泽洲可是丘狼族都城哎！里面藏书和文化财产就这样丢掉？那么多的人民真

的肯放弃自己的家园逃走？你舍得放弃梦泽洲，梦泽洲的人真的愿意？"皮奥利安质疑道。

"撤离的理由？不可能告知他们真相，真相对于他们来说太过荒唐，估计现在很多人连大祭司投靠暗部都不清楚吧。就算他们接受真相，只会造成恐慌。"默说道。

"梦泽洲会在一些时候有山洪，每次遇到这样的事情都会疏散民众。洪水预警，以此为由或许可行！"繁今冷静理智地说道。繁今脑子不笨，这点从他能分析支离破碎语句的日记就能看出来。可惜有时候太重感情。

"你准司的身份不能暴露，不然追杀者无穷无尽。更何况现在是大祭司掌管军权，想要疏散民众必须动用军方的力量。如何跨过大祭司控制军方？"默按着繁今的思路想下去，问道。

"我可以模仿师父的字迹，暂时架空师父，我来发号施令。"

"所有这一切都是在泉溟真哲眼皮下进行，他放任大祭司部署防御是对暗部的实力有足够的自信，他真的会放任民众撤离？"皮奥利安问道。

"目前时间上根本没有办法顾及所有，只能先让民众撤离。两天时间能不能撤离完所有人都还是个问题……"繁今说道。

"泉溟真哲本来做事随性，而且想法变态多端，与其猜测他怎么去想，不如开始着手撤离，之后见招拆招。"默说道。

"先与我去见洪督，洪督这个官是丘狼族专门设立的应对洪灾的官职，他人我比较熟，我曾协助过几次洪灾撤离。具体实施细节路上再想，看看有什么遗漏的。"

这几日以来，在梦泽洲周围的山上躲避追杀花费了大量的精神，几人近乎两天没有合眼，在这种时候，繁今提出的方法像是清泉一样慰藉了众人疲倦的心，使这几天的疲倦消退不少。

临近凌晨，夜晚的浓黑在此时也清透了几分。

梦泽洲的夜晚静谧，像婴儿的摇篮一样让居民安心地在此酣睡。

虽然这几天市里出现了一些不知来由的人，但对于这座以旅游著称的大都市来说，这样的生人不值得他们去操心。所有居民像往常一样享受着梦泽洲，安札克也不例外，他在梦泽洲居住了将近七年，自从边境人奴的风波过去之后，他因为在边境有所作为，被大祭司推荐，大族长把他调到梦泽洲，给了一个闲官——洪督。

洪督这个职位虽说全年工作无休，也有一定的调配军队的权利，但是只要没有洪水，他就没有工作的意义。他总不能盼着老天爷降雨把梦泽洲冲垮，自己能闪亮登场救百姓于水火。甚至每次按照规定去族长那边汇报情况的时候，其他人都会问他：天晴得很，你从家里出来干吗？

洪督撤离指挥部也是借其他官员的传讯室，这种寒酸的官，其实待遇不低，但是终归是有种闲置的感觉。再加上他这个官职是应急型，他家里备着一座水钟，只要一下大雨，水钟的水位一涨就会敲响，安札克有些时候甚至半夜听到细碎的雨声也会惊醒，会很神经质地走到窗边查看雨势。

急促的敲门声让安札克立马从浅睡中惊醒，接近凌晨的黑夜，能看到透亮的星空。他先是长长地舒了一口气，也不知道是谁半夜敲门，匆忙换好衣服下楼开门。

"安札克先生！是我！"

他听到房门外的叫喊，辨认出是准司，赶忙开门。安札克难以置信地看着裹着头巾气味刺鼻的准司，准司失踪被绑架这事才没过多久，安然无恙的准司就蹦到自己面前了。将注意力瞟到其他人身上，光是靠气味安札克就辨认出其中两个是龙族，剩下的那位气味他从来没有闻到过。

"准司大人，您为什么……"还未等安札克问出口，嘴就被准司捂住，直接把他拉进屋中，安札克被弄得有点搞不清楚情况。

"情况紧急！安札克先生，千万不能在梦泽洲叫我准司大人。"繁今在他耳边悄声说道。

"什么情况，那些人是谁？"

"绑匪！"雷霆兴高采烈地叉着腰说道。

"原来他们就是绑匪！"安札克突然将繁今护在身后，雷霆三人感觉身上压了一块大石头似的沉重起来。

"别听雷霆胡说！安札克大人把能力收了吧！"繁今赶忙拉住安札克去劝。丘狼族最常见的能力就是控制重力和岩石，不过平民多半就是把重力加重一点点，或者用沙子塑造成大致物体。雷霆只是听说过，这头一回见，有点兴奋地想和安札克切磋一下。

"请别误会，我们确实是有要事找您。"默把跃跃欲试的雷霆拽住。

"绑匪有事找我这个洪督？"听到这个回答，众人觉得安札克的思想固执得厉害，简直就是一根直线。

"请您耐心地把我们之后的话听完。"默扶额，把雷霆丢给皮奥利安。繁今也赶忙上来劝阻，安札克这才放下警惕。

安札克这头倔狼，就算没有敌视他们，也是一直关注着他们的一举一动。雷霆感觉从他的餐桌偷偷拿一根小肉条都被瞪了很久。

"安札克大人，他们只是被我师父误认为是绑匪，其实是我偷偷跑出来的。"

"偷跑的？原来如此，你得和我回去见大祭司，立马！马上！"安札克的脑回路众人都是一惊，他行动力更甚，抓着繁今就要往外走，繁今死死拽住鹿皮沙发，鹿的脸都扯变形了，繁今喊道：

"等等！……我们发现了丘狼族的惊天内幕！现在梦泽洲危在旦夕！"

"那也应当先禀告大祭司！"安札克一副不见大祭司根本听不进去话的样子。默一个箭步走到门口，用能力彻底将门锁死。走向反应略慢的安札克，把安札克和繁今拉扯的手用手铐铐在一起，将繁今的另一只手绑在沙发的木头框架上。默坐到鹿皮沙发上看着被他锁住的安札克和繁今，抱着臂说道：

"别费劲了，繁今现在才是真正的大祭司，您那位大祭司已经快把丘狼族彻底卖给暗部了。"

繁今听到默尊他为"大祭司"有点愣神。确实，如果师父的行径暴露之后她绝对没有资格成为大祭司，某种意义上他"准司"的身份已经是大祭司了。

"安札克大人，师……大祭司南漪掌叛变临时成为大族长，并且打算带着丘狼族投奔魔教，把我作为投奔计划的保障筹码，所以才会在我偷偷和他们跑出去的时候，将他们定性为绑架，准备捉拿我们。"

安札克一言不发，身体好像是被定住一样揣摩繁今的话。

"如果事情只有这些还好，可是暗部是不可能放过丘狼族的，您是否还记得三十年前的事情？那时弄得满城风雨，那位自杀少女的弟弟将废城毁成现在的样子，但他的血海深仇还未结清，三十年后的现在，他身为魔教教主，诱骗丘狼族投靠他们，不过就是助长他的复仇计划，用投靠的计划把丘狼族的狼牙狼爪拔掉，彻底成为待人宰割的肉犬。恐怕现在师父都不知道，向丘狼族伸出怀抱的是屠宰者。"

繁今说完晃晃手铐，绑在另一边的安札克像是卸了发条似的，无论怎么动他都没有反应。也不知道是被震慑住了，还是没有反应过来。繁今看向默，如果将暗部活动事情讲清楚，就必须交代默的身份。默觉得还是自己将事情说清楚比较好，毕竟洪督只要拉响洪水警报，就有权力动用兵权。无论如何都要取得洪督对他的信任。

"我来说吧……"默刚想开口，就被安札克截断。

"我不听外族人的话，准司大人，我想问你几个问题，请真心回答我。"

"我以狮狼共住的空间起誓，我绝对真心回答你。"繁今戴着手铐别扭地向安札克行礼。

"我不管之前的所有事情的来龙去脉，我只想确认，您在这个危急时刻绝对需要我？"

"为了丘狼族的人民，非你莫属！"繁今毫不犹豫地说道。

"那我作为服务于丘狼族的官员，任您差遣。"安札克想向繁今行礼，被手铐限制着不能动，默索性把能力收回来了。看起来解释对这些忠诚的官员没有必要，他们是头狼之下接受命令的下属，只听命令，不会质疑缘由。

这种狼族上下级的潜意识一直存在丘狼族的意识形态中，也就难怪整个丘狼族对于上层的决定不闻不问了。上层说坏，那么就是坏，上层说好那就是好。这种绝对的思想引领在某些时候是好的，某些时候也会犯很大的错误，就比如族长公开对川羲行刑，所有人都随着大族长去唾骂他所恨的人。

"我们需要你的经验提出建议，而不是让你完全按照命令行动。毕竟我们身为外族人对丘狼族的地形不熟，再加上繁今涉世未深，我们非常需要你的建议。"默很有礼貌地说道，安札克听后还是有一点鄙夷地瞧着他们。

"他们保护了我一路，绝对可以信任。"繁今赶忙补充道，安札克对他们不好的态度一扫而光。

在众人将丘狼族所面临的状况向安札克解释清楚后，他若有所思地点点头。

"所以任务就是在神龙布雨后，两天内疏散梦泽洲的百姓，并且保护准司大人的安危？"安札克的思路就是一根直线，管他们之前说有什么威胁，会付出怎样的代价。直接简单明了地概括出来重点。

"……没错。你难道不惋惜被牺牲的梦泽洲？"繁今还是有一点难以置信地说道。

"我家曾经遭过大火，父亲制止了我的母亲抢救财物，从此我家一贫如洗，但因为我们都还活着，所以财富还能再赚回来。族人没了，要这空洞美丽的梦泽洲又有何用呢？您的选择没有错，如果您决断失误，我会提出反对意见。"安札克给予繁今绝对的肯定。

"现在的我依然被魔教追杀，所以我不可能实时下命令，我将梦泽洲撤离的重任交付于你。并且我希望梦泽洲的居民离开的同时，能将梦泽洲图书馆所有藏书一并带走。把这一切都当做大祭司南潇掌的命令，这样实行起来会更方便。"

向安札克交代清楚所有他们能想到的计划，繁今在安札克整理好的行动计划书上签上了南潇掌的名字，字迹模仿得可谓是极其逼真，安札克都认不出来。安札克的住处众人不能久留，虽然用刺鼻的气味消除剂暂时可以将繁今的气息掩盖，时间长了，一定会留下味道。

对于他们来说，将指挥大权交给安札克之后，带着繁今立马离开梦泽洲才是最好的选择。在几人分析之下，最后决定留在梦泽洲和百姓一起撤离，届时人流混杂，也是给暗部的追杀施加难度。

夜色渐隐，天空浓重的色彩却丝毫不减，层层黑云旋转在梦泽洲的上空，湿润的空气从窗户漫漫渗进居民屋中，这种湿润的雨水味道预兆着一场大雨。

未到天明，山洪预兆的钟声响彻大街小巷。梦泽洲所有的钟都连在一起，每个居民家中都配备着一座小钟，小钟会随着梦泽洲的灾害钟一同响起。很多居民都在睡梦中惊醒，他们在家中仔细听着钟声的次数，当所有人数到十三时，几乎所有的百姓的脸都苍白了。

钟声响了好几轮，每一轮的次数都是十三。十三这个数字在丘狼族是不吉利的，如果洪水撤离钟响十三次，那就意味着是特大洪水，全梦泽洲的人必须疏散。在历史上这样的钟声只敲过一次。那一次梦泽洲的水淹了有三四天才退却。

过了半个小时，钟声再次敲响，这一次只有两声。梦泽洲的居民都知道第一轮是报的洪水等级，第二轮报的是撤离天数。

整个梦泽洲都在此醒来，远在梦泽洲周围山上也能听到梦泽洲响彻云霄的钟声。

"队长，为什么梦泽洲会敲钟？"一位脸上残留着灰褐色鳞片的小个子男孩望着梦泽洲的方向问道。

"别想那些，把你的工作做好，我第一次见魔教三目死得这么惨，有分析出来什么吗？"队长把男孩的头按向豹骑人的尸体，死状极其惨烈，之前冻结的冰都化成了水，浓重的气味飘在林子中。男孩对此却没有感到不适，开始专心致志地观察死因。

"豹子的尸体和骑手的尸体都有不同武器留下的伤，杀死三目的人数可能很多。死者身上有水的残留，应该他们之中有一位用水的能力者。"男孩说道。

"队长，他们很会消除气息，残留下来气息感觉人数不多，也没有办法分辨出是谁。"另一位在林间穿梭的女性报告道。

"这种情况很麻烦啊！一会说人多一会说人不多的，到底他们有多少人？还是说一个人身上就背这么多武器？这死的可是魔教三目啊！奇奇怪怪的死因怎么向零目大人报告？"队长皱着眉怨声载道。

"队长，豹骑人大人的情报筒和行动报告书都不见了。对方肯定是知道三目的职位会携带这种东西，所以才掠走的。很有可能是自己人下的杀手……难道说是为了争抢情报才被杀？"男孩推断着。

"真是头疼的推断，还是如实报告给零目大人吧。"队长懒得去猜测，将现场记录下来，安排人手就地埋葬。

"队长，把这些事情处理完毕就赶快离开吧，其他小队都已经离开第八空间了，还有两天就是撤离死线。"那名女性一边掘坑一边说道。

"当然得走，我可不想将这个任务进行下去了，也不知道带着准司逃跑的是何方神圣，这么多天来我们跟着跑要么跟丢，要么就是遇到惨死的尸体，这回连三目都死了，我可不想死在这种地方。"队长厌恶地将三目的尸体踢进坑里，另一个男孩老老实实地往里面填土。

远方的钟声与此情此景交融，恍若那急促的钟声，更像是丧钟。

第六章

明灯星逝，梦泽永驻

第八空间梦泽洲。

天色渐明，即使是清晨，厚重的云使阳光根本透不进光亮，整个梦泽洲像是还处在黑夜似的。家家都点着灯，他们都在紧张地收拾行囊。

窗外淅淅沥沥的小雨和头顶浓重的乌云明显不符，像是有人故意将雨量调到这么小似的。街上的百姓神色慌张地拥挤在街道中，负责疏散的官兵在街道上冷静地指挥着。

泉溟真哲站在窗前望着下面背着大包小包准备撤离的民众，背在身后的手将刚刚递给他的情报条撕烂。

他转身看向跪在地上的下属，压制着怒气冷冰冰地说道：

"两天内疏散梦泽洲的所有群众？消息属实？"

"是洪督敲响的撤离警钟，洪督只听族长的命令，现在族长是大祭司。刚才在下从梦泽洲打听到的情报是，每位梦泽洲居民必须到图书馆领一本书，并且带走。"下属低着头如实汇报道。

"看来大祭司那匹狼还没有放弃挣扎，既然连图书馆都要搬空了，摆明就是想用放弃梦泽洲这种手段来减少损失。看来准司是彻底不想交了。既然交涉失败，就没有必要继续下去了。该给她选一个怎样的死法呢？"泉溟真哲转过身，望着窗外淅淅沥沥的雨滴略带兴奋地说道。

下属看泉溟真哲的脑子似乎已经沉浸在寻找死法上，赶紧说道："梦泽洲西面的山上发现了三目豹骑人的尸体，像是与人搏斗致死的，豹子身上有不同种类武器留下的致命伤，并且身上的行动报告和情报筒都没有了。"

"准司的行踪呢？"泉溟真哲似乎根本没有在意这个属下的死亡，捡最重点的问道。

"准司最后留下的气息我们已经追踪到了，在梦泽洲的西面入了城。我们已经派人继续追踪了。他们貌似使用了气息掩盖剂，留下的气息微乎其微。"

"让安德洛弗去追踪，以他的能力对付这些小把戏很在行，定期给我答复，如果他这次做得好，我就将空余下来的三目职位让给他。"泉溟真哲说道。

"遵命！"属下写好命令，封在情报筒中。

"接下来就让我把这无所谓的挣扎彻底结束吧。"泉溟真哲换上防水的外套，在属下的目送下离开住处。

泉溟真哲有一点想不通，他不知道为何在之前的刺激下，大祭司还有勇气反抗。杀掉大祭司南漪掌更能保证魔教的所有计划实施，但泉溟真哲更想杀掉南漪掌的理由是——这个女人竟然不畏惧他的威胁，胆敢赌上梦泽洲反抗他。这种事可以说是前所未有。

上午时分，距离梦泽洲覆灭还有一天半。天上依然飘着点点小雨。

人来人往溅起的水渍湿了衣角，潮湿的味道仿佛将周围所有的味道都放大了，人群身上的汗味，背包中的干粮味，各种味道牵动着雷霆的鼻子。二人蹲在祭奠堂外的钟楼内，透过纱窗望着街道那头的祭奠堂。

"让我哥制造这么大面积的雨云可真是太耗费能量了，不知道这样营造的表象能坚持多久。让繁今跟着我哥在天上可以说算是最安全的了。"雷霆摩拳擦掌地说道。

"繁今的气息在梦泽洲消失一段时间也是好事，大概泉溟真哲的手下已经像无头苍蝇在城里四处乱撞。剩下的就是将祭奠堂的唱词偷走了，在这里观察了有一阵了，这祭奠堂怎么连守卫都没有？"默遥望着安静沉闷的祭奠堂，仿佛那是一座沉睡的棺椁，和先前他们来的气氛完全不一样。

"之前还能看到守卫的，现在连个清扫工都没有了……"雷霆的龙瞳来回眺望着祭奠堂内部。

"难道……"默突然意识到什么，拽起雷霆就往祭奠堂的方向奔去。

雷霆看默紧张的模样大概反应了过来，和默一同挤过遣散的人群。身体挤撞在他们的背包上引来阵阵骂声，默没有理会从他们背包上刮扯下来的物件，拽着雷霆直奔祭奠堂。两人像野兔子一样飞速绕过祭奠堂正门，跃进祭奠堂外墙的围栏。刚跳进来，雷霆敏感的鼻子就闻到了血味。

"有血的味道，像是处理过后残留下来的。"雷霆向默说道。默谨慎小心地将身子伏低，将黑暗能量短暂地放出，能量像菌丝一样覆盖在地面之上，片刻之后收了回来。

"有其他能量因为打斗而残留的痕迹，气息太微弱了，根本不能分辨出来。看起来魔教已经意识到'大祭司'发出了撤离消息，在这种时候居然这么简单明了地决定进攻祭奠堂，八成大祭司本人要么被带走，要么就是……"默没有说出他那个最坏的猜测，但以泉溟真哲的性子，绝对会选择后者，因为在他眼中大祭司已经彻底没有用了。敢投靠魔教随后又在魔教眼皮下反抗，在泉溟真哲眼里是绝对不能容忍的。

只是泉溟真哲不知道命令和消息并非真正的大祭司发出，而是冒名顶替的繁今。泉溟真哲去杀大祭司的情况默不是没有想过，但是泉溟真哲居然这么快就袭击祭奠堂，是默意料之外的。

默本以为泉溟真哲会把大祭司留一段日子，再怎么说大祭司手中也掌权，如果做成傀儡控制也能利用一段时间。居然选择直接除掉，这位零目的想法简直让默猜不透。现在泉溟真哲在默眼中，就是一个为了满足自己变态欲望的魔鬼。

大致侦查完祭奠堂的院落，魔教来到祭奠堂的痕迹彻底被抹除，光看这点就能断定魔教已经派人处理完现场走掉了。

二人没有再去警惕周围，步入正堂。正堂他们之前来过，当时气派的大厅现在四处都零散着各种各样的物品，一片狼藉。默小心翼翼地跨过地上散落的东西，血的味道越来越浓，魔教大概是处理了外面容易被发现的部分，祭奠堂室内就无所谓了。

先前繁今给二人画了一张祭奠堂内部图，明确地标出了大祭司书房所在的位置和唱词的具体位置，默和雷霆只是来偷唱词，走到转上二楼的楼梯时，默的脚步慢了下来。血腥味让雷霆皱眉，隔着默的背影，雷霆看到了眼前残破的残肢，像是被狼撕咬扯下来的。

雷霆虽然不是第一次见暗部行事，但是这样惨的境况他还是第一次见，龙瞳缩得像针。默没有过多的感叹，扯掉旁边窗户上的窗帘，将这些残肢断臂盖住。继续带着雷霆向二楼进发。

二楼突然传出了一些不寻常的动静，默赶忙把掩面戴上，从腰间抽出银亮色的审判剑，雷霆同样准备好了。

走到大祭司书房的门前，还是能隐隐约约听到其中的动静，像是有什么东西被困住挣扎的声音。

默在门口犹豫了片刻，最后横下心来转动门把手，猛地将门打开。用审判剑摆出防御的姿势，在看到门内情景后愣了一下，将审判剑收回鞘。雷霆同样见到了门内的景象，这种身上满是缝合口四肢僵硬的人，他从未见过。

门内的房间血腥味最浓，两个身体僵硬的侍女其中一人早就没了呼吸，另一人被先前死去侍女的尸体压在下面，沾满血的刀贯穿她的左手插在木地板上，右手像是被另一个人操控一样，疯狂划着地面想挣开压在身体上的尸体，和插在左手上的刀。

还活着的侍女眼泪不停地滴在血泊中，整个眼睛哭得通红，但脸上毫无表情。默看向她疯狂想划去的地方——大祭司苍老的身躯倒在地上，腹部插着从墙上摘下来的装饰刀。她的眼睛中还有微弱的神采。

默靠近大祭司还能听到她微弱的呼吸声，大祭司的眼睛像是被默的靠近所牵动，她像是回光返照认出了默和雷霆的轮廓，用尽全身力气似的笑了，将手摊开，露出其中沾满血迹的小盒子。

"我知道是他……把这个交给我的繁今，丘狼族还没有认输……我已经满足了……"大祭司南漪掌说的话断断续续、有气无力，默得仔细从丘狼族的口音中辨别出通用语，最后才理解了她的意思。

"能见到你们我已经能满足了……谢谢你们保护了我的繁今。"南漪掌用尽最后一丝力气说出最后一句话，眼神彻底暗淡下去了，嘴边却带着释然的笑容。

"我会将这个交给繁今的。"默摘下掩面，明知道大祭司已经不可能听到，还是郑重承诺道。默从大祭司手中拿过小盒子，用能量将上面的血渍吞噬。这个小盒子制式普通，纯黑色的外观，上面刻着绚丽的暗纹，这个纹路大概是扩展空间的古老空间阵，现在这种阵法已经临近失传。默将它放在贴身的衣兜中。

"大祭司，为什么……难道我们的行动她都预料到了？"雷霆见到大祭司的反应过于震惊，他以为如果见到活着的大祭司，她肯定会将丘狼族的现状怪罪于他们"绑架"繁今。而事实却截然相反，这让雷霆根本想不通。

"只能说我们之前的猜测没有错，又或者繁今说的没错，我们一直认知到的只有大祭司在人前演的样子。有些事情也能说通了……"默说到关键的时候突然沉默不语，雷霆心急火燎地问道：

"什么事情说通了？你的意思是之前的我们绑架的罪名，还有最一开始试图绑架繁今的劫匪也能说通？你应该还记得最初遇到繁今，是因为他差一点被来路不明的人绑架。之后咱们去追踪废城，莫名其妙就成了绑匪，然后是大祭司杀死现任族长投靠暗部……"雷霆喋喋不休地说着之前发生的事情。

"其实还有一部分我弄不清楚，现在还不能做出彻底的解释，但是有一点是毋庸置疑的，大祭司将繁今看做自己的亲人去爱护。剩下的所有答案都在这个小盒子里。"默拍拍内兜里的小盒子说道。雷霆没有得到答案，失落地嘬着嘴。

"把这里处理完，就彻底烧了吧。看起来书架上的东西全都清空了，看来大祭司对此早有准备。所有唱词应该都在这个扩展空间的盒子里。"

默转身看向趴在地上还在挣扎的傀儡侍女，伸手将审判剑抽出，还未等默下手了结她的性命。雷霆冲上去拦住了他。

"等等！她还活着啊，为什么非要杀了她？"雷霆不解地说道，默听后眼角跳了跳，带着厌恶的语气说道：

"她们早就变成了泉溟真哲的工具，如果不出所料，大祭司的死就是拜她们所赐。"

"可是她们还在挣扎啊！她们反抗过才没能立刻杀死大祭司！"雷霆的龙瞳从她们身上看到了端倪。

默听雷霆这么一说，也注意到了一点点不对，首先泉溟真哲制作的傀儡是绝对不会违抗他本人的命令，哪怕傀儡还留有自我意识，若有命令，其身体也会毫不犹豫地照做。

这两个侍女的身体扭曲在一起，一个已经死去的侍女压在还活着的侍女身上。仔细观察他们身上的伤口，已经死的侍女是自杀后压倒对方，还活着的侍女自己将自己的左手贯穿扎进地板，从而限制自身的行动。

这个情况也就意味着，她们在挣扎中还存在自我意识，还能控制自身。

对此，默之前在暗部闻所未闻，如果真的被泉溟真哲控制的傀儡还能拥有自我的意识，或许这就是一个突破口。

"她们确实靠自我意识挣扎过，但是现在这种情况令人很难办。如果将她救走，就算彻底恢复正常，她也要背负杀死大祭司的罪名活下去，更别提现在是一种废人的状态了。"默的分析一向都很理智，再看雷霆，他偏偏想要去尝试一下。

"再怎么样也比死了强！"雷霆俯身将压在她身上的尸体移开。

"这样活着没有意义……"默本想再劝几句，但看着那个小侍女哭红的眼睛，心软了。当她看到大祭司已经死时，泉溟真哲对她的命令也算是完成了，她不再挣扎，就像一具木头一样，倒在地板上，眼睛充盈着泪花。

雷霆将她搬起来，将像是一摊烂泥一样的她背在背上，准备一起带走。

从祭奠堂出来，默没有忘记之前与繁今的约定，示意雷霆赶快放火。祭奠堂门前的布幔遮天，是最好的易燃品。雷霆抬手的时候犹豫地看向默，像是一个平日捣蛋的孩子突然逼他去做坏事的纠结模样。

"反正暗部攻击梦泽洲，这祭奠堂也不会留下。下手吧，让大祭司与她生活了几十年的故居安息。我们代表丘狼族焚掉祭奠堂，丘狼族尊严没有丧失。而且祭奠堂里能被魔教利用的东西也就此消失，没有坏处。"

默看着布幔在雷霆手中燃烧起熊熊大火，直冲祭奠堂内部。布幔像是火药的引线，祭奠堂内的所有帘帐和木制品都开始迅速燃烧，大量的浓烟从祭奠堂的窗户和门涌出，二人看到火势逐渐扩大，背着侍女混入祭奠堂外惊叫的人群中消失。

燃烧的祭奠堂，将是所有事件的转折点，从这一刻开始，泉溟真哲必定知道所有的命令不是大祭司下达的。他势必能摸排出源头是繁今，至此繁今就真正要直面魔教的威胁了。

梦泽洲的人像汹涌的江水一样在街道中流动着，有的人在捡自己背包被挂下来的物件，有些母亲紧张地搂着自己幼小的孩子。还有父亲背着比自己还高的包裹，依然没有松开拉着妻儿的手。人间的残酷与温情在这种危急时刻展现无遗。

泉溟真哲坐在梦泽洲最高的建筑物边缘，望着街道中流动的人群。似笑非笑地看着一只被卷入人群的瘦猫被踩伤，狼狈地挤出街道。他的眼睛从下方移开，很快就被一团浓烟所吸引。在这种撤离的时候烧杀抢掠的人应当不多，再看方向——正是祭奠堂。

他相当清楚没有任何一个丘狼族敢冒犯祭奠堂并且把它烧掉。肯定是有人回去看过，清楚之后梦泽洲将面临什么样的灾难，所以才会将祭奠堂彻底摧毁。下定决心烧毁祭奠堂的肯定不会是下层群众，因为他们只知道有洪水预警。这个人肯定知道得与大祭司一样多，而且他还有权力做出烧毁的决定。

现在泉溟真哲想到的唯一人选就是准司。先不说准司如何知晓梦泽洲死期，单是权力这一项只有他满足。泉溟真哲至此开始觉得，准司获得梦泽洲死期的情况着实蹊跷，大祭司这几日被严加看管，除了一些日常与其他官员的必要会面准许以外，剩下活动都不许可。大祭司很有可能趁机将信息送给了准司，但是准司的位置当时连他们都不清楚，大祭司又怎么可能找得到他？

正当泉溟真哲思绪转动的时候，突然背后传来了声音，泉溟真哲的思考彻底被打断，他恼羞成怒地起身，转过头去发现是他毕恭毕敬的情报员。很明显这个小情报员不知道他造成了什么大祸。

"如果是祭奠堂被烧的消息就不用来汇报了，我已经看到了。"泉溟真哲冷冰冰地移开视线转过身去。

"有这条，还有其他情报。梦泽洲撤离人数越来越多，您真的不下令阻止吗？"

"安德洛弗追踪准司的情况怎么样了，有收获吗？"泉溟真哲心知肚明准司才是这个棋局中最重要的棋子。如果他不落马，接下来再做怎样的准备和布局都会白费。

泉溟真哲现在清楚他杀大祭司杀早了，应该将大祭司留下做成傀儡还能利用一段时间，如果尸体留下同样能做成傀儡利用，但是大祭司的肉体随着燃烧的祭奠堂彻底消失，这一步错棋已经不可挽回了。

"安德洛弗行动很快，但是准司在一个位置彻底消失了踪迹，他说一般只有追踪飞禽才会出现这种突然消失的状况。"小情报员如实转达。

"准司不可能离开梦泽洲，让他继续寻找。就算是有飞翔能力，不可能一直在天上。调集现在所有的人手，到城门口和图书馆阻碍撤离，延长撤离时间。给安德洛弗搜寻时间，如果地面出了情况，哪怕准司在天上待得再安逸也会下来。"泉溟真哲突然认真起来，让小情报员有点不适应。似乎那个抱着顽劣性子随心所欲除掉大祭司的泉溟真哲已经不见了。

杀掉大祭司这一次误判，让泉溟真哲开始认真面对整个局势，他想起宁水岳郡离开前说的话，宁水岳郡没有小看这一次已经将丘狼族逼入死局的任务，他将这一切都称作"棋局"。也就是说宁水岳郡知道会有人与他进行对弈，当时他还极其不认真地嘲讽了宁水岳郡对局势的称呼。

宁水岳郡在泉溟真哲眼里可以说是过于神秘，基本上没有什么人能猜得透宁水岳郡的想法，宁水岳郡作为零目的首位，在其他零目眼里都是不可置疑的存在。但这一次泉溟真哲有一点想不通，宁水岳郡难道一开始就知道有人和他对弈才说这样的话？还是说宁水岳郡真的能预料到现在？

中午已过，天气依然毫无起色，满目都是白茫茫的雨雾。

梦泽洲东侧的街道中，距离图书馆还有五百米的位置。挂着眼泪的小女孩一直抓着父亲的衣袖，不断哭喊着要妈妈。她父亲有点不耐烦地重复着安慰的语句，其实父亲心里也纠结得很，他的妻子去到图书馆领书已经去了好久，一直没回来。

小女孩噘着嘴似乎酝酿着之后的号啕大哭，突然她身后有只温暖的手轻抚她的头顶，小女孩诧异地看向身后。一个身上湿漉漉的遮着额头的大哥哥微笑着看着她。

"你妈妈马上就回来，只要不哭我就唱歌给你听，好不好呀？"

女孩似信非信地将眼泪忍了回去，她眼中的大哥哥没有食言，他蹲在女孩面前轻声唱了起来，清澈的嗓音和婉转的旋律，让她的眼睛重新闪烁着亮亮的星星。看到女孩重新恢复精神，他的脸灿烂得像正午的太阳。

"谢谢你安慰我的女儿，请问您知道图书馆那里发生了什么吗？"女孩的父亲早就注意到他的存在，赶紧问道。

"可能出了一点点小事故，不过不用担心，很快就会好。"大哥哥摸摸女孩的脑袋，像是安慰一只猫一样。

"繁……"旁边的人群中突然冲出一个人，同样也是湿漉漉的模样，他貌似刚想喊什么，但把后面那个字咽了回去。来者脸上有还没消失的片状龙鳞。

"这种时候你居然还有心情哄小孩？我刚刚去和别人换食物，就这么一下你就跑了！"皮奥利安一把揪走繁今，在他脑袋上弹了一下。

"毕竟他们是因为我做出的决定而失去家园的啊！"繁今轻声说道。

"你可没空想那么多，要不是你做的决定，他们可能连命都没了。"皮奥利安知道繁今明事理，没有过多安慰继续说道：

"刚刚默用传音石联系了我，他们在城门发现了闹事的暗部人员，让我们来看看图书馆这里有没有。果然魔教开始关注这两个位置，我们的撤离计划就会耽误时间。按照原先的计划，这个时候应该要回到梦泽洲留下你的具体气息了。所以你不要接触别人，很有可能会给他们带来麻烦。"

"我必须将气息留得足够明显，暗部才能立马注意到我，这样泉溟真哲就不会突发奇想地将死线提前，因为我还身在梦泽洲，他必须抓到活的我。"繁今说道。现在他们做出的每个决定都非常谨慎，不能给泉溟真哲留下任何破绽。

"我们必须万分警惕，不知道泉溟真哲会派什么样的人来捉拿你。"皮奥利安脸上的鳞片消退了一些，皮肤上剩下的鳞片也渐渐消失。这是他过度造雨的后遗症，虽然能量消耗了不少，但是他还是有把握保护繁今。

"我们必须立马去见洪督，必须让他保护好自己。"繁今将衣帽遮挡严实，没有再去掩盖身上的气息，直接和皮奥利安从人群中穿梭而过。这是留下气息最好的办法，沾上他气息的人会在城中来回走动，就像播撒出去的花粉一样让人难以找到源头。这样追踪他的人会在一定时限内无法确定他的位置。

洪督的办公室设在一座钟楼之下，这个位置甚是好找，也难怪准司担心安札克的安危。繁今停在办公室街道对面，他清楚如果自己贸然进入安札克的办公室，留下自己的气息，很有可能被暗部侦查到他曾经与安札克沟通过。

繁今奋笔疾书，将他之前所知道的情况和希望安札克做出的解决方案快速笔记，交给皮奥利安让他带进去。皮奥利安动作很快，他就像入室抢劫似的翻窗而进，将繁今写的纸拍在安札克的办公桌上，头也不回地冲出房间。出门看到繁今安然无恙地站在原处，着实松了一口气。

安札克当然认得来人是谁，只是刚刚这瞬间弄得他根本没有反应过来，除了安札克之外，在场的军官差点都要用出能力攻击皮奥利安，被安札克制止了。再看拍在桌上还沾着一点点水的纸。上面是繁今的字迹。安札克仔细读了两遍，对在场军官说道：

"现在是民众撤离的最关键时刻，绝对不能容忍城门和图书馆有外族人造乱，用目前梦泽洲的驻军鼎力协助疏散。并且监督城镇中房屋内撤离情况，按照老传统，只要家中全部撤离，都会在窗口燃上一盏灯表示彻底撤离，排查每家每户撤离情况。保证时限内能进行全部撤离。"

在场的军官们没有提出对洪督安札克的反对意见，在威胁梦泽洲安危的洪水面前，安札克就是总指挥。

"下一次汇报地点改为我的个人住处，谨慎小心外族人的威胁！"安札克看到繁今提醒他要注意定期更换地点，以防被盯上。所有军官向安札克行礼，这些军官中几乎都是外地部队的军官，梦泽洲的高级军官都直接和民众一起遣散，安札克心里清楚还是这些中部经常支援边境的军官更靠谱些。

"这些我们会完成，但是这个奇怪的送信人来之前我们话题还没有结束，安札克，既然梦泽洲已经决定撤离人员，什么时候我们的军队可以离开梦泽洲，去支援北境？"一位军官走到安札克办公桌前说道。

"那边据远程传达信使说，边境发生了奇怪的事情，暂时拖住了鬃狮族的进攻。这也不是长久之计，还是尽快前去支援才能保住丘狼族的土地。"另一位军官补充道。

"我能想到的是处理完外族人对梦泽洲撤离的阻挠，除梦泽洲原先的驻军外，剩下的军队护送梦泽洲的一部分居民离开梦泽洲之后，就去支援边境。"

"这个方案可行，只是两天的时间不一定能将梦泽洲的全部居民撤离，不能将撤离时限延长吗？"一位军官问道。

"时限是不可能改的，能撤离多少就撤离多少吧。"安札克揉着眉头说道。军官听此没有继续问什么，纷纷行礼告退。既然时限不能改，他们现在只能抓紧时间了。

另一边。

默和雷霆在城门旁边建筑上眺望着城门处的乱局，梦泽洲的主要流通城门有三座规模较大的，剩下都是比较小的城门，魔教单是在这三座城门造势就已经足够阻碍大部分人群了。

雷霆一直背着从祭奠堂救出来的侍女，只是单纯地能感觉到她还活着，剩下的所有都像死人一样。带着她延误了不少时间。

"看来军队行动还是需要一段时间啊，城门的护卫队已经撑不住了。雷霆，你和我先将这个侍女送去丘狼族的护卫队，让他们好好看护。然后解决这个城门的混乱。"默起身说道，雷霆没有异议。

二人从燃着灯火的窗口翻入，雷霆的动作一直被背上侍女限制，翻窗的时候差点打翻灯，躲避不及重重摔到地上。侍女就像掉在地上的洋娃娃，面无表情地从雷霆背上滚落。默想替他背一会，雷霆就像倔孩子一样死活不让他帮忙。

从房子的正门绕到小巷向城门奔去，小巷刚跑了一半，默在前面突然急停，雷霆被吓了一跳。小巷的墙壁上爬着半人高的蜘蛛，这个蜘蛛动作僵硬，身上也有不自然的缝合口。蜘蛛周围还簇拥着一群机械样的老鼠。它们都在向城门的方向爬去。

老鼠似乎察觉到小巷后方的他们，都扭过头来用深不见底的眼睛望着他们。

"这种地方居然还存有泉溟真哲的侦查傀儡，如果它们去见泉溟真哲我们就不保了。"默没有用审判剑，直接用出能力，因为他必须保证迅速将它们都干掉。架起连射弩，箭上带着黑色的荆棘，哪怕射偏，上面的荆棘也会缠绕上去，限制住它们的行动。

机械样的老鼠被缠住后就再也没有动弹，而蜘蛛在荆棘中奋力挣扎，它的口器发出尖锐的嘶叫声。默转手就变出长枪，向它冲去。

"咳……咳咳！"

默听到身后传来雷霆挣扎的声音，扭头向后看去——侍女傀儡锁着雷霆的喉咙，用力的程度分明就是想将雷霆致死，雷霆身为龙，单凭力量肯定能挣开她的束缚，但是在不想伤害她的前提下是不可能的，可能雷霆一用力挣扎，侍女的胳膊就会断掉。雷霆在犹豫之下逐渐被勒得没有力气，脸被勒得涨红，嘴角处开始有白沫溢出。

脖子的气管是任何动物的弱点，龙也不例外，更何况是年龄未到二十七岁的幼龙。默必须在几秒内做出决定。泉溟真哲的傀儡哪怕是破坏颈椎也不会停，真正能阻止她的只有刺穿心脏，了结性命才能让她彻底不能动。

默闭眼咬牙把之前对侍女的怜悯全部丢掉，再睁眼的那一刹那只认她是敌人。转瞬间用翅膀腾空跃至他们头顶，手中长枪一转变成短枪，借着下坠的力道从侍女左肩刺入，刺入瞬间将武器变作长枪，彻底从上至下刺穿了她，傀儡唯一的动力心脏也就此被毁。

摧毁傀儡的同时，默把雷霆从她的束缚中扯开，傀儡就像没了灵魂的布偶娃娃，瞳孔彻底涣散开来，在雷霆的注视下彻底倒地。默没有太在意雷霆的反应，看到他呼吸顺畅跪在地上也没有再去担心，龙的抗性还是很强的。

"为……什么，你下得去手！"雷霆双手撑地，不敢去看侍女的尸体，对默吼道。抬头看向默，他带着冷漠的表情将墙上绑住的蜘蛛刺穿脊背，蜘蛛的心脏位置在背部下面，随着默收回能力，它像散架的娃娃掉在地上。

"如果我不这么做，你会死。"默转头向垂着头的雷霆说道。

"她还有自己的感情！她只是身体被控制了而已！我们已经说过要救她，为什么你还能下得去手！"

"你比她重要。"默望着雷霆歇斯底里的样子有些疑惑地答道。

"绝对有朋友和亲人挂念着她！她对他们来说不重要吗！为什么你可以毫无顾忌地下手？她又不是你所憎恨的暗部人，她只是被迫害了而已！"

"她两边都不是，既不是暗部的人，也不是明处的人，甚至也不是死人，更不能称之为活人。我这么做某种意义上对她来说也是一种解脱了。"

"这种死才不是解脱！以自己的性命拼搏战斗到最后牺牲才是解脱。你总是以暗部的思想评定所有人，私自判定别人的生死意义，再怎么崇高那也只是杀人！"雷霆起身，摇摇晃晃地走到默面前，一时冲动想给默一拳，但在抬起手之后又忍着放下了。

默没有作声，雷霆的话像是一根铁丝勒在了他的痛处，让他疼醒。他看起来是身在明处，但其实思想早就被暗部潜移默化地影响了，他一直痛恨暗部的做事风格，从来只顾及利益最大化，全无人情，只考虑优胜劣汰，从来不顾及弱者的感受。现在猛然醒悟过来自己和他们没什么两样，雷霆放下的拳头实则轰击在他的心上。

或许还有什么解决办法，但是他刚刚能想到的只有杀戮。

"赶快走吧，城门还挡着你最痛恨的暗部呢。"雷霆恶狠狠地说道。回头抬手将凝聚的火球掷出，默赶忙侧身躲开才没被火燎到，侍女的尸体开始在火球下燃烧。龙的火比一般的火焰温度高，焚烧尸体根本来不及有异味就已经快燃烧殆尽了。

默跨过蜘蛛的尸体跟着雷霆走出小巷，猛然意识到这个蜘蛛才是罪魁祸首，蜘蛛像是这些傀儡发号施令的头领，侍女之前听到蜘蛛的声音才开始猛然攻击雷霆，如果一开始除掉的是蜘蛛，很有可能侍女就会停止攻击。哪怕是雷霆用全力挣扎开，侍女顶多是断两条胳膊，所有的结果都比现状好。但是一切的一切都已经彻底无法挽回了。

二人渐渐靠近城门。

城门处有些伪装成丘狼族居民的暗部人士在作乱，他们和身着奇装异服的暗部人士扭打在一起，看他们连能力都没有用，摆明了就是装模作样。

丘狼族的护卫不断将他们拉扯开，或者将他们击昏，但是这些暗部人员哪有省油的灯，他们就像是泥中的泥鳅一样滑溜，刚制止没多久又冲了进去。他们着装大多数为丘狼族服饰，护卫队很难对他们下狠手。他们在城门乱作一团，没有真正的平民敢去靠近，将后面大部分的撤离群众都堵住了。

"丘狼族的军队调动看起来还需要一段时间，现在白天已经过了大半，没有时间考虑了。"默说道，他和雷霆攀在城墙近处的房檐上。

"你打算怎么办？"雷霆现在对默说话的语气沉闷中带着一点怨气。默瞥向雷霆，看雷霆板着的脸就明白他还在怪罪自己。

"我一个人去，你留在这里等我。"默望着如泥石流席卷过一般的杂乱人群，拍拍雷霆的肩膀，用能力变出透明的滑钩从楼上滑坠。从衣兜中掏出之前从豹骑人那里得到的情报筒，从之前的情报纸上撕下一小条纸，用黑暗能量在上面凝出来两个字——撤离。

重新塞回情报筒，将它用透明的能力密封好，并把情报筒上的时间改了，看起来就像是从未拆封过的模样。他将掩面遮好，只露出眼睛。他像城市中穿梭的野猫，迅速地从人群中穿过直奔城门。他站在人群中观察了一下，其中有一个暗部造乱人士身上有背着几只情报筒。他只身跳入乱局中，躲开他们的装模作样挥舞的武器，将刚刚密封好的情报筒送给那位暗部人士。

"泉溟真哲大人的命令！"

默这一喊，极度混乱的场面像是按了暂停键一样卡了一下，所有人互相殴打的动作开始生硬，被卷进混乱的丘狼族群中摸爬滚打的，趁此机会从地面上捡拾自己被撞掉的东西。

接受情报的暗部人士根本来不及确认上面的时间，因为场面实在是太过混乱，也没有在意默做的假封圈，急忙拆开来看——"撤离"两个大字映入眼帘。

"怎么只有两个字？"情报员拽着默远离混乱的地带，

"真哲大人命令今天所有人离开梦泽洲，准备提前实施计划了。希望你将这个情报做成新的情报，通知其他负责扰乱城门的人员。"默说道。

"就这些吗？"情报员盯着默暗红的眼睛问道。

"嗯。"默点头。

"这位大人的想法真让人摸不着头脑。"情报员接下默带来的情报筒，赶忙挤进混乱之中。城门的混乱就像沉入水底的石头一样没了声音。

默心里清楚，哪怕这个情报员没有将情报转达给其他城门，在丘狼族军队到达的时候也同样能制止他们。默没有急着将能力收回，因为他只要一直维持着能力外放，情报筒中的"撤离"两字就不会消失。情报员拿给其他同伴看了之后，将纸条收回情报筒，远眺观望的默就将能力收回了。

雷霆的位置能看到城门的混乱停歇，默回来后，看着雷霆不想搭理他的样子轻声叹了口气。

"你怎么做到的？他们难道很听话地就撤离了？"雷霆质疑道。

"我拿之前的情报筒假造情报，借泉滨真哲的手让他们撤离的。现在来看，城内的驻军应该马上就赶到了，城外的驻军马上就能接应撤离。"默很耐心地解释道。看雷霆听后对他爱答不理的样子，心说雷霆恐怕不会轻易原谅他，看来之后得好好解释了。

"走吧，我们去找你哥，恐怕现在他们正被泉滨真哲的手下追得到处跑呢。"听到默提到皮奥利安，雷霆才起身跟着默离开城门附近。

渐入黄昏，白昼已残。距离死线只剩今晚和明日的白天。

丘狼族的梦泽洲最高的钟楼。雨伴着风呼啸着，泉滨真哲披着雨披坐在建筑边缘，望着下面从白雾中凸出的建筑，人的熙攘声还在，只是雾气彻底将人烟掩盖。此时祭奠堂方向的烟雾和浓重的天色衔接在了一起。火光小了一些，但是还在继续燃烧。

他红色的眼睛倒映着乌云下渐渐深的楼宇，面前的头发和鼻梁上溅上点点雨水，他面无表情，整个人像是一具空壳，思绪不知飘在何方。膜翼扇动带着粗粝的鼓风声在他身后响起。

"主人，很抱歉打扰了。"深沉的声音响起，伴随着他人被丢在地上时一声颤抖的惨叫声。

"我希望你给我带来的是好消息，安德洛弗。"泉滨真哲头都没有回地说道。

"很抱歉。在下目前没有达到您的要求，但是在下已经伤到了带着准司逃走的人，如果不出意料，那应该是一条神龙。头顶这雨，八成与他有关。"泉溟真哲听后扭过头看向安德洛弗和他扔在地上的小情报员。

安德洛弗左边的额头上有魔龙族特色的龙角，右边的角残缺，角似乎被很严重的伤破坏过，右边的脸留着烧伤的疤痕，眼睛只能露出一条缝。左边的脸像是被复原缝合上去的，身上也有缝合口。后背的膜翼像是被修补过一样破烂。成年龙族一般不会在人形的时候变出膜翼飞翔，就算变出膜翼也会同时半兽化其他地方。安德洛弗的膜翼与众不同，像是从他原本的龙身上移植到人形上。接口处伴随着缝合口。

"神龙族集体消失隐匿多年了，这条龙又是什么来头，我从未听说过丘狼族与神龙族有瓜葛。说起来安德洛弗，我当年捡到你的时候，是因为魔龙在屠杀冰龙族吧？你们冰龙似乎和神龙也有一点点血缘关系。"泉溟真哲突然提起兴致，仿佛没有看到趴在地上的小情报员。

"感谢当初主人的救命之恩，传说我们与神龙有血缘关系，只是外表更像魔龙，所以列入魔龙了。感谢主人关心，在下若是能将那条神龙抓回，定会送您处置。我已经很容易在梦泽洲找到他们，胜券在握。"安德洛弗俯下身向泉溟真哲做出保证。

"现在来又是为了何事？"泉溟真哲瞥向趴在地上的小情报员。

"这位情报员谎称是您扩散出去撤离的消息，现在三座大城门的阻碍都已经撤离。有些已经随着暗道回到第二空间，若想召集为时已晚。丘狼族外部军队开始辅助居民撤离。而据说传播您亲口所述命令的情报筒，里面的纸是空白的，没有任何命令。"安德洛弗从小情报员腰间抽出情报筒递给泉溟真哲。

泉溟真哲捏着那张白纸眼角抽了两下，他不像良鹤指挥调度用传音石的原因就是——他的耳朵一只是义耳，被他自己的能力修复过，能听到声音。另一只耳朵虽然没有缺失但是也是有听力障碍，被能力修复过还能正常运行。但是传音石传播的声音频率会与耳朵中的修复结构产生共鸣，无法听到任何声音，只能听到杂音。

很显然他这个不为人知的缺陷让他没有办法实时指挥战局。再加上他行踪不定，不愿有随从时刻跟着他，他本身也不愿意相信别人口中复述出的话。最后只能靠情报筒和人力往返。

"而且情报员口口相传，说您最后的计划要提前实施，此事为真吗？"

"准司现在还在梦泽洲，教主大人命令我将他带回，如果真的提前实施，怎么能保证我能把活人交给教主大人！"泉溟真哲说这句话的时候带着怒气，明明准司是最应该毁掉的对手，但却被命令要捉活的。这让做事狠绝的泉溟真哲感到极其愤恨。

"这一次所有事情都让我感到古怪，安德洛弗。我逐渐感觉我们不是伺机捕猎的猎手，渐渐变成猎物的是我们。梦泽洲的庞大人数肯定不会在两天内就能撤离完，大计划不会有变动。我现在只想知道到底是谁在与我对弈。那枚主棋已经成了你的猎物，带准司来见我，安德洛弗！"泉溟真哲起身，雨披上的水珠甩了一地。

"谨遵您令。"安德洛弗向泉溟真哲行礼。

光线昏暗，白昼已没。

湿漉漉的雨水将地面的所有气味都激发了出来，气味分子都飘荡在空气中，不用费力气这些气味信息就会进入鼻腔，刺激每一根神经。皮奥利安被空气中混乱的气息搅弄得晕头转向，鼻腔中还留着喉咙里血的味道。

雨云还从皮奥利安这里吸取着能量，能量的持续丧失让他保护繁今的力量越来越低。身上覆盖的龙鳞逐渐变多，他已经快被逼到变成兽形了。刚刚能从那个改造魔龙手里逃脱已经不容易了，皮奥利安看向自己小臂上被撕扯掉的龙鳞，血块凝结在龙鳞的缝隙之间。

那条魔龙很懂得掩盖气息，比起他们这种业余隐藏来说可是要专业太多了，他们所隐藏的气息在他面前无处遁形。现在皮奥利安能从周围环境感知到的气息中丝毫没有魔龙的味道。

还好在他这么努力之下，繁今只是轻微擦伤。

"不知道那个家伙什么时候又会追上来，我们还是继续移动吧。"皮奥利安说道。

"还是休息一下吧，我看你已经很累了。"繁今把皮奥利安拽住，看着他的脸上龙鳞又厚了一层劝道。

"默他们马上就会帮我，在这段时间绝对不能有差池。"皮奥利安望向身上布满泥点的繁今，说道。

皮奥利安拉起繁今在街道中重新开始穿梭，入夜后的昏暗和视线限制让皮奥利安更是紧张。在繁今眼中，皮奥利安的神经像是紧张过度似的，他像是一条护崽的母龙，带着繁今就像是带着龙崽。从来不让繁今走前面，从来不让繁今拿东西，皮奥利安前臂的伤就是护繁今的时候弄的，他本来能躲得开。

自从被袭击之后，皮奥利安对身边的一点点动静都反应奇大。直到前方路口转角一处较大的动静，彻底吸引了皮奥利安的全部注意力，他的龙瞳紧缩，护着繁今慢慢向后退。繁今被皮奥利安的举动影响，感到心脏在喉咙口跃动。皮奥利安已经准备好了攻势，他积蓄着能量，鳞片从小臂蔓延到了掌心。

对方只是一探头的功夫，皮奥利安调动全身的肌肉冲了上去，准备在此了结。对方被皮奥利安突然攻击却没有慌了阵脚，很熟练地躲了过去，像是清楚皮奥利安攻击习惯的样子，接下了起手攻击后的连击，高温和水相接，腾出的雾气让入夜的昏暗视线更为模糊。繁今从雾气中隐约看到，对方是红色的头发。

"哥！你干什么！"琥珀色的眼睛不解地看着皮奥利安，皮奥利安听到这一声呼唤，一直紧绷的神经突然放松了，他脚下一软，就这么依在雷霆身上。

"哥，你怎么受伤了！"雷霆挽着皮奥利安，注意到他胳膊上因为刚刚的发力新渗出的血。

"你个臭小子，怎么现在才来？"皮奥利安不想在他面前示弱，挣开雷霆的挽扶站起来。之前他一直在精神紧绷的状态下，甚至根本没有在意伤口，突然有了可以放松的机会，紧绷的心弦突然被松开，整个人就像是一摊烂泥，伤口的疼痛也开始刺激神经，疼得他嘴角抽动。

"还有多少人在追杀你？"默从高处的房檐上做出滑索，从上面滑下来。

"有一些追踪团，但是有威胁的只有一个人，他是一条被改造过的魔龙，后背上的翅膀像是从龙身上拼过去似的，全身上下还有各种各样的缝合口。力量根本不是人形的龙该有的。"皮奥利安抬起胳膊，上面的鳞片被撕开，露出下面血肉模糊的伤口。默清楚龙鳞除了正常脱落，剩下都像甲胄一样防护着龙身，几乎不可能被撕掉。看皮奥利安的情况更像是连鳞带肉一起被撕下去了。

"还是太勉强你了，对不起，我们来晚了。现在要是羽林在就好了，我这里只有简单的包扎工具。"默从背包中拿出工具小心地给皮奥利安包扎，继续说道："你刚刚说那个魔龙身上有缝合口，具体是什么样子呢？"

"缝合口像是那种做工劣质的人偶娃娃，整体看起来很恶心。但是他能和我们正常说话，力量奇大无比，我恐怕用原形才能彻底与他抗衡，就这样勉勉强强带着繁今逃出来了。"皮奥利安忍着药水的疼，咬着牙说着。

"那个人偶有自我意识？而且攻击力这么高？"雷霆不可思议地说道。一般的兽族都有三种形态，人形主要用于日常交流方便，有一定的攻击能力但不是全部。兽形多是一些喜欢行动方便的兽族，兽形的体型都比人小，当然也有很多是比人大，兽形的攻击力都比人高。原形是兽族的本体，能力远远凌驾于剩下两种形态之上。兽族一般不喜欢把原型露出来，这是某种示弱的表现。

"应该不是傀儡，应该是被泉溟真哲改造过的龙，已经不能称他为龙了，他应该不能变成原形，现在只是彻彻底底的异类。这种情况有点棘手。"默端着下巴想着。

"还是赶快移动吧，如果一直待在一个地方，不知道他什么时候会追上来，如果以这种状态再坚持过明天，恐怕我们的能量都会耗尽。不如我们带繁今和民众一起撤离，负担能轻不少。"皮奥利安说道，他当然清楚保护手无缚鸡之力的小少爷繁今是多么的费心费力。

"现在还不行，如果繁今离开梦泽洲，泉溟真哲很有可能提前梦泽洲的死线。无明之月要活人，泉溟真哲不可能不遵守。如果撤离，也必须是明天落日才能带着繁今离开梦泽洲。"

"这段时间我们怎么坚持？实力悬殊太大，就算有你们在，这样耗下去你们恐怕迟早会变成我这样。"皮奥利安说道。

"我倒是有法子，但对于繁今来说太冒险了。"默看向湿漉漉灰头土脸的繁今说道。繁今听后走到默面前，他两眼没有丝毫胆怯，放着坚定的光芒，严肃地说道：

"我没有问题！只要能拖住死线，让我死都可以！"

皮奥利安本以为默又要训繁今轻易说这样的话，结果却看到默轻轻地笑了，他似乎很满意繁今这么回答。默带着三人走到他之前选好的一个小角落，这里已经撒下了气味消失的药剂，只要不在这里待着的时间过长，就能完全消除气息。幻所制作的小玩意还是能掩人耳目，只不过这种药剂对于他们来说也所剩不多了。

"如果按我这个办法来，一步都不能有差错。任何人的血在一天内都能携带本人的气息，所以我们用繁今的血就能制造一个假繁今的气息遗留。"默说道。

"混淆视听吗？但这样真的能引开那条魔龙？"皮奥利安质疑道。

"这还远远不足以混淆视听。除了用血吸引那条魔龙，泉溟真哲还有手下继续追踪着繁今，我可以混到他们之中假装追击，如果在他们面前误杀繁今，造成繁今的假死。他们肯定会将这件事上报给泉溟真哲。或许零目会因此动怒，但他也不傻，再让魔龙追击死人没有意义。"

"如果准司在泉溟真哲的眼中已经死了，又怎么保证死线不会提前？"皮奥利安问道。

"只能拖时间了，我们必须确认用血能成功吸引住魔龙的注意力。皮奥利安拿着血在城中绕道，想必你的气息那条魔龙也锁定了，这样更好吸引。雷霆带着繁今在城中游走，只要我成功得到泉溟真哲手下的信任，听我信号就能制造假死计划了，最后一点气息隐藏剂给你，雷霆，要保护好繁今哦！"默将身上最后的气息隐藏剂塞给雷霆，雷霆还是一副爱答不理的样子。

"这用不着你说。"雷霆别过头说道。皮奥利安看雷霆对默的态度隐隐约约感觉有点不对。繁今也看出来问题，赶快走到他们两个中间岔开话题说道：

"好了好了，要多少血合适呢？"繁今伸出胳膊说道，默看到他伸出的瘦弱胳膊微微颤抖。可能繁今从小到大没有怎么真正挨过刀子，繁今把脑袋扭到别处，等着默下手取血。然而他只感觉到关节内侧有刺痛感，扭过头来看到默用能力变了一个导血管，只是把针头插在他的血管里而已。

"又不是切你，看把你紧张得。"默轻笑道，用能力变出的小瓶子接了满满一瓶。接完后从身上切下一块布，把布浸满血，递给皮奥利安。

"现在就分头行动，祝我们好运！"默说道。

四人兵分三路，开始在深夜的梦泽洲中行动。即使是在深夜，群众的撤离依然还在继续，街道上涌动的灯火像河中漂流的河灯。星星点点的窗户前摆着表示撤离完毕的灯火。整个梦泽洲像是把天上繁星都倾倒下来似的，仿佛大地之上才是真正的星空。

夜色伴着雨水的冰凉进入一家酒馆未关的窗户。

梦泽洲很多小商贩都会在洪水预警的时候将自家店铺密封好，可是这家酒馆的窗台上摆着灯火，表明已经全部疏散。但是门和窗户都还开着，风雨从室外吹进屋子之中，击打着罩着灯火的玻璃罩。

一群身上几乎湿透的人围在屋中升起的篝火前，拆着之前店家留下的酒水。其中一人将梦泽洲的地图甩到地板上，地图上面画着密密麻麻的小圈小点和不同的路线。

"得了吧，斑鸠。您瞅瞅咱走多少地方了，准司的气息忽隐忽现，最后还不是靠着那条恶心的魔龙才勉勉强强跟上准司。现在可好，又跟丢了。还跟兄弟们扯皮说要捉到准司到零目那里去领赏呢。"说话的人从密封的酒箱子中拆出一瓶酒，骂骂咧咧地说道。

"可是给我闭嘴吧，要不是我的能力能追踪气息，你们连准司的足迹都碰不到。零目大人派了三个小队去追准司，能排在前面的只有我们。"身材瘦小的女性名为斑鸠，她一脸不耐烦地又将地图拾起，仔细看着上面的标记。

"斑鸠小妹总是这么永不放弃呢，别说是去领赏了，其实是为了有理由见零目大人吧？不过也是，谁让我们的零目大人样貌出众呢。"这人捧着酒杯调侃着斑鸠。斑鸠爱答不理。

"都别吵了，反正明天都要撤离。就把抓准司的事情交给那位改造龙吧，趁这机会在梦泽洲搜刮点东西就走吧。"一个着装看起来很虎气的长胡子说话了，他一发话剩下的所有人都安静了。

室内只剩下淅沥的雨声，长胡子心说终于能安静下来了，结果一看门口，有一个少年早早地倚在门口望着门内一言不发，没有人注意到他，更没有人发觉他怎么进来的。看他把脸遮得严实，长胡子对他一点好感都没有，斑鸠抢在长胡子之前开口说道：

"你什么人啊？"

"听说你们很想见零目大人？"少年没有理会斑鸠开口问道。斑鸠一副被窃听心声的恼怒模样，长胡子见这个少年只是带了一柄剑，一般带武器的人除了妖尾翼狐族本体能力都不强。屋里坐着的都是长胡子的手下，近十几号人，当然不可能怕这种小孩。

"那只是斑鸠的执念啦哈哈哈！"一个精瘦披着斗篷的人举着酒杯笑道。斑鸠狠狠地瞪了他一眼。

"我有一个法子能找到准司，作为交换分我一点奖励怎么样？"少年说道。

"甭扯了，给！"长胡子扔给少年一袋金子，金子只在少数兽族中流通，只要去魔龙族就能换成钱。"要钱的就给你分点，想必你也是其他小队的人，不用费劲了，反正明天就撤离了，在这城中随便掠夺点东西就够分了，何苦去找什么准司。"

"找到准司的钱可比这些多，况且赏识你们的人不仅有真哲大人，还有教主大人。"少年把那袋钱掂量了一下又扔了回去。

"小子，你是什么人？"长胡子接过钱袋说道。

"叫我青就行，是个情报员。我找了很多个追踪团，他们之前像无头苍蝇一样四处乱撞，现在早没了气势。不知道你们最后这一个团，愿意与我联手吗？"默也想不出什么化名可以用，"青"是之前良鹤给他起的，就这么顺口说了出来。他红色的眼睛一直盯着斑鸠，他心里清楚，将其他团排除掉，只剩他们这一个团。他们肯定会有一种只要努力就是最优的想法，毕竟其他团已经放弃了。

斑鸠立马看向长胡子，长胡子也看出来斑鸠眼中的祈求与渴望。长胡子叹了一口气一拍腿说道："管它呢，反正还有时间。咱去碰碰运气，没准就碰上了呢！"

耐不住心里激动的斑鸠从凳子上跳起来，向刚刚嘲讽她的那群人比了一个胜利的手势，随后蹦蹦跳跳地跑到默身边，满眼期待地看着他。

"跟我走吧，之前我大概分析过他们的逃跑路线，还是有规律可循的。"

"有规律？"斑鸠看了看之前她标记的地图，乱七八糟的线让人头疼。"真的有规律？好像自从魔龙安德洛弗去追踪开始后就更乱了。不过也是，之前安德洛弗好像抓了二团的情报员去向真哲大人报告了，再次变得有规律还是有可能的。"斑鸠为了去见泉溟真哲紧靠默的想法。默一听也才知道，怪不得皮奥利安被伤之后，那条魔龙就像消失了一样没有继续追踪他们，原来是回去报告了。

默领着追踪团在城中乱绕，斑鸠一直很配合默的表演。默一直跟繁今保持两条街的距离，当他指明一处气息遗留痕迹的时候，斑鸠兴奋得都快昏过去了。追踪团的团员几乎无视斑鸠，像是习惯了一样，老实地跟着默在梦泽洲中乱绕。

在街道中认真排查的默，消磨着余夜的时间，他做事认真的模样让其他人根本看不出来是在耗时间，斑鸠一点都不耐烦，跟着默在街道中留意空气中残余的繁今的气息。其他人也就没说什么，披着雨披跟着走在前面的二人。

凌晨将至，在昏暗的云层下梦泽洲还是一如既往的灰暗，默知道约定的时间到了。突然带着追踪团在街道中狂奔起来，这个时间是之前与雷霆和繁今约好的时间，具体停留的位置也确定好了，只要顺利带着追踪团追上雷霆就可以了。

追踪团看默的行为，都明白是已经追踪上了，没有人敢掉队。长胡子这时候开始下达变队指令，默向后瞥了一眼，这个队形明显是训练过的。如果只是一些莽夫还好，这种刻意训练过的队形，不知道只靠雷霆能不能应付得过来。

前方就是约定的地点，默的左手在口袋中翻找着从幻那里拿的小道具，带着这么多人直奔繁今。他有点害怕出现纰漏，这点是最冒险的，如果真的雷霆失误，很有可能繁今真的不保了。

"青，你腰上那个断环怎么一直在闪？"斑鸠突然插嘴问道。默反应了一下才知道是在叫自己，他瞥了一眼腰上的黄岩环，上面突然出现了红色的光泽，他之前一直没有注意到。默不想把心放在这种不重要的事上，没有回答，继续带着队伍往前赶。

约定地点近在咫尺，他们所选的地点正好就是梦泽洲已经撤离完毕的街道，这样就保证了不会有群众出来扰乱。

这么多脚步声雷霆肯定能确定他们的方位，果不其然，一团火球从道路转角出现了。在这转瞬之间，长胡子就将斑鸠和默从前面拽到队伍中央。火球与地板上的水产生了浓重的蒸汽，瞬间前方一片白茫茫。

"分头包围！确定目标人数！"长胡子一看就是身经百战的人，面对这种情况下还能冷静地指挥，并且在刚刚那一刹那保护他和斑鸠。默顿时觉得情况有点棘手。

"火不是丘狼族的能力，肯定有人保护着准司！"斑鸠向长胡子喊道。默注意到长胡子顿时毛发疯长，像人猿一样的半兽化覆盖在身体之上。他毫不畏惧地冲进水雾之中，默随之跟上，长胡子四足着地向前狂奔。水雾散开火焰席卷而来，雷霆一只手拎着繁今，另一只手附上火焰，向地面击去，龟裂纹马上蔓延到长胡子脚下。

长胡子纵身一跃，并拢双拳向下砸去。

看到长胡子半兽化的样貌，雷霆脸上的表情透露着兴奋，他把繁今从身边推开，繁今立马后退。繁今看着雷霆准备的模样以为他要使什么招数，可是那双拳砸下来的时候雷霆根本连位置都没有挪。

"幼龙也敢来凑热闹？"长胡子拎起被他砸入地满嘴是血的雷霆。却见他脸上一直挂着兴奋的笑容。龙鳞蔓延在雷霆的双臂上，长胡子甚至听到龙翼撑破衣服的声音，烈焰般的双瞳瞪着长胡子。长胡子赶忙与他拉开距离，他难以置信幼龙竟然也能够半兽化。

"那混账老爹给的能力还挺好用的。"雷霆自言自语地骂道，抹干嘴角的血，赤金色的龙瞳锁定了长胡子。自从雷霆见过魔龙王塔格拉罗门后，他使用半兽化的条件就没有那么苛刻了，不像之前必须伤到极惨才能用半兽化，现在只要受一定的伤就能满足条件。

雷霆像一头锁定目标的猛兽向长胡子冲去，长胡子跳开躲避，不想与他缠斗，直奔繁今而去。雷霆用力摩擦地面才完成转向，龙翼一腾，前爪就抓住了长胡子的腿，烈焰奋起而上，人猿的毛皮被烧成焦黑，长胡子向天吼叫，追踪团的其他人也介入战斗。刚刚将长胡子甩开的雷霆就感觉有能量击中后背，有腐蚀的痛感。四散而来的能量光芒让繁今躲避不及。

雷霆龙翼张开护在繁今身边，喉咙中发出低吼的声音。他没有继续攻击，因为他发现自己和繁今已经被包围了。他从四面八方都能感觉到有能量在释放，一开始那个长胡子只是吸引他的注意力，剩下人趁机包围。

"攻击龙，用麻醉抓人。"长胡子指令入耳，能量破空的声音穿耳而来，麻醉刀切割空气的声音一同进入雷霆的耳膜。雷霆知道保护繁今才是重中之重，他们两个绝对不能有任何差池。滚烫的火焰凝聚在爪上，另一只龙爪将繁今揪过来，龙翼紧紧地包裹住繁今，龙爪带着火焰抓进积水潭中。高温和冷水瞬间混合，产生了冲击，五米多高的水雾瞬间腾起。

视线彻底被掩盖，长胡子听到自己身后有飞快的脚步声。是之前那个名为青的少年，丢下一句话冲进水雾之中：

"刚刚冲击波把准司和龙分开了！不知道把准司撞到哪了，快找！"

默进入水雾中央，他刚才那句话纯属撒谎，他心里清楚雷霆不可能没有保护好繁今，雷霆的龙翼像蝴蝶的茧，将繁今裹了个严实。龙翼上插着密密麻麻的麻醉刀，这么多麻醉刀还是有用的，降低了雷霆的反应力，他现在昏沉沉动作缓慢。默用黑暗能量把麻醉刀带着的药赶紧吞噬，让他恢复神智。

水雾外所有追踪团的人都在寻找被冲击波撞出来的准司，纷乱之下，水雾中央突然又亮出了火焰的光芒，开始没有差别地四溅，火焰掉在水潭上，激起了更多水雾。谁也不知道水雾中心到底发生了什么，只能隐隐约约从水雾中看到火焰映出扭打在一起的人影。茫茫白雾之中能听到奋力的击打声。

长胡子觉得有点不对劲，刚想冲进去看看。结果水雾中火焰映射的人影彻底变成了龙，火焰燃烧的声音中伴随着惨叫和龙愤怒的咆哮。

火焰又一次升高，四周的水雾彻底被中央的高温所驱散，露出一条黑龙健壮的脊背和刺着麻醉刀的双翼。待水雾从中间彻底被散开，一切彻底展现在追踪队的面前。斑鸠尖叫出声——

"死，死了！"

斑鸠眼中映射着所有情形——黑龙前爪掐着刚刚冲进去的青，他的喉咙被龙爪撕碎，已经咽气了，青的刀插在准司脖子之上，血水染红了积水潭。

龙爪松开青，青如同一摊烂肉般倒在水潭之上，激起一小片水花。黑龙看向准司的尸体，他低头去蹭准司的手，但准司已经彻底没了反应，死亡漫上他的瞳孔。黑龙仰天悲吼，灿金色的龙瞳盯向四周的追踪团，喉咙中酝酿着愤恨的咆哮。

"分散撤退！准司已经没用了。"长胡子保持着理智，他不希望队员继续与这条龙纠缠下去而出现更多的伤亡。长胡子搂着斑鸠的腰，抓起她后三足并用飞快地在街道中穿梭而去。他甚至能听到黑龙追杀他们撞烂商铺雨棚的声音。

渐渐的声音没了，长胡子把斑鸠放下，此时天已经明亮，只是雨云使得梦泽洲略显昏暗。

"斑鸠，这下我们真的有必要去见零目大人了。"长胡子说道。再次拎起斑鸠朝梦泽洲最高的钟楼奔去。

水雾彻底散开。

默和繁今躺在湿漉漉的地板上，到处都是火焰烧焦的味道，头发也被火燎了，衣服散发出焦味。他闭着眼睛当死尸等了好久，雷霆才回来告诉他们已经没事了。

繁今把放在脖子上的红色小宝石摘下，之前那些血腥的场面顿时化为虚无，他起身环顾四周，然后将注意力转移到身上被烧焦的衣服上。

"刚刚我感觉雷霆快晕过去了。"繁今心神未定地说道。

"他们这个麻醉药剂确实药量很大，还好我及时赶到，不然雷霆真的要晕过去了。"默大呼出一口气放松下来说道。

"我现在感觉后背和手臂都没有知觉，行动还有点缓慢。"雷霆身上挂着破破烂烂的衣服，一屁股坐在地上说道，他来回戳着胳膊，还是没有知觉。

"你刚刚半兽化前的伤怎么样了？"繁今担忧地问道。

"正好这麻醉药让我一点痛感都没有。半兽化能让我大部分伤痊愈，不过半兽化之后再弄的伤可就得一直留到自然痊愈了。把衣服弄成这样，怕是又得挨我哥骂。"雷霆看着身上细碎的小伤口和破烂衣服叹了口气。

"还好之前在幻那里拿了些稀奇古怪的东西，不然可能很难伪装了。"默仰头看着天亮后灰蒙蒙的天色。

"现在我在他们眼中应该是死了吧？"繁今带着一点点小激动说道，

"不然还能怎样？你真应该看看这玩意的效果。"雷霆拿过繁今手中的小宝石，放在脖子上，顿时血流成河的幻境展开。雷霆特别入戏地抽搐，把繁今逗得捂着肚子笑。

另一边。

皮奥利安从窗户缝中望着街对面行动怪异的改造龙，他一直很担心改造龙突然盯上雷霆那边，只能非常近距离地引诱。皮奥利安甚至不惜用自己的血去引诱改造龙，毕竟这样才能足够真实地模拟——"他带着繁今逃跑"。

每次都由于距离很近弄得皮奥利安提心吊胆。凌晨将至，皮奥利安感觉自己的神经过于紧绷了，凌晨就是雷霆和默行动的时候，如果那边的动静被改造龙发现可是大事不妙。皮奥利安将改造龙引到了与雷霆和默行动地颇远的地方，也确保了周围建筑相对较高，视线不足以看到雷霆他们那个方向。

为了确保这些细碎的方面，皮奥利安分散了太多注意力，在一次分神中，改造龙竟然已经追踪到可视范围内。现在改造龙只和他相隔一条街，细细的窗户缝中，皮奥利安瞥到了改造龙令人恶心的体态。皮奥利安之前没有仔细观察过这条龙，现在注意力突然集中，改造龙的身上的细节都呈现在眼前。

改造龙身体上龙的部分覆盖着一层薄冰，他人类部分的身体苍白，体态特征极其像冰龙。众所周知，魔龙族除了冰龙族，剩下的种群是没有水元素的能力的，这条改造龙竟然是冰龙？冰龙族早在很多年前就被魔龙王塔格拉罗门灭族了，剩下不多的族人早已不知所终。能确切知道还活着的只有魔龙王现任妻子圣青罗。

皮奥利安认出改造龙的种族后，隐隐约约猜到了他变成这样的原因，大概是苟活下来去了魔教才变成这样。

当皮奥利安思绪飘了之后，那条魔龙以飞快的速度向皮奥利安这边冲来，皮奥利安感觉自己的心脏跳停了一拍，他准备进行攻击的时候，一个刺耳的声音响起，改造龙的动作停滞住，皮奥利安瞥到他拿出带着裂痕的无声笛，无声笛如果损坏就会发出刺耳的声音。

无声笛在改造龙确认之下，立马腾开膜翼向空中飞去。方向与皮奥利安所在位置相反，这让皮奥利安感到有些诧异。

肯定是泉溟真哲的召唤，不然改造龙不会在已经追击到目标的情况下，舍弃目标离开这里。

梦泽洲最高的钟塔之上。

冷风呼啸穿过斑鸠的耳朵，刮掉挂在耳垂的冷汗。她心目中的那位零目大人就在眼前，他像是一头俊美的凶兽，那种摄人心魄的美感与危险并存。仿佛就是一头如同死神的冷艳猛兽。比起美，斑鸠感觉扼喉的恐惧更占上风。她不敢在泉溟真哲面前吭声，因为他们带来的消息根本称不上好消息——准司被误杀。

长胡子也是在结结巴巴中将准司被误杀的消息说全，即刻就迎来了猛兽的怒吼。斑鸠感觉自己的喉咙已经被这头猛兽衔住，生死全在他手中。胡思乱想的斑鸠听到膜翼鼓动的声音渐渐入耳。

"主人，打扰了，请问有什么要事吩咐？"安德洛弗向泉溟真哲行礼，斑鸠被安德洛弗身上各种缝补的痕迹吓得倒吸凉气。

"准司死了，我本以为就算是坏消息也是你第一个来告诉我。这么久了，你在哪？"泉溟真哲抑制愤怒的语气，变得非常平淡，在斑鸠耳中更像是蛇的嘶鸣。

"在下还能跟踪到神龙和准司移动的踪迹，已经离得很近了。怎么可能会有准司突然死亡的消息？"安德洛弗分外不解。

"如果真是这样，肯定你们其中有一方被骗了。"泉溟真哲冷冰冰地说道。

"我们亲眼看到准司死了，就在……"斑鸠说着与泉溟真哲的目光相接，突然没了音。斑鸠向长胡子后面缩了缩，没有继续说话。

"准司被误杀后就一直被那条发狂的魔龙保护着，我们没有办法回收尸体，为了保障队员安全，我让他们分散撤离了。"长胡子身为队长，还是保留着相当的理智。

"不用你说，我自己看。"

泉溟真哲从钟楼窗台跳下，溅了一地雨水，走到长胡子面前，示意他让开。长胡子只好挪开，露出身后的斑鸠。斑鸠的眼睛左右乱瞟不知所措，她从来没有与泉溟真哲距离这么近。

绕过长胡子，泉溟真哲把斑鸠拉到身边，将她紧紧地抱在怀里。斑鸠感觉自己的脸都开始发烫，她有点庆幸，这个姿势泉溟真哲看不到她的脸。泉溟真哲左手在她的脊梁上摸了一个位置，并在她耳边轻声说道：

"乖。"

斑鸠感觉整个人都已经变得轻飘飘了，当她还在担心耳朵红会不会被他发现时，一阵剧烈的刺痛席卷背部，她甚至根本做不出任何反抗，连叫都叫不出来。现在身体像是被另一个人控制一样，她只能感觉到自己的精神在颤抖，痛感像无数尖刀来回冲撞着脑袋，身体无法动弹，只能以这样甜蜜的姿势扛着最强烈的剧痛。

泉溟真哲右手在斑鸠的脊椎上刺进一针，带着他的能量联通了斑鸠的脊椎，直通大脑。只有对他没有任何防范的人才能用这一招，除了活人，死人也同样能用。这样他就能暂时控制他人身体，并读到他人之前的部分记忆。

斑鸠的记忆中的情景随着水雾变得朦胧，魔龙扔下已经被掐死的蒙面少年，旁边准司脖子上漫出的血染红了周围的积水。龙试图去触碰准司，准司就像一件被抽了线的木偶，一动不动。

拔出针，斑鸠像是活过来了一样软在地上，她的双眼空洞地望着泉溟真哲，脸上的红晕还未消。长胡子赶紧去扶她，泉溟真哲根本没有管斑鸠，转过身去，仿佛斑鸠对他来说只是一个破烂的玩具。

准司鲜红的血映在泉溟真哲脑海中。长胡子看到泉溟真哲手上暴起的青筋，赶快拉着斑鸠向后退了两步。

"安德洛弗，追踪了这么久你看到了什么？"泉溟真哲背对着他们问道。

"暂时没有结果，但是我敢肯定我离他们已经很近了。"安德洛弗诚恳地说道。

"他们兵分两路，换了魔龙带着准司逃跑，原先带着准司的神龙负责诱骗你转移注意力。然后你就这么被轻轻松松地骗了。安德洛弗，我现在开始觉得给你做的心脏助力器根本不值。"泉溟真哲回头瞥了一眼表情惊恐的安德洛弗。继续说道：

"今晚就是梦泽洲的死线，我也没有必要让教主着急提前来到梦泽洲。安德洛弗，你的事，回第二空间再处置。都走吧！"泉溟真哲不想和他们多说话。长胡子扛着斑鸠离开，安德洛弗像一根发呆的木头似的，捂着胸口，像幽灵一样跟着长胡子飘走。

望着钟楼外的细雨，泉溟真哲陷入沉思。至少准司是死了，丘狼族的统治阶层已经死绝，丘狼族变得彻底无可救药。幸好教主对丘狼族只抱有毁灭的欲望，不然准司之死定会成为这一次行动的败笔，怪罪在泉溟真哲头上。

大祭司有意带着整个丘狼族投靠暗部的时候，应当早就将准司准备好，在一开始与暗部接触的时候就将准司献给他们。而从头到尾大祭司丝毫没有这样的准备，尽管派人去找准司也没有收获。想到这里，泉溟真哲突然猜到了大祭司的想法，他嘴边浮起一丝冷笑讥讽道：

"原来那头母狼一开始就没有想交出准司……"

在这距离死线的最后一天，几乎所有的暗部人士都撤离了。梦泽洲的居民也撤离了大半，无论他们撤离走多少人，他们赖以生存的家园也会覆灭。而且鬃狮族也在此时趁虚而入，丘狼族的上层也死绝。这个种族已经废了，可就算是胜棋，这赢法也让泉溟真哲极其不爽。

安德洛弗跟着长胡子从钟楼的楼梯向下走着，长胡子看他的样子就像是抽了魂。问道："你们龙族幼年就能半兽化？"

"不存在的，先例只有现在的龙王塔格拉罗门。"安德洛弗干巴巴地答道。

"我本以为有出生心智的魔龙族就可以跳过这个规律，直接不到成年就能半兽化了。"安德洛弗说道。一般魔龙族刚出生就会有一定智力，魔龙族称其为"出生心智"，并且将这部分智力换算成年龄，算进总年龄中。

"虽然出生心智会加在总年龄里面，但是出生心智不会超过七岁，一般都是五六岁，所以幼年龙不可能有半兽化的能力。"安德洛弗语气干巴巴的，像一台没有感情的回答机器。

"那就怪了，我们今天对付的那条魔龙，看年龄还很小，加上出生心智恐怕不过十几岁的样子。怎么就能半兽化了呢？"长胡子疑惑道。

"他能半兽化？他眼睛什么颜色的！"安德洛弗突然情绪高涨追问道。

"眼睛？像是烧红的钢水。"长胡子能回忆起的只有那条龙半兽化后的模样。

听后安德洛弗像是疯魔一样撞破钟楼楼梯间的玻璃，化作一道黑影飞了出去。

天色昏暗，皮奥利安收到了默传音石的消息，也就没有吝惜能量，直接将能量全部用于造雨。让天际的雨云像是泼墨似的浓重起来，在天气的影响下，梦泽洲的居民感到降雨的紧迫感，撤离得更快了。

四人在城中的约定地点汇合休息，皮奥利安看到他们三人身上破破烂烂烧焦的模样不禁笑出来，繁今头发都焦了不少，应该在雷霆火焰中心才会这样。皮奥利安从随身的背包中掏出手帕，沾上水递给他们擦擦脸上的灰。

"看看你把他们弄得这么狼狈，你应该控制一下火焰的。"皮奥利安砸了一下雷霆的脑袋。雷霆不服气地说道：

"不是说好要演戏？这样才真实！"

"你怎么比他们还惨？看来这之后得好好拜托羽林了。"皮奥利安担忧地打量着雷霆上半身几乎彻底破烂的衣服，雷霆身上还有各种细碎的刀伤。皮奥利安赶忙把外套脱下来递给他。

"那头猩猩我有点招架不住，用了半兽化，不然可能还没把戏演完，繁今就会被围攻抓走了。"雷霆接过外套说道。

"真是辛苦你们了，我都不知道该怎么感谢你们。"繁今看着他们狼狈的模样，心里有点过不去。对于这点，其实他们三人根本没有求着要报答的想法，他们只是不想让丘狼族彻底落败在繁今眼前而已。

"这算什么，反正……"皮奥利安刚想让繁今不要在意这些。雷霆的声音一下子就盖过去：

"请客吃饭！"顿时雷霆的眼睛变得亮晶晶地看向繁今。繁今听后"噗呲"一声笑了出来，确实，遇到他们的时候，许诺的饭一直都没有兑现，雷霆还在这里惦记着。

"靠一顿饭就能报答了吗？你也太好满足了吧？"繁今笑道。

"不说别的，你能好好地活下去成为丘狼族大祭司，就是对我们的报答了。"默语重心长地说道，默才发觉他们还没将大祭司去世的消息告知繁今，忙生涩地转变话题说："当然吃饭也是必须的。"

"没问题！"繁今笑道，全然没有在意默刚刚别扭的转折。

默知道将大祭司的遗物交给繁今现在还不是时候，先确保一切都按计划进行下去之后再说吧，默无法想象将这件事告知繁今，视大祭司如再生母亲的繁今会有何反应。

"现在繁今已经消失在魔教眼中，可以和群众一起撤离出梦泽洲了。我们能拖延的时间已经到头了，走吧！"默起身说道。

"为什么这最后一天不将时间拖到底呢？我之前一直对此抱有疑问。"繁今起身问道。

"我不知道暗部准备了什么东西来毁灭梦泽洲，这最后一天太过冒险，甚至连他们自己人都要撤离出梦泽洲，我们不能在这里冒险。"默说道。繁今若有所思地点点头，目前根本没有任何军队进犯丘狼族，甚至梦泽洲也没有出现任何异常，难道说是辰月，现在的魔教教主亲自来此动手吗？

空中细微的膜翼鼓风的声音被皮奥利安捕捉到，鼓风声极其熟悉。

皮奥利安脸色大变，默看到皮奥利安的异常后反应奇快，将掩面什么的一股脑全部堆到繁今头上，繁今被他们的反应弄得猝不及防，跌坐在地上，一堆破布都堆在脑顶。

"无论发生什么都不要动，也不要露出脸。"

默叮嘱完，靠近繁今拔剑做出防御的准备，他就算露脸也没有大碍，魔教下层的人基本上没有几个靠脸认得他，多半都是看到他的能力和良鹤一样才能认出他的身份。

皮奥利安站在最前面把雷霆护在身后，雷霆对他这个举动很不解。雷霆能听到皮奥利安因为紧张变得沉重的呼吸声。雷霆自认为就算受了点伤，暂时不能半兽化，也不至于让能量被费了大半的哥哥保护。

"哥，你干什么……"雷霆还没说出口，就看到了周围雨的积水漫上了一层薄冰，他们口鼻处都逐渐有了白气，周围的温度骤然降了好几度。这种感觉在北寒月发动能力的时候也会有，真正冰属性的人会自带寒冷，并且能力发动的时候会影响周围。不像皮奥利安用冰的时候，只是单纯地用凝固的水。

散发着寒气的身影带着一声震耳的咆哮从街区上方向他们冲来，目标明确直击雷霆。

由于速度太快，雷霆只在刹那之间捕捉到了来者的丑陋身影，但他发动能力后的寒气摆明了他是冰龙。皮奥利安将身后的雷霆推开，带起旋转的水流做出阻挡，来者直接将水的阻碍破开，水流在他接触过后，变成散落的冰块碎在地上。

此时来者的样貌才彻底被看清——身上满是将龙身缝补到人体上的痕迹。雷霆倒吸一口凉气，他从来没有见过泉溟真哲改造成的这样的龙。龙身上本来优美的曲线在改造龙身上像是扭曲的骨头一样狰狞。

"塔格拉罗门的孽种！"改造龙发了疯似的龇牙咧嘴向雷霆扑过来。雷霆一听他这个称呼也冒火了，本来雷霆就恨他父亲，居然还有人把对魔龙王的仇恨转移到他身上来，这简直是触了雷霆的逆鳞。

"就你这种懦夫不配说我弟！"皮奥利安带着咆哮怒吼道，雷霆第一次见哥哥比自己还生气。皮奥利安一用能力身上白色的鳞片就更明显了，他完全没有在意这些。反而向着改造龙冲去。

两个残影相接的瞬间，寒冰与水冲撞开来，在纯正的冰属性之下，皮奥利安绝对处于劣势。皮奥利安一直控制着水不要低于零度，旋转高压的水刺在改造龙身上只留下了浅浅的痕迹就被冰结消失。皮奥利安哪肯服输，他像是脑子被愤怒灌满了一样完全不顾能量的消耗，手上卷着激流就向改造龙的身上击去。每多消耗一点能量，皮奥利安身上龙的特征就越明显。这根本不是半兽化，只是因为能量不足不能维持人身了而已。

几个来回下，皮奥利安手上卷着临近沸腾的水将改造龙胳膊上附着的冰甲撕开，撕开的刹那，皮奥利安手上的水温度一降，就被寒气所冰冻，改造龙咬向皮奥利安的手臂，带着冰把他胳膊上的鳞带着肉扯了下来，皮奥利安像是根本不知道疼一样还在攻击，直到改造龙一尾巴甩到他的腰上，冰凝刺穿他的腹部将他按进墙里，皮奥利安才暂时丧失了行动力，但还在不停地咆哮挣扎。

不论是年龄还是属性，还是能量的剩余量，改造龙都占上风。

"你一条神龙掺和什么！我们要是有你们神龙的外表也不至于被屠杀！我的一切全部都被塔格拉罗门毁了！"改造龙的目的不在皮奥利安身上，黑蓝色的龙瞳盯着全身着火的雷霆。雷霆化作一支箭矢带着爆炎席卷而去，热浪绝对能将冰龙的冰霜全部消融。整条街的空气骤然炽热起来。

"雷霆别去！"皮奥利安被钉在墙上大喊。默也注意到一个问题，冰龙如此有自信地来取雷霆的命，靠自身能力被火克制是肯定赢不了的，除非……

想到这里，默和皮奥利安同时动手了，皮奥利安奋力将刺在身上的冰凝挣断。

"我终于等到今天了！"改造龙原地等着雷霆送上门去。他的冰霜骤然加大，凝出的冰层附上白色的霜晶让其身影模糊不清。雷霆全然不在意这些，火焰轰击而上，那些看起来很厚的冰像是泡沫一样在雷霆眼前碎掉，这绝对不是高温燃尽的结果，而是引诱雷霆进攻的伪装，改造龙手持白色的钢刀在冰碎裂的瞬间向雷霆的心脏刺去。

皮奥利安忍着被雷霆火焰炙烤的高温冲进火球，将雷霆推开，他被雷霆向前冲的惯性撞到，皮奥利安后背被刺进了钢刀。

"你一个神龙为什么要这么拼！我们魔龙族的恩怨与你何干！"改造龙怒吼道，向前追击被推开滚在水潭里的雷霆，被马上冲上前来的默挡住了。默的审判剑一直招架着改造龙不断生出的冰晶。

"雷霆，带着他们快走！"默吼道。他第一次知道成年龙的力气这么大，如果不用能力根本招架不住。如果要用能力必须灭口，默在这两者间纠结着。现在最好的办法就是用审判剑坚持到雷霆带着皮奥利安他们逃走。

雷霆从水潭中爬起，皮奥利安的伤势让他感到惊恐与震怒。皮奥利安很明显是被刚刚的冲击弄得有些昏昏沉沉了，背上插着溅上血的刀，想爬又爬不起来，即使这样皮奥利安也一直盯着改造龙那边，他嘴里一直念着一句话——

"因为他是我弟。"

这句引得雷霆更加怒火中烧，他拾起周围散碎的冰凝向着自己的身体插去，他需要半兽化，他需要力量！这两个想法挤占了雷霆的大脑。哪怕这么做会对他伤害极大，他现在必须与成年龙抗衡。

"雷霆！住手！快走！"默攻击间隙的余光瞥到雷霆正在自残，他明显感觉到这条改造龙身上能量的运行轨迹被泉溟真哲改过，他身体内的构造也被改过。如果硬碰硬很有可能会自损八百。

"快走啊！"默之前受伤的手被审判剑蔓延而上的冰霜刺痛着，神经紧绷，他现在真希望雷霆已经带着皮奥利安和繁今离开了。默单纯用审判剑不用能力根本没有办法与改造龙抗衡，这条龙恐怕比之前的豹骑人更难对付。默任何不带能力的单纯攻击都能被他看穿，然后被拆掉。

"你不是恨塔格拉罗门吗，为什么只是血亲，我就要背负他的罪！"雷霆咆哮道，他为自己的命运感到不甘，为牵扯到哥哥感到极度愤怒。默一回头，看到雷霆身上的伤没有随着半兽化痊愈，身上血淋淋的，染红了他的漆黑龙鳞。

默弹开刀后退，他现在唯一的想法只有在情况更恶劣之前阻止雷霆。现在雷霆灿金色的眼中只有改造龙，他迅捷地腾空越过默，直直地向改造龙冲去，龙血淋在默的身上。

冰与火交汇，两条带着翅膀的身影扭打在一起，能量的光芒随着血光飞溅，龙的战斗本能哪怕在负伤状态下都没有削减，雷霆的爪子紧紧地扣在冰龙人体的胸口，用力向下抓去，冰龙龙化的右胳膊一把将雷霆的脖子抓住，雷霆被迫松手抓向冰龙的龙爪。两腿连踢带蹬地甩开冰龙。

二者在分离的片刻，蹬击地面又冲撞在一起。

雷霆凝聚烈焰反手擒住冰龙的人形胳膊，冰霜蒸发露出表皮，在雷霆的炽白色火焰灼烧之下，肉体被燃了大半，金属光泽的骨头露了出来。

"后退！雷霆！"默也看清改造龙露出的骨头很不对劲。

以雷霆的战斗本能下意识地向后退，冰龙咬住自己人形的上肢，将肉体撕烂，露出里面钢骨形状的折叠刀。一尾向后退的雷霆腿部扫去，雷霆重心不稳，后退慢了一拍。改造龙的龙臂扯住雷霆试图保持重心扬起的手臂，折叠刀弹出直接冲着雷霆自残的伤口扎去。

刺得太狠，雷霆身体直接僵直，动弹不得，赤金色的眼神暗淡下去。身体潜意识地颤抖挣扎，血顺着腿淌了下来。攻击突然静止，四周火焰和凝霜腾起的稀薄雾气缓慢散开，他们看到薄雾正中改造龙举着雷霆，另一条胳膊的折叠刀刺穿了他的身躯。

皮奥利安看到这一幕，感觉心脏跳停了一拍，他咬牙切齿地带着咆哮挣扎起来，默在他脑后劈了一下，皮奥利安带着不甘晕了过去。默不想让情况继续恶化下去，如果皮奥利安再冲昏头脑，情况肯定彻底没有办法控制。

现在默哪里还顾得上隐藏能力，就在能力在手里凝结的那一瞬间。余光看到腰上的黄岩环闪动起来，它倒映旁边的建筑窗户突然泛起了金黄色。

明灿灿的人影冲破建筑的玻璃，带着刺耳的劲风冲进薄雾。在她落地的刹那，薄雾被冲散，改造龙金属的骨头在耀眼的金色闪过之后被切断，擒着雷霆的龙臂也被一同伤及。条件反射地放开雷霆。

龙瞳适应光芒之后的改造龙看清了来人——一位穿着丘狼族传统服饰，两片翅膀收拢在光芒中，头发在光明能量下映得赤黄的女孩。

改造龙自知他已经被雷霆和皮奥利安伤透，现在已是强弩之末。他不想将时间浪费在其他人身上。女孩哪肯给他追击雷霆的机会，周身爆发出刺目的光明能量遮盖他的视野，光明带来的温度继续腐蚀着冰龙身上附着的霜。

她手持灿金色的双刀直接毫不留情地向改造龙挥出，改造龙预测双刀的攻击路线还是很容易的，但是这双刀在挥出的瞬间变成了长枪，这一下挑中了改造龙的锁骨，以女孩的力气倒是刺穿不了改造龙。但是她的能力在他体内变形，像倒刺一样勾住了他的锁骨，女孩身形一转，用全身的力量将他拉向自己。改造龙看到女孩这一次攻击有极大的破绽，他只要这样用龙翼向后挥动空气，就能直接扑上去咬到女孩的脖子。

"默！"女孩毫不畏惧，带着自信喊道。

改造龙完全忘记他现在彻底背对之前那位少年，他彻底被女孩耀眼的光芒所蒙蔽。

漆黑的长枪在他张开翅膀露出后背的那一刹那，从后面洞穿了他的心脏。泉溟真哲为他做的心脏助力器彻底失效。改造龙像是卸掉轴承的机器，倒在地上。

雷霆赤金色的龙瞳看着改造龙倒下熄灭，即使失血过多和折磨神经的伤让他难以忍受，他还是想从视线范围内寻找哥哥，但最后留在他眼里的只剩模糊的灿金色人影，意识彻底被伤痛所带离，昏了过去。

冷风带着山中的气息混着菜叶的味道吹进皮奥利安的鼻子中，他刺痛的神经紧绷起来，身体内仿佛有燃烧的血液涌上脑袋，眼前的黑暗中恍若还是凝住的寒霜。他奋力地睁开双眼，警惕着仇视四周，眼前大约有一个木制车厢的轮廓，他全然不在乎这些，紧张的心跳带着尚未清晰的眼睛，在模糊的视野中寻找着雷霆。

看到红色头发的雷霆躺在一边，他心脏几近骤停。难道最可怕的结果发生了？他脑海中生怕再碰到雷霆只能感觉到冰凉，全然不顾自己，跌跌撞撞地挪到雷霆身边，搂住雷霆的那一刻察觉还有温度，瞬间心安了下来。聚在头上发烫的血气慢慢消散，紧绷的心弦被解开，他放松地倒在雷霆旁边，轻轻碰着雷霆脸上残余的黑色鳞片，像是被欣喜盖过似的，泪水再一次让眼睛模糊起来。

"雷霆没有生命危险，伤被我的能量强行治愈了，真正彻底好还需要些日子。唉，你们两个可真让人操心！"

皮奥利安听着耳边车轮颠簸滚动的声音和熟悉的话语声，撑着脑袋抬头看向来源。

"羽林？你怎么……咳咳！"

羽林走上前，扶着皮奥利安靠着车板坐起来，又用光明能量仔细检查了一遍皮奥利安的身体。皮奥利安直起身才慢慢看清了整个木制的车厢，他们和一大堆蔬菜共同挤在车厢内，车厢有个供人进出的旁门，日光从旁门的木条缝隙中透进来，照在繁今和默身上。羽林用能力做了一盏小灯放在雷霆旁边。

"说到底还是被强行治愈，底子不行啊！你们以后可不能再这样了，如果我来晚一点，你和雷霆恐怕……当时真得吓死我了，还好龙体格都很健壮。"羽林用能力做了一个简易听诊器，仔仔细细听了一遍皮奥利安伤及的位置。被羽林能量强行恢复的组织，机能肯定不如从前，只能靠自己慢慢恢复，至少生命不会受到威胁。

皮奥利安看着胳膊上的小伤口被羽林能量催生的嫩红色新肉，像是新生嫩芽一样脆弱。被洞穿的伤口周围的肌肉也使不上力。

"我第一次见皮奥利安这么冲动，根本拦不住你们两个。"默靠着车板叹道。

"抱歉，当时直接被愤怒冲昏头脑。我是绝对不能容忍让雷霆背负他浑蛋父亲的罪孽。本来我们都是受害者，知道不能在父辈的纠葛中活下去，我都带着雷霆逃了这么远了，没想到还是碰到了，也害得你们为我们的不冷静做出担保。"皮奥利安低着头说道。

"还好没有酿成大祸，细节默都和我说了，明知自己的属性被克制，为什么还要冲上去呢？如果真的打不过撤退就好了，撤退也不会有现在这样的损失，真难见到你这么偏执。"羽林问道。

"那条龙目标就是杀死雷霆。如果我退缩了，我就对不起母亲。她让我保护好雷霆。我是哥哥，恩怨大罪什么的，有我在就轮不到他承担。但终究还是不冷静啊，如果我比现在再强一点，就不会变成这种结果了。"皮奥利安看着雷霆缠着厚厚的绷带，想去碰又不敢去碰。

"雷霆见到你受伤，变得更冲动了。给我的感觉，过去的那些事不是你的逆鳞，你们彼此的安危才是你们互相的逆鳞。"繁今从默丢过来的掩面缝隙中目睹了全过程，太过惨烈的战斗甚至让他都倒吸凉气。他根本不可能在战斗中帮上忙，只能在一边躲着看。

"唉……这么多年了，我想做的只有让我们彻底脱离血缘的束缚，我不要紧，我只想让雷霆自由地活下去，让他体验各种生活，作为一个普通人活着。不会有人因为他从未干过的事情上来寻仇。但谁知道之后又会怎样呢？"

繁今突然在摇晃的车厢里站起来，郑重向皮奥利安行礼，用丘狼族的语言说了一串祭司的用语，又像是举行什么仪式似的抚上皮奥利安和雷霆的额头，用通用语说道：

"愿你们能逃离束缚，过上自己想要的生活。"

"我以前听说丘狼族祭司的祝福很有效，非常感谢！"皮奥利安笑道。

默听到车厢外面有树枝刮扯的声音，应该是快到山顶了。他拉开旁门，看到外面的树林茂密，还有一些疏散群众背着大包小包在路上与他们同行。

"我们现在在哪？"皮奥利安问道。

"梦泽洲西面的山顶，应该马上就到疏散地点了，过了这个山脊。那个疏散地点应该能眺望到整个梦泽洲，暗部想要干什么，今晚就能见分晓。"默皱着眉试图透过树林看到梦泽洲。

他们买通了这个运菜车，和蔬菜一起挤在车厢内，成功撤离了梦泽洲，虽然已经近乎好几天没有休息，上山期间默一直害怕还有人来袭，一直紧绷着神经，无论羽林怎么劝，他根本不敢休息。

梦泽洲的午后，因为空中的雨云在之前皮奥利安的控制下积攒了很久，几乎不需要能力维持就靠自然天气继续存在着，不过没了皮奥利安本人的控制，应该会在入夜后彻底消散。

午后空气渐冷，泉溟真哲漫步在空无一人的梦泽洲，但是街道上所有窗前都有灯，这让街道的气氛很诡异。整座城虽然还有一些人逗留在这里，但泉溟真哲所在的位置已经彻底没人了。他刚刚去过城门附近，大概了解了梦泽洲群众的撤离量，同时他还发现了被毁掉的傀儡蜘蛛和被烧成灰的尸体。

他之后穿过城区，他在上午的时候感应到自己能力被外力销毁，现在他慢慢在城中漫步，走到了大概销毁地点，最终找到了具体位置。

街道上只留着改造龙安德洛弗的尸体，他被洞穿左胸，同时洞穿了自己为他做的心脏助力器。毁成这样自然没有办法修。泉溟真哲再看周围，街道除了损毁的地方，剩下的地方除了留着安德洛弗的血迹，其他本应有战斗的痕迹也被抹除。

泉溟真哲将安德洛弗的尸体翻过来，看到他的眼睛还完好。泉溟真哲嬉笑着感叹道：

"刚死没多久，应该还能读记忆。现在所有的一切都将水落石出了呢！"泉溟真哲取出随身携带的针，带着自身的能量刺入安德洛弗尸体的颈椎。

一幅幅画面出现在泉溟真哲眼前，从安德洛弗追上魔龙后，一切虽然随着攻击与搏斗变得眼花缭乱，但是该看清的脸，他们口中的对话，泉溟真哲一个都没有错过。直到他见过的熟悉面孔出现在眼前——皇澜青鹤。这让他怒火中烧，青筋直跳，脸上挂着的歪笑仿佛是在嘲讽自己。

随后在安德洛弗记忆的影像中他看到了同样能力变化自如的羽林。此时泉溟真哲的笑又变了，她和青鹤动作衔接，配合极其流畅，直接表明她和青鹤关系不一般。没有想到这安德洛弗最后还是给他献出一份大礼。

还陶醉在记忆中的泉溟真哲露出了欢喜的笑容，像是中了大奖又喝醉似的嘟囔着：

"居然是魔龙王的儿子？还有那个女孩，青鹤你身边的人真不一般！唉，那条魔龙被做成傀儡应该比这废物强得多吧，毕竟他可是魔龙王的血脉。咦，这些情报卖钱也不错呢，不知道那个女孩，教主大人想不想要呢？"说到这里，他又猛然想起青鹤可能是整个局面翻转的罪魁祸首，咬牙切齿片刻突然又笑道：

"不过良鹤要是知道他亲爱的弟弟在外面生龙活虎，会怎么样呢？教主知道，又会如何呢？"

泉溟真哲转念一想，单凭青鹤就能将他们的情报把控至如此准确？甚至知道何时他们展开攻击，用准司的权利组织疏散，这未免有些太过不可思议，甚至最后疏散期限之前泉溟真哲都没有将确切期限直接告知下属，只是说了一个大概时间段。除非是大祭司那边有所疏漏，联系到了连他们都找不到的准司。

"呵，撤离也好，对弈也罢，这最终的胜者还是我们。"泉溟真哲望着昏黄的天际中向他飞来的黑色蝙蝠说道。

梦泽洲夕阳已沉，天空中的阴云消散干净，透明澈亮的星空展现在梦泽洲之上，梦泽洲中灯火通明，这是所有人撤离前必须在窗边摆上灯火表示已经撤离的符号。在整个星空与地面灯火的倒映下，平静得像湖水倒影。

只是灯火就让梦泽洲变成了星空之镜，繁今站在西山山顶上眺望着梦泽洲夜色的美丽，感慨万千。

"到现在都没有任何动静，魔教到底想怎样毁掉梦泽洲？"默皱着眉，与繁今和羽林并肩站在山顶上。山顶上还有其他梦泽洲的居民，看到云早就消散，纷纷都在质疑上层的疏散政策。

"能再拖延些时间最好，现在还有一些人没有撤离走。还有一些楼的灯没有亮起，很有可能是因为云散了之后又回去的。"繁今能听到自己心脏剧烈跳动的声音。现在心率比他体力过度消耗还要更快。目前的情况他已经不能再干涉，他只能这么静静地等待，像是临死之际等待闸刀落下一样漫长。

灰薄的云际消散，梦泽洲中央上空绚丽的星空开始扭曲。这是因为那一片的气流开始旋转而造成的扭曲，羽林很快将中央出现的异变认了出来——空间跳转门。

他们从未见过扩大如此之快的空间跳转门，像是闪断似的迅速放大。仿佛放大过程中的时间都被吞噬似的，跳转门跳跃了时间，直径扩张到了已经能容纳大多数建筑的程度。从跳转门中央探出一个黑漆漆的巨大阴影。

黑影的模样不像生物，像是很多种巨型生物堆叠在一起的尸体骨肉，阴影慢慢将全貌展现在梦泽洲中央。此时它的身上开始有能量流动的光亮，照亮了它所有躯壳。

山上凡是能看到梦泽洲的居民都开始惊叫出声，梦泽洲中央的庞然大物身上的扭曲巨骨上布满着能量流动的纹路，它的顶端有不同种类兽类的翅膀控制方向，它下半部分堆叠着能量石来维持浮空状态，在整个庞然大物的前端有一个鸟头似的装置。

"泉溟真哲居然把它做出来了……"默说话的声音都已经被庞然大物突然轰鸣的声音盖过去了，哪怕这还是在梦泽洲周边的山上。

庞然大物所发出的轰鸣声就是凝聚能量的声音，它前端鸟头装置的顶端隐隐约约能看到上面站着人。炽白色的能量从扭曲堆叠的生物堆中顺着能量导路奔腾向鸟头似的前端开始分成四根喙，"鸟"嘴逐渐裂开，白色能量在它的凝聚下汇在口中。炽白色的能量球足足有十几栋楼的体积。

当装置蓄满能量后，它身上各处开始张开兽族不同种类的膜翼和羽翼，所有的翅膀开始运作，风声听着刺耳。

白色的能量球骤然在庞然大物口中缩小，随着恍若百道雷劈同时入耳的声音，炽白色的光束从装置口中射出，像是白色的死神之矛一样直插星河一样的梦泽洲。巨型能量释放的声音轰击着所有人的耳膜，庞大的声波和冲击波一同到达周围山脉，默和羽林赶忙将繁今护住，繁今推开他们，睁开被能量冲击光刺痛的眼睛。

他必须亲自看着梦泽洲的毁灭，这是丘狼族史上最黑暗的一天，他必须亲眼见证。

白矛似的光束冲进梦泽洲地下，地面从中央开始裂开，地表像干涸的河床一样分裂开来，裂缝中透露着炫目白光，梦泽洲的建筑斩草似的倒下，地面似乎已经承受不住这么多能量，龟裂的地面开始向外膨胀。

默强行捂住繁今的眼睛，羽林捂住自己眼睛的同时做出透明的盾护住三人，接下来等待的就是地面承受不住的爆炸之时。

爆炸来临的那一刻仿佛世界是无声的，像是死神为了向丘狼族低语似的。龟裂的地面全部掀到空中，冲击波即使到西山减弱不少也造成了冲击，像是飓风过境，山上脆弱的树枝折断刮在群众身上，所有人只能抱头惊叫。白光散尽，繁今此时再次挣开默的手，透过羽林透明的盾看到天上向下坠落的建筑物和梦泽洲大块龟裂的地面。它们像是在水中溺亡的鸟所挣扎掉的羽毛，慢慢从天上飘落，飘向因为残留着能量而赤红的地面，热浪翻涌在地面之上，所有景象在热浪中扭曲。

繁今腿一软，强撑着没有跪下去。

有近千年历史的梦泽洲，让丘狼族引以为豪的梦中之泽，现在只剩火盆似的遗骸。

一切都化作灰烬。

……

装置之上，各色兽类的翅膀被冲击波轰掉了不少，装置的运行都有些歪歪斜斜。前端的发射处几近被融化，现在像是融化的钢水向下方的巨坑掉着。发射处后方，有一个人手持透明的盾护住了所有站在装置上的人。

金黄色像雏菊似的头发在残风中飞舞着，他收回能力，透明的盾瞬间消失。他身穿墨绿偏黑带金色暗纹的长衣，橙黄偏一点点褐色的眼睛望着已化作灰烬的梦泽洲。

三十年前，他曾暗自许诺要让丘狼族付出惨重代价。如今他凌驾在灰烬舞动的巨坑残骸之上，心里空荡荡的，毁灭的巨坑摆在眼前，似乎也没有给予他多少慰藉与成就感。

"姐姐，我终于做到了，如果你能看到，就好了……"无明之月轻声说道。他身后的人没有听到他的话，只能看到他的嘴唇抽动。

泉溟真哲和宁水岳郡共同站在无明之月身后，最靠近无明之月的不是零目们，而是兰库罗斯手下阎庭七鬼之一的遏空鬼，阎庭七鬼所有鬼都只有黑色的影子和一点点实体。他有着像时空之子阿克帕斯类似的能力，虽然并不全面，但足以在梦泽洲上空打开空间跳转门。

"教主看来很高兴呢，吾等为您献上祝福！"像风钻进窗子似的声音在遏空鬼口中响起。这种属于他们的语言无明之月能听懂，单纯的阿谀奉承，无明之月没有理会他。

"这梦泽洲之前景色确实不错，刚刚前来之时景色壮丽恍若星河驶船，如此毁灭确实能在明处掀起轩然大波。只是这厄城器也有损耗，真哲兄还有待改进啊！"零目首位宁水岳郡说道。

"确实有未彻底完成的部分，不过在下会尽力完成改造任务的，会让厄城器在冲击波中减少自身损耗。"泉溟真哲毕恭毕敬地说道。

"在下得知梦泽洲的居民因为之前天气疑似山洪撤离了大半，现在已经分散开了。"宁水岳郡哪壶不开提哪壶，引得无明之月回过头来审视泉溟真哲，泉溟真哲赶忙单膝跪地。紧接着，宁水岳郡走上前来悠然自得地说道："不过，大祭司与准司皆死，无人掌管再加上首都受到重创，这丘狼族和拔掉尖牙利齿的狼没什么区别，甚至连做狗的资格都没有。以现在丘狼族经济情况，恐怕在这废墟之上重建家园都做不到呢。"

无明之月听后收回了看向泉溟真哲的目光，他对造成这些情况的原因似乎有了推断，带回活的准司还能加以利用，可惜失败了。他无心对此作出惩罚，只感觉像是本就要撕烂的东西被扯得更烂，究竟损坏到什么地步就无所谓了。

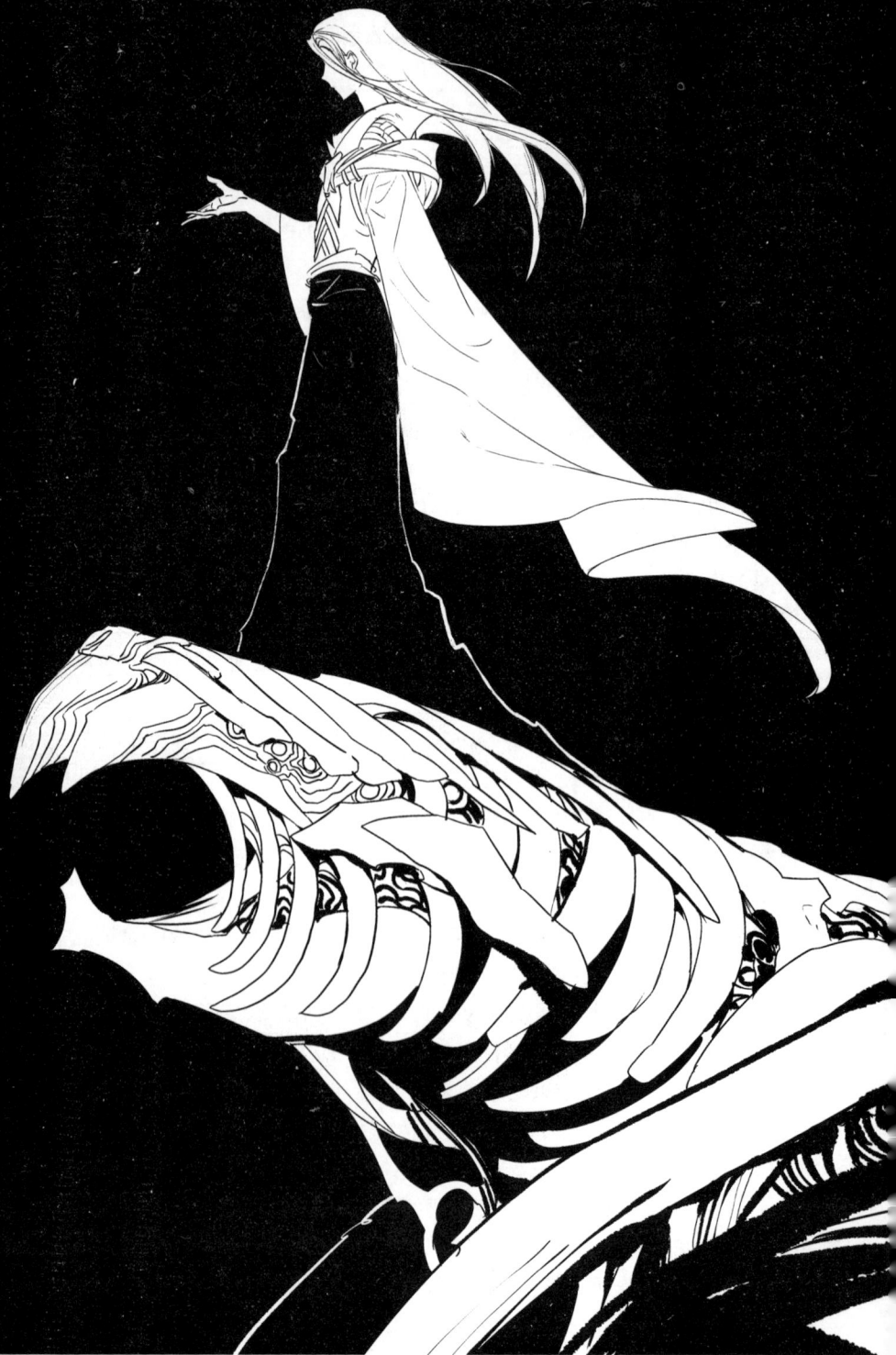

"不用在意那些瑕疵，你们这次做得很好。回去论功领赏！回吧，这残破的丘狼族已经毫无用处了。"

泉溟真哲听令走向驾驶厄城器的位置，宁水岳郡在驾驶位附近闲逛着，看着梦泽洲周围的山上还有一些星星点点的灯火，像是原先梦泽洲内的灯火转移到山上似的。泉溟真哲再次启动厄城器的移动部件，发出轰隆的响声。

"这就是你想要的对弈结果？"泉溟真哲有点不爽地看向宁水岳郡。宁水岳郡听后笑了。

"我根本没有想过结果。谁都不是掌棋之人，只是棋盘中的棋子罢了。你我皆是棋子，每一步怎么走只能看棋子自身。能影响棋子结局的只有棋子自己。"宁水岳郡感受着从地面上翻到空中的温热空气，慢悠悠地说道。泉溟真哲当然听得出来，这是很纯粹的警告——这一次是他自己疏忽了。

第六章 明灯星逝，梦泽永驻 一

第七章

重新开始

第八空间梦泽洲。

透彻的空气让璀璨华丽的星空一览无余，蓝紫色交映的星河像往日一样闪耀。天空一如既往，梦泽洲本应与之辉映的城间灯火从此消逝得一干二净。再也见不到星空倒影似的梦泽之镜。一切恍惚都是人们的梦境，壮美的人间之洲，确确实实的永远存在人们的梦境之中。

没有人愿意醒来去面对眼前的现实，梦泽洲周边的山脉上，所有从梦泽洲逃出来的幸存者，在此时像是被剥夺了喉舌，吐不出一字，发不出一声。甚至连惨叫与悲鸣都呼不出。仿佛眼前已经消逝得一干二净的梦泽洲才真的是梦境，大约从梦里醒来，还能再看到自己家被阳光映亮的天花板。

过了良久，才开始有人真正地面对现实，撕扯东西的声音，家人团在一起的哭吼。彻底将夜空下沉重的空气撕裂，梦泽洲还有一小部分人没有成功撤离。周围的悲鸣声声入耳，不断刺痛着繁今的心，他在这一刻有点撑不住跪坐在地上，双目发直地望着能量蒸腾下的废墟。梦泽洲原本肥沃的土地，现在像是热锅中烧焦的余烬，碎片被风卷在地面上，腾起的气味呼入口鼻更是心碎。

暗部竟然只是轻易地定了一条死线，就能轻轻松松地将梦泽洲毁灭。想到这里，繁今感觉急促的呼吸让他口齿发寒。繁今试图挣扎着站起来，不得不揪住默的衣服，才保持稍微稳的站姿。繁今用力捏的痛感，才将默从深深的震撼中带回现实。繁今用力地拽着他问道：

"告诉我！那到底是什么！"繁今声音带着歇斯底里。

"厄城器。很多年以前，魔教零目泉溟真哲就将它构思出来，它的目的就是为了一击能毁灭一座城市。之前所有的设想还都是一纸空文，谁能想到呢……"默感觉自己说话的声音是那么的干涩，看着繁今听后木然的脸，默知道这个时候应该给他安慰，但他也从刚刚的震撼中缓过神来，脑海中一片空白。

"默……"

默听到羽林唤他，转过头看向羽林，她的眼睛一直留在厄城器在空中消失的地方。

"原来这就是无明之月的目的吗？难道这些就是川羲想看到的？"羽林咬牙切齿地说道。默看到她的眼睛中因为愤怒腾烧着火焰，无明之月绝对不会想到羽林是最清楚川羲的人，而她目睹了所有。羽林现在亲口说出的这句话，也就代表她已经知道所有了，包括辰月是无明之月的事实。

"他毁掉了梦泽洲！杀了这么多人！他真的以为这就是报仇吗！……"羽林怒吼着，默从未见过她这般愤怒与激动，甚至听不清她到底在吼些什么。

羽林抹着被黑夜中冷风吹痛的眼睛，她不想流泪，因为她心里的那股劲告诉她绝对不能在这种时候哭。如果说先前她还对川羲和辰月的经历抱有一点点怜悯的心态，而现在望着梦泽洲的余烬，那一丝丝怜悯同样化作灰烬。随之而来的是堵在胸口溢出来的愤恨。

"他这么做和毁掉他生活的大族长有什么区别！他所谓的复仇就是让更多人像他一样失去家人吗！"从梦泽洲涌上山脉的热风带着灰尘的味道，羽林站在山坡上向早就空空荡荡的天空大喊着。

"他攻击丘狼族只是为了满足一己私欲，为的还是他脑海中臆想出来的川羲。"默逐渐心明了，无明之月只是以为姐姐复仇为理由的恶人，比起复仇后释然的感受，他更享受的是复仇的过程。无明之月是一头被三十年前丘狼族恶劣行径造出来的恶魔，如果不在他身上施压，很有可能当年只是一个问题小孩。可是一切都已经晚了，再说什么都已经无济于事。

"有了这样的厄城器，岂不是他们指哪打哪？"皮奥利安从车上跳下，伤口拉扯的疼痛让他脚下一个踉跄，跌跌撞撞地走到他们身边，望着下面尘埃四起的梦泽洲问道。

"厄城器这样能量庞大的输出，不可能一时半会能用出第二发。汇聚这样多的能量，必须有足够长的时间，或者杀掉足够多拥有能量的人，取他们的能量来用。这个时间少说是按年算的。即使时间再怎样长，终究还是会到的。"默说道。皮奥利安听后感觉心中一紧，目睹厄城器的破坏力的时候，他满脑子想的都是如果厄城器攻击神龙族王城……后果他已经不忍去想象。

"恐怕总空盟上下，甚至全部空间的种族都会为此大骇。我已经无法想象之后会是什么样了。或许会有小种族因此投奔暗部也说不定。"皮奥利安顺着脑中的想法脱口而出。默注意到繁今的头慢慢低下，赶忙制止了皮奥利安还想继续问下去的嘴。

繁今双眼灰暗地望着视线中黑灰死寂的梦泽洲，听着他们对之后更坏的猜测，他知道自己最应该站起来在这个时刻安慰丘狼族的人，可他现在连心脏跳动的力气好像都被剥夺了，亲眼看着自己最爱的家园化作死灰，瞳孔中留下的绿莹莹的闪光残相到现在还未散去。闭上眼睛，留在眼前的晃动光点，好像就是梦泽洲最后留给他的影像。

"什么投靠不投靠的！说得好像我们输了一样！咳咳咳……"雷霆靠着车厢门，突然向他们喊道。"喂！繁今！如果你认为我们输了的话，那我们这几天究竟在为什么努力？梦泽洲还活着啊！"雷霆说到底还是身为龙族身体健壮得过分，在羽林的能量恢复的前提下，靠自身已经清醒过来。

"这就是没有输吗！我该怎么面对人民？难道告诉他们是上一任族长埋下的复仇祸端，让他们来偿还吗！我该怎么做！我该怎么面对他们？如果他们知道我的出身只是逃走的奴隶，他们真的会信任我吗！没有族长……任何领导人都没有，现在就剩下我一个人……边境还有鬃狮族为忧……我一个人到底该怎么办啊……"繁今知道现在哭很难看，捂着眼睛死死地将眼泪憋住，可是闭上眼睛后梦泽洲的残影再现，眼泪终究还是流了下来。

雷霆的话像是点燃繁今心态崩溃的燃点，虽然繁今之前试图靠一个人化解这种吞噬心灵的痛苦，可是终究还是要面对现实，现实的刺痛和所有人对他的期待，终于还是将他压到崩溃。

"或许这个里面有你想要的答案。"默把大祭司南漪挚临死前托付给他的暗纹黑盒，从放在胸口的口袋中拿出，递向繁今。繁今嗅到上面有师父的味道，当他碰到盒子的时候，暗纹从中心发出蓝紫色的光芒。

光芒很刺眼，像是握住一颗星星似的，繁今眼睛被晃到，再闭眼的时候，之前留在眼前的梦泽洲残像已然不见。

猛的睁开眼睛，繁今发现自己跪在一个宽敞的大厅中。这个大厅是盒子延展出的扭曲空间，黑盒子外的暗纹就是绘制的空间阵法。大厅空气中的气味只有大祭司身上带着的书墨香。大厅中光线并不充足，远处的厅堂很昏暗，繁今隐隐约约从厅堂那边看到一个人的模样。

他以为有人站在那里，他缓慢地向厅堂那端走去。靠近那个"人"的时候，已经适应黑暗的狼瞳看清了，这只是一个人像，人像身上穿着古朴的祭祀服，祭祀服头上是一颗狰狞的木制狼头，繁今瞥到的时候还被吓到了。

祭祀服看起来很有年代感，但是它一尘不染。人像手上捧着一本合上的书，书看起来很新，书旁边有一个锁扣。繁今轻轻碰了一下锁扣，锁扣立马弹开。繁今翻开第一页，上面写着——

我将所有的一切献给你，我唯一的孩子繁今。

他刚刚止住的眼泪，见到这一行字，再也控制不住，眼泪不断地从眼睛中涌出，擦也擦不过来。翻到第二页，工整娟秀的丘狼族文字映入眼帘。

你能来到这里，见到这本书，那我最后小小的愿望也就了结。

我早年曾腹中有子，但维兰德迫切想将族长的位置握在他手里，又生怕我有孩子之后不去选择他的儿子为族长，出于私心，将我迫害。我没了孩子，也彻底不会再拥有孩子。这恐怕就是近几代大祭司的诅咒，因为政治逐渐腐败，历代大祭司为了生存，只能屈服于族长的权利。我在此就不想提起以前的事情了，那些陈年旧事已经与你没有关系了。

　　可能是因为我早年失子的原因，我的愿望一直都是能看着你长大，我希望再也不要见到你为自己曾经是奴隶而自卑。我一直这样为了你努力着，我别无所求。所以这一次的所有计划，我的私心占了很多，甚至可以说，我这一次的计划基本上都是为了你。

　　不知道你是否记得总空盟全族会议，那场会议中天鸟族证明了暗部的存在以及他们的实力，而昏庸的族长维兰德在那场会议中向总空盟表示中立，这个中立其实代表着无视暗部并且不需要明处的保护伞。中立不能保护丘狼族，反而是害了丘狼族。

　　再加上丘狼族的经济一日不如一日，在暗部公然表示存在的时代，哪有人会有闲心到丘狼族旅游，旅游业也不如当初。经济本来就开始下滑，再加上边境不像很多年前那样安定，丘狼族做出改变是迟早的事。

　　可我毕竟只是大祭司，不能代替族长做出决断。当时真的不知如何是好，暗部向我们抛出了橄榄枝，他们同样在笼络其他小种族。暗部的魔教向我们提出商业贸易，当贸易开始后，丘狼族的经济有了起色。他们建议我篡位并重新掌管丘狼族，这样就能与他们一起复兴丘狼族。

　　他们提出的条件太过诱惑，为了让丘狼族日后免于被暗部侵略，逃离战争的迫害，我决定让丘狼族投靠暗部。他们也提出了交换代价。

　　可其中有一条代价我绝不能让步——让准司去暗部。我绝对不可能让你背负种族的命运，你曾经作为奴隶的苦痛我都知道，我早就向你许诺这些事情绝对不会再次发生。

　　我知道暗部不会在这种条件上退步。我的计划第一步就是将你送走，我早就知道你在雨夜溜到图书馆看书，只是一直没有捅破。你应该记得我那一次惩罚你惩罚得有点严重，让你出梦泽洲去闭关。其实这都是为了之后让人去劫持你做的准备。

　　我原本计划将这一切伪装成意外，让你被劫持之后伪装成生死不明，这样说不准暗部就会改变条约。你的性命就安全了。

　　其实我心知你的唱词功夫和忍耐功夫都很优秀，而且你很善于倾听，这些资质能让你日后成为一个好的大祭司。但是在这种时局动荡的时代，为死人安魂的大祭司真的能成为活人的支柱吗？

　　你不需要为这个时代承担责任，你只要作为我的孩子健康地活下去就好了。我可以成为丘狼族之后唾骂的对象，但你不用为我做出的决定承担代价。

可惜，一切都是我想象得太美好了。

那一群年龄和你差不多的年轻人破坏了我的计划，阴阳差错地将你从我派去劫持你的人手中救出。就此我的计划落空，我能看出来你很喜欢新结识的朋友，但他们对未来的计划都是威胁，我借三十年前川義的惨案，随便编了一个理由将他们赶走。

我知道你一直对过去的事情很好奇，真相很惨淡，但这些都是族长维兰德的罪过，与你没有关系，你不必关心。

实施篡位计划的时候，我心里还是充满罪恶感，虽然杀的是大族长维兰德——一介对丘狼族彻底没用的废物。可是我心里的罪恶感还是很深，或许是我听多了死人的抱怨。生怕我下次唱起唱词的时候其中有维兰德的怨念。

当我想这个时候将你送出梦泽洲，再次伪造你生死不明的境况时，可谁知你和那一群年轻人一起出梦泽洲了，我只好对那些年轻人下通缉令，希望他们识趣地带着你逃往其他空间。

但是暗部没有像我预测的那样更换条件，反而那位零目泉溟真哲逼迫我必须将你交出来。我已经无所谓了，就算我不能把你交出来，我对他们还有利用价值。零目让我五天内将你交出来，不然就毁掉梦泽洲。我不可能将你交出去，但是我也不能带着梦泽洲的人民一起背负我擅自做出的决定，于是开始暗中调动兵力进行防御。

我知道这样等于不遵守协定，可是为了你我不得不这样做，我不能将你交与魔教。于是在他们的逼迫下我变得别无选择，只能孤军反击。

我写这些的时候，所剩时间已经不多了，我只希望我对暗部还有利用的余地，这样的话大概还会有机会，让他们看到梦泽洲反抗的模样，或许他们就会改变主意了吧。

写了这么多，我看起来像是只有私心的母亲，可是没有办法，挣扎在这混乱的世界中，我只能偏爱你一人。

我希望你原谅老师做出的所有决定，肯定会有对错。我不知道丘狼族之后究竟会如何，我只希望你能亲手选择自己的人生，不用背负过去，按照自己的想法活下去。这个小黑盒子的空间中放着祭奠堂存着的所有唱词，你将它交给一位祭奠堂的学徒，之后开启你的新人生也不错。

在写这本册子的时候，我已经让留在祭奠堂的人离开了。他们的安危你不用担心。

我现在很后悔最后一次见面为了将计划演下去打了你一下，现在想来真的很后悔，我好想再见你一面，抱抱你啊……

盒子外。

四人坐在之前运输蔬菜的车厢内，看着把繁今吸进去的黑色盒子。

"当时计划是去祭奠堂拿唱词。可是没有想到泉溟真哲居然不顾大祭司的身份，直接将她抹杀。这是大祭司临死前托付给我，让我交给繁今的。里面应该存的不止丘狼族的唱词，还有大祭司交给他的东西。"默把盒子端正地放在车厢中央。

"我记得之前根据种种情况分析，有一种猜测是大祭司根本不想把繁今作为人质交出去？"皮奥利安问道。

"这应该不是猜测，是事实。我们最一开始遇到繁今的时候还记得吗？"默说道。

"是被雷霆拉着看日出那次吧，在山林几乎被废弃的道路上有劫匪，他们企图劫持带着繁今离开梦泽洲的车队。而且他们带着的装备和运载工具很明显是针对繁今去的。当时那些劫匪下手还挺狠的，都见血了，还有伤亡。"羽林回忆道。

"后来想想有些地方还是很奇怪，为什么在人迹罕至的小道上有劫匪。还有大祭司为什么见到我们救了繁今，对我们没有丝毫感谢，反而将我们赶走了。"皮奥利安说道。

"就是！连顿饭都不给吃！"想起之前的经历，雷霆还有点打抱不平。

"应该是大祭司本来就是想劫持繁今，带他逃离梦泽洲。为了演戏做得真了一点，可是没想到我们的出现破坏了他们的计划。所以对我们好感全无，更别提对我们感谢了。"默说道。

"为什么大祭司想劫持繁今？她不是一心策划带着丘狼族投奔魔教吗？当时劫持繁今难道不是为了将他献给魔教，才会对我们好感全无？"羽林问道。

"这就是问题所在了。一开始我们在废城得知大祭司篡位，她想投奔魔教时向我们发布了通缉令，当时我们都是觉得她是急于抓繁今回去。但其实这不是大祭司的目的，她实际上没有任何追捕我们的动作，发布通缉令只是向我们表明，不要带着繁今回梦泽洲，起到了驱赶的作用。"默说道。

"也就是说大祭司真正在意的只有繁今？都已经不打算向魔教交出丘狼族的准司了，拿什么和魔教谈归顺？"皮奥利安问道。

"可能是大祭司觉得自己的身份和地位值得魔教利用吧。可惜了，她不知道丘狼族之前与无明之月的世仇有多深。她最后想在梦泽洲建设防御，多半是知道了梦泽洲毁灭的期限。可惜她碰到泉溟真哲这个变态，最后只能变得任人宰割，毫无还手之力。"默说道。

"大祭司的思想一直在是否投奔魔教上摇摆不定。但是她居然真的一直都没有改变对繁今的态度，大祭司是否是一匹好头狼很难说，但对于繁今，她甚至敢用全种族的未来拿去豪赌，属实震撼。"皮奥利安说道。

"如果丘狼族真的投暗成功，这也算不上豪赌。魔教至少还是善待自己的附属种族的，那些种族繁荣谈不上，但是至少衣食无忧。如果没有无明之月的世仇，丘狼族很有可能投奔成功的，而大祭司唯一牵挂的只有繁今，让他逃走不背负种族的重担，还是情有可原的。只不过，这一切都是假设。"默哀叹道。

"别谈如果了。一切已经发生了，大祭司一直想让繁今离开这里，不去背负种族的重担，最后繁今会怎么选择呢？"羽林注视着黑色的盒子，说道。

"终究大祭司还是妇人之仁，比起大祭司这个身份，她更像是繁今的母亲。"默眼神回归黑盒，意味深长地感叹道。

"如果繁今真的想离开丘狼族也可以啊，以后和我们混也挺不错的，将来谁睡不着了让他唱一曲，得劲！"雷霆已经抛开现实开始畅想。

"这还得看繁今自己啦，不过大祭司明摆的意思就是让他离开丘狼族，他八成也是这样想的吧？我们的小团队又加一人，应该会更好玩吧！"皮奥利安顺着雷霆的思路继续想下去了，他和雷霆两人在一旁比划着繁今加入之后施展催眠神功。

"经历这次灾祸，至少魔教不会再将视线盯在丘狼族身上了。而且准司在丘狼族也不能算是有权力的职位，就此在混乱中消失也影响不大。一切都看他自己的选择了。"默说道。

"他已经进去这么久了，真的没问题吗？要不我们也进去看看？"羽林一直望着黑色盒子。

"这些事还是让他一个人解决吧，没人能帮得了他。"默说道。

盒子内。

繁今跪在地上很久了，膝盖一点点的被地面的冰凉侵蚀着，半截腿都麻木了，腿上摊着大祭司最后留给他的书信。纸页边角尽是他滴上去的眼泪，开始泛皱。

繁今恍若能看到大祭司落笔时的神情，他曾经觉得祭奠堂任何人的字体都比不上大祭司的字，甚至把大祭司的字当做范本偷偷描摹过。所以，每一个字的落笔，每一个字的力度，繁今能感觉到其中比字更深的感情。

曾经的记忆如在眼前，那时一同练习唱词的情景，现在想来却是那么的遥不可及，仿佛昨夜还在身边的人，今天就已经彻底消失。

他哭喊过，在这空空荡荡的昏暗空间没有人回应他的声音，像是一匹离群的孤狼，就算粗粝嚎叫也得不到回应，大祭司离世，留下他独自一人在现世徘徊，这种孤寂从未有过。悲伤涌上心头，对未来的迷茫淹没了他。

他本以为大祭司会将丘狼族未来的规划交予他，可是信件彻头彻尾从未提及。大祭司对他的许愿只有逃走。

是啊，到现在为止他一直都在逃呢。

从一开始为了好奇心从祭奠堂逃走，再到躲避暗部的追捕，他一直在逃。甚至最后能想出来拯救梦泽洲的办法也是让民众逃跑。

丘狼族变成这般境地也是一直在逃避，逃避三十年前犯下的过错，逃避暗部崛起的真相，企图将所有锁在他们自我认知的狭小盒子中。

真的能一直这样逃下去吗？

逃离了三十年前的恩怨，让民众闭口不提，可最终还是赔上梦泽洲去偿还。逃离了暗部对梦泽洲正面的毁灭，可梦泽洲终究还是化作灰烬。

一环连着一环，没有人真正地逃离。他们像一头愚昧之犬，自己追着自己的尾巴去咬。

那我能从这一环中逃走吗？繁今想到这里，感觉肺部的空气骤然变冷。脑子像是被现实化作的刺痛扎着。

大祭司离世，他现在的身份已是新一任的大祭司。如果他逃走，谁能将唱词继续传承下去？如果他逃走，他的内心真的能饶恕自己自私的选择吗？如果他逃走，视而不见真的能解决问题吗？如果逃走，他会将前人的错误重蹈覆辙。

繁今将大祭司留给他的书合起放在地上，向书册行礼。随后狠狠地抹干眼泪。跨过书册，走向房间尽头那尊穿着祭祀服的人像。

面对这身古老的祭祀服，他扯下一直掩盖在脸上的遮布。繁今一直不敢示人的额头奴隶印记露了出来，他撩开挡在额前的毛发，编在耳侧。

繁今第一次感觉空气真实在面前，没有了面具的遮挡，让他不适应。之前身体会条件反射地将脸遮住，这一次他强忍着，没有去捂脸。正视着面前古老的祭祀服。

"老师，我不会带领丘狼族逃下去了，我也不会再逃了。"

第八空间梦泽洲的周山上。有一处山间盆地，盆地尽头是一处巨大的山洞，山洞中挂着丘狼族特色的飘带，这是历来丘狼族祭司来修行的地方。盆地中有条小溪，围绕着小溪有方圆几里的草苔平地，野生的向日葵长在小溪两畔。

黎明之前的夜色变得清透，天边翻着丝丝白光。山间的河谷盆地倒是能看得清晰透彻。

小姑娘鸢久夜里一直跟着母亲翻山越岭，山路让她很是疲倦，终于到了这山间开阔之地，让她耳目一新，眼前再也不是茂密的松林，而是一处美丽的河谷盆地。

"妈妈，晚上那个超大声响到底是什么？"鸢久一直不断地在母亲耳边嚷嚷着，这个问题她问了好多次，母亲却对此闭口不提。鸢久问多了也觉得无趣，竖起毛茸茸的耳朵仔细听着同行的其他人说话。

他们的对话简单到鸢久就能概括，基本上都是在讨论"以后该怎么办"，"到底该去哪"，对于他们的对话，鸢久感觉莫名其妙的，这一次难道不是洪水警报他们才上山的吗？洪水警报小鸢久可是再熟悉不过了，她的父亲就是洪督安札克，这种疏散她早就经历过。可是大家如此愁眉苦脸，她还是第一次见。

"过两天我们再回梦泽洲就好了呀？为什么要问以后怎么办呢？"鸢久不解地问旁人。旁边背着大包裹的中年人刚一听到这个问题，有点怒火地说道：

"回去？回哪啊！"中年人扭过头来一看，原来是个小女孩的问题，怒火瞬间收了收："我们哪都回不去了，小姑娘。梦泽洲没了。"

此话一出，中年人也不想再多说什么了，留下鸢久愣神的表情。这句话对鸢久来说像是晴天霹雳，她甚至脑子来不及转过弯，眼泪就先掉了下来。支支吾吾地抓着妈妈的手，带着哭腔说道："妈妈——我的小支和小芙还在家里呢……"

小支和小芙是鸢久喜欢的两个玩具，走得太过着急就没有拿。现在让鸢久想起来，脑子里都是玩具还在家里的情景，可是再也碰不到它们了，这让鸢久哭得更厉害了。鸢久一哭，带动着周围一同前进的人，唤起了他们难以割舍的感情。他们的细细低语仿佛在鸢久耳边扩大似的：

"听说奥何家的奶奶有腿疾，留在最后走，现在也不知道他们还活着吗？"年轻女子问一旁的丈夫。

"我们家的书柜里还存着祖上留下来的书，唉……"上了些年纪的老人耷拉着脑袋说道。

"我儿子说昨天回梦泽洲看我，到现在都没有他的下落，希望能在这个汇合点见到他吧……"

"没了梦泽洲我们还能去哪呢，据说鬃狮族之前开始进犯边境了。啊……在那片废土之上重建梦泽洲是可能的吗……"

"现在除了洪督在安顿难民，大祭司也没有音信了，撤离的时候也没有见到大祭司。别不是在之前祭奠堂的火灾里死掉了吧……"

"我的小酒馆这下什么都不剩了，明明前天生意还不错的，这下彻底什么都没了，那可是十五年的陈酿啊！"

"洪督的军队让在这边的河谷盆地汇合，大部分的梦泽洲人都会在这儿吧？也不知道汇合之后又怎样呢……"

"……"

周围所有的声音汇聚在鸢久的耳朵里，不知从何而来的悲伤让她一直嗷嗷大哭，她的母亲看起来也没有心情去安慰她。只是一直拉着她向前走。

突然一个身上没有任何包裹的妇人哭喊着孩子的名字，从人群间穿过。那个女人像是疯了似的，突然抓住鸢久，扯过鸢久的脸抱着希望好好看了看，顿时失望地号啕大哭。疯了似的继续向前面的人群挤去，哭喊着她孩子的名字。

鸢久的母亲见此把鸢久拽得更紧了些，鸢久哭得没有力气了，呜咽着跟着母亲在黎明昏暗的天色中前进着。

走到脚腿僵痛的鸢久，终于从山间到了河谷盆地上，她的母亲带着她挤过早就驻扎在此的人群，看着那些简陋的帐篷，鸢久的眼睛已经灰暗了。这里不是她以前认识的地方，更不会有曾经的玩具陪着她，仿佛这一晚过去，鸢久属于自己的小天空彻底变了。

依靠在母亲身上，小鸢久犯着迷糊，走了一夜，她早就筋疲力尽了。再加上失去自己珍爱玩具的打击，小鸢久像是一个蔫掉的花朵，耷拉着脑袋。迷糊的眼睛望着混乱的盆地，这里比路上还吵闹，各种悲伤的声音混杂在耳边让人心浮气躁。

突然一个声音插在所有混乱中。

那个悠扬空灵的歌声响彻耳畔，其他嘈杂的声音仿佛瞬间在鸢久耳中消失了，万籁俱寂。原本还在抽泣的鸢久，感觉胸口的抽动都被他的声音抚平，仿佛暖流淌过。

鸢久困意全无，扭头去寻找声音的来源。鸢久的母亲指着山谷东方的一处丘陵断裂的高地。鸢久闪亮亮的眼睛望着那泛白天际下的人影。

高地上面能看到一个人戴着狼首的服饰，他头上的狼头饰与族长的不同，即使隔得很远都能感觉到那身服饰的古朴，狼头饰很大，将他的面孔彻底遮住了。他盘坐在地上，渐渐从东方升起的阳光照在他的身后，他空灵悠扬的声音响彻整个河沟谷地。

周围的人很快也注意到东方高地上传来的歌声，一开始他们还在议论纷纷，那个人到底是谁？为什么在这种时候唱歌？但很快，所有人都安静下来，他们似乎不想打搅在这种苦难时刻唯一的美好。

当所有人静下心来仔细听的时候，发现这是祭祀的唱词，唱词内容变了，但是调子每个人都听过。这是他们第一次觉得祭司口中的古朴唱词能唱得舒缓人心，让一直紧绷的神经放松下来。

曲调婉转悠扬，他们开始仔细去听改编的唱词内容：

> 隐林之狼，
> 呼可听之？
> 万物凋零，
> 落花风息。
> 昼夜翻转，
> 梦泽已逝。
> 难将悲歌唱长空，
> 生离死别回家难。
> 漫漫寒夜刻冷骨，
> 萧萧凉风吹梦破。
> 死难别，生尚在，
> 晨幕已至还梦来。
> 冬生苦寒已渐淡，
> 雪融春晓把家还。
> 丘原之狼，
> 唤可闻之？
> 时之尚早，
> 丰年可盼。
> 错不可忘，
> 记往而生。
> 易与长歌鸣众生，
> 悲欢离合惜彼人。

片片温阳留今日，
阵阵细雨润寒骨。
存不易，亡归忆，
云销雨霁晨阳来。
河畔丽葵已抬首，
梦泽永存人尚在。

这个曲子是丘狼族祭祀的大颂调，颂调是丘狼族祭祀的选曲曲目，大颂是在种族层面上的唱诵。小颂调是以城市和家庭为单位的传唱。大颂很少会出现在祭祀典礼上，只有年度大型祭典才会由大祭司领唱，全体在场的丘狼族人民跟唱。

歌词最一开始的短句被祭司唱得悠长，像是在呼唤谷底上的所有人，音律回荡在整个河谷盆地上，祭司会用自身能量把振动在空气中的声音加强，声音在空气中传播得更持久。

原本枯燥古旧的唱词被这位歌者改编，凡是听得懂丘狼族语的都能明白歌词中的意思。本来所有祭典的唱词都是为逝去之人而讴歌，为生者唱响的唱词可谓是从未有过。

那位矗立在丘陵高地上的歌者，像是冬日的暖阳，将他的声音带到每个人的耳畔。最初的长句像是悉心引导一样声声入耳，长句唱到后来像是不服命运的野兽，在肆意地向天空宣泄。

渐渐地，河谷盆地中响起了稀疏的跟唱声音。

丘狼族族人都善唱，不论男女老少，凡是能开口的人，都开始跟着旋律哼唱起来。他们似乎也想借着大颂调来宣泄自己悲怆的情感。这首悠扬的大颂调，像是渐渐凝聚起力气似的，逐渐从单薄的独唱转成齐唱。声音从微弱的和声逐渐变成气势磅礴响彻云霄的宏曲。

即使在成百上千的合唱之中，还是能从中分辨出来最一开始那温柔悠扬的歌声。他的声音像是一小团火焰一样，逐渐点燃了成百上千人的心，让那因为残酷现实渐冻的心灵得到温暖的慰藉。

民众对这位领唱的声音并不熟悉，应该没有在大型祭奠上领唱过，单靠他唱词的功夫就能推断他是大祭司一脉亲传的人。虽然声音听起来很年轻，但是能感觉到他歌喉雄浑的力量。

他究竟是谁？不少民众心里都有了这个疑问。有人猜测是准司，可是据传闻说准司是被劫匪劫持走了，至今下落不明。高地上领唱的人身份变得扑朔迷离，甚至有一些民众开始各种不切实际的猜测，因为他们根本想不出来谁会有勇气在危难之际站出来。

领唱者唱到第三遍的末尾，他的声音渐渐落了下去。

所有人跟着领唱没了声响，整个河沟盆地像是没有人似的，一丝人声都听不到。所有人都翘首盼着高地上的那位领唱者。

领唱者站起身，民众看他身形应该是一位少年。

"我，丘狼族现任大祭司繁今，向灾难的所有生还者致以敬意。"

少年说完向所有人行礼，并将传统的祭祀服的狼头头饰摘下来，露出他的面容。

很多民众是第一次见到繁今的真面目，丘狼族的视力都很好，他们甚至能看到繁今额头上那诡异的太阳符号。再加上太阳符号是用金粉刻进去的，在晨阳金黄色的光晕下，更是显眼。民众之间响起了窃窃私语的声音，还是有一些人知道当年边境闹的人奴事件，开始了各种猜测。

"想必在场的诸位只认识戴着面具的我，我额头上的烙印是我遮盖面目的原因。多年以来，我从来不敢将烙印示人。生怕摘下面具遭受别人的嫌弃与厌恶，仿佛在边境作为人奴的过去一直和烙印伴随着我，压着我让我抬不起头。

"但我现在已经不会再去在意那些过去，因为那些已经成为'过去'。过去只能决定让我们吸取怎样的教训，不是决定我们现在该怎样活下去的理由。

"大家可否记得三十年前临近边境的废城。想必老一辈的人都知道，那座城市是为什么会变成现在的废城。其原因却成了丘狼族口中的禁忌，好像遮掩了口舌，就像戴上不切实际的面具，彻底可以逃离真相了。

"掩盖真相的面具，在这三十年后最终酿成了梦泽洲的灭顶之灾。三十年前族长维兰德祸害了一位能力特殊的少女川羲，将她逼得自杀在废城高台之上，招致川羲的弟弟辰月就此狠下杀手，他的能力太过于强悍，废城就此无人生还。

"然而当时丘狼族族长选择了逃避。不仅没有对废城的死者进行祭典，甚至让民众闭口不提。彻底翻脸不认当时拴着川羲游街而沾沾自喜的他。

"可是逃避的责任与代价不管过多少年，还是会回到我们身上。当年只是少年的辰月，为了复仇，成为魔教教主无明之月。他向我们讨回的代价就在昨夜降临，当年的辰月失去了他最珍爱的姐姐川羲，而我们丘狼族也失去了最珍贵的梦泽洲。"

讲到此，河沟盆地之中一片哗然。

"恩怨已了，血仇已报。这些伤痛在昨天已经过去，我们不会像辰月一样攥着过去不放手。

"前不久的全种族大会上，前族长维兰德声称丘狼族与圣器之战遗留问题毫无瓜葛，代表丘狼族选择了中立，这导致我们暴露在明处的保护伞外，这一次的损失总空盟不会给我们任何补偿。也就是说，接下来的路，丘狼族必须患难与共。现在我们的边境被鬃狮族围困，而我们的内地也遭受了重创。万幸的是，这一次的重创之下，暗部已经不会将目光放在我们种族身上。

"接下来的路不好走，但不论如何我们都不能继续逃避，我们必须面对未来的所有挑战。

"古时候大祭司一直都是丘狼族的精神支柱，却因为现今政局腐败，让大祭司只是被动挑选族长的工具。在此，一切已成过往。我将履行大祭司应尽的职责，在这危难之际引导大家。我将延续传统，在此期间为丘狼族做出最高贡献的人，我将考虑选其为新一任丘狼族族长。

至此，让我和诸位一起与丘狼族走上新生吧。"

繁今语罢，整个河谷盆地吵闹声四起，嘈杂的声音最后汇成了一个相同的丘狼族词汇——"繁今。""繁今"这个名字在丘狼族语的意义就是只谈今日，繁耀当下。繁今望着沸腾的河沟盆地有些恍惚，已经不知道他们在喊自己的名字，还是在喊对未来的期望。

河谷盆地北面的山坡上，一处正好可以眺望河谷盆地的位置，远看不会有任何异样，仔细看的话，会有细微的光线折射出两个人影。

以八元素幻的能力，做到完全隐形都可以。可她现在的身体因为过度消耗再加上内伤，虽然现在这种半隐形的程度也让普通能力者无法比肩，但在她眼中这种劣质的幻境使她不满，反复调整依旧劣质。

"咱们站在这么远的地方就不用幻境了吧？"与幻并肩的斯白克斯看幻各种勉强调整幻境，说道，而幻像是一只没了变色能力的章鱼，各种不适应。

"你不需要我需要！"幻为自己的劣质幻境感到恼火，因为她现在的样子像是长着方块鳞片的四不像，但由于她的身体状况，依旧不能好好地变成人形。

"现在除了我没人能看到你，你这个倔脾气又好面子的'墨鱼'。"斯白克斯无奈将大衣脱下，盖在幻的脑顶，有了衣服的遮挡，幻才把她劣质的幻境收了，为了幻境恼火的脾气也收了收。

"唉……斯白克斯。这么多年八元素几乎都没有互相见过面，自从圣器之战之后见面变得频繁起来，现在居然为了几个小破娃一起跟过来了。我们的心是不是也从所谓的神坛掉落人间了？"幻从斯白克斯给的衣服中露出一张嘴说道。

"就算是被命短的他们誉为'神'，可我们终究还是像他们一样活着。往日我们只是活在自己的小空间中，不理世事。当活跃在这个世界中，有了牵绊，我才觉得我真正活着。会有像他们一样的烦恼和感情。恐怕天兰灯早就知道这样的乐趣，所以才会有天鸟族诞生吧。而我照顾起他们，还是很笨拙。"

听到斯白克斯的话，幻知道他最后的意思，如果他能在照顾川羲和辰月的时候更能像普通人一样爱他们，而不是像野兽一样给他们叼来吃的喂饱他们，恐怕这一系列的悲剧也不会存在。

"不用谈过去了，没听那头小狼的演讲吗？往好处想想，丘狼族这一次的劫难也帮他们重新洗牌了。那些腐朽的老人都没有挺过来，留下了现在崭新的丘狼族。而且前几天边境上的鬈狮族被我一折腾，到今天都不敢开始进攻边境。丘狼族中部的援军很快就能到了，而且我们一直关注的小姑娘也走上正道了，这一切难道不应该欣喜吗。"幻说道。

"我曾经想过让羽林就此与世隔绝，不让辰月发现她，更不要让她知道所有。所以一开始才带着她去了第一空间。我一直害怕她知道一切的那一天，所以一直带着愧疚不敢提起。"斯白克斯说道。

"谁知道以后的路对于她来说是什么样的呢？放手让她自己去走吧，毕竟过去的已经过去了。"幻仰头长叹道。

"对他们来说这个结局确实值得欣喜，不过在这之后恐怕暗部会更活跃了。虽然总空盟召开了会议，加大了对各方的监督，但是暗部还是有各种手段钻空子。更别提像丘狼族这次直接动用了体型庞大的能量器空降梦泽洲来攻击。恐怕这世上都没有几个种族敢说自己能扛得住它。"斯白克斯担忧道。

"暗部向明处炫耀了自己的实力，恐怕其他空间的小种族知道在梦泽洲被毁的消息后，立马就会有各种屈服于暗部实力之下的小种族投奔暗部。大环境马上就要经历风雨了，不知道这几个小鬼日后的路该怎么选呢？而且我们八元素其中几位尚在沉睡中，真不知道以后会如何呢？"幻感慨万千地说道。

河谷盆地东面高地后有一小片阴凉树丛，这个位置从谷底往上看难以察觉。

羽林四人在这里望着繁今的背影，能看到盆地中浩浩荡荡的人群，听着喧嚣浓烈的人声。

羽林能感觉到心也随之振动，她之前一直很担心繁今的状态，可繁今从黑盒子中出来仿佛变了一个人。也不知道他到底下了怎样的决心，能让他鼓起勇气在千万人面前演讲。

四人看着繁今捧着祭祀服的木制狼头向他们走来，众人刚想说些什么的时候，就看繁今脸上保持着笑容一个踉跄摔在地上。

羽林赶忙冲上前去扶，把繁今架起来的时候，都能感觉到他全身都因兴奋过度而战栗，只是把他的胳膊架在肩膀上都能感觉到他搏动的心跳。

"我还想夸你几句呢，还没说就看见你摔了，咋回事？"雷霆围上来仔细打量繁今，看到繁今脸上挂着细密的汗珠。

"我太紧张了……我一开始唱的时候真的很怕没有人回应我，后来演讲的时候我感觉到我的脚没知觉了，刚刚腿还是很软。还好看到我这副样子的是你们。羽林你好有力气啊！"繁今笑道。羽林肩扛着他连拖带拽地把他放好，仔细检查了一下他的身体，别因为兴奋过度有了什么问题。

"我没事啦，就是第一次把面具摘下来，还是在这么多人面前。身体本能的不适应啦！"繁今嘴上说着逞强的话，羽林用能力做了一个水杯递给他，他接手的时候手抖弄掉了。羽林递给他几次，他都因为手脚软弄掉了。

"我来吧。这个对于你这种情况应该适合。"默走上前用能力做了一个透明的瓶子，瓶子的形状很诡异。羽林见到有点眼熟，可一下子又想不起来是什么。然后默在瓶子上面套了一个链子，挂在繁今脖子上。

"哈哈哈！默你故意的吧！"雷霆见了那个瓶子笑翻了，皮奥利安捂着肚子忍着笑滚到一边了，羽林这才意识到那个瓶子是这个世界通用的婴儿奶瓶。

四人看着繁今气鼓鼓地抬起还在抖的胳膊，把瓶子从脖子上摘下来。他刚想说什么，结果因为嗓子用得太多而开始咳嗽起来。羽林照着默做出来的瓶子的模样重新做了一个递给皮奥利安，皮奥利安将里面灌满水，然后扔给雷霆。雷霆一脸坏笑地走向繁今。

繁今一抬头就被瓶子塞住了嘴，雷霆努力地往他嘴里灌水，繁今发出的所有声音都变成了呜噜呜噜。

"我感觉你后半程都在吼，正好喝点水润润喉咙，顺便冷静一下，身体就不会这样抖了。"羽林笑着说道。繁今感觉自己在这几个家伙面前还是"人质"的待遇。

"呜噜呜噜噜！我不喝啦！"繁今挣扎开雷霆。

"哟！有力气啦！哥，你这唾沫星子还挺管事的！"雷霆得逞似的捉弄道，皮奥利安听后扶额。还有很多人以为神龙的水是从嘴里吐出来的。默听到这句也开始笑。

繁今夺过瓶子，不让雷霆继续捉弄他。就在这个时候，突然一个声音打断了他们，五人像是按了暂停键似的。

"繁今大人？"洪督安札克从五人所在的树丛后的岩石处探出头来，很快他的表情像是被吓到似的僵住了。

他眼前是这幅画面：雷霆按着繁今，试图从繁今手里把瓶子夺过来，繁今抱着奶瓶死都不放手。古老祭祀服的木制狼头掉一旁，后面看戏的三个人笑得人仰马翻。

五人听到安札克的声音，动作突然僵住，赶忙恢复正经，繁今立马变得严肃起来，雷霆迅速把瓶子从繁今怀里抽走，羽林赶忙收回能力，瓶子消失，里面的水撒了雷霆一身，皮奥利安赶紧抬手用控水能力把撒在雷霆身上的水抽干。

五人装作什么事都没有发生的样子，弄得安札克愣在那里，过了片刻才回归神来。

繁今感觉和他们几个打打闹闹之后果然没有那么紧张了，虽然让安札克看到很尴尬，但是比让他看到自己紧张发抖的狼狈模样要好上不少。

"繁……繁今大人，我是来找您的。希望您能过来一下，这边还有中部主军官，还有一些我们安排的事情向您汇报一下，主要是关于如何安顿梦泽洲生还者的，另外还有很多人想见您。"

繁今整顿衣襟，从地上拾起祭祀服的头饰，长舒一口气，向四人行礼，暂时道别。

直到傍晚时分，四人都没有再见到繁今，可能是因为处理梦泽洲的事务太过繁忙。不过仅仅是这半天，就已经看到了繁今带领下的成效。

周边城市的物资通通都来到了河谷盆地，现在河谷盆地的难民已经可以吃上饭了，临时营地的架设也已经开始。河谷盆地后巨大的山洞成了临时安居的场所。丘狼族人员管理局也开始统计难民人数和遇难者人数。周边城市的医疗保障在傍晚也到达了河谷盆地。

四人团团坐在安置营附近的河边，他们拿着自己带的帐篷临时露营。

"现在繁今也是大人物了呢，见都见不到他了。"雷霆没趣地撇撇嘴。

"毕竟谁都有自己的路要走啊，咱们四个以后该怎么办呢？"皮奥利安看着天问道。

"是啊，现在尘埃落定，以后该怎么办呢？"羽林一同叹道。

"要不要去下一个种族冒险啊！像我们之前一样去当临时佣兵，咱们四个肯定很有意思。"雷霆憧憬道。

"别谈那么远了，咱们现在没有多少吃的了，带的东西都在山上保护繁今的时候消耗没了。"默从帐篷的背包里来回翻，最后只能出来告诉三人这个悲惨的消息。雷霆听后叫苦不迭。

"看来咱们得赶快离开难民营了，不然连填肚子都是一个问题，虽然之前还能上山去抓野味，不过这边山上的动物应该都被撤离吓跑了。今天先饿着吧。"皮奥利安无计可施地摇摇头。

"这弄得我有点想念学院生活了，至少不会有吃不上饭的时候。"羽林说道。

"要不咱们回学校吧，好久没有回去看看了，不知道我们这样在外面折腾，会不会被强制退学。"皮奥利安说道。

"你们打算回学校吗？"突然一个不知道从哪冒出来的人，拎着一大袋子吃的，裹着脸从他们的帐篷后面出来。四人一听声音，是繁今。

繁今把他们拽进帐篷，摘掉掩面长呼一口气。

"我是趁那些官员吃饭的时候偷跑出来的，我记得好像你们也没吃的了吧，族人送我的食物太多，正好偷偷带过来拿给你们。"

雷霆一听赶快拆开袋子，拽出里面的面食和风干肉开始咬着吃。其他人也耐不住肚子饿，纷纷开吃。

"我拿的是一些可以带在路上的食物，不知道你们之后要去哪呢？"

"准确地说我们也不知道，这样漂泊的日子过多了，有点向往我们最一开始学校的生活了。"羽林扯开一根肉条说道。

"不过不知道学校会不会让我们这种旷课一年多的学生回去。慢慢再做打算吧。"默说道。

"虽然我很想让你们留在丘狼族，不过以我们现在的情况，根本没有办法招待你们。但以后如果有了麻烦，我那时候肯定让丘狼族强大起来了，你们可以来我们丘狼族，给你们安身的地方。"

"看来我和我哥以后有着落了。"雷霆吞了两大口肉说道。

繁今听到帐篷外有鹰的叫声，他起身说道：

"现在他们应该在找我，我该走了。可能要暂别很久了，你们的救命之恩，我终生难忘。在此，献上我最衷心的祝愿，祝愿日后我们还能相聚于繁华的梦泽洲。"繁今向四人行礼。四人还很不舍，雷霆第一个扑上去给了繁今一个拥抱，最后四人依次与他道别后，目送繁今离开了。

繁今离开后，回到帐篷中的四人感觉有点空虚。

"唉，我们也该走了。"皮奥利安说道。

"哥，我现在就想去看繁今。"雷霆说完，皮奥利安就在他脑顶打了一拳。

"其实我还挺想回学校的，我感觉有挺多东西得回去学，而且你们经常受伤，我也不知道第一应急处理的办法。"羽林说道。

"那咱就回去呗，就算不让读书也能去吃餐厅，那边餐厅好像是对外开放的吧？"雷霆叼着肉惦记着别的吃的。

"反正不管去哪，跟你们一起总能遇到有意思的事。"皮奥利安打着哈欠说道。

"我记得升三年级会有比赛，如果咱们赶上了可以参加。"默隐隐约约记起说道。

"那好啊……"雷霆同样打着哈欠说道，把肉条塞进背包，打着迷糊。很快，瞌睡像是传染似的，把他们都席卷了一遍，随着气氛逐渐安静，三个男生都开始犯困。

他们三个男生在这几天的日子中几乎没有合眼，可算是到了可以放松下来的时候，终于耐不住精神的疲惫睡过去了。只是几天的时间，对于他们和丘狼族来说可以说是翻天覆地。这短暂的休息可以说是过于珍贵了。

羽林不想打搅他们，起身出了帐篷坐在河边。听着草丛中蟋蟀的叫声，看着月亮在小河中的倒影，她拿着狗尾草拨弄着水面，望着整个河沟谷底喧闹的帐篷堆。亲人团聚的影子在点着灯的帐篷中是那么显眼。

虽然这一切都已经过去，望着帐篷中的那些相拥的影子，羽林感觉心空空的。亲人这个词，果然从一开始对自己来说就没有啊。她能代替川羲活下去，但是不能代替川羲拥有她曾经的一切。就算拥有那些，可能带给自己的只有痛苦。

"你怎么突然出来了？"

羽林发着呆听到身后熟悉的声音，扭过头去看向默，说道：

"我出来的时候把你吵到了吗？"

"是我感觉你不在，突然惊醒了。可能是这两天神经太过紧绷了，没有办法彻底睡熟。难道那个梦还在，所以又像之前一样偷偷一个人不睡？"默坐到羽林身边担忧地说道。羽林之前一直以为他们都不知道自己会偷偷不睡，怕打扰他们。

"那个梦境已经彻底结束了，我已经不会再梦到他们。但是我能回忆起里面的任何一个片段，仿佛是我经历的一样。"默听后看了羽林很久，羽林从他的眼睛中读出了愧疚。

"我没想到你在幻那，听我们说出辰月的身份的时候是醒着的。虽然我不知道你当时是怎么撑过来的，但我很抱歉我当时没有在你身边，如果我在就好了……"默自责道。

"那些都已经过去了，你现在在我身边就好。"羽林靠向他，头枕着他的肩膀说道：

"我记得那个时候你说你和无明之月没有区别，都是为了复仇。当时我真的想挣扎起来告诉你，你跟他不一样。他不会珍惜眼前的人，只会为了追逐过去的幻影而不择手段。"

"你居然那个时候最在意我的感受。"默感到很意外。

"我从梦里醒来的时候，我听到了你愤怒又不知所措的声音。我当时第一个想法居然是去安慰你。可能对我来说比起过去那些人，我更在意眼前人吧。虽然后面也在幻的怀里哭过，但幻最终将我点醒了，我终究是我，我不是川羲。川羲的过去不是我的过去。看到厄城器降临，一切始作俑者都是辰月时，我为川羲感到的伤心，比我为自身感到的难受要深很多。"

　　"我之前与你一同来丘狼族，以为能在这里帮你找到川羲的一些亲缘。可是所望皆空，留下的只有悲情的故事。"默叹道。

　　"亲人什么的，我之前确实很向往。在知道繁今的故事前，我固执地以为亲人必须有血缘关系。不过现在想来，在四言名誓落定的时候，你早已经是了。"羽林靠着默，耳朵贴着胸口听到他的心跳加快了，她笑了。她已经好久没有体验过这种幸福安逸的快乐。

　　羽林望着曾经闪耀在梦泽洲上空的星河，她甚至渴望这样安逸的时间能多一点。她甚至有些害怕未来即将发生的事将现在的安逸彻底夺走，下决心回学校的时候，其实有一点私心是为了留住现在的时光不再被破坏。思索到这里，羽林猛然想起她在这段时光中结交的所有朋友，暖意涌上心头。

　　虽然这段过程很曲折，但留在她身边的人们都弥足珍贵。羽林长呼一口气，心中暗暗叹道：谁知未来会如何呢，但至少我现在还拥有你们啊。

　　她最想拥有的东西，其实一开始就已经在身边了。

第八章

活在光影之间

第二空间。

拂晓前的浮雾飘荡在房檐之间，从窗户间隙挤进淡淡的湿味。陀罗布城中边围宅邸还是未闻人声，一切好像都被湿气和望不到远方的雾气遮盖了。这沉闷的空气在呼吸之间似乎也成为压抑胸膛的重负。

一个矮小的兽族男孩站在窗前整理着有些宽大的衣服，用小别针把宽大的地方熟练地束起，另一个和他一般身形的女孩站在他身后，仔细为他将耳后凌乱的兽毛收拾妥当。男孩仔细地将魔教的裂眼符别在领巾上。

"宗，你为什么要留着立耳，我们族的习俗不是这样的。更何况你这样转耳朵，后面的毛很快就会乱掉。"女孩试图把男孩半兽化出来的兽耳压回去，因为她知道这样做只是为了讨好别人。

男孩听到根本没有理会她，耳朵倒是不爽地背过去了。男孩推开她的手，完全没有去看女孩的脸，绕到女孩身后，将她的腰带扎得更紧了一些，勒得女孩有点喘不上气。女孩看看镜子中的自己，被这一套衣服束缚得像是一个精致的偶人。

"我们族的特性就是身材娇小，可爱是我们能利用的武器。你快把角收起来，把耳朵变出来。他们喜欢看我们这样。"男孩不满地看着女孩头顶本来就存在的角，毫不在意女孩眼中透出的失望。

"宗，我们这一次肯定又是被命令去干什么脏活，你心里也清楚我早就不想这样了，我们完全可以逃……"女孩还未说完，男孩将她打断了：

"琪，把你那美好的妄想收起来，别再说出来了。还好现在这间屋子只有我们两个，被听到就不好了。"男孩手指点点女孩的脑门，示意她赶紧将耳朵变出来。

"我们能活到现在基本上都归功于残虎大人，若不是残虎大人供养我们，现在我们连魔教六目的职位都当不上，这一次清早传唤我们应该是很重要的任务，如果这次任务完成了，大概就能求教主将我们升到五目了。"男孩满意地看着女孩不情愿变出的兽耳。

"我们除了这样委曲求全地活下去，难道就不能有权利选择其他生活吗？宗，真的要一直这样下去吗……"女孩低着头委屈地说道。

"唉。我跟你说过多少遍了，琪。我们服从强者才能活下去，现在全空间被丘狼族遭到的致命打击所惊骇，其他种族迟早也会像丘狼族一样。我们服从于魔教，在这个强者之下，至少前程无量。"男孩看女孩听得心不在焉的表情，换了一种相对柔和一点的语气说道："我看你大概是觉得这种生活太闷了，这一次任务结束后，我可以向残虎大人求个假期，带你去你想去的地方，如何？"

见男孩退了一步，女孩的表情才缓和了一些。

"一会见残虎大人的时候不要说话，我来说就好。"男孩还是有点担心她的心情会惹乱子，又不放心地叮嘱道。

走在这座巨大宅邸的死寂的走廊上，女孩望着窗外流动的雾气，渴望从这云雾中寻到一丝丝晨间的阳光。这座宅子位于陀罗布城，陀罗布城是第二空间仅次于首城莫罗赞的一级城市，这座城市种族混杂，没有特定种族盘踞，是商贸流通的重地。不同于暗部的其他城市，陀罗布的治安很好，因为要维持商业流通就有严格的规矩。

这座宅邸的主人是维持陀罗布治安的重臣，名号残虎。是珏虎家族的当家，职位一目。主要掌控陀罗布的治安，维持贸易正常运行。除了本人的职位作用，珏虎家族还会供养一些流离失所的兽族，培养他们，顺带扩充珏虎家族在魔教的势力。

走到宅邸大堂的门前，男孩停了下来。两人在门前等待着传唤。女孩看到门堂走廊上新挂出来的死尸，大概又是哪个商贩不守规矩闹事被处死了。女孩的注意力完全在门内，隔着门依稀可以听到门内的谈话。

听到传唤走近大堂内，两人向在座的所有人郑重行礼。女孩瞥到在座的有龙族还有魔教零目泉溟真哲的手下传话人。

"确实他们两个看起来人畜无害，就像是可爱的娃娃。不过他们的能力真的能满足我们的需要吗？"有点上了年纪的龙族女性开口问道。

"他们两个没有问题，是我手下很得力的两匹兽，能下得了狠手。"残虎说道。

"我现在唯一关心的是情报来源的可靠性。"另一位龙族说道。

"您大可不必担心，我们的上级零目泉溟真哲大人，他亲自取得的消息绝对真实。不过我们从来没有猜到魔龙族此时如此看重龙王脉。有您的需求在，我们的情报人立马行动，我们的人根据种族和年龄，确定了这位年轻的龙王脉从丘狼族梦泽洲周围的空间跳转门到了伊皇的维度，只是到了维度后动向如何，我们便不知情了。"传话人说道。

"到了伊皇的维度，我的两匹兽能自主找到龙王脉。就算他们两个没有完美地完成任务，你们魔龙族也在场，完全可以自己控制场面。"残虎说道。

"丘狼族梦泽洲被毁之后，总空盟那边除了召开紧急会议之外还有什么动静吗？我只听说一些种族所在的空间会加大对进出的管理，不会对我们造成影响吗？"龙族代表问道。

"这次总空盟的紧急会议与之前天鸟族战争后的会议不同，那一次制定了新的监管法，这次只是讨论对厄城器的应对政策。上一次的监管法虽然在各地实施，但是因为各大种族人力物力参差不齐，或是边境管理不协调，仍然有空可钻，况且那一次丘狼族保持中立退出投票，结果就遭遇了我们的制裁。这次紧急会议的召开，恐怕各大种族并非出于对丘狼族的遭遇怜悯，只是被我们的厄城器的威力所震慑到了罢了。短期加大对自我空间的管辖是必然的，不过很多种族尚与我们贸易，并非无空可钻。"残虎说道。

"这些您大可不必担心，我们会妥善料理好的。"传话人说道。

女孩听着他们关于这次任务的种种计划，她的注意力早就飘走了，看着男孩低声下气摇头晃脑奉承的模样，她不知不觉已经习惯了，每一次任务基本上都是这样。有情报人来贩卖情报，想利用情报的卖家雇残虎的手下去完成他们的需求。她和宗就是纯粹走在刀尖卖命的工具，最后会得到所谓的魔教职介报答。

这真的是宗一开始向我承诺的幸福吗？女孩的思绪在混乱着，直到男孩递给她一叠书文，看她发愣的模样有点诧异，向在座的行礼之后牵着她走出大堂。欣喜地说道：

"琪，这一次报酬很高，只要好好完成，咱们就可以求残虎大人让我们去放松一下了。"男孩的耳朵高兴地颤抖着。

女孩的眼睛稍微闪出一点点光，她没有想到宗居然还惦记着这个。

"嗯，我们出发吧。"有了点盼头，她感觉一直压在心口的难受也得到了一点慰藉。

伊皇第一学院所在维度。

维度比空间低一个等级，基本上都是单一气候环境的小型空间。学院所在维度位于第一空间的巨型沙漠中，沙漠中有通往这座维度的主空间跳转门，大部分人称这个维度为沙漠第一都。也有很多不同的自然维度飘荡在各个空间内，有些探险家偶然触发一些自然维度，会将其称为秘境。

即使维度比空间单位低一个等级，但是也不影响它的总体容载量。沙漠第一都的维度中包含了一座完整的巨树学院，以及周边方圆百里的城镇分布。

在伊皇第一学院举办晋校联赛之际，这座巨树周边的来客就更多了。城镇中的旅馆人满为患，在晋校联赛召开的时候，周边旅馆除了一些大种族和大家族提前预约的房间，其余房价都是普通学生承担不起的。一些便宜的小旅馆早就被预订一空，剩下的只有一些高端旅店。

羽林站在雕梁画栋的露天阳台上，望着外面绚丽繁华的夜景，听着流过房间的温泉水声，落地的透纱窗帘在温风下飘动着。她没有感到丝毫享受，只觉得自己的钱包在哀嚎。要是在这个旅店再多住两天，恐怕把他们四个人所有钱掏个底朝天都不够用。

"为什么都回来了还要为住宿操劳啊！什么时候才能回学校住呢，现在这情况还不如出去露营省钱。"羽林趴在露天阳台栏杆上哀嚎着。

"距离我们上次在学校已经过去一年了，以学校的规矩，咱们早就算退学了吧。现在报名了晋校联赛还需要两天才能回学校。而且现在有很多其他学院和大型家族都入驻这座城市了。事情一多学校方面也处理不过来吧。"默无所谓地坐在阳台的藤椅上给审判剑擦油。

"而且维度本来就小，周围连山都没有，只有这座城市和学院巨树。想露营也没地方啊，在城市露营看起来像是要饭的。"皮奥利安从客厅温泉池里伸出一只龙爪。他倒是变成兽形悠然自得地横在客厅室内温泉池里。

"唉，要不是之前雷霆为了抢便宜旅馆的优惠券把人家大厅炸了，咱们也就不用在这里高消费了。而且那次也赔了不少钱。说起来雷霆人呢？"羽林回头看客厅，只看到皮奥利安的龙头舒服地靠在温泉池边缘。

"应该是出去买吃的了，毕竟现在可是晋校联赛召开之前呀，街上美食成堆啊！"皮奥利安慢悠悠地继续说道："羽林，你就别老紧绷神经啦，虽然炸上一家旅馆赔了不少钱，我还是有一点点闲钱，撑两天还是没问题的。既然钱都花了，为什么不好好趁这个机会休息一下呢。我终于能把前一段日子紧张的神经放松一下了……咕噜咕噜。"皮奥利安说着龙头就沉在水里了，水面腾起一圈小泡泡。

"说得也对，突然放松下来还是有点不习惯啊，有一种感觉穿越回刚认识你们的时候了。不知道这么长时间，学校里面变成什么样子了。"羽林望着城市中央的巨树感叹道。

"离开的这一年，说实话我到这里有一种恍惚的感觉。似曾相识又很陌生，经历这么多之后，我们四个回到这里，虽然还是同样的地方，还是同样的人，但其实已经完全不同了。"默一同感叹道。

"是呢，不知道暗部下一次的大动作是什么时候，现在考虑那些也没用。明明是寻求安宁才选择回到这里，结果我还紧绷着神经，真是可笑啊。还是好好放松一下吧！"羽林直起身伸展片刻，拿起阳台小桌上的树莓汁说道："我去里间的温泉池子放松一下好了，想再有这种机会可是有点难呢！"

羽林脱掉外套准备去里间，一阵急促的敲门声响起，皮奥利安在客厅温泉里伸出尾巴，将门把手打开。雷霆像一头欢脱的羚羊蹦了进来，把各种小吃从背包中抖在桌子上，之后再没看零食一眼。雷霆走到客厅温泉池边，把皮奥利安的龙头从水里拽出来，他的眼睛迸发着兴奋的光芒。刚准备说话，皮奥利安满脸嫌弃地一口水喷到雷霆脸上。

"别拽我去其他地方，我现在正幸福地泡水呢。之前在丘狼族那会可是把我干死了，最后梦泽洲的布雨几乎把我的水都抽干了，现在需要休养生息。"皮奥利安挣开雷霆，继续把头沉到水里了。

雷霆可怜巴巴地扭过头看向正准备去里屋的羽林。

"又发现什么好吃的了？等我去泡个澡出来吃。"羽林觉得雷霆兴奋成这个样子八成是因为美食。雷霆看羽林有兴趣将他的话听下去，立马蹦蹦跳跳地跑到羽林面前。

"旅馆大厅现在正在搞活动！"雷霆两个眼睛亮晶晶的，闪着光。

"我觉得你还是别参加了，你难道还想让我们赔钱换旅馆吗？"羽林板着脸教训道。

"据说这次活动只要赢了就能得旅馆三天免费住宿票，而且还赠送三天的餐券！我在想如果我参加赢了的话，咱就没啥金钱损失了！"雷霆依旧兴奋地说道，并从口袋里掏出宣传文。羽林接过宣传文，仔细看了一遍说道：

"雷霆，不是不能参加，但这次我去。"

"唉！我也想参加啊！"雷霆哀求道。

"你看，这个活动游戏是四个人参加，两两对战，可以单独参加组队。对手不能是同伴。如果我们四个都是单独组队，一个一个上去车轮战，再怎样也能赢一局。这样稳赢三天住宿票！"羽林说道。

"为什么不是我们自己组两人队啊，这样胜率不是大一点吗？"雷霆疑惑地问道。

默看兴高采烈的二人正在计划着什么，走上前来接过宣传文。羽林用眼神暗示默别让雷霆参加，因为雷霆身上的伤还没有好全。默自知自己能力能不用就不用，雷霆还不适应新长出来的肌肉，伤口没有愈合彻底；皮奥利安又想休息，果然还是让羽林一人上去组队比较合理。所谓的一个一个上的车轮战，估计是羽林想出来哄雷霆的法子。

"其实一个人上去组队，这样四轮下来，说不准能赢好几天的免费住宿票。而且我们单人又不弱，不用担心，羽林没成功的话，你还能上。"默知道羽林的意思，跟着一起哄道。

雷霆听默这么说，还是有点不服气勉强同意了。随后羽林和默跟着雷霆到了旅店大厅中。

大厅面积和建筑高度都能满足一些小型切磋比试。酒店管理好像是专门为了这次的小活动，将整个旅馆大厅的桌椅摆设全部清空了。大厅中央正在布置活动场地。默见这种高级旅店的小型活动布置得有模有样，很大可能是学院下发的一部分资金，为了晋校联赛活动预热。

雷霆拽着羽林赶紧去报名了，默靠在墙边看着恢复成人形的皮奥利安拖睡衣慢悠悠地从楼上走下来。

"你怎么下来了？"默看着皮奥利安一脸不情愿地走下楼来。

"我怕一会雷霆闹腾出了事故，我还得救火。"皮奥利安打着哈欠说道。

"雷霆自从那一次在丘狼族受伤后，好像龙的能力稍微控制得有点失常，雷霆平时也不会将能力用成那样，除非是很激烈的打斗才有可能烧了上一个旅馆的大厅。"默说道。

"龙的能力是通过磨砺锻炼增长的，随着年龄增长也会增长，可能雷霆最近正是成长期吧，控制龙的各种能力没有那么顺手了，把握不住分寸。不管惹出什么事，我都会为他收拾残局的。"皮奥利安平淡地说道，他好像根本没有将雷霆惹出的事当回事，仿佛看待小孩摔倒蹭破皮似的平淡。

"羽林第一轮应该能赢，这样就不用麻烦雷霆上场了。"默说道。

"我听羽林说单人上的时候就猜到她想什么了，这种需要同伴配合的双人比赛还是得看配合啊，不知道羽林能遇上谁当同伴配合呢。很难想象现在敢独挡的女孩以前第一次出任务的时候还是担惊受怕的。"皮奥利安笑道。

"是啊，大家都变了。"

羽林抽签到了第三轮上场比赛，拿着比赛说明到了大厅后面的准备厅。她看着一堆啰嗦的注意安全的事项，来回翻着也没找到具体比赛项目的说明，这可能就是为了考验参赛人员的临场发挥。

在准备厅来回寻找第三轮参赛者，羽林的眼睛注意到三号数字牌下乖巧地坐着的小女孩，她的个头很小，但羽林也不敢轻易猜测她的年龄，因为注意到女孩头部的耳朵，很明显这种矮小是因为种族特性。女孩身边可能就是剩下的两位第三轮参赛者了，那二人都是男生，瘦高瘦高的，没有明显的种族特征。

羽林不禁猜测自己的队友究竟是他们之中的谁，如果只拼体术，那么四肢长的人就有绝对优势，如果拼能力就各有千秋了。

女孩看到羽林走向第三轮准备区，从凳子上跳下来向羽林走来。她向羽林礼貌地行礼，然后踮着脚想去看羽林手里拿着的说明。

羽林将说明递给她，女孩很迅速地从末页拿出一张纸片，羽林一开始都没有注意到这张纸片，女孩将能量注入纸片，纸片上亮起了一个小图案。看到这个图案，女孩很高兴地从口袋里掏出来她的纸片——和羽林的纸片图案一样。

"我是安露琪，看来这一轮比赛是我们一组啦！"又是标准的行礼姿势，弄得羽林有点不知所措，赶忙回礼并自我介绍。

"现在应该去后厅准备换上比赛衣服了，羽林小姐，请让我和您一起去吧？"安露琪对羽林的态度毕恭毕敬，羽林第一次遇到这种类型人，过多礼貌让人感觉难以接近。甚至羽林都不知道该用什么态度对待安露琪。

安露琪拉着羽林到了后厅，后厅挂着制式一样的衣服。女款的衣服和男款没什么区别，都是长衣大袖，这种衣服居然用作对战？羽林开始觉得有些蹊跷，猜测这次的对战肯定不是简单的打斗。

"羽林小姐！这件你应该合适，我觉得我眼光应该没有错。"安露琪蹦蹦跳跳地拿着一件衣服走到羽林面前，在羽林身上来回比划着。

"安露琪，你没有拿自己的那件吗？"羽林看着安露琪对自己的态度简直就像一个小侍女。

"我只用找最小的那件就好啦，不用担心！"安露琪将确认好尺寸的衣服塞到羽林手中，她很无所谓地说道。

安露琪很麻利地找到最小号的衣服，拽着羽林一起进了试衣间，换衣服的时候，安露琪各种帮羽林扎带子，系腰带，羽林感觉自己全程除了脱衣服时候动过手，安露琪基本上帮她完成了所有。羽林有点适应不了安露琪对她过分的照顾，说道：

"其实你也没必要这样，对我也不用说敬语，咱们明明年龄差不多。而且我感觉你这样做是刻意和我保持距离，接下来的比赛咱们是同伴，没有必要这么拘谨。"

"你不喜欢我这样吗？明明宗说过必须这样才可以讨人喜欢……"安露琪有点意外，最后小声嘀咕道，结果羽林还是听到了。

"不管谁说这样可以讨人喜欢，如果你不喜欢的话就不要做了啊！别人喜欢你又不是因为你做了讨好他们的事情，真正喜欢你的人你变成什么样他都喜欢。所以对我没必要这么奉承啦，这样只会让我有距离感。"羽林转过身看着身上衣服还松松垮垮的安露琪，帮安露琪整理着大她好几码的衣服，用能力做出别针帮她把大的地方整理妥当。

"啊哈！这样就好看啦！"羽林满意地看着安露琪身上整理合身的衣服。

"羽林也很好看呢，这是我的真话。"安露琪捂着嘴笑道，羽林看着安露琪放下架子，也笑了。

"安露琪是什么能力呢？接下来需要靠能力配合。"羽林撑着膝盖俯下身看着安露琪。安露琪眼神有点漂移，让羽林不禁猜测是不是能力方面有什么难言之隐。安露琪斟酌着说出口：

"那个，我不喜欢别人这样看我，所以……"安露琪试探着将不满说出来了，眼睛一直盯着羽林的反应，谨慎地等着羽林回复。

"哦！这样啊。"羽林赶紧直起身笑道："你看这样说出来就好了嘛，我的能力可以变成一些刀剑什么的，应该很有实用性吧。"羽林抬手变出一个小盒子，安露琪有点手忙脚乱地展示自己能力，在安露琪的指尖燃起一小团蓝色的火焰。

"我的能力是控制这种温度不太高的蓝火，总体能力和龙族有点类似，如果羽林小姐……啊，不，如果羽林知道龙族的特征的话，应该就能很好地配合了。"安露琪认真地说道。

"我有和龙族配合的经验，看来应该不会出太大问题。安露琪是什么种族呢？我第一次见和龙族能力相似的种族。"羽林好奇地追问道。

"这个我可以不说吗？"安露琪恳求道。

"不想说就不用说嘛，为什么非要得到我的同意。"羽林看着安露琪的脸颊从踌躇舒展开来，心说这个小姑娘到底为什么如此恐惧将自己的想法说出来？而且对自己的态度实在是太软了，简直就像是被驯服的小兽，害怕自己做的任何一个举动惹怒别人，从而受到惩罚。

羽林和安露琪到达比赛场地。

前两场比赛已经结束，场地已经收拾干净。羽林看到围起的场地中有两块凸起的平台，平台之外是一米深的蓄水池，蓄水池上漂浮着几块平台。羽林看到这样的场地设施，大概猜到了是在两块平台之间往返的比赛规则。羽林正在看地形的时候，安露琪拽拽羽林的长袖子。

"我们身上这种衣服很容易吸水，如果被弄到水里负重会增加，影响我们的行动。这种场地设置对我来说很不利，羽林你也要小心！"安露琪态度很谨慎。羽林看向身高刚过一米二多一点的安露琪，如果安露琪掉到一米深的水池中，全身的衣服都会湿透，想要拖着浸水的衣服挣扎起来可是太困难了。

"安心吧！我们肯定可以赢！"羽林攥着拳头笑道。

羽林和安露琪登上比赛场地，对手也一起上台。在台上的羽林能从围观人群的欢呼声中准确分辨出来雷霆嚎叫的声音，雷霆在台下喊得太过起劲，甚至动作太大把周围人撞得人仰马翻。皮奥利安将周围的人扶起来，并一一道歉。羽林看到雷霆挥舞的手臂总是打到默，一脸嫌弃又无可奈何的默引得羽林发笑。

"他们都是你的同伴吗？"安露琪问道。

"是啊，他们看起来很麻烦吧？"羽林笑道，看向安露琪，她目不转睛地看着在人群中很显眼的三人，眼神透露着羡慕。羽林这才注意到——没有人为安露琪助威。

安露琪难道是一个人来的吗？羽林心生疑惑，这座旅馆的房间都是套间，每个套间基本上都是多人居住。为什么安露琪会是一个人？

未等羽林细想，旅店的工作人员走上台来。

"大家好！阿莫德高端旅馆三日住宿票抢夺战第三轮马上就要开始了！我们每次都会请观众在台下抽出新的限定规则。在抽出新规则之前，我先来讲解一下我们必须遵守的基础规则！"工作人员指向每块平台上放置的六盏蜡烛。

"比赛场地上有两个分开的平台，每个平台上放置着六盏蜡烛，规则就是两人一组，一人负责进攻，一人负责防守。进攻的主要目地是在有限的时间内将对方蜡烛点燃，时间结束后，点燃的蜡烛最多者获胜。如果点燃的蜡烛被水不慎浇灭也不必担心，凡是点燃过的蜡烛都会算分，但是熄灭的不能再点了哦。"

"现在有请我们的点火小可爱上场！"工作人员从一个蒙着黑布的盒子里拿出两只肥圆的红色蛙。"小可爱叫做食火蛙，它特别喜欢火焰，遇到火就会吞下储存在肚子里，然后经过我们的训练听到口令就会将火吐出来。"

工作人员递给每队一人一只食火蛙，羽林接过食火蛙，蛙用黏黏的脚蹼黏在羽林胳膊上防止自己掉落。然后工作人员把吐火口令保密似的在羽林耳边说道。

"接下来说一下我们对参赛者的要求，不能伤人，可以推挤，如果让对方受伤会受到惩罚。另外现在来看一下我们台下提出的限制要求……嗯……抽到这个要求可是会加大难度呢！"卖关子似的等了很久，工作人员继续说道："不能大范围地使用能力，必须在身体范围两米内使用能力。这条看起来会制约参赛者呢。"

"现在请参赛者赶快做出攻守决定。"

"我来防守吧，羽林。"安露琪自告奋勇地说道。

"真的可以吗？"羽林觉得安露琪这个小个子更适合灵活的进攻，而羽林自己可以负责防守。

"这场比赛的关键不是参赛者，而是食火蛙，如果我能用火焰吸引食火蛙，这样可以干扰他们点蜡烛。"安露琪说道。

"好，那就交给你了。"羽林点头。

工作人员一声令下比赛开始。倒计时的时间只有十分钟，只要在这十分钟内将对面的蜡烛全部点燃就可以完美获胜。

羽林观察对面平台上两个人的姿势大概推断出攻守位置，进攻的一方手上缠着黑色的丝线，如果不是对方释放能量的波动，羽林根本发现不了他手上的黑线。再看防守方，他紧握着拳头向羽林示威着。

"本来以为能和随机一位女士组队，没想到没有轮到呢。在下龚生，比赛之后互相认识一下可好？"进攻方在开场的时候还打算用对话拖一点时间。羽林开场前就感觉到这位龚生的视线一直在自己身上，让羽林觉得有点不舒服。

"先关心你自己吧。"羽林提起长得快拖地的衣服，蜻蜓点水似踩着浮板冲到对岸，未等龚生反应，直接双手撑地腿横扫在龚生小腿。龚生在倒地前可能从未想过，看起来是小游戏似的比赛居然还有人这么认真。这女孩攻击方式毫不犹豫，这一击之下，才把龚生对这个比赛的认知从"小打小闹"击回残酷的现实。

倒地后的龚生刚想爬起来就受到了羽林的连击。龚生滚到场地边缘差一点就要落水，羽林没有继续追击他，因为防守的杰司已经缠上了羽林。杰司的两个拳头好像攥着什么东西，羽林很谨慎地一直在闪避。

安露琪一个人在对岸的场地提心吊胆地看着对面的缠斗，她从未想过羽林居然一点能力都不用赤手空拳和两个男生搏斗。更何况羽林完全不管这么麻烦的衣服对身体的束缚，安露琪已经听到衣服因为羽林动作过大扯开的声音。即使这样，安露琪也没有看到羽林停止大幅度动作。

看到羽林动作干净利落地牵制负责进攻的龚生，同时又在找机会绕过杰司去点蜡烛。台下观众发出阵阵惊呼，前几局根本没有这么凶狠的人上场，仿佛羽林就是为了将对方打趴下才上场的。

龚生一直被羽林牵制着没有办法去往安露琪所在的平台，防守的杰司觉得再不破这样的局，迟早时间就会被羽林耗完。以羽林这进攻速度，总会在这消耗的时间内，抓住他们的空隙用食火蛙点蜡烛。

杰司直接放弃了对羽林的防守，将龚生直接推下平台。龚生落入水中才明白杰司这是在给他破局。羽林趁此机会已经用食火蛙点燃了两盏蜡烛。

龚生蹚着一米深的水走到安露琪所在的平台前，拖着沾湿的长衣爬上平台，安露琪谨慎地摆出防御动作，盯着龚生的一举一动。龚生看到安露琪感觉她就是一只向他龇牙咧嘴的小猫咪。

这一次龚生再也不敢放松警惕，他没有着急去用食火蛙点蜡烛，而是决定先将眼前的安露琪解决之后将所有蜡烛点燃。毕竟以安露琪的体型实在不可能在格斗上有优势。

安露琪躲避着龚生的抓取，一边不能大范围使用能力，只能用能力在身周燃起一小圈火焰，不停吸引着龚生手臂的食火蛙。

食火蛙一直在龚生身上激动地上蹿下跳，就算龚生企图控制食火蛙也无能为力，这更让龚生恼火。在安露琪不停躲闪、并吸引食火蛙注意力的时候，突然感觉一只脚被黏在地上似的抬不起来。安露琪赶忙看脚下，鞋上被缠上了黑色的细线。这种线黏得很，安露琪用力挣扎几下鞋被挣脱掉了。重心不稳的片刻，根本没有办法躲闪龚生推过来的手，安露琪被推向水池。她落水之前用蓝色的火焰点燃了龚生的长袖，龚生的食火蛙兴奋地将他袖子上的火全部吃掉。

安露琪因为太矮，只能在水上露出一个脑袋，即使落水，她还是用火焰继续吸引着食火蛙的注意力，龚生根本没有办法控制食火蛙，念任何口令它的注意力全在安露琪身上。龚生一咬牙，手在袖子中一翻，安露琪感觉水下有什么东西在拽自己，瞬间水面没过脑顶。安露琪控制的所有火焰就此熄灭，在水下挣扎了片刻都没有浮起来，肺里留着的那点空气马上就用完了，而那股力还在将她向下拖。

羽林的注意力被落水的声音吸引，但是没有马上去看落水的方向，她的注意力放在不要被防守方杰司的拳头打到，杰司的能力在几回合交手下，也被羽林摸了个大概，他在攻击中会在拳头中蓄能量，如果蹭到杰司的拳头，碰到的物质不论是肉身还衣角，都会增加重量。在比赛中羽林的衣袖碰到杰司很多次，现在这件衣服已经给羽林增加了重负。

即便如此，羽林已经点到第四盏蜡烛了。

水中冒泡的声音让羽林下意识感觉不对，她慌张回头。发现对岸平台上没有安露琪，慌忙四下寻找，终于发现在水中挣扎的安露琪，羽林想都没想直接跳入水中去扶安露琪，结果发现有什么东西拽着安露琪，没有办法把她拉起来。

羽林潜在水中发现有黑色的丝线揪着安露琪，甚至有向羽林身上缠绕的苗头。羽林赶忙变出能力将丝线剪断，把安露琪拽到水面之上。安露琪死死地抓着羽林的肩膀，像是抓住救命稻草似的，她奋力咳水的声音让羽林有点心疼，如果她一开始就发现安露琪落水的事情就不会演变成现在这种状况了。

"还有三分钟！"工作人员喊道。

身上的衣服已经浸湿，变得更沉重了，杰司的负重能力再加之，羽林感觉站在水中像是身上扛着铁似的。

"羽林，对不起……咳咳！"安露琪就算这样也想向羽林道歉，安露琪看到龚生已经在点第四盏蜡烛。

"没事，我们能挽回。"

安露琪听到羽林的声音，感觉到羽林已经生气了。羽林扛着沉重的衣服，抱着安露琪，将她靠在一块浮板上。

羽林反手变出一把剪刀，将身上外衣迅速地剪开，甚至嫌这样脱得不够快，直接把外衣撕开，瞬间杰司能力对衣服的负重彻底消失，里面只有一身白色的背心的羽林顿时成了全场的焦点，场下的惊呼根本没有引起羽林注意，可以自由张开臂膀让她感觉轻松了许多，完全没有在意自己只穿一件单薄的里衣的湿身形象。

她从水里一跃而起，带着食火蛙向杰司冲过去，左手变出一个锤子，佯装向杰司砸去，杰司赶忙做出防御动作，结果锤子并没有砸下来，羽林在半中间收回了能力。改成扫腿，击在杰司膝盖后方，杰司腿一弯，羽林另一踢连上，把杰司踹到了水中。这种欺诈性的招数是羽林从良鹤那学来的。

这个时候安露琪听到了台下叫好的嚎叫。

羽林捧着食火蛙到蜡烛面前，未等羽林念口令，食火蛙向蜡烛咳了几团黑烟出来，可怜巴巴地看向羽林。她知道这是火属性的生物呛水后的反应，就连雷霆呛水都吐不出火，别说这小小的食火蛙了。

"唉……没关系，小东西。"羽林起身摸摸食火蛙的脑壳，这场比赛虽然时间未到但是尘埃已定。这也不能怪它，这是因为羽林冲得太着急，带着食火蛙一起跳下水的缘故。小家伙一点准备没有直接呛了水。

"羽林！我可以变出一点点火！"安露琪努力地在手掌中用能量凝出一团火，如果火属性的种族一旦全身湿透并且呛水，是很难一时半会用出能力的。也不知这一团火是安露琪费了多大力气点燃的。

食火蛙兴奋地跳向捧着火的安露琪。张嘴吞下火后，兴奋地跳向迎接它的羽林。

"时间到！"工作人员宣布道。

羽林和安露琪只点了四盏，而龚生已经将第六盏点燃了。

拉着有些失落的安露琪，羽林走下比赛场地。第一个围上来的就是雷霆，雷霆各种不服气准备去报名再战的话羽林还未听清，雷霆就被默挤开了。默赶紧把自己的外衣脱下套在羽林身上，羽林这才发现自己里衣湿透后是半透明的。

"以后别这样了，太莽撞了，而且你这样的话我以后会很困扰的。"默一点点把羽林胸口的扣子系到脖子根。皮奥利安用一种"我很懂"的眼神望向羽林，羽林这才明白什么意思，耳根发烫。

"嘛……也不算是莽撞啦，这不是要赶时间所以……"羽林尴尬地试图开脱自己。

"那也不行。"默很坚决地否认了。

"羽林，看来我要准备了。"雷霆摩拳擦掌地站在一边说道。

"不用不用，其实我们赢了。跟着默这么长时间，我还是稍微长了点心眼的。"羽林笑着拿起用自己能力变出的透明小瓶，里面有团想四处乱跳的黑线。

"什么赢了？"安露琪惊叫道。这个时候四人才发现小个子安露琪还湿漉漉地站在一边。

"对不起，安露琪，刚刚我注意力……"羽林赶紧向安露琪道歉。皮奥利安很贴心地用能力将安露琪身上的水吸出，重归干燥的安露琪赶忙继续问道："为什么说我们赢了？"

"比赛规则有一条是不能在自身两米外使用能力吧，龚生把你拽到水里的时候是两米外，不过因为黑线在水里，比赛方没有发现，我这个就是证据，而且我在水池中也封了一小块地方，就算他不承认自己使了阴招，那可是铁证。"羽林晃一晃瓶子中的能力遗留物。

羽林拉着安露琪走到主办台说明状况后，主办赔给羽林和安露琪每人三张住宿票，随后他们去追究已经离开的龚生。

"谢谢羽林！我要把这些拿给宗看！他绝对会高兴的。"安露琪拿着住宿票兴奋地说道。

"这样就告一段落了，好好休息吧！"羽林伸懒腰放松着说道。

"羽林，以后要注意自己呀，那个时候全场都在盯着你看。"安露琪指指羽林的衣服。然后向羽林行礼告辞。

"这……么严重？"

在外面肆意战斗舒展的羽林从未想过形象问题，也难怪一下台默用他的衣服把自己包得像粽子。羽林感觉现在自己的脸烫得都能煎蛋了。

安露琪奋力地迈着腿奔上楼梯，高兴地攥着免费的住宿票。她看到房间门半掩着，并听到里面有谈话声，安露琪轻轻推开门。看到两个龙族特征明显的男人在和宗说话。安露琪知道不能打搅，轻手轻脚地回到了里间。

以往安露琪会把注意力放在宗和别人的对话上，可是这次她坐在里间的床上，感觉自己的脑子还轻飘飘地留在比赛场上，虽然她差点溺水，不过比赛场上和羽林一起协作的景象让她流连忘返，她从没有感觉如此的快乐。居然自己不用奉承别人，就能得到信任。

宗进到里间看到安露琪一个人看着天花板傻笑的模样，他感觉有点莫名其妙。

"琪，你干什么去了。"宗抬起手在琪眼前晃晃。

"宗！你看，我从楼下和别人一起赢的免费住宿票！这几天就不用花钱住旅店啦！"安露琪回过神来兴奋地从兜里掏出住宿票，她的眼睛亮晶晶的，期待着宗的回应。

"怎么又去干这种没有意义的事情，我们马上就能去学院里住了，而且这一次的任务费用是魔龙族承担，我们又不需要费心。"宗接过住宿票看了看，像是看没用废纸一样扔到床上。

"宗，我……"

"没必要留恋这里的东西，琪，我们来这里可不是为了这些小玩意。"宗看到琪失落地望着散在床上的住宿票说道。

"我一直很羡慕别人，宗，他们可以在这里靠自己意志说话而不是奉承别人，可以自由自在地笑。为什么你就不愿意呢，你是我唯一的依靠，也是我能说真心话的人。为什么你不肯就此罢休和我逃离？"安露琪攥着住宿票哽咽地看着宗说道。

"我已经说过了，我想你应该记得很清楚，这一次任务结束后就可以走了。我们一直都在依靠着彼此不是吗？所以别闹脾气，这次任务容不得失误，如果失误，你念想的一切都不复存在。别被外面光怪陆离的世界迷惑了，安心做好你该做的。"宗清楚如何安抚安露琪，安露琪像这样和他闹也不是一天两天了，宗甚至有点好奇她到底在旅店大堂发生了什么，刚回来就像变了个人似的。

"嗯……"安露琪心不在焉地应道。

"你是不是在楼下发现什么了？"宗进而想转移话题，问道。

"没什么。"

"我在街上发现了一处旅馆大厅被烧了，现在正在重盖。拿回来的灰烬确认是龙炎造成的。当事人还留下了一些气息，不过被火影响了，气息的信息不太清楚，不过我拿给魔龙族看了，他们确认了目标。很难想象我们的目标就这么明显地将自己露了出来。"宗转移了话题，安露琪看他的背影是那么信心满满。

"也就是说我们可以进行下一步了吗？我需要做什么？"安露琪干巴巴地说道。

"我在学院中不能暴露身份。所以很多事情都会由你来做，时刻保持心声传播，我需要你的时候随时呼叫你。我需要在猎物完全不知情的时候将'它'咬死。所以我的隐藏很重要。"

"好吧。宗，我会完成的。"安露琪机械似的答道。

两日后。

晴空之下，巨树周围酝酿着一小片雨云。像是在树周围包裹了一圈白淀粉似的。细密的小水珠在空气中被风卷动着，又不时被阳光照到，折射出小小一片彩虹。护树龙硕大的身体在云雾中穿梭着，像是云中流动的盘龙。护树龙头顶坐着四人，他们时不时将手伸入云雾中捞起一小片水雾。

"感觉上一次看到你们是很久以前的事了。"护树龙用敦厚的声音说道。

"确实过了很久呢，不知道上次雷霆在这里打架留下的疤还在吗？"皮奥利安先应声说道。之前还在学校的时候，雷霆和其他龙族起了争执最后误烧伤了巨树，护树龙当然记得这件事，低声咆哮一声，怨声载道地说道：

"树皮受损怎么可能好，那一片后来都脱落了！我好不容易用苔藓把那边补了补，现在才勉强能看！就是因为这样，校长才将所有危险的比赛场地转移到地下了，晋校联赛应当也是在地下大竞技场召开。"

"没想到我们要去见校长的请求你一下子就答应了。"羽林见护树龙还在数落树皮脱落的损失，赶忙换话题说道。

"是啊，让校长把你们赶走我就不必担心了。"护树龙没好气地说道。

"因为晋校联赛的缘故，这座城市来了很多生人，之前让我们进入巨树的时候还需要过护树龙这关，这次为何不把关了？"默质疑道。

"看来你们待在学校的时间太短了。晋校联赛每三年举行一次，是很多其他学院和家族学院同伊皇学院的联谊比赛，各种空间地方学院都会来参加。比赛场地并不在我的树内举办，整个沙漠第一都拥有庞大的地下空间，后来就建成比赛场地了。因为伊皇学院算是六十八空间中顶尖的存在，所以夺得晋校联赛奖项同时也会取得高级学院的录取通知。也就是说，只要拥有晋校联赛的奖项，就能任意去你想去的学校读高年级，本校的高年级也会开放。"护树龙还是耐心地和他们解释道。

"这么说来，晋校联赛也就是晋级高年级的考试了。"默说道。

"别说得这么压力大嘛，虽然晋校联赛晋级很困难，但晋校联赛对于其他年级的学生就是狂欢节。学校会昼夜不停地准备各种美食，每天都有不同的社交活动。主要目的就是让各个地区的学生互相认识，扩大人际关系。就算比赛不上心，肯定是能吃好玩好啦！"护树龙很开心地说道。

"哥，就冲着昼夜不停的美食，咱来对地方了！"雷霆心动地摇着皮奥利安的肩膀。

"别高兴得太早，我们要是不能在晋校联赛中晋级，根本不可能在这里待太久。"皮奥利安把雷霆摁住说道。

护树龙也懒得管在自己头顶上吵闹的四人，在树枝间穿梭着，直到树冠部分缓慢停下了。从层层枝叶中能隐隐约约看到一扇门。

"你们之后从树冠中央的藤电梯下到地下，那里今天会举办晚会。另外住宿也会在那里分配，我就不送你们了。祝你们好运！"护树龙说道。巨树中央是一个直通树根的深不见底的空心巨洞，中间缠绕着不断扭动的藤蔓，可以乘坐它在巨树内上下移动。

雷霆和皮奥利安第一次来校长办公室，进入门内他们所有注意力都在这个纯天然的房间设置上，各种藤蔓缠绕成的桌椅和纯天然的苔藓坐垫。整个房间的陈设比羽林上次来的时候要拥挤一些，到处都有小书柜挤满了各种文件。

"没想到你们居然回来了。"房间深处传来了伊皇校长疲惫的声音。

四人听到他的声音后一齐向他行礼，伊皇坐在一堆文件后面，他站起身，用面具后的独眼扫了一遍四人，重新坐回椅子后。他头疼地说道：

"我好不容易将皇澜青鹤在期末的事情摆平，不知道向总空盟交了多少声明，现在你们又回来了。怎么，还想在这里老实当学生吗？而且我可是知道你们性子有多野，正经在学校的时间加起来总共也没超过五六个月吧？就这样还回来干吗，在外面野去呗！"

"校长，期末考试那件事不能全部怪默……"羽林刚开口就被默打断了，他早就猜到羽林会把所谓的责任揽到自己身上。

"伊皇。我从古树银樾知道你是经历过圣器之战的人，总空盟一开始所说的暗部不存在的言论想必你也是不信的，何苦陪他们逢场作戏。参加晋校联赛需要学籍，我们得从学院这边要到学籍才能完成报名的最后一步。"默直截了当地说道。伊皇听后没有反应，从文件堆后面站起身，用独眼看着四人。

"看来你们从学校离开之后经历了不少事情，都从银樾那里查到我的历史了。确实，总空盟不能限制我们学校招收的学生，我猜你们应当是无处可去才回来这里吧？我可以不管你们，给你们学籍，但是你有没有想过回学校并不是一个好选择？"

"这是我们的事。"默说道。

"要不是因为总空盟疲于应对暗部的其他事件，对于你这种有前科的人疏于管辖，不然这份学籍我才不会冒险给你，不过这世道，世风日下，总空盟要调查前科的人可是心有余而力不足，你们自己好自为之吧。不过话说回来，皇澜青鹤，晋校联赛人多眼杂，你真的能保证这里面不会有暗部的人？"伊皇抱着臂说道。

"就算有暗部的人在又如何，我们能保证我们自身的安全。"默说道，三人一同点头认可。

"现在说话底气挺足啊，想必你们已经不是那时候遇事就慌乱的小鬼头了，不过我劝你们还是在晋校联赛里安分一点，这段时间因为丘狼族的巨大损失，总空盟要召开紧急会议，我因为身份必须出席。就算你们闹出来乱子我也没有办法给你们收拾。"伊皇知道自己劝不了他们，虽然能用校长权力将他们驱逐，但是伊皇心知羽林的后台就是八元素，他自己的命还是圣器之战后被阿古兰特保下来的，不能有拒绝的理由。

伊皇从一叠纸中用能量搜索，锁定目标后，将四人的学籍很快从中抽出。

"本来我还想同八元素谈谈免掉你们的学籍，后来还是留着了。我可不想自讨麻烦。不过就算有这份学籍，你们也不可能重新就读了，与你们同龄的早就升年级了，如果你们想重新回学校，请在晋校联赛努力晋级吧！"伊皇无奈妥协。

"谢谢校长！"羽林接过四份学籍，向伊皇行礼道谢。

"你有些变样了呢，羽林。我还记得第一次见你的时候……当然现在再谈那些也没用了。今晚地下会有院校联谊的聚会，既然回来了就去放松一下吧！别再弄出什么乱子啊！"伊皇再次叮嘱，并瞪向雷霆。雷霆被皮奥利安按着低头认错，他之前打架烧的树皮至今都是护树龙的痛点。

四人乘坐着旋转的藤电梯，直直向地下降去。还有很多其他种族的人从巨树的门内进入后，一同乘坐着藤电梯下降。与羽林他们一同乘坐藤电梯的还有其他空间的种族，他们相互交谈用的都是本种族的语言，羽林一个字都听不懂。倒是他们四个的打扮就像是旅行人士，风尘仆仆，背着大包小包的。

剩下的人的着装一看就是准备直接到地下参加宴会的打扮。

周围的光线开始暗了下去，点点小灯在藤电梯的墙壁亮起，一开始众人的视线还有些不适应。当藤电梯四周漆黑的墙壁突然消失在眼前时，羽林的眼睛被地下空间中央的灯光晃得睁不开眼。

羽林从未想过巨树之下有如此大的空间，单是上下高度就近四百米。比地上的巨树还要再高不少。藤电梯从中央解出一个分支，缓缓地将他们降在地面上。羽林回头看巨树的躯干，还在向更深处扎根，如果藤电梯一直通往下面，那么底部会是什么样呢。

整个巨大的地下空间最高的地方中央有一处巨型透明球体，球体中央涌动着光明能量，近乎能将整个地下空间照亮，虽然亮度不及太阳，基本上就是黄昏的水平。但照明还是够用了。球体四周的墙面上雕刻着各种各样的星宿，从中心向四周扩散到整个穹顶。

当羽林的注意力从穹顶转移到地下的建筑时，羽林发现这里就是将一个城镇搬过来似的。山城似的立体结构的大街小巷，整座城市最低的地方是占地面积极大的露天比赛场地。

"欢迎来到永夜学院部！"一位着装正式的高年级女孩向刚从藤电梯下来的众人说道。

"我是各位参赛者以及家族的向导，将带你们去办理比赛手续以及入住手续的地方。一路我将为大家讲解永夜院的构造。"向导学姐将众人带上一辆由强壮的长鼻生物拉着的敞篷车上。

敞篷车开动，湿潮的空气就顺着前进的风吹进羽林的鼻腔。

"首先介绍一下永夜院中央的星球仪，也就是我们学院俗称的仿真太阳。它照明时间是固定的半天，不会因为外面真实太阳的移动而产生变化。但因为它的光芒不及真的太阳，一直都是黄昏的状态，所以这个学院部起名为永夜。当入夜后，中心太阳球体中的光明能量会移动到它周围的星宿的凹槽中，模拟夜空的模样。

但整个星球仪并不是学院制造的，是建校初一直就存在于地下。我们学院仿照星球仪的原理，整个永夜院的照明都是用光明能量。每个楼内都有日夜不停的灯光照明，请不必担心星球仪转到夜空后没有照明。

想必大家都看到了我们中央的比赛区，这几日连开的联谊宴会将会占用比赛区，请各位尽情享受快乐。整个永夜院分为几个区：食宿区、迷宫区、娱乐区、比赛区。"

向导将区域分布地图分发给每个人一份。羽林看着展开变成立体的纸雕地图，暗暗惊叹整个永夜院的构造。

"现在为大家讲解一下迷宫区的规则，整个晋校联赛最重要的部分。迷宫区是永夜院更地下的部分，一共六条迷宫道，这也是最初发现地下构造时一同发现的迷宫。整个迷宫只开放了三分之一，剩下的三分之二因为太过危险不会对学生开放。

"只要到达迷宫的节点，或者从迷宫内拿到稀有物件，都可以增加个人联赛积分。只要积分超过六百就可以得到晋级权利。另外除了迷宫区，比赛区的比赛同样也能积累积分。细则我刚刚给你们的地图上都有说明。另外还有一点，联谊会上交换的卡片也能获得少量积分。晋校联赛召开不会超过二十天，积分评定也非常的严格。大家请在各方面都要加油哦！

"因为晋校联赛的性质是诸多学院的联合比赛，获得积分晋级的学生，除了伊皇学院还有其他很多学院的高年级可供选择。所以负责整个晋校联赛的并非我们的伊皇校长，而是治能会种族指导团，各大种族都派出了代表老师作为管理层参加。之后的各种比赛中，除了本院校的老师管理，还有其他种族学院的老师参加。

"除了指导团有老师管理，其余治能会的部门基本上都是由伊皇学院的高年级生组成，也有其他学院家推荐的高年级生加入我们，我们主要任务是引导各位，以及监督各位的行为。整个永夜院都可以找到我们的身影，所以需要帮助的时候可以寻找我们。"

学姐向导向在座的各位鞠躬行礼。

敞篷车停下，众人看到挤满人的办理地点不禁有点头疼，男女生是分开的，羽林迫不得已背着大包小包挤到一个队伍尽头。再回头一看，默他们已经淹没在队列之中了。办理地点处理手续的速度很快，但住宿并没有直接安排。

羽林理所当然觉得还可以和雷霆他们一起住的时候，住宿表上面的一行字让她打消了念头。她这才察觉回到学校吃吃住住就不可能在一起了，再看表上，四人以下单人除外可以申请宿舍。

现在羽林基本上不认识什么同龄的女生，更别说找人一起组宿舍了。就在她试图寻找能一起组宿舍的女生时，发现所有人都是三两成群，她一个人显得格格不入。现在羽林恨不得女扮男装混进男寝室。就在她想去鼓起勇气去问两个已经结好队的女生时，羽林看到了一个和她一样格格不入的小个子女孩。单是看背影就认出那是安露琪，羽林像是找到救星一样，拍了拍她的肩。

"安露琪，你找到组宿舍的人了吗？"羽林满心欢喜地问道。

"找到啦！"安露琪不假思索地说道，顿时羽林感觉期望落空了。"终于找到你啦羽林，咱们组宿舍怎么样！"安露琪将话说完，两个亮晶晶的眼睛望着羽林。羽林这才反应过来。

安露琪高兴地拉着羽林到住宿登记台登记了房间，并拿到了钥匙。本来羽林打算登记完之后直接去找默他们。结果硬是被迫不及待想看房间的安露琪拽到住宿地点。是两人的房间，各种设施一应俱全，还有一处向外敞开的阳台。

"一会要一起去学校联谊聚会呢，羽林难道就打算这么去了吗？"安露琪望着羽林身上宽松的休闲衣服问道。

"呃……主要我还想见见他们，问问他们在哪住。"羽林挠着后脑勺说道。

"到了联谊会就能见到了呢，羽林你有聚会的礼服吗？"安露琪这一问，羽林思索了一下，自己好像真的没有可以穿的礼服，她行李里最多就是战斗服，总不能穿成那样去参加聚会吧，再怎么看都像是去暗杀似的。

"没有礼服，所以就无所谓啦，我只是去找一下他们。"羽林说道。

"怎么可以无所谓呢，羽林你真的是女孩子吗？明明长得这么好看怎么能亏待自己呢！"

羽林心说自己以前倒是想买那些好看的衣服裙子，可惜这种脆弱珍贵的布料根本经不起折腾。后来索性身上的衣服都是和皮奥利安他们一起去挑耐用的了。以至于她现在屯得最多的就是战斗服。

"羽林你是不是和男生待在一起时间长了，之前看你在夺住宿票的时候也是，完全不在乎个人形象。"安露琪一提起这件事，羽林感觉耳根烧烧的。"我来的时候注意到娱乐区有卖衣服的，咱们赶在联谊会开始前赶紧去看看吧。"

安露琪不依不饶地拽着羽林乘车去了娱乐区的街道。

在晋校联赛召开期间，永夜院娱乐区堆满了新上的商品，各种稀奇的玩意层出不穷，甚至有些衣服的款式羽林连见都未见过。她感觉自己已经好久没有置身于这种繁华灯火之间了，甚至她有点觉得不真实。

安露琪拽着羽林穿过各种衣服商店，羽林硬是被安露琪塞了好多件衣服去试，安露琪一脸满足地看着羽林换上各种各样的衣服从试衣间走出来，逛到后来羽林觉得这些衣服都一个样，她随便从试的衣服中挑了一件紫色的过膝裙，拎起安露琪，快速结账，离开了这令人眩晕的衣服店。

回去后安露琪把羽林过肩的头发仔细编好，羽林也不知道安露琪这么多编发手法从哪里学来的，然后羽林就像是安露琪手中的洋娃娃，任由她去打扮。

"我从来没有这样过。"羽林望着镜子中的自己都快有点认不得了，愣愣地看着镜子中的脸。

"这样的话，他应该也没有见过吧，正好给他一个惊喜。"安露琪兴奋地拍手说道。

"他？"

"就是那位黑头发的男孩，之前第一个冲过来给你披衣服的那位。"安露琪说道。

"哦哦，他叫默。"羽林已经不想再听到自己不顾形象的事件了，赶忙将名字告诉了安露琪。

"你们两个的关系肯定不一般吧。"安露琪说道，然后看到羽林四处躲避的眼神笑着说道："因为我种族的关系，体型很小，经常看别人眼色行事。你看到对方后眼神都会变得不一样。我是不是猜对了？"

羽林还在回避安露琪的眼睛，耳朵又变红了，一时不知道该说些什么，支支吾吾地从嘴里冒出一句话：

"咱们该走了吧？"看到想转移话题的羽林，安露琪咯咯地笑起来。

永夜院，比赛场地内。

今天晚上召开的学院之间的联谊会照常在比赛区举行。

入口处人流如织，所有人都穿得光鲜亮丽，都希望能在联谊会上获得社交卡片，增长积分。社交也是一门学问，如何有礼貌地进行社交，并获得他人青睐也是一种能力。不过这些对于雷霆来说基本上等于不存在，他风风火火地拽着皮奥利安和默到了联谊会的美食桌。二人只能看着雷霆东拿西拿，然后不顾形象吃吃喝喝。

皮奥利安从美食桌所在的台子往下望，正好能看到比赛区中央的舞池。跳舞也是社交的一部分，很多种族都重视跳舞，不论是集体舞还是双人舞。作为社交的多人舞蹈基本上是一些经济发达种族的必修课。

"下面那种通用的三人舞，我先前还在神龙族学过，不过都已经是非常久远的事了，现在看了一会倒是想起不少。"皮奥利安拿着一瓶树莓汁和默一同靠在墙边说道。

"我看你带着我们去租礼服，其实是想下去体验一下吧。"默松了松礼服有些紧的领口说道。

"你也应当学过这种礼步多人舞吧，难道不想去试试吗？难得好好玩的机会别可惜了哦。"皮奥利安拍拍默的肩。

"以前被逼着学了不少东西，比如各个种族的礼仪，或者应酬别人的办法，这种社交舞步我当时混着人体要害部位一起被教导，就没什么娱乐的感觉了。倒是这舞步从来没有实际试过。"默不以为然地说道，皮奥利安看了一眼默，知道默很多本领都是在暗部学会的。

"哈哈，只要你肯，随时都能发现其中的快乐。"皮奥利安活动一下颈肩，把树莓汁放回桌子上，向默摆手说道："我要下去活动一下了！你可别错过机会了哦！"

默望着蹦蹦跳跳跃进舞池的皮奥利安引得一小片惊呼，他不知道皮奥利安居然还有这方面的功夫，不愧是受过神龙族王殿教养的人，样样都不差。默将视线从皮奥利安身边移开，看着舞池边缘各种光鲜亮丽的女孩，不禁开始猜测羽林会不会穿上松松垮垮的便装就混进来。

他拿起餐桌上一直不断供应顾客的瓶装树莓汁，拆开封口喝了几口，他品味到味道有些发酵过。默也没多在意，可能是储存时间过久快发酵成酒了。

羽林刚和安露琪进入宴会场地，就被各种气氛灯光晃得感觉有点晕头转向。她现在脑子里只想到雷霆他们应该是在供应美食的位置，安露琪拽着羽林在联谊会场地内乱逛，羽林样貌原本不怎么起眼，可是自从长相与川羲相似之后就引得各种视线落在身上。很久没有在人流中穿行过，各种目光扫在身上让羽林感觉浑身不舒服。

"啊，对不起，羽林，宗在叫我，我得赶快过去！"安露琪突然松开一直紧拽着羽林的手。让羽林一个失神，羽林没有从人群中听到任何人喊安露琪的名字，身形娇小的安露琪就这样从人群中钻走了。

羽林还想追上去问一下，不料鞋跟稍稍有点高，一个用力后重心不稳向一旁栽去，羽林的头发挂在一位男生的角上，抓着他的肩膀稳住重心后，羽林感觉非常的尴尬，因为头发扯着羽林和他面对面极近。这位男生应该是光电鹿一族，头上像闪电似的角就表明了种族。羽林心说人这么多还把角变出来岂不是祸害人？她已经受不了更多的视线集中在自己身上了，赶忙慌乱地去解，手就被男生抓住了。

"看来我今晚像蜘蛛一样网住了一只猎物呢，我来解吧。小姐可不要再这么匆忙了哦！"光电鹿族的男生面对这样尴尬的局面彬彬有礼地说道。羽林只好松手让他去解，碍于不想让更多人再关注自己，羽林心里恨不得用能力把头发剪断。"我能感觉到很多人的注意力都在您身上，您一定地位非凡，一会可以屈尊和我等光电鹿一族共舞吗？"

羽林感觉这位绝对是把她误认成什么家族的千金，才如此邀请。可是舞池中的舞步羽林只在入场的时候稍微看了一会会，怎么可能在短短时间内学会。

"可以先解开再谈吗？"羽林试图委婉地说道。

"那暂时当做您默许了。"男生将绕在角上的头发慢慢解开，羽林本来编得好好的头发就这么散乱起来。一副失魂落魄的模样。

"我来帮您重新扎一下吧，等这曲结束了，有劳您与我一同共舞可好？算是为我的失误赔礼了！"从他的嘴里，羽林感觉句句都在给自己下套。如果不同意就相当于不接受道歉。不过男生还是太小瞧羽林了，她可不是任人摆布的洋娃娃。

羽林将绑在头上的最后几根辫绳拆开，头发散开来，本来是直发的她因为刚编过头发，现在都变成卷发了。羽林用行动拒绝了他。

"失礼了，我还有事。"

"真的吗，刚刚您挨着我说的话不算数了吗，大家都想看看您的舞姿呢。"男生正式向羽林行礼邀请。这引得更多人注意这里，羽林被目光注视得很不舒服。各种期待的细碎声音在羽林耳畔此起彼伏地响起。

羽林一听，纯粹是因为当时他们头发缠住靠得太近，没人在意刚刚羽林说了什么。羽林脑子已经在思考如何破开这个让自己难受的困局。就算现在不可以，一会也能稍微报复一下……

"唉，你别不是在想一会怎么在舞池里向他使绊子吧。"羽林耳边突然响起一个声音，她赶忙扭头发现是皮奥利安，他不知什么时候挤开人群站在羽林身后的，皮奥利安笑嘻嘻地看着羽林，用眼神示意羽林看光电鹿男生后面。

默从后面的人群中挤出来，从地上捡起刚刚羽林挂掉的一个发夹。

"光电鹿族吗？头上的角都管不好，更别提要去跳舞的脚了。"默没有回头看那个男生一眼，抬手用金属发夹在男生角边擦过，一道电火花亮了起来。很明显这个男生是故意用电吸住头发，让羽林一下子挣脱不开，难怪一开始不让羽林碰他的角，恐怕是怕羽林发现细节。男生刚想狡辩什么，却被家族里的人拽住了。

默将发夹别到羽林耳后，很庄重的模样向羽林行礼说道：

"不知您是否愿意花费一段时间与我共舞？"说完，默眨眨眼笑着向羽林伸出手。羽林感觉之前不愉快的一切都抛之脑后，她没有犹豫地搭上默伸出的手。

学校的乐队舞曲多样，下一曲是多人舞蹈，皮奥利安像是从连续好几天泡澡中恢复精神似的，拽着羽林和默跃进舞池。羽林仔细地模仿着皮奥利安的步伐，争取和他们一起并排叉着腰踢腿时能在同一节奏上。这倒并不是太难，比起打斗中闪避攻击要简单多了。很快羽林学会了如何踩节奏，在不停的步伐变换中也能换过来腿。

她第一次感受到跳舞的快乐，哪怕是周遭无数目光落在她步伐的失误上，但她和并排的同伴一起配合后渐入佳境，羽林很快就忘掉了那些令自己不舒服的眼神。全身心投入与伙伴们的舞蹈中。

这一曲结束后。

"羽林学得很快嘛！这种多人舞曲应该是最后一首了，我去看看雷霆到底在干什么，这么久了没闹出点乱子挺不像他的。你们留在这边跳双人舞吧！"皮奥利安擦擦汗畅快地说道，然后拍拍默的肩笑道："挺有两下子的嘛，一会见！"

羽林和默留在场地内，灯光慢慢暗了下来。一直欢快高节奏的多人舞曲变成了悠扬婉转的小调。一些之前多人舞跳累的正好可以下去休息一下，场上的人少了一些。

默见羽林还兴冲冲地准备像跳多人舞一样跳双人舞，他像是按住一根弹簧似的按住羽林肩膀说道：

"双人舞可没有那么节奏快了，跟着我一起，特定的节奏区要做一些花式动作，这应该对你不难吧？"

本来是放松的慢舞，羽林的腰被默扶住后，反而她有点紧张。先前羽林在天鸟族待过一阵子，虽没有体验到天鸟族节日庆典中的特色祭舞，单是从别人口中提起双人舞就让羽林浮想联翩了。可是到自己体验的时候，她甚至恨不得自己能有一些舞蹈知识。

"你是不是很紧张？"默在羽林落后了几拍后轻声问道。

"是……有点，毕竟我以前从来没有跳过这种舞。"羽林老老实实地答道。

"你可以完全放松，我带着你就够了。"

"哎？"羽林将信将疑。

"虽然不太想提起来，但这种舞当初是在暗部练习最多的，双人舞可以给足对方独处时间，完全能悄无声息地将对方暗杀，然后在尸体僵硬前必须托着尸体继续将舞跳完才算合格。"默在保证节奏的情况下轻声向羽林解释道。羽林点点头，没有在意默嘴里说出来的事情是多么可怕，她慢慢将紧绷的肌肉放松，渐渐感觉自己就像是漂浮在水面上的羽毛。

默牵着她的手很有力，羽林甚至觉得完全放松也不会栽倒，她很信任地将心放宽，将自己身体的控制权交予他。

她完全放松下来，像是海上的帆船跟着他的风在波浪上摇曳，羽林感觉眼前的灯光开始旋转，听着音乐重复的节奏，脚尖恰到好处地在每个音符上轻盈弹跳着。逐渐地她仿佛置身于河舟之上，躺在舟上听着宛若流水的音乐。羽林思绪开始在波浪中游荡，在每小节音乐末尾做花式的时候，羽林更感觉自己浮游在水面上，像一只天鹅自由地伸展着羽翼。

音乐渐渐舒缓之后，节奏也降了下来，不需要大幅度的动作。步调节奏降下来后，两人的距离呼吸可闻，之前羽林全在享受漂游的舞步，回过神时她看到默红石榴似的眼睛中映着自己。

先前享受着舞蹈配合的过程，现在节奏缓慢后，羽林心中翻腾着如糖丝拉扯似的感情，让她有点不知所措，感觉自己的耳根在烧，耳膜外的音乐好像隔了层纱似的无法听得真切。

"我先前从未体会与人共舞的感觉，现在我感觉踩在云端，好不真实。"默轻声说道，他也不知道该怎么去形容现在的感觉，他清楚自己这种能量体质是不会喝醉的，这种飘忽感从未体验过。

"我感觉像掉在幻的梦境中，甚至连身体的知觉都感觉不真实。"羽林移开停留在他眼睛上的视线，她感觉心中的糖丝来来回回将自己绕了个遍，挣也挣不开。

随着音乐结束，羽林感觉这一曲之下，短短几分钟好似隔年。舞伴互相行礼之际，羽林感觉自己身体还被糖丝拽着，行的礼有点不知所措歪歪斜斜。脑袋中还是先前的光景，令她目眩迷醉。

皮奥利安站在离雷霆不远的地方，但是他没有上前去叫雷霆。他从舞池走出来的时候就看到雷霆身边围着几个男生，这几个男生看长相和穿搭也不像惹是生非的人，除了一位个子小小的男生外，其中还有一两个是魔龙族的成员。皮奥利安没有贸然上去和雷霆打招呼，他觉得雷霆难得一个人可以试着自己交朋友，有人找他玩自然是好的，总不能在自己身边赖一辈子吧。

他望着舞池中一曲结束正在互相行礼的默和羽林，心里还想着，之前默还不知道跳舞是什么滋味，以为只是一门技术。现在再看他们的模样，皮奥利安端着下巴得逞似的笑着。

"跳累了吧？来，上来吃点东西再下去玩。"皮奥利安从美食桌上早就整理好了一些他觉得味道不错的食物，递给羽林和默。羽林随便拿了一瓶树莓汁打开灌了几口，她感觉身体的燥热也没有因此衰减多少。

"雷霆在干什么，你居然没有直接去找他。"默擦擦鬓角的汗问皮奥利安。

皮奥利安指指正和其他男生聊得欢快的雷霆说道："他能找到和自己聊开心的一群人也不容易，如果真是让他感到不爽的人，我早就该去灭火了。"皮奥利安说完摊手。

"我看里面魔龙族的人不少，你不担心吗？"默问道。

"龙王脉虽然说比普通龙强一些，但是雷霆只要不半兽化还是看不出来差异的。谈天说地又何妨。"皮奥利安无所谓地摆摆手。

"那个男孩是宗吗？应该是之前安露琪和我提过的男孩，个头和安露琪差不了多少。"羽林好奇地望着雷霆那边，看到和安露琪差不多高的男孩站在雷霆一旁。默和皮奥利安一直认为像宗这样矮小体型的男生在各大种族中还是相当罕见的，看样子是种族特性。

由于三人的视线一直望着雷霆那边，雷霆敏锐地察觉到有人盯着自己这边。他回头发觉是羽林三人后，兴奋地招招手。随后雷霆兴致勃勃地带着他刚结识的魔龙族成员来到羽林三人面前，成员中个子最小的男孩行礼后，仔仔细细打量了一下羽林三人，目光在默身上停得尤其久。

"各位好，我是魔龙族学院的代表队员，安宗进。这一次也代表魔龙族参加了咱们学院的治能会。我一直帮助治能会统计魔龙族学员，一开始看雷霆小哥面生就聊了聊。看您和雷霆亲近，想必您就是雷霆的哥哥吧？"个头矮小的安宗进直起腰板向皮奥利安行礼，他的礼仪是那么的规矩，羽林从他身上看到了安露琪的影子。

羽林三人大概介绍了一下自己，默基本上含糊其词想混过去，因为他发现安宗进盯着他的眼睛有好一阵。跟着安宗进的魔龙族成员也一一介绍自己。其中让羽林印象比较深刻的是一名叫做鸿苍的魔龙族，他毫不隐瞒自己身份，将自己的头顶上的龙角张扬地展现出来，龙角呈紫黑色。

"本人加入治能会后，经常会处理一些杂事，所以如果雷霆遇到什么困难也可以随时和我讲。"安宗进客套着，他毛茸茸的耳朵在众人面前来回晃着。

"你应当不是魔龙族的人吧？"默听了他一圈的客套之后问道，默本来想看安宗进对这个问题有什么反应，结果安宗进自然地微笑道：

"这个就有说头了，我被魔龙族玄龙属家族搭救过，自小就在魔龙族长大，再加上能力和魔龙族的火接近，所以家族就将我留下来了。要是再往前提，我都不记得了，那时太年幼了。"

"讲那些难过事干吗，大家现在不是都好好的吗！"雷霆明显有些兴奋过头了，拉着安宗进疯狂往他怀里塞吃的。

"虽然现在很开心，但我听说这次晋校联赛设立治能会管理学生，就是预防一些异类在晋校联赛中闹出乱子。想必大家都知道先前天鸟族和丘狼族的事件吧？所以要小心一些，发现什么请立马上报给治能会。"安宗进怀里抱着零食说道。

"安露琪也是治能会的一员吗？"羽林问道。

"她不喜欢弄这些治理的东西，所以我就没有邀请她一起进治能会，这段时间安露琪拜托您照顾了！"安宗进依旧笑脸相迎，言辞没有任何不合适的地方，但羽林却隐隐觉得有点不舒服。

"过两日联谊会结束后，比赛场地就会开始进行比赛，我希望雷霆和皮奥利安能和我们一同组队，或者参加迷宫攻略。"安宗进望向不停给他递吃的雷霆说道。

"这有什么难的！当然没问题！"雷霆答应得很爽快。

"那就说好了！我一直很想看看雷霆实力，毕竟刚刚你说过你去过很多地方，想必是有实力才能在外面闯那么久！"头顶紫黑龙角的鸿苍摩拳擦掌地说道。雷霆的兴致也被调动起来，在丘狼族受伤后处于复健期的他，正好可以靠这种同龄人之间的切磋恢复。

永夜院。比赛区外，星球仪已经将照明自动调成了黑夜，因为联谊会的关系，现在街道上还是人流涌动。安宗进带着鸿苍在永夜院建筑之间的小巷内绕来绕去，他立起的耳朵听到周围没有声音后，安宗进转过身看着比他高出很多的鸿苍。

"大概就是雷霆。这几天一直在排查魔龙族新增的参赛成员，基本上可以确定是他了。虽然得靠雷霆展现能力之后才能锁定，但是十有八九他就是你们的目标，如果玄龙家族要动手的话，我劝你们还是稍微晚一点比较好。"安宗进说道。

"你也清楚为何玄龙属要寻找这头直系龙王脉，魔龙王塔格拉罗门就是一介疯子，他除了武力厉害外，没有其他能力管辖魔龙族。前几年，魔龙王一直在追杀龙王脉，玄龙家族从上任龙王的女儿尸体怀里救下我，我现在是玄龙属整个家族唯一指望的龙王脉。虽然我不是直系龙王脉，但是我母亲留给我的血脉足以让我接受龙王的力量。我仰仗家族才侥幸活了下来，其余龙王脉早就被杀得所剩无几，我本以为除了龙王本人，我再无其他竞争对手。"

鸿苍向前踏出一步，逼得仰视他的安宗进向后一退。鸿苍带着一点怒气说道：

"而那塔格拉罗门却留了自己的种。呵，难怪他之前要屠杀龙王脉，原来他想扫清竞争对手，将龙王的位置拱手让给自己儿子？现在是我们除掉直系龙王脉最好的机会。你却叫我们晚一点动手？"

安宗进看着面前这头因为自己的一句话而恼火的龙，他有些无奈。在这次任务之前他也了解了魔龙族近期的事情和背景。

首先，塔格拉罗门是现任魔龙王。不论神龙族还是魔龙族，这位龙王都是臭名昭著的存在。其次，因为本身力量太强没有人愿意去挑衅他。因为当初他与神龙王的纠葛，亲手杀了当时的妻子，并与神龙王一战之后落下了恶名。他近几年一直受到现任王后鼓舞，几乎将有前任龙王血脉的人赶尽杀绝。简而言之，没有人明白他的想法，并且很多人都畏惧塔格拉罗门。

魔龙族选举龙王既不是由指定人推选，或者有特定的选择器。而是所有龙王脉决斗留下的胜者与魔龙王决斗，最后胜者就是下一任龙王。可是现在魔龙王的这种情况，导致魔龙王换任遥遥无期。

玄龙家族求助于暗部目的就是为了将现在塔格拉罗门的亲生儿子除掉，让自己手中一直保护的龙王脉鸿苍登上宝座。

"我也明白您着急心切，但是这种事不是心急能求来的，我与您的目标一致。所以完全不用因为我们暂时的意见不合，起没必要的争执。况且当下我们还得进一步确认雷霆是否真的是你们寻找的人，现在只靠一些气息确认是不行的。"安宗进说道。安宗进心知这位鸿苍并不是对他命令有效的人，安宗进真正的上家是玄龙家族。

"我也不是不能等，如果能靠一己之力将他除掉，我就能得到其他家族的认可，你辅佐于我自然能获得更好的报酬。"鸿苍说道。

"鸿苍大人的好意我领了，但是这种肮脏的事还是交予我来处理吧，鸿苍大人只要关心自己就可以。除了这次委托的事情，我还发现了一些其他猎物，如果我能将其交给魔教零目，犒赏当然只多不少。"安宗进说道。

"其他猎物？"鸿苍疑惑地问道。

"这个猎物当然不会主动现身，所以暂时我也不能彻底确认目标。我需要进一步地调查和试探，如果落实，能抓到猎物，自然鸿苍大人与我不仅能得到玄龙家族的犒赏，还能得到魔教的赏赐。所以接下来请鸿苍大人配合我行动，这样未来的计划才能万无一失。"安宗进说道。鸿苍脸上带着得意的笑容，安宗进心说所有龙都一样，很好哄。

鸿苍与安宗进道别后，安宗进没有离开幽暗的小巷，他站在巷子中，在心中呼唤着安露琪。过了大概十几分钟，安露琪匆匆忙忙地找到这里。他们之间有一个互通的能力——心声。可以不论距离远近进行传话，只要双方愿意敞开心声，时时刻刻都能知道对方想说什么。

"宗，怎么了？"安露琪问道。

"琪，你的任务来了。我需要你盯紧羽林。"安宗进说道。

"为什么这次的任务会牵扯到她？"安露琪捂着嘴难以置信地问道。

"虽然不知道你们的相识是不是巧合，但是这是很好的机会，一定要抓牢。"安宗进完全没有在意安露琪的想法，他觉得这样相识不会让对方起疑心，可以更好地利用。

"必须这样吗？"安露琪问道。她低着头，知道安宗进不会将她的话听进去。

"没事的，我相信你可以做到。切记不要失误，这会让任务变得麻烦，最后具体干什么我会用心声通知你。"安宗进说道。安露琪听后不知道该作何回应，她只能点点头。

比赛场地内，用餐区。

皮奥利安看着整个联谊会接近尾声，依然人流如织。这样的盛况可以说他已经很久没有体会过了，他觉得自己有必要珍惜这样的时光，毕竟不知道什么时候又会进入水深火热之中。他甚至觉得眼前的美好有点不真实。

"你觉得我们回来的选择对吗？"皮奥利安发愣，突然冒出一句，站在他身旁的羽林听后有点意外。

"说出这种话可不像你啊，皮奥利安。你应该去想怎么享受当下才对啊！"羽林说道。

"哥，回来当然对啦，你看还能认识新的人，也不用在山上吃干巴巴的水煮胡萝卜。"雷霆插嘴道。雷霆刚想再去拿一些新鲜的餐后水果，他的脸突然被羽林揪住了，扯得他生疼，直嚷嚷。

"你干什么啊！放开我，我话都说不清楚了！"

"雷霆你什么时候有四支角？我才看到！"羽林瞪着眼睛看着他。

"啊？"雷霆摸摸自己的脑袋上为了表明种族特征变出的两根短角，用奇怪的眼神看着羽林。"只有两根啊？"

"奇怪我怎么感觉晕晕的，你们怎么都在晃……"羽林松开手，感觉像踩在棉花上似的。

默从取零食的区域回来，看到羽林拽着雷霆的角非要仔细看看是不是多变出来一对。雷霆拼命晃脑袋想把羽林的手甩下去。雷霆甩开后，羽林又把注意力盯到皮奥利安身上了，她晃晃悠悠地向皮奥利安走过去。皮奥利安躲开她抓过来的手，一个闪身躲到默后面去了。

"你怎么了？"刚回来的默有点不明情况。羽林一句话没说，晃晃悠悠地靠着墙滑到地上。

"我刚刚还好好的，现在感觉天在转。"羽林想了一下老老实实地答道。

"这餐桌上也没什么东西有毒啊。"皮奥利安从默身后冒出一个脑袋看着羽林。

"你现在这样子和那种街头醉鬼似的哈哈哈！"雷霆笑道。

"酒？没有供应，而且学校也不会进酒水的。"默把视线打量到了羽林之前喝空的瓶子，他凑过去闻了闻。雷霆挪过来等着真相大白，巴不得有人故意下毒。唯恐天下不乱。

"是树莓汁放久了，有几瓶会发酵成酒，不过酒精含量不大。应该不会变成这样，再一个可能就是羽林的体质问题了。"默无奈地看着又去捏雷霆的羽林。他知道羽林的光明能量相当于高强催化剂，可以催化生物伤口复原，同样也能催发毒性，没想到这一点作用到酒上，效果也是这么明显。

"羽林运气不错啊！"皮奥利安坏笑道。羽林听到皮奥利安的话松开了雷霆，雷霆看他哥一直这么乐呵呵地看他的好戏，于是帮羽林按住皮奥利安。皮奥利安躲闪不及，被羽林抓住了额头上的角。

"今天刚遇到一个长角不长眼的东西！我看看今天是谁又把角变出来了！"羽林冲着皮奥利安不知道在嚷嚷什么，皮奥利安得空一把将默拽过来，默清楚他什么意思，羽林可能已经不知道自己现在在说什么了，不过这个样子也挺好玩的。

"看你这个样子，我送你回宿舍吧？"默说。

"不！我要骑龙回去！就骑他！"羽林扯着皮奥利安的角还不松手，像抓住了把柄似的嚷嚷着。

"那，我背你可以吗？"默蹲下背朝着羽林问道。羽林歪着头看了他一会，迟迟没说话。

"来，龙骑士，今儿给您换个坐骑。"皮奥利安好声哄着羽林，并把她提起来放到默背上。羽林像有了新玩具的小婴儿似的换了目标，松开了皮奥利安。

隔着舞池的另一端，安露琪刚准备回来找羽林一起回宿舍，就看到了羽林醉后的全貌。最后看到默背起羽林向外面走去，安露琪感觉自己的心里不知道为什么会有一点悸动。羽林就算这样闹腾，她的伙伴也没有嫌弃她，如果是宗见她这样的话，会这么容忍她吗？

她也不知道该不该跟着他俩一起走，安露琪觉得自己像是多余的零件。她对宗来说就是一个可装可卸的任务零件，需要的时候叫过来发任务，用他的理由压制自己的想法。而她就算再怎么想去和羽林亲近，也绝不可能融入她的小团体中。她不断在两端的缝隙中挣扎着，现在安露琪望着二人离开的背影，她不知道现在自己投出去的目光是何等的羡慕。

第九章

入巢寻温之蛇

永夜院。

昏暗的室内灯光让羽林觉得精神虽醒，但是眼皮依旧沉重；耳边没有雷霆每天和皮奥利安的吵闹，松软的床榻一时间让她不知道身处何处。她感觉四肢像是浸过水的毛巾那样的沉重。她睁开眼睛看到只有窗外仿真阳光照进来，原来之前感觉到的灯是错觉。

从床榻上坐起来，羽林感觉头有点晕晕的，身体就像延迟了似的一点都不灵活。她感觉眼前隐隐还有炫目的彩灯旋转。

一块凉凉的湿毛巾突然敷上她的脸，刺激之下羽林才清醒过来。她的眼睛看到是安露琪拿着毛巾在帮她清醒。

"羽林，洗澡水我放好了，你可以随时去洗。昨天大概是累坏了吧？"安露琪一如既往的体贴。

"我是怎么回来的？"羽林昏沉地嘟囔道。安露琪没有回复她，把她拽到浴室说道："没事，你清醒一下大概就想起来了。"羽林看她这么不想戳破的样子感觉怪怪的。

全身泡在热水中，羽林感觉脑袋也随着身体放松下来了。昨天晚上的画面在脑子里翻腾着，羽林也意识到原来是自己中了奖，喝了意外发酵的树莓汁，所以才变成这样。之后的事情羽林感觉脑子里像是一团糨糊，那些记忆翻腾之中羽林只记得自己神经不正常地折腾雷霆兄弟俩。剩下应当是在默背上昏睡过去，被他送回来了吧。

之后到底怎么回来的细节羽林已经想不起来了，但记忆追溯到舞会的时候，羽林感觉自己的心脏不知为何猛烈跳动起来，记忆中的跳舞的那些画面像拨动着她心里缠绕的糖丝，心为之牵动起来的感觉她根本不知道该如何定义。

"羽林，我有一点小好奇，为什么学校的宴会上没有供应酒水，你会弄成这个样子回来？"安露琪隔着房门问道，她觉得正常人根本不可能沾一点酒精变得这样。羽林的思绪被拉了出来，赶忙解释。

"应该只有我会这样了吧，本来树莓汁发酵要么变成醋，要么变成酒。结果我正好中了奖，还好时间不长，酒的含量应该不高。可惜我很容易在这种有附加效果的东西上栽跟头。我之后不会再去碰树莓汁了，万一又中奖了我可受不了。"羽林尴尬地笑道。

"那样也挺好的，就算变成这样也有人关心你。"安露琪说道，羽林从她的话里听出来一些其他意味。整个联谊会中，一直硬拉着羽林去联谊会的安露琪一开始就消失不见了。

"为什么你一开始就丢下我跑走了？我本来以为你之后会来找我。"羽林问道。安露琪听后，抿抿嘴。她看到羽林在舞池中摇曳，怎么可能去破坏她的时光，更何况宗一直让她注意整个会场中的龙族人员，她不可能抛下宗去独自逍遥玩乐。安露琪看着手中为羽林准备的毛巾，她甚至觉得自己想将羽林当做朋友看待，这份心在得到宗盯着羽林的命令后，哪怕是简单的关怀都变得像是非分之想。

"听说这几日联谊会之后，永夜院可以取得积分的迷宫就要开启了，宗这几天加入了治能会要忙，所以那几天能不能和我一起组队去迷宫？"安露琪转开话题试探着问道，她清楚如果自己和羽林关系走得很近，到时候宗利用起来也不会太困难，哪怕自己将这份关系假戏真做。她没有办法在两方中选择任何一方，只能夹在中间不断挣扎，最后使自己痛苦。

羽林没将她回避话题的事放在心上，爽快答应了她的邀请。

晋校联赛的联谊会欢庆的日子过得很快，在几天后就拉下了帷幕。期间羽林除了陪雷霆他们去联谊会上蹭吃蹭喝，其余时间都是和安露琪在召开晋校联赛的永夜院熟悉地形。

永夜院中除了比赛场地会召开对战类型的比赛，剩下的一些小场地分布在中央场地的四周，小场地一部分会举行单人对战。其他就是一些高难度的竞赛项目，例如移动目标远程命中比赛、双人合作竞速环赛等等。小项目也有积分积累，但是相对于对战赛和攻略迷宫，依靠小项目累计积分还是比较困难的。

大比赛场地召开的对战项目历来是重点项目，也是最具观赏性的项目。甚至晋校联赛对战会对外售票，各大种族旗下的家族长会过来观看对战。对战赛具有赌博性，一般家族会以此为乐。对战赛的比赛规则也有一些赌博的意味，胜者获得一定积分的同时，败者会扣除积分。

对战赛可以获得的积分颇多，但是最主要获得积分的还有另一项：攻略迷宫。

迷宫是整个学院最神秘的地方，整个永夜院的空洞也是未解之谜。永夜院并不是唯一处于地下的空洞，靠近巨树根部的地方有六处迷宫入口，迷宫通往更深处，但是迷宫中有独有的生态系统以及各种机关，会阻碍进入者向巨树根部更深处进发。六处迷宫被学院开发了一部分用作训练学生，但是因为更深处相当危险，所以没有开发，也禁止学生进入。

迷宫中会藏有积分牌，攻略迷宫的目的就是寻找积分牌，积分牌会定期由校方补充。除了积分牌，在迷宫中探索获得一些珍稀东西也可以拿去换积分。因为迷宫中充满很多不确定性，所以开放时间内会有治能会人员专门在迷宫的节点等待开展救援。

皮奥利安拿着整个晋校联赛的说明，摊在餐厅包间的桌子上望着默和雷霆。他们三个在这个餐厅等待羽林汇合，可是左等右等都不见羽林来。

"说起来，那个小个子女孩是叫安露琪吧？我看她最近挺依赖羽林的。"皮奥利安说道。

"是啊，只要不是在联谊会，凡是看到羽林，那个小个子一直都在她旁边。她到底是什么种族啊，安宗进也是那个样子。"雷霆翻着菜单说道。

"我不太清楚，一般出现在晋校联赛的种族都是有名的种族，但是唯独他们我没什么印象。按理来说，这种身材矮小的种族特征应该很明显而且很容易辨认，可是我们谁也不知道他们的种族。"默说道。

"是啊，很奇怪。这很有可能是种族延续断代吧，如果一个小种族近几百年内衰落，后代稀少，就不会引起其他种族重视，自然而然就逐渐没落了。不过居然能遇到稀有种族，也算是某种幸运了吧！"皮奥利安说。

他们谈论片刻后，羽林独自推开餐厅包间门进来。

"这样分开后再聚真的好不方便啊，我一开始都想女扮男装混进男寝室了。"羽林叉着腰说道，将路上买的稀奇小吃递给雷霆。

"还好你没有这样做。"默叹道。

"你要是想来我们随时欢迎哦，我们寝室还有一间小厨房，可以做一些好吃的。就是得隐藏身份混进来。治能会比我们想象得要查得严。"皮奥利安无所谓地说道。

"还是先别想怎么惹麻烦了，我们只需要在晋校联赛晋级就够了。"默将赚取积分的说明书向众人面前推推。

"确实，如果我们不能在晋校联赛晋级，就没有办法留在学校，只能一直辗转各大种族过着流离失所的生活，有个地方享受一些安宁生活可是得好好珍惜。"羽林说道。皮奥利安看看雷霆，他知道雷霆早就不想吃水煮胡萝卜的露营生活了。

"对战比赛会通过比赛最终结果进行评判分数，其中团战的分数比较高。咱们四人也是老搭档了，团队比赛是肯定要参加的。但是团队比赛只有下午到晚上有，剩下时间你们打算怎么办？"皮奥利安说道。

"我的能力特殊，黑暗能量不能暴露，虽然不知道整个晋校联赛会有什么样的杂人，还是小心为好！稳妥起见，我应该会去小比赛区，参加一些不会暴露能力的小比赛。只要保证胜率，积分应该不是问题。"默说道。

"我被安露琪邀请去攻略迷宫，只要时间岔开就不会有能量不够用的问题。晚上的团队赛肯定没有问题。"羽林说道。

"我和雷霆应该要么攻略迷宫，要么就是去小比赛区，具体做哪个还是看心情吧！是吧，雷霆？"皮奥利安很显然不喜欢安排得妥妥当当。

"先不说那些！看，我已经被魔龙族的鸿苍邀请一对一啦！具体时间就是明天上午，你们一定要过来看，我的伤已经完全没有问题了，是时候活动活动筋骨了！"雷霆兴致勃勃地说道。

"你的伤真的没有问题了？之前明明还控制不住能量。"羽林担忧地问道。

"我感觉没问题，而且我感觉我的能量好像稍微变质了，具体情况不太清楚，只能明天去试试手了。"雷霆挥舞着胳膊说道。

"团体赛我已经报名了，学校为了具有观赏性，每天的比赛安排对阵都是随机决定，如果观赏效果好，或者连胜的场数高也会获得积分奖励。我们的目标不要追求连胜率高，扎扎实实打比赛就行，因为这次我们只要稳步通过晋校联赛就足够了。"默把报名团队赛的人员名单放在桌面上。

"看起来只要团队赛多赢一些，基本上分数就稳了。剩下在小比赛和迷宫多下一些功夫，就可以完美在晋校联赛胜出。"皮奥利安说道。

"我们团体赛磨合过很多次，但是对手目前没有什么可以分析的地方。虽然前提是尽量多赢，以目前来看可能要摸着石头过河了。"默说道。

"怕什么嘛！咱们哪次不是冒着生命危险在战斗。这种情况没啥好担心的！"雷霆捶捶胸脯说道。

羽林望向默，她清楚默如此谨慎的原因不是因为能量属性不能暴露，而是比赛规则为打倒对手，而不是杀死对手。在外面待着的时间过长，所处的环境让他们根本不可能向目标是自己性命的敌人手下留情。只是打倒对手，这种分寸还是得谨慎把握。

与此同时，安露琪将羽林送到餐厅后在永夜院的街区漫无目的地闲逛着，她用心声呼唤着安宗进，等了许久安宗进才回复让她来会面。

到了会面地点，安露琪遥远地望着安宗进——道别各种治能会的成员，才来永夜院没有多久，安宗进就仰仗着魔龙族玄龙属的后台和治能会各大家族成员打成一团。安露琪不像安宗进擅长使用各种天生的手段去讨好别人，她对羽林就是一个失败的例子。她也不知道为什么羽林能感觉出来她是否在装样子，可能是自己的演技太拙劣了。

"不知道你吃过东西了吗，这些给你。"安宗进来的时候递给安露琪一个装着甜点的小袋子。

"宗打算明天是去参加小比赛还是干什么？"安露琪不知道该谈一个什么话题，就这样随便问道。

"这件事我正想和你说，你和我还有玄龙属的成员一起报名了团队赛，这样你我也不会在整个晋校联赛中因为格格不入而显眼。具体比赛时间在这个表上，其余时间你暂时可以自己安排。"

"好的，宗，你要是没事的话，要不和我一起逛一逛？"安露琪问道，她觉得安宗进将自己全身心投入任务中，没有休息过片刻，要是有空闲时间自己也能和他好好谈谈。

"没有必要。你和羽林相处得怎么样了，我教你的一些办法好用吗？"安宗进已经全身心投入计划之中，安露琪根本撼动不了他。

"她不太像我之前相处的一些人，但是这次我觉得没有问题。我很相信她，她应该把我当做朋友了。"安露琪说道。

"那就好，近期除了团队赛就不用见面了，有需要就用心声说明吧。这次计划能否成功第一步就看明天鸿苍和雷霆一对一的比赛了。"

安露琪看着安宗进胸有成竹的样子，突然有一种陌生感在心头升起。虽然她能和安宗进用能力心声相通，但是她现在却有一种看不透他的感觉。或许安宗进没有告诉她计划细节是因为不想让她过多操心，或者是想把所有责任都担在自己身上。

永夜院，晋校联赛比赛项目召开的第一天。

所有的学生都没有因为宴会的结束而扫兴，接下来才是整个晋校联赛的重头戏。从早上开始，整个永夜院的气氛瞬间不一样了，从宿舍去往比赛场地的小摊纷纷卖出药品和防护的装备。所有人准备得像是整装待发的军队。

今天上午小比赛区第二场比赛是雷霆对战鸿苍。羽林和安露琪早早地就到观众席了，她们已经看了第一场的比赛。感叹不愧是学院监督的比赛项目，基本上就是点到为止，在造成严重的伤害之前，高年级的治能会就会干预比赛，然后宣判结束。

大部分比赛的裁判权和管理权都是高年级学生组织治能会负责，有家族老师作为监场主裁判。如果对裁判结果有异议可以找监场老师，除了中央大比赛场地有两位监场老师外，剩下的小比赛场地只有一名老师。

第二场比赛在清理过场地后立马举行。

皮奥利安挨着默坐下，他早就等着这场比赛了。

上场前，魔龙族玄龙属的鸿苍就被拦住了，治能会的人要求他脱掉准备好的护甲，鸿苍很意外，难道比赛有不能穿护甲的规定吗？治能会表示，对手就是穿了一件防火材料的单衣，没有护甲，这样不公平。

鸿苍迫不得已卸下护甲，单衣走上擂台。他看着对面的雷霆很随意地活动着肩膀和其他关节，他有点不爽，难道雷霆就这么自信能胜利吗？连护甲都没有？

其实雷霆上场之前根本没有考虑那么多，纯粹因为没多少钱去买护甲，所以只能用日常穿的防火战斗服上阵了。

"小场地比赛采取的是随机分制度，请两位在十分内选择一个分值，胜者得分，败者在基础分的基础上扣除分数。"裁判说道。每个学生在晋校联赛开始参加联谊会的时候都会获得积分，基本上人均十几分，这些分数是后续比赛的基础分。

"这么看来规则和赌钱没啥区别嘛！还好是赌分，赌钱我真没有。要玩就玩大的，十分怎么样？"雷霆很无所谓地说道，鸿苍倒是被他这种不屑激怒了。

"好啊，十分。"鸿苍说道。

裁判大概说了一些不能使对手受重伤，或者威胁生命，不能使小花招之类的规则。直接下令比赛开始。

鸿苍觉得有必要尊重一下比赛礼仪，刚准备向雷霆行礼的时候，雷霆已经从原地向他冲过来，雷霆的攻击是那么蛮横没有规则。与其说是对战，更像是一个野蛮物种要夺他性命。

鸿苍出身玄龙名家，对于龙族对战的方法被教导最多的就是观察对手，并且讲究战斗的节奏，名门贵族的对战基本上都是点到为止，不可能威胁对手生命，对战节奏讲究一个你来我往，都给对方留有机会。

可这一开场，雷霆像是一头掠食动物似的扑过来，鸿苍频频招架向后退，雷霆向他攻击过来的手臂带着火焰，但是他的火焰只要鸿苍一招架就会突然炸开，像是在手臂上捆着炸药似的。

"以前从未见过雷霆这样用火。"默端着下巴说道。

"我也是第一次见，他之前失误炸旅店大堂的时候就感觉控制不住能量，现在看来他在努力地控制能量，但是能量受到别人阻拦还会失控。所以就会有爆炸现象。不过现在看起来他正乐在其中。"皮奥利安大概猜出原因说道

"这和他上次受伤有关系吗？"默问道，上一次在丘狼族受伤，雷霆勉强自己在受伤中继续半兽化，可能是某种副作用。

"我觉得可能和上一次受伤没有关系，我感觉他的能量在质变。你仔细看他火焰的颜色。"皮奥利安说道。默看着雷霆身边流窜溢出的火焰，发现他的火焰比之前更偏向亮黄色了。

"这个颜色应该表示温度更高，你叮嘱过雷霆不要用半兽化吗？"默问道。

"雷霆半兽化的前提是身体受到一定量的伤害才能触发。这种比试性质的过招，根本不可能触发。"皮奥利安十指交叉不安地盯着场地中的比赛。很明显现在他无法确定雷霆的比拼是否会造成半兽化。

在雷霆的穷追猛打下，鸿苍根本没有机会施展他的能力进行攻击，基本上都在被动防御和躲避雷霆的攻击。但好歹他也是玄龙属看重的龙王脉，他想尽办法在给自己创造脱身机会。

雷霆感觉腰身处有隐隐的灼痛感，擅长控制火焰的他对烧伤的感觉很是陌生。在意识到不对后，他立马和鸿苍拉开距离，鸿苍也因此得以有空隙调整。雷霆注意到腰间有紫黑色的火焰黏在衣服上，防火服几乎被烧透，火焰粘连在皮肤表面，雷霆沾起一点黑红色的火焰，发现它有腐蚀性，一旦沾上就会侵蚀任何东西。

"不知道你见过没有，玄龙属的龙也是火属性，但是我们的火和普通的火龙不同。"鸿苍调整自身，还不忘和雷霆说话。

雷霆感觉这种火焰更像是被几条水蛭叮咬再拔出的痛感，甚至那种黑紫色的火焰扭曲着看来更像是水蛭，雷霆对这种火全无好感，他没有办法将这种火在身上扑灭，黑紫色的火就算被拍散，四溅的小火点也会像饿急的蚂蟥一样咬着他不放。

鸿苍本以为雷霆会被玄龙的火焰限制住，结果却发现雷霆中了招之后完全不在意，任由黑紫色的火啃咬皮肤。鸿苍一般见到的对手，都是将注意力放到如何扑灭这难缠的火焰。唯独雷霆只是停滞了几秒试探这个火焰，紧接着注意力就放到了如何对付鸿苍身上。

鸿苍以为雷霆想出了对付黑紫火焰的办法，稍稍有点心虚了。其实雷霆脑子里对付难缠火焰的办法就是打败鸿苍。

刚刚腰部没有附上自己的火焰，所以沾上了鸿苍的火焰，雷霆心里大概推断着。

鸿苍觉得自己身为龙王脉之一，不能在雷霆面前示弱。他舞动着手臂，黑紫色的火焰像悬浮的胶一样在手臂周围缠绕着，黏稠的火焰中闪耀的爆裂火焰元素，渐渐地火焰像是在他周身形成巨大羽翼似的。在场所有的观众都为之惊呼。

所有人注视着雷霆会作何反应，本以为雷霆会对现状感觉棘手，但雷霆内心只想到自己不能半兽化不能飞很苦恼。要是舍弃人形变成兽形又有面子问题，毕竟兽形和原型对于大部分兽族来说都是示弱的表现。

鸿苍自信地卷着紫黑如翼的火焰向雷霆袭去，雷霆毫不躲闪，他身上一点火都没带直接向鸿苍冲去。鸿苍很是意外，他居然潜意识地认为如果将这招用于对手，对手会受伤。玄龙家族的教育让他一定要把握好战斗分寸，如果自己现在就弄伤雷霆很有可能暴露计划。

殊不知他因为过多思量而导致节奏慢了一拍，雷霆已经冲到他眼前。

雷霆绝对是乘胜追击，根本不会提醒对手。雷霆双手着地，双腿没有带任何火焰向鸿苍的头扫去，鸿苍躲避不及，勉强避开，感到劲风从鼻尖呼啸而过。但此时鸿苍为雷霆布下的大面积紫黑火焰从天降下。

鸿苍连续向后跳，看到紫黑色的火焰如同黑膜一样几乎将雷霆整个人罩住，在覆盖的瞬间，刺目耀眼的光从黑膜之下亮起。轰鸣声随之而来，震慑耳膜，雷霆浑身裹上火并且有意识地在瞬间让自己的能量失控，彻底爆炸开来，爆炸的烟从中央散开。

鸿苍站在爆炸中心外侧，感觉各种砂石呼啸过脸庞，他猛然意识到，难道雷霆是故意冲进攻击范围将他撵走，然后一个人为了向他展现实力用爆炸将他的火焰炸开？雷霆完全可以在刚刚自己走神的时候将自己擒住，然后一起爆炸。

未燃烧完全的紫黑色火焰在天空中像是黑色的雨滴一样降落。雷霆全身冒着烟从刚刚爆炸的中心站起，他身上多少还挂着鸿苍紫黑色的火焰，鸿苍被雷霆刚刚爆炸的举动惊到，那种无名的压迫感从雷霆身上袭来，碾在鸿苍身上。

其实雷霆根本不知道他的举动震慑了鸿苍，他冲进攻击范围内只是想试验一下爆炸能不能轰开那液体似的黑紫火。其实不是爆炸冲开了鸿苍的火焰，是爆炸的冲击波冲散了飘在空中的火焰。虽然身上多少沾了些紫黑色的火焰，雷霆大约找到了打败鸿苍的办法。

雷霆已经做好了再继续接下鸿苍的大范围攻击时，再看鸿苍，他不知道为何放弃了大范围攻击。鸿苍将火焰凝在手臂之上，像是黑色的锁子甲穿梭在皮肤之上。看起来是打算近战了，雷霆当然不会让鸿苍失望。

在台上的皮奥利安和默看到鸿苍的反应，大概知道鸿苍是被雷霆的鲁莽震慑到了，想换用谨慎的方式来战斗。

鸿苍知道如果在近战上再找不到优势，很有可能他就会失败。比起小比赛场地的战败，他更咽不下去的气就是同样是龙王脉，他却失败了。

雷霆接下来对他的攻击没有将攻击重心放在鸿苍身体的弱点上，而是硬碰硬地将所有力量集中在鸿苍用能量凝成的锁子甲上。各种蛮横的格斗体术招架上来，哪怕鸿苍的火焰成功缠到雷霆手臂上，他也丝毫没有感觉到战斗会出现突破口。雷霆的战斗方式对于鸿苍来说根本没有规律可言，一开始扑咬上来想速战速决，后来开始故意撞上鸿苍准备的招式，这让鸿苍有点摸不着头脑。

鸿苍觉得既然雷霆会故意往他的招式上撞，不如彻底在上面赌一把。他控制能量将自己的黑紫色火焰压缩，使能量密度更高。在打斗过程中雷霆哪怕沾上一颗火星，只要鸿苍解除控制，火星就能立刻爆燃成片。此时就算雷霆再用爆炸也是甩不开的。

几个回合下来，雷霆身上已经沾上不少火星，鸿苍的目的达成。他立马从与雷霆的近距离缠斗中脱身，远远地跳开。他开始用自身的能量再次在周身凝聚紫黑色的火焰。雷霆一看鸿苍又打算用同样的招数，他还是像先前一样向鸿苍冲过来。

鸿苍控制着黑色如盖的火焰向雷霆砸去，这一次他不会再走神。紫黑火焰向下盖的同时，鸿苍控制着黏在雷霆身上的火星开始爆裂燃烧。哪怕黏在身上的火焰再怎么疼也没有让雷霆停下。雷霆不傻，他等的就是鸿苍将所有能量集中进攻的瞬间，雷霆一直在中招的目的就是让鸿苍以为自己在占上风，放松对自己的防御，果不其然，鸿苍身上不再凝着黑火锁子甲。

雷霆眼见机会到来哪肯放手，四肢着地蹬向鸿苍，双手扣入地面急刹之后，两腿卷向鸿苍的脚踝，鸿苍被雷霆如此速度的攻击弄得猝不及防，但是鸿苍已经没有心力再去将能量收回来变作锁子甲。鸿苍被雷霆扫倒。雷霆转身弹起，双手直接向鸿苍颈部抓去。

鸿苍不甘心就这样被抓，他双手迎上雷霆已经抓向他的手，结果猛然发现自己的力量根本撼动不了雷霆，直接被抓住脖子。再看雷霆，已经蓄好了能量，准备带着鸿苍一同爆炸。鸿苍想用蛮力挣开雷霆挟住他的双手，结果当他握在雷霆手腕的时候，他感觉心中的震惊已经盖过对败局的恐惧——半兽化后的龙爪抓在他的脖子上。

赤金色的瞳仁盯着鸿苍，雷霆周身像火神一样卷着死亡的热浪来袭。

再一次爆炸，这一次比之前的爆炸来得更要凶悍。

在场观众都用能力做出防御，爆炸声震天，整个永夜院都回荡着小场地的爆炸声。治能会立马介入战斗，他们不希望出现伤亡事件。皮奥利安直接从凳子上站起来，紧张地观望比赛场地中的情况。空中鸿苍的火焰像是细密的小雨点一样落下，羽林用能力变出一把伞支在自己和安露琪脑顶，滚烫的火焰丝丝滴在伞上冒烟。

烟散去，雷霆双臂的衣袖都被烧没了，哪怕是防火材料也耐不住爆炸。意外的是，鸿苍只是被爆炸的冲击波弄得昏迷，除了脖子上被掐过的红印，没受太多伤。雷霆看了看像枯萎的干花似的鸿苍，确认他没有其他问题后，大摇大摆向观众席招手。观众这才反应过来此时需要欢呼，还有更多人的脑袋被爆炸震得嗡嗡响。

治能会的工作人员过来扶鸿苍，安宗进也在场，他赶快进入比赛场地看鸿苍的状况。地面上还零星散落着火焰，治能会立马过来浇灭。

到裁判处领完十分的雷霆欢快地回到观众席，刚等着被夸，皮奥利安冲着雷霆脑袋就是一拳。这一下弄得雷霆莫名其妙的，皮奥利安拽过雷霆的胳膊，半兽化结束后的皮肤多少会有鳞片留下来的褶皱。皮奥利安一眼就看出来了，紧接着又给了雷霆一拳。

"你有没有想过被对方知道了怎么办？"皮奥利安拽过雷霆在他耳边压低声音怒道。皮奥利安知道幼年能够半兽化的只有雷霆的父亲塔格拉罗门，如果雷霆现在可以轻易半兽化，那就表明雷霆铁定就是塔格拉罗门的儿子。

"我不知道为什么现在半兽化条件变得这么低，我脑袋冒出想要将他抓的更用力一点，然后手就跟着我的意识半兽化了。"雷霆无辜地压低声音说道。

"先不管条件，重点应该是对手有没有知道。"默拉拉皮奥利安，示意让他冷静一点。

"鸿苍应该是被爆炸震昏了，还算你有良心，只让背部燃爆，没有面对鸿苍直接爆炸。"皮奥利安在比赛结束的时候看到鸿苍没有受太多伤，那时候就肯定是雷霆控制了爆炸，没有面对面爆炸，并且当时雷霆挟着鸿苍把他按在地上，也为他挡了一部分火焰。

"其实炸得我也是挺疼的，但是对付对手效果很好啊！"雷霆摸摸脑袋乐呵呵地说道。

"现在只能祈祷对手被炸昏什么都不知道了。而且你要是以后都用这种战术，团队赛我们身为你队友可是很困扰啊！"皮奥利安发愁地扶额说道。

永夜院的医疗厅。

医疗厅专门收治比赛受伤的学生，鸿苍是比赛开始后前几名进医院的。按照治能会的规矩，凡是比赛中昏厥或者受伤的人员必须进医疗厅。鸿苍彻底清醒之后看到自己在医疗厅的单间中。

安宗进坐在凳子上看着鸿苍四下张望的眼睛，慢悠悠地说道：

"你没怎么受伤，只是被爆炸的冲击波震晕了。按理说其实没必要把你送进医院，但我觉得可以借这个机会和你单独对话。你在比赛中发现什么不一样的事情吗？你能不能确认雷霆是不是我们目标？"

鸿苍肯定是能听到安宗进说话，但是他迟迟没有作答，像是哑了一样望着天花板。半晌没有理会安宗进，安宗进觉得没空和鸿苍耗下去了，刚想再问个确切，却见鸿苍一下子从床上坐起，两眼发木，像是被所想的什么东西震慑到了。

"他绝对是塔格拉罗门的儿子！我必须将这件事报给家族长！"鸿苍组织好语言

说道。

"鸿苍大人，现在还没有必要上报给家族长，我们现阶段只是确认了目标。"安宗进对鸿苍这样大的反应有点莫名其妙，难道是因为输了受到了打击？

"不，远远不只我们料想的那样！雷霆用的那种高温赤黄火不是普通火龙能拥有的，同样也不是龙王脉能拥有的。只有一种可能！那种火是接受了龙王本源之力才会有的表现！"鸿苍捂着脸说道，他用力在回忆战斗的每分每秒。

"龙王本源之力？"安宗进琢磨着，他因为这次任务还特地去了解过魔龙族。每次龙王脉选拔竞争到最后一名的时候，就是龙王和候选者的生死决斗。但这项决斗为了公平，龙王必须输送自己本源之力的一半给候选者，这个时候二者都相当于半个龙王的力量，只要杀死另一人就能夺得龙王宝座。

"如果雷霆有本源之力，那你怎么可能在爆炸中活下来？"安宗进觉得有点不切实际，魔龙王塔格拉罗门惜命，之前曾不惜去猎杀龙王脉保证自己王位，怎么可能把本源之力给龙王脉？

"雷霆控制不了本源之力给他带来的改变，和我战斗时候各种能力控制失误才引起爆炸。而且雷霆在比赛中不知道是不是失误，用出了半兽化。魔龙族的幼龙是不可能半兽化的，就算是塔格拉罗门幼年能半兽化，据说那也是有苛刻要求才能做到。"鸿苍眼睛猛地张开，龙瞳缩成一条细细的缝。

"也就是说，塔格拉罗门猎杀龙王脉，最后却留了自己的儿子？并且早就把本源之力给了雷霆，相当于塔格拉罗门内定了下一任龙王？"安宗进按着鸿苍的猜测推论道。

"这已经不是龙王脉竞争的问题了，塔格拉罗门已经触犯了魔龙族的底线。我必须将这件事上报给家族长。"鸿苍从床上一跃而起，头也不回地冲出门去。

安宗进一人站在原地，目前的结论已经彻底破坏了当初的计划。安宗进辛辛苦苦在永夜院和治能会中收买人马，现在却几乎派不上用场。因为这个问题已经超出了他能解决的范围。

鸿苍完全可以利用玄龙属在魔龙族的地位对峙魔龙王，龙王内定下一任撼动了魔龙族的立足之本，这就足够将事情翻到明面质问魔龙王。如果用明处的规则处置，也就完全不需要安宗进去实施计划除掉雷霆了。

这样的结果安宗进当然不想看到了，这相当于他和安露琪外出执行任务，结果一点好处都没有捞到，自然而然不可能回暗部领赏。如果没有奖励，也不能满足他向安露琪许下的诺言。他必须叨到更大的猎物才能换取奖赏，为了如此他必须冒险。

午饭刚过，距离举行团队赛还早。

安露琪有点迫不及待地想去迷宫中探险，羽林也不知道她这样兴奋是为何，安露琪像是第一次见世面的小生命，对什么都充满了好奇，并且精力无限。难道是之前在家族里憋闷太久了？

刚过午饭，大部分学生都会在这个时候休息一会调整状态，迷宫门口没有很多人逗留。羽林二人在迷宫入口附近看到很多高年级学生在偷偷贩卖攻略，安露琪对这方面很上心，拉着羽林就过去看攻略，羽林虽然不太赞成这种投机取巧的办法，但是又不想二人在迷宫中出危险，就被高年级学生各种推销劝诱买了两三本攻略。

羽林碍于傍晚还有团队比赛的能量消耗。所以二人在六个洞穴门口兜兜转转挑了很久，最后选了难度最低的一条迷宫。

进入迷宫之前，有高年级的学姐例行讲解：

"永夜院的迷宫是诸多学院中独特的存在，因为这六道迷宫是天然的，学院创始之初就存在于巨树地下。六道迷宫经过学院老师研究，每条迷宫的特征是对应着八元素中除了'火'和'大地'之外的六个元素。

"所以不同的入口进入的是不同迷宫，会面对不同的麻烦。迷宫中有用能量驱动的机关，或者一些特有的生物。他们会攻击入侵者，前期的攻击不会致死，一般都是为了将入侵者赶出去。只要深入迷宫，后面的机关和生物都是为了夺取入侵者性命为目的。

"学院只开发了三分之一，剩下的三分之二因为六条迷宫盘结在一起，也更加危险，所以学校不会开放。在白天内，迷宫里特定的节点有治能会的高年级成员值守，负责将受伤以及自愿放弃探索的学生带出迷宫。除了这些，高年级学生负责在迷宫中藏积分牌，只要找到这种仿金子质地的积分牌，就可以带出迷宫换取积分。"学姐举起一张积分牌让二人辨认。

"迷宫越深的地方，积分牌分值越大，每天积分牌藏的地点都会改变，所以记住积分牌的位置是无用功。为了保证人身安全，不要在迷宫中逞能坚持，为了安全在适当的地点放弃并不丢人。请诸位注意生命安全，我就在此祝各位一路顺风。"学姐向二人行祝福礼。

初入迷宫。

羽林小心翼翼地和安露琪推开幻之迷宫的大门，是羽林推荐她先入这个迷宫。如果所有迷宫的属性都是根据八元素来定，那么幻之子是八元素中攻击能力最弱的，她的迷宫应当不会出现过于拼体力的关卡，带着安露琪也就不会很危险。

迷宫内的光线没有羽林想象的那样昏暗，空气并不沉闷，反而空气比永夜院都要新鲜得多，好像再往前走就会是一片茂密的森林。迷宫内的构造更像是自然洞穴，而不是人工打造的通道。

刚入迷宫，没有出现任何阻挠关卡，只是地形随着下降慢慢产生变化。通过一处狭窄的通道后，面前的空间突然扩大了，各种喜欢长在阴暗处的植物在这一处好比大厅的空间中生长着，洞窟的天花板上和永夜院类似，也有星球仪模样的照明物，满足了植物的生长需要。

这些植物生长得奇形怪状，很多地方像是过度生长而撑裂似的。植物身上布满了生长撑裂又愈合的疤。这些景象很诡异，安露琪小心翼翼地试探着拦在前方的植物，羽林倒是不怕这些长相诡异的植物，毕竟幻本人就喜好这些怪异的东西。

走进植物丛中，羽林用能力变出棍子拨开这些怪异的植物，搜寻着植物丛中可能藏匿的积分卡。安露琪用自己的嗅觉比羽林找得快多了，很快安露琪就从植物丛中找到了一张两分的积分卡。

当羽林费尽力气终于找到一张两分的积分卡的时候，安露琪已经靠着嗅觉从草丛里找到四五张积分卡了。羽林不得不佩服安露琪身为兽族的天赋，靠着积分卡上残留的他人气味就陆续找到了，如果要靠残留气息寻找则困难许多，这里经过了太多攻略迷宫的学生，整个地区的气息都搅乱了。安露琪开开心心地跑到羽林面前把一部分积分卡塞给她。羽林耐不住安露琪不停地劝说，只好先将积分牌收下。

二人正打算向迷宫更深处进发的时候，安露琪在空气中嗅到了不寻常的气味，羽林只能感觉到空间中的气息被搅乱得更厉害了，像是有什么东西在草丛中移动。羽林变出武器准备迎击。

窸窸窣窣的声音出现，羽林刚准备向发出声音的地方进攻，不料对方很快速地在低矮的草丛中穿行着直接避开羽林，转攻向羽林身后不远的安露琪。

"安露琪！快跑！"羽林喊道。安露琪当然有反应，她刚跑了两步，羽林就看到她脚上沾了一个植物的种子，在顷刻间发芽生根扎进地面，安露琪直接被绊倒。这种怪异的生命力让羽林为之一震，她根本来不及感叹，草丛中之前快速移动的东西露了出来，是藤蔓类的植物，藤蔓锁定目标后像眼镜蛇一样扬起前端向安露琪缠去，羽林当然不慢，抬手弯弓搭箭，几根重箭刺穿藤蔓，让藤蔓在空中僵硬了片刻。

羽林提起长刀向藤蔓斩去，切断后，她赶快向安露琪冲去，此时安露琪用火焰攻击着脚上附着的种子，种子被燃烧尽后，整个植物区顿时没了声响。羽林来到安露琪身边，安露琪从地上爬起表示自己没事。

可是草丛中突然又有了窜动的声响，安露琪以为是羽林身上也沾了种子，赶快给羽林检查。羽林突然狠狠地抓住安露琪的肩膀，炽热的刀从安露琪耳边擦过，刀尖上是之前粘在安露琪头发上的一颗种子。羽林带着种子将刀扎入地面，种子碎裂后再无藤蔓攻击上来。

"……谢谢！"安露琪还没有从刚刚快速的一击中回过神来，她的注意力就转到了羽林手中透明质地的刀身，其中旋转着炫目的光明能量，这个光泽和温度就算不是纯净级别也接近纯净级别了。

看来这第一关的植物攻击全靠种子确定靶向，然后进行攻击，那种过于旺盛的生命力属实让羽林有些惊诧。

"从这个区离开吧，不知道这个植物什么时候还会把种子寄生到我们身上。找积分卡的时候稍微注意一点，别被这些种子缠上都不知道。"羽林拽着安露琪离开这个庞大空间之后，再次检查安露琪身上有没有受伤和被不明物体缠上。

"对不起，羽林，我以为提前好好看攻略应该不会出问题。可是攻略上写了尽快通过该地区，所以我没多想，以为没有威胁。"安露琪向羽林行道歉礼的时候，被羽林一把拽住了。

"这也是好事啊，因为买攻略的人都快速通过了，所以没有人在这个地区停留寻找积分卡。我们正好找到了很多，这不好吗？"羽林拍拍安露琪身上挂着的一些干草叶，笑道。

"你还真是乐观。"安露琪被羽林这种毫无畏惧的乐观态度感染，也不觉得稍微失误一下是大错了。

安露琪不知为何感觉羽林很可靠，哪怕是突发状况也能反应过来。就算她犯错也不会被责备，这和宗一起出任务的时候是没有的感觉，宗太害怕失败了，从来不会容忍一丝错误出现。安露琪的心态渐渐放松下来，没有过多依赖迷宫攻略书，决定和羽林打配合，见招拆招。

之后二人在迷宫中遇到的关卡都不足以构成太大威胁。有些是机关类型的关卡和植物共同作用，有些关卡就很有幻的个性，比如一些看似是墙的幻境，其实是可以通过的走廊。还有一些幻境猛兽穿行在迷宫之中，遇到后会遭到攻击，攻击到不会有实质上的伤害，只是会感觉脑袋晕乎乎的，忍受能力差一点的人一般都会吐出来。对付这种幻境猛兽最好的办法就是尽量避开。

治能会的学长学姐藏匿积分卡很有水平，他们平时训练的地点就是迷宫，基本上把迷宫都摸透了。羽林和安露琪专门把攻略没有提及的一些地点仔仔细细地摸索，果然很多人都依赖攻略，无人问津的地方藏了很多积分卡。

当二人收获了不少积分卡，打算再试探迷宫更里面的关卡时，在一处相对宽阔满是齐腰高蘑菇状植物的走廊，遇到了三个拦路的人。安露琪一开始以为是治能会的学长学姐，刚准备去打招呼，就被羽林拽住了。

治能会在迷宫节点部署的救援人员，同一个节点不会超过两人。再看这三人，是两个红棕头发的男孩和一个土色皮肤的女孩。他们一直不断打量安露琪和羽林身上的装备。二人身上不是什么高端货，羽林对战斗服没什么要求，反正能量也可以随时治愈伤口，战斗服不用太碍事就足够了。安露琪的战斗服中规中矩，也不算什么昂贵的装备。

拦路的三人其中一人终于开口了。

"对不起二位了，我朋友不太擅长攻略迷宫，能不能将你们之前获得的积分卡给我们一些呢？"

羽林根本不想理这些人，迷宫到这里完全可以返回了。羽林向安露琪示意，二人觉得已经没必要为了继续待在迷宫而惹上麻烦。二人准备返回的时候，除三人之外的同伙突然出现挡在了返回的地方。

"咱可不能一句话不说就走啊，这不合适，也不符合礼仪。"拦住退路的是一名黑发女生。羽林觉得自己刚刚进来之前有点疏忽大意了，她应该是能通过气息发现这个人的。可是迷宫中气息繁杂，故意隐藏的话，不用心去找不会立刻发现。

现在羽林二人前路被堵后路被截，无处可走。

"你们不怕治能会查到这里吗？"安露琪说道。

"治能会也是人组成的，凡是人就有亲人朋友。我们稍微动一点关系就够了，反正你们只要交积分卡就可以走了。就当赞助我们升学了，当回好人有什么不好呢？"黑发女生说。

"这个房间是致幻菇，我们有特制的面具，不会被孢子的能量影响致幻。你们可就不一定了，我看你们身上什么都没带，应该是第一次来幻的迷宫吧？"红棕发男孩开口说道。

"我本以为来学校就不会有杂七杂八的事，难怪要举办晋校联赛，就是为了把你们这种人刷掉啊！"羽林说道。其实她心里也没有底，她不擅长对付这些会附加属性的能量。如果被光明能量催化，可就不知道会变成什么样了。

"你难道想动手吗，就凭你们两个人？据说这致幻菇会唤醒人最不好的回忆，如果吸入过多会昏迷。那个时候可就不是少一点积分卡那么简单了，会让你们颗粒无收哦！"拦在羽林后方退路上的黑发女生难以置信地说道。

羽林观察现状，如果突破了拦在后方的黑发女生，完全可以趁机逃走。羽林不愿意多想后果，只要这个想法实施成功，就可以带着安露琪逃跑。就算是中了致幻菇，最坏的回忆又怎么能和川羲自杀的体验相提并论呢？

拦在后方的女生还想说些什么，羽林动作太快了，抬手抓向黑发女孩肩膀，腿绊在她膝盖后，手一推脚一勾。羽林将她绊倒在地，羽林快速用能力变出小刀把女孩的衣服钉在地面上让她暂时无法起身，羽林控制住她后，赶快拉起安露琪向出口方向跑。

女孩的同伙见到羽林反抗，他们敲爆了身边的致幻菇。致幻菇像是引爆的炸弹，连环的爆炸将孢子轰到空中。羽林跑的速度根本不能比得上致幻菇连环爆炸的速度。眼看就要被卷入孢子浓厚的烟雾中。安露琪突然从后面跳上羽林的背，把羽林扑倒。

爆炸声渐息，羽林睁开眼感觉安露琪压在自己后背上，令她不可思议的是她没有感觉吸入任何孢子，仔细一看，以安露琪头部为中心半米范围内，一个澄净的空气球罩在她们身上。

"我能控制我身边能量流动的方向，我一般使用的火也是从空气中提取的火焰元素攒在身体中，需要的时候使用。我一直以为用不上这个能力所以没对你说，对不起，羽林！"安露琪扶起趴在地上的羽林，并且保证羽林一直在她控制的空气圈中。

"没事，既然如此就好办了。"羽林笑着背起安露琪，这样一来保证了她不会走出安露琪的空气圈。

戴着净化面具的同伙三人从另一端向致幻菇区域的入口走来，他们自信满满准备去收获羽林和安露琪所有积分卡。可是等着孢子的浓度降低，他们看到前面有三个安然无恙的人影。

"来吧，把你们抢的积分卡全部拿出来！"羽林拿着刀顶着先前被制服的黑发女生。安露琪在羽林背上像是一头生气的小猛兽，凶狠地瞪着三人。

"你能把她怎么样？杀掉？"红棕发男生挑着眉毛说道。

"那倒不可能，但是把她的眉毛或者头发全部剃掉，我还是可以做到的。或者把耳朵钻一个洞之类的我也可以。"羽林说道，她实在想不出来怎么去威胁，说完才发觉自己的话一点威胁力都没有。

"你觉得你绑她有用吗？伤害她的话，罪就在你身上了。"另一个男生向羽林施压。

"唉，本来不想这么做的。"

羽林觉得还是实际伤害比较给人压力，随后挑开黑发女孩的面具，透明的小刀比在她的脸颊上，羽林手起刀落一个血道冒着血珠向下淌着。女孩万万没有想到羽林会动真格的。

"啊——把东西给她！德岚，你不给的话我们就断绝关系！"被绑的女孩失智地尖叫道，果然对于她来说，脸是最重要的了。

"如果不想多一道纪念的话，那就把你们抢的所有积分卡拿出来。"羽林威胁道。

那三人商量了一会，耐不住被绑女孩的各种惨烈尖叫，听这种声音，感觉不是在她脸上划了一个道子，而是将她腰斩了。他们渐渐屈服了。每个人翻出一部分积分卡扔在地上。羽林控制能力用锁链将地上的积分卡卷起递给安露琪。

"以后别做这种事了，不然很有可能颗粒无收哦！"羽林学着被绑女生之前的口气在她耳边说道。羽林推开女生，顺便将身边的致幻菇拍爆炸，又是浓厚的烟尘四起，掩盖了羽林和安露琪离开的身影。

女生惊魂未定地摸着自己侧脸上的伤，结果摸来摸去，一点痛觉都没有，脸上的伤口彻底消失了。她不知道羽林松开她的时候，用光明能量将她的伤口复原了。

从迷宫出来后。

羽林仔细清点了从拦路四人组抢回来的积分卡，几乎有一百多分。羽林在安露琪惊愕的眼神中，将这一百多分还给了迷宫外的治能会迷宫管理部。这一次迷宫下来，羽林和安露琪各收获三十多分，还算不错的成绩。

"为什么要还回去？"安露琪不解地问着羽林。

"我觉得这样才是对抢来的积分最好处置，如果我们拿了的话，那你我和他们有什么区别？"羽林说道。

"那个女孩脸上的伤怎么办，他们很有可能还会找我们麻烦。"安露琪不安心地说道。

"放心吧！"羽林笑着变出能力在手上划了一个差不多的刀口，另一只手敷上一点能量，伤口就在安露琪眨眼之间愈合了。

那一次羽林只是因为一点点酒精就昏睡不起，安露琪就开始猜测羽林的能量到底是什么，在迷宫中羽林手中透亮闪耀的能量，以及可以治愈复原的催化力。至此，安露琪彻底肯定羽林是纯净光明的能量属性，而这个属性的能量优缺点极端明显。纯净光明弱于各种附加状态，不然羽林绝对不会在遇到致幻菇的时候选择直接逃走。

安露琪已经不知不觉间知晓了羽林的弱点，在她意识到的时候心里突然升起一种罪恶感。羽林对她没有戒备心直接暴露能量，她却因此发觉羽林的弱点，如果想利用这一点伤害羽林，可以说是轻而易举。

下午临近傍晚。

团体赛正在布置场地中，由于每一天的场地都会更新，地形环境布置多变，保证了参赛者必须临场发挥战术，而不能提前准备战术。比赛对手名单和时间只会在当天以布告栏的方式公布。

整个比赛场地呈阶梯式，中央比赛场地一周约有六百米。整个比赛分四个区，一区的席位非常豪华，小桌盛放着各色小吃。一般来围观的家族重要人员都会在这个席位落座。二区是购票才能来观看的区域，很多关注晋校联赛的社会人士会在此落座，三区是各个学院教师和其他年级的学生观看比赛的席位，四区是参加晋校联赛学生观看比赛的地方。

参赛者的等待席位安排在第四区，只需要等待治能会工作人员通知比赛就可以去准备了。

皮奥利安和雷霆早已在等待席位上坐着了，雷霆好奇地看着会场的布置，向皮奥利安东问西问。

"为什么场地外围有四个好壮实的灰色皮肤的人站着？"雷霆从等待席位四下张望着。

"那是灰犀族，是曾经雄壮一时白犀族的分支，很善于防御，攻击力很低。只有这个大比赛场地会对观众进行保护，灰犀族算是应招的工作人员吧。"皮奥利安仔细观察后答道。

"也是，要是再炸到观众我又得被治能会说教半天。"雷霆揉揉脑袋说道。突然他感觉自己的龙角被人从后面抓住了，羽林从皮奥利安和雷霆中间探出头来说道：

"别说观众了，我们都有可能被你误伤。"

"默呢？他怎么还没来？"皮奥利安以为默会和羽林一起来。羽林只好摇摇头，她拿起一直挂在腰间的黄岩环确认了默的方向。应该在比赛区入口处，果不其然，很快默就来了。他脸上颧骨的位置有一块黑青，同侧的胳膊肘上也有黑青。

"怎么弄的？头一天就挂彩了？看来小场地的打靶比赛不容易啊！"皮奥利安看着默有点狼狈的模样笑道。

"没什么。就是不习惯不用能力，在可以防御的时候阻止了能力发动，然后没来得及躲开被靶向球撞飞了。"默很不在意地说道。

"稍微用点能力也好啊！哪怕是空壳防御一下，至少不会撞成这样。"羽林轻轻碰了一下他的脸颊，默因为刺痛向后缩了一下。

"还是不要用了，就算是能力空壳也是用能量驱动的，多少也会留下黑暗能量的痕迹。晋校联赛人多眼杂，还是保险点吧！"默无奈地说道。

"那看起来我们还得保护你嘛！"皮奥利安开玩笑道，看着默鄙夷的眼神，羽林也笑了。

"行了行了，还是担心比赛吧。毕竟我们主要的分数来源就是团体赛，前期的团体赛应该会比较好过，趁机赶快赚分。"默拿出比赛的安排，仔细叮嘱三人里面的条条框框。

团队赛是纯加分制度，凡是赢一局就能获得四十到五十分。如果比赛给观众带来的观感很好，观众反馈是有分数加成的。

打败的条件是对手全体投降，或者无法再战斗。但是不能造成对手重伤或者死亡，造成死亡会追究责任。

"大部分队伍都是基于家族之间友好关系，家族联手比较常见，所以对方的配合程度不会太低。"默说道。

"既然知道家族，那他们的能力也就能猜出一二了，咱们的能力具体什么样子他们猜不到，这一点对我们来说有好处。"皮奥利安说道。

"不管怎样，遇到对手随机应变吧，咱们一直都是这么过来的嘛。第五场是我们，第二场有安露琪。"羽林说道。

几人拿着雷霆从背包中带过来的零食，在台上看着第一场比赛在观众的欢呼声中拉开序幕。

第一场给雷霆的感觉就是花拳绣腿，场上的八人明明有很多机会去下狠手，但是像是炫耀自己能力似的故意打交。仿佛是在警告对方趁早投降，两方威吓之下也没一个定数，最后双方接手过几招之后，其中一队的队长投降了。

"这两队能力没啥区别，是一个家族的？"雷霆拽拽皮奥利安问道。

"应该是一个家族的，这比赛结局肯定是家族内商量好的，不然也不会打得这样华而不实，最后无缘无故投降。"皮奥利安无趣地撇撇嘴。

"这跟大赛随机匹配对手有关，这种巧合居然第一场就发生了。"默说道。

紧接着是第二场。安露琪和安宗进都在魔龙族的队伍中。他们的对手是以力量著称的石牛族。

石牛族彪悍的石质拳头让人望而生畏，体型还没有石牛族半人高的安露琪和安宗进让羽林为之捏了一把汗，安宗进非常灵活，可以闪避开石牛的攻击，但他始终都没有用能力，安露琪只能一直与石牛保持安全距离。另外两个魔龙族队友一直寻找机会破开石牛族坚硬的护甲。

"他们两人的能力到底是什么？"默问羽林。

"说实话我也不清楚细节，安露琪能控制自己身边一部分的能量流动，擅长把空气中的火元素储存，然后有必要时用出来。安宗进应该和她差不多吧。"羽林看着场上陷入困局的安宗进和安露琪。

场上的石牛族为了提早结束战斗，开始攻击安露琪和安宗进，石牛族身上缠了一些龙族的小火焰，在面对安露琪时，火苗开始猛烈燃烧。安露琪使操纵范围内的火焰增强，可是这点小火不足以破开石牛族坚硬的石甲。

默注意到在僵持中，作为队长的安宗进还是指挥其余两名魔龙族发动总攻，这种情况下总攻毫无价值，直到在场的所有人看到石牛族身上的石头甲开始脱落。脱落的时机像是为了迎合对手总攻击。

石牛族的队员都乱套了，他们想重新控制石甲，可是他们的能量像是失去本人控制一样。在极短的时间内他们无法重新进行防御，在龙族的强劲的武力威胁下溃败了。

在场的观众都被突然翻转的战况所惊骇。

"石牛族这算是失误吗？为什么会这样？"雷霆一时间有点摸不着头脑。

"应该是安露琪或者安宗进的能力吧，难道他们控制了石牛族体表的能量？还是说石牛族在表面的能量没有自己控制？"皮奥利安同样也看得一头雾水。

"我只知道安露琪能控制空中悬游的能量，她也没有和我细说。"羽林说道。

"除了能量控制还有可能有精神控制。"默也只能猜测，安露琪和安宗进的种族太过神秘，如果不是他们本人说，根本没有办法彻底知道答案。只是安露琪和羽林一同去攻略迷宫，二人关系要好，却一直没有将能力具体告知羽林呢，甚至羽林连他们的种族都不知道。他们究竟想隐瞒什么呢？

第五场比赛准备中，默暂时放下心中的怀疑，和三人到了准备间。

默这一次又被三人推做队长，在治能会核对名单上签了字，只有队长才有决定全队投降的权力。准备间中，四人互相检查防具的扣带是否系好，这种最平常的检查他们之间经历了不知道多少次，这一次战斗不是为了求生，而是为了夺得拥有平淡日常的权利。

开场前两队共八人，都要在场中央汇合。羽林来回打量着对手，其中两人的体形像是圆墩墩的炮弹，虽然胖但是像海豚一样有流线感。剩下一男一女身上兽族的特征明显，从异于人类的眼睛和会随时调整方向的耳朵就能看出来。

"受伤是比赛中必然会发生的，但是不能下重手致死，轻重你们都清楚。如果做得太过火，我们治能会将介入战斗。"高年级的场内裁判对八人叮嘱道。

在比赛开始前，双方必须在场中拉开距离。今天的地形是模拟峡谷的构造，缩小了放在周长六百米的场地中。

两队拉开距离后，默带着三人躲在峡谷中，没有立马移动。峡谷遮挡很多，也有高低差的优势。

"这种地形适合伏击，他们肯定会退到相对开阔的地带，像前几局那样在开阔地带靠实力取胜。"皮奥利安说道。

"我们没必要和他们硬碰硬，但是试探他们的能力还是必要的。"羽林说道。

"索性我们在峡谷里等他们进来。"雷霆说道。

"他们主动探索峡谷会提高警戒，不如我们在开阔地带示弱，分散逃跑把他们引进峡谷。这样不仅能试出他们的能力，也能把他们引进来。"默说道，三人没有异议。

羽林和雷霆从正面向对手前进。默和皮奥利安绕到侧面，准备在羽林和雷霆开始进攻后攻击。

"羽林，你对付左边那只水豚！我负责右边！"雷霆在奔跑中向羽林喊道，羽林听后笑了，对手中两位胖胖的队员就这么被雷霆起了外号。

对手先看到羽林和雷霆就这么毫无顾虑地冲过来，来者甚至连能力都没有用。两位"水豚"也不敢轻视，他们在距离羽林和雷霆还有三十多米的时候，张开大嘴，羽林感觉他们的嘴都快裂到喉咙根部了，"水豚"的胸部随之猛烈胀大。

"远程攻击吗！为什么他们远程攻击要站在前面？"雷霆说道。

"别靠近！"羽林突然挡在雷霆面前，雷霆急停之下脚下的泥翻了出来。羽林赶忙竖盾将二人罩住。他们等来的不是远程攻击，而是刺耳的鸣声。瞬间羽林感觉强劲的声波抓挠着耳膜，当回过神来的时候，已经什么都听不清了。雷霆的听觉比羽林敏锐得多，他难受地挠着耳朵，再怎样剧烈的声响在耳边也只是嗡嗡声。

空气声音操控吗？当声音无法入耳时，羽林感觉视线都受到了干扰。对手早就拟定好了战术，当二人被声音控制暂时性失去听力后，会动作延迟僵硬。站在"水豚"后方的兽族把握战机直接扑上来准备制服二人。

兽族的爪形甲上带着闪烁的电流，羽林知道如果在毫无防备的状态下中电会麻痹。她拽着雷霆执起盾防御，雷霆还未从尖音带来的耳鸣中缓过劲来，他的动作迟缓。羽林只能用盾招架迅捷的兽族。

还好默和皮奥利安从侧面切入，暂时扰乱了兽族进攻的步伐，他们两人也听到了刚刚折磨耳朵的声响，但是他们距离没有羽林和雷霆那么近，所以后果不会很严重。这两位兽族带着特质的耳罩，所以没有被队友的音爆攻击影响。默用审判剑在快速进攻中挑掉了其中一只兽族的耳罩，皮奥利安见机用水雾掩盖行踪，带着羽林和雷霆撤退了。暂时破开困局，雷霆也缓过劲来了。

撤退了一定距离，皮奥利安还未收回水雾的控制，水雾消散得极快。对手开始向四人追击。默向三人打手势让他们快点藏到峡谷之中。三人按照计划分散进入峡谷后，默停在进入峡谷的入口处，他看到先前被挑掉耳罩的兽族已经翻出一个备用的戴在头上。现在对方的阵形已经不是"水豚"前锋，而是两名战力担当的兽族在前面。

默从腰包中拿出一个在场外买的烟雾球，他向两名兽族丢出，灰色的烟雾炸开。默看到兽族身边有旋转的气流被驱散了。

烟雾球只是试探，默靠能力认出了"水豚"的种族，是流气族，可以控制空气阻力和声音振动。剩下两位兽族的能力相对单一，只有依靠附在体表的电流。如果与外放的电接触，烟雾球的粉尘碎屑完全可以将外放电吸附驱除，不会劳烦流气族驱散。

默独自一人向峡谷中撤退，用审判剑砍断峡谷中凸出的锥状岩石，给对方造成阻碍。审判剑的锋利程度让默感到意外，他几乎不太费力就可以靠审判剑的利刃切开硬岩。他在逃跑过程中在岩壁上用它制造出裂痕。流气族如果还用音爆阻碍听觉，那么有了缝隙的脆弱岩壁也会因为声波震动坍塌，坍塌的后果无法预计。

默看到地面上的水潭，知道这是皮奥利安给他做的标记。对手很明显没有意识到他们已经进入包围圈，而是自负地认为对手分开撤退只是为了拖延时间，只要逐个击破就可以。默感叹学生还是很好算计的啊！如果和暗部对弈绝对不能失误一步。

对手没有考虑很多，他们只是一心想先将眼前的默制服，之后再去寻找其他人。默执起刀刃，在伏击位置的水潭中央划出一道痕迹。皮奥利安立马得知对手进入包围圈中。

　　皮奥利安控制水温降低，在他们可以撤退的路线上凝结出冰墙。对手听到动静之后，才意识到他们被堵在了峡谷中狭窄的地段，彻彻底底被包围。这个位置的岩壁上布满了裂痕，像是之前默在岩壁上留下的划痕，这边则是羽林的杰作。如果他们直接大范围使用音爆，很有可能岩壁还会震塌，把他们埋在下面。

　　羽林在岩壁之上的台面，可以看清楚峡谷中的情况，她将用能力做出来的耳塞递给雷霆。在雷霆腰上系好绳子，二人时刻准备等着默完成下一步行动。

　　"你将我们引进包围圈难道就没有考虑过你自己吗，难不成你打算将自己当做弃子？"对手的兽族摘下耳罩向默问道。

　　"原来你们是这么想的？"默说道。看来他们对自己的能力很有信心。

　　"你一次能力都没有用，看来就是一个体术增强型的能力者吧，不然就不会在随身佩剑的质量这么下功夫，那把剑应该不便宜吧？"兽族望着默出鞘的审判剑说道。

　　默注意到他们此时的阵形，是两头兽族作为主要战力担当站在前排，被裂痕的岩壁限制了能力的流气族一直都躲在后方。默不想听他们废话，他们多半是拖时间想破开困局。

　　让对手意外的是，明明他们处在包围中无法进退，这对于默小队是大好的围攻机会，默居然独自一人向他们冲了过来。他注意到兽族的延长爪子和指虎中窜动着小电流，对于有大范围伤害的电，默还是会小心对待，但是这种顶多能造成麻痹的小电流几乎不足为惧。

　　审判剑的长度不能任由默随意变化，这一点让他有点用不惯。挡下第一人伸长形钢爪后，经摩擦，钢花溅起，对手条件反射闭眼。默刀刃擦着他的钢爪砍到了对手腰间携带的绳索，这类小装备在团体赛可以携带。捆绑绳索的绑带被默切开了，默一转刀刃向下切去，直接将绳索砍断。

　　切断之后默持续躲避着兽族的攻击，不断后跳拉开距离。默环视他们腰间，确认再无携带绳索之后，彻底拉开了距离。期间默感觉到站在兽族后方的流气族在加大空气阻力，让他不能过快行动，每一次的动作都会带起"嗖嗖"的切风声。兽族的攻击多少还是划到了默身上，麻痹感停留在身上的时间很短暂，默身体里的黑暗能量很快就将麻痹的电流能量吞噬殆尽。

　　兽族为之感到非常意外，他们的电流一旦被沾染上，定会刺激对手肌肉造成僵硬的麻痹。可是默灵巧的身形根本不像中招的样子，他们眼睁睁地看着默收刀后抓住岩壁上垂下的透明绳子，被迅速地拉上岩壁。那根绳子因为质地透明，先前没有人注意到它从岩壁上垂下。峡谷中的四人现在意识到自己如同瓮中之鳖。默先前近身，就是为了砍断绳索，排除隐患，保证他们没有攀上崖壁的能力。

　　身在峡谷底的他们意识到，先前的战术和想法是那样的幼稚天真。流气族开始将注意力转向封路的冰墙，开始进攻。必须破开困局，他们才有可能继续比赛。

但是他们根本没有破开困局的机会，雷霆身上连接着羽林能力做出的保护绳，在默被拉起之后，雷霆从峡谷悬崖边跃起，对手恍惚看到了一颗燃烧的陨石砸向峡谷中心。雷霆攒着能量就是为了这一击，他毫不吝惜能量，将火焰集中在两手之间，燃烧的火球向峡谷中央落去。只要雷霆解开对能量的控制，火球立马就会炸开。羽林和默一起用全力握着安全绳将雷霆向崖壁上拉，同时羽林立好透明的巨盾，将雷霆扯回来之后立马将三人用巨盾掩上。

雷霆浓缩的火球失去了控制，没有立马爆炸，里面的能量互相冲撞，像是泄气的气球在峡谷中东撞西撞，卷着峡谷岩壁的石头在左左右右弹动。失控没有持续很久，火球最终在失控火焰的自我撕裂下彻底爆炸。

炽热的空气卷来，流气族拼命加大空气阻力，但是爆炸也仅仅是慢了一些，在火光之中，他们居然感觉到的是来自身下透骨的凉意。

爆炸之下烟尘弥漫，在场的治能会和裁判老师都站了起来，紧张地想看到场中的情况。峡谷的边缘在黑色的烟尘下坍塌，碎石向峡谷中坠去，黑色的烟突然慢慢变成白烟，像是水蒸气一样从下方升腾起来。

"控制大面积水立马结冰还是有些困难啊！要是北寒月在就好了。"

对手听到爆炸声平息后，睁眼看到面前茫茫的湿热水汽中站着一个人，皮奥利安叉着腰站在水汽之中。四人感觉下半身传来凉意，原来他们的半身都冻在冰中。他们惊愕到一时间不知道该说什么，对手像是捕获猎物的猫一样，游刃有余地将他们置于困局。

"其实我们队长完全有能力在近身的时候，用剑斩到你们的要害。你们在被引进峡谷的时候已经输了，现在投降吗？如果还想挣扎的话，我们可以再来一发爆炸，这一次我可不会护你们了哦！"皮奥利安蹲在冰面上看着只有半身露在外的四位对手。

"你们究竟怎么做到的……"流气族的一人问道。

"这跟能力没有太大关系，是战术的原因。你们的战术只想到怎么团队协作一起制服对手，没有想到其他的一些东西也能成为影响因素。如果真是平地对战，大概我们要在你们的配合上吃亏吧。"皮奥利安笑嘻嘻地说道。

最终，治能会进入比赛场中，流气族的队长带领全队投降了。治能会难以置信在那场爆炸中竟然没有一个人受重伤。默代表小队领得了每人四十的基础积分，另外还有十分的观众观赏积分。四人在下场过程中一直被各种观众观望着，雷霆很张扬地四处挥手，满脸笑意。直到退场后，雷霆因为输出能量过猛被皮奥利安教训了一顿。本来的计划是雷霆抛下爆炸球就结束了，谁知道那个爆炸球彪悍的样子让皮奥利安心虚，他不得已才介入了。

"怎么说呢，只能说他们还是学生，实战经验太少了，好多事情还停留在理论上，他们的能力确实适合打配合。"皮奥利安和三人往回走的时候说道。

"想一想被声音震晕，然后又被带电兽族麻痹，这全招呼上来还是挺恐怖的。"雷霆看向羽林。

"干吗看我，明明一开始被音爆影响最大的是你。"弱附加属性的羽林不服气地说道。

"如果真是生死相拼，他们被困住的时候我一个人就够了。"默说道。

"说得好恐怖啊！我们回来不就是为了不用生死相拼了吗？放松啦！"皮奥利安说道。

"我们为什么不留着继续看比赛，我还是挺好奇会有什么样的种族登场呢！"雷霆意犹未尽地说道。

"还是好好休息吧！明天还要攻略迷宫和小比赛，我还挺好奇小比赛的竞技项目是什么。"羽林伸了一个懒腰说道。

"说起来前些天，我买了一些水豚肉，应该还有不少，要不要来我们寝室吃奶香烤多汁水豚？"皮奥利安拍拍羽林的肩，怂恿道。三人间的男寝室有一间小厨房，皮奥利安怎可能荒废这样的资源。

"你们那边夜里是不是管得不严，我看看可不可以……"羽林说道。

"算了吧，我等皮奥利安做好送出来给你吃吧，咱们在晋校联赛还是稍微老实一点，别惹麻烦了。"默无奈说道。

"哈！羽林你品味不到刚出锅的感觉啦！"雷霆有点幸灾乐祸。

四人就这样嬉笑着离开比赛场地，在宿舍暂时道别了，雷霆在路过商店的时候买了零食，塞给羽林不少后才道别。羽林拿着用薄叶皮包裹的熏肉粒，悠闲地回寝室。准备等着和默约定时间出去见面。

回到宿舍的时候，安露琪不在房间中，羽林觉得她可能是和宗去吃晚饭了，也没太在意。拿着晋校联赛整个永夜院的地图和分区介绍翻看起来，准备明天的赚分计划。

待到与默约定的时间，安露琪还是没有回来。前几天安露琪不会晚归，基本上是羽林什么时候回寝室她都在，或者平日里她一直陪在羽林身边。

羽林离开寝室，这个时间点已入深夜，街上基本上没有人，只有一些从娱乐区归来的人零零散散地走在街上。永夜院的顶部光明能量溢到星星槽中，仿照着外界的星光闪耀。整个永夜院像是一个充满谜团的神秘之地。羽林独自走在街道中，不禁感叹整个永夜院的神奇构造，在她看来更像是一座给伟大逝者准备的陵墓，最后被学院开发成这样了。

"我一开始来的时候也是一直望着天。这里的景象别的地方根本没有。但是整个永夜院总给人一种奇怪的感觉。"默来到约定地点，看着蹲坐在台阶上的羽林一直望着永夜院的天花板，默将用能力做的饭盒递给羽林说道。

"在这里住下后，我一有闲心就会猜想这个地方在被用作学院之前是什么样，他们为了什么目的建造了这个地底空洞。"羽林接过饭盒说道。

"先吃东西吧，雷霆惋惜你品尝不到出锅的味道，特意还帮我把饭盒加热了。"默在她身边的台阶上坐下说道。羽林当然知道皮奥利安手艺有多强，单靠一人就能把雷霆养大的超水准烹饪功夫。羽林赶快打开盖子，右手用能力变出勺子狼吞虎咽起来。

"好嫩的肉，感觉在咬熟蛋清，又很有嚼劲！记得帮我转告他，下次再做饭的话，我一定到你们宿舍，吃不到刚出锅的感觉还是有点遗憾。"羽林一边吃一边说道。

"慢点吃，别闯宿舍了，还是我给你送吧！"默撑着脸看着羽林的吃相笑道。

碗内的饭如风卷残云般下了肚，羽林一直等着这顿，之前什么都没吃，果然皮奥利安的手艺从来不会让她失望。

"哎，这样舒心的日子真的好久没有过了，可以吃饱饭，舒舒服服地睡觉，不会担心有谁会被追杀，也不用担心我们每个人的安危。"羽林靠在楼梯上说道。

"大概吧，防人之心不可无，小心一点还是有好处的。"

"可惜再怎样舒服，但你会被这样的环境限制使用能力，要是大家能对各种能量一视同仁，不歧视黑暗就好了。"羽林惋惜道。

"不是所有人都像你会接受它。这个能力我情愿一辈子不去用，不需要用就代表没有危险在我们身边，大家都很安全。"默甘心如此，毫无怨言。羽林看他释然的样子，依然不能打消心中的感觉。

二人在楼梯上坐着小休片刻后，随意闲聊一会便各自道别了。毕竟明天还有比赛，这种连续的比赛消耗就得充分保证睡眠质量。羽林回头望向默的背影，目送他消失在街角处。羽林这才察觉，默的身形至少比从魔教回来的时候壮硕一些了。

羽林的视线飘到永夜院复杂的街道中，街巷昏暗，里面几乎无人。直到一辆亮银色的医用车挂着摇晃的黄灯奔驰在街道中，引起了羽林的兴趣。

救援车是奔向迷宫方向的，现在时间已晚，迷宫早已封锁。难道是迷宫周围出了事故？可是迷宫周围没有其他建筑，也没有学生居住。羽林各种猜测之下好奇心大发。她本想用翼腾空去追救援车，想法一出就赶快打消了。只为通过晋校联赛，在永夜院他们不能惹是生非，也不能引来太多注意。羽林有点遗憾地强行克制自己的好奇心。

收回好奇心的羽林回到寝室后。安露琪已经回来了，她靠坐在窗边，头上盖着毛巾，湿漉漉的头发向下滴着水。安露琪全然没有想去擦干的意思，注意力不知道飘到哪里了。

"你在想什么呢？"羽林跪在她的床上，取下毛巾给她擦着湿漉漉的头发。

"我可以自己擦，就不麻烦你了。"安露琪转过身，从羽林手里拿过毛巾。羽林看她扯过毛巾，眼睛慌乱地瞟向别处。安露琪为了掩盖自己的慌乱，维持着正常的语气和羽林说道：

"羽林，你可以去泡澡啦，我水都放好了。趁热赶紧去吧，我自己擦头发就可以了。"安露琪僵硬地笑着说道。

一种宛若隔海的距离感在羽林心中生出，羽林一直都能感觉出来安露琪在和自己保持距离，就算生活小事很亲近，可羽林还是感觉其中距离远比想象的要远。哪怕羽林试图和她拉近距离，可每次安露琪就像是躲避羽林的好意似的故意回避开。

熄灯后。

永夜院的夜晚安静得过分，羽林隐隐约约闭着眼睛听到安露琪在窗边的床上辗转不安，但听安露琪的呼吸声她已经睡着了。羽林猜测她大概是做噩梦了，本想去推推她，可是心的距离感让羽林退缩了。安露琪对晚归的事情闭口不提，有关她的事情从来没有和羽林说过只言片语。

羽林转过身去，终是耐不住一天的疲惫睡着了。睡梦中隐隐感觉有什么东西靠着她，迷迷糊糊地睁开眼睛，羽林看到安露琪像一只猫一样蜷缩在羽林的被子外面，紧紧地贴着羽林的后背。

安露琪像是一只寻求安慰的小动物一样，就这样死死地贴着羽林。羽林不知道安露琪什么时候跑到自己床上的，看她这个样子实在有点可怜，羽林正准备把被子给她盖上，安露琪泛着迷糊，像只猫一样把头往羽林怀里钻。

兽族本能吗？羽林看她的表现实在像小动物睡觉挤在一起的习惯。像龙这种大型兽族也有这样的本能，和皮奥利安他们露营的时候，早上起来的时候，必定是被雷霆头上的角不小心戳醒，或者是被皮奥利安挤靠过来的背压醒。

安露琪的身体发凉，是在被子外睡久的缘故，羽林忙把被子给她掖好，安露琪被弄醒了。她猛地一抬头，磕到了羽林下巴，只好连连道歉。

"对不起，羽林，能不能让我在这里待一会儿，一会儿我就走。"安露琪恳求道。

"没事，靠在一起睡也可以，你难道做噩梦了？"羽林问道，安露琪把头埋在被子上点点头。

"都是一些不好的回忆，让你见笑了。"安露琪说道。

"做噩梦啊……我之前被噩梦折磨得不轻呢，如果做噩梦的时候有人依靠，还是能缓解一些。不过有些时候把噩梦都说出来，也能舒服一点。"羽林安慰道。

"其实也不能算是噩梦，我现在眼前还有一些幻觉在跳动，可能是之前在幻的迷宫时，多多少少还是吸了一点致幻菇的孢子。可能噩梦和这个也有关系吧……"安露琪嘀咕道。

"我以前曾经梦到自杀，很残酷又很现实的梦，让我根本难以入眠。你的噩梦是什么呢？说出来应该会感觉好一些。"羽林问道。

"……我和宗一直逃跑，然后被抓，再逃，再被抓，周而往复。直到宗丢下我，他可以逃走了。我一个人在黑暗里等了很久，就算是哭喊，没有任何声音回应我。现在醒来感觉眼前还有笼子的印象。"安露琪说道。

"没事，我会抓着你的手，如果你再做噩梦我就将你摇醒。"羽林说道。

"谢谢你，羽林……我一直都觉得很难亲近你，你像是一颗太阳，像是从未沾染过尘土的白裙，别人会被你的温度传染。而我不一样，我生活的环境是你无法想象的，我甚至想象不到你的活法。我和宗从小就在一起，因为我们种族的关系，天生身材矮小。所以很难有其他大型种族会正眼看我们。我们一直都是在别人的歧视中苟活，所以我们不敢忤逆任何人。"安露琪停顿了很久，缓慢地开口说道：

　　"我很羡慕你，羽林。你可以很坦然地说出自己的真实想法，有可以信任与之欢笑的同伴，甚至还有所爱之人。你感受过的所有有温度的情感都是我想都不敢想的，之前在联谊会的舞厅，我故意跑开的最大原因，是不想让你因为我在旁边受到局限。从认识你到现在，我真的太羡慕你了……"安露琪抓着羽林说道。

　　"宗呢，他也一直和你一起不是吗？"羽林问道。

　　"我们只是同命相连的伙伴，我可以为他做任何事，但我对他来说绝不是可以邀去跳舞的舞伴。"

　　安露琪松开紧抓羽林的手，将脸埋到被子之中，恍若眼前幻境的牢笼彻底将自己锁起。

第十章

引蛇出洞之饵

第三空间，魔龙族。

魔龙族的主城封火破，龙王殿中。

喧闹之声回荡在龙王会客厅的房梁之间，会客厅中皆是魔龙族之下的各大家族，其中玄龙属的人最多。其他火龙家族和石龙家族来的人也不少，剩下一些小家族到的人更少，小家族们似乎对今天玄龙属闹起来的风波完全不想理会。

毕竟中午已过，冠着恶名的魔龙王塔格拉罗门始终没有出面会见各大家族。现任魔龙王的妻子青圣罗手忙脚乱地安抚各位让他们再等一下。青圣罗基本上没有什么地位，她一直想让众家族长安静下来慢慢说情况，可是家族长像是挤破头也要见魔龙王。

青圣罗安排仆人跑了好几趟去唤醒魔龙王，可是无人理会。最后她耐不住众家族长的催促，只能亲自去请塔格拉罗门。青圣罗路过王殿中央的花园，就看到一道黑影从天上闪过，劲风从青圣罗耳尖掠过。

等待在会客厅的各大家族的喧闹突然被破门声打破，塔格拉罗门黑色的龙翼用风破开会客厅大门，将半兽化后巨大的龙翼并拢在后背，龙尾拖在地上，宛若死神垂翼降临般走到会客厅内，他的喉咙里带着不爽的轻声咆哮。塔格拉罗门懒得去打量那些已经噤声的家族长们，他慢慢收起半兽化，穿着随意的服饰坐到厅堂中央的座位上。

他赤金色的眼睛扫了一眼厅堂中的众人，随后便无趣地闭上了。

"有话快说。"塔格拉罗门沉着脸慵懒地靠在椅子上说道。

"我们各大家族已经不能再由你这样任性下去了！"玄龙族家族长鸿夫起身发话。

"今天人还挺全呢，难不成我天天在龙王殿闷着还能惹是生非？老人家，你不是在家忙着照顾孙子呢，怎么有空管我头上了？"魔龙王抬眼看看玄龙族家族长忍怒的脸色说道。

"前几年你残害了诸多龙王脉，我们也未阻拦你这种猖狂行为。可你现在！"鸿夫脸涨红着，对龙王毫无敬语。

"我现在既没有残害龙王脉，也没有去追杀前任龙王所剩无几的亲戚，更没有把他们的孩子吃掉。你们那个时候不敢对我多言，是因为害怕我。现在敢在我面前叫嚣了？"塔格拉罗门稍微把身子坐直了些，居高临下地问道。龙王本身对其他龙有一定的压制，有些家族长的随从已经不由自主地向后退了。

"我得知你将自己的本源之力传给了自己的亲生儿子，这已经彻底违反了魔龙族的规矩！我们各大家族长有权利质疑你的权力和行为！"鸿夫大声地说道。龙王的本源之力只要传给龙王脉，除了龙王脉本人去世，根本没有办法收回，凡是继承了本源之力，基本上就相当于一只脚踏上龙王宝座了。

"你们说那小子啊，他现在人在哪呢？"塔格拉罗门根本没有在意他们所说的重点。

"你已经打破了魔龙族数千年的规矩！我们的龙王次次都是从拼搏决斗中诞生，从未有过你这般私自做决定的先例！你必须给我们一个理由和处理办法！"火龙族家族长跟着质疑道。

"哈哈哈哈，传统的龙王脉决斗我又不是没有参加过，最后觊觎王位的龙死得有多惨，在座的各位有目共睹。我只不过觉得没必要这样内耗了，这和我亲手屠杀龙王脉没什么区别，我随便指定一个人当替死鬼多好呢，或者那小子说不定能打败我。"从塔格拉罗门的语气中看出他仿佛根本没把这件事上心。

"我们各大家族决定将龙王脉比拼修回正轨！这关乎的是整个魔龙族的未来，根本由不得你这般儿戏！"玄龙族家族长叫嚣道。塔格拉罗门声低音咆哮着。

"好啊！既然这样的话都说出口了，那我很期待你修整好的正轨！我看看是谁觊觎龙王的位置，然后在我面前殒命呢？难不成鸿夫衔罗尼，你要带着玄龙全家族向我挑战吗？"塔格拉罗门声音如同巨雷，压制着所有人。在场的所有人都很佩服玄龙族的家族长鸿夫，居然有胆量公然挑衅魔龙王，不知他这种底气是从哪来的。

"那就请魔龙王期待吧！"鸿夫向塔格拉罗门行礼，随后头也不回地带着下属离开了会客厅。

青圣罗在后厅听到了会客厅的争吵，果不其然片刻之后她就看到魔龙王面额绷着青筋走出来。

"王君，这次鸿夫敢这么发话多半有他的计划，如果您真的打算维护自己的儿子，多少也应该教给他一些保护措施。如果玄龙属真的打算迫害那条幼龙，手段自然多得很，我在这里给您提个醒。"青圣罗当然是顺着魔龙王。虽然她听到龙王将本源之力传给那个幼龙也颇为震惊，但她可不愿意将自己置于塔格拉罗门的对立面。

"如果那个小幼崽连自己都保护不好，有什么底气找我谈报仇？更何况神龙王的儿子也在那个小崽子身边，要是一起死在玄龙属手里，我高兴还来不及呢！"塔格拉罗门瞥了青圣罗一眼，满不在乎地说道。

"我最近打听到玄龙属私下串通暗部，这也很有可能是他们近期嚣张的原因。另外，玄龙属鸿夫的孙子鸿苍在伊皇学院参加晋校联赛，玄龙属应该是想将后代转移学院，不在魔龙族内接受教育。虽然转校不能成为勾结暗部的根据，但还是请您多注意一下玄龙属最近的动作。"青圣罗向塔格拉罗门行礼说道。

"近期事物你打理吧，我在这龙王殿待久了也闷得慌，该出去透透气了。"塔格拉罗门吩咐道。

伊皇学院，巨树之下的永夜院。

过于规律的白昼与黑夜在永夜院中交替着，永夜院没有快速流动的风，整个永夜院的空气都很沉闷。本来是最平常的早晨，在天明之前羽林就被窗外的嘈杂声吵醒，她没有去在意议论的声音，看向晚上一直像小动物一样依偎在自己身边的安露琪。

安露琪根本没有被嘈杂声吵醒，羽林推推她，她才迷迷糊糊地睁开眼睛。没过片刻又睡了过去，看来是致幻菇孢子的致幻效果褪去了，安露琪就此也睡得安稳。见安露琪无精打采的困倦模样，羽林也就没有继续把她唤起床。对于彻夜噩梦的后果羽林可是心知肚明。就算很着急地要去赚积分，也不急着这一上午时间。

将安露琪的被子披好，羽林换好战斗服悄然无声地离开了宿舍。没了安露琪的陪伴，羽林决定去找默。她知道默一般上午在小比赛区。一路上羽林看到去往各个比赛区的人都很多，唯独去往迷宫区的人寥寥无几。

羽林打听了一下，才知道迷宫今天关闭，原因还没有打听到。羽林对这个事情有点在意，迷宫在永夜院的官方说明中只有晚上会关闭，不知道是出了什么情况才突然封锁了。

一路上各种有关迷宫的传言四起，闹得人心惶惶。羽林也不想去听这些没有边际的传言，她昨夜外出看到了去往迷宫的救援车，八成可能与迷宫里出的事有关。或许是有人在迷宫中受伤，再有可能是迷宫中一些关卡遭到攻略者损坏，有危险才将迷宫封堵。

小比赛区比平时人流增了不少，羽林顺着人流的方向走到了准备比赛区。默独自一人的身影在比赛区中尤为显眼，坐到默旁边，羽林看向小比赛场内，小比赛场地形复杂，有很多可供攀爬的梯子在场地中林立，比赛者可以像丛林中的猴子一样在场地中立体式前进。

这个场地的比赛规则是射击，参赛者用比赛主办方的射击武器击落逃逸球，每个不同的逃逸球有不同的分值，逃逸球速度越快，给的分值越高。参赛者必须在场地中穿梭，躲避靶向球的追击。参赛者之间不能互相攻击，只是进行游走射击。但是场地内的误伤免不了，默之前不肯用能力防护，就被追击的靶向球撞伤了。

场地内第一场比赛已经开始了，逃逸球喷射着能量在复杂的场地内四处乱撞，靶向球也在场地中弹跳，但是每一次跳向的对象都是参赛者。这样的射击任务有多难，羽林单是看一看都觉得心惊。整个比赛场地都被网盖住了，防止逃逸球和靶向球冲出场地。

"昨天晚上发生的事你听说了吗？"默把护腕的线扣紧。

"是有关迷宫封锁的事吧？昨天晚上我看到有救援车驶向迷宫区。应该是迷宫里发生了意外吧？"羽林说道。

"应当不是意外，早上我起得早，出来的时候看到有治能会的人在工作，我从他们嘴里大概听到了昨天晚上的事，迷宫里出现了故意伤害事件，肯定不是迷宫关卡造成的伤害，而是有人故意攻击他人。受害者现在应该送到了医疗厅，目前生死未卜。"默说道。羽林听后感觉有某种寒意钻到了自己身体里。

"故意伤害？难道是因为在迷宫中抢积分牌？之前我和安露琪在迷宫中也遇到了想打劫积分牌的人。"羽林说道。

"抢积分牌不至于下杀手，这一次像是故意袭击。"

"能参加晋校联赛的人都是各大家族的能人，居然能将其中一员轻易地打至重伤濒死，这个袭击者到底是什么来头，他为什么要伤害参赛者，难道是私人恩怨吗？"羽林分析道，羽林没想到回到学校居然还会有这样恶性的事件发生。

"不论如何，我们还是不要介入了，让学校自己解决这些事件吧。晋校联赛终究还是人杂，以后入学了估计会好上许多。"默叹了一口气说道。

"如果袭击者是暗部的人，我们该怎么办呢？"羽林轻声问道。

"可能性太多了，有可能是家族之间的报复，或者学生间的个人恩怨。不一定是暗部。如果是暗部，我们更要先以自己为重，你之前说过想留在学校，如果暗部的人发觉我在这里，恐怕留在学校过安稳生活就是奢望了。"默压低声音说道。随后他换了一种平常的聊天语气问道：

"安露琪怎么没有和你一起？我以为迷宫封了之后，你和她都会来小比赛场。"

"她昨天晚上回来得有点晚，然后回来整个人怪怪的，可能是前一天攻略迷宫中碰到了致幻菇的副作用，她晚上一直睡不好，将近凌晨才睡熟了。我留她在寝室，让她休息吧！"羽林说道。

"致幻菇的作用能保持这么长时间吗？"

"不知道，可能每个人体质不一样吧。不过我当时被她保护得很好，没有中了致幻菇的孢子，她可能在保护我之前不小心吸进去了一些吧。"羽林不在意地说道。默听后心中微微有些猜忌，如果安露琪当时将羽林这种易感体质都护得很好，就算再怎样不小心，怎能中了孢子？

未等默仔细思索，第二场小比赛马上就要开始，默调整好护具后和羽林击掌离开席位，羽林报名的小比赛是第三场。

默走到等待区后，从人群中看到了一个小个子，根本不需要仔细辨认，默就认出这是安宗进。安宗进也从人群中看到默，立马带着笑脸迎上来，标准的礼仪让默有点难以适应，默一直觉得安宗进是个用礼仪和笑脸掩盖自己想法的人，让他感觉不舒服。

"看来因为迷宫的关闭，大家都聚到小比赛区了，安露琪没有和羽林一起吗？"安宗进笑着说道。

"羽林说她昨晚没有睡好，让她留在寝室了。"默平淡地回答，随后他注意到安宗进的眼睛中也有很多血丝，很有可能他也没有休息好。

"我们家安露琪真是受照顾了，她能遇到你们真是很幸运的事情。"安宗进客套地伸出手想握手表示感谢，默从来都是我行我素的人，安宗进过分的客套让他不舒服，默看到进入比赛场的门打开后，无视了安宗进伸出的手，直接走进了比赛场。

比赛场底部有治能会的工作人员，给每个参赛者分发连发弩，连发弩的箭头是较软的橡胶质地，防止比赛者互相误伤，就算是比赛中被打到也不会造成伤害，顶多是有一点疼，箭头上带着特殊的颜料，在射中逃逸球的时候，逃逸球会染上不同的颜色，每个参赛者的颜色都不同。最后根据掉落在底端的逃逸球结算分数。

分发的连发弩中有与靶向球相互吸引的能量，只要拿上弩就会被靶向球追击。

连发弩的箭会在比赛场下统一分配，在比赛中用完可以到比赛场底端领取。

听了各种安全知识和比赛规则，十多人的参赛者登上比赛场中错综复杂的攀爬架。逃逸球和靶向球被工作人员放出，球弹射在攀爬架中，一时间都有点分不清逃逸球和靶向球。安宗进拿着弩瞄准着逃逸球，可是几分钟下来都没有射下一颗。他自知自己不擅长这种比赛，在攀爬架移动躲避着靶向球，安宗进将注意力放在默身上。

默操作弩的动作精干简练，换箭矢的动作十分流畅。他一直在攀爬架中跳跃着。整个射击项目中没有禁止使用能力，其余参赛者都用能力防范着追击而来的靶向球。唯独没有见默用过一次，安宗进之前也看到了默在团体赛中没有用过能力。

安宗进一开始见到默的时候就注意到了他红色的眼睛——这是黑暗能力者的表现。但也有少数种族的眼睛也会是红色的，并不能靠这一条彻底断定他是黑暗能力者。安宗进在暗部得到的情报还有另外一条，在丘狼族时与龙王脉同行人中有皇澜青鹤，这是魔教零目泉溟真哲散布在魔教的情报，可信度极高。看身为龙王脉的雷霆与默还有剩下二人在团体赛中配合甚好，平日也相好，安宗进推测这四人就是在泉溟真哲情报中提到过的小团队。

在魔教中，安宗进因为地位比较低，没有机会见过皇澜青鹤。现在安宗进只能靠情报大致推测默的身份，如果他使用过一次能力，暴露黑暗能量，就可以彻底证实安宗进的猜测。

可是安宗进观察默的一举一动，完全没有用能力的意思。远看默就像是为了赢得比赛而努力的普通学生，完全看不出他另一个身份带给他的影响。如果真的默身份被证实，安宗进有些不理解他为何愿意隐藏自己，小心翼翼地留在明处，就像是有爪牙的猛兽刻意收起爪子，化作温顺的家猫留在这里。明明以皇澜青鹤的身份和能力，他完全可以在暗部获得至高无上的地位。

安宗进有点厌恶这种明明有实力却对之不屑一顾的人。他的能力可以控制在外飘游的能量，像是攻击学生的靶向球中的能量也能控制，安宗进将连发弩收到背后。他跳跃在攀爬架中，找了一处观众的视觉死角，他静静地等着靶向球来攻击自己。

大约有四颗靶向球向安宗进袭来，安宗进出色的能量控制很快就掌握了能量球内部的能量。这四颗靶向球暂时听他的使唤了。

默在下方的攀爬架上躲避着靶向球的攻击，逐渐他感觉有些异样，身边骚扰他的靶向球个数好像变多了，他不得不实时移动位置，注意躲闪才能逃避靶向球。默心知，用些能力防御靶向球的骚扰可以更有利于比赛，这个想法刚刚生出就被否定了。如果他还想在明处待下去，那是一丝一毫破绽都不能暴露。

安宗进控制着靶向球在默身边四处冲撞，可是默像是铁了心不想用能力一样，哪怕稍微被靶向球撞到也不想用能力防御。安宗进心知这样下去也不能逼默用出能力，他加大了对靶向球能量的控制，被安宗进控制的靶向球像是发狂了一般在攀爬架间来回冲撞。攀爬架在摇晃着，默敏捷地在其中闪躲。

"都这样了还能躲得开吗？"安宗进看着默依旧跳跃在攀爬架中，自言自语道。

突然，这些被控制的靶向球消失在错综复杂的攀爬架之间，默也察觉到一些异样。消失的暴躁靶向球和这一种忽然安静的诡异感，让他神经紧绷着。转瞬间，默听到下方的轰鸣声，伴随而来的是其他参赛者的惊叫。发狂的靶向球内部能量失控爆炸了，将攀爬架支点炸毁。默现在所处的攀爬架摇摇欲坠。

从这一刻开始，默感觉出来这是有人故意预谋的事故。他只能在马上坍塌的支架中跳跃，企图登上未被损坏的攀爬架。

羽林在观众席上也注意到异样，身边的观众也同时发出了惊呼。如果默在这个时候肯用能力变作钩爪，完全可以勾上结实的架子离开危险区。可是他迟迟没有用，一直靠自己的双腿在马上就要崩塌的攀爬架之中穿梭。羽林看着他仿佛被拘束翅膀的鸟类，这种情景实在让羽林心里感到难受。

摇晃的攀爬架让默难以保持平衡，好在他马上就能跃到未被损坏的架子上。就在此时，失控的靶向球撞向默，默勉强躲开，就看到靶向球冒着黑烟冲向默上方的攀爬架。临近爆炸的瞬间，默不得不做出选择。如果他卷入攀爬架的坍塌中不用能力的后果不堪设想。

但是以现在的境况根本由不得他想太多，比起用能力逃脱，他在这瞬间选择用时空之子阿克帕斯给他的空间能力——短距离瞬移。他不太清楚小范围用空间能力会不会残留下黑暗能量，但总比用自身能力确定会残留黑暗能量要好太多。动用空间能力会损耗很多能量，默不会轻易使用它，因为实在是得不偿失。

爆炸轰鸣声四起，这一部分的攀爬架经受不住爆炸的损伤开始坍塌，默已经瞬移到安全的地方了。其他参赛者都用尽浑身解数躲避坍塌的架子，木质结构和钢结构混合在一起向下塌去，烟尘四起，一些靶向球被卷入坍塌中，整个崩塌中还伴随着靶向球被挤压爆炸的声音。默看向塌得有些惨烈的攀爬架，心说就算是有黑暗能量残留在其中，估计早被冲散到无法察觉了。

看到大面积的攀爬架坍塌，治能会的裁判立马暂停比赛。将所有参赛者都集中在比赛场地底部。医疗厅的救援队立马赶来，检查每一位参赛者是否身体有恙。

还好攀爬架崩塌没有造成人员伤亡。顶多就是造成一些擦伤，这一次的事故让默有种不寒而栗的感觉，如果仅仅将这次事故看做成意外，未免有些说不通，为何失控的靶向球一直缠着自己？爆炸的位置又那么巧合。

　　默在比赛中一直感觉有人盯着自己，他环顾整个比赛场地中的参赛者，大家都惊魂未定，难以看出异样。

　　"这场比赛出了一些意外，之后的比赛暂时暂停，这一次的积分会如常核算。对这次意外我们治能会深表歉意。"管理小比赛场地的治能会学长向场地中的参赛者道歉。

　　"这种事真的很恐怖，大家没事可太好了！学长，我身为治能会一员自愿留下帮忙收拾场地。"安宗进一副虽然经历事故惊魂不定，但身扛责任愿意出来奉献的模样，从队伍中站出来说道，默看他这么积极的样子倒是没感觉有多意外。只是明明之后还能去其他场地参加比赛，为何自愿将时间花在收拾场地上面？

　　离开场地时，默仍然有被盯着的感觉，不寒而栗的感觉依旧没有消散。羽林从观众席奔向默，她仔细地检查后确认默没有受伤后松了一口气。

　　"我在台上看得快急死了，这到底怎么回事？靶向球失控？"羽林急忙问道。

　　"换个地方说。"默把羽林不断向场地内打量的脑袋扭回来，推着羽林向前走。

　　默在街边的贩卖积分比赛情报的摊位上买了一份有关昨晚迷宫事故的报纸。拉着羽林走到一处街道偏僻处停了下来。

　　"今天靶向球失控肯定是人为的，而且我感觉那个人今天刻意将目标放在我身上，大约是有人在试探我。不知道是不是暗部的杂人。也说不定是厌恶暗部的明处人，看到我有暗部的体貌特征来试探我吧。"默说道。

　　"说不定这个人和昨晚迷宫伤人事件的始作俑者是同一个人呢？如果是这样的话，还是尽早把他揪出来免除后患比较好。"羽林的性子从来都不会逃避这种问题，默也猜到她会这么想，有些无奈地说道。

　　"如果我们去冒险追究，反而很有可能更暴露在他面前。而且，我的身份特殊，最好不要在晋校联赛中招摇，晋校联赛人多眼杂，只要撑过了这段时间，成功入学后应当就不会有事了。"默说道。

　　"确实……如果追击的话风险太大，可是万一他还会去祸害其他人呢？"羽林问道。

　　"我们不是英雄，况且晋校联赛还有治能会管辖，应当不会出现更多恶劣事件了。这种时候还是先顾及自己吧，我也会更加小心的。我不想因为我，再让你们流离失所待在其他种族了。"默说道。

　　午餐时间，各大比赛场地的人都汇聚到了住宿楼旁边的餐厅，餐厅种类很多，占了整整一条街。各种种族的风味的菜式层出不穷，正值用餐时间，整个街区飘荡着浓浓的香味。比起外部的餐厅，凡是在用餐时间内吃饭，参赛者是不需要付费的。

　　为了在免费午餐上占尽便宜，雷霆凡是见到好吃的就往桌子上端。本来四人找到的座位就相对狭窄，雷霆端来的菜已经堆成一座小山了。皮奥利安也胃口大开，与雷霆一同端来一盘吃一盘，羽林和默只能感叹龙类的饭量真的很大。

"听说小比赛区出了事故？"雷霆摇着一只奇怪生物的大鳌，嚼着东西说道。

"比赛中出一点事故也算正常吧？"皮奥利安说道。

"消息可传得真快啊，连不在现场的你们都听说了。"羽林说道，一边搅动着盘子里的蛤蜊汤。

"确实比赛中出小事故很正常，但是这一次我感觉是有预谋的事故。比赛中会攻击参赛者的靶向球失控了，横冲直撞，甚至最后内部能量失控爆炸，炸毁了场地内的攀爬架。"默简单概括道。

四人旁边的格挡板后突然冒出一对耳朵，紧接着一个女孩探头探脑地伸出脑袋，拿出一个小册子，兴奋地向四人问道：

"你们很清楚小比赛场的事件嘛！能把细节讲给我听吗？"女孩看到四人困惑的眼神赶忙补充道：

"哦！对不起，我是信兔族的娜洋多，是高年级的信报员，我听说了这次晋校联赛发生了不可思议的事件，现在正在努力收集情报中！"娜洋多隔着座位挡板向四人行礼。"我刚刚听那个男生说小比赛场地坍塌是有预谋的？"娜洋多把耳朵转到默的位置，期待着。

信兔族一般活跃在各大空间中，整个种族喜欢听取各路信息，然后传播到各个地方，很多信兔族是信使，或者是一些报刊的工作者。

"我倒是可以跟你讲，除了坍塌事故，你应该也知道昨晚的伤人事故吧？"默说道。羽林一听就知道他在套娜洋多的话。

"哦哦！那个事故情况我已经收集得差不多啦，现在正和治能会一起做校园信报呢！那个伤人事件可不一般呢，受害者受的伤根本不是外伤，是被自身能量炸伤的。也就是说受害者自己能量不受控制，直接在体内逆流并且失控，最后危及生命。学校的老师怀疑是精神操纵类型的能力者为主犯，毕竟已知范围内没有什么能力者可以直接操控别人的能量。

不过还好受害者的能量不是会造成特大伤害的种类，是精神干扰类型的能力者，他的能量不像是火焰这种本身就有杀伤力的能量。正因此他本人才捡回一条命。现在治能会和老师们正在想办法找出袭击者呢！"娜洋多兴致勃勃地跟众人讲述她所知道的细节。

"能量失控吗，这次小比赛场地的事故也差不多，是靶向球内的能量失控攻击参赛者，最后失控在攀爬架中爆炸了，引发了攀爬架倒塌。"默说道，他觉得将信息告诉信兔族的人还有助于情报收集。

"你刚刚说这是有预谋的事故？"娜洋多对事件的嗅觉非常敏锐。

"小比赛场地的射击比赛，本来靶向球就会在攀爬架中四处乱撞，并且攻击参赛者，攀爬架的结实程度能够保证在这么多次的撞击中仍然安然无恙，可是为什么靶向球爆炸后攀爬架却坍塌了呢？应该是有人控制靶向球攻击攀爬架的支点，重心支点被摧毁后，攀爬架就会倒塌。"默说道。

"什么！真的有人能控制其他能量？甚至连人的能量也能控制？"娜洋多在小册子上奋笔疾书，有些震惊地说道。

"如果这两个事件都是同一个人操作的话，那么迷宫伤人的事件始作俑者，肯定不可能是精神操纵了。毕竟精神操纵不可能控制没有精神的靶向球。"羽林说道。

"你们有没有猜测过这个袭击者的身份？"娜洋多拿着笔指着四人。

"说不准是和晋校联赛的主办方有什么血海深仇？"雷霆不着边际地说道。娜洋多听后还很认真地点头。

"有可能是故意在晋校联赛惹事，制造点风头惹人注意吧？"皮奥利安随意地说道。他也不想去细猜，很有可能会与暗部有关。

"比起猜测原因，说不准这个人还有可能犯案，希望治能会能小心吧！"羽林说道。

"迷宫伤人事件发生在哪个迷宫？"默不想回答猜测身份的问题，直接转移话题了。

"是幻的迷宫，应该下午其他迷宫都能开启了，不知道幻的迷宫什么时候能开呢。"娜洋多说道。

幻的迷宫，一种可怕的猜测让羽林后背一阵恶寒。

午餐时间已过，永夜院像是陷入深夜一样沉寂，大多数参赛者都选择在这个时候修整，准备下午的比赛。几乎无人的街道上，两个矮小的身影在街道中飞快移动着。他们到了一处参观家族的住宿区，这个住宿区是给来观赛的大家族准备的，大家族的人有一部分会与参赛者随行。

推开龙族住宿区的门，他们矮小的身形在高大的龙族面前很不起眼。

玄龙属的人坐在住宿区的厅堂中，厅堂中央的茶几上摆着一封信，站着一只负责送信的鸟龙兽。所有人的脸色都很严肃，仿佛面对的不是一封信而是一座棺材。

身形只到半门高的安宗进看着围坐一圈的玄龙属，也便心知那信中写的是什么。先前玄龙属龙王脉鸿苍，向家族通报了雷霆已经继承龙族本源之力的事情。拥有本源之力的龙王脉已经可以默认为下一任龙王了，魔龙王塔格拉罗门犯了魔龙族大忌，玄龙家族应该是在魔龙族与龙王没有就此事谈妥，最后不得已来找安宗进实施之前的计划。

安宗进本以为鸿苍将事情上报给家族，到龙族层面解决问题，他就很可能丢掉这次的工作。果然那塔格拉罗门是昏君，不然玄龙属也不会重新启用安宗进。

"看来我的工作又回来了。"安宗进向门内的诸位行礼之后说道。安宗进在得知玄龙属召唤他后，他心中暗暗松了一口气，因为如果这次的委托无法完成，他和安露琪的约定就没有条件奏效。

"塔格拉罗门的想法猜不透，我们只能将我们自己手头的事情做好。"鸿苍懒得去解释，把信向安宗进面前推推。

安宗进接过信，他打开信件，上面写明白了玄龙族委托之事——除掉雷霆。另外绝不能暴露委托人。

"你也看到上面写的了，以后不要再来见我了，事成之后玄龙族自然会给你奖赏。但是不论成功与否，绝不能将我们的消息透露出去。"鸿苍再一次叮嘱安宗进。

"在下知道，这都是我们这行当的规矩。只是以在下的能力，需要缓几天才能动手，现在还不是时机。"安宗进说道。

"时机？你想动手随时都可以，还需要等什么时机吗？"鸿苍知道暗部的行事风格，而且只要迅速了结此事，鸿苍内心的罪恶感就会少一些，他恨不得明天就知道结果。本来鸿苍指望塔格拉罗门可以亲自决断这件事，这样就不用玄龙属动手了。可惜他还是有些低估了塔格拉罗门的昏君水准。

"在下正在放长线钓大鱼，这条鱼的重要程度不亚于这次任务。若是有结果，想必玄龙属也能捞得到好处。"安宗进回答。

"暗部的事你们自己做决定，我只想从你这里看到我们想要的结果。"鸿苍不想去听安宗进的其他计划。

安宗进从鸿苍的说辞中感受到，鸿苍其实自心底里厌恶和暗部联手。安宗进心里对于鸿苍这种态度有点不爽，明明必须借助暗部的力量才能铲除对手，可他居然还在厌恶暗部。安宗进也不想和鸿苍多说什么，手中的信被空气中的火焰能量汇聚后燃尽，他行礼准备离开。

"最近恶劣的事件是你做的吗？"鸿苍突然冲着安宗进的背影问道。

"您不必担心这些，因为您想要的只有结果。"安宗进平淡地说道。他拉上一直靠在门口低着头的安露琪离开了房间。

走在正午的街道中，街上人很少。安露琪拉拉安宗进的手小心翼翼地说道：

"宗，你难道很有把握能完成这次委托？我们的对手可是魔龙王的直系，你清楚你我的能力不可能直面他的。之前团队赛你也见识过他的水准了。而且他身边还有那么多伙伴。宗，与其冒这个险，还不如就此收手，与我离开这里。"安露琪有些不甘心地继续劝道。

"琪，不要再异想天开了。你应该庆幸这次的委托还能够进行，不然你向往的那些只是一纸空文。而且除了龙王直系，他们小团体里的另一人我比较在意。不过在试探下，他没有暴露能量。看来得换一种方法了。"安宗进遗憾地说道。

"是默吧……为何你还要去谋着别的目标？有一个你还不满足吗？"安露琪说道。

"你也对他起了疑心吗？他身上的特征确实像黑暗能力者。如果零目之一的泉溟真哲在魔教散布的消息为真，那么与龙王脉同行的其中就有皇澜青鹤。这才是目标的重中之重。如果不是玄龙属差点放弃委托，我也不会发现他的存在。"安宗进完全忽略了安露琪的话。安露琪看着宗早已经被即将要钓上的"鱼"迷昏头脑，她松开了宗的手。

"宗，你做什么我都会跟着做的，因为我们同为一族。但是，你什么时候才能把视线收回到当下呢，你看得太远了，我已经追不上你的视线了。"安露琪轻声说道。

"不用担心，琪，我有我的计划，之前在迷宫中不小心闯的祸也可以利用。只要局布置得好，我们根本不需要去直面他们。"安宗进胸有成竹地说道。

"这一切可以尽量少地牵扯到羽林吗？"安露琪低着头问道。安宗进听后眼神透露着不理解，为什么安露琪要关心他们所要狩猎的猎物？

"看情况而定，回去好好休息吧，你正好可以调养一下之前在迷宫受的精神伤。"安宗进随意应付道。将琪留在女寝室门口，离开了。安露琪望着安宗进离开的背影，她被挤在夹缝中的感觉越来越明显，如同两面墙一齐向她挤压，她在其中无法呼吸，也无能为力。

　　下午的团队赛。

羽林和雷霆靠着场地边缘的栏杆看着场内重新搭建起来的新场地，水陆各半，陆地上有小高地和枯木干作为遮挡。靠水的陆地边缘有些泥泞，在团队赛之前主办方能够花费上午和中午的时间来重新搭建比赛场地。能看出伊皇学院在举办晋校联赛上下足了功夫，在观赏比赛上也面面俱到。

"今天这比赛可是有好看的了，咱们在最后一场，前面的比赛可是能看得尽兴了。"雷霆两个眼睛闪烁着兴奋的光芒。

"据说迷宫区在下午就开启了，也不知道伤人事件后续如何了。感觉除了有一些风言风语，赛程根本没有被恶性事件所影响到。"羽林望着有条不紊准备场地的治能会和老师们说道。

"管他的呢，说不定伤人事件真相可能是迷宫内机关出错造成的，到时候来我们寝室吃火雏肉吧！"雷霆拍着羽林肩膀转移话题说道。

"你们可真是，仗着参赛者优惠，尽是用钱去买食材了。"羽林有点无奈地叹道。

"吃得好才有力气打比赛啊！据说今天咱们对战的是力量型选手。咱们的人脉没有那些有家族势力的人广，也就打听不到太多消息，只能根据所属种族稍微猜一下能力。"皮奥利安从后面的席位跳到栅栏边，说道。

"这一次的团队赛是擅长骑术的种族，很擅长与互为搭档的坐骑配合。不知道会有什么新花样呢。"默看到他们都堆在栏杆边上，走过来说道。

"斗骑术啊，咱也可以！"雷霆指指自己，拍拍羽林的肩很自信地说道。皮奥利安照直在雷霆脑袋上敲了一下，无奈斥责道：

"你还真不把自己当龙了？你又不是什么坐骑，这大赛龙族众多，看到咱们不把龙族身份当回事，免不了要被背后议论。少点事吧！"

待到比赛准备开始时，治能会和裁判员在场地内照例宣读比赛规则和今日比赛名单。还没等着裁判拿着能量振动扩音器念完，有三个人突然从观众席跃入比赛场地。引得观众阵阵喧哗之声。

羽林也是第一次见参赛者突然打断裁判宣读，只看那三人径直向裁判走去。完全不顾场地治安向他们发出退出场地的警告。

"对不起，裁判，我有话要讲。"为首的人向裁判行礼，裁判还未回话，扩音器就被夺了去。

"我希望在座的各位能将我的话听完，毕竟这件事关系到整个永夜院的晋校联赛。我是拉特，是神经感知操控的能力者，我的家族都擅长运用这种能力，不仅能免去医患伤痛，让情绪暴躁之人平静下来。如果反用，就能将人的任意一种情绪激化，甚至失控留下阴影。

而在这晋校联赛中，我的弟弟浮特在永夜院的迷宫中受到了重伤，那一晚我没有陪在浮特身边是我的过失，但谁能料到会有人下如此重手！我现在只希望伤人者能堂堂正正站出来！"羽林感觉场地中的拉特在扯着嗓子怒吼。拉特的同伴看他情绪过于激动，将他手中的扩音器拿来继续说道：

"我们的队伍不仅损失了浮特，以后的团队赛也无法参加，除去这不说。我实在无法理解为何治能会处理速度会如此之慢，只要获得伤人者的气息和能力属性就可以以此作为线索找到凶手。为何现在迟迟没有动静！各位参赛者请设身处地去想一想，如果这件事发生在你的队伍里，你会就此咽下这口气吗？我绝不会就此善罢甘休，直到凶手被找出，哪怕影响我们队伍的成绩！我也请在座的各位帮帮我们！"

扩音器刚被递到第三位手中，从场地边缘拥上来的场地治安立马阻拦了他们。连拖带拽地将他们从场地内移除。三人还在用自己的嗓子叫嚣着不公。

"闹挺凶啊，也难怪，唉！"皮奥利安看着他们三个从场地中被拉走说道。

"要不我们去帮帮他们找凶手吧。"雷霆很容易被气氛感染，说道。

"先想想之后的团队赛吧，他们只是觉得治能会办事慢，才借这个机会上台来闹。治能会还没彻底表明不管。"默说道。

羽林看着在比赛台边缘还在吵闹的拉特沉默了，伤人事故和对安露琪的晚归疑惑。她不知道从何而来的猜忌萦绕心头，好像有一种本能似的让她去怀疑安露琪。可是她完全没有相应的证据，而且安露琪平日乖巧，只是晚上有了一些异样，就精神紧绷地怀疑她，羽林甚至都觉得自己这种多疑的心态有点不正常。那样一个脆弱得向自己展露弱点的女孩，为什么自己就无缘无故地怀疑她？

羽林晃晃脑袋，她不应该去想那些，她必须专注于晋校联赛获取积分，这才是她应该担心的。

报名今天的团队赛中，没有看到安露琪和安宗进的团队，剩下多是切磋赛，参赛者都是点到为止，没有拼命博取胜利的模样。果然是大家族对战互相顾及得太多了。

四人互相检查战斗服准备上场。羽林紧紧护手的手套，咬着绑线缠在手臂上。雷霆还是老样子，只有一身防火服，因为自身火焰的原因，他消耗衣服实在太快了，索性就买便宜的代替了。皮奥利安着装一向轻松，不怎么近战的他不需要过分的防护。默身上几乎是全副武装，杂七杂八的小武器挂满腰带，要不是不能用能力，他也不至于一直用其他武器。

"这局我打前锋如何？"羽林与三人并排走向比赛场地。

"交给你指挥都可以。"默说道，雷霆和皮奥利安表示同意。

"那好！我在最前面，雷霆在我左侧后方，皮奥利安和默在最后吧。一开始强攻不下，就见机行事。"羽林说道，一听要强攻，雷霆精神抖擞，默一听不愧是羽林的风格。不会花太多心思去迂回斗争。

登上比赛场地。

羽林看着从对面走出的四人，其中两人开始变作原形，骑手很熟练地在他们背部装好鞍子。骑手一人身着红色的衣服，能看到她的武器也是冷兵器，估计是能量增强型选手。另一位骑手身上晃着一些光，连带坐骑一起被光晕覆盖，这位骑手身上的装备都是为了防御做准备。看来是可以增强坐骑的选手。

红衣女骑着一匹四肢细长却很矫健的骨皮马，这种马的皮肤像是装甲似的覆盖着外骨骼，可以保护自身。重装骑手的坐骑是一头针毛熊，看起来威慑力十足。完全可以看出对手的布置是红衣女主打速攻，重装负责牵制防御。

"首要目标是重装骑手，皮奥利安去牵制红衣女。我负责干扰熊，你们去把重装骑手从坐骑上拽下来。"羽林说道，默一听就知道羽林打算硬碰硬。

"好嘞！"皮奥利安活动活动肩肘说道。

八人登上比赛场地，比赛开始。

骑手组没有看到对方在场地中迂回，反而无视场地内的布局，直接向他们冲来，打头阵的是一位女孩，红衣女觉得以她敢上头阵的胆量，定是来头不小。红衣女对自己的能力有信心，打算在前锋与之相会。毕竟这种切磋技艺的比赛只是展露能力罢了。

羽林跑得很靠前，像是单枪匹马想要与红衣女一战，红衣女将手中双刀柄尾一拼，合成的长戟指向羽林，长戟的尖端汇聚着能量。红衣女看到羽林马上就到面前，可是羽林一点用能力的动作都没有，红衣女有点疑惑，她难道不怕长戟尖戳中吗？红衣女的坐骑跑得飞快，外骨马在前端用自身能量做成防御的能量膜，以防羽林攻击。

红衣女注意到羽林的左手一直向后背着，她知道羽林肯定会用什么手段。可是红衣女没有注意到羽林身后的其他伙伴早已停滞不前。羽林在面对红衣女的片刻，左手向前举起，强烈炫目的光明能量将场地中央照成一片白色。羽林的同伴知道她要这么做，前期刻意拉开了距离，防止他们被羽林影响。

红衣女本以为羽林左手中藏着武器，可没料到竟然是攒着强光。但红衣女被刺目的光线晃到眼后，并没有感觉到有能量攻击。难道那只是为了短暂夺去她的视力才用出的？红衣女捂着流泪不止的眼睛企图防御时，却没有遭到任何攻击。她的坐骑也被光闪到眼，二人现在不知道在向哪个方向奔跑着。

抢先控制红衣女，本来目的就是为了留给皮奥利安足够多的时间将她牵制住。不需要乘胜追击的原因是他们必须抓紧时间，先收拾掉另外的重装骑手。羽林右手背到身后向雷霆和默打了手势。羽林猜测重装骑手和熊坐骑的弱点根本不在这二人身上，而是将二人连接在一起的鞍子。鞍子不可能因为骑手的增强能力也被增强，它只是个物件。

羽林变出长枪扎向地面，像撑竿跳似的支着地面直接腾空。虽说重装骑手也在向他们移动，但是羽林跃起的这个距离完全够不到熊身。就在这个时候，雷霆双手带着火焰待在羽林下方，羽林变出盾牌向雷霆落去，雷霆手中的火焰瞬间爆炸，爆炸冲击力将羽林再次击飞。这一次的高度足以够到熊身，羽林可以直接落在熊背之上。

熊抬头，嘴中蓄着能量，打算直接将羽林从半空打下来。见羽林毫无防御的姿势，熊还未喷出能量，蓄力就被眼前爆炸留下的黑雾中冲出的雷霆打断了。熊意识到羽林只是一个吸引注意力的饵，真正主攻的是眼前的雷霆，心中大喊不好，赶忙向后撤去。

熊低估了羽林在空中的移动能力，羽林没有用翼，她甩出钩子直接扎在熊的屁股上，将自己快速拉近，此时熊的注意力还未从雷霆身上转移到羽林，就挨了一钩。处于下风的熊怒火中烧，大吼一声直接挥着熊爪向雷霆舞去。熊爪上带着能量，切割着空气，发出连续不断撕裂空气的声响，雷霆就算是有甲胄护身也没有办法硬接攻击，再怎么说这熊也是原形，是兽族最强的形态，绝不能低估。

雷霆被限制半兽化，这一击不能硬抗，他改变了用火形态，毕竟羽林的战术只是让他吸引熊的注意力，没有让他解决对手。玩爆炸玩上瘾的雷霆毫不犹豫再次抛出能量球，熊似乎知晓这火焰会在爆炸后散尽，直接作出防御姿态，熊爪上切割空气的能量引爆火球，这爆炸虽然声响巨大，但是熊还是防御住了。

虽然熊防御住了，但是羽林此刻已经上了熊的背，熊疯狂地想将羽林甩下来，重装骑手没有攻击羽林，反而是开始警惕羽林之后的攻击。这下羽林更肯定这位骑手只有增幅能力，没有其余反击能力。但羽林低估了熊对骑手的保护，这熊原来是可以操控能量切割空气，在它奋力向背上一抓时，能量沿着他抓的方向像刀刃一样向羽林切去。

羽林用盾挡着的时候，被熊趁机甩下了背。果然熊才是主要对手，只要把熊身上的重装骑手的增幅打断，熊就能对付起来轻松一些。

四周的场地都是雷霆火焰爆炸扬起的烟尘，默不断在周围快速移动着，并将身形隐藏在其中。羽林给他的指令是等待时机割断鞍子的带子，随后羽林就可以将骑手从熊背上拽下。羽林趁雷霆再一次爆炸、熊忙于防御之时，长绳甩出套住了熊爪，羽林快速收绳，有点身形不稳地撞在熊的侧面，没有成功上到背部。熊意识到可以抓住羽林这一点点小失误先将她解决掉。

默等的就是熊的注意力彻底转移，他从烟尘中跳出，审判剑出鞘，银光闪过。默知道分寸，剑结结实实地斩在鞍子的皮带上，鞍子和熊分离。熊这才注意到居然还有一人盯着他，可他万万没想到默的目标竟然是鞍子。

羽林看到默得手，没有继续与熊纠缠，用绳钩套住马上就要从熊背上摔下来的重装骑手，彻彻底底将骑手和熊分开，熊失去了骑手的能量增强，它切割空气的能力范围缩小，根本够不到拖着重装骑手飞快撤离的羽林。

另一边的状况完全没有重装骑手这边激烈。

皮奥利安知道这些名门望族的孩子，打架都很有分寸，不会故意去使阴招。皮奥利安也把自己伪装成只会花拳绣腿的望族之子，各种花里胡哨的攻击根本没有打到骑手身上，皮奥利安疯狂暗示红衣女，表示他只是来秀秀技能，博得大家族欢心而已。红衣女之前也遇到过这种对手，规则心知肚明。二人的打斗看起来你来我往，但实质没有什么伤害。

还好雷霆前期的爆炸激起的烟尘很大，红衣女察觉不到另一边的情形。以为大家都只是来秀技能，突然皮奥利安停下了，红衣女赶忙收手，有些诧异地看着突然停止攻击的皮奥利安，难不成这就要投降了？还是说突然停住是要暗示什么？红衣女上场前也没有接到家族通知说这局要输掉，给对方家族留情面。

"好了，比赛该结束了。"皮奥利安伸伸懒腰，指指红衣女斜后方另一处的战况。

红衣女猛然回头，之前的烟尘淡了很多，足以看清后方发生了什么。她看到后方的情形后怒火中烧，恨不得将眼前的皮奥利安撕碎。

后方，被羽林拽出的重装骑手，他身上的装备被蛮力拆卸得差不多了。他被羽林用能力缠着吊在场地提供的枯木干上，脖子被羽林用能力变出的刀胁迫着，雷霆很识趣地在被吊起的骑手下方点了一团火，差一些就能烧到骑手，骑手忍着不出声。

熊身上插着默用药物配制的强力麻药小刀，小刀插在熊的后颈，熊身被羽林能力做成的透明绳索缠得严实。对这种大型兽类麻药的药效很短暂，但也足够默用羽林变出的绳索将他捆严实了。默按着熊的脑袋让熊根本发不出声，只能听到喉咙中嗡嗡的咆哮声。

"你们这群无赖！"红衣女怒吼道。她终于反应过来皮奥利安和她花拳绣腿的对峙，纯粹是为了拖时间。

"可不能这么说呢，这叫做战术。而且我的伙伴可不会留情面呢，您要是多说几句，他的衣服就要被烧没了，投降吗？"皮奥利安抱着臂说道。红衣女咬牙切齿，她不相信学生能下狠手，她下定决心也要让骗她这么久的皮奥利安付出代价。

刚做出对皮奥利安的攻击之势，红衣女就听到身后同伴的惨叫。

"红竹——救我！"

红衣女听后猛然回头，就看雷霆一脸坏笑把火焰加大了，火焰在骑手挣扎的双腿周围晃动着。火焰周围的空气因为高温都已经扭曲。

"我不服，这种认输的方法我不认可！"红衣女还有点咽不下这口气。

"哦，好吧。"皮奥利安点点头，向雷霆那边挥挥胳膊喊道："烧吧！"

"红竹！我们认输！"此时红衣女身下的坐骑骨皮马看不下去了，向皮奥利安低头说道。

确认投降后，羽林收回能力，放开重装骑手，用光明能量抚慰他双腿周围的烧伤，还未彻底治愈，她就被骑手推开了。她看到骑手眼眶中蓄着眼泪，骑手咬着牙忍着痛起身，有点瘸的跟在其他人身后离开了场地。

"大概他们受不了这种方式的认输吧，在大家族眼中这种对战方式很不入流吧。"皮奥利安走来无奈地说道。

"比起这种挟持被逼认输，更喜欢光鲜亮丽的对战最后谦让投降吗？明明这二者没什么区别。最后都是输了。"默看到他们厌恶的反应有些不解。

"这把好不爽，要是都能拼尽全力最后胜利，这才像话嘛！"雷霆像是没有发挥够似的，抱怨道。

"先不谈这些，这局之后你们的积分怎么样了？"羽林转移话题，和三人一起离开比赛场地。

"我弟和我应该差不多，是一百七十多分吧。"皮奥利安思索了一下说道。

"一百八。打靶比赛场地出了事故还赔了一些分数。"默说道。

"啊，你们分数好高啊，我现在才一百三十。可能是我今天早上没有和安露琪攻略迷宫落下了。看来我得找机会将分数补一补了，不然就没办法在有限时间内晋级了。"羽林哀叹道。

"不如你以后和我一起去小场地打靶？"默问道。

"也不是不可以，但是我总觉得不能扔下安露琪，她给我的感觉很奇怪，哪怕是相处了一段时间，和我的关系还是若隐若离。而且她的能力可以控制空中漂游的能量，这一点让我很在意。"羽林说道。

"可以控制非自己的能量吗？确实会和近期发生的事情有一些不好的联想啊！"默说道。

"说起来控制能量，你们还记得之前安宗进和安露琪一起参加的团体赛吗？对手石牛覆盖在体表的能量突然消失了，当时看到简直匪夷所思。"皮奥利安说道。

"哎，等等啊。不谈控制能量，团体赛对战尽是些花拳绣腿，怎么能保证石牛不是故意失误让他们赢呢？"雷霆说道。皮奥利安想了片刻，觉得雷霆的话有点道理，四人没有继续猜测下去。

"还是先考虑怎么在晋校联赛晋级吧，我还有点担心我的分会不会追不上你们。"羽林实事求是说道。

"看来你只能和安露琪抽其他时间去攻略迷宫赚分了，如果之后的进度和我们一样的话，这四十多分也不好补上。"默说道。

从团队赛场离开的四人，在寝室建筑前道别了。羽林本向着女寝室走，可是走到一半，她望着女寝室楼上亮起的灯火停住了。她想要的平淡，大约就是这种可以悠然自得地回到归所，不必有过多担忧地活下去。可是这晋校联赛中暗流涌动，仿佛一个不小心就能将她吞入其中。

默叮嘱过她不要去关心那些意外事故，安心将晋校联赛的积分攒够，顺利入学便好。这样对他们才是有利的，如果卷入无端引起的事故中，很有可能再也没有办法逃出。最后将所向往的安逸生活彻底搭进去。

他们也不是英雄，没有必要去关心意外事故。羽林清楚这是侥幸心理，如果意外事故发生在自己身上时，他们还能逃吗？如果真是暗部在其中作乱，他们又能躲多久？各种杂乱的猜测之下，羽林掉头离开了女寝室。

她来到了信件寄发处，白天餐厅中遇到信兔娜洋多在小房子中手忙脚乱地收拾信件。羽林挤进小屋中，拿起纸笔奋笔疾书，将心里的踌躇与疑惑都写了进去，片刻后将包好的信件交给娜洋多。

"第七空间，木族，琉家镇，古树银槲，琉雨诗收。"娜洋多将信封上的地址读了出来，有点不解地挑挑眉毛看着羽林。

"虽然不知道你写了什么，但是这位置够偏僻，信邮过去要费些日子，收到回信更是要等。这是收费单。"羽林接过收费单据，一瞅要价也不低，大概是太过偏远了。

"是去找古树问问题吗？这个问题值得花钱大老远去问？"娜洋多看着羽林老老实实付钱的样子问道。

"倒也不是，寄信给老朋友而已。"羽林笑着说道。晋校联赛的乱事和回到学校是否真的能安逸下来，这些琐碎的事，羽林只想到琉雨诗一人可以去诉说。

之后的五天中。

晋校联赛原本欢乐的气氛，在第一次伤害事件发生之后，像是大风吹散的落叶，一去不复返。

意外和故意伤害事件接连不断。几乎每两天就会发生一起，每一次的受害者都不相同，治能会也无从下手去寻找规律。起初各大家族都不将伤害事件当回事，因为以他们的身价和权利，基本上没有人敢惹他们。

可在前天，当电光鹿族的小儿子在迷宫区遇害后，命案的发生让整个学院震惊。

管理永夜院的老师在命案发生的当天叫停了所有比赛，这一次的命案和第一次的伤害事件极其巧合，都发生在迷宫区。在这次事件之后，治能会集体商议要不要叫停有关迷宫区的比赛，遭到了一些大家族学生的抗议，如果叫停了迷宫区的比赛，很有可能因为小比赛区拥挤过多学生，学生更难从比赛中拿到积分。

关闭迷宫，延长晋校联赛的举办时间，这一条提议也被否决，如果延长时间，一系列伤害事件的罪魁祸首就有更多时间来做案。比起用其他办法退一步缓和危机，不如动用整个治能会将犯罪者找出，彻底斩草除根。

参加晋校联赛的学生大多是拥有一定实力，很多家族成员承诺以自身的实力保证自己的安全，所以关闭迷宫的决策被否决了。各大家族与治能联合起来准备将做案者捉拿。

信兔族的很多成员都聚集到了永夜院，他们时时刻刻都在盯着意外事故。伊皇学院晋校联赛的意外事故在各个种族中传播得飞快，本来伊皇学院在很多种族的大家族中口碑都不错，是多少初级学院学生晋升的梦想。可是这件事一出，不仅弄得永夜院内所有学生人心惶惶，甚至大种族的家族都对伊皇学院抱有怀疑。

这几天中，羽林一直感觉自己的神经紧绷着，接连不断的伤害事件让永夜院街头巷尾的议论都变得严肃起来。现在已经没有人将伤害事件称为意外了，虽然攻击目标无序，但是羽林总觉得所有伤害事件并非犯罪者发泄欲望所造成的连环攻击。这一切肯定是有目的的。

所有学生像是圈在羊圈中的羊，无处可躲，也不知道何时狼会越过羊圈进攻羊群，或者神不知鬼不觉地盗走一只羊。

本应该是平静的午休时光，羽林坐在餐厅中等待默他们来汇合，耳边听到的全都是关于伤害事件的议论。各种流言蜚语四起。

"现在信兔族完全不怕事大，在这里随便写啊！"皮奥利安来的时候带着一卷信息报扔在桌子上。羽林捡起信报，第一眼就看到一行大字——

治能会猜测！暗部侵入晋校联赛！

"信兔族就是这样，谁说什么都敢信。然后把别人说辞整理到一起写成文章，四处宣传。大家也信他们的话。"默不想多看报道一眼，有些厌烦地说道。只因为他身上有黑暗能力者的特征，这几日，他遭到各种奇怪的人盯梢，甚至还有治能会的人拦住他询问的，他都有再次蒙起面来的想法了。

"会不会有可能是大家族互相暗中竞争引起的事端？毕竟在晋校联赛各个地方都未禁止私斗。"羽林猜测道。

"正当比赛都不肯下狠手，私斗的可能性太小，就算私斗也不可能让对方半身不遂，或者濒临死亡。不然施暴的家族被发现后很有可能成为众矢之的，这么想来暗部暗中操作也不是不可能，只是这么明目张胆的很少见。"默说道。

"这个做案者，制造所有事件的目的似乎就是引起注意，甚至都没有去挑选受害者。治能会这么久以来都没有什么结果得出，尽是些猜测，这一点让人很怀疑啊！"皮奥利安说道。

"我们没有在现场调查过，也没有去面见受害者。在这里猜测也顶多是从流言蜚语中分析，不会有结果的。"默说道。

"信报上写着，招募有能力的调查员加入治能会调查的募集文。我们要不要去参加？而且参加了还有积分奖励！"雷霆仔细看了一遍信报，眼睛放光地看着众人，最后眼神留在默身上。

"这种费力不讨好的事情我不会去的，更何况我不想引人注意。本来晋校联赛就是升学考试，忽略掉这些事件，安稳晋级才是我们需要的。"默叹了一口气说道。

"查出真凶，对你难道不是好事吗？这样就不会有人盯着你怀疑你。整个晋校联赛也会恢复平静，我们就可以不用提心吊胆地晋级。"雷霆有点不解地说道。

"如果真是暗部搞鬼，他们手段的破绽，必定不是用一般方法能找到的，如果我有很多处理暗部手段的经验，这难道不是更让人怀疑吗？"默压低声音说道。

"你到底在害怕什么？如果真的惩治了凶手，你怎么可能会遭到质疑？难道不应该是夸赞和奖赏？"雷霆的语气有点逼人，默听后凝眉说道：

"我只想当个普通人，普通学生。没有必要时时刻刻逞英雄，雷霆，有些世上的事不一定非得我们出面才能解决，况且这事是否真的与暗部有关系还有待商榷，我没有必要冒险把自己搭进去，而且我也不想与治能会有牵扯。"

"好吧，那是你，默，我和你不一样，我觉得平静不是等来的，我可以为你们去争取，我要去参加调查队。"雷霆此话一出，默叹了一口气之后一言不发，羽林感觉他们之间的空气像是凝固了一样。

"雷霆，我觉得没必要……"羽林还未劝出口，就被皮奥利安抬手制止了。皮奥利安笑着对雷霆说道：

"去参加的话，注意安全哦！小羽林还欠一点积分，她得补积分，没时间参加，我觉得参加调查队有点浪费时间，有这些时间不如给你们多搞一些美食。所以我就不去啦，还有雷霆记得回来参加团队赛哦。我们没了你可不行啊！"

"行！包在我身上吧！"

雷霆全然不在意与默发生的争执，抓起餐桌上的肉食随便扒拉进嘴，抹干净嘴之后就跳出座位，向三人比比大拇指后离开了餐厅。三人都清楚他跑去报名调查队了。皮奥利安看着雷霆的身影消失在街道中，才和二人说道：

"上午我和雷霆出迷宫区的时候，遇到了安宗进，那时他邀请雷霆进调查队。我当时和你们的想法一样，不希望他去参加。但是现在我觉得，我们总不能因为过去的一些原因，把雷霆局限在身边，让他不去与其他人来往。就算惹出什么事，对他来说也是个教训。"

"可能是我太保守了。但总有一种感觉告诉我这些事情定有蹊跷。雷霆去调查队，步入混乱中心，给我有一种往火坑里跳的感觉。"默有点无奈地说道。

"现在还找不到线索，雷霆加入了调查队后，说不准还能给我们提供一些线索。"羽林往好处想道。

"我总觉得从丘狼族回来之后雷霆对你的态度有点怪怪的，那时候发生了什么？"皮奥利安戳戳默的肩膀问道。

"同样也是选择问题，雷霆被傀偪勒住脖子，我选择保雷霆，杀了傀偪。但雷霆之前一心想救那个女傀偪，可没想到结果是这样。大概因这件事打下了结吧。"默揉揉眉头说道。

"你们两个都没有错，只是你们更看重的东西不一样罢了。这一次争执只是所选道路不同，但是所期望的结果是相同的。"皮奥利安叹道。

"不论如何，只希望可以晋级高年级。"羽林说道。

"但愿如此。"默说道。

三天后。

永夜院召开的晋校联赛在各种质疑声和压力下照常召开着，距离晋校联赛结束还有三天。羽林四人的积分有条不紊地向晋级分数线增长着，自从命案发生后，犯罪者似乎稍微收敛了一些，但是迷宫比赛和小比赛区还是会发生一些诡异的意外，这些意外都看起来像是被人动过手脚，究竟谁是主谋？治能会的调查却丝毫没有进展。

雷霆加入了调查队后，并没有像他想象的那样，可以去事故现场，或者追击凶手。反而他变成了比赛场地负责站岗的，这样无趣的职位让雷霆感觉到了落差。

羽林坐在一对一小比赛区的观赛台上，默的一对一比赛被安排了第三场。自从打靶赛区发生了坍塌事故后，默选择了一对一来赢积分。一对一得分率不高，默如果见到单用冷兵器很难对付的对手会直接认输，其余对手默基本上选择速战速决，遇到想持久战的人，默也会认输。

这样一来，一对一虽然得分率不高，但是却避开了其他小比赛区的意外事故。远离事故高发地区，积分获取率不高但至少也算稳妥。有时能碰到对手因为受伤没有办法参加，默可以直接获得积分。

安露琪从场外的小摊上买了两份巨灼蛋饼，一跳一跳地坐到羽林身边。

"给！早餐！是你之前买过的口味。"安露琪将其中一份递给羽林，羽林之前只买过一次，她半信半疑地咬了一口，确实是之前买的口味。她有点难以置信安露琪居然把她观察得这么细。

"我们一会去迷宫吧？"安露琪问道。

"等我看完这场比赛一起去吧，我有点担心他。"羽林眼睛一直盯着比赛场地内。看到羽林专注的背影，安露琪的笑容慢慢消失了，她知道宗的计划就要开始了。她本想在早上的时候直接和羽林去迷宫，让羽林远离事件中心。

"安露琪，我看你几乎没有去看过安宗进的比赛，他最近怎么样了？"羽林突然问道。安露琪听后感到有点猝不及防，她自从与宗去见过玄龙属后，再也没有与他碰过面。她左右思索，摸着脑袋带着标志性的笑容说道：

"宗吗，我有时候会去看他比赛啦，最近还是和你在一起的时间比较长。宗不需要我太担心！"

羽林望向安露琪，她从话中听出了掩饰的意味。这些天来，安露琪一直与羽林形影不离，哪怕是伤害事件不断发生，安露琪也没有表现出其他异样，一直待在羽林身边。有时还会将最新的《信兔报》拿给羽林看。羽林能看出来，她也很在意伤害事件，随着伤害事件接连不断地发生，安露琪越来越珍惜和羽林在一起的时间，想尽各种办法讨羽林开心。有时候，安露琪会悄悄地去商店给羽林挑裙子，或者送给羽林各种花样的小玩意，可羽林每次收到小惊喜后，都能从安露琪眼中看出一丝丝愁苦。

"我一直觉得你有事情瞒着我，虽然我们相处时间不长，有些事情确实没有必要挑明。但我能感觉出来，你瞒着我的事也让你很难受。"羽林不想拐弯抹角，直接说明了。安露琪听后一愣，脸上的假笑瞬间消失了。

"羽林的直觉……一向很准呢。和你一起的时间中，我感觉我也是你世界中的一员。不过，这终究是我的梦罢了。"安露琪小声说道，甚至最后她只感觉到唇舌在动，没有把声音发出来。

这些天确实是安露琪的美梦，她可以和羽林共同作战，享受获得积分后的快乐，抛

开比赛不谈，哪怕是递一块毛巾，互相扎头发的触碰，都让安露琪感觉很幸福。很少有人真正会在意她的感觉，现在她对宗来说，或许只是工具而已。

她应该只是工具才对啊！为什么会因为羡慕羽林，将感情牵连这么深。她和宗只是来这里执行任务，而她将自己伪装身份的假戏当成了真戏在演。等到回头的时候，就再也斩不干净牵绊。可能就算到最后，她也下不去手吧。

"如果这些事真的让你非常难受的话，为何不与我说说呢？我经历过很多事情，说不准能给你一些建议。"羽林看向低着头的安露琪说道。安露琪咬咬牙根，一股酸涩感萦绕在心中。她不知道如何作答，难道将一切对羽林坦白，痛苦和难受就会消失吗？

"啊！是默上场了！"安露琪瞟了一眼场地中，一直耷拉着的耳朵立了起来。羽林知道安露琪是故意转移话题。

羽林没有去刻意追问，看向步入场中的默。

默身上的装备都是一些零七碎八的小武器，因为不能用能力，他得想尽各种取巧的办法去赢得胜利。

他站在场上，可是对面选手迟迟都没有出现。此时场地观众席的议论声，他不用仔细听都能入耳。默以为又是报名参赛的人因为之前的比赛受伤请假，于是乎站在场地中等着对手的伙伴入场，代理申请退赛。

可是久等之下，也没有任何伙伴出现，场边的议论声越发高了起来。默看向裁判席位，治能会负责监督的裁判正在手忙脚乱地看着新出的《信兔报》。

默感觉到了不对劲，这种过分的议论中夹杂着谩骂，让他很不舒服。再看向裁判，裁判遮遮掩掩地瞟着他，一时半会都没有宣读任何信息。场边声音杂乱，默还是能从中听到一些讯息——

"昨晚又有新的受害者出现，到现在才确认了身份。正是默今天的对手明增。"

人们的议论像是根根毒针扎在有黑暗能力者特征的默身上，这样的猜忌不知何时在众人口中传播，观众像是被近期的事件压久了似的，凡是出现一个疑似犯罪人员，不管三七二十一都把责任推到他们认准的目标身上。观众丝毫不理智地分析当前的境况如何，只要有一个稍微合理的解释便将其当成真相。

他们看到的不过是默身上的一些特征，和巧合受害的对手。就无缘故地将所有罪名推在他的身上。

羽林站在观众席中，周围的说辞她听得一清二楚。那些话语听着让羽林感觉浑身被怒火燃尽，牙根被咬得发酸。

安露琪看到羽林的样子后，有点不忍心地背过身去。身边议论声逐渐更大了：

"不管怎么说，这也太巧合了吧？"

"这几天中这个选手一直都会遇到受伤无法参加比赛的对手，难不成为了积分直接使阴招吗？"

"可这下手也太狠了吧？刚出的《信兔报》说受害者明增的五官都被酸毁掉了，因为不能辨认出人，所以才这么晚出信报。"

"直接抓回去问个清楚好了，果然他身上的特征看起来就不舒服啊！治能会赶紧破案吧！"

"为什么晋校联赛会允许这种烂货来参加？明明看到有暗部特征就不要让进了啊！这晋校联赛到底是谁在管，这种人怎么能放进来呢？"

"……"

场地内，治能会的裁判带着几位成员向默走来，默看见他们，把为比赛待命出鞘的刀刃收回，将身上整装待发的装备也都归拢好。

"你叫默对吧？你得跟我们走一趟，去调查一下。"一位块头比较大的治能会成员慢慢向默走来说道。

"连治能会也相信传言吗？也难怪最近的调查一直都没有进展，想随便找一个替罪羊吗？"默抱着臂说道。

"这可由不得你，调查清楚自然会还你清白。难不成你怕我们调查吗？"

"你们调查？你们调查这么多天来，有调查出伤人事件的来源吗？我是否清白，恐怕以你们的水准也查不出来。"默叹了一口气陈述道。治能会成员被他说得无话可说，直接打手势让其他成员捉拿人。

"你们是真的没有自我意识去判断事态吗？"默皱着眉问道。却见治能会像是被人操控的利器，直接向他冲来。

"谁敢！"

一道耀眼的光越过观众席穿过比赛场地，一根灿金色的箭矢扎在了默面前的地面上，散发出层层光晕。羽林翻过观众台，直接跃入比赛场地，引得观众席一片哗然。安露琪被羽林的莽撞震惊了。默看到后叹了口气。

"羽林，你这样太过火了。"默看到羽林挡在他身前无奈地说道，默心知就算被带去调查他也有把握全身而退，更何况他们的怀疑全是漏洞。

"我只想问裁判一句，选手是不是只能当天知道比赛对象？"羽林用能量将声音扩大，整个场地都能听到她的声音。她直接变出一柄长剑指向裁判，灼热的能量扭曲着空气。场地中杂乱的议论声瞬间就寂静了。

裁判心知所有比赛规则，比赛对象只有当天早晨会在布告栏中公布。更不可能谈及晚上伤人是为排除对手了，因为昨晚连比赛对象都不清楚。除了另一处小比赛区是参赛者相约较量，能够提前知晓对手以外，像这种随机匹配的小场地，根本不可能提前知道对手。

"选手只有当天会知道对手是谁……"裁判老实地说道。裁判拽拽其他治能会的成员，劝他们离开。

"你们的无能让晋校联赛都为之蒙羞！"羽林朝着面带不悦的治能会成员怒喊道。

"小姑娘不要口出狂言啊！我们治能会也是为了你们的安危才在这里东奔西跑。要是没事故我们用得着这样吗？我们这样可是在保护你们啊！"治能会的一员离开前说道。

"保护？原来你们是这样想啊！你们这些愚兽连自己保护的究竟是谁都不知道，还是不要在这里狂吠了！"羽林手中攒着的光明能量倾泻而出，长剑横扫，在场地中劈出一道分界线，灼热的空气在分界线中扭曲着。

"好啦，羽林，走吧。不要浪费时间在他们身上了。"默拍拍羽林，羽林这才收回能力，被默拉出了场地。

选手休息的房间中，羽林帮默把大大小小的装备卸下。羽林撩起默脑后留着的小辫子，把他后背战斗服的绑带稍微松了松。

"在晋校联赛中发生的事情越来越奇怪了。为什么突然一下子场中所有人都将矛头指向你，要不是今天他怀疑有漏洞，我怕你真会被他们带去调查。"羽林说道。

"我不怕他们带我去调查，我有把握不会暴露。其实带我走还好，不会引人注目，结果你跳进场和他们起了冲突，这件事恐怕又要被信兔族报道了。"默叹道。

"是我一时冲动……"羽林才意识到，自己给默带来了不必要的关注。

"没关系，我知道你在场肯定会下来，不然就不是你了。"默毫不在意地笑道。

"为什么最近针对你的传言会这么多？而且在场中像是有谁主导言论似的，突然就扩散开了。而且大家像是没有自己的想法一样，毫不质疑传言。"羽林说道。

"言论本就是这样，有分辨能力去求真的人很少。不过传言这么快扩散开确实有点奇怪。如果只是因为我有黑暗能力者的特征，质疑声不应该这么大。"默说道。

羽林知道之前也有很多参赛者缺席与默的对战，当时根本没有这样的声音出现。可独独这次，甚至连有权利质疑的裁判都没有发声，是在羽林逼问下才承认。

"为什么这一切看起来像是有意栽赃在你身上一样？"羽林说道。

不用羽林说，默心里早有感觉。这一次比赛的意外和言论的控制，甚至是无能的裁判，都是引发爆炸的拉环。有人故意利用这些，将前面所有的事件慢慢向他身上推卸，只是因为他有黑暗能力者的外表。

虽然这次他平安从比赛中退出，但有关他的言论势必会传遍晋校联赛的大街小巷。从根本上没有办法证明他与这些事件无关。在人人厌恶暗部的大时代下，谁会相信一个隐藏能力的黑暗能力者，在伤害事件的漩涡中没有一点责任呢。

一直隐藏能力躲避下去，又能躲多久呢？

第十一章

崩断渔绳之重

伊皇学院，位于巨树地下的永夜院。

迷宫区门口围着禁止踏入的栏杆，治能会的学长学姐的表情都相当沉重。面对其他家族大家长的责骂，一句话也不敢说。昨夜发生的事件太过惨烈，学长和处理事件的老师都不忍去看刚运走的伤者，伤者明增五官都被毁掉了，能不能救回来还是个未知数。

雷霆胸口别着治能会的标志，看着迷宫口来来往往的人员，他感觉自己像是一个看热闹的局外人。老师间私下的谈话他听得清楚，都是一些寻求帮助的话，以及期盼校长赶快归来。晋校联赛所有的老师都来自各个家族，互相制约，在这众星云集的晋校联赛中，又有哪个老师敢以自己家族的身份站出来公然指责其他家族有嫌疑呢？只有伊皇在晋校联赛中说话最有分量，可他偏偏这时候出差了，弄得整个晋校联赛上下如同无头苍蝇一般混乱。

事发之后的清晨，雷霆被安宗进叫到迷宫入口，可雷霆在这里苦等，也未见安宗进。雷霆本在上午有小比赛，就此被耽误了。小比赛的时间都快结束的时候，从迷宫走出来的调查人员招呼雷霆进迷宫。

终于到他有用武之地了，雷霆想都没想就跟着调查员进入迷宫。

"你是魔龙族啊，我们这次招募的志愿者没有一个龙族呢，正好你的视觉和嗅觉能派上用场。不过切记不要破坏现场，迷宫内会随时更新地形，我们得在中午更新地形前找到一些线索。"领着雷霆的调查员说道。

"这次发现什么和之前相似的线索吗？"雷霆问道。

"我们其实也只是老师派来处理现场的，我们能发现的东西实在有限，不过那位叫安宗进的小个子对这方面很有研究。发现了很多我们没有注意到的细节。能从这些细节中分析出什么结果，还是未知数。"调查员很诚实地说道。

"为什么外面的老师都在指望校长回来？"雷霆老实地问道。

"有些话不能问这么直接啊，不过原因可以理解。毕竟伤者都危及生命，而且都是大家族的掌中明珠，老师都是各大家族派来的代表，涉足这件事太多就怕其他大家族找麻烦。作为校长这么多年都没有人敢撼动他的地位，让他来处理不会有太多后顾之忧。"调查员将雷霆领进迷宫后悄悄说道。

"以往晋校联赛也会出类似的问题吗？"雷霆问道。

"我参加的那届没有出过问题，最多是有人恶作剧将对手的衣物全偷走了。而且有很多大家族都在现场，没人敢这么嚣张。而且你也知道最近大种族的新闻都与暗部有关，不免猜测这些是不是暗部一手策划的。"调查员说道。

还未到现场，雷霆就从空气中嗅到了浓重的腥味，哪怕事情已经过去一段时间了，各种能量混杂在空中扰乱基本的能量流动，空气中杂乱的能量庞大，而且没有轻重层次。一般造成这种感觉的只有大范围的瞬发招数。

不用细想就能清楚，当时绝对是瞬间袭击，袭击者和被害人没有发生任何冲突，只是被突然袭击。

安宗进看到雷霆来了，满脸带笑地迎上来，惟独他的表情和其他调查员不同，像是完全不在意惨烈的现场。

"是雷霆啊，我们已经差不多将整个现场检查过了，你来看看有没有我们发现不了的破绽？"安宗进很信任地拍拍雷霆的肩膀说道。

"腥味好重，这个地方的杂乱能量太多了。"雷霆直观地说道。

"这个我们也感觉到了，我们大致勘验了一下现场，推测是袭击者瞬间发动能力，之后受害者立马中招，然后继续对受害者施暴。"安宗进说道。

"之前《信兔报》上没有说袭击者有瞬发大范围能量的能力，而且空气中能量这么杂，我的直觉告诉我，袭击者不止一个人。"雷霆四处嗅嗅，说道。

"确实有可能，不过现场气息和能量都被搅得太乱，根本分辨不清是谁。"安宗进摊手说道。

二人在现场可以走动的空隙中穿梭着，雷霆看到了很多能量留下的痕迹，但这些都是再寻常不过的痕迹，在比赛场地中也会发现这些能量溢出留下的伤痕。细碎伤痕太多，大约只有默能从这些伤痕的走向分析当时情况。雷霆没有具体学习过痕迹分析，很难下判断。

"安宗进，这边发现了一个诡异的东西！"另一边参与调查的学员向安宗进招呼道，雷霆和安宗进赶了过来。

调查员用夹子夹着一个圆片。圆片是用能量组成的，暴露在空气中在一点点消散，像是扔入水中的泡腾片。

"迷宫的机关残骸？但怎么会暴露在空气中就消散？一般的机关都会暴露在空气中啊！这个小圆片是我跟着痕迹在地下找到的，所以才留了下来。"调查员说道。

"这个结构像是人为做出来的利器，但是这种武器没有见过。这到底是什么东西？"雷霆仔细观察说道。就在三人围观圆片的时候，圆片外围的能量消散在空气中后突然开始膨胀，三人本能地向后退。

圆片炸起一圈小能量之后，彻底消散在空气中了。

"这是什么诡异的东西！"调查员说道。

"等等，受害者面部好像也是被这种圆片切割，又被能量爆炸后毁得面目全非。"安宗进突然说道。

"这是什么阴人的小物件，之前我逛遍武器店都没有见到这种道具。"雷霆说道。

"雷霆很认真地参加比赛呢，武器店有什么都知道。确实，这很像我听说的暗部的小物件，很阴毒的道具，之前我还见过流入明处武器店的弹射针，这估计也是弹射针改造的，可以弹射出能量结晶，最后炸开。"安宗进说道。

"难道真的是暗部作为？"调查员一副紧张的模样，手都在打战，说道。

"我早就有感觉了，而且这种小物件我之前也没有见过，暗部的可能性最大，他们的招数总是层出不穷。"雷霆耿直地说道。

"之前？难道你之前见过暗部的人？"调查员一副惊愕的样子。

"这说来就话长了，我参加过天鸟族的战争，也见识过他们的一些手段。"雷霆有点自豪地说道。

"这种经历可不是一般学生能有的啊！真的很厉害，雷霆的推断应该能给我们很大的参考价值，我们得谨慎向老师汇报。"安宗进有些高兴地双手合十说道。雷霆觉得他应该是高兴调查有所突破了。

午时的永夜院。

武器和消耗品区人头攒动，距离晋校联赛结束还有两天半，这段时日是学生最后的冲刺时间。

往日的晋校联赛除了规定晋级积分外，并不限制学生最后获取的积分总数，上不封顶。达到晋级升学只需要600积分，凡是有实力的学生，基本在这个时候已经攒够600分了。达到晋级线不是所有学生的目的，将积分总数提高，可以拥有各大高校的更多选择权，也有很多厉害的修习科目强制要求入学分不低于700。就算不能进入限制分的修习科目，积分的高低也可以证明个人实力。

羽林很向往伊皇学院高年级的治愈院，但是治愈院要求积分必须达到700分，在事故频发而且随时有可能叫停比赛的特殊时期，羽林现在手中613分都来之不易。默的积分在今天上午因为对手退赛，积分补偿已经够了600，他本来可以不再参加比赛，将后面的团队赛报名和小比赛报名全部推掉。但是晋校联赛中最容易获得积分的比赛就是团体赛，赢得一次团体赛，少说也有40分。默私下觉得还是用团队赛帮羽林补起积分比较好，她所畅想的生活近在咫尺，如果能够再圆满些就更好了。

午饭会餐的时候，默落座后，戴着兜帽不想让别人发现，刚来的皮奥利安很识趣地端着餐盘递给默说道：

"上午小比赛场的事我听说了，真是委屈你了，下午的团队赛还参加吗？咱们的积分足够通过晋校联赛，等两天就到头了。"

"羽林想去的治愈院要求700分，她现在应该还在迷宫区努力吧。如果参加团队赛，应该能帮她拿不少分，下午的团队赛我不能缺席。"默很笃定地说道。

"果然你是这么想的，唉！我看《信兔报》说道了上午小比赛的事情，我感觉伤害事件开始向你身上推了。如果再恶劣下去，你或许会变成众矢之的。你真的不考虑避避风头吗？"皮奥利安说道。

"我本就没有错。如果真是冲我来的，犯罪者这样猖狂，躲也没用。"默靠在椅背上叹道。皮奥利安听后为他感到无奈，默在晋校联赛中一次能力都没有用，只是因为外表有黑暗能力者的特征，现在就被刻意怀疑，实在为之感到无可奈何。

"原来你们在这儿！可叫我好找，我今天到事发现场看了！"雷霆端着餐盘坐到皮奥利安旁边说道。

"去事发现场了？我以为你报名调查员只是负责外围站岗的。"皮奥利安惊讶道。

"确实站了挺久的岗，但是这次安宗进把我带进去了，他好像在治能会的职位变高了。可以自己组织调查员进入现场了。不谈这些，你们听我说！我在里面发现了一种很奇怪的小道具。而且这次犯罪者的能力与之前的不一样。"

"道具？《信兔报》只写了被能力伤害，没有谈及有其他凶器。"默一直都很留意这种小细节，说道。

"这次受害者明增是被突然袭击的，是大范围瞬发型招数，应当能一击制敌。现场发现一种从未见过的小道具，是一种散射的小圆片，圆片的能量可以挥发在空气中，挥发到后期会爆炸。这个小玩意造成了受害者的毁容。"雷霆很得意地说道。

"没有在校内武器市场上见过这种阴毒的道具，难不成……"皮奥利安说道。

"应该是暗部的武器，默，你有见过类似的吗？"雷霆压低声音说道。

"可能吧，不过我也没有到现场，不清楚武器的制式。"默实事求是地说道，皮奥利安注意到默没有因为是暗部的武器而有任何情绪波动。

"午后安宗进还叫我去开分析会，下午的团队赛我会按时参加的！"雷霆的心思还在伤害事件上，狼吞虎咽地把盘子中的饭扒拉到嘴里，风风火火和二人道别了。

皮奥利安看到雷霆兴高采烈的模样，一副放手由他去的样子，扭过头来望向默。

"你是不是有些思绪了。"皮奥利安觉得默得知暗部的小武器后，没有慌乱，一如既往保持沉着冷静，皮奥利安追问道。

"有了雷霆的情报只能推个大概，有些细节还不确定。犯罪者下了很大一局，我谨慎小心并不代表坐以待毙。"默起身说道。

他已经开始做最坏的打算，如果制造这些事件的目的是为了让默迫于舆论压力无法在明处生存。但制造连续伤害事件的风险对犯罪者来说也很高，犯罪者如何保证自己不被治能会抓到？而且连续伤害事件对默来说造成的压力也不会过大，犯罪者收益很小，为什么还要继续这样做?

从《信兔报》和雷霆现场勘查来看，能力多变而且还有暗部的小道具出现，能力的多变可能是因为犯罪者人数增加，毕竟一个人只能拥有一种能力，就算将这一种能力玩出花来，都不会离开能力本质，火属性再变也不可能变成水。

多人犯罪，每次目标完全不同，手法疑似暗部。并且他们的犯罪开始影响默，虽然有怀疑的对象，但是对方暴露的点还不多，默不能直接确定，他必须谨慎小心地观察下去。

午后傍晚前。

羽林没有放弃团队赛之前的这一点时间，与安露琪在迷宫中搜寻着积分牌。安露琪看着羽林努力的样子，她心里清楚羽林这是为了不想再依赖团队赛的得分。早一点攒够七百分，就能早一些减少默的烦恼。

安露琪也知道，羽林的期望是不可能的。安露琪必须按照安宗进的心声指示，在迷宫中丢下贵重物品。安露琪选择了自己曾经最心爱的小偶人，这个小偶人是安宗进多年前送她的，对她来说意义非凡，但现在丢下的时候心中的纠结也并不难忍，像是冲淡的茶水，既品味不出苦涩，也尝不出回甘。

小偶人是用角雕刻的，拿线串起的四肢，串的线已经被安露琪更换过很多次了。现在的样子还是有些陈旧，偶人身上的划痕再也不能抹去。看到偶人落入迷宫机关的缝隙中，安露琪多看了一眼，随后像是没事人一样蹦蹦跳跳地跟着羽林准备出迷宫。

她知道，偶人一落地，安宗进收网的局就彻底开始了。

团队赛前，选手和观众都还未入场，默已经提前到场了。他坐在观众区的最后一排，望着稀稀疏疏的人流逐渐涌入比赛场地。他这样早来，为的就是避开人群的目光。默也不急着进入选手观战席，他最先看到入场的人就是魔龙族玄龙属的人。玄龙属的人交头接耳的，不知在交谈什么。

本应该今天在团队赛之前公布的对战名单，临近比赛开始还未公布，默手里攥着所有伤害事件的受害者名单。他必须知道是否还会发生受害者在对战名单里的巧合。

玄龙属之后，入场的是裁判老师和治能会成员。默望着治能会清理场地，重新布置地形，迟迟未见对战名单公布。

此时，安宗进坐在团队赛区的杂物间中，整理着对战名单。他身边还有四人，他们都身着治能会的制服，还有一身腱子肉，鬓角下的长毛是搏犬族的种族特征，搏犬族属于小种族，没有固定的居住空间，而且没有大族长，他们的做事风格多半都是哪方厉害就会随从哪方。

"安宗进，已经按你说的让裁判把对战名单改成实时公布了。"穿治能会制服的人向安宗进请示道。

"是按我的说法与裁判交谈的吗？"安宗进不放心地追问道。

"没有问题，一字不差。我是这样说的，之前小比赛区因为受害者名单出现在参赛者名单中，为了防止恐慌，建议改成实时喊名公布。你看我说的对吧！"穿治能会制服的人捶捶胸口有点得意地说道，安宗进皮笑肉不笑的，习惯性夸奖他办事利索。

"我说，安宗进，你真的有把握把你口中的大鱼骗到比赛开始？"搏犬族有点不耐烦地问道。

"鱼如果看到比赛名单，只要一核对过往受害者的名单，肯定就会发现重合。这点绝不能失误！"安宗进说道。

"受害者的团队已经缺了一人，不满四人，他们怎么还会继续参加团队赛？"搏犬族人问道。

安宗进有点不想理会这种无脑问题，三缺一再找一人入队就完全没问题。而且新入队的人是安宗进故意插进去的。可以保证受害者的队友上场，再造成一定的混乱。

"我虽然不懂你们这些人到底在算计什么，但是，你到时候能把我拉到暗部就成！你看我脏活都干了，到时候希望赏个脸能授职。"搏犬族的另一人说道。

"授职可不是谁都能得到的，我做到六目费的功夫你们根本想象不到。希望你们到时候能在我的主人手下努力吧！"安宗进还保持着耐心解释道，这些人是他在晋校联赛中拉拢来的人，从魔龙族玄龙属预支了一些报酬，用这些报酬买通来合伙的人还是很容易的，更何况安宗进提出只要能好好效力，就能将他们带入魔教。

"话说回来了，那个安露琪是和你一起的吧？为什么这些脏活都是我们干，那小姑娘就和没事人似的，整天装得像一个学生似的和别人混一起？"搏犬族人抹抹嘴有点不满意地说道。安宗进听后神情有点僵，没有以往的客套话，脸上没有挂着假笑，只是简单明了地说道：

"她不需要做这些。"

团队赛场观众席位逐渐饱和，各大家族长像往常一样入席。这样的盛况像是包裹着糖浆的腐肉，将一切都勾勒得华丽万分，看不到一丝内在的丑陋。默看着整个赛场，前几日他以为自己是其中的一员，可现在看来，他与这些灯光下肆意展现自己的明处人从来就没有共同点。

他的存在，像是卷过土路的风，卷起本不是属于自己的尘埃入了别人的眼，旁人定是会怪罪风大，而不是追究这尘埃究竟来源何方。

默从魔教回来后，再也没有戴过掩面，除了必须隐藏身份的时候。从观众席位穿到参赛者观看席，默感觉那种有意无意的目光像是针一样灼痛皮肤。他这才想起当初为何要戴掩面，大约是同羽林他们在一起的时间长了，把过去的那种感觉彻底抛之脑后了。

皮奥利安坐在参赛观众席，他感觉周围细碎的议论声突然升起，如同一锅沸水似的腾起蒸汽。这样的动静，皮奥利安没有去看，就知道是默来了。

"没想到你还真来了，我倒是希望你出现在裁判附近，去取消比赛呢。"皮奥利安无所谓地开玩笑说道。

"这一次没有直接公布参赛者的对战名单，有些蹊跷。"默没有在意皮奥利安的玩笑，说道。

"明知蹊跷还要上吗？这种风格我喜欢，如果还像上午小比赛那样，对战名单中有伤害事件的受害者，你准备怎么办？"皮奥利安爬在栏杆上说道。

"这样就能确定幕后主使的是我，我也没必要隐藏什么，摊牌就是了。"默抱着臂坦然地说道。

"比起退赛谨慎调查，对方有可能使用其他手段，增加更多不确定因素，倒不如主动上钩引幕后主使出来，终于到这一步了，看来回学校这个选择，也不能让我们安生些日子呢。"皮奥利安苦笑道。

团队赛在各方熙攘声中像往常一样拉开序幕，裁判方才声明这一次不直接公布全部团队对战名单的原因：

"我们考虑到今天上午发生的一些小事，对我们的赛事产生了不必要的影响，所以我们这次改用实时公布团队对战的方式，以避免大家对我们的比赛名单产生的误会。"裁判用极其平常的语气说道。

台下的观众席中顿时如同爆炸生起的烟尘，哄然议论起来。

默听后皱皱眉冷声说道：

"本来上午小比赛的事件并非尽人皆知，这个时候裁判突然提出，不知道的人又会去打听了。舆论的声音会变得更大。"

"这样看起来像是被操控了呢，连理由都是往你身上扎。能在治能会有话语权的人可不多啊！更何况是控制裁判，影响大赛规矩。"皮奥利安慢悠悠地说道。

前几场的比赛平淡无奇，除了各大家族对这种临时公布对战表的方式有些意外，场内比赛还是那样的谦让，没有引发太大事件。直到裁判传唤默小队成员去准备区准备，等待号角的命令出场。

羽林近乎是踏着团队赛开始的号角进入场地，她本想去劝默不用再参加团队赛。可是身边的安露琪提醒她，默已经代表团队进入了比赛准备区，如果不是队长申请退赛，他们不可能退赛。

安露琪看着羽林急忙赶去比赛准备区，心里有点莫名的难过，她倒希望羽林不要参加团队赛。这种纠结的感觉，安露琪在之前有关暗部的任务中从来没有体会过。她的身体像是本能一样听从着安宗进的命令，将任何苦楚自己独自消化。

羽林风风火火地来到比赛准备区，看到默一如既往带着浅笑向她招手，从他的神情中看不到一丝担忧和焦虑，明明已经被议论声冷嘲热讽，甚至还被刻意怀疑。羽林看到他沉稳的样子，心中的担忧少了一些。

"为何不取消比赛？"羽林站在他身后帮他整理战斗服，问道。

"你的积分算上这一次的团队赛应该快七百了吧？就算有意外发生也会有补偿分。"默把脑后的小辫子拢到肩前说道。

"我还是觉得很冒险，你没有必要站在风口浪尖上，攒积分我一个人可以做到。"

羽林说道。默听后笑了，他扭过头来说道：

"你现在可不是一个人。就算有些事情不尽如人意，肯定也会有处理办法。进场后不用冲动，如果像上午一样出意外，不用担心，就当他们送我们积分了。"

"羽林！要是裁判还敢胡言乱语，咱就烧他！"雷霆早就知道上午的事件了，到现在还为默打抱不平。皮奥利安把他伸出的头压了下去。

"你要是闹出事情我还得收拾，你觉得裁判想烧就烧啊！"皮奥利安来回扯着雷霆的脸，骂道。羽林看着他们三人毫不在意的模样，稍稍松了一口气。

等待着裁判宣读这一次的对战名单后，默站在最前排，带领着团队进入比赛场地。

原本应该在入场时听到观众的欢迎声，可是直到四人站在场地中央，四周的观众席像是噤声一般，只有嘈杂的窃窃私语声。默看向裁判，裁判完全没有理会他，裁判身后的治能会成员躲开了他的目光。

等了片刻，对面才出来四人，看他们身上的装备就不是来对战的。个个面露憎容，像是锁定猎物的恶兽一齐盯着默。

其中一人推开挡在身边的伙伴，一个箭步来到四人对面，将一直攥在手中的一沓《信兔报》扔在默面前——

"我们的队长……前天在迷宫中被恶意袭击了，至今都没有醒来。你不就是想要积分吗？好，我们给你！你还想要什么？难道挡在你面前的对手都得变得半身不遂，你才能赚到积分吗？"他带着颤抖和怒意的声音向默吼道，还故意用能量扩大了声音，近乎全场都能听到。

全场寂静。

恍若整个场地都被清空了似的，没有人在这个时候说话，窃窃私语的声音都微弱得可怜。默听到雷霆在他身后握拳的声音，也能感觉到羽林身上的能量运行变快了。

"你应该不是说给我一人听的吧。"默感受到全场的反应后很平淡地说道。这一次嫁祸到他身上，彻底证实了默之前的猜测。对方像是被默的反应激怒了，他们后排突然跃出一名情绪冲动的女生，嘴里不知道骂着些什么，她右手蓄着能量就向默打去，与此同时雷霆也行动了。

默本能地做出躲避的动作，却见对方将情绪失控的女队员拉住了，皮奥利安见此也一把将雷霆按住，雷霆的嗓子里还压着低吼。

"裁判！我们退赛！就让他带着他渴望的积分滚蛋吧！"对面临时队长向裁判喊道。默没有多说什么，积分补偿已经到手了。他转身拍拍羽林蓄满能量的肩膀，示意离开比赛场地。此时观众席像是炸锅一般开始沸腾，各种带着宣泄意味的杂物从观众台上扔下，比赛场地中满是各种杂物，有成册的《信兔报》，还有各种稀烂的食品。

羽林站在比赛台中，看着四周投下的各种杂物无不透露着厌恶，背负厌恶却视之淡然的默，羽林从心里为他感到难受，本来回到学校是来寻求安稳的日子，可到头来虽然见到了回学校上学的曙光，但在这关键时刻反而变成这般情况。羽林心中有一种说不出的难受，她甚至有点怀疑自己做出回来求安稳的决定是否错误。

"不用想太多，积分已经够了，接下来就差揭露始作俑者的原形了。"默看到羽林有些失神地站在纷乱的场地中，劝道。

雷霆骂骂咧咧的，被皮奥利安拽出场地，四人来到比赛区出口时，雷霆心里一直愤恨不平，他并不怨默之前毫无作为，不与他一同去调查队。只觉得自己在调查队的作用还是太小，如果能早一点帮治能会查清楚罪魁祸首，默也就没必要在此背负骂名。

"我今天晚上还参加调查队，你们不用担心，我一定要把让你背上污名的罪魁祸首揪出来撕烂。"雷霆说话的时候，喉咙中还带着低吼。随后雷霆一个箭步冲出门去，皮奥利安刚想拦，就被默制止了。

雷霆闭门而去，皮奥利安疑惑地看着默。

"现在已经确定有人制造伤害事件是为了让我背上骂名，也就意味着他的目标是我。这样就算我再怎么躲，他还会找上门来。雷霆去调查队是一方面，另一方面我们还得靠自己。"默说道。

"你有什么计划？"皮奥利安问道。

"我只能从现在这种境况推出一些事情，比如陷害我必须提前知道对战名单，并且有指挥一部分治能会的权利。而且他还有把握把罪名嫁祸到我身上后，我没有办法第一时间证明清白。他知道信息应该远比我推到得多，这可能是一个大局。"

"暂时能确定是治能会里的人搞鬼，那你为何不让我拦住雷霆，还让他去治能会的调查队。"皮奥利安问道。

"不能打草惊蛇，如果这个时候不让雷霆去治能会，大概那个人就会发现异常。"默说道。

"我们不能到治能会中逐一排查，而且我们还没有办法到伤害现场，怎么能确保找到始作俑者呢？"羽林问道，其实她的心中隐隐有一种微妙感觉，只是她不愿意去相信这是自己对安露琪的疑心。

"我有怀疑的对象，但是不能直接确定。羽林，你和安露琪相处这么长时间，她有透露自己是什么种族吗？或者身份来历什么的。和她一个种族的安宗进与她一定相同。"默问道，羽林听后，打了一激灵。

"安露琪……她没有具体和我说过，到现在我见她只用两种能力，一是储存火能量，控制火，二是控制自己身周一定范围内的漂游能量。不过，我寄信给木族的琉雨诗去问了，我一会去看看信兔收件箱。"羽林稳定自己有些吃惊的情绪说道，实则她听到默的怀疑后心中还是感到一紧。

安露琪和安宗进从晋校联赛开始，就像是突然闯入他们生活中的陌生人。虽然安露琪有些时候的行为古怪，并且肯定有事瞒着羽林，但羽林从心底里并没有将安露琪视作威胁。她不过是一个不受安宗进关注的可怜人罢了，因为对别人失望的时间太长，逢场作戏太久，面具已经没办法摘下。

羽林对安露琪的感觉谈不上疑心，到现在她依旧觉得安露琪是那样的陌生，她用面具奉承一切，时而露出的本色又令人捉摸不透。像水中游墨一样难以捉摸，若隐若离。

羽林独自去信兔娜洋多的信件小屋，这么些时日，木族琉雨诗的回信应该能收到。她穿梭在街道中，身旁的路人窃窃私语，内容全是今天团队赛新出的新闻。羽林不想听到这样声音，越发走得快了些。

她来到信件小屋时，娜洋多瞥见羽林就像是看到了新鲜的素材，撇下手中的活围在羽林身前兴奋地问道：

"那位红色眼睛的男生居然是你们小队的队长？这两天消息可是有些紧哦！传出一些不太好听的话，比如什么制造伤害事件是为了减少对手，或者恶意报复晋校联赛之类的。还有好多，这些传言我都不敢往《信兔报》里写。小姑娘你要小心点哦！"娜洋多一副盯着新闻素材的模样，最后才想起羽林是当事人，还是安慰一下较好。

羽林挤出一个笑容，象征性领了她的好意，拿着琉雨诗寄来的信封刚走出娜洋多的信件小屋，就看到门口挤着一堆人，除了来取信件的学生外，还有一部分学生的眼睛紧盯着羽林。

本想快步离开的羽林，却被几位一直盯着她的人拦住去路。羽林不想多计较，准备后撤绕路，可是这些人不依不饶地将她围住，嘴中说着羽林已经听腻的谣言。

"你和那小子是一伙的吧？哪个家族的？我倒想看看如果收拾你，哪个家族会不会站出来帮你？"为首的人过来逼羽林。

"我叔叔的儿子就在今天的那场团队赛里，也不知道你们给他灌了什么迷魂药，他居然直接带着小队投降了，要是我绝对不投降，带着人也要好好教训你们一顿！"右前方的女生不依不饶地说道，羽林看出他们是受害团队的朋友。出来堵羽林不过是为了泄愤。

"让开吧，想继续随大流信谣言，我也管不了你们。"羽林不想起冲突，想绕道离开，向后退去。而堵羽林的人却将她的后退视作示弱。

"也不知道治能会什么时候来抓你，我就等着罪证坐实的那一天了。"羽林右前方的女生更是趾高气扬起来。

"这么明显还不抓，你倒是没有暗部的特征，很难想象你竟然能和那个红眼睛的暗部人凑到一起。那人暗部特征那么明显了，还混在我们这里干什么，去他的暗部作威作福不好吗？还用这种卑劣手段和我们抢积分？"领头的抱着臂俯视着比他低一头的羽林。

羽林本不想和他们多计较，可是听到这句话后，她第一时间根本没办法克制住心中燃起的怒火，耳边只剩下咬牙根的吱呀声。他们究竟有什么理由评头论足？像是随风倒的小麦，被剥夺了思考的能力，随着风向倒去。

领头的人感觉到羽林周身的能量都运行加快，他倒是毫无畏惧地准备迎击，羽林没有用出能力，将能量充盈在小腿上，一跃而起，双手扯开领头人抵挡的双臂，小腿狠狠地击在他的耳侧。领头的人向后跟跄几步，他没有想到一个女生不用能力，仅是用出能量增强的体术能正中他的要害。羽林清楚，只要在击中要害之前腿上变出刀刃，他就已经没了。

"羽林！等等！冷静一下！"

幸亏领头的向后跟跄，给这个小包围圈露出空隙，矮个头的安露琪才气喘吁吁地挤入了人群。安露琪一把抱住羽林的腰，将准备继续出下一招的羽林扯住。

"积分？我们根本不需要用其他手段，你们也会败在我们手下！还想继续吗？我奉陪！"羽林凝出一团光明能量散在空中，刚刚被打的领头人瞬间感觉耳鸣减轻了，痛感削弱了。领头人心里更不爽了，哪有被打了还被对手治疗的道理？

"好啦，羽林，咱们走吧！我找了你好久，没想到你在这边！"安露琪来回拉着羽林说道。羽林停留在原地，任凭安露琪来回拉扯，还是不动。安露琪能感觉羽林周围的能量毫不收敛，像是准备战斗一样。

领头人看到安露琪后咽了咽怒火，他心里因为刚刚出丑而不悦，这个时候也忍了下来。羽林在他眼中像是一块硬骨头，根本啃不动还会硌牙。他没有必要再纠缠下去，因为除了羽林，安露琪有身为治能会靠山的安宗进，如果再纠缠下去就会对他不利。安露琪看自己拦不住羽林，索性就挡在羽林身前，将她向后顶。

忍忍怒火，领头人向后退了一步，向周围的同伴挥挥手，打算离开。比起招惹羽林，他们更害怕引来治能会的安宗进。毕竟治能会有管理永夜院的执法权，他们不想给自己的家族抹黑。

"就算治能会管不到你们，迟早你们也会被大家族合伙端了。"领头的走时还不忘丢下一句话，安露琪听后死死拽着羽林，怕她又有什么冲动行为。

待那伙愤愤不平的人走远，羽林把安露琪死死抓着自己的手拉开。

"好了，安露琪，我们回去吧。"这一句话平淡无味，安露琪感觉理智冲淡了羽林一时的冲动。安露琪也不知道该安慰什么，毕竟这一切都是由安宗进一手策划的。而她只是站在混乱立场下对羽林装好人而已，她该说什么呢？她又能说什么呢？

回住处的路上，羽林一言不发，安露琪也不敢多说一句。一直跟在羽林身后。

二人回到住处，羽林随便准备了一下就钻进了浴室，安露琪小心翼翼地让自己保持安静，不打扰到羽林，这种装安静的方式，实际是她根本不知道该怎样面对羽林的下策。她本应该戴上"面具"去演好一个贴心的排忧解难的朋友，可是她怎样都装不出来。

在浴室换衣服的时候，羽林看着镜子中的自己散开头发凌乱的模样，不禁联想起安露琪给她扎辫子出席联谊会时的情景，一切都恍若昨日，对未来入学后安逸生活的期盼，四人之间不用避讳他人眼神的谈笑，在近期如黑云压顶般的事件发生后，都变得遥不可及。本想着回学校能远离麻烦，暂时安逸一段时间，这种事与愿违的落差让羽林不知所措。她甚至开始怀疑是自己的选择有错。

不经意间，琉雨诗的信从衣服的内口袋中掉出来。

羽林拾起后还能闻到信封上沾染的花木香，拆开封口处的透明树胶，取出叶子形状的信纸，羽林看到上面熟悉的字体，心情平和了一些——

挚友小羽林：

　　我看了你的来信，能看得出你很纠结。除了你之前在信中所写过的伤害事件，我写信的时候银樾又告诉我一些新消息，在之后晋校联赛又接连不断地出现伤害事件。按理说晋校联赛在巨树之下举办，古树银樾能从植物特有的交流通道获得更多消息，但是你们学校很特殊，学校所在的巨形树不会与银樾进行过多沟通。其他古树也没有办法与它进行完全沟通。

　　可能这是植物界的事，银樾对于这种不尊敬他的树也不会介意，好像是因为那棵巨树受到八元素保护，它对古树都是爱答不理的状态，所以我通过树获得的信息有限。

　　好了，来说正经的事。我这边得到信息虽然有限，但很关键。

　　在晋校联赛发生伤害事件之前，魔龙族的玄龙属和其他家族与魔龙王发生了争执，具体原因是龙王脉，再细节的内容银樾无从知晓，毕竟不是每株植物都会时时刻刻记录。从争执之后，魔龙王就不知行踪。

　　然后没过多久晋校联赛就发生了伤害事件，并且这事通过《信兔报》让很多大家族都知道了。银樾这边也没有更多的信息。

　　关于安露琪和安宗进，根据你提供的外表特征，我这边还有一些信息。他们二人是连火族，这个种族很特殊，现存不多，这个种族经常出现在暗部。

　　连火族人从小都是两两一对，因为他们到换核年龄的时候必须找到自己的另一半，双方互相认可后就会进行换核。换核有点类似于交换心脏，但实际上是交换能量储备核。换核的目的是延长生命，如果不换核，连火族人一般活不过三十岁，但是换核之后就可以双双活到一百岁左右。

　　换核后，双方在愿意的情况下可以实时交换信息，哪怕隔着几个空间也能做到信息交换。但是连火族稀少是有原因的，他们换核之后有痛觉共享，这个共享只要一方愿意共享，另一方就必须无条件接受。比起痛觉共享更可怕的是死亡共享，也就是说只要一方死亡，核没有及时回到另一方身体里，另一方也会死。就算及时回到对方身体中，核也适应不了来回换身体的异常，基本上独留一方的连火族人都很短命。

　　连火族人的能力名为能量精控，可以操控空中流动的能量为己用，或者将能量囤积到自己核中，需要时再拿出用。他们没有自己的属性，一般连火族人会把自己喜欢用的能量称为自己的属性。一些比较强的连火族可以控制能力者附加在体表没有控制的能量，更甚者可以直接操控已经熟悉的能力者的体内能量，或者一些流动器皿内的能量走向。比较弱的就基本上没什么攻击能力，或者攻击能力单一。

暗部有很多利用连火族的案例，比如信息交流，或者留一方胁迫另一方卖命，这些情况都很常见。再加上这个种族本身矮小，能力强弱不定，所以很容易被害，导致现在数量稀少。

安宗进和安露琪名字应该时常更换，因为再久远的消息银樾对不上号。

银樾确定他们最近的行踪来自暗部，你要多加小心他们！

看你匆忙给我来信，应当是遇到了麻烦。我不知道提供这些信息对你解决麻烦有无帮助。

你在信中甚是纠结对于意外事故的态度究竟是逃避，还是与之周旋到底。或是纠结如果伤害事故影响自身，究竟能否在学校求得安逸。

说实话，看到这些话，我感觉你变了，当初那个横冲直撞的羽林怎么可能想这些。可能你顾及的东西变多了，想守住的美好也变多了。

不论最后的结果如何，对你想守护的人来说，你就是他最好的归宿。那两条龙也是如此，你们四人一直彼此信任，互相珍惜，安逸什么的，并不是必须在一个安逸的地方才有，而是他们与你相伴的信任与依靠，一起遇到什么问题都无所畏惧，这才是安逸所在。

你的知心友人情报员

琉雨诗

羽林读完所有文字，感觉自己胸口憋气已经很久了，这才长长呼出一口气，氧气让紧张的神经慢慢有了缓和的机会。太多信息让脑袋一时转不过来，仅是来自暗部这四字就让羽林全身神经战栗。

看向镜子中的自己，羽林狠狠用凉水拍了拍脸，她现在不是一个人。她必须去找同伴。羽林匆忙地穿上衣服，浴室外的安露琪听到羽林的动静以为羽林洗完了，赶忙拿毛巾准备递给羽林。谁料羽林一开门就撞在安露琪身上，安露琪被撞倒后有些愣神。

羽林看向安露琪，她根本不知道该以什么表情面对安露琪，她知道就算是笑容也会显得僵硬。她本应该表现得更自然些。

"对不起，羽林，是我站得太靠近门了。唉？你没有洗吗？"安露琪从地上站起来整整裙子说道。安露琪抬头只看了羽林一眼，就感觉到羽林的眼神中透露着一种无助和怜悯。片刻之后就恢复了正常。

"啊……是我的战斗服有几条系带落在比赛更衣室了，我去拿一下，换衣服的时候才发现。"羽林觉得这个理由搪塞安露琪有些勉强，看安露琪的反应，应该是已经注意到羽林神情上的异常。羽林说完，便匆忙在门口换了鞋，转身合门离开了。

半开灯昏暗的房间中，安露琪抱着毛巾的样子是那样的单薄。她一直呆呆地注视着门，仿佛这扇门将她和羽林之间划出一道鸿沟，突然疏远的距离感让安露琪不知所措。本不应该是这样的，如果没有安宗进的计划，如果什么都没有发生，她现在大概会等着羽林团队赛归来给她一个大大的拥抱，并祝贺她可以考取治愈院。然后和羽林去选礼服准备晋校联赛的落幕晚会。

可一切只是安露琪的妄想。

羽林像是一颗小太阳，在她身边安露琪感觉自己并不孤独，羽林所有的一切她都很憧憬。相处时间虽短，但是安露琪恍惚已经融入了羽林的生活，可以称为友人。可门合上的那一刻，她的心感觉空荡荡的。

安露琪用能量驱动内核，用心声连通安宗进。

"……宗，晚上的计划我不想实施，我不想下手。"

"是不想下手，还是下不去手？琪，我清楚你在意她，她虽然不是我们的目标，但有利用价值。利用完之后就不会再动羽林了。"安宗进的声音响在脑海中，安露琪捂住了心口。

"我有点……做不到。"

"琪，再仔细听我说。你只要像往常一样发挥就可以，不用去想其他的。而且你对羽林来说只是人生中的过客，你想要的生活近在眼前。为什么要牺牲自己想拥有的未来去顾及过客？"

"宗……我早就说过，不想继续下去了，为什么你就是不听我的。如果现在收手，他们不会发现异常，让所有都变成谜团平息吧！如果现在收手逃走，谁也不会受伤，就此消失难道不好吗！宗，这也是我期望的未来！"

"网局已开，你真以为这么好收手吗？真的是说不干就不干了？这一次行动我顾及你的心情，脏活都没让你干一件，为此我不得不找人来完成这些脏活，我向他们许诺日后可以进入魔教，你也知道如果我食言的下场。这一次你什么都不用干，你要做的只有盯住诱饵，而且你也清楚羽林和目标关系不一般，就算你想保她，等事成之后，她真的不会恨你？昔日的友人，日后的仇人，她只会把你撕咬殆尽，不留半点情面！"

安宗进说出了安露琪最害怕的结果，而且安露琪心知如果行动成功这结果是必然的。她感觉心被难以言喻的情感绞得生疼，疼得直不起身。她被逼去走向她不愿意去的悬崖，哪怕心知跃下之后死无葬身之地，不断推她的正是安宗进。

"琪，我们说好了，事成之后立马走，你想去哪就去哪。不要怕被报复，你还有我。"安宗进见安露琪久久没有回应，又补道。

"行吧，宗。我听你的……"安露琪僵硬地回复道。但实则安露琪心里已经生出了他念。

羽林走在永夜院的街道中，傍晚人流未息，灯火闪烁。可羽林突然感觉所有人都与自己格格不入，他们的欢笑与吵闹声在耳中如同耳鸣。

她绕到男生住宿区没人的地方，七翎翼张开，直接腾到了房顶。羽林不想从正门混入，她知道自己万一失足被抓，就不能及时将消息送到。羽林之前大概记了一下他们的房间号，但从一排排窗户之间推测出房间位置还是有点困难的。羽林打量了好久，直到皮奥利安站在窗前搭衣服，才一眼锁定了他们的房间。

皮奥利安见到突然挂在窗户上的羽林着实一惊，他手忙脚乱地打开窗户，羽林收拢双翼进入房间。默一听这动静，从小厨房出来，只得无奈扶额。羽林根本没去想如果老师发现会怎样，她环顾四周发现雷霆还没回来。

"发生什么事了？怎么突然一下就闯过来了？"默见羽林神色不对，没有追究羽林闯男寝的事，赶忙问道。

"要来就提前说一声嘛。"皮奥利安擦擦突然被羽林吓出的冷汗。

"木族的琉雨诗给我来信了，信里说，安宗进和安露琪来自暗部，他们二人是连火族。"羽林有点僵硬地说道。将信从口袋中拿出递给默。

"这可了不得，有一种猜测突然被证实的感觉。"皮奥利安惊道，凑过去一起看信。"琉雨诗就是羽林在木族认识的古树翻译人吧？先前听你提起过她，没想到古树居然有这么强的情报收集能力……"

皮奥利安刚感叹完，就读到玄龙属与魔龙王发生的争执，随后眉头紧皱，一时半会没了声响。默和皮奥利安沉默看完信，默看看羽林，她一定是不知道该如何是好，才突然闯到他们这里。

"没事，我们来梳理一下整个事件的原委吧，肯定是有解决办法的。"默拉过羽林让她好好冷静，说道。

"安宗进一开始介绍自己的时候还记得吗？"皮奥利安咬牙切齿地说起："他自称自己是魔龙族的人，还和玄龙属的人混得很近。"

"也就是说，玄龙属给了安宗进假身份让他进入晋校联赛。他们选择暗部的人进入晋校联赛的目的是什么呢？只是制造连续的伤害事件？"默端着下巴又看了一遍信。

"玄龙属因为龙王脉的事情和魔龙王起争执……这个争执的内容能是什么呢？"羽林强压心中乱麻似的慌张，保持冷静说道。

"魔龙王当初杀了不少龙王脉，但现在他好像放弃了。玄龙属为什么要和他争龙王脉呢？"默仔细回忆有关大赛期间的一切细节。

"雷霆在比赛初有点控制不住自己的能力，在与玄龙属的鸿苍一对一的时候不小心用出了半兽化……那个笨蛋！我早就和他说过要小心了！"皮奥利安骂道。

"雷霆能用出半兽化，如果那个玄龙属的鸿苍识货的话，应该立马就知道雷霆有现任魔龙王的血脉。毕竟传闻中只有塔格拉罗门能在幼年半兽化。"默说道。

"因为雷霆是魔龙王的亲生儿子，所以才会引起争执？这还是有点说不通，应该还是漏了什么，毕竟魔龙族早就知道魔龙王有这个流浪在外的血脉了。为什么现在要和魔龙王起争执呢？"羽林说道。

"确实还有说不通的地方，但是有一点肯定能确定。玄龙属让安宗进入晋校联赛，目标十有八九就是雷霆。不然他不可能与我们相识第一天就去靠近雷霆，甚至在伤害事件发生的时候故意邀请雷霆入调查队。"默说道。

"看来必须阻止雷霆继续去调查了。"皮奥利安点点头说道。

"我感觉安宗进盘算的不止这些，如果只是害雷霆的话，为什么不直接用暗部的手段下手？而是在各种绕圈子，甚至有了后来的伤害事件？"羽林说道。

"伤害事件陷害的目标应该是我，现在外面风声四起都是有关我的舆论。安宗进能盯上我应该是有依据的，大概是那次射击比赛场地坍塌的时候吧？根据连火族能控制外界能量的特性，那几个追击球都是他控制来测我的。"默说道。

"但是你那一次根本没用能力，他到底怎么判断的？"羽林说道。

"应该还有其他情报，或者一直看我隐藏能力，逆着推出来的。"默说道。

"现在我们应该怎么办，现在安宗进的计划还未到头，他肯定有别的方法让我们防不胜防。"皮奥利安说道。

"现在能确定的是，安宗进不敢用暗部的手段直接刺杀雷霆，因为他已经明说自己是玄龙属的人，如果玄龙属参赛龙王亲生血脉就此被灭，想必在明处的议论后，玄龙属也难逃干系。塔格拉罗门也不会放过他们家族。"默说道。

"难道制造连续的伤害事件就是为了让雷霆的消失成为意外？"皮奥利安咬牙切齿地说道。

"如果安宗进的目标是我和雷霆，他会将伤害事件的罪成功嫁祸到我身上后，再制造事件让雷霆消失。倘若他成功了，也就意味着是'我'杀了雷霆。他绕这么大的圈子就是为了找我当替罪羊，顺便能将我也拉进去。届时抓捕我也就变得理所应当，一箭双雕。"默直接将他最可怕的猜测说出，羽林和皮奥利安听后倒吸一口凉气。

"不过，还好，事态没有发展到最可怕的地步。"默补充道。

"我们应该怎么办？现在安宗进的计划正在进行中，我们目前找不到点去破坏他的计划，因为现在我们就算向公众发声，也不会有人听我们的。"羽林说道。

"不论怎样还是把雷霆留在身边吧。"皮奥利安揉着眉头说道。

"我有一个冒险的计划，就是不知道皮奥利安你能不能同意我了。"默左思右想下说道。

"说来听听。"

"安宗进必须抓现行。在他亲手操控计划的过程中被抓，这样才会有证据，他没有办法开脱。但这样做的前提……必须按照安宗进的计划走下去，不能让安宗进感到我们对他有警觉，等到他亲手操作的时候才能抓现行。"默说完，皮奥利安猛地站起，身后的凳子都被撞翻了。

"你这是拿雷霆的命冒险！我不同意！"

"冷静一下，如果我们现在向雷霆澄清所有事情，雷霆不再靠近安宗进，安宗进势必会发现异样。我们没办法预测他换计划之后下一步会怎么走，如果狗急跳墙用暗部手段刺杀更会防不胜防。如果我们装作什么都不知道，让安宗进的计划继续下去，一切都可以防范！只要知道对方的下一步怎么走，就可以提前做准备反将一军！"

"这么说，就是利用安宗进的计划给他自己设套？"羽林明白了默的意思。

"如果雷霆有个三长两短……"皮奥利安虽然明白了默的意思，但还是有点压不住自己的脾气。

"雷霆不会有事的，因为还有安露琪。他们是连火族，他们两人只有一条命。从头到尾安露琪就没有介入计划，如果真到了那个地步，安露琪就是保险。"默说完看向羽林。羽林心知肚明默口中的保险是什么意思，在关键时刻要除掉安宗进的话，最好的办法就是杀掉安露琪。

羽林感觉心口发麻，她一直感觉安露琪与安宗进不同，她有太多不得已。如果真要拉下这枚保险，羽林真的能做到吗？

永夜院，女寝室。

安露琪独自坐在房间中，她望着窗外闪动的灯火，伸手去抓一直随身的小包，握住小包的时候有一种奇怪的空虚感，安露琪这才反应过来，一直挂在小包上的安宗进送给她的偶人被她扔在迷宫了。

这种空洞感让安露琪五味杂陈，她有点分不清其中任何一份感觉该称作什么。安宗进留给她的指示让她难以选择，恍若身处在氧气稀薄地带不能呼吸。而她却还想在此挣扎下去。

寝室的门被羽林推开，羽林的脸色很平静，在安露琪看来，平静得有些僵硬。

"呃……羽林晚上想吃什么？"安露琪试图保持平常态，说道。羽林听后没有回答，坐到安露琪近前。

"安露琪，你是不是有什么一直想和我说？"羽林干练地戳到了安露琪的心口。安露琪感觉有什么卡在喉咙口，她什么都对羽林说不出口，安宗进的话一遍遍在脑海中回放。每天夹在二者之间的煎熬，安露琪甚至不知道现在脸上作何表情。

安露琪感觉手指捏着包都有些僵硬了，她已经向安宗进承诺了一定会做好她的工作。她的内心摇摆不定，看着一直等着她回复的羽林，安露琪尽量装作无所谓地说道：

"其实也没什么，我包上的偶人落在迷宫里了。"

羽林看向她手中的小包，这个包上那个偶人羽林注意过，因为太过破旧，和崭新的包格格不入，羽林曾经仔细观察过。应该是有什么特别的原因，安露琪才一直留着偶人。

"那，去迷宫外看看，有没有治能会管理人员在迷宫内捡到吧？现在时间有点晚，但说不准会有人捡到保管着呢。"羽林说道。安露琪踌躇着，最后还是点点头。

偶人只是借口，骗羽林入迷宫的借口。但如果羽林在迷宫外没有看到管理人，说不准就会打退堂鼓回来，就能算安宗进提供的计划失败了。这样安宗进也不会怪罪到她身上。安露琪如此想着，跟在羽林身后向迷宫区走去，安露琪的耳朵在脑顶耷拉着，直不起来。

　二人来到迷宫区门口，几乎没有人影。安露琪暗自松了一口气。

羽林看向安露琪，一副无精打采的样子。羽林觉得安露琪可能是丢了偶人所以才如此颓废。如果帮她找回偶人，说不准安露琪愿意与自己坦白，羽林一直觉得安露琪与安宗进不同，只要她愿意协助自己，或许安宗进的局就不会那样棘手了。

"今天治能会休息得有点早，虽说时间也不早了。羽林，要不我们还是回去吧，那个偶人丢……就丢了吧。"安露琪强装出不在意的表情向羽林笑道，她难以猜测自己笑得有多难看，以至于羽林看她的样子生出了几分怜悯。

"那个偶人应该对你很重要吧？我看偶人虽然有些旧，但是串的线都是新编进去的。你应该很在意它吧？带在身边这么久突然丢了也挺可惜的。要不进迷宫找找？"羽林提议道。

二人相处的这一段时间中，平日几乎都是安露琪黏在羽林身边，羽林的各种喜好她很清楚，她会好好留意羽林日常习惯。可是她从未想过，在这段时间中，羽林一直将她看在眼里，安露琪心叹，也难怪自己装模作样的举动，羽林一眼就能认出来。

"羽林，其实我……"安露琪低着头刚开口，话音就被一名突然走上前来的搏犬族人打断了。

"二位在这边干什么呢？莫非是丢东西了？"搏犬族人挺起胸膛，生怕安露琪和羽林看不到他穿着治能会的服装。

"是在迷宫丢了一个小挂饰，是用角做的，大概这么大。今天有执勤的治能会成员在迷宫里看到吗？"羽林比划着说道。

"羽林，要不明天再来看看吧。"安露琪拉住羽林说道，搏犬族人瞪了安露琪一眼。

"今儿没听着有人见这种小玩意。我带你们进去找一找吧。"搏犬族人叉着腰说道。

羽林随即答应了，安露琪死死拽着羽林没有放手，但搏犬族人给了安露琪好几个眼色，安露琪难忍地松开手，紧跟着二人进入了迷宫。

上午的时候，羽林和安露琪进入的是雷的迷宫，这个迷宫的机关只要有安露琪在就比较好躲。因为电气都是外放型能量，只要安露琪控制好二人周围的能量，她们就不会被电到。

羽林没有在夜晚的时候进入过迷宫，刚入迷宫的时候惊奇地发现，迷宫中的光线只是比白天微微昏暗了一点点。基本和黄昏时的光线差不多。迷宫会在特定时间更新地形，基本上十二小时更新一次。羽林之所以要在今天进入迷宫，多半是想在更新地形前帮安露琪找到偶人。

午后进入迷宫探索时，二人稍微有些向深处走，羽林祈祷偶人不要落在那边，深处一不注意就会被电气扫到，会造成短暂的麻痹。

进入迷宫后，羽林一直走在前面，她记得午后来的路，地形和刚来时所差无几。她的眼睛一直在地面和机关缝隙中扫视，渴望早些帮安露琪找到偶人。安露琪知道她原先将偶人丢的位置，看到羽林认真帮她找的模样，心里有些过意不去。

搏犬族人一直跟着二人，偶尔会出手帮二人解决一下麻烦的机关。雷迷宫内基本上由一些喜电、用电交流的植物覆盖。有时会伸出带静电的腕手在迷宫道路内抓取，有些时候学生的包会被拽走，羽林用能力将一大片静电腕手清除干净，在被斩断的腕手堆里寻找偶人，时不时被残余的静电扎到手。

看着羽林这么认真，安露琪实在过意不去，说道：

"羽林，我好像想起包上没有东西的时候，应该在稍微深一点地方。如果去那边没有的话就走吧。"安露琪恨不得赶紧带羽林走到她当时丢弃的地方，这样羽林就不用在其他地方费工夫了。

"那好，你在前面走，我跟着一路再看看，到你觉得可能掉落的地方再叫我。"羽林答应道，眼睛依旧不离地面。

迷宫的路有些漫长，中期经过放电区的时候，羽林全程躲在安露琪的能量圈中，安露琪一丝不苟地用能量圈将羽林仔细护好。这让一直跟在后面的搏犬族人有些不耐烦，他一直等着安露琪动手，可安露琪完全不像要实行计划的样子。也难怪安宗进让他跟着。

迷宫内的机关众多，重新再走一遍也要花费一些心神。安露琪知道马上就到她丢弃偶人的地方了，心中稍微舒缓了一些，只要找到偶人，立马就可以离开迷宫。

羽林照常清除一些锁定人的放电机关，这种机关只要躲得快完全没有问题。她躲开的瞬间破坏机关，就能阻止它放电。安露琪和搏犬族人站在关卡后等着，搏犬族人看羽林游刃有余地清除迷宫阻碍后咂咂嘴，压低声音逼问道：

"你要等到什么时候？"

安露琪听后没有任何回答，抿嘴的样子看起来是在咬牙。

三人已经在迷宫行进至开放部分的中后段，一些岔路安露琪记得清楚，同时更加将羽林保护在能量圈内。地形更新前的迷宫的很多机关和隐藏生物都已经被攻略者破坏了，他们走起来比较顺路，但是羽林依然谨慎。

安露琪走到了她丢偶人的位置，可是她与羽林在机关和石块附近来回翻找都没有找到。安露琪怀疑自己是不是记错了位置，带着羽林继续向深处走了一会，可是依然没有找到偶人。

"很有可能是被其他攻略者捡走了吧？明天去治能会提交一下寻物启事吧。肯定能找到的。"羽林提议道。现在迷宫已经进了很深，她看安露琪依旧面色不安，试图安慰安露琪。

"羽林，真是麻烦你陪我找了这么久，回家吧！"安露琪不知道该作何回答，装作正常的语气说道，说出口的声音却是那样的无力。安露琪感觉后背快被搏犬族人质疑的眼神盯穿了。站在选择的夹缝，安露琪感觉心脏跳动都被挤压过似的难受。

刚走到倒数第二处关卡，这处的关卡相对棘手，关卡之前一直处在放电状态，但是被攻略者破坏之后变成了闪断式放电，必须在放电平息的时候冲过关卡。之前三人平安通过这一关完全是因为安露琪的能量圈隔绝了电气。

羽林照常踏入关卡，安露琪张开能量圈紧跟着。

就在这时，搏犬族人一把抓向安露琪，将她扯出了关卡。安露琪的能量圈有一个弊端，就是有半径两米的极限范围，只要超出能量范围，就不再受保护。搏犬族人早就看出她的弊端，直接将安露琪扯到距离羽林两米外，同时向羽林投出三根细长针。针是纯能量凝成的，其中包裹着药。

　　"等等！羽林！"安露琪下意识地喊道。羽林回首时已经有些晚了，她只感觉到肩膀和腰部，还有腿部有灼热的刺痛感。

　　此时羽林很清醒地知道必须先离开关卡，没有了安露琪的能量圈，一旦受到关卡攻击不堪设想。羽林下意识疯狂调动身体内的能量，她必须快速离开。可她突然发现自己根本没有办法挪动被刺中的腿。能量转得越快，无力感就越疯狂地扩散开。

　　羽林用另一条腿和能力做出的棍子支撑着身体试图离开关卡，她看到被搏犬族人抓住疯狂挣扎的安露琪，羽林清楚刚刚刺中的暗器其中有药物成分，不然不可能在她体内扩散这么快。

　　搏犬族人看着行动越来越缓慢的羽林还企图离开关卡，关卡周围的机关蓄力电气的声音已经可以听到，他心中乐了起来。

　　可是他看到羽林在电气蓄力的声音中停下了，像是在等着什么。周围电气的光亮已经入眼，同时他看到羽林手中本来撑着身体的透明棍子，在她手中变成一柄长矛。在电闪出的瞬间，羽林用尽力气将手中矛掷出，直指搏犬族人。

　　搏犬族人为羽林的行为感到震惊，掷出的矛吸引了诸多电，像一根缠着闪电的雷矢向他刺来。搏犬族人机灵地避开了矛，但也被电扫到肤肉，感觉四肢瘫软，麻木不堪。他难以想象如果被矛刺中会怎样，如果没有反应过来，恐怕他就会殒命，因为他刚刚看得清楚，羽林瞄准的是他的脑袋。

　　倒吸一口凉气的搏犬族人回过神来只听到安露琪的哭喊。他仔细看向关卡中，羽林已经倒在了地上，衣服焦黑。安露琪赶快将羽林拖出了关卡，无论怎么呼唤，她像是沉睡的雕像，一点反应都没有。

　　"是安宗进让你这么干的吗！"安露琪揪着搏犬族人怒喊道，瞳孔缩成了针缝。

　　"我？是安宗进让你干的才对吧？谁让你迟迟不下手，我都快看不下去了。"搏犬族人懒散地说道。

　　"我早就和他说过不允许伤害羽林！为什么你要用这么残忍的手段！"安露琪声音刺耳。

　　"你是不是搞错立场了，小不点姑娘？而且羽林弱各种附加属性，这条还是你告诉安宗进的吧？这不，正好准备了些昏迷药。没想到起效这么快，正常人怎么也得几分钟才有用。"搏犬族人推开安露琪，不耐烦地说道。

　　安露琪哽咽了，确实是因为她一直同羽林组队才发现她是纯净光明能量，她当初为什么要告诉安宗进呢？后悔的针球又咽在了嗓子里，安露琪只感觉喉舌生痛，无法回应搏犬族人。

　　"哦，对，这个还你。"搏犬族人从口袋中掏出偶人扔给安露琪，饶有趣味说道：

"安宗进看到你丢的是这个小东西还挺意外的。他那个表情我有点形容不上来？是失望还是难过呢？好像是因为你丢了这个小破烂，所以他才让我来盯你们，这么看来，他的选择是对的。你也知道下一步该干什么，我不会再干涉你，反正已经事成了。"

搏犬族人叉着腰走到羽林近前，他发现羽林身上被电击后留下的灼痕正在以肉眼可见的速度恢复。羽林的呼吸越来越有力，像是想再挣扎起来似的努力着。四肢像煮软的面条一样不听使唤。

"这家伙有点难对付啊，看来得加大药量才行。"搏犬族人将装着针刺的盒子递给安露琪，说道："再加点药量让她直接昏迷到后天，别让她影响明天的计划。"

羽林还试图努力的样子让安露琪震惊，她接过刺针盒子，面无表情地走到倒在地上的羽林身边，直到背对搏犬族人。安露琪面露苦色，将羽林软塌塌的身体搂起，看到羽林半睁半闭的眼睛，她咬咬牙，让搏犬族人看到自己取出刺针。

"对不起，羽林。我已经不知道该怎么办了。"安露琪贴在羽林耳边轻声呜咽道。安露琪将刺针向羽林背部刺去，但实则她用能量精控将药物在刺入前就倒出了。搏犬族人看到安露琪下手了，也就没多管，快步上前拎起软塌塌的羽林扛在肩上。向迷宫深处走去。

黄岩环在羽林腰间闪动着细微的光芒，直指一个方向。

默早察觉到了不对劲，他发现黄岩环的光在本不应该出门的夜间偏移了，偏移的方向正是迷宫区。当年，因两块黄岩环碎裂后，大地之子斯白克斯用能力让其互相吸引。黄岩环上面的光会随时指向另一块的方位。当时在丘狼族，羽林就是靠着它找到了默他们。

隐隐感觉这次偏移不寻常的默，轻声迅速着装准备出门。默的动静让浅睡的皮奥利安醒来，默换好普通衣物，里面套着战斗服。皮奥利安看了一眼熟睡的雷霆，轻声问默：

"是羽林？"

"是。安宗进要引我去迷宫，看来明天他的计划就要走到最后一步了。很有可能我晚上回不来，你要做好准备。这次计划没有告诉雷霆，看来之后我得向他道歉了。"默轻声说道。

"我们不用你担心，快去找羽林吧！"皮奥利安轻声说道。

默将鞋穿好，从开着窗的阳台一节节跃下楼。

随后他消失在永夜院无声的夜中。

安露琪被搏犬族人带出迷宫后，感觉自己都不知道该去何方。隐约想起安宗进还给她留了一个任务，可究竟是什么安露琪已经不去想了。安露琪站在从宿舍往迷宫区的必经之路上，她屏蔽了心声，现在安宗进没有任何办法与她沟通。她不想面对任何人，这种挤在夹缝中无法挣扎的感觉让她不知如何是好。

永夜院原本恒温的地下构造，而今夜的安露琪竟觉得有些冷。手脚冰凉，她慢吞吞地向宿舍区走，仿佛有什么拖住了双腿，让她迈不开步子。

直到她抬头看到道路另一端的来人。

让她猛地想起安宗进最后还交代给她的事——以羽林为由，引默进迷宫。

安露琪不知道默为什么会知道羽林在迷宫中，但她心知如果默进迷宫就彻底没有翻身的余地了，这样所有的有关伤害事件的指证都会集中在默身上。而且她没有给羽林下最后一针，在明天之前羽林就能醒来，她可以自己出迷宫。

鼓起勇气的安露琪挡住默的去路。

"对不起！默，求求你，别去迷宫！我知道可能你不会信我的话，但如果进迷宫就彻底没有挽回的机会了！指证会落在你身上！"安露琪说着说着，不知不觉带了哭腔。她撑着短小的胳膊拦在默面前，她甚至都不敢抬头看默到底是何表情。

"让开。"默不带任何感情地说道，他完全可以绕开安露琪，但是他不想让安露琪不依不饶地跟着他。而且默心知肚明安露琪是安宗进的亲信，她所有的话在默看来皆为虚言，不可信任。

"求您了……别去迷宫，羽林她……羽林她肯定不想见到你被指证的！请相信我！等到明天一切都会好起来的！真的！"说完，安露琪本想将自己在迷宫中对羽林停止下药的情况告诉默。可她突然心底里一紧，如果袒露自己动小手脚的事，几乎变相和默坦白她就是与伤害事件相连的犯人，她这样的选择会彻底与安宗进决裂。

安露琪抬头看向默，默的眼神像是寒夜的冷火，让她体会不到一点温度。安露琪从他的眼神中完全读不出一丝信任。

"让开，谎言就留给自己听吧。"默知道安露琪含糊其词定是还有心包庇安宗进，故意来拦他只是慰藉自己那份无处安放的良心罢了，他不想与她浪费时间，再次向前迈步。

安露琪见他毫无反应，哭喊着跪在默的面前，祈求道：

"对不起！是我，是我让羽林进了迷宫，但是我……我没有让宗的计划得逞，我没有给羽林下足够的药，她明天醒来就可以自己走出迷宫！只要你不要去，一切都会没事的！"

默冷冷地望着安露琪闪着泪花的眼睛，就算安露琪出于良心向他坦白，也对现在的局面毫无利用之处。掌握发言权的治能会是安宗进的天下，不可能让他们在治能会仅靠安露琪的证词就洗清莫须有的罪名。

"一切都会没事？天真，你连真正想要什么都不清楚，完全没有自己的立场。如果你真的想帮羽林，完全不用走到今天这一步，你不过就是两边的叛徒，最后哪一方你都帮不了。"

默说完，与安露琪擦肩而过。

安露琪第一次感觉脑海一片空白，默的话句句诛心，她现在两边都无法选择，直到最后，这种难以切断的纠结彻底害得她失去了两边的信任。

跟着黄岩环的指向，默进入了雷之迷宫。默来攻略迷宫的次数并不多，雷的迷宫第一次进入。空气中充斥的电能量，甚至随时划过衣物都有可能引发静电。默知道迷宫会在特定时间变更地形，事不宜迟。他毫不吝惜战斗服上的道具，加快了攻略速度。

攻略到中途时，默感觉到了三个人留下的气息，其中二人是羽林和安露琪的，还有一人尚不明确。

默一人攻略迷宫不用能力还是有些费劲，电流扫到身上的时候，可以用黑暗能量吞噬除外，剩下全靠体术越过各种障碍和能量流。大约快到了迷宫地形变更的时候，一些机关的位置明显在变动，默更迫切地想找到羽林了。

行至迷宫深处，默身上有点狼狈，有一些关卡他盲目顾着闯过去，完全没有在意电对他的攻击，直接用黑暗能量吞噬后，电流在衣服上留下了焦黑的印记。

看向一直握在手中的黄岩环，上面的光转动的幅度越大，表示越靠近羽林。默稍稍松了一口气，在关卡的过渡区开始寻找羽林。果不其然，在学生能到的迷宫范围内，默看到了她。羽林低着头靠在巨石边上，她身上的战斗服留下了电流击过的焦黑闪电痕迹。

默赶忙搂过羽林来回摇晃着她，可是无论怎么呼唤她，羽林都没有一点反应。但羽林呼吸正常，也没有中毒后慢慢虚弱的表现，现在的样子像是陷入了深层睡眠。

"迷魂药吗？还好不是毒。"默长呼出一口气。让羽林靠在自己身上，他握住羽林的手，将黑暗能量探入她体内，慢慢将药物消磨尽。羽林体内的能量对他的黑暗能量一点排斥都没有，像是友人似的契合，黑暗能量在其中畅通无阻，很快就将药物彻底吞噬干净了。

默收回能量，刚想松手，羽林却把他的手抓住了。

羽林慢慢睁开眼，脑袋昏昏沉沉的，有些迟钝。缓了片刻才回过神来，看到默手中的黄岩环，羽林已经清楚默是怎么找到她，估计是黄岩环另一半的位置有所偏移的时候，就发觉异样了。

"是我搞砸了，如果在迷宫内能抓他们一个现行，大概我们就不会被他们牵着鼻子走了。"羽林橘褐色的眼睛流露着失落，默感觉手被她握得更紧了。从羽林的神情，默能感觉到她发自内心的不甘。

"也并非牵着鼻子走，抓现行如果能当着更多人的面效果才是最好的。倒是你不知心急什么，这么快就想一个人解开困局。"默平静地说道，羽林这样鲁莽的行为他倒是不意外，只是有点好奇原因。

"因为我听到他们议论你，评论你……那些话语太让我难受了，本不应该这样，为什么会落到这种地步，黑暗真的只能被厌恶吗？我向你许诺了四言名誓，我本应该能为你做得更多，可是现在这种境况我感觉到了那种无能为力。"羽林直起身来，与默对视，两人都能看到双方眼睛中的人影。羽林说道：

"可能你是在这种环境中习惯了，遭人歧视，冷落。每次看到你这样我都很难受，明明我们没什么不同，可你却不能用能力，行事必须处处小心。什么时候连自由地使用能力都变成错误了？我现在开始觉得，回学校并不是最好的选择，对你来说太压抑了。"

话说至此，默才发觉自己一直都很忽视自己最实际的感受，总觉得只要和他们一起自己委屈些没什么。逐渐习惯这样的感受后，突然被羽林说起，他才发现原来羽林一直都将他已经忽视的感受看在眼里。

"可是这样就有点可惜我们的积分了，应该是能够入学的，你难道不想去治愈院吗？明明之前那么努力争取积分。"默说道。

"倒是感谢安露琪和安宗进，是他们让我见识到了在这世道下学校真正的样子，学校已经不是我期望的样子了，它不值得我为此牺牲你的自由。"羽林斩钉截铁地说道，默听后笑了。他笑得那般释然，像是有什么压着他的东西彻底释放干净似的。

"是吗，这样我们已经没有任何后顾之忧了。"

二人相伴一齐准备出迷宫，默再也没有隐藏能力，羽林已经许久没有与他一起用能力配合过了，这样熟悉的感觉让羽林为之欣喜。二人来到羽林受到搏犬族人攻击的关卡时，羽林仔细与默讲述当时发生的事情——安露琪在迷宫丢失偶人，虽然以此为饵，但迟迟犹豫没有让羽林进入迷宫。羽林故意中套，想在他们实施计划时抓现行，遗憾失败。最后在自己半梦半醒的状态下，安露琪并没有给她扎下最后一针。

默听后说道：

"安露琪在我来迷宫的时候企图阻止我，那时她的样子实在是失魂落魄。像是羊群走散的羊羔。她与你一同进了迷宫，有很多机会彻底做出选择，如果她早些和安宗进划清界限，与你一同将搏犬族擒获，也不会是这样的结果。可是她迟迟不选，最后退而求其次选择阻止我。这样的做法我实在无法认同。"

"安露琪让我感觉到可悲，她难以割舍的东西太多了。让她根本没有办法做出抉择。我能感觉到，她一直想让我置身事外，不想把我卷进去。可是她太天真了，尽管如此，最后还是选择站在我们这边，如果我们抛弃她的话，还有谁会帮她呢？"羽林叹道。

"最后反击安宗进的话，必定会牵连安露琪。你想怎么办？"默很直接地问道，这是必须面对的问题。

"我只想让她活下去。我不知道她与宗之间有什么纠葛，想必另有隐情。她说过她羡慕我，她想要的绝不是现在这样的境况，我想让她有机会去找寻自己真正想追寻的东西。"

"这样啊，能做出这样的决定果然是你。"默没有感觉意外，继续说道："不出所料的话，安宗进应该带着人守在迷宫门口等我出去。明天分散行动，你带着安露琪离开学校，用学校外面废弃的空间跳转门直接移走，我和皮奥利安他们对付安宗进。之后在跳转门外汇合。"

"好，我在跳转门外等你们。安宗进和安露琪是连火族，一旦互换过体内的核，他们痛觉相连，死亡相连。小心一些，我有点担心安宗进如果寻短见，恐怕会连累安露琪。"羽林说道。

"我清楚，安露琪不会有事，但安宗进必须为他所做的一切付出代价。"

默心里清楚，安露琪和安宗进二人来自暗部，如果他们计划失败必定会受到雇主惩罚，就算将他们二人分开，安宗进受到的惩罚也必定会牵连安露琪。如果安宗进继续执迷不悟，大可将安宗进体内属于安露琪的核刨出来还给安露琪。

第十二章

冲醒美梦之箭

永夜院。

建筑内的灯火都已经熄灭，只有迷宫附近有人提着灯在黑暗中流动。在安静的夜中，他们像是潜伏在黑泥中的鳄鱼，静静地等待着猎物送到嘴边。所有人将手中的灯熄灭，彻底混入黑暗之中。安宗进的眼睛瞳孔扩到最大，兽族良好的夜视能力让他将整个迷宫门口的小广场尽收眼底。

所有人只能听到同伴的呼吸声，他们藏匿在迷宫对面建筑之间的暗角，只有打灯才能注意到他们这里有人。他们在此并没有等太久，迷宫那边就有些动静了。

众人只看到一位男孩背着受伤的女孩闲庭信步般从迷宫中走出。所有人都在等安宗进的围捕号令，可安宗进迟迟都没有下令。安宗进感觉到男孩的视线在他身上扫过，明显是注意到了这里的埋伏，可他依旧无动于衷，放松自然。

安宗进没有再等下去，一声令下，参与这次抓捕的治能会成员一拥而上，一齐释放能力的光芒将迷宫区照得通亮。安宗进本以为猎物会强闯包围圈，计划让所有人放出能力做好准备，可是"猎物"完全无动于衷。过了片刻，安宗进才敢从后排走到"猎物"面前。

"默，我以深夜闯入迷宫，并且与今日伤害事件相关的嫌疑暂时抓捕你。请与我们到治能会好好谈谈吧！如果与此事无关，我们会还你清白。请把伤者交于我们安顿，你也清楚反抗会怎样。"安宗进冠冕堂皇地说道。

治能会负责治愈的成员反复打量默，默身上的小武器和道具都没有过多消耗，难以置信他一人能去闯迷宫竟然只有这么点的消耗量。在安宗进的示意下，治愈责任人才敢上前从他手中接下羽林。

"呼吸正常，没有其他的外伤，应该是昏迷过去了，怎样呼唤都弄不醒。"治愈责任人向安宗进汇报道。

"人没事就好，把她带到医疗厅让老师再看一下吧，不清楚他会用什么手段。"安宗进说道，正当安宗进处理这边时，包围圈开始吵闹起来。

"你这次是打算把人转移到其他地方再下手吗？"治能会的一名成员血口喷人，引得其余治能会成员都开始不分青红皂白地谩骂起来。默置若罔闻的样子引得谩骂声愈演愈烈。

安宗进好声好气地过来劝众人，有条不紊地让搏犬族的治能会成员将默的武器没收，把他双手背后捆起。众人将提灯点着，就这样，队伍浩浩荡荡地穿过宿舍区，不少学生被吵醒，趴在窗户上看发生了什么。嘈杂的谩骂声不绝于耳。

默一路被押解到治能会的办公处，随便找了一间房间将他暂扣。安宗进门口安排了搏犬族人把守，只身一人进了屋子，看到被铐在铁架子上的默，安宗进走到近前，拿出小刀将捆着默的绳子割断。

"我觉得这样对话好些，更平等。我一直想与你单独聊聊，可是没有机会。你一直把自己隐藏得很好，只能用些手段请你出来了。"安宗进脸上的笑容充斥着虚情假意。紧接着他说道："我不想与你扯上关系，这次只想让你帮我一个忙。只需要你参加一场切磋比赛就可以了，这场比赛没有输赢，只需要切磋到一定程度，我们治能会就会叫停比赛。最近舆论影响之下想必你也不好受，对此你也不必担心，这场比赛结束后，我会把你在舆论中的一切都洗干净，以一个普普通通的学生身份入学。"

"如果我回答不同意呢，这种情况你没有考虑过吗？"默很平淡地说道。

"你没有理由回答不同意，在这样万人唾弃的环境下。你想作为一个普通学生入学，这样的环境你也不想见到吧？人只是一些会随大流的愚昧生物，只要改变大流的方向，不再针对你，他们自然而然会觉得愧对于你，改变舆论的舵掌握在我手中。况且安露琪和我说过，羽林为了入治愈院很努力地去赚取积分，你也不想让她的努力白费吧？既然你肯为羽林跳进迷宫这个最后火圈中，你应当很重视她。所以，你还有什么理由说不呢？"

"你这样推测的话，我确实没有理由。"默听完平静地说道。

"你肯帮忙就好，这样的合作谁也不亏。"安宗进微笑着说道。

清晨。

永夜院天顶上的星球仪还在向太阳的槽位转动，半昏半暗之间，整个永夜院都因街头巷尾的各种传言彻底苏醒过来。《信兔报》还没来得及好好排版，直接印刷出来就被抢购一空。很多家族人士在学校外都得知了消息，一大早就急急忙忙地进入永夜院，互相打听确切的消息。

信兔娜洋多正在整理贩卖《信兔报》的时候，原本整齐的购买队伍突然被一个块头很大的男人挤入冲散。男人胡子拉碴的，像是许久没有收拾过，他抓起今天的《信兔报》，扔下一颗碎金块转身就离开了。

男人懒散地坐在《信兔报》摊子旁边的楼梯上，见前面楼梯上也有学生在讨论报纸内容，他凑上前去问道：

"能细致给我讲一讲怎么回事吗？"男人说话声音浑厚，不带半点客气。学生见到他倒也不反感，猜测他应该是老师一类的人，学生说道：

"我们学校晋校联赛刚开始照常，大赛开始后就陆陆续续地出现伤害事件，伤害事件主要发生在迷宫区，每一次都会出现一个受害者，受害者有的都被毁容了，还有生命不保的，但是据治能会说都救回来了，具体救回来多少，我们也不知道详情。"

"说这么多就是死人了呗，谁干的？"男人问道。

"这才是关键，不论怎么调查，每一次治能会都无功而返，现在越来越多的证据指向暗部所为了。"

"怎么老是暗部，治能会就没个确切通报吗？搞这么多天调查有什么用，给我也会把调查不清楚的原因往暗部身上推。"男人有点不耐烦地说道。

"其实今天出了重磅消息，说是已经抓获犯罪者了，但还不能彻底确认犯罪者和每次伤害事件的联系，所以治能会安排了和他一对一的比赛。说是想从他用能力的方法和每次伤害事件找共同点。"

"拐弯抹角，那场比赛什么时候举行，在哪举行？我倒要看看谁背了这么久的骂名。"男人听后起身问道。

"就在上午，那边是最大的比赛场地。"学生给他指了个方向，男人便头也不回地走了。

男生寝室。

皮奥利安几乎一晚上都没有睡，一直都在半梦半醒的状态。雷霆睡得倒是出奇的香。一清早，皮奥利安就被窗外的熙攘声彻底叫醒了。默果然没有回来，必定是出了事。皮奥利安不想吵醒雷霆，蹑手蹑脚地换上衣服下楼。在楼下就有人贩卖今天刚发行的《信兔报》。

刚看到《信兔报》上"抓获犯罪者"的几个大字，皮奥利安扶额叹息。

"果然跟着你们永远不会无聊啊！看这样应该是不打算在学校待着了。下一步会怎样发展呢？"皮奥利安看到有关确认犯罪者的试探性一对一比赛时，有点想不通。如果冲着默来的话，根本没有必要再用一场比赛去证实所谓的"罪证"，按照默之前推测的，安宗进的目的是雷霆和默，现在默已经被抓，有关雷霆的计划尚未实施。

这场比赛必有端倪。

皮奥利安拿着《信兔报》往回走，上楼走到寝室前，正好遇到治能会的成员准备敲他们的门。

"请问你们有什么事吗？"皮奥利安保持着礼貌问道。

"我们是来找雷霆的，今天有一些调查任务的杂事，有点缺人手。"治能会脱口而出的理由，让皮奥利安觉得他们撒谎不用打草稿的样子有点好笑。

"哦！好吧，他还在睡觉，我去叫一下他，你们在楼下等吧。"皮奥利安赔着笑脸回复道。

回到寝室，皮奥利安看着雷霆的睡颜，不知道是否该向他全盘托出，还是继续将他蒙在鼓里。左思右想下，皮奥利安抿抿嘴，推醒雷霆。雷霆睡眼惺忪地坐起来，皮奥利安把洗好的衣服丢在他头顶。

"今天将会发生很多无法预知的事情，有些事情我也没有办法预测。不过，你只要做到相信我们就好。"皮奥利安揉着雷霆凌乱的头发说道。

"哥，你在说什么啊，我一直很相信你们啊！"雷霆迷迷糊糊的，不经思考直接答道，皮奥利安听后欣慰地笑了。雷霆看哥哥这样的反应，有些奇怪地歪着头看他。皮奥利安揉揉他凌乱的头发笑道：

"好啦好啦，别用那种眼神看我，治能会在门外等你，赶快收拾出门吧！"

雷霆一边收拾一边注意皮奥利安的神情，时而蹙眉，时而轻声叹气。就算每次皮奥利安面对他的样子都是最真实的笑颜，可他能感觉到哥哥肯定有事藏在心里，只是还没对他说。

"哥，你真没啥要对我说的？"雷霆看着在房间中有些坐立不安的皮奥利安问道。皮奥利安欲言又止，最后略带沉重地说道：

"不论事态发展成什么样子，好或者坏，我都会在你身边的。"雷霆听后闪过一丝没有得到真相的失望表情，随后满不在意地畅快笑道：

"我当然知道啦！"

整理好行装的雷霆站在门口向皮奥利安挥手，同治能会的人一起离开了。皮奥利安等待片刻之后也一同动身，他收敛气息，如影随形地紧随着雷霆。皮奥利安心知这是一场赌博，输赢的概率相同，如果有一点点不小心就有可能酿成大祸。

与雷霆同行的治能会将他带到了治能会的办公处，一路上街头巷尾议论的都是"擒获疑似伤害事件罪魁祸首"的各种消息，雷霆单是路过议论纷纷的地方，就已经知晓了所有事件经过。雷霆只是觉得他们很吵，而且就算是不同的人从嘴里吐出的观点都是一模一样，思想像是从模具中刻出来一样。也不知道是什么东西将他们的自我思考能力蚕食殆尽。

来到永夜院治能会办公处总部后，雷霆发现办公处的治能会成员忙到没有驻足的时间，雷霆从这些匆忙准备的人中一眼就将闲庭信步的安宗进认出，安宗进一如既往带着和善的笑容向他走来。

"现在治能会大家都很忙，所以能不能请你来帮个忙呢？因为我想到的最佳人选只有你。"安宗进客客气气地将雷霆带到里间中。

"什么忙？现在调查已经不需要了吧？犯罪者已经被抓了。"雷霆放松地说道，他有点想当然地认为真正的犯罪者已经落网，这下子压在默身上的骂名就没有了。

"确实。只不过我们需要犯罪者使用能力的信息，我们需要一个人与犯罪者对战。

从对战中进行战斗习惯的对比，这样我们才能更加确定他是否为真正的罪魁祸首。"安宗进详尽地与雷霆解释。

"这些我已经从传言中听说了，既然有验证这一步，那就表明你们不确定他是否为犯罪者吧？那为什么还要这样宣扬？如果验证失败了，你们抓错人了，那现在被怀疑的人也太可怜了吧？无故背了这么多骂名。"雷霆问道。

"切磋验证失败的话，因为是在大庭广众的见证之下，自然而然能立刻还他清白。我看过你与鸿苍的一对一比赛，所以这次拜托你来当验证官，因为你实力很强，能测出对方的深浅，同样也能自保。如果是我亲自去试，很有可能还未测出对方实力，就被伤到了。能否帮我们这个忙呢？雷霆？"安宗进向雷霆行恳求礼，雷霆几乎没有见别人对他行这样礼仪。

"就只是一对一对战？"

"对，只是作为切磋比赛，这场比赛没有输赢，只需要切磋一段时间，够我们治能会验证就好，我们验证后会叫停比赛。如果看到隐患，我们有老师会及时控场的。而且还有大家族在场地边缘帮助，几乎不会发生意外。拜托了！"安宗进说道。

"那人是谁呢？我有看过他的比赛吗？"雷霆说道。

"还不能透露，现在为了保护'犯罪者'的名誉，因为没有彻底确定我们抓对人了，所以没有对外宣扬他的名字。"安宗进有问有答的样子，让雷霆感觉有点不舒服，但也没有怀疑的理由。雷霆也想尽快让犯罪者落网，这样就能让他们小队顺利入学，默也就不需要再背没必要的骂名了。怀着想要这一切赶快结束的心态，雷霆咬咬牙说道：

"好吧！就让我去会会他！"

永夜院，医疗厅。

羽林一直都在装作昏迷，默将她背出迷宫时，她就听到了各种谩骂声，她险些没能忍住。直到默将她托付给医疗厅之后，羽林才慢慢控制住自己的心态，继续保持沉稳，佯装昏迷。她和默早就约定好，她到医疗厅之后可以溜走，然后去找安露琪，将她带出永夜院，离开学校，等待与默他们汇合。

可是被抬到医疗厅后，羽林发现责任医师一直不放心，对她的身体状况进行各种检查，这位医师什么都没有查出来，但无论如何也弄不醒羽林。单是在检查身体上，羽林就感觉花费了很长时间，她必须悄无声息从医疗厅溜走才能保证没有人会追她。

羽林耐心地等着医师最后鉴定她为短暂性昏迷，才给了她安静休息的空间。待到医师都离开病房，羽林立马起身毫不犹豫地跃出窗户。羽林用能力攀上对面的建筑，用黄岩环确认了一下默的位置，黄岩环指向了永夜院最大的比赛场馆。羽林不自觉地向那边眺望，几乎全部永夜院的学生都在向那边涌去。

回过神时，羽林狠狠摇摇头，拍拍脸，现在可不是去担心他们的时候。她一刻也耽搁不得，她必须去找安露琪。羽林心中难以放下对他们的挂念，即便如此，还是克制住不断悸动的心，让自己沉稳下来。

羽林用能力变出弹射勾枪，在永夜院的屋檐上蹿动，她不用翼直接赶往宿舍，是怕翅膀太过引人注目。由于勾枪拉扯的力度太大，羽林时而控制不好撞在墙壁上。羽林擦擦肩肘蹭上的灰尘，毫不在意地继续赶路。

来到女生宿舍时，羽林发现整个寝室楼已经空了，几乎所有人都去观战了。羽林娴熟地找到她和安露琪住的寝室，用能力打开反锁的窗户，掀开窗帘，羽林从窗户跃进后感到一阵心慌——安露琪不在寝室内。

安露琪没有拿任何行李离开，房间还是昨晚她还在的样子。只是安露琪消失了。

羽林留意到桌子上放着一封信，赶忙拆开来看——

致我仰慕的羽林：

我一直感觉我在奢求什么，最后发现我只是奢求像你一样，有自己的生活，有自己的选择。可这些都太不真切了，离我太远了。我必须去面对自己的一切，与你一样终究是梦想。

大约你看到这封信的时候，一切已经结束了。因为迷魂药的药量足以让你睡到下午，即使我最后减轻了药量。等你回来找这封信的时候，我不知道你会如何看待之后的一切，我知道说对不起已经晚了。

我和宗来自暗部，受到委托来到这里。我很想说我做的一切都是迫不得已，可是这终究不是狡辩的理由，因为我的双手在我身上，我明明有那么多可以彻底选择的机会，可是都被我自己的怯懦葬送了。

说来惭愧，我一直被教导如何看别人的眼色，可是我完全不知道你如何看待我。我很仰慕你，想像那群男孩一样自由地站在你身侧，与你谈笑风生。这些终究也是我的奢望了，因为我完全不配与你相识。

我根本不想加害于你们，所以我选择用我的方式结束这一切。对不起，我一直都不敢在你们和宗之间做出选择，因为我害怕面对我选择之后的世界，不论哪边对我来说都过分沉重。

与其这样，不如让我彻底消失在你们的生活中。也让我根本无法达成的期望彻底破碎好了。

请把与我相识的一切都当做没有发生，重新来过，拥抱属于你的未来吧。

永别了，羽林。

安露琪

羽林捏着信纸的手有些颤抖，信上的每个字都像一只手一样死死地按着她，将安露琪的感觉按进羽林的每一处感官。这份感同身受的痛苦，使得她难以想象安露琪究竟会做出怎样的选择。

字里行间，安露琪未将词句说得决绝，但羽林还是看出了她轻生的念头。安露琪像是被生活和破碎的希望逼至悬崖的小羊，就算其懦弱毫无勇气，也还会去选择跃下悬崖。羽林难以平复涌动在体内的不甘，她根本不想去猜测安露琪现在是否还活着，还是已经自尽。意识里仍然相信安露琪还活着，还有挽回的机会。

　　羽林紧抓着她臆想出的那一丝希望开始去找安露琪。各种无端的恐怖猜测牵扯着胸口中的那一股执拗，平日里性子莽撞的羽林第一次感觉不知方向，有些慌神，根本不知道该去哪寻找她。

　　冲出宿舍后，街道上空无一人，所有人都被比赛吸引而去。羽林看着四通八达的道路，残留的气息被人流涌过后彻底被冲乱，一时间根本不知道该去何方寻找安露琪。羽林心知这样慌张下去也根本不会有办法，必须沉下心来去思考。

　　羽林三番五次想稳定情绪去冷静思考，可她感觉自己越想去稳定心态，越慌乱。再这样被心态困在原地也不是办法。

　　现在能救安露琪的只有她。

　　羽林狠狠咬向自己的手背，想让自己冷静下来。突如其来的疼痛让注意力转移，羽林感觉慌乱不再像是一座大山压在肩上。再看手背，羽林对自己有点狠，虎牙硌在指关节上弄破了皮，血顺着手指流了下来，滴在地上。

　　怔怔地看着滴在地上的血迹，羽林感觉自己找到了突破口。

　　自尽不论选择在学校的什么位置都会留下尸体，安露琪绝不会给羽林机会找到她的尸体。如何才能像是人间蒸发似的寻死呢？想到这里时，羽林倒吸一口凉气。学院里有最天然的场所——迷宫。而且会定时更新地形和关卡，如果在深处死亡，深处有学校的禁令，一般人都不允许进入，更别提会进去发现尸体了。

　　光明能量抹在手部伤口上，短暂几分钟就愈合了。羽林开始头也不回地奔向迷宫区。由于路上都没有人，羽林直接用翼腾空，飞速来到迷宫区的门前。门前没有平时把守的治能会，大约都被派去维持治安了。

　　望着迷宫区的六扇大门，羽林感到之后选择都像是赌博。为了找到安露琪，选择的迷宫，羽林每个门都打开，仔细检查里面残留的气息，直到在水之迷宫门内感觉到若隐若现的气息残留，安露琪大约没有想到羽林身体中的迷魂药量都被默吞噬干净，得以醒来找她，所以没有处理残留气息。羽林毫不犹豫地用出能力只身闯入。

　　任何迷宫都有攻略到禁行区前的平均时间，水之迷宫最快的攻略速度是一个四人小组达到的一个半小时。羽林一人攻略时间会更长，她根本不敢去猜测安露琪是否还活着，能否坚持这近两个小时。羽林只知道只要自己更快，救安露琪的希望就大一些。

　　希望如此的虚无缥缈，羽林都不清楚这一线希望是否真实存在。她不敢祈求奇迹发生，她见过这世界被誉为神的八元素，他们同样也是在世间挣扎求全。羽林都不知道驱动双腿的意志究竟为何，哪怕知道再见安露琪时很有可能是冰冷的尸体，可羽林还在不断向前。

迷宫外。

人声鼎沸的团队赛比赛区今天被用作了一对一，由于整个赛场过于嘈杂，人与人之间都需要用喊话。这场比赛被治能会用作鉴别犯罪者的能力特征，只要特征比对成功，能力验证完成，基本上就可以当场直接确认罪犯。

整个晋校联赛的伤害事件在各大空间传得风生水起，所有学生都不约而至，想要见证验证成功的那一刻。这么多天以来像是梦魇伴随在众多学生周围的伤害事件，终于在今日能够落幕，甚至有很多大家族的家属也到此来观战。

大家族中的魔龙族玄龙属很早就在比赛区落座了，玄龙属的家族长鸿夫自愿帮助治能会监管比赛。

比赛场地周边的防御措施像是一颗紧紧包裹中心的卷心菜，第一层是负责维护场地的灰犀族把守，第二层是玄龙属的家族长鸿夫亲自坐镇，第三层是治能会与众多老师，第四层是其他家族的要员。恍若他们围住的是一座盘踞凶兽的牢笼，所有人都为凶兽的出现感到畏惧。

皮奥利安在治能会总部偷了一套治能会的制服后，尾随着雷霆与治能会来到团队赛宽敞的准备间，眼睛时刻关注安宗进的一举一动。而安宗进身材矮小，挤进治能会成员的人堆中片刻就不见了踪影，皮奥利安想再去追上时只能靠着安宗进留下的气息。他必须等到安宗进真正动手的时候才能抓现行，翻盘的一切机会都掌握在他的手里，这让皮奥利安感到前所未有的压力。

承受这样的压力时，也需要足够的耐心去等待机会出现。

另一边默坐在场地另一端的准备室内，他身周的治能会成员连大气都不敢出。由于默晚上闯进迷宫时已经换上了战斗服，不需要多做准备。此时治能会的人员慢慢吞吞地将默的武器还给他。他们向默递出剑的手在不自然地颤抖，像是为凶兽解开枷锁似的紧张。

"希望你不要做多余的举动，不然将会被视为反抗，我们治能会有权利不给你验证机会，直接逮捕。"其中一位治能会成员在将剑还给默之后警告道。默听后，根本不想多说任何话，只是微微点头表示听到了。

"这是传音石，我们治能会将时刻监听你与对手的谈话。请注意言辞！"

接过传音石的胸针，默将它随意别在胸口。他大约猜到了安宗进绝对会限制他的言语，不通过交流去完善计划还是有些难度的。不过本来整个计划纯粹就是冒险，没有人会为他们的冒险做出担保，想要彻底翻盘只能靠他们自己。

默听到入场命令后，起身勒紧战斗服的束带，将各种小道具整理好，收纳入腰带的小包中，这样的准备他做过无数次，娴熟到根本不用去看。哪怕这场所谓证明清白的比赛在安宗进的计划中注定失败，他也绝对不会轻视这场战斗。

被安排提前入场的默，站在被用作团队赛的巨大场地中，团队赛场地的地形复杂多变，但是依旧能看到比赛场四周围着的一圈又一圈的防御体系。

直到他的目光扫到玄龙属家族长坐镇第二圈防御，为什么玄龙属会这样关心这场与他们毫不相干的比赛呢？还大费周折地来担任场地管辖？魔龙族玄龙属关注的目标应该只有雷霆才对。默思考片刻后，他突然明白了什么——这场切磋比赛并不是为了让他证明清白设置的，而是为了借他的手除掉雷霆设置的。一开始默不太关心对手的身份，现在想来只会是雷霆。

默本以为，安宗进的计划是利用这场比赛让自己坐实犯罪者的身份，后用其他手段除掉雷霆，最终彻底嫁祸到自己身上，达到安宗进想要的一箭双雕的效果。没想到，安宗进竟然敢安排雷霆作为他的对手，是想在这比赛场上置雷霆于死地吗？

能想出这样的计划，安宗进还真是胆大，默心中感叹。现在默已经猜到了安宗进的目的，可在这比赛场地上能使用的手段究竟是什么依旧未知，默完全不敢因为对手是雷霆而放松警惕，既然安宗进将同为友人的他们放在比赛场上，那么一定有下手成功的把握。

还未进入场地的雷霆就已经在准备间听到了场外起哄的声音，想必应该是对手入场了。雷霆倒是没有什么紧张的感觉，至今为止他应对过的劲敌也不少，如果过分强悍也有应对措施。这点他倒是不害怕，来什么样的人就用什么对付措施。

雷霆换好衣装，战斗服贴着身线将每一处肌肉线条都露了出来，雷霆不喜欢这种战斗服，除了灵敏度增高之外没有什么用。越将身线暴露的战斗服，也同样意味着将身体要害全部露出。一般只有对自己实力特别有自信的人才会选择这种衣服，正经的战斗专家恨不得身上都是重甲。雷霆不像羽林喜欢能够增加灵敏度的战斗服，毕竟羽林受点小伤自己就痊愈了。

他通过灰犀族设立的第一圈防御层，踏上曾经作为团队赛的比赛场地，场地地形复杂，假山岩石纵横交错，还有很多易燃物，枯枝败叶和一些伪装成火台的桩子。这些易燃物完全可以壮大雷霆的能力，优势极大。有些易燃品像是设置好一样，已经被提前点燃了，烟尘四溢。雷霆眯起眼睛看向对面，根本看不到对手人影。

雷霆不想给对手观察自己的机会，他同样开始在场地中谨慎移动。整个场馆在这一刻安静了下来，喧嚣声停歇后。雷霆感觉这场地内只有易燃物燃烧的噼啪声，与他的呼吸声相伴。雷霆感觉不到一丝对方的气息，感觉是对方故意隐藏了气息，藏在地形之中。

能将气息隐匿到无法察觉的水准，这让雷霆感到意外，之前的对手都是不由分说先冲上来较一个高下。龙敏锐的感官能帮他判别对手的大概位置，雷霆沉下心来将注意力放在感觉上，对方残留的气息逐渐显现出来。

他面对这样的气息，隐隐感到有些说不出的熟悉，可是他也不敢就此放松警惕。

在雷霆慢慢步入岩石丘陵区的时候，他听到了左侧有岩石崩落的声音，注意力随即转向左前方，可是他定睛一看没有发现异样。就在他注意力转移的片刻，他听到右后方传来的脚步声和挥剑撕裂空气的声音。雷霆的反应极其迅速，但是周围有乱石限制，导致他在片刻间只能向自己的右前方闪避，对手像是料到他的动作一样，完全没有因为他的闪避乱了方寸，紧追而上。

剑刃闪过，雷霆只来得及在手中凝出火焰，在剑来到身前时将剑的轨迹炸歪，剑基本上沿着歪斜的轨迹砍了下去。雷霆清楚只要对方一侧刃，用些力道就能砍到自己的腰部。赶快撤开距离的雷霆心中一紧，先前的比赛从来没有见过这种精心算计，如此下狠手的对手。待火焰炸开的烟尘散开，雷霆这才看清了对手——默。

"怎么会是……你？"雷霆一时间不知道该说什么好，手中蓄着的火焰，在见到默后立马收了起来。困惑的眼神盯在默身上，默像是完全不在意雷霆的疑惑似的摆出攻击姿势。

"难道你只有这点水平吗？"默有点不屑地说道，他清楚如果这是生死对战，雷霆腰上早就留下血口了。雷霆被默这一问有些懵，可是看到默认真的表情，雷霆知道他没有在开玩笑。安宗进让他参加这场切磋对战的缘由，是为了让场外治能会通过特征验证凶手，雷霆当然记得清楚。可眼前的一切让他困惑不已，他甚至不知道从何问起。

"可是，这究竟……"雷霆见默没有解释的意思，满脸写着疑惑，支支吾吾地问道。

默不方便与他解释，他刀刃一斜，场地的光经过刀刃的反光正好照在默领子上的传音石。雷霆也不笨，默这是在警告他，他们对话都被监听着。雷霆轻轻点头，示意看到了。

"你我之间从未正经战斗过，今天就让我试试你有什么能耐吧。"默的话完全没有情感，像是故意说给传音石听似的。雷霆猛地想起今天早晨哥哥对自己说过的话——"相信我们就好。"雷霆突然咧嘴笑了，像是被激起斗志的狮子，琥珀色的眼睛重新焕发光彩。他手中已经熄灭的火瞬间燃起，说道：

"既然这样，也就休怪我之后不客气了，你可是要想好赔偿手段。"

默点头，端起银色的审判剑，再无二话。目标明确地向雷霆冲去，雷霆手中攒出火焰，将散碎的火焰压制成一条细炎棍，还未靠近，默就感觉到棍上所蕴含的蓬勃能量，现在的雷霆还不能很好地将能量完全控制，因此他手中的能量随时都有可能爆炸，如果审判剑击中炎棍，很有可能下一秒就被炸开。不能公然使用能力的默感到了局限。

还未触到火焰，默步调一转，剑刃一翻，放弃直线进攻，从侧面挑向雷霆。雷霆反应很快，炎棍迎击。就在火能量与剑刃即将交接时，默的审判剑直接脱手，审判剑失去力道，残留的力量不足以撼动凝成炎棍的能量。审判剑直接被炎棍弹开插在沙质地面上，转瞬即逝间，雷霆的注意力又被击飞的审判剑吸引了，默故意松手造成这样的现象，他现在没了武器，可此时与雷霆贴得极近，体术就是默现在最好的优势。

默的右脚探在雷霆的膝盖后，雷霆的注意力刚收回就被默向前的肘击和拌腿撂倒了。默没有在击倒雷霆后多加攻击。因为雷霆再怎样也是龙，运动体格和力气上默不能与他缠斗，见雷霆收回炎棍的能量准备爆破时，默很机灵地跳开了，拔起插在地上的审判剑，剑刃扫在地面上，沙尘飞扬，一时间，雷霆没有机会快速做出下一步的反应。默的攻击一招套一招，让雷霆没有办法用战斗本能和机敏的反应与他多交手片刻。

可能是二人对对方的战斗风格太过熟悉，雷霆感觉默故意不给他缠斗机会，默基本

上打出有利于自己的攻击招式后，在还未处于不利时立马撤退，不给雷霆施展优势的机会，雷霆同样清楚不用能力的默，在攻击威力上根本不可能与他的火焰抗衡，只能用这些小伎俩与他周旋。

雷霆也察觉到默在拖延时间，如果只是简单战斗，默完全可以用尽解数与他正常对峙，可在之后几次交手中，二人基本上都是擦碰几下，毫无实质性攻击。默的惯用手段就是用扬沙和燃烧的烟雾与雷霆拉开距离，等待雷霆去追击。

距离比赛开始已经过了许久，藏在沙尘和燃烧烟雾中的默进一步与雷霆拉开距离，默心中隐隐感觉有些不对劲，这场比赛正常得让他心里发毛。二人已经交手，可安宗进和玄龙属迟迟没有动作。

难道是在等切磋时间长了消耗雷霆的体力吗？可是这样小伎俩的伴攻根本消耗不了雷霆什么。他们究竟在等什么？

比赛外设的防御圈中。

玄龙属的家族长心急火燎地等待安宗进动手，可是见比赛场地中的二人交手已经很久，安宗进迟迟都没有动作。身为家族长的鸿夫将注意力从比赛移开，开始在治能会的观战席位上搜寻安宗进。身材矮小的安宗进不太容易被发现，鸿夫眼神搜索了一遍都没有发现他，鸿夫收回视线，额上青筋渐渐显出——安宗进承诺可以完全控制比赛，达成计划目标，就算出意外也还有鸿夫这道保险。可现在连安宗进人都没见到，难不成这小子甩下烂摊子临阵脱逃了？

坐在观战席上的玄龙属的代表学生鸿苍，此时此刻也在找寻安宗进的身影。直到他在一处毫不明显的准备区的过道夹缝中看到了安宗进，而安宗进此时此刻正抱着头蹲在角落中，两只手不断抓挠着头发。

安露琪的心声像是从遥远的地方传来似的，安宗进身体中属于安露琪的核在与她共振，将她字字句句的心声传达给他。

"宗，求你了。收手吧！现在收手还来得及！"安露琪这类的心声一直不断向安宗进输送着，而安宗进却没有回复她一句。他不知道为什么安露琪要这么不厌其烦地向他输送这类心声。明明距离计划成功只差一步，仅仅只有一步！

除了安露琪不厌其烦输送的心声，安宗进感觉身体很不舒服，像是胸口被闷着似的，连说话都变得有些声嘶力竭。这应该是同为连火族的安露琪打开了痛觉共享。

"安露琪，这种关键时刻你到底想干什么？"安宗进连带着心声，破口吼出。

"你终于肯听我说话了，宗，你我上一次好好交流到底在什么时候？你还记得吗？"安露琪的心声听起来有些憔悴，带着无力。

"为什么要挑现在这个时候来谈论这个？你到底在哪？你也清楚现在是关键时刻，只要这一步成功我们就可以无忧无虑了。我们就能拿到魔教的犒赏。自由难道不是你想要的吗？我对你太失望了！连这一点配合你都已经做不到了吗？安露琪！"安宗进烦躁地埋怨道。计划已经展开，无法收手，而这近在咫尺的机会和时间就在手中流逝，安宗进心如火燎地想要将计划完成，可是安露琪却在此时突然阻拦，安宗进感觉自己已经没有耐心去面对安露琪了。

"你真的觉得这是我想要的？宗，你真的这样觉得吗？真的？"安露琪这句说出口的时候，安宗进因为痛觉共享胸口的闷痛又更重了几分。

"我为你努力了那么多，只是为了得到你想要的自由。我们不是已经约定好了吗？这次任务结束就随你去。为什么你现在却要问我这样的问题？难道我的努力完全不值得吗？那我努力了这么久到底是为什么？脏活都没有让你干，什么都没有让你承担，全部都是我去做。你到底还想要什么！"

"你变了，宗，我知道你还在学院中扩张自己的势力，你想在魔教攀得更高。我都注意到了。这只会像漩涡一样将你越卷越深，收手越来越困难。为什么不能在还能收手的时候彻底回头呢？我可以一直在原点等你，哪怕你一无所有。可你从来不肯回头看我，不要再执迷不悟下去了，我想让你收手，和我一起走吧！这才是我真正的愿望！"

"你的愿望太多了，我已经承受不起了，你又想自由，又想让我在为你的自由努力的道路上收手，安露琪，你到底想要什么？我已经为你克服了很多困难，为什么你不能理解我呢？你在哪呢，等我将这一切结束，我就去找你，好吗？"安宗进横下心来想将安露琪劝好，防止之后她会继续干扰计划实施，他态度暂时软了下来。

安露琪一听他的口吻，只是将她看做闹别扭的小女孩，她便心知没有再去交流的必要，彻底的心寒与失望的感觉将她留在宗身上的希望慢慢磨灭，她知道宗已经一两年没有和她好好地交流过了。这期间每一次交流都是这种无意义的争吵。安露琪越来越明白，安宗进已经在势力和权力中迷失了自己，他想当然地认为安露琪想要的是拥有权力后不被歧视的"自由"，可以去号令别人的"自由"，安宗进在这条道路上执迷不悟。可安露琪想要只是最简单的自由，哪怕双方一无所有。

"你不会再找到我了。"

安露琪发出最后一段心声，之后彻底屏蔽掉了心声。安宗进不论再用心声传达什么，她也不会知晓了。

她看着迷宫区学院限制的尽头，前面横着一块挂牌，其上写着"严禁踏入，前方有生命威胁。"换做平时，安露琪当然没有勇气越过，可是在她弯腰越过牌子下的栏杆时，心里空空的，像是一切都不重要了。她感觉身体像是被海浪冲散的泡沫，松松散散提不起一丝力气，眼神灰暗，双腿像是本能似的拖着她的躯壳向前走。

比赛场地内。

默与雷霆的对峙只有些许小擦碰，雷霆感觉到默的注意力不在对战上，也就没有用全力，只有双方有接触的时候，雷霆会防范默耍出的小花样。其余时间，雷霆几乎没有用过特别大范围的火焰。就算用火焰也不是浓缩的能量，没什么实质威力。

雷霆双手凝出温度不高的火团，随意地向默抛出，火焰运动轨迹明确，基本上可以随意闪身躲开。默的预判当然不会有问题，雷霆如此想着。可是那团火球在雷霆眼前自己改变了方向，雷霆心中清楚自己根本没有去控制那团能量，默的衣服边缘被燎到才有惊无险地避开，火焰擦身而过，落地后炸开一小片尘土。

默注意到雷霆见此不知所措的眼神，意识到问题的严重。能够操纵不受本人控制的外放能量，只有安宗进。连火族的能力水平不一，默之前只见过安宗进操纵受到他触碰过的能量，难道说触碰只是熟悉能量，只要熟悉之后就可以随意操作不受本人控制的外放能量？

四周都是被雷霆火焰引燃的枯草，如果安宗进再去操作更加便利。默远远地退开了，他开始四处寻找安宗进的身影，可始终没有看到。能够操作别人外放的能量，这样的能力像是作弊一样。默清楚越是看起来厉害的能力，必然有他的局限和弊端。默与雷霆保持着一定距离，仔细思考这样的能力究竟有什么样的局限。

场地内被雷霆引燃的火苗到处都是，可是这些能量为何安宗进不去操纵，是因为威力太小还是有一定距离限制？想到距离，默猛然想起羽林和安露琪去幻的迷宫时，与他提起过，安露琪能控制身体周围一小圈的能量，这样才保证她和羽林没有受到其他能量的伤害。安宗进必定有操控距离限制，这个距离定不可能覆盖整个比赛场地，不然安宗进不会放任现在默身边的火苗不去利用。

如果想要一直操纵雷霆外放的火焰，他必须在场边不停移动，才能保证雷霆在他的操纵圈内。现在场边看不到安宗进的身影，他必定是隐藏起来了。如果想要安宗进现身，保证皮奥利安能够发现安宗进，默和雷霆就必须在场中不断移动，并且必须让雷霆使用能力，引诱安宗进不断在场边换位。这样才能让皮奥利安找到机会捉拿正在实施计划的安宗进。

默心知肚明这是他在拉着雷霆冒险，可如果不冒险，他们再无翻身的机会。默振刀，甩掉剑锋上沾的泥土，执起剑刃直指雷霆。他必须让雷霆与他动真格，不然根本不可能成功诱导安宗进，让他为了不断想去控制能量而在边场换位。

"动真格的吧，再这样下去，灰尘就会刺进衣服，用水也洗不干净。"默用能量扩大声音说道，场边所有人只觉得这是一句毫无意义的激将语，而且对手完全没有反应。

可是在场边群众中皮奥利安没有多想就明白了默的意思——灰尘意为暗部，水代表皮奥利安。整个句子最简单的意思为：可以动手了，拖下去暗部就会得逞，皮奥利安捉拿安宗进就为时晚矣。

雷霆没有听懂默话中有话，看到默向他袭来的架势凌厉得毫无破绽，雷霆意识到默没有再放水了。雷霆没有时间多去想默的话，因为默步步紧逼的攻击节奏带乱了他，他只来得及躲闪和防御。不多用火的话，根本无法阻止默在近战技巧上对他的压制，雷霆几乎没有与默这样直接近距离对战过，雷霆的出招基本上都是靠着龙的本能和火焰威力，不会在战斗细节上想太多。

由于不能使用能力，默在战斗上比雷霆小心谨慎得多。他清楚自己对雷霆的压制只是暂时的，雷霆被逼至场地边缘，他发现默的攻击一直在引诱他释放大范围火焰，只要一释放火焰，默必定会撤离。雷霆看到默气定神闲的样子，猜测这些应该在默的计划范围内。

可是刚刚不受控制的火焰究竟怎么回事？雷霆虽然有所质疑，但被逼至场边，他双手抱拳，亮黄色的烈焰从手掌中轰然而起，在双臂展开的瞬间，宛如两片火翼展在面前，热浪扑面而来，默反应很迅速地向场中央退去，可是仍然被余烬燎到。默在被衣服覆盖的别人难以察觉的位置用黑暗能量时刻附体，就是防止雷霆的火焰伤到自己，还可以用黑暗能量将其吞噬掉。

默细看雷霆散在空中已经不受他控制的火焰，此时像是重整旗鼓的散兵，被安宗进成功控制向自己袭来。浴在热浪中的默感觉口鼻呼吸都变得灼热，他在四处坠下的小火球之间闪避着。看到安宗进控制了散火，默心知安宗进已经被成功诱导了。

雷霆用能力追击撤到场地另外半部分的默，他用火焰连着向默发射，默在一边躲避，一边观察雷霆的散火被控制的程度，散火一旦经过场中央，立马变得散乱起来，再无受控的样子。

看来安宗进控制的范围只有半个场地，默心中想着。

皮奥利安一直都在场周围移动，龙瞳像是搜寻猎物一样寻找着安宗进。在比赛之初皮奥利安一直锁定着安宗进，直到安宗进突然像是不舒服一样跌跌撞撞扶着墙走，他在场馆建筑死角消失片刻后再无踪影。

整个场馆实在人员嘈杂，想用残留气息去寻踪迹，只会被各种搅乱的气息混淆方向。皮奥利安时刻观察着场地中的现状，视力很好的他注意到雷霆散乱的火焰重新聚拢，向默展开攻击。皮奥利安推测这应该是安宗进的能力，他既然已经动手，说明他必须待在能看到场地内部情况的位置。皮奥利安沉下心来在场地周围仔细寻找。

如果不赶快抓到安宗进，抓现行的时机就会消逝。那样的话，再洁净的水也无法将污渍洗净了。

水之迷宫内。

开放可攻略的迷宫后半程中。

刚蹚过一片深水区的羽林就进入了冰洞，羽林感觉自己像是被放进冷冻区的保鲜食物一样被速冻，双腿沾着的水没有一会就变成了冰碴，寒意刺骨。羽林调动着能量保持温度。羽林先前没有进到如此深的地方，冷气扎得口鼻生疼。她的动作因此僵硬，她不敢在这里大范围地释放光明能量，因为这些冰一旦融化就会触动关卡的机关。

水的迷宫内很多设置都很隐蔽，也不遵循套路。一些深水区的桥不能走，在桥上会被各种机关攻击，反而从看似危机四伏的深水游过去就没事。一路上，羽林一直在按着反常识走，果然没有遇到太多机关的攻击，只是身上的水一直都没有干过，来到冰洞后变得寒冷难忍。

冰洞的走势向下，很多空气中的水珠遇到冷气骤降都变成了霜积在地上。道路白茫茫的，好似初雪刚过，羽林发现积霜上的新脚印，看脚印大小应当是安露琪的。羽林重新确认气息流向，加快步伐向前赶去。

距离羽林进迷宫已经过去快一个小时，为了追赶上安露琪，羽林不惜动用时空之子阿克帕斯给她的"时间"，加长自己的可用时间，放慢外在时间。羽林的攻略速度这才变得很快，再加上很多关卡她几乎都是闯过去的。就算受些小伤对羽林也无妨，过了这处冰洞就是学生可以到达的迷宫尽头。羽林很期望安露琪没有跨过去，因为这个范围之后的迷宫甚至连地图和关卡说明都没有，一切尽是未知。

用阿克帕斯的时间会让羽林的能量消耗变大，临近尽头，羽林停止了用时间来加快自己的速度。她用透明盾挡下冰洞内坠落的冰柱，穿过冰霜融化后的白雾，从冰洞出来后，羽林终于看到了禁行区的挂牌。

羽林来到挂牌前，歪斜的挂牌下的泥土脚印表明有人从这里钻过，羽林顿时感觉心中一紧。

她看向前方，迷宫开始分作岔路，不再是单独一条，眼前足足有四条路。关卡似乎也从单一元素变成了混合元素，从这些复杂的能量干扰中仔细甄别出安露琪的气息，对羽林来说相当困难。她感觉到了自己技能的贫瘠，先前能追过来基本上都是靠自己本能的感知来撞运气，现在的一切混淆了她的感知。

焦急化作烈火燎着羽林的心，让她更沉不下心来从中搜寻安露琪的气息。她心知安露琪敢跨过禁行线就是来送死，时间已经过去一个多小时，羽林不愿去猜安露琪此时是否还活着。

尽头处的气温远比冰洞内高，羽林肩上和头上蹭上的白霜和冰晶慢慢融化，水珠顺着羽林的发梢滴在地上。羽林看着自己所在地面的水渍一怔，如果安露琪也是从水之子的迷宫尽头出来，她必定身上也淌着水。她经过的道路定会留下水渍，哪怕已经被地面吸收。

羽林双掌带着光明能量拍向地面，光明能量在碎石的狭小间隙中穿梭，能量加热地面，她隐隐约约看到一条路上腾起丝丝蒸发而起的水汽，羽林毫不犹豫地冲进此道。好在选择这条路之后没有其他分叉，羽林就这样开始走进混合元素的禁行迷宫区。

在水和雷混杂在一起的淌水路，她不得不用能力变出高跷，小心翼翼地跨过涉水区，防止强电流顺着水路麻痹自己。前方的迷宫，石质墙壁上开始出现类似壁画的能量纹路，羽林在最开始的迷宫中从未见过。这些纹路像是在诉说着什么，可是她解读不了。

前方的路突然断了，只有一处垂直向下的管道，先前的水顺着这处断崖向下流去，下面漆黑一片。羽林凝出一团光明能量投了下去，能量像是没入了黑色墨水一样彻底消失，没有带来任何照明。

羽林鼓起勇气跳下去，她像是越过一层黑色的膜，紧接着眼前的一切将她彻底震撼。

这里也有像永夜院一样的星球仪挂在正中央，所有的能量纹路向星球仪汇聚。其中的"太阳"将处于地下的大型空间照耀得灯火通明。

星球仪之下是随时会变动的转盘迷宫，数十层转盘在时刻转动，几层转盘围绕着中央，围成花瓣似的核心平台。每一层花瓣都是透明的，所有花瓣现在都向外舒展着，花

蕊中央有一处小小的平台，羽林看到平台上站着一个小人。小人身周飘荡着幻境，是各色各样的人，羽林完全不认识，

羽林从幻境的缝隙中看到了小人的一双立耳，立马将安露琪认了出来。

"安露琪！"

她用能量扩大声音喊道，可是站在平台中央的小人一动未动，安露琪像是被这些幻境做出的人物彻底吸进去一样，完全忘记了外面的一切。羽林迈过地上的圆环形的纹路，想直接飞过时刻变动的迷宫盘。她刚准备用翼起飞，却听到四周的墙壁上传来了尖利的吼叫。

几条好似巨型皇带鱼一样的飘游巨兽从四周的墙壁上向羽林俯冲而来，羽林感觉迈出那个小圈就像是触动了一个开关，让这部分守着关卡的巨兽突然苏醒。一开始羽林看到墙壁上巨兽的纹理以为只是花纹，未曾想到那是真的巨兽，巨兽扁平的身体与满是花纹的墙贴合后，完全看不出端倪。

羽林当然不想与它们争斗，加快振翼只想尽快到达安露琪身边，然后立马带她离开迷宫。可这些都是羽林的美好想法，她低估了禁行区的迷宫。

她刚刚飞到迷宫转盘的上空，下方的迷宫像是幻境碎裂一样突然消失，密密麻麻的黑色藤蔓直升到空中，像黑色的浪潮向羽林卷来，羽林根本来不及做出闪避，只好用能力化作金色的利刃向藤蔓砍去，可刀刃好像完全划过空气一样，就这样从藤蔓中穿了出去。羽林这才意识到这些藤蔓是幻境。

可在羽林松了一口气之时，那些黑色藤蔓就在片刻将羽林卷起，触感真实得令人心中发毛。她第一次认识到幻境有多么的可怕。她被藤蔓架起，下一刻藤蔓的触感变作铁链，将她的四肢捆起，架在空中。巨兽在空中缓慢飘游着，似乎就是在等羽林被擒。

所见几乎都不是真实，羽林清楚幻境不会有实质伤害，必定有真实的东西将自己抓住了。羽林试图挣断捆着自己的未知东西，可就在挣扎中，巨兽已经向她张开了血盆大口。她无法判断巨兽是否为幻境，忙从束缚中挣扎出来，刚伸出一只手想变出巨盾挡下巨兽的尖牙利齿时，她感觉自己手腕麻麻的，握不起来，原来是束缚她的东西中还带着电，这样复杂的能量混合在一起让羽林难以应对，紧急之下，羽林还是用能力将盾凝出来，可是巨兽的头直接凭空穿过了盾——所有的都是幻境。

巨兽咬下的那一刻，羽林没有感觉到任何痛感。

她的精神像是落在柔软床榻上似的彻底安眠。

……

再睁开眼时，羽林感觉像是睡饱了似的，她从课桌上爬起，周围是同学的嘲笑声。羽林猛地清醒过来，她看到自己身着松松垮垮的校服。木制课桌上摆着习题册，老师的课本向她的脑袋猛地一砸，羽林感到脑后一痛，耳朵嗡的一下，她环顾四周，是学校。熟悉的塑钢窗户，受潮的书纸味，外面淅淅沥沥的雨溅在阳台上。

同学的嘲笑和老师的责骂她充耳不闻，她有些不清楚到底发生了什么，感觉好像忘掉什么很重要的事。她目光呆滞地看向了老师，嘴里不自觉地脱口而出了三个字——

"安露琪？"

老师责备她睡糊涂了，把她领到黑板前，塞给她一根粉笔。羽林木然地看着这一切，试图想起之前睡觉中的梦。可她什么也想不起来，那些画面久远得像是老照片褪色的影像。她低着头看着粉笔沾在指头上的白粉，眼睛突然注意到胸口挂着的项链，项链像是有魔力似的闪烁着翠绿的光。

羽林脑海中有一种茅塞顿开的感觉，真实的记忆像是潮水一样涌在眼前。老师弹弹羽林的脑袋，羽林抬起头时，眼神彻底变了。她在全班同学的注视下跑到窗前，拉开窗户直接跃出，班里的同学的惊叫声伴随在羽林耳侧，跃出窗户后，羽林回头看向身后，教学楼像是融在水里的墨汁渐渐淡去。

这一切都是梦。

她正处梦境中，若不是她看到项链想起自己是谁，该干什么，她可能就会想当然地以为这一切都是真的，她还只是一个普普通通的学生。她应该是被幻境攻击后精神被迫进入睡眠。她从未觉得幻的能力如此可怕，梦境和真实毫无区别，痛感触觉全部都很真。

梦境应该是读取了她的记忆，不然绝对不会以假乱真到难以辨别。

羽林被梦卷到了下一个场景中。

她坐在十六空间的小村庄中，中央的篝火映衬着面前多汁的烤肉。羽林看看四周，村民们在篝火前庆祝，巨蛇在舞动。她看向右侧，记忆中的默坐在她旁边，他身上满是训练留下的痕迹和细小的淤青。那时默的脸还有点圆圆的，羽林笑了，她意识到所有梦境的片段都是想将她留在这里。想到这里，羽林看向圆月的夜空，叹了一口气。起身背对着篝火，准备离开。这时她听到了默带着疑惑呼唤她的声音，羽林咬咬牙，没有回头继续向前走。

片刻之后，所有影像宛如雾一般消失了。

羽林跨进下一层梦境之中，这里是第二空间，期末考试时来过的分界线森林的小溪，羽林和雷霆他们坐在一起，各种熟悉的面孔让羽林甚是怀念。羽林清楚在这之后就是与默分别的变故，她百感交集，难怪这个时候的记忆会出现在梦境中。如果她能回到这时候，她绝对要放弃期末考试，不让一切发生。可是这些都只是记忆，沉沦进去毫无用处。

羽林再次离开，梦境碎裂了。

梦境接连带她去到了很多她熟悉的场景，所有的日子羽林都历历在目，每一处梦境给她呈现的细节，她都记得清清楚楚。几番周折下，羽林、皮奥利安与雷霆和默出现在晋校联赛的舞会上，这份记忆已经很靠前了。

看着三人在宴席上谈笑风生，雷霆吃吃喝喝。羽林向后退了几步，三人向她投来不解的眼神。

"羽林你要去哪？要不要和我去拿点吃的？"雷霆率先开口。

"难道是丢了心魂在舞池里了？要回去捡？"皮奥利安狡黠地笑道。

"你想去哪？我陪你去吧。"默说道。

羽林瞧着他们三人的反应会心而笑，她很感慨这梦境如同真实一般，如果不是有项链，她怕真的要在此沉沦了。做着甜美的梦，在永久封藏的美好过去直到永远。这怕是很多人没有办法抗拒的东西，也难怪迷宫禁行区绝不敢让学生踏入。

"我会到未来找你们的。"

说完，羽林收回在他们三人身上的视线，果敢地转身离开了这个场景。顿时狂风呼啸，梦境像是大风吹散的落叶，彻底消散在羽林身后。

羽林走出梦境，但是并未醒来。她感觉自己在一张白纸上行走着，四周白茫茫的什么都看不到，直到她看到了安露琪娇小的身影，羽林呼唤着她的名字向她跑去，可是安露琪像是一尊雕像似的站在原地毫无反应。

在羽林触碰到安露琪的一瞬间，像是被拉进了安露琪的梦境之中。四周不再是白茫茫的景象，傍晚的阴雨天让天色昏暗如子夜，身着黑灰色皮质衣服的人牵着一条铁链，羽林这才意识到自己对他们来说完全不存在。羽林看到了铁链拖拽着一个小动物，样子像猫，体格和大型犬差不多，头上有一对弯角长在绒绒的耳朵前。

它在地上蜷缩着，用后腿勾着系在脖子上的项圈，几次三番想要挣脱都毫无用处。羽林从角和耳朵的形状认出这是安露琪，她变作了原形，疯狂想要挣脱束缚。羽林清楚兽族变作原形是示弱的表现，而安露琪像是走投无路一样迫不得已。

安露琪切换成人形，羽林才发现这个时候她年纪尚小，她气喘吁吁地用牙咬着绳子，嘴里呜咽着，眼睛中含着一直没哭出来的泪。四肢在粗糙的地面上划得全部都是伤，拖拽她的人不耐烦地将绳子勒得紧了些，骂骂咧咧地说道：

"有什么好闹腾的！你和我走这么长时间路还没反应过来吗？难道你还在相信爱你的父母不可能把你卖掉？得了吧，连火族可是让我好找，你们家因为生了太多孩子已经供养不起了，你本来就没什么天赋，被淘汰卖出情有可原。"

"放开我，我是个废物！为什么还要抓我！"安露琪扯着尖嗓子哀嚎着。

"这可不是抓，你叫什么来着？琪还是什么，是因为在家里排老七所以就随便起名了吗？好可怜哦，还好琺虎大人有另外一个连火族能发挥你的作用，而这就是你活下去的意义，也是我们买你的意义。"

负责运送安露琪的人，将她粗鲁地扔进带着笼子的车厢，驾驶着拉货的兽类离开了这个场景，这部分的梦境陡然消逝。羽林被安露琪的梦牵引着来到下一处场景中，在一间满是浮尘的小房子中，窗帘紧闭，哪怕外面有正午的太阳，这间屋子依然昏暗无比。

安露琪缩在房间角落中，身上深深浅浅都是伤。安宗进开门进来，手中抱着一些药物。他熟练地碾碎草药，用纱布慢慢包好，凑近安露琪，小心翼翼地擦着她身上的各种细碎伤痕。他处理伤口的手法非常熟练，让羽林感觉到他定是被迫锻炼成这样的。

"琺虎大人让我们换核。"安宗进脸上带着僵硬的笑容对安露琪说道。羽林注意到这个时候的安宗进没有化出兽耳，也没有各种揶揄奉承的赔笑，他现在的笑容大概只是想让自己看起来亲切一点。安露琪完全不吃他这一套，拿起带着酒精的药包直接甩在安宗进脸上，安宗进眼睛进了药水，在他完全睁不开眼的时候，安露琪掐着他脖子，二人翻滚在一起，安露琪不由分说地挥动着她的小拳头砸着安宗进，嘴里用羽林听不懂的家乡话骂着安宗进。

安宗进一点反抗都没有，就这样被压着打了很久，直到安露琪打累了，他才揉揉被药水刺痛的眼睛看向安露琪。他一时间找不到话的样子让羽林觉得有点可怜。羽林知道换核对连火族意义重大，如果换核，二人就只有一条命。

"你这么听他的话？你知道换核是要干什么吗？我绝不会把我的核换给一个没有自我思考能力，只知道按照主人命令去做的宠物！"安露琪还在气头上。羽林从未见过她这个样子，她现在完全就是作为俘虏歇斯底里的挣扎。

"你不想的话，那就不换了。"安宗进抹抹脸庞留下的药汤，眼神黯淡地说道。

"我不想的话？你难道一点自我思考能力都没有吗，你难道一点都不珍惜自己的命吗？换核后我们只有一条命了！我要是拖累你，你和我都得完！"安露琪用指头狠狠戳安宗进的胸口，安宗进被她逼得一直向后退。

"可以不换，但是这件事不能让珏虎大人发现，你就对外说我们换核了。行吗？反正每次出任务的都是我，你不会有事的。"安宗进可怜巴巴地恳求道。安露琪的怒火收敛了一些，松开安宗进，她意识到自己的做法有点极端，帮安宗进把打翻的药盒收拾好了。

"完全不懂你到底在想什么，反正我迟早要离开这里。唉……我被抓来之后一直感觉控制不住情绪，又浪费你的药了。对不起，宗。"安露琪的态度软了下来。宗似乎还想对她说些什么，话到嘴边又停住了，靠着墙角离开了屋子。

羽林感觉这个时候的安露琪还是一头桀骜不驯的小兽，现在的她唯唯诺诺小心翼翼地察言观色，究竟是经历了什么让她变成了现在这个样子？

梦境如同斗转星移。羽林一时间有点分不清方向，当羽林回过神来时，发现四周不是暗部的建筑，看到遍地都是战斗过的痕迹，羽林推测这大概是安露琪和安宗进出任务的时候。

安露琪被一群武力精良的小队保护前行。

"你和那只雄性连火族到底换核了吗！为什么他那边到现在都没有消息？你们有交换心声吗？"小队队长毫不客气地推搡着安露琪，安露琪像一块小抹布似的被一群人扯来扯去。焦急与恐惧清清楚楚地写在安露琪脸上，羽林推测这是她第一次被派出来执行任务。而且看样子离她和安宗进没换核的谎言戳穿也不远了。

"队长，她已经没用了，如果真换核了，另外那只死了她也得死。就算她说谎换核了，如果没有我们的保护，将她扔在这里她同样得死。"小队其中一人说道。队长将安露琪毫不怜惜地拎起来，像是扔垃圾一样将她甩出小队的保护范围。

安露琪不傻，她知道自己必须马上离开这里，只要能离开，她就是自由身了。可是她将这一切想象得太过简单，想从任务中全身而退谈何容易。她一路上驱动自己软软的双腿向前跑着，不断躲避藏在建筑中的防守人员，每次几乎都是侥幸逃脱，她克制自己不要去想安宗进那边发生了什么。她觉得安宗进一直听令于珏虎，肯定在想方设法地完成珏虎派给他的任务。安宗进像是一个机器，一直被往报废边缘使用。琪有点可怜他，但又觉得这种没有自我想法急功近利的人不值得可怜。可是万一这任务的失败全都因为她与安宗进没换核，无法用心声沟通，那岂不是自己拖累了别人？

防守方似乎也陷入不利的战局，他们的人开始肆意放火，想烧掉这座建筑，可惜此时安露琪的注意力完全不在现在的局势上，她只想着逃跑，一边逃避罪恶感，祈祷千万不要遇到安宗进。

可执行任务的建筑根本没有多大，在她逃跑的时候，她还是看到了安宗进的身影，她本想狠下心来逃走，毕竟安宗进的能力比她强多了。可是隔着火焰，安露琪分明看着安宗进完全不招架对方的攻击，像是寻死一样等着对方给他最后一击。

安露琪被安宗进送死的行为所震惊。她不由自主地用能量控制身边燃烧的火焰，向安宗进的对手头上的房梁攻击，安露琪一直对自己的能力不抱希望，可是此时她很希望能救下安宗进，房梁崩塌扭曲的声音让对手分了神，安露琪也不知自己哪来的勇气，冲进火场再一次用火能量攻击房梁，房梁倒塌的速度很快，对手为了躲避只能向后跳去，安露琪拽起安宗进就往外跑。

安宗进根本跑不快，安露琪带着他跑很是费劲，终于找到一处可以暂时安歇的角落，安露琪张开能量膜，罩在二人身上。安露琪看着安宗进身上血肉模糊的伤口，一时间根本不知道该怎么办，她手忙脚乱地扯着布条想给安宗进止血。

"明明我死了你就不用换核了，不是吗？"安宗进有气无力地说道。

"这也不是你寻死的理由！是我没有同意换核，不然不应如此！"安露琪感觉罪恶感像烧炭一样烘烤着内心。她之前害怕换核是因为怕自己拖累安宗进，可是她从未想过即使拒绝了换核，安宗进被逼到绝境的现实还是血淋淋地展现在她面前。这是安露琪第一次见到熟识的人濒临死亡，她感觉自己给他扎止血带的手都是发软的。

"现在说那些没用，我一直等着一个机会，我其实早就没有活下去的想法了，我都不知道为了什么才在这里奋力挣扎求生。我还记得你骂我乖得像宠物，现在想想也是，我从没奢求过什么，没有自己的想法。让我成为一个废弃的工具吧！琪。没必要救我。"安宗进说完，把琪给他绑好的止血带向下扯。

"你难道没有什么想见的人吗！朋友亲人什么的，难道你不想回家？不想离开这里？"安露琪语无伦次地说着，她把她觉得美好的一切希望都吐了出来，她渴望安宗进听到这些能想活下来，至少不应当在自己的拖累下选择死亡，安露琪感觉心中的罪恶感更多了。

"活着的理由？我早就不知道了。"安宗进靠着墙望着破损的天花板，这一次任务失败很大一部分原因是他本就不想成功。他活得像一个工具，这些年来被呼来喝去，被上级压榨他的所有价值。做不好就会受到严苛的惩罚，一开始遇到安露琪，他本以为同族会互相善待，可安露琪完全瞧不起他遵守命令毫不反抗的模样，本来就对自己这种境况感到厌恶的他，平日里冷眼和压榨像小刮刀一样慢慢将他的求生欲磨干净，彻底对自己感到失望，心灰意冷的他想不到其他选择。

"那让我成为你的理由，可以吗？"安露琪不甘心地重新给他系上止血带，来回摇晃着安宗进，一直重复着这句话。

安宗进的伤口被安露琪摇着扯得生疼，他看向一直想方设法求他活下去的安露琪的哭相，才发现安露琪把他求死的原因怪在她不换核上了。他也能成为别人会顾及的人，这让他颇感意外。哪怕安露琪说的只是哄他活下去的谎话，他还是咬咬牙坐起来，把安露琪给他扎的止血带绑紧，抬着没有力气的胳膊去处理其他伤口。

"好吧好吧，我的理由，随你怎么觉得了。反正我这次是没成功，命也是你要回来的，你看着负责吧。"

残火摇曳，房顶坍塌的露天废墟中，烟尘四起。羽林看着依偎在一起的两个小身影感到心中暖暖的。

梦境场景转换，安露琪和安宗进坐在夕阳照耀的房顶上，二人进行了换核的仪式。羽林远远地看着他们，她不愿意走近，仿佛她靠近就会破坏这幅场景一样。羽林看到还在闪耀的夕阳，清楚这不过是入夜的前兆。

梦的内容在夕阳没入地平面后突然翻转，让羽林感到眩晕，当眼前的场景重构之后，羽林才看清楚周围。安露琪的房间已经不是之前肮脏破烂满是尘土的样子，而是布置着干净整洁的床铺和小巧的衣橱镜柜的新家。

羽林看到安露琪在精心收拾自己的衣着，满心欢喜地期待着什么。她蹦蹦跳跳地下楼，来到一座灯火通明的大宅子前，她再次查看自己的衣着，翘首期盼着宅子中向外走出的人群中有安宗进的身影。

经过的人多半都一脸疲倦，身上多多少少有包扎的痕迹，羽林猜测这些人应当是刚完成任务回来向他们的头领珏虎报告的。安宗进还没出来，这些人看到安露琪聊着些有的没的。

"这小个子和里面那只是一对吧？难怪里面那家伙要那么拼命提升职位，原来是有母兽等着呢！要是真升职成功了，母兽给他的犒劳应该很舒服吧？哈哈哈！"虽然声音很轻微，但是安露琪再怎样也是兽族，能听得一清二楚，既然这话出现在记忆中，也就说明安露琪印象深刻。

"咱们也是懒惰了，没准那头宠物哪天都比咱都高级了。想当初只是一个任务工具，现在越活越有点人模狗样儿。出任务的次数比我们都多，每次都是回来安分几天，自己又去申请新任务了。"

"珏虎大人真是敢用人，不过就算这俩小东西想要叛变逃走，抓一个另一个就完蛋了。还是咱活得比他们好一点。"

安露琪当然听懂他们在说什么，原本洋溢着欢欣的脸颊一下就阴沉了下来。她不希望安宗进拼命去升职，而且安宗进只有遇到必须两个人才能进行的任务时才带她出去，她与安宗进相见的机会越来越少。

安宗进报告完毕从大厅中出来，安露琪拍拍脸颊调整心态，将刚刚听到的不愉快抛到脑后。她蹦蹦跳跳地来到安宗进面前给他一个拥抱，安宗进身上大概还有之前出任务留下的伤，被安露琪的猛烈拥抱触碰，他忍着痛意笑着。

"琪，给你看，这是我从当地带回来的小玩意。据说只要带着它，遇到危机也能够平安。送你啦！"安宗进柔声说道，将偶人双手交于安露琪，期待着安露琪的反应。安露琪的眼睛中闪烁着欣喜，像是蜜饯流心里似的，她握着偶人开心地跳着。

她捧着小偶人，偶人是用兽角雕刻的，四肢的地方用彩线连接，虽然看起来并不是很好看，但是很有异域风情的感觉。

"宗，谢谢你！我会好好珍惜它的，你最近应该能多在家待几天吧？"安露琪带着期待问道。

"也休息不了多长时间，之后的任务我已经听珏虎大人说了，你与我一同参加。"安宗进说道。

"其实我一直觉得，你没必要这么累自己，也没必要去谋升职。或许哪一天，我们会离开这里。"安露琪看着安宗进说道。

"可我做这一切都是为了你啊！"安宗进有点不解地说道。

安露琪听后眼眸一沉，她一时间不知说什么好。

羽林看到安露琪的反应，也明白了这可能就是他们之前关系出现细小裂痕的时候。安露琪从一开始被抓来就一直想逃离暗部，可是在她可以逃走的时候救了安宗进。安宗进被她从绝望中拉了回来，他很珍惜安露琪，但又不知道该如何去珍惜。安宗进像是从小在暗部长大，根深蒂固的思想就是爬上高层才会收获自由。他觉得为了安露琪就得去攀附高层，去努力升职。

梦境流转，场景变换。

安露琪被安排和安宗进一起执行任务，可羽林从她的表情上看不出一丝欣喜。像是背着重担似的，她的小包包上挂着小偶人。偶人的表面已经磨损很严重了，应该距离上一个梦境过了很长时间。

出任务时，安露琪的装扮根本不像要执行暗部任务的模样，看起来完全就是一位卖花小姑娘。安露琪没被安排与安宗进一起做事，而是被安宗进安排到了一间鞋店让她去帮老板娘。安露琪觉得奇怪还是答应了。

老板娘欣然接受了来打工的安露琪，她化身勤勤恳恳的小店员，帮老板娘做工，老板娘时不时还会给她一些其他好处。渐渐的安露琪已经很熟练了，她不明白被安宗进安排到这里打工的意义，她虽然没去问，但还是兢兢业业地干活，时不时用心声向安宗进说一些在店里工作的闲杂事。

这一天，在夜幕降临后，店铺临近歇业。突然店前的街道有醉鬼惹事，几经折腾在能量的冲撞下，误伤了店面，店面骤然起火，老板娘完全没有顾及店前的火势，拽着安露琪躲到店后的储藏室里，递给安露琪两个黑包，让她赶快带着跑。安露琪和老板娘二人拿着黑包从后门逃出起火的店，比起台柜里的钱，老板娘明显更在意黑包里的东西。

安露琪下意识地用心声向安宗进求救，安露琪的求救没有石沉大海，安宗进很快就给她指出绕开滋事的人，并且远离火场的道路。慌神的老板娘跟着安露琪离开火场，正在二人彻底逃脱后，老板娘刚想看看安露琪有没有受伤时，她突然被几个藏在视线死角的人冲上来按住了，安露琪被突如其来的变故弄得有些慌神，她发现这些人没有对她进行攻击。

"干得漂亮！琪。一切都很完美。"安宗进从视线死角里走出来，安露琪看到他的时候一愣。

"宗？发生了什么？这到底怎么回事？"安露琪完全不知道眼前这幅景象到底为何。安露琪发现安宗进的注意力完全不在她身上。

"鹿卡娜瑟，我以你在陀罗布城不正规贩卖能量晶体，私藏运输贩卖抓捕你。这个机会可是让我等了好久，你实在藏得太好了。珏虎大人会亲自审问你，希望你准备好了辩词，毕竟现在可是抓到了现行。"安宗进打开黑色的袋子，其中都是指尖大小的各种能量浓缩石。

"闹事的人是你们安排的吧？原来那个小姑娘也是你派来的眼线？她演得可真好，我一点破绽都看不出来……不对，你根本没有将计划告诉她是吗？你利用她的单纯来骗我。你骗得了我，你能骗过她吗？比起我，我更可怜的是你啊，珏虎的走狗。"老板娘不屑地笑了。

"这一功只要记上，我马上就能升职成六目。你真觉得我需要你的可怜？"安宗进回复道。他看向安露琪，期待着安露琪的回应，可安露琪一直低着头没有说话。

梦境中的场景在这一瞬间像是流沙似的突然消逝，剩下的梦境大多是这样。安宗进一直在按照他所想象的美好推进，虽然在这段日子中，他和安露琪的衣着和生活条件越来越优越，也不会有太多人看不起他们。可安露琪的笑容越来越少，她根本反驳不了安宗进做这些的理由——为了她。可从头到尾她都没有觉得快乐，安宗进一直在想当然的道路上越走越远，当他付出的努力越多，他越接受不了安露琪劝他停止的说辞。

安宗进在外变得越来越油滑起来，以至于安露琪感觉与他的交谈间，安宗进已经不会把那层面具撕下来，真心实意地与她对话，哪怕她生气发怒，安宗进总会想方设法地将问题转移，然后慢慢将她哄好，安露琪最后发现就算自己态度强硬，安宗进也不是当年那个会好好听她说话的人了，索性就少了些争吵，她将苦闷憋在了心里。

因为二人连火族的身份，经常结伴去被安排出任务，安露琪被逼去看各种各样的人的眼色，每次为了任务成功，她感觉自己被安宗进慢慢修剪成他想要她变成的样子——温柔识体，懂得察言观色，能够配合安宗进完成任务的工具。

记忆翻滚着，羽林站在安露琪的记忆中旁观，看到安露琪垂雾的眼帘，强撑的微笑，和迫于各种礼节不能自如摆放的四肢。哪怕就算有心声相通，可到头来他们心意从未真正相通。那一句所谓"为了你"的诺言，最后只是变成了巨大的枷锁，将他们彻底锁住，丧失自由。

羽林已经不想再看下去了，她穿过建筑去触碰安露琪梦里的形象，可任凭羽林如何呼唤安露琪，安露琪也没有一点反应。

梦境流转。

羽林在转换的梦中看到了自己的身影，她没想过在安露琪的梦境中自己会出现这么多次。梦境的场景停留在舞会时，羽林想起安露琪还是精心打扮了一番，才与羽林一起去了舞会。

整场舞会中，安露琪突然跑走是因为不想让自己破坏羽林的生活，而安露琪自己却一直待在舞会茫茫人群之中，若仔细寻定能看到她。她满面期待着安宗进可以来找她，约她去舞池共舞。她的视线一直留在安宗进身上。从她这里看去，安宗进正在使尽浑身解数去讨好玄龙属的成员。

安露琪一直等着。

她身边路过的洋溢着欢乐的人群与她格格不入，她像是置身灰色的世界一样，周围的彩色完全无法与她交织。但每一份彩色就像无形的箭射在她的心口。安露琪的视线逐渐从安宗进那里移开，转到了舞池中的羽林身上。

此时羽林与默和皮奥利安正在跳团体舞，羽林刚被拉进去的时候舞姿实在别扭。可就算这样，安露琪也痴痴地看了好一会。望着她遥不可及的美好，眼泪不自觉地从眼角滴下，安露琪这才猛地反应过来，揉揉眼睛。

羽林从安露琪的角度看着整个舞会，她感觉心里苦涩得难受。她更难以想象安露琪是何种感触。安露琪眼中难以掩饰的羡慕，让羽林更是感觉发自心底的悲凉。也难怪安露琪向她说了那么多次羡慕自己。

可舞会最后，身着精致舞服的安露琪，终究什么也没等到。

……

项链在闪动着翠绿的光芒。

羽林知道这是梦境最后的场景，场景逐渐坍塌溃散，她用力呼唤着安露琪，安露琪好像也要随着场景的溃散而消逝。羽林想带着她离开整个梦境，抓向安露琪时，与梦一同溃散逐渐透明的安露琪突然恢复实体，羽林能摸到她的体温。

安露琪的梦境彻底飘散，羽林将她拽到了纯白色的梦境中。

梦境的场景碎在安露琪身后，她舞服的裙摆在风中轻荡着，羽林牵着她的手穿行在纯白的细雾中，身边的光景洁白无瑕，她们恍若荡漾在雪地上的一双舞鹤，踩着软雪踏着银浪嬉戏在舞池中。一切太过梦幻，好似置身云间游历天际一样充满着想象中的美好。

这一切宛若指尖流走的细沙，稍纵即逝。

梦终是会醒。

第十三章

迎上长空之风

永夜院，迷宫禁行区的深处。

羽林感觉梦境从脑海中退去后，梦境的余音尚在耳畔作响。四肢的控制感恢复，羽林挣扎着从地上爬起来，同时感觉身上黏黏地挂着些胶状物。睁开眼睛，眼前模模糊糊地透着白色，待到视野清晰后，羽林方才看清这一直隐藏在幻境下的真实世界。

像菌丝一样的植物覆盖在地表，羽林身周还有更高大一些的白色菌类，它们不停地向上摇摆着，羽林动了一下就被这些菌类缠得更紧了些，抓着羽林的菌类表面分泌着酸性黏液，灼痛着羽林的皮肤，想要将羽林消化在此。

原来先前迷宫的幻境之下就是这一片菌群，之前看到的所有幻境和真实被抓的感觉，都是它们的杰作，目的就是迷惑来者，让来者陷入无法脱离的梦境后被其吞食消化。羽林险些在梦中困境挣扎不出了。她看向四周的菌林，寻不到安露琪的身影。

羽林用能力很容易就扯开了这些只负责消化的菌丝。她急切地穿梭在菌林中，试图寻找安露琪的身影。羽林发现整个菌林是环形排列的，之前幻境的迷宫也是环形，当时在幻境的环形中央看到了安露琪，那安露琪必然在菌林的中央。

羽林一边寻找安露琪，一边回味着之前的梦境。作为迷惑来者的梦境，一开始羽林像是封印了记忆似的进入很早的记忆中去，想当然地以为自己活在那个时候，全然不记得之后的事情。如果就这样继续沉沦在梦境中，她很有可能就沦为这些菌类的食粮。只有离开那些记忆才是破除梦境的最好办法，羽林觉得在自己的梦境之后那一片白色的梦境中，她本应该醒来，可她还是进到了安露琪的梦境中。最终帮安露琪从记忆的梦境中脱困。

梦境和幻境是八元素之一的幻最擅长运用的把戏，羽林之前一直不以为然，可这次终于见识到了幻的威力，倘若当时没有在梦境中看到阿古兰特的项链，定不会发觉在做梦，说不定就此被困直至化作肥料。想到这里，羽林倒吸一口凉气。

羽林根本没有功夫再去想安露琪记忆中的细节，她直奔环形的中央而去。既然安露琪在梦境中存在，并被她拉出梦境，安露琪必然还活着。

她斩开层层叠叠的蘑菇群，蘑菇的横切面流出各种气味甜腻的浆液，惹得羽林一阵皱眉，香在某种程度上只要太过，不会比腥臭更好闻些。

菌丛的中央有齐腰深的消化液，消化液中生长着一个巨大如三人高的蓄水缸的花苞，羽林看到这个如同花苞的裹着浆液的消化器官，猛然想起刚来这里看到幻境的时候，中央也有花朵状的核心平台。

花苞的每一片花瓣都是透明质地，层层包裹着中央的浆液，羽林定睛一看，花苞的中央被消化液浸了一半的小人正是安露琪。

羽林跌跌撞撞地蹚过齐腰深的黏稠消化液，皮肤感觉如同被海蜇咬过一样。这一潭消化液四周是高耸摇晃的菌类，菌类感觉到有人在接近中心，四处伸展的菌丝向羽林卷来。羽林只想赶快来到透明的花苞前，她用小短刀刺入花苞的那一刻，四周的菌丝像是疯了一样向她袭来。她急切地喊着安露琪的名字，希望安露琪能给她一点反应。

"安露琪！快醒醒！我求求你了，醒醒！睁开眼睛——"安露琪没有任何动静，羽林发疯似的用小刀切着包裹安露琪的透明花瓣，切开后流出的汁液溅到嘴里，苦得让人想呕吐。羽林奋力甩开身上缠着的拉扯她的菌丝，花瓣越到里层越坚韧，她不得不动用大量能量去破开花苞的防护。

羽林手中大量涌出的光明能量和四溅的液体相映，她与菌群斗争的景象像是刚落入水潭尚在挣扎的烟花。

"安露琪！安露琪——"羽林感觉嗓子已经不是自己的了，嘶吼过度难以听清楚每个字的发音，即便如此，她还是不断声嘶力竭地呼唤还在花苞最里层困着的安露琪。她不愿意去想象里面一动不动的安露琪是否已经离开人世。

永夜院内。

被用作一对一的团队赛场地中，火焰的黑烟混着四散的尘土模糊了场地中周旋的二人。默清楚他和雷霆已经将时间拖了够久，因为默注意到场上的残火已经不会消散，说明安宗进已经控制并积攒了相当多的火能量，不知为何安宗进就算控制了大片的火焰也迟迟没有动手，像是被什么牵连拖累一样。

默和雷霆周旋在场内不断换位置，利用安宗进不能让火焰出了自己的控制范围的企图，让他不停地在外场移动，至此皮奥利安锁定了安宗进的位置，为了保证没有人会在明面上干扰他捉拿安宗进，皮奥利安从后台钻入搭建观战席位的钢构架子内。

一直在边缘观战人群中隐匿的安宗进，一开始只感觉到一点点的痛感，直到现在他感觉自己的全身皮肤如同灼烧一般剧烈疼痛，他不知所措地看着自己完好无损的皮肤，为这种灼痛感到由衷的恐惧，他心知肚明这种疼痛来源是安露琪。

灼痛刺激着安宗进所有的神经，感觉像是滚烫的油喷溅在皮肤上。恐怖压抑着心口，让呼吸都变得很痛。他本以为之前安露琪仅仅是说气话给他听。他慌张之下捂住心口，属于安露琪的核在微弱地颤抖，原本核内蓬勃的生命力在此突然消减了很多，他惊恐于安露琪真的想要带着他一起死。

她到底为了什么……

他一时之间陷入惶恐，根本猜不到原因。他所信奉的都是身为一个暗部的人想在这个世界上活下去的信条，安露琪一直幼稚地不承认他的"信条"，几乎所有与暗部相关的脏活累活都没有让她干过，只是希望有一天安露琪感受到暗部给他们带来的奖赏，回心转意。可他就算使尽浑身解数也难以说服安露琪，他最后都想不通究竟是谁错了，到底错在哪里。

安宗进被心里的慌乱与对死亡的恐惧吓到汗如雨下，他感受不到汗流在肌肤上的凉意，只能感受到全身灼烧似的疼痛。

"安露琪你在哪？快告诉我你在哪！求求你了！告诉我！你在哪？你为什么要这么做？"安宗进用心声在心中呐喊着，所有声音如同石沉大海一样有去无回。安宗进清楚这是安露琪屏蔽了心声。

四周喧闹的比赛观看席和浑身灼烧的痛意，来回拉扯着安宗进的注意力。

他必须去找安露琪，但是如果不将暗部给予他与玄龙属的计划完成，就算找到安露琪，也是二人一起受惩罚。如果再继续为了完成任务拖时间，很可能他和安露琪的命都会保不住。

冷汗不断顺着鬓角向下滴着，安宗进知道他没有时间在二者之间犹豫下去。他强忍着周身的疼痛让自己冷静下来，他从蜷缩的角落起身看向场地内僵持的雷霆和默，视线移到场边防御系统的第二层——玄龙属的家族长鸿夫神色焦急地望着场内，安宗进清楚是他被安露琪连累，时间拖了太久，原本的计划被从未料想过的原因彻底打乱了。

安宗进现在被灼痛感折磨得只想赶快结束这一切。

迷宫深处。

随着羽林破开的花瓣越来越多，四周的菌丝像是有意识一样疯狂地向羽林这边凝聚，菌丝像手一样扯着羽林。随着臂膀缠上的菌丝越来越多，菌丝不断向后拉扯着她，羽林感觉自己双臂破开花瓣的力气越来越小，就算很快地斩断缠来的菌丝，菌丝还是会继续飞速缠绕上来。她像是一条被一层层的网兜住的鱼，奋力挣扎只会将自己缠得越来越紧。

羽林感觉现在只能听到自己不断变快的心跳，其他声音宛如杂音一样被屏蔽在外界，眼睛被四处飞溅的液体弄得模模糊糊，她还是不断驱动自己的双手去割着透明的花瓣，手持的刀刃由于粘上太多滑溜溜的黏液已经不再锋利。

她挂在脖子上的项链陡然变成了翠绿色。

"我来帮你吧。"羽林脑海中突然出现的稚嫩声音说道。

话音刚落，羽林感觉自己的生命都要被吸走似的，一阵凉意掠过身体。

当她回过神来时，整个迷宫内的菌林突然变得一片死寂，所有的生命活动都消失了，原本缠绕在羽林身上的菌丝突然变成软绵绵的"面条"从羽林身上滑落。消化液四周原本矗立的菌林在这一瞬间之后缓慢倒塌，颜色变得灰暗起来。中央的花苞像是崩断的皮筋，所有花瓣在轰鸣声中四散倒下，花瓣原本通透的质地像是死鱼的鱼鳍变得浑浊，露出包裹在其中的安露琪。

羽林冲上前从消化液中捞起安露琪的那一刻心中一紧，她的衣服被腐蚀过度，像泡湿的纸片在羽林的轻轻触碰下很容易就碎裂了。羽林将耳朵贴在安露琪的胸口，屏息凝神去听，来自安露琪微弱的心跳声让她一直紧绷的神经终于放松下来，激动的眼泪不自觉地从眼角流下来。

欣喜之余，羽林发现安露琪的情况不容乐观，碎片衣服之下的皮肤和肉体同样被消化液侵蚀了，充满褶皱的皮肤和密密麻麻的水泡让羽林看到后倒吸一口凉气。羽林调动全身的能量向安露琪输送，她刚刚放松的神经再一次紧绷起来，皮肤大面积的溃烂短时间不可能要人命，但只要时间一长，人很可能就会被死亡拉走。

为了将安露琪从死亡线上拉回来，羽林完全没有吝惜能量的消耗。光明能量像是泄洪的水闸一样倾泻在安露琪身上，随着她组织的慢慢复原，安露琪的呼吸和心跳都平稳了许多。羽林感觉自己剩余的能量有些难以支撑如此大的输出。

直到安露琪猛烈地咳嗽几声，吐出一些黏液，清醒过来时，羽林这才彻底松了一口气，擦擦额头上细密的汗珠。

"……羽林？刚刚那是梦吗？我现在看到的你还是梦吗？"安露琪在恍惚间扯着沙哑嗓子问道。

羽林小心翼翼地将她的上半身搂起，尽量不去碰她皮肤溃烂的地方，将头贴在她的胸口，仔细听她搏动的心跳，再三确认安露琪没有生命危险，才稍稍放松。安露琪的脑袋软绵绵地靠着羽林的耳侧嘶哑地说道：

"如果这一切不是梦的话……我最不想在这里见到的人就是你啊。羽林，你为什么要来……明明你在意的人都身处危险。为什么要来救我这个罪人……我和宗是一切的罪魁祸首，就算你报复来杀我也不会怪你。放我去吧，羽林，别再管我了。"安露琪此时才觉得难忍的肤肉之痛拉扯着神经，说话都变得颤抖。

"你在你身上只能看到这些吗？我看到的安露琪是寻求自由却不得已至此的人。或许你做错了很多事，只能看到自己罪人的一面，但我绝对不会因此否认，你与我袒露过向往美好的真心。我来此不是肃清你曾经的过错，我是来夺回你所有可能的未来！"

"但是……你所向往的生活不就因我而消失……早知道这样，我就应该从一开始让你恨我才对，这样你就不会来救我，不会浪费你未来的美好。"安露琪声音沙哑地呜咽道。

"不许再说这样的话！这样的事不值得你为之付出生命！我想拥有的未来，不是靠任何人的牺牲换来的。和我走吧，这样你也在我的未来中了。"

听了羽林的话，安露琪像是戳破了含着眼泪的水袋，她揪着羽林的衣服开始忍不住地哭泣。咸咸的泪水蜇痛着皮肤的伤口，可她完全止不住眼泪。

安露琪清楚自己心底里感受到的是欢欣，可眼前流着的泪怎么也抹不干净。她在被安宗进伤害之后逐渐寒心，让她感觉这种被人惦记与关怀已遥不可及，如今在唾手可得的地方却显得那么不真实。而且这份温暖来自本应该变成仇人的羽林，她不知该作何反应，身体像是只剩下哭这一种本能了一样，在无尽宣泄。

"已经没事了，我会带你离开这里。"羽林安慰道。

安露琪听后颤颤巍巍地点头，羽林小心翼翼地将安露琪背起，安露琪咬着牙忍着疼含着泪趴在羽林背上，还在时不时地抽泣颤抖。羽林感觉自己双臂因为之前撬开花瓣过度用力，现在有点无力。她不知道自己能不能拖着已经疲倦的身体带安露琪离开迷宫。

羽林踩着菌群四散倒塌的尸体缓慢移动着，离开这片区域后回到来时的路上，羽林惊奇地发现所有迷宫机关都像是按了关闭键一样全部一动不动，所有一切都停止运转了。羽林还担心自己所剩大约六分之一的能量能不能走出迷宫，看来这些都是多余的顾虑了。

"羽林，你的项链为什么一直在闪绿光？"安露琪垂着眼帘看到羽林胸口晃动的项链轻声问道。

"我也不知道，它应该是在给我们指路吧！"羽林看了一眼项链，没有思考太多，随便答道。只是迷宫里所有机关彻底不运行和菌林的奇异集体死亡，与项链绝对脱不开关系。至于缘由羽林现在根本没心思去想，只想带着安露琪赶快离开学校，到外面的汇合点。

永夜院，比赛区内。

皮奥利安顺着观战台下的钢架已经爬到安宗进所在的位置，之前安宗进各种混入人群分散气息，扰乱皮奥利安的追踪。之后不知安宗进身上发生了什么，他没有再移动位置，也没有去刻意隐藏自己的气息。皮奥利安从下方看台的缝隙中发现，安宗进像是生病一样蜷在小角落好一会，才摇摇晃晃地站起来，冷汗打湿了他的衣襟，苍白的脸颊写满了惶恐。皮奥利安横下心来等着安宗进真正要动手的那一刻，才能捉拿他。

安宗进像是做了什么重大决定一样咬咬牙抬起手，指向比赛场地。

随后皮奥利安就听到了观众席传来的惊呼，原本沉闷的观战席突然在这一刻沸腾起来。皮奥利安从架子的缝隙中勉强看到比赛场地，场地中亮黄色的火焰突然开始凝聚。皮奥利安只能从缝隙中瞥到火焰逐渐凝聚成球。他清楚因为默不能用能力，所以就算是在场上佯装对峙，雷霆也绝不会拿出大范围攻击的能量去与默较量。

雷霆的能量因为变质，变化后的火连雷霆本人都难以彻底驾驭，所以整个场上的散火皆为雷霆不能控制的火焰，这让安宗进可以趁机掌握散火的控制权。如果以雷霆的实力，凝聚起这样一团体积的火焰，根本不需要这么长时间，这必定是安宗进将先前比赛攒的残火一点点地控制揉在一起的。

皮奥利安没去多想，他眼疾手快，抬手用能力凝出冰，从下方冲破构建观战台的石板。皮奥利安像一条迅猛的蛇一样扑向安宗进，安宗进由于身体被安露琪的痛感所影响，身体十分沉重，根本来不及闪避就被皮奥利安捉拿。

观赛席上因皮奥利安捉拿安宗进引起一片骚动，所有观众的注意力都被骚乱所吸引。在破碎的看台架子间，所有人看到皮奥利安像是拎着一只没力气挣扎的小老鼠一样的安宗进，都开始四下议论究竟是怎么回事。

在场上的雷霆此时见到安宗进被抓，才明白之前默所有的用意——无论是最一开始默自投罗网与他对战，还是在场中为了让他四处洒下火焰而不断换位置，场内不听雷霆使唤的散火和一些打偏的火焰都是安宗进搞的鬼。此时见到结果，雷霆意识到这些都是默和皮奥利安用心布下抓安宗进的局。

默望向观战台上的骚乱，心知皮奥利安已经得手，但场中的火能量球依然在汇聚。默感觉有些奇怪，安宗进的计划是借自己的手除掉雷霆，可现在用雷霆的火来凝聚大范围攻击又有何用？这本身对雷霆几乎造不成伤害。默隐隐约约觉得这之后的事不简单，他开始向后撤。

"把你的能力收了！"皮奥利安拽着安宗进的领子威胁道，安宗进此时才从被擒获中反应过来，他脑子转得很快，神情立马从震惊中收敛，他眼神游离地看着皮奥利安，满脸写着无辜。

"你要干什么？"安宗进故作镇定地讲道，说话的声音有气无力。

"不要再演了，安宗进！是你在控制雷霆的散火！所有的计划都是你，伤害事件也是你！现在如果再不收回能力！我就把你碾成碎片！"皮奥利安咆哮着。四周的观众开始窃窃私语起来，议论声像是往水潭中掷入一块小石头一样，波纹渐渐扩散开来。

"之前在治能会混得风生水起的家伙被抓了？还说他和伤害事件有关？""也就是说治能会做的这些事？""这也太可怕了，那这场比赛到底为了什么而打？""别妄想了，万一这是凶手故意演的戏呢，我朋友现在可是还在医疗厅躺着呢！"……坐在第二层监督席位的鸿夫听到四周的议论声紧皱眉头。

玄龙属家族长鸿夫见到安宗进暴露，擦擦鬓角流下来的汗，神色略微慌乱了片刻。听到周遭都是议论安宗进的声音，起身来到防御圈第一层灰犀族控制的区域。

安宗进听到周遭对他刺耳的议论，一脸听天由命的样子闭上眼睛，虚弱地轻声说道：

"现在说什么已经晚了，你清楚雷霆的火脱离他的控制会爆燃，我为了能勉强习惯控制他的火才迫不得已与他在治能会共事多天。如果我收能力，那团火球会怎样呢？"

"呵，你控制的不过是雷霆失控的散火，就算爆炸，他自己的火怎么可能会伤到自己？"皮奥利安吼道。

"是吗，那我们就拭目以待吧……"

安宗进心里清楚，他本来的目的是将雷霆的散火凝聚起来之后，伪造出雷霆的攻击。雷霆身为默的友人，自然不可能在比赛中动真格，所以只能由他代劳汇聚火球。他本来将雷霆和默这两个"木偶"在"舞台"上的结局已经写死。

只要火球一炸，在他和雷霆共事多天的情况下，虽然他不能做到完美操控雷霆的能量，但是在他聚精会神的情况下可以远程操控雷霆身体里一小部分的能量，哪怕只是让雷霆因为体内能量失控炸烂一只手，稍微调查便可以知道雷霆的伤与迷宫受害者一致，那么场内对战的默就会因此坐实"伤害事件嫌疑人"的身份，只要雷霆受伤被治能会接走，后续雷霆因伤而逝也合情合理。

一切的计划本应该完美进行的，可他在安露琪的干扰下已经有心无力。甚至都没能发现一直跟踪他的皮奥利安，原来那些家伙早就注意到他能力是有范围的吗？在安露琪的干扰下，所有计划真是难办极了，安宗进在心里暗暗复盘，可走到这一步他即将无计可施。

即使如此，他也必须挣扎下去，只要火球还在他的控制下，主动权一直都在他的手里，他心知皮奥利安就算擒住他，仗着他是学生，就不能下杀手。只要一引爆，皮奥利安的注意力也会被场内的状况牵着走，届时伺机逃走也不是不可能。

脑袋中思考各种对策的安宗进用余光瞥向场内，玄龙属的家族长鸿夫已经坐到第一圈防御内部。鸿夫这么做是已经准备动手了。从一开始，安宗进就被玄龙属嘱咐不能暴露他们。如果他失败，玄龙属将会亲自动手。虽然玄龙属也不想暴露，但终究还是想将雷霆除之后快，也顾不得魔龙族的声誉了。

如果玄龙属动手，就相当于安宗进彻底失败，变为废牌。

安宗进也不想如此，可因为安露琪与他痛觉相连，剧烈的肤肉之痛让他难以凝神去凝聚能量，他勉强凝聚起来的火能量，也难以达到实际效果。但是如果现在不动手，他之前所有的努力都将白费，对安露琪的许诺也无法兑现，更无法逃离这里去找她！

想到这里，安宗进无视皮奥利安的威胁，抬手将控制火焰的能力收回——

场内凝聚起来直径约为四米的巨型火球，像是被扎破的气球一样轰然炸开。

震痛耳膜的爆炸声响被灰犀族的能量防护罩隔了不少，但依旧刺耳。观众的惊呼在爆炸声之后继续轰响。之前很多人注意力还在被擒的安宗进身上，这一瞬间所有人的注意力都放在场中，观众都望着场内四处翻滚燃爆的火焰，企图从中找到爆炸中心参赛者的人影。

皮奥利安的注意力短暂地被爆炸所引走，安宗进本计划趁他转移注意力时，用能力刺痛皮奥利安抓着他的手，迫使皮奥利安条件反射地松开，然后逃走。谁知，皮奥利安只是瞥了场内一眼，在安宗进刚有小动作的时候，皮奥利安就用蛮力将他按在地上，安宗进根本动弹不了一丝一毫，他低估了龙的肉体力量。他感觉皮奥利安擒着他的力气过大，他都快喘不过气，反复挣扎，皮奥利安这才将力气减弱一点。

"不要挑战我的底线！"皮奥利安怒道。

安宗进大口喘息着，眼泪因为被勒后条件反射地溢出，眼前皮奥利安狰狞的面孔都变得扭曲不堪，他感觉皮肤因为安露琪的痛觉共享灼痛难忍。种种情况下，单是这一团火球凝起来就让他费力，更何况他落在皮奥利安的手中，安宗进再无机会施展能力让雷霆体内小部分的能量炸伤他。

事已至此，无计可施。

他不仅仅是计划落败了，同样也失去了找安露琪的机会。他不甘心地还想试图挣扎，可他自己都能感觉到因为安露琪的痛苦，他也逐渐虚弱起来。

在人影和座位的缝隙中闪烁着爆炸的火光，被按在地上的安宗进终于想明白为何皮奥利安注意力完全没被移走。皮奥利安与雷霆和默共事许久，他只需一眼就能确认这火球是否能对同伴造成威胁。火球虽然看起来巨大，但实际爆炸的威力根本比不上雷霆同等量级的火球，虚有其表而已。

但这终究也是雷霆身为龙王脉的龙炎。

爆炸时的冲击波将地面的尘埃激起，默当时只来得及用出能力做了一面透明的盾挡在身前，并猛吸一口气捂住口鼻，紧闭双眼。爆炸和燃烧会短暂将一小片范围内的氧气燃烧殆尽，热浪冲过身周时，默将黑暗能量贴着皮肤释放，减缓了很多伤害。

就在默质疑为何安宗进被抓都没有乖乖束手就擒时，他眯着眼睛看到透明盾前，热浪扭曲之间有黑色的能量闪动在雷霆身后。

黑暗能量？默下意识地猜测着实让他心惊。

默再定睛一看，黑色能量周遭没有火焰被它吞噬，这黑色的能量能在火焰中共存，默只想到了一种可能——玄龙属的紫黑色火焰。因为过于浓缩，所以颜色和黑暗能量极其相似。

安宗进控制雷霆的散火聚合引发爆炸，原来是给了玄龙属机会动手吗？

再看场上，雷霆摆着防御架势，身为龙的他不怕这火海，只是用些火来防爆炸时的冲击波。这恰恰给了玄龙属机会，玄龙属的紫黑火藏在爆炸后的火海中，本质都是火焰的气息，雷霆根本无心察觉。

默顾不上去想太多，他手中攒出几朵黑暗能量的小花。这是妹妹旻鹤留给他的技能，可以用纯黑暗能量去利用其特性。黑花的吞噬力极强，在小花弹出他的掌心后，不受燃烧控制威力渐失的散火顷刻间被吞噬了一大片。其余的残火也消减了威力，浓重的烟尘从场中心膨出。默有点后悔当时撤开的距离与雷霆过远，他不能及时赶到雷霆身边，只能大声喝道：

"雷霆！后面——"

雷霆猛地回首，还未凝聚完全的黑色的火焰向他缠来。雷霆侧身闪躲得很快，但还是身上沾了一些，其余的黑火紧追不舍。雷霆感到被粘上的部位，像是被强酸灼烧一样，雷霆认出这是玄龙属的浓缩火焰，这种灼痛感和之前玄龙属的鸿苍对战时感觉完全不是一个量级。

烟尘渐渐散开，全场所有人都看到了，烟雾中若隐若现逐渐凝聚的黑色能量。

观众看到后除了惊呼更多是窃窃私语："那里面是什么？黑暗能量？""真的有黑

暗能力者？""这是黑暗能力者被逼急了把能力用出来了吗？""刚刚那个火焰是治能会搞出来的？那这黑色的能量到底是什么东西，别不是什么新的把戏吧？"。

雷霆感觉黏在身上的黑火像是啃咬他皮肤的蛀虫，让被沾上的部分肌肉僵硬，因此他动作都变得缓慢起来。雷霆用自己的火焰凝聚成球，轰向在场紧追他的黑火。他的龙炎在炸散黑火之后，黑火散开的小团能量依旧在使用者掌控之下向他袭来。这种精度和强度的控制绝对不是幼龙能掌控的。

因爆炸而激起的满天烟尘干扰了雷霆的视线，他一时间看不清到底是谁在控制黑火。黑火的气息也很陌生，他从来没有接触过这种能量的使用者。但从火焰来看这人必定是玄龙属的人，玄龙属落座的位置他大概知道，雷霆用火焰的爆炸震开身周的黑火，他知道再拖下去也不是长久之计，等不能使用能力的默过来也不是解决办法，只要将使用者擒拿就可以结束这场闹剧。

他凝起火矢向玄龙属所在的位置投去，火矢破风而去，四周的杂尘被冲干净，火矢定能投到观众席的玄龙属席位上，观众席的玄龙属见火矢冲着他们而来，淡定自若。火矢撞在灰犀族罩在整块比赛场地的保护罩上，能量的爆炸震得保护罩嗡嗡作响。

"切，不行吗？"雷霆遗憾地自言自语道，随后他意识到一个问题，如果他的火投不出场地，那黑色的火焰又怎么可能进得来？灰犀族的能量保护罩只能阻挡凝聚起来的能量冲击，不能完全阻隔内外的能量流动，比如安宗进的能力是建立在能量流动上的控制型能量，就无法阻拦。但是基本的能量攻击都能挡住，玄龙属定有人在比赛场范围内。

黑色黏稠的能量对雷霆穷追不舍，雷霆只抽出片刻时间环顾场地，烟尘的漏隙之间，他终于看到了在灰犀族防御圈内正坐的鸿夫。

雷霆与鸿夫之间有地形阻隔，这个地形是岩石丘陵区，中间沟壑纵横，雷霆加速跃上丘陵顶部，准备直接跳过裂缝冲向鸿夫。

默心里为之一紧，他看出雷霆的动作就是要与黑色能量的主人鸿夫对峙，可雷霆并不清楚鸿夫弄出能量就是为了杀他。

四周的烟尘本应该在爆炸之后这一小段时间消散干净，可现在依旧烟尘弥漫，默在跑向丘陵的时候察觉到了异样。他一直能感觉到火能量流动，本以为只有雷霆爆炸遗留的残火在燃烧，可他察觉周围隐藏在烟雾中的庞大的火能量有序地在流动。再看雷霆那边，一直追击雷霆的只有少部分的黑火，那些黑火根本不可能将雷霆置于死地。原来鸿夫是用一部分能量驱赶雷霆，将其他主要能量都藏起来蓄势待发吗？实在是老奸巨猾，默心里骂道。

烟尘干扰着默的视线，他看不到鸿夫究竟将大部分能量藏到了哪里。他赶向丘陵的途中在路上洒下了黑暗小花，如果还有黑火能量藏在烟尘中准备攻击，碰到这些黑暗小花就会被它们吞噬。先前默为了防止被爆炸影响，近乎撤离到了场地边缘，现在他实在后悔与雷霆拉开这样大的距离。

默刚刚来到丘陵边缘，就意识到问题的严重。

为保证击杀雷霆必须有庞大的黑火储备，如此大量的黑火必须有一处隐藏地，不然会直接暴露在观众面前，沟壑简直是完美的隐藏地形。

"雷霆！等等！别去！"

雷霆刚听到默的声音，就感觉到沟壑内冲上来的风压，他现在正处于整个丘陵沟壑的正中央，整个谷地内弥漫的烟尘在此时被冲散，他在丘陵顶部向下看去，龙瞳一缩，整个谷地内流动如海潮一样的黑火向他卷来。

默知道自己已经喊晚了，他用翼即刻助自己登上丘陵顶部，他已经顾不上隐藏能力，他在瞬间用出能力，透明的弓中旋动着纯黑色的能量，他弯弓搭箭一气呵成，黑色的箭笔直地向鸿夫射去。

这一箭就是为了争取时间，鸿夫必然在这瞬间要思考怎样应付这箭，而不会将注意力放在马上就要杀死的雷霆身上。默变出弹射勾枪射在雷霆身边的岩柱上，勾枪的收力将他拽向雷霆。雷霆也并非手无缚鸡之力，他用火焰奋力炸开接近他的黑火。好在默之前的一箭暂时转移了鸿夫的注意力，鸿夫来不及去控制被雷霆炸散的黑火。

雷霆被勾枪扯来的默死死抓住，雷霆腿被之前的黑火灼伤，肌肉僵硬不能保持平稳，二人被勾枪的惯性带倒，向着谷地沟壑中如海潮一样的黑火栽去。

"闭上眼，别呼吸！"默在雷霆耳边喝道。

默抓着雷霆在下坠中调整，默把自己放在靠近黑火的位置，他用能力做出黑色的巨型盾牌向下，另一只手变出一块规整的立方体，他深吸一口气，闭上了眼睛。

雷霆听从默的话，只感觉身体被挤压了一遍，肺里的空气都被压出来。雷霆再睁开眼睛时，眼前天旋地转，身体只感到连续的磕碰。他和默像是卷在一起的结绳一样从丘陵地形的边缘小山坡滚了下去。好在默提前变出来的盾牌帮他们挡了不少冲击。

"这是空间转移，我第一次带着人尝试，那种挤压的感觉恶心极了。"默从地上爬起来，咳了两声向雷霆解释道。

"你还好吗？所以这样说来，就是那个玄龙属的老大爷要杀我？"雷霆已经明白了，他像是压着一股怒气似的说道。

"不要冲动，他现在不会再明目张胆地动手了。全场都看到是怎么回事了。"默拆下领子上安宗进监听的传音石丢在地上。

"安宗进也是吗？之前场上控制我火焰的就是他。你们为什么不能一开始将事情都告诉我？要是我一开始就清楚他们要害我，我根本不会给他们机会，甚至逼你用了能力。我肯定在安宗进邀请我参加这场比赛之前，就把他揍到说实话！还敢把你当做伤害事件的罪魁祸首让我来验你？真是给他胆了！还有，为什么你和我哥就这么乖乖听他摆布了！"雷霆咬牙切齿地说道。

"因为我和皮奥利安都害怕……害怕你去找他们算账，最后被害死在我们看不到的地方。比起暗部的计划正按照他们的想法运转，我更害怕的是被揭露之后他们不择手段。所以才会有现在这场完全没有意义的比赛。对不起，雷霆。"默无奈地叹息道。

"呼……算了！我接受你的道歉……其实也有我自己性格的原因，让你们顾忌这么多，对不起，我下次会谨慎一点的！但是，你们两个擅自背着我做决定，甚至老哥都掺和进来……"雷霆按住默的肩，龙瞳瞪着默的眼睛说道："以后再也不许这样了！"

"我保证。"

得到默的承诺后，雷霆一改方才咄咄逼人的样子，冲着默咧着尖牙满意地笑了。他拍拍默的肩，回头望着鸿夫所在的方向，捂着被黑火灼伤的地方，龇着牙深恶痛绝地说道：

"也罢，至少我们的将计就计得逞了，玄龙属的那老东西也该出来领罪了！"

灰犀族的防御层内，鸿夫擦擦鬓角的汗，长呼一口气从看台跃入场内。四周的老师和裁判也没上前阻拦，此时他们像是失去言语能力似的站在原地，他们都觉得这场比赛有诈。

晋校联赛大部分参与老师都来自五湖四海的不同种族，互相之间都有顾及之事。更何况雷霆和默与哪个种族都毫无干系，这些老师更不会代表着自己种族，公然去庇佑不明来历的学生。更别说直接站出来反对身为玄龙属家族长的鸿夫。只有全场学生在窃窃私语中不断猜测，他们已经不知道该去相信谁了。

"真是演得一出假戏啊，黑暗能力者。"鸿夫故作镇定闲庭信步地向默和雷霆走来。

"那个家伙还有脸出面吗？"皮奥利安在看台上拎着安宗进咬牙切齿地怒道，随即拎着安宗进从看台边向比赛场走去。

"真是归功于这根箭啊！不然我还发现不了这场比赛的玄机。"鸿夫拿着默之前射向他的黑色箭矢趾高气扬地说道。"那些黑色的能量就是你的把戏吧？驱赶龙族少年最后佯装救下，其实你才是想置他于死地吧？就由我来制服你，让你好好招供。希望贵校能好好处置这心机狡猾的暗部人，不要让我们龙族失去一位可贵的人才。"

雷霆听后还未骂出口，就被默拉到了身后。

鸿夫心急火燎地想尽快事成，在众目睽睽之下半兽化了两条手臂，默用出能力摆出防御的架势将雷霆护在后面，他也不想和这个混淆视听的家族长多交流，鸿夫的能力之前在场中已有残留，更何况在雷霆身上也留下了灼伤，只要稍微调查就能知晓真相，现在只是急切地想仗着舆论导向名正言顺地从默身旁夺走雷霆。

突然，一阵风伴随着防护罩破碎的声响再次吸引了全场的注意力。

矫健的身影跃入场内，一对巨大的龙翼在场内张开。所有人看到后都感觉嗓子眼压着一口气喘不过来，像是与生俱来对野兽的惧怕让全场骤然鸦雀无声。像是附着着黑曜石似的鳞片的翅膀缓缓在场中收拢。龙翼扇动激起的烟尘消散后，全场看清楚了来人。

"塔格拉罗门？！"

皮奥利安几乎下意识地喊出来，就在他注意力全都放在场中的时候，安宗进终于等到了可乘之机，他用能量刺痛皮奥利安擒着他的手，皮奥利安条件反射地放开他，安宗进快速缩进观看台板子下面的支架中。皮奥利安根本来不及去追安宗进，单是场中突然

发生的事，他已经感觉自己冷静不下来了。

"没想到啊！鸿夫，你一个老头子陪孩子玩都要这么花心思。"魔龙王塔格拉罗门懒散地说道，将默和雷霆护在翼后。

"在下只是想保护贵公子不受黑暗牵连罢了。"鸿夫态度突然转变。

"你半兽化不收，是想挑战我吗？"塔格拉罗门语气一转，瞪着鸿夫说道。就在鸿夫赶忙收起半兽化准备措辞时，塔格拉罗门扭过头来打量着雷霆，很长时间不见，他留在这个世界上的骨肉已经长大了不少，瞪他的眼神倒是没变。塔格拉罗门的视线移到默身上，默只感觉像是被一头掠食的猛兽注视着，默挡在雷霆身前，他没有带着雷霆轻举妄动，因为他也不清楚这头随性的猛兽何时会翻脸。

"你怎么会在这儿！"雷霆捂着身上被鸿夫的火伤到的地方，毫无礼数怒目切齿地问道。

塔格拉罗门赤金色的龙瞳盯着雷霆满是愤恨的眼睛，确认片刻后，他满意地移开视线，看向坐在看台上的魔龙族的席位，所有魔龙族对他扫来的视线唯恐避之不及。他无趣地收回目光，将注意力重新落到雷霆身上，塔格拉罗门像是笨拙地琢磨着什么，然后慵懒地问道：

"一般儿子这种东西被父亲身份的人救，应该会很开心吧？不过你对我还是那个眼神，说明这些年你也没咋变。能力倒是精进了些，不过还是太弱了。"塔格拉罗门瞥向默，有些欣赏地说道："敢挡在我面前护着那小子，有胆识！"塔格拉罗门看向已经闯进观众席第一排的皮奥利安说道："那条小神龙就在边上看着吧，我不会把你弟弟怎样的。我今天给你们上一课，对付这种死不悔改的人应该怎么办。"

"魔龙王大人，您可不要被蛊惑……"鸿夫话还没说完，脸就被按到了地上。

"看好了，儿子。爆炸型的火焰应该是这样用。"塔格拉罗门把鸿夫从地上拽起，另一手凝了三颗像是黄豆一样大的火粒按在鸿夫胸口，他简单的动作将鸿夫击飞，回头向雷霆说道："要控制能量就让它跟着你想法走，想让它何时爆炸都由你说了算。"

塔格拉罗门像是捉弄猎物似的打响指，鸿夫迫不得已半兽化抵挡爆炸，鸿夫昂贵的衣服和半兽化后的鳞片被炸碎，血顺着他的鳞缝流了下来。鸿夫看着向他冲来的魔龙王，不得已开始用玄龙属的紫黑火。可塔格拉罗门就是一头野兽，亮黄色的火焰很轻易地将鸿夫的紫黑火冲散，鸿夫一直都处于下风，火焰燃烧和能量爆炸的音爆不断响起，其中还伴随着骨肉扯裂的声音。

皮奥利安此时终于冲破治能会和场地管理的阻挠冲入场地，看到混乱的战斗中伴随着龙惨痛的嘶鸣声，让他有点不寒而栗。他无法想象如果未来雷霆去挑战塔格拉罗门的景象。他赶忙来到雷霆和默身边，看到二人狼狈的样子有点心疼。皮奥利安本想劝二人趁塔格拉罗门注意力转移之后赶紧离开，但左思右想，塔格拉罗门从来都是随心所欲的人，如果逃走激怒了他，后果不堪设想。

塔格拉罗门玩腻了似的拎起双翼骨折、已经被卸了一条胳膊化作兽形的鸿夫，兽类只要向别人展示兽身，一般都是示弱的表现。他把鸿夫的龙头连着身体拽到三人面前，还是用一如既往懒散的语气说道：

"现在你是不是可以把话说明白了？"塔格拉罗门擦了擦溅在脸上的血。

"是我……要杀你的儿子，是我……让暗部的安宗进着手……实施的这一切。其余都与……玄龙属无关……"鸿夫一边咳着血一边说道。

"我听说你孙子也是龙王脉吧？算了，回到魔龙族再细细算账，我留你不死就是让你回去，告诉其他企图想要谋害直系龙王脉的人，这就是下场。让你丢条胳膊也没损失什么，下一次就不是你身上的零部件，而是你万千宠爱的好孙子。"塔格拉罗门带着低沉的咆哮在鸿夫耳边说道。

随后他环顾寂静无声的观战台，各个种族的老师纷纷躲避着塔格拉罗门的视线。

"这个破地方可真是够乌烟瘴气的，那个怂校长出差之后就这样的情况？现在真相大白了，你们高兴了吗？之前《信兔报》可是报道得好凶呢！既然这是我族犯下的祸事，我就将罪魁祸首的赔偿留在这里，也算是我对伊皇那怂家伙的一个赔礼道歉。"塔格拉罗门将鸿夫的断肢扔在场地中央。

"就这种言论容易被煽动的气氛还想教好学生？也不知道你们来这破地方图啥。算了，随我走。"塔格拉罗门突然变成兽形，是和雷霆原形体型差不多的成年龙。

兽形比原形低一阶，塔格拉罗门的原形可能是雷霆原形的两到三倍。他二话不说像是叼小龙仔似的衔起雷霆，前爪抓起默和皮奥利安，巨翼一扇带着三人离开了比赛场地。塔格拉罗门也没管变成兽形是兽族示弱的表现，反倒是乐不可支地衔着被龙王血脉压制而动弹不得的雷霆。

他带着三人飞出永夜院，冲破伊皇学院的大门，来到沙漠第一都的上空，在夕阳余晖和下盘旋片刻，这才缓缓降落在街道中，放下三人。

"小子，龙王本源之力已经在你身体里慢慢生根发芽了。现在你还能被我压制到不能动，说明你还是太弱了。我早就给了你向我复仇的权限，所以在你找我复仇之前，可不许死。"

塔格拉罗门说罢，看着雷霆一直瞪着他的眼睛中从未熄灭的怒火，神情相当满意。他似乎还想再说些什么，但他随即掩饰了这种想法，转身半兽化出双翼飞上天空。

雷霆一直注视着塔格拉罗门离去的方向，久久才将目光收回。平日里很活跃的雷霆在此时一言不发，他紧紧地攥着拳头，神情难以捉摸。皮奥利安也不知该和雷霆说什么，他觉得在此时和他说任何话都无用，毕竟被视为仇人的父亲救下，这种事情谁也不愿意去面对。他更不想去细想塔格拉罗门到底想要干什么。对于救他们的这种行为，皮奥利安现在想来内心只有深深的抵触。简直就像是一边将以前的伤口撕开，一边无视伤口的血淋淋，往嘴里塞糖一样让他作呕。

皮奥利安更不愿意去面对的就是，眼前从出生就与他相伴的弟弟，被塔格拉罗门的任性选为必须挑战龙王宝座的唯一候选人。如果雷霆真的去挑战魔龙王塔格拉罗门，那么他从小看着长大的雷霆会不会也像鸿夫一样被塔格拉罗门肢解？从时刻能与他欢笑的弟弟变成再也呼唤不醒的肉泥？他想到这里全身汗毛直立，他已经不敢再去往下想。

"汇合点在第五空间。"默冷静地说道，拍拍脸色煞白的皮奥利安。"你带雷霆从天上废弃的跳转门离开，应该可以直接到第五空间，羽林一定已经过去了。"

"那……那你呢？"皮奥利安脑子还未回过神来，有点愣神地接道。

"我去把整件事彻底了结，还有一笔账没有算完，之后我会与你们汇合。"默将一直备在身上的一些钱交给皮奥利安。"闹了这么一大场，也不能回去拿行李了。就算以后再怎样，明天还是要继续的，先珍惜眼前吧。"

皮奥利安感觉默一定是看他的表情知道了他的恐怖猜想，才会这么说。默拍拍皮奥利安的肩膀，再看看还在发呆的雷霆，叹了口气，他转身用能力变出弹射勾枪，窜上楼顶，身影没入落日橙黄的余晖中。

伊皇学院树外。

天色灰蒙蒙的，入夜后夜雾正在凝聚。安宗进早已从巨树中跑了出来，守护学院树的护树龙在他逃跑的时候并未加以阻拦，因为护树龙已经发现一些麻烦人物也因为他的逃跑而被引出去。再加上巨树之下永夜院弄出的祸事，护树龙无心去管这个把麻烦引出树的安宗进。

安宗进在街道中像是丢了魂一样茫然徘徊着。他感觉到体内属于安露琪的核已经安稳下来，周身的皮肤虽然还伴随有刺痛，但是已经缓解不少。身为连火族的他能对另一方有大概的位置感知，但并不精确。当时在永夜院的时候，能感觉到安露琪离开了学院树，到了树外的沙漠第一都。

可他逃出学院树后，再也感知不到安露琪的位置，这样的情况只会发生在对方跨空间之后。

疲惫的安宗进靠着墙角坐下，街道上的人流经过他时会投来各种质疑的目光，以及窃窃私语的讨论声。平日安宗进很自信他的听力，可现在周围所有人对他的看法像是隔着一层膜一样朦胧无声。

他双手仍不安地捂着胸口，他害怕安露琪会在他不经意间熄灭生命之火。他像是孤魂野鬼流浪在这个与他隔绝的世界，不管怎样，在这个世界拼搏，至此依旧毫无收获，甚至本来应该为他庆祝功成名就的人也不在身边。安宗进现在的感觉像是一个人被丢在满是泥泞的冰冷雨夜的"荒野"，他在"荒野"中寻不到方向，只能被无尽的冰冷雨水洗刷。

一切都像是他自食恶果，可他根本想不到自己究竟错在哪一步。

他眼神灰暗地望着天空，灰蒙蒙的夜雾带着凉意钻入鼻腔，这才让他稍稍缓过神来。他从缩着的墙角起来，双腿坐僵似的有点不听使唤。他漫无目的地在街道中徘徊着，精神有些恍惚，甚至期望着下一个转角可能看到安露琪的身影。

"呦，这位之前高高在上的大爷可是让我们好找。"安宗进刚听清，下一秒就被不知道从哪个方向来的东西绊倒在地，头磕在地上的疼痛，让他突然清醒，然后他就感觉被蛮力拎起。

安宗进这才看清楚这是之前与他合伙的搏犬族人。

现在学院树下的永夜院已经被刚刚发生的事件折腾到忙得不可开交。他们没有注意到搏犬族人也从永夜院中溜了出来，只是魔龙族挑起的事端就已经足够让他们焦头烂额了。

"原来是你们，怎么，来找我索要赔偿吗？如果只是赔偿，我之后会给你们，现在放开我，我们还有交涉的余地。"安宗进说完，他感觉刚刚所有的话语像是没有经过大脑，就这样直接脱口而出，以他现在失魂落魄的样子，况且任务已经失败，根本不可能还有交涉的条件。

"你已经玩脱了！之前还说什么大话让我们加入暗部，步入魔教，领到授职？现在你看看你都已经自身难保了，还想和我们谈条件？我们可是被你坑害得好惨啊！如果这个事件继续发酵，我们连之前的生活都回不去，说不好会被总空盟带走。你来说说……该用什么来赔偿我们？"擒着安宗进的搏犬族人来回摇晃着他，满脸厌恶地说道。

"你们暗部是怎么对待你这种失败的废物？大卸八块？或者说，像我们之前在迷宫里行凶时那样，用暗部的小玩意把你的脸毁掉？也不彻底下杀手，让你自己感觉生命一点点流逝干净怎么样？"另一位搏犬族人，戏弄猎物似的用尖锐的指甲在安宗进脸上留下了一道血口。

"我还有可以赔偿的东西……"安宗进试图为自己开脱，搏犬族人没有听到似的将他砸向地面，安宗进感觉自己的唇齿与坚硬的地面碰撞，瞬间牙龈泵出的血灌满了嘴。

另一边。

与安宗进痛觉相连的安露琪突然难忍地捂住嘴，剧烈地喘息起来。羽林已经带着她到了汇合点的丘陵顶端，她拥着暂时伤势稳定下来的安露琪，可不知为何安露琪突然开始忍痛挣扎。羽林扯开她捂着嘴的手，仔细看她的嘴安然无恙。羽林瞬间猜到了是安宗进与她的痛觉共享。

来自安宗进的疼痛和安露琪的本身伤势，对安露琪来说可以说是雪上加霜，羽林本来带着安露琪出来后，暂时稳定了她的伤势，可也不能做到完全治好。羽林的光明能量可以催化伤口复原，但是安露琪全身的皮肤都受到了不同程度的严重腐蚀，再加上安露琪受到重创后本身的修复力低下，无论用光明能量再怎样催化伤口复原，也不能在她生命虚弱的基础上彻底将她治愈。

羽林之所以想在永夜院晋校联赛后进修治愈院，是因为在丘狼族之后，雷霆拼命与泉溟真哲的改造龙战斗后的伤势让她心惊，若不是龙的体格强壮，有很强的复原力，如果当时是个普通人，羽林都不一定有把握用能力将他从死线上拉回来。

如果安宗进死了，那么羽林拼命去救下的安露琪也会一同而去。她现在能做什么呢？留下安露琪在汇合点，自己重新跳转到学院去找安宗进？可安露琪的伤势只是暂时稳定，如果没有羽林在一旁照看，很有可能在羽林还未找到安宗进之前她就离开人世了。

羽林搂着因为疼痛不停颤抖的安露琪，她抬头望向天空中那一小团旋转气流中的空间跳转门。

跳转门后学院外的城市小巷中，夜雾升起，几个搏犬族人将安宗进连拖带拽地扯进楼房之间的小角落中，安宗进因为体格矮小，他的力量完全敌不过身为兽族的搏犬族人。他就像是猛兽口中叼着的猎物，在搏犬族人眼中只能无望地挣扎。

"你应该清楚吧？安宗进，暗部这两年越来越强了呢，我还说和兄弟几个找个靠山，所以才觍着脸听你这个小不点的屁话。没想到啊！之前还雄心壮志的，现在就一脸死相了。"搏犬族打算继续玩弄安宗进，蹲在他面前冷嘲热讽着。

"之前一直跟在你屁股后面的小不点女生安露琪呢？倘若她知道你死了之后，会不会很感慨呢？我记得，见到她丢了你给的信物，那会你可是有点伤心吧？不过不用担心，我们几个送走你，如果还没被总空盟抓的话，我们也会送她陪你一起上路的。"另一个搏犬族人叉着腰看着口鼻淌血的安宗进说道。

"有点期待啊，她是你亲人还是别的关系？知道你死会不会哭得很伤心呢？我们会让她哭个够再送她上路的。你来选个方式先她走一步吧？之前你可是在迷宫里面教了我们好多折磨人的方式呢，你想选哪种呢？我们可是在你的锻炼下业务能力精进了不少呢！现在下手已经不会抖了，保证送你个痛快！"

安宗进只觉得耳朵周围响着嗡嗡的杂音，搏犬族人对他的冷嘲热讽他只听得清"安露琪"几个字，这几个字驱动着他开始动弹，他咳出一口血，黏在喉咙里的感觉瞬间没有后，大呼了几口气，他身体本能地想求生，在搏犬族人注视下站起想逃跑，下一刻就被搏犬族人轻而易举地抓住，反手按住他后，用力折断了他的小腿骨。

"都现在了还想跑？你是不是该为我们断送的未来负责啊？还是说你真的想去找那个不稀罕你的小姑娘？"

搏犬族人开始对倒在地上还想往前走的安宗进拳打脚踢，他们心里清楚这样根本不可能立刻弄死安宗进，但是一点点打击报复让他们希望落空的人，让他们感受到了畸形的愉快。搏犬族一直都是追随强者的犬族，一旦领导人失去权力就会不由分说地将领导者撕咬殆尽。所以搏犬族并没有种族聚居地，分散在各个空间中。搏犬族效忠强者，对待强者，就会说一不二的忠心，这种忠心只会建立在领导人还是强者这个基础上。

安宗进想要用能力挣脱，可搏犬族人心知肚明他能力的弱点，就是在没有别的能量可供他操控的情况下，他就是废物。只要对安宗进不用能力直接肉搏，以他的矮小身形是不可能有逆转之机的。安宗进身为连火族，虽然有能够储备一定量的外部能量为己用，可安宗进之前一直觉得，这是不会熟练操纵能量的连火族才会去想的办法，不屑去用。这份以往的自大终于也让他自食恶果。

空间的另一端，安露琪像是抓着救命稻草一样，颤抖的双手攥着羽林破损的衣角。她尽力克制着呜咽，疼痛从身体的各处传来，她感觉有一条腿已经完全痛到无法动弹。甚至用力呼吸都会带动着全身疼痛加剧。安宗进的核在安露琪体内悲鸣，像是被掐着喉咙的小兽在垂死挣扎。

"羽林……宗他……咳！"

羽林再一次感觉到了发自内心的害怕，她现在完全不知道另一端是什么情况，但安露琪与安宗进的痛觉共享已经很明显了，安宗进的生命正在受到威胁，与之相连的安露琪危在旦夕。

就算羽林疯狂用光明能量注入安露琪的身体，可安露琪丝毫不见好转。伴随着能量匮乏，更让羽林难受的又是那种无力挽回的感觉，像用力去抓风中流逝的飞尘一样，指尖流过风也不会留住一丝微尘。羽林已经不知言语还能表达什么，她心里的痛苦比安露琪身体上承受的痛苦更强烈，羽林怀中的安露琪像是捧在手掌心的雪花，不知何时会突然融化，彻底离开羽林。

这种无可奈何，只能静静等着结果发生的感觉，让羽林深恶痛绝。明明做了那么多，为什么还是只能眼睁睁地等着结果？

羽林将安露琪搂起，她贴着安露琪的胸口，听着她的心脏还在挣扎跳动着，胸口中安宗进的核在悲鸣中颤抖。羽林的眼泪不由自主地流了下来，她害怕自己的眼泪刺痛安露琪胸口的皮肤。立马触电式地后仰，眼神与安露琪暗淡的眼神相撞，她灰暗的眼瞳中依然充斥着羡慕。

"我……好想活下去，这样羽林就不会哭了。"

安露琪沙哑的声音断断续续响在羽林耳畔。

"我现在就带你回去！"羽林怎肯看着安露琪死在自己眼前。找到安宗进的希望渺茫，但羽林心里的执拗不想让她坐以待毙。

羽林还未起身，安露琪就拽住了她的手，羽林的手已经不像之前那样温热，因为她的能量从攻略迷宫到带着她飞抵这里也所剩无几了。安露琪心知羽林一直都在为了她在拼，她咽下一口唾沫，鼓着力气说道：

"我和宗，不值得你这样拼下去……一切的罪魁祸首都是我们，现在只是在品尝我们播下的恶果。但是我真的很感激你……认识你我才知道朋友真正的滋味。在这之前我一直都是罪人，和宗一起在暗部苟且偷生……如果死亡真的来临，我身为暗部的人不会抗拒，只会接受。但我珍视你，我不想让你为我伤心，所以我才想活下去……这也仅仅是我的私心。"安露琪费力地吐着字，之后稍微小歇片刻，恳求道：

"如果宗他坚持不下去了……我不想在你面前一直是痛苦的模样，就请羽林，真到那个时候……让我解脱吧。"

"我不想放弃你，我想让你见到你从未看过的景象，活着不会只有背负罪孽这一条路，还有很多的选择，让你拥有时间去看、去听……这绝不是我期望的结果啊……"

安露琪忍着痛苦，突然笑了。她看着羽林含着眼泪的双瞳，她第一次见羽林哭。对于她来说，从一开始愿意接纳她的羽林就已经像是灰暗中的一丝亮光，羽林把她当做伙伴，在意她的想法。甚至最后明知安露琪是陷害他们的罪魁祸首之一，竟还会进入迷宫去找完全不值得去救的她。如果当时她死在迷宫中，与她相连的安宗进会连带丧命。

那么之后安宗进的计划就会荡然无存，或许羽林现在还能留在学校里读她想去读的治愈院。可一切已经发生，一切都没有如果。

"你已经救过我了，从一开始。"安露琪笑着说道。

另一边。

学院树外的城市中，灯火阑珊的边缘地带。搏犬族人像是玩腻了似的看着倒在地上的安宗进。他们知道仅是拳打脚踢顶多让他内脏出血，但不可能一下致死。

"咱们也不用费力气了，直接今晚就把他处理了好了，到时候，尸体扔到城中的河里。反正他的生死没有人关心。"

正在搏犬族人商量怎么处理尸体更好一些时，本来已经被搏犬族人打得动弹不得的安宗进，不知从哪来的执念推动着他用胳膊和一条还能用的腿挣扎着站起来，他捡起手边的石头，费尽力气扔向街角的火油灯。

油灯被击碎，油洒在油灯下的木箱上，顿时火焰蹿了起来。安宗进之前一直控制雷霆的火焰，现在多少有些控制火属性能量的经验，在他挣扎求生的反应下，集中精神控制火焰卷在小巷的垃圾堆上。火势蹿得很快，搏犬族反应过来时，他们和安宗进之间已经隔了一道火墙。焚烧垃圾的浓烟让他们犬类的鼻子极不好受。

安宗进扶着墙跛着脚想趁这个机会逃走，他拼劲力气用手抠着墙砖缝，拽着自己往前走。可他终究不能像正常人一样走，速度根本赶不上普通人步行。

火焰燃烧的烟尘引来周围建筑中的一些人，搏犬族人怎肯让安宗进就这样残废着溜走。他们冲过燃烧垃圾的烟尘，看到安宗进才逃到巷子角，又开始戏谑地嘲笑起来。

"也不知道你这求生欲望从哪来的，是想去见那个每天屁颠屁颠跟着你的小姑娘吗？"

"先带他离开这里，这儿的火光烟尘可能会吸引来一些人。"一个稍微明智的搏犬族人说道。

搏犬族人看到安宗进还在执着地向前挪，他们刚想冲上前擒拿他，就见他突然被一团沿着墙面蹿来的黑色藤蔓卷住，搏犬族们感觉自己身后垃圾上的火光突然熄灭，一道黑影闪在他们面前。搏犬族多少还是有所反应，他们立刻摆出防御架势。

在瞬间没有火光照明的夜色中，他们的眼睛没能一下子适应黑暗。只见闪在他们面前的黑影，随手变出长锤抡起，锤子的冲击直接破开了其中一人的防御架势，紧接着他感觉自己被绊倒，身上被压了一下后，双臂的关节就被卸了。

他的喊叫让同伴开始用能力来对付来人。搏犬族人的能力是力量增强型，一人凝聚着满是能量的拳头向来人轰击去，可对方像是一条游蛇一样闪过拳头，从他的腋下钻过，顷刻间他肩膀感到了刺痛，血顺着胳膊留下，一切他都没来得及做出任何反应，肩膀的关节就被卸掉了。

"这种程度还想去投靠暗部，回家好好上学吧！"最后一人耳边只听到来人的话语，就感觉小腿肌肉被利刃割开，他腿脚不稳地跪在地上。看着黑影轻松地将黑色的能力收回，此时倒在垃圾堆里的他们，眼睛才适应了没有火光的黑暗夜色，方才看清楚来人。

搏犬族人大气不敢吭一声，他们不由得对来人心生恐惧，他们相信刚刚看到对方用的绝对是黑暗能量。之前他们还在效仿暗部折磨人的一套做法在迷宫行凶，可见到真正来自暗部的人动手，他们只感到手起刀落般的干净利索。想到刚刚他完全可以趁黑毫不费力地划开他们的喉咙，搏犬族人冷汗顺着脊梁流下。

现在轮到他们的生死全掌握在别人手中时，他们方才发现自己如此怕死。心底里祈求对方不要下杀手。

可来人根本不想多看他们一眼，用黑色的藤蔓卷起安宗进快速离开了此地。

安宗进在黑色的藤蔓中不停挣扎，瞪着眼前肆意用黑暗能力的默。安宗进发现就算自己触碰默用黑暗能量凝聚的藤蔓，他也不能从默手中剥夺能量的控制权。默把他放在一处没有人能注意到的楼顶，但没有把安宗进从藤蔓的控制中放出来。

"看来我还是有点来晚了，腿也被弄断了吗？"默打量着满身泥泞和血污的安宗进自言自语道。

"你又何苦亲手来取我命……"安宗进心知自己落到他手里是根本没有再逃走的可能性，只是默大费周章地收拾了围攻他的搏犬族人，再带他离开，让他着实想不通，如果只是换个地方不引人注目地杀掉他，根本不需要带他走这么远。

"我可不关心你的命，张嘴。"默毫不留情地掰开安宗进的嘴，从腰间取下一瓶药剂，扯开封口倒在安宗进嘴里，安宗进疯狂挣扎以为给他灌的是毒药，默懒得解释，摁着他的喉咙逼着他咽了下去。看他喝下去的样子实在过于抗拒，默才解释道：

"镇痛药。"默见他带着困惑老实地咽下去后，又从腰间的小袋中拿出一小瓶金色的小丸，这是之前羽林帮他解忠心剂毒留下的浓缩光明能量丸，再次塞到安宗进嘴里。金色的小药丸进入腹中，安宗进感觉腹中渐渐温暖。

"为什么要救我？"安宗进难以置信地看着对他满脸都是厌恶的默。

"别误会了，我救的不是你。如果你一个人没有背着两条命，我大可看着你被搏犬族人活活打死。或者把你身体里安露琪的核刨出来还给她。"

"你怎么知道我和安露琪的种族特征？所以是你们把安露琪带走了吗？"

"无可奉告。安露琪现在和羽林一起，很安全。"默平淡地答道。

"……是吗，和羽林一起，那就好。她安全就好，我也没什么可求的了。"安宗进松了一口气，神色舒缓了不少，从他的神情中能感受到一丝丝悲凉。默没有理会安宗进的感叹，在安宗进注意力转移的时候，将他骨折的地方强掰了回来，他咬着牙没有叫出来。默从楼顶杂物堆中翻出两块木板，麻利地把安宗进的裤腿用能力做出的剪刀剪成两条，很是熟练地给他将骨折的地方固定住了。

"最后帮我的是之前的敌人吗？真是讽刺。"安宗进看着默给他做的标准固定架无力地苦笑道。

"你应当庆幸是羽林想让安露琪活下去，你只是附属品。"默控制着黑暗藤蔓松开安宗进。

"看来我又被她救了呢……"安宗进坐在夜雾散尽的楼顶，望着凄冷的月光悲叹道："我曾经失去活下去的希望，最后寻死时被她强行救了回来，我想带着她攀到魔教上层，至少那样不会再有人瞧不起我们。可这样做到后来……我和她同为连火族，虽然可以实时交换心理想法，但我总感觉……我从来都不知道她真正想要什么。这就是她离我而去的原因吧。"

默没有回应他，看着安宗进落魄的模样，默感觉他像失了魂的忠实猎犬。安露琪给了他活下去的希望，他扭曲了安露琪的意愿并愿为此誓死不渝。最终努力的结果却是一无所有，甚至连他忠贞的对象都已经弃他而去。

"现在一切都已经结束了，你不会再被暗部关注了，搏犬族人只会把我掠走你的消息散布开，没人会相信你能从我手中活着离开，对于世人来说，安宗进已经死了。你大可彻底选择新的生活。"默说道。

"真的有这么容易吗？彻底脱离魔教？你也清楚无明之月的操控吧，就说我们只要一入教，就会带上他的精神印记，以后甚至连我们的位置他都清楚。你应该最清楚这一点吧，毕竟魔教职位计数的'目'就是需要看管的级别。"

"我知道被精神控制是什么感觉，但以你在魔教的重要程度根本不值得他亲自控制。而且现在暗部的魔教实力日益增长，他已经不可能像最初一样每个人都去监控。不然就不会有像纳魔司一样的叛变者出现了。无明之月换了一种方式让你们臣服于他，这比真正的精神操控更恐怖。就是你们因为害怕这层控制认为自己逃不掉，自己开始局限自己。"默说道。安宗进听后表情突然释然了。

"终究还是我一错到底了吗？"安宗进望着辽阔的夜空叹道。"能不能拜托你一件事，帮我把这个交给安露琪？"安宗进掏出一条小手链，这条手链是他在永夜院买的，本想事成之后送给安露琪。默接过手链收好，安宗进撑着杂物堆中的棍子，摇摇晃晃站起。

"我现在不配去见她，但我会好好活下去的，如果还有缘的话……再与她相会吧。谢谢你和羽林，把我们从泥沼中拉了出来。"安宗进向默欠身行礼。

默带着他离开楼顶，给他套上掩人耳目的挡布，默目送他消失在沙漠第一都对外交流的空间跳转门的气流中。方才用翼腾上天空，准备用天上被废弃的跳转门前往汇合点。

他望着皓月之下的学院树，树叶表面被月光照得亮亮的，被风吹拂的树叶如同水面一样波光粼粼。

本想在学院再度过一段平常的时光。可一切只让他们停留在了向往，就已经彻底不可能了。

默心里清楚，这一切并不能怪罪于安宗进和安露琪。他们只是被暗部派来的刀，就算这次来的不是他们两个，也会是其他更棘手的人，他们依然不可能在学院留下去。在夜空之下凉风习习，当初那些在学院树中无忧无虑的时光终究还是变成了回忆，留下的只有停留在当时的妄想，一切的一切再也不可能回到当时。

他再也没有回头，振翅穿过了空间跳转门。

第五空间，汇合点。

篝火的亮光在清透明亮的月光之下十分耀眼，默从空中向下俯瞰的时候，望着那一点点的亮光，突然感觉十分的安心。他缓缓地降落时，就看到皮奥利安将羽林从帐篷中唤出，羽林没有多言，在默还未降落平稳时就已经冲上前给他一个拥抱，羽林身上满是太阳的味道，这是她过度使用光明能量之后的特性。

她当然清楚默最后来汇合，定和安露琪的情况彻底稳定有一定关系。

默发觉羽林的眼角还带着泪痕，他将羽林抱得紧了些，轻轻拍着她的后背。

"这一切已经结束了。"他安慰道。只听羽林靠着他呢喃着回应了他，羽林感觉自己紧绷的神经彻底放松下来后，全身都提不起力气了。

"我们刚到这里的时候，羽林可是一个小泪人呢。这下可好，确实是一切都结束了，以前的东西全丢在学校了，帐篷都是新买的。安露琪那个小姑娘脱离危险后已经休息了。你们先吃点东西吧，这一趟可真是累坏了。我让雷霆去后面的小林子再采些菜回来，先坐吧。"皮奥利安对着锅削着野菜根说道。默挽着羽林让她坐在篝火边，他看着羽林衣服细碎的损伤和现在她疲惫的状态，就已经猜到她之前有多拼命了。

"在永夜院分开之后，你那边发生了什么？"默问道，他用能力变出碗勺盛了些汤递给羽林。羽林慢吞吞喝了两口，休息片刻，整理了一下思绪，长呼一口气说道：

"安露琪想要自杀在迷宫里，最后我在迷宫禁行的深处找到了她。到了深处之后，迷宫的幻境很轻易地把我迷了，如果一般人来到这里，会被幻象欺骗，然后被幻象之下的迷宫生物消化。"

"所以安露琪身上那些骇人的腐蚀痕迹就是迷宫生物干的吗？"皮奥利安突然惊道。他刚带着雷霆与羽林汇合的时候，见识到了安露琪身上的创伤。

"是的，因为有光明能量的催化治愈，所以我没有受太多伤。那些幻境的强度我之前从未体验过，我直接被幻境拽进了深层梦境中。当时在梦中的我，甚至将现实世界的所有东西都忘记了，我当时想当然地以为我还是第一空间的普通学生，如果我想不起来我现实生活，很有可能一直困在梦境中，直到迷宫生物把我消化完。梦境最后看到阿古兰特的项链，我才记起现实里的所有事。说来奇怪，我在梦境中的衣服随着记忆更改不停地换，但唯独项链一直都在。"羽林回忆起之前的细节觉得甚是奇怪。

"也就是说，靠着项链你才能清醒？"默说道。

"是的。迷宫中的梦境与我之前的所有梦不太一样，它会强制回忆你之前所有的记忆，想方设法地制造你之前生活的情景，将你困在其中无法自拔，最终意识留在梦中，留在现实的肉体变成迷宫饲料。我从我的深层梦境中走出后，又从浅层梦境进入了安露琪的深层梦境中。"

"我听说好像人在浅层梦中更容易自己醒来，如果在深层梦境里自己很难突然一下醒来，除非从外界强制唤醒。"默说道。

"那梦境居然还能两个人一起做梦？应该是迷宫想让你们在互相的梦境中沉睡更久，好被消化吧。"皮奥利安说道。

"我在安露琪的梦境中看到了她的记忆。"羽林开始讲述有关安露琪和安宗进相遇的所有故事。从安露琪被卖到暗部珏虎当手下，一直强迫她与安宗进换核，但安露琪始终强硬的态度绝不换。再到后来安宗进进去任务中寻死，安露琪为了救下安宗进给他活下去的理由，她才同意与安宗进换核。之后一切，是安宗进如何将臆想的目标堆砌在安露琪身上，一点点走向歧路，他逐渐忽视了安露琪真正的想法，最后不断压迫安露琪，意见分歧到达顶点，直至安露琪在这次任务中寻死。

"就在我将安露琪从梦境中解救出时，我才醒来。醒来的时候发现幻境外表之下，是致幻蘑菇的丛林，安露琪就被困在中心——类似胃囊一样的消化花苞中。我用尽力气都没有破开花苞。这时，项链传来一个我曾经听过的声音，项链的颜色也随之变成翠绿色。之后所有迷宫生物都像是被夺去生命一样，瞬间死亡。在这之后，我以为我还需要带着安露琪从迷宫攻略出去，可是当我往外走的时候，整个迷宫所有的机关都不运作了。"

"阿古兰特的遗骨项链，先前我听墨直研说起，它帮天鸟族制止了噬能器，代价是索兰娜的命去转换的。它身为第九元素生命能够控制生物的生死，但是它为什么能让整个迷宫不运转？"默说道。

"对此我感觉很奇妙。所有迷宫是八元素中除了火和大地的其他六个元素建造的，圣器之战后火之子背叛其他人，大地之子斯白克斯受到重创。这其中六座迷宫没有火和大地，说明迷宫是圣器之战之后建的，六位元素像是为了保护什么所以才建造了迷宫。"羽林说道。

"为了保护什么？我也觉得奇怪，为什么学院树下有这么大的空间还建成了永夜院，永夜院和迷宫的机关都不像是学院后来自己建造的。像是一开始就存在，只是被后人开发用作学生练习了。"皮奥利安仔细去想，也开始觉得奇怪。

"羽林所到的迷宫深处应该不是最底部，迷宫越靠下越难，越容易丧命。可能下面真的有什么东西值得八元素建造迷宫阻挡来者。"默说道。

"我们种族有些显赫身份的神龙，会在死后建造陵墓，其中放上各种死者生前喜欢的东西，如果身份显赫有值钱的东西陪葬，也会建造类似迷宫的机关，防止有盗墓贼。下面会不会是谁的陵墓呢？"皮奥利安说道。

"我倒觉得可能是和阿古兰特有关的东西。因为阿古兰特项链能让整个迷宫的机关不运转，只有它有权限做到。"默说道。

"设置迷宫应该是为了防止有人进去，如果只是墓穴，以八元素的能力能够直接彻底封起让人根本无法靠近。为什么迷宫入口还别人开放呢？难道说是让来犯者直接死在迷宫中吗？而且很有可能不止阿古兰特，或许其他八元素都有能力让迷宫不运行。迷宫下面到底是什么呢？值得八元素如此大费周章地保护。"羽林说道。

"真是想亲眼去看看呢，或许是传说中的圣器也说不定。如果真的见到圣器，我这辈子也就值了。"皮奥利安向往着说道，直到煮菜的锅溢出来，他才回过神来。"雷霆那家伙采菜跑到哪去了，这么久都没有回来，我去看看。"皮奥利安这才起身。

皮奥利安从碎石台地上走下，顺着下去的小道还没走多远，他感觉雷霆的气息就在附近，他四处张望，没有看到人影，他一回头。发现雷霆抱着野菜、靠在台地的岩石上发呆。

"怎么了这是，菜太重抱不上台地了？还是说离开学校有点遗憾，想和我们去迷宫之下看看真相？"皮奥利安知道雷霆这个位置能听到他们之前的对话，他试图开玩笑转移注意力，让雷霆有些活力，自从离开学院树，雷霆就像霜降之下的花一样蔫掉了。

"哥，我感觉我现在不知道怎么办。"雷霆喃喃道。

"别想那些，上来吃点饭就好了，总会有解决办法的。"皮奥利安接过他手中的野菜，像没事人一样说道，他当然知道雷霆现在心里想的必定是魔龙王的事。这件事皮奥利安自认也没有办法冷静，只是不想在羽林和默面前慌了阵脚，因为他在四人中最年长了。

"我知道哥你肯定想过很多以后该怎么办。带着我离开龙族也是不再想牵扯进龙王的争抢，彻底远离他们。可现在……已经彻底失控了。"雷霆望向皮奥利安的眼睛闪烁着一直压制的愤怒。

"我曾经也试想过会不会有这一天，我背井离乡带你逃离这一天，可这些终究还是没有躲过去。我是神龙王的儿子，你身上流着魔龙王的血，这些终究不会因为我做出怎样的决定而改变。"

皮奥利安心知肚明这些看似优异的血脉带给他们的只有枷锁。雷霆已经被魔龙王赋予了龙王本源之力，除非雷霆死亡，那么这份力量一直会像枷锁一样，将他的命运锁在龙王宝座之上。

他不愿意去猜想如果真的雷霆与塔格拉罗门以命相搏，之后曾经相伴他十几年的笑容，会不会也被塔格拉罗门无情肢解。

"哥，我知道你很想和我就这样度过平凡的一生。可是我感觉心里的火焰在躁动，我知道我已经不可能再逃下去了，这些事情我必须去面对。就像这次我们本想在学院寻得安稳，可这安稳早就不复存在了。我害怕我做这样的决定会让你担心，所以一直在想办法怎样合适地和你说。"雷霆顿了片刻，眼神坚定地看向哥哥说道：

"我会变强，直到时机成熟去挑战塔格拉罗门。"

皮奥利安听后心中一痛。原来雷霆从学院树出来后一直蔫着，不是苦闷于面对魔龙王之后该如何是好，而是，他纠结着不知如何将已经下定的决心告知最担心他的哥哥。

雷霆看着皮奥利安眼帘低垂下去，像是在憋回去眼泪似的。皮奥利安肩膀颤抖着，拳头紧紧地攥着。他一直都期望着与雷霆过上普普通通的生活，将沉重的血脉重负甩在身后。可塔格拉罗门疯子一般的行径早已将他的期望撕碎，他一直试图将雷霆的命运扳到他所希望的轨道上，从来没有去考虑过雷霆的想法。皮奥利安一直觉得安逸和普通才是他和雷霆的归宿。

皮奥利安恍然发现，从一开始，雷霆就不畏惧血缘带给他的重负，他敢于接纳魔龙王留给他的半兽化能力，甚至在面对魔龙王时没有丝毫示弱。雷霆一直都是敢于直视命运的挑战者，一直畏缩的只有皮奥利安自己，他害怕塔格拉罗门带来的一切威胁，害怕失去雷霆，只敢向往保全现状的未来。

雷霆一直跟着皮奥利安，没有透露他心中所想，或许只是因为顾及哥哥的感受，而不去表达他对血脉的看法。现在，皮奥利安自知不可能控制雷霆的一切，雷霆所有的未来已经不会在他的庇护之下了。

皮奥利安缓了好久，他的眼睛湿润着，咬着牙向雷霆露出一个难看的笑容，喉舌打战地鼓励道：

"那就让塔格拉罗门好好尝尝我们雷霆的厉害！"

皮奥利安带着不舍，终究还是选择了放手。他不知道自己强忍情绪的鼓励会不会太难看了些，只见雷霆琥珀色的眼睛中带着些许宽慰，皮奥利安发自内心畅快地笑了，狠狠地揉揉雷霆的脑袋，随即转过身去，抬手拭泪。

羽林和默在台地上目睹了这一切，羽林已经从默口中知道了他们那边所有的情况，她感觉这一次从学院出来之后，一切似乎与往日都不太一样了。

晚上围着篝火吞咽着野菜汤的四人，感觉已经很久没有这样聚在一起了。哪怕吃的饭菜完全比不上学院中的内厨。这样可以静静地坐在火堆旁吹着夜空中长风的自由畅快，使得从学院压抑的环境中出来的四人感到无比的舒适。

"之后该怎样呢？"羽林望着夜空中的繁星再一次叹道。

"我有一种我们还在丘狼族河沟谷地避难的错觉，那一次谈论的话题还是这个。之后就来到了学校。"皮奥利安靠着大块的碎石，盘着腿看着天空说道。

"当时本以为能在学院寻得安稳。"默接道。

"谁会想到最后还是变成这样了呢，或许一直在旅途上奔波才适合我们。"羽林叹道。晚上的凉风扰动发丝轻轻地贴在脸颊上，有一种说不出的酣畅。

"那我们旅途的下一站去哪呢？估计又不是什么安定的地方吧！正好，我也需要好好锻炼一下火焰了，学校里那些花拳绣腿完全不够。"雷霆又吞了一口野菜汤说道。

"我们需要休整一下了，感觉大家的精神一直都在紧绷着。而且安露琪伤势未全好，我想带她去木族找琉雨诗，正好大家也去木族修养一下吧。之后再去想我们未来的目的地也不迟。"羽林拍拍雷霆的肩膀说道。

"琉雨诗这次帮了我们很多，她有古树的情报，应该能得知更多有关暗部的消息。我们应该也能多做一些准备。"默说道，众人听后点头。他们早就不想再逃了，因为他们意识到不论逃到哪里，暗部的人还会层出不穷地来阻挠他们想要的安稳的生活。

与其这样被迫追赶四处奔波，还不如主动与之对抗。

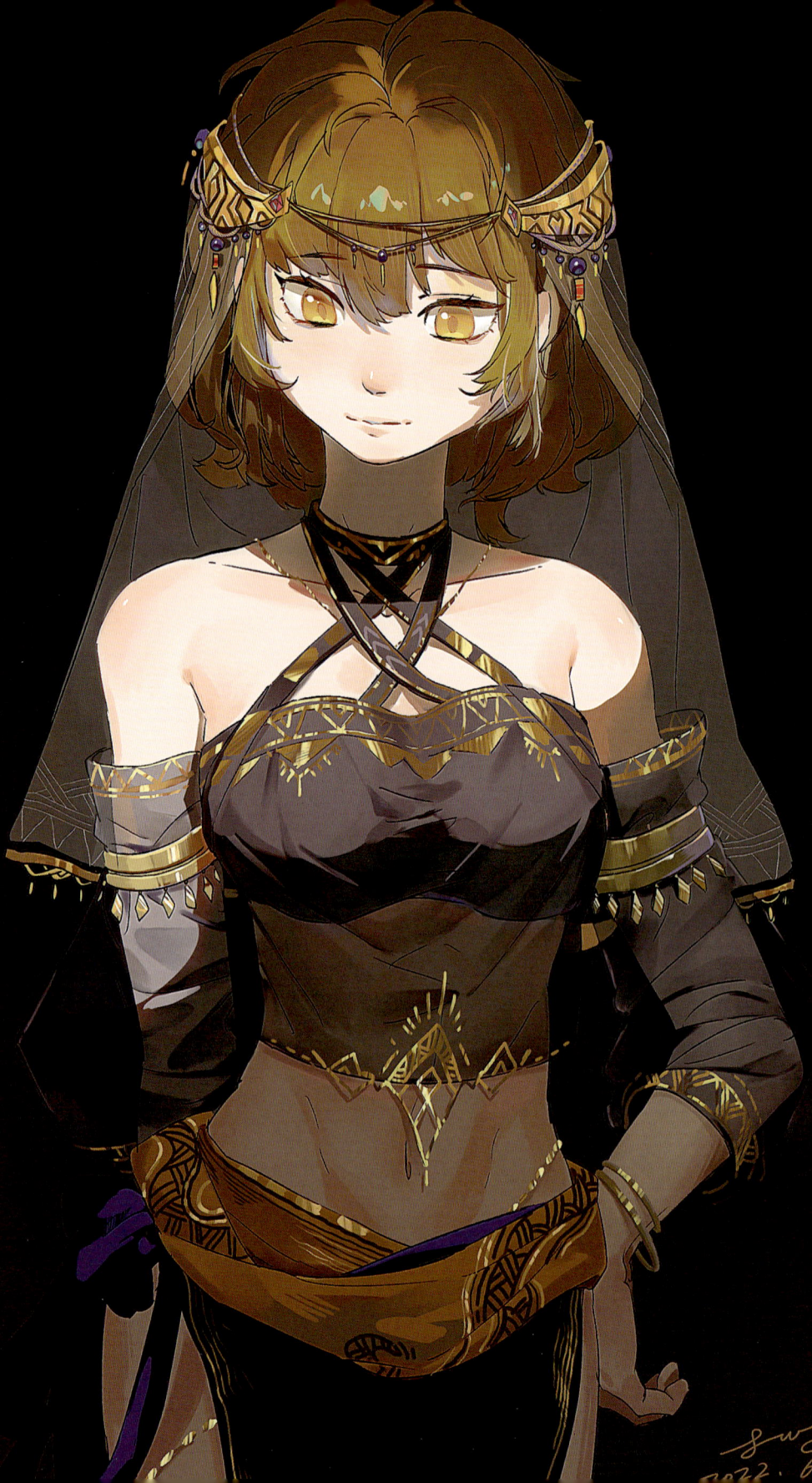

swy
2022. 6.2

2. 8. 23

swy
2023.3.8